AGATHA CHRISTIE

RUHE UNSANFT

DER LETZTE JOKER

AGATHA CHRISTIE

RUHE UNSANFT
DER LETZTE JOKER

VERLEGT BEI
KAISER

Ruhe unsanft – Titel des Originals: »Sleeping Murder«
Einzig berechtigte Übertragung aus dem Englischen
von Eva Schönfeld

Der letzte Joker – Titel des Originals: »The Seven Dials Mystery«
Einzig berechtigte Übertragung aus dem Englischen
von Renate von Walter

Berechtigte Ausgabe für den Neuen Kaiser Verlag – Gesellschaft m.b.H., Klagenfurt, mit Genehmigung des Scherz Verlages, Bern und München

Schutzumschlag: Mario Oberhofer unter Verwendung eines Fotos von Hubertus Mall, Stuttgart
Satz: Times 10 pt Context OEG, 9300 St. Veit/Glan
Druck und Bindung: Ueberreuter Buchproduktion – Korneuburg

1

Gwenda Reed stand fröstelnd auf dem Ankunftskai. Der Hafen, das Zollgebäude und alles übrige, was sie von England sehen konnte, schwankte noch sacht vor ihren Augen auf und ab.

In diesen Minuten faßte sie den Entschluß, der zu so folgenschweren Ereignissen führen sollte. Nein, sie würde nicht, wie sie beabsichtigt hatte, mit dem Anschlußzug nach London weiterfahren.

Wozu auch? Niemand holte sie ab, niemand erwartete sie. Eben erst war sie glücklich von den knarrenden Schiffsplanken herunter - die letzten drei Tage durch die Biscaya nach Plymouth waren besonders strapaziös gewesen -, und das letzte, was sie sich wünschte, war das Einsteigen in einen ratternden, wackelnden Zug. Lieber ging sie in ein Hotel, ein nettes, solides Hotel, das auf festem, solidem Boden stand. Und dort würde sie sich in ein schönes, solides Bett legen, das nicht wie eine schaukelnde Wiege hin und her schwang. Sie würde sich richtig ausschlafen, und am nächsten Morgen … Ja, natürlich, was für eine großartige Idee! Da konnte sie sich einen Wagen mieten und ohne Eile durch Südengland fahren, um sich nach einem Haus umzusehen, einem hübschen Haus, in dem sie und Giles künftig miteinander leben würden. Wirklich, ein glänzender Gedanke!

Auf diese Art würde sie gleich etwas von England sehen, das sie bisher nur aus Giles' Erzählungen, nicht aus eigener Anschauung kannte, obgleich sie es wie alle Neuseeländer »die alte Heimat« nannte. Im Moment machte England allerdings keinen sehr anziehenden Eindruck. Der Tag war grau, naßkalt und windig. Vermutlich, dachte Gwenda, während sie folgsam in der Passagierschlange zur Paß- und Zollabfertigung weiterrückte, war Plymouth nicht gerade das beste Schaufenster Englands.

Am folgenden Morgen wurden ihre ersten Eindrücke jedoch gründlich umgeworfen. Die Sonne schien. Der Blick aus ihrem Fenster war reizvoll, und die Welt im allgemeinen wogte und wankte nicht mehr, sondern hatte sich beruhigt.

Dies war endlich England, und dies war sie, Gwenda Reed, frischgebackene junge Ehefrau auf Reisen. Wann Giles nach England nachkommen würde, war noch etwas unsicher. Vielleicht folgte er ihr in ein paar Wochen, aber es konnte auch noch bis zu einem halben Jahr dauern. Darum hatte er Gwenda vorgeschlagen, allein nach England vorauszufahren und ein passendes Haus ausfindig zu machen. Beide malten es sich als erstrebenswert aus, irgendwo ein ruhiges Plätzchen auf Dauer zu haben. Zwar würde Giles weiterhin beruflich oft verreisen müssen und

Gwenda würde ihn gelegentlich begleiten, aber es war doch ein schöner Gedanke, dann immer wieder wirklich nach Hause in die eigenen vier Wände zu kommen. Da Giles von einer verstorbenen Tante kürzlich einige schöne alte Möbel geerbt hatte, war es das Vernünftigste und Praktischste, damit ein eigenes Heim zu gründen.
Da sie beide ziemlich vermögend waren, machte auch die finanzielle Seite ihres Planes keine Schwierigkeiten.
Gwenda hatte zunächst Bedenken geäußert, das Haus ganz allein auszusuchen. »So was sollte man doch zusammen machen«, meinte sie. Aber Giles hatte lachend erwidert: »Ich habe von Häusern nicht viel Ahnung. Wenn dir eins gefällt, wird es mir recht sein. Ein Garten gehört wohl dazu, und überhaupt - natürlich keiner von diesen neuen Betonklötzen, und nicht zu groß. Irgendwo an der Südküste, das wär mein Traum. Jedenfalls nicht zu weit im Binnenland.«
»Denkst du an einen bestimmten Ort?« hatte Gwenda sich erkundigt.
Giles verneinte
Er hatte seine Eltern früh verloren - sie waren beide Waisen - und war in den Schulferien so viel bei verschiedenen Verwandten herumgereicht worden, daß ihn nichts mit einer besonderen Gegend verband. Es sollte Gwendas Haus werden - und warum so lange warten, bis sie es gemeinsam aussuchen konnten? Gesetzt den Fall, er wurde noch monatelang aufgehalten - was sollte sie dann in der Zwischenzeit mit sich anfangen? Immer nur in Hotels herumhängen? Nein, da suchte sie sich doch lieber ein Haus aus und begann mit dem Einrichten.
»Mit anderen Worten«, sagte Gwenda lachend, »ich soll dir alle Schwierigkeiten abnehmen!«
Aber der Gedanke, Giles bei seiner Ankunft ein fertiges, gemütlich eingerichtetes Heim zu präsentieren, reizte sie. Sie waren erst ein Vierteljahr verheiratet, und sie liebte ihn sehr. Nachdem sie im Bett gefrühstückt hatte, plante sie ihre nächsten Schritte. Sie verbrachte einen Tag mit der Besichtigung von Plymouth, das ihr jetzt ganz gut gefiel, und am nächsten Vormittag mietete sie sich einen Daimler und startete zu ihrer Küstentour.
Das Wetter war schön, und sie genoß die Fahrt. Von den verfügbaren Wohnsitzen, die sie sich in Devonshire ansah, entsprach zwar keiner ganz ihren Vorstellungen, aber sie hatte keine Eile und suchte unverdrossen weiter. Da sie rasch lernte, zwischen den Zeilen der enthusiastischen Maklerprospekte zu lesen, ersparte sie sich eine ganze Reihe nutzloser Abstecher.
Es war an einem Dienstagabend, ungefähr eine Woche später, als sie den Wagen langsam um die letzte Kurve der Hügelstraße nach Dillmouth

steuerte. Am Rande dieses noch immer bezaubernden Badeortes stand ein Schild »Zu verkaufen« vor einem Grundstück, durch dessen Bäume eine kleine weiße viktorianische Villa schimmerte.
Es gab Gwenda einen freudigen Ruck, sie hatte fast das Gefühl, sie zu kennen. Das war *ihr* Haus! Sie wußte es mit absoluter Sicherheit. Obwohl sie nichts Genaues sah, konnte sie sich den Garten, die hohen Fenster und Glastüren deutlich ausmalen. Dies war das Haus, das sie gesucht hatte.
Wegen der vorgerückten Stunde logierte sie sich vorerst im »Royal Clarence« ein und holte sich am nächsten Morgen eine Besichtigungserlaubnis von der Maklerfirma, deren Adresse sie auf dem Schild gelesen hatte.
Mit diesem Zettel und einigen Hinweisen ausgerüstet, stand sie bald in einem altmodischen Salon mit zwei Fenstertüren, die auf eine plattenbelegte Terrasse hinausführten. Um die Terrasse zog sich eine Art Steingarten, von Ziersträuchern unterbrochen, der ziemlich steil zum anschließenden Rasenstreifen hin abfiel. Durch die Bäume am Ende des Gartens glitzerte hier und da das Meer.
Das ist *mein* Haus, dachte Gwenda wieder. Hier bin ich daheim. Mir ist, als würde ich jede Ecke genau kennen.
Eine Tür ging auf, und eine große, melancholisch aussehende und offenbar erkältete Dame begrüßte Gwenda, die ihren Namen nannte und hinzufügte: »Mrs. Hengrave, nicht wahr? Ich komme von Galbraith & Penderley. Entschuldigen Sie mein frühes Erscheinen …«
Mrs. Hengrave putzte sich die Nase und erwiderte gramvoll, das mache ihr nichts aus. Der Rundgang durch das Haus konnte beginnen.
Ja, alles stimmte. Nicht zu groß. Ein wenig altmodisch, aber dies und das konnten sie und Giles ja nach eigenem Ermessen modernisieren, zum Beispiel die Küche. Ein Boiler war zum Glück schon vorhanden. Mit einer neuen Spüle und anderen zeitgemäßen technischen Errungenschaften …
Mrs. Hengraves monotone Stimme untermalte Gwendas vorausplanende Gedanken und berichtete mit großer Ausführlichkeit von der letzten Krankheit ihres verstorbenen Mannes. Gwenda nahm sich zusammen, um an den passenden Stellen mitfühlende und verständnisvolle Laute von sich zu geben. Mrs. Hengraves Familie wohnte in Kent und bestürmte sie, möglichst rasch wieder in ihre Nähe zu ziehen. Ihr Mann hatte sehr an Dillmouth gehangen und war viele Jahre hindurch Vorstandsmitglied des Golfclubs gewesen, aber da sie nun Witwe war …
»Ja, natürlich ... Wie traurig für Sie ... Ich verstehe ... Krankenhäuser sind nun mal so … Natürlich … Gewiß, Sie sollten …«

Neben solch pflichtschuldigem Gemurmel beschäftigte sich Gwendas Hirn heberhaft mit praktischen Erwägungen: Wäscheschrank hierhin oder …? Ja. Das wird unser Schlafzimmer. Blick aufs Meer, das wird Giles freuen. Nützlicher kleiner Nebenraum, Ankleidezimmer oder so. Nun kommt das Badezimmer ... Vermutlich noch eine Wanne aus Queen Victorias Zeiten mit Mahagonirand … tatsächlich! Wie hübsch - sie steht mitten im Raum! Das ändern wir nicht, das ist ja ein Museumsstück, und so riesig! Man kann eine Obstschale auf dem Rand abstellen, und Schwimmenten … Das heißt, zum täglichen Gebrauch bauen wir eins der ziemlich dunklen Hinterzimmer um, hellgrüne Kacheln und mit moderner Installation. Das dürfte kein Problem sein, die Leitungen werden einfach von der Küche heraufgeführt ... Und dieses Bad lassen wir, wie es ist …

»Rippenfellentzündung«, wiederholte Mrs. Hengrave. »Am dritten Tag wurde doppelseitige Lungenentzündung daraus …«

»Schrecklich«, sagte Gwenda. »Ist am Ende vom Flur nicht noch ein Schlafzimmer?«

So war es, und zwar haargenau so, wie Gwenda es sich vorgestellt hatte: fast rund, mit einem großen Erkerfenster. Auch hier mußte natürlich einiges renoviert werden. Das Zimmer war in ganz gutem Zustand, aber warum hatten Leute wie Mrs. Hengrave nur so eine Vorliebe für senfgelbe Wände?

Sie gingen den Korridor entlang und zur Treppe zurück. »Sechs Schlafzimmer«, murmelte Gwenda vor sich hin, »nein, sieben, wenn man das mit dem Erker mitzählt.«

Einige Dielen knarrten leise unter ihren Schritten. Schon war ihr zumute, als gehöre sie hierher und nicht Mrs. Hengrave. Die war ein Eindringling - eine Frau, die Zimmer senfgelb streichen ließ und den Glyzinienfries im Salon sicher sehr schön fand! Gwenda sah verstohlen auf den getippten Merkzettel in ihrer Hand, auf dem auch der Schätzpreis des Grundstücks angegeben war.

Innerhalb weniger Tage hatte sie sich mit Häuserpreisen so vertraut gemacht, daß sie die verlangte Summe richtig beurteilen konnte. Sie war nicht hoch, selbst wenn sie die notwendigen Modernisierungskosten dazurechnete.

Obendrein stand neben dem Preis »Verhandlungsbasis«, sie konnte also noch etwas herunterhandeln.

Mrs. Hengrave mußte außerordentlich erpicht darauf sein, nach Kent zu ihren Verwandten zurückzukehren.

Sie schickten sich eben an, die Treppe hinabzusteigen, als Gwenda sich von einer plötzlichen Woge irrationalen Grauens überflutet fühlte. Es

war schwindelerregend, schwand aber fast so rasch, wie es gekommen war. Dennoch blieb ein ganz abwegiger Gedanke haften.
»Sagen Sie - spukt es in diesem Haus?« fragte sie unwillkürlich.
Mrs. Hengrave, die schon ein paar Stufen tiefer war und gerade Major Hengraves Agonie schilderte, drehte sich um und sah verletzt zu Gwenda auf.
»Nicht daß ich wüßte, Mrs. Reed. Warum? Hat irgend jemand so etwas behauptet?«
»Sie haben nie etwas gemerkt oder gesehen? Ist denn in diesem Haus nie jemand gestorben?«
Wie dumm und taktlos von mir, dachte sie einen Sekundenbruchteil zu spät, vermutlich ist ja Major Hengrave hier …
»Mein Mann ist im ›Saint-Monica-Krankenhaus‹ verschieden«, sagte Mrs. Hengrave steif.
»Ja, richtig, Sie haben es mir schon erzählt.«
»In einem Haus, das etwa 100 Jahre alt ist«, fuhr Mrs. Hengrave merklich beleidigt fort, »dürften im Laufe der Zeit normalerweise mehrere Personen gestorben sein. Ich weiß da nicht Bescheid. Miss Elworth, von der mein lieber Mann dieses Haus vor sieben Jahren erwarb, befand sich bei bester Gesundheit und beabsichtigte, als Missionarin ins Ausland zu gehen. Auch sie hat keine Todesfälle in ihrer Familie erwähnt.«
Gwenda beeilte sich, die melancholische Witwe zu besänftigen, und sie kehrten in den geräumigen Salon im Erdgeschoß zurück. Dieser Raum hatte die friedliche, anheimelnde Atmosphäre, die ganz nach Gwendas Sinn war. Hier verstand sie den kurzen Moment der Panik selbst nicht mehr. Was war bloß über sie gekommen? An diesem Haus war nichts Unheimliches.
Sie bat Mrs. Hengrave, ihr nun auch den Garten zu zeigen, und ging mit ihr durch eine der Glastüren auf die Terrasse. Hier müßten ein paar Steinstufen zum Rasen hinunterführen, dachte Gwenda an einer bestimmten Stelle, wo ein Forsythienbusch unmäßig in die Höhe und Breite geschossen war und den Blick aufs Meer versperrte. Nun, das würde sie ändern.
Die vermißten Stufen zum Rasen fanden sich am anderen Ende der Terrasse. Gwenda bemerkte, daß der Steingarten ungepflegt und verunkrautet war und die meisten Ziersträucher gestutzt werden mußten.
Mrs. Hengrave murmelte entschuldigend, daß alles ziemlich verwahrlost sei. Sie konnte sich nur zweimal wöchentlich einen Gärtner leisten, und meistens erschien er nicht einmal. Nach Besichtigung des kleinen, aber ausreichenden Küchengartens gingen sie wieder ins Haus. Gwenda erklärte, sie müsse sich noch ein paar andere Objekte ansehen, ehe sie

sich entscheiden könne, obwohl ihr »Hillside« - was für ein nichtssagender Name! - sehr gefiele. Mrs. Hengrave ließ diesen Vorbehalt gelten und trennte sich von Gwenda mit vergrämtem Blick und einem letzten hoffnungslosen Schnüffeln.
Gwenda kehrte zum Maklerbüro zurück, machte ein festes Angebot und verbrachte den Rest des Vormittags mit einem Spaziergang durch Dillmouth.
Es war ein hübsches, altmodisches Küstenstädtchen. Am entgegengesetzten modernen Ende standen ein paar neuere Hotels und Bungalowrohbauten; eine weitere Ausdehnung wurde durch die Art der Küste und das hügelig ansteigende Hinterland eingeschränkt.
Nach dem Mittagessen erfuhr Gwenda telefonisch vom Makler, Mrs. Hengrave habe ihr Angebot angenommen. Mit einem Lächeln auf den Lippen begab sie sich zum Postamt, um Giles folgendes Telegramm zu schicken: HAUS GEKAUFT STOP IN LIEBE GWENDA
Das wird ihn munter machen, dachte sie. Jedenfalls sieht er, daß *ich* nichts auf die lange Bank schiebe!

2

Ein Monat verging. Gwenda hatte »Hillside« bezogen, Giles' ererbte Möbel aus dem Lagerspeicher kommen lassen und sie aufgestellt. Es war altmodisches, gediegenes Mobiliar. Zwei übergroße Schränke hatte sie verkauft, alles übrige paßte harmonisch zum Gesamtstil des Hauses. In den Salon kamen ein paar hübsche, mit Perlmutter eingelegte Pappmachétischchen, bemalt mit Burgen und Rosen, und ein zierlicher Handarbeitsständer mit einem Beutel aus flohfarbener Seide unter der Arbeitsplatte. Das große Chesterfield-Sofa stand zwischen den Terrassentüren, die Polstersessel thronten zu beiden Seiten des Kamins. Dazu ein Sekretär aus Rosenholz und ein Mahagoni-Sofatisch. Für die Vorhänge hatte sie Chintz gewählt, aus einem blassen Eierschalenblau, mit feinen Rosenvasen und gelben Vögeln darauf. So war es genau richtig, fand sie.
Allerdings wohnte sie noch etwas provisorisch, da die Handwerker noch nicht aus dem Hause waren. Bis Gwenda durch ihren energischen Einzug Druck dahintersetzte, hatten sie getrödelt. Nun war wenigstens die Küche fertig, und das neue Badezimmer auch.
Mit einigen anderen Veränderungen ließ sie sich bewußt Zeit, um das Vergnügen des Dekorierens auszukosten und genau die Farben und Muster für die Schlaf- und Gästezimmer zu wählen, die ihr vorschweb-

ten. Das Haus war soweit in Ordnung, daß sie wirklich nicht alles auf einmal zu tun brauchte.
In der Küche schaltete und waltete jetzt Mrs. Cocker, eine Frau von herablassender Würde, die dazu neigte, Gwendas demokratische Freundlichkeit in ihre Schranken zu weisen. Aber nachdem Gwenda begriffen hatte, wo ihr Platz war, zeigte Mrs. Cocker sich durchaus willens, einige Zugeständnisse zu machen.
An dem Morgen, von dem hier die Rede sein soll, stellte sie ein Frühstückstablett auf Gwendas Knie, als diese sich kaum im Bett aufgesetzt hatte. Es war ihre unumstößliche Meinung, daß Damen im Bett zu frühstücken hatten, wenn der Herr nicht zu Hause war, und Gwenda hatte sich dieser Vorschrift gefügt. Offenbar wußte Mrs. Cocker mehr von feiner englischer Lebensart als sie.
»Heute gibt's Rührei«, bemerkte Mrs. Cocker. »Sie sagten etwas von geräuchertem Schellfisch, aber das ist kein Gericht fürs Schlafzimmer. Es riecht. Zum Abendessen werde ich Ihnen den Fisch mit holländischer Sauce auf Toast servieren.«
»Klingt herrlich, Mrs. Cocker, danke!«
Mrs. Cocker lächelte gnädig und wandte sich zur Tür. Gwenda bewohnte noch nicht das Eheschlafzimmer; das schob sie bis zu Giles' Ankunft auf. Statt dessen hatte sie das Zimmer am Ende des Korridors für sich genommen, das mit den abgerundeten Wänden und dem Erkerfenster, in dem sie sich ganz besonders wohl und zu Hause fühlte. Auch heute sah sie sich zufrieden um und sagte impulsiv: »Ich mag dieses Zimmer.«
Mrs. Cocker, die Klinke schon in der Hand, nickte ihr nachsichtig zu. »Gewiß, es ist ein nettes Zimmer, Madam, nur ein bißchen klein. Nach dem Fenstergitter zu schließen, ist es wohl früher das Kinderzimmer gewesen.«
»Ach ja, vielleicht. Darauf bin ich noch gar nicht gekommen.«
»Eignen tut sich's jedenfalls dafür«, meinte Mrs. Cocker in etwas anzüglichem Ton und zog sich würdevoll zurück. Es war, als hätte sie gesagt: Sobald wir einen Herrn im Haus haben, wird ein Kinderzimmer vielleicht wieder benötigt, wer weiß?
Gwenda war leicht errötet und sah sich daraufhin noch einmal genauer um. Ja, der Raum war wie geschaffen für ein Kinderzimmer. In Gedanken fing sie sofort an, es einzurichten. Ein großes Puppenhaus drüben an der Wand. Niedrige Spielzeugregale. Ein lustig prasselndes Feuer im Kamin, davor ein hohes Schutzgitter, auf dem Kleinigkeiten trockneten. Nur dieser abscheuliche senfgelbe Anstrich mußte wegl Dafür eine helle fröhliche Tapete: kleine Mohn- und Kornblumensträuße ... Ja, das würde reizend aussehen. Sie mußte unbedingt versuchen, so ein Muster aufzu-

treiben. Irgendwo, das wußte sie bestimmt, hatte sie es schon einmal gesehen.
Sonst waren nicht viele Möbel nötig. Zwei Einbauschränke gab es schon; allerdings war der eine abgeschlossen und mit der häßlichen Farbe übermalt, er mußte seit Jahren nicht benützt worden sein. Die Handwerker sollten ihn wieder öffnen, bevor sie das Haus endgültig räumten. Sie hatte nicht genug Platz für ihre Sachen.
Mit jedem Tag fühlte sie sich in »Hillside« heimischer. Während sie frühstückte, hörte sie durch das offene Fenster ein ausgiebiges Räuspern und dann kurzes, trockenes Husten. Foster, der launenhafte Gelegenheitsgärtner, auf dessen Versprechen nicht immer Verlaß war, hatte sich also eingefunden.
Gwenda brachte rasch ihre Morgentoilette hinter sich und ging in den Garten hinunter. Foster arbeitete im Steingarten bei der Terrassentür. Gwendas erste Anordnung war gewesen, an dieser Stelle einen Weg zwischen Rasen und Terrasse anzulegen. Foster hatte zunächst eingewendet, daß dann einige Forsythien, Weigelien und Fliedersträucher weichen müßten, aber Gwenda hatte auf ihrem Wunsch beharrt, und nun fand er ihn beinahe so richtig wie sie.
Er begrüßte sie mit einem Kichern.
»Sieht aus, als wollten Sie's wieder haben wie in der guten alten Zeit, Miss.« Auch daß er Gwenda hartnäckig »Miss« nannte, gehörte zu seinen Eigenheiten.
»Wie in der guten alten Zeit? Wieso?«
Foster klopfte mit seinem Spaten auf die Erde. »Da waren früher schon mal Stufen, sehen Sie? Ganz wie Sie's jetzt haben wollen. Irgendwer hat die Platten abgetragen und alles zugepflanzt.«
»Wie dumm«, sagte Gwenda. »Dadurch ist die ganze Aussicht aus dem Salon verdorben worden.«
Mr. Foster, der mit einem solchen Gedanken nicht viel anfangen konnte, stimmte vorsichtig zu.
»Ich habe ja nicht bestritten, daß es eine Verbesserung sein könnte, Miss. Sicher, so hat man wieder einen freieren Blick. Die Büsche da haben den Salon dunkel gemacht. Bloß um die Forsythie ist es schade, die wuchs wie verrückt - hab' nie so eine gesunde Forsythie gesehen. Mit dem Flieder ist nicht viel los, aber die Weigelien haben allerhand gekostet, Miss, und zum Umpflanzen sind sie jetzt zu alt, vergessen Sie das nicht.«
»Ich weiß. Aber so wird es viel, viel hübscher.«
»Na ja.« Foster kratzte sich am Kopf. »Kann sein.«
»Es ist so«, bekräftigte Gwenda. Dann fragte sie plötzlich: »Wer hat

eigentlich früher hier gewohnt? Die Hengraves besaßen das Haus doch nicht sehr lange?«
»Nein, höchstens sechs, sieben Jahre. Paßten beide nicht her. Und vorher? Die Damen Elworth. Sehr kirchenfromm, hatten's immer mit der Heidenmission. Einmal kam sogar ein schwarzer Prediger zu Besuch. Drei Schwestern waren es und ein Bruder - aber der hatte bei den Frauen nicht viel zu melden. Und vorher - vorher - da wohnte Mrs. Findeyson in ›Hillside‹. Ach ja, die gehörte nach Dillmouth, eine richtige feine Herrschaft. Wohnte schon im Haus, als ich noch nicht auf der Welt war.«
»Dann ist die alte Dame wohl auch hier gestorben?«
»Gestorben ist sie in Ägypten oder irgendwo in der Fremde. Aber ihr Sarg wurde heimgebracht und auf unserem Friedhof begraben. Die Magnolie und den Goldregen hat sie noch pflanzen lassen. War immer ganz verrückt auf Ziersträucher.« Foster widmete ihr ein paar Schweigesekunden, ehe er fortfuhr: »Damals gab's die neuen Häuser am Hang noch nicht, und keine Andenkenläden und keine Strandpromenade.« Seine Miene verriet die Mißbilligung des Alteingesessenen. »Veränderungen«, knurrte er. »Nichts als Veränderungen.«
»Ich glaube, das ist nicht zu vermeiden«, sagte Gwenda. »Und schließlich bedeuten Veränderungen manchmal auch Verbesserungen, nicht wahr?«
»Ja, alles redet vom Fortschritt. Ich merke nichts davon. Fortschritt, ha!« Er gestikulierte in Richtung eines von einer hohen Hecke umgebenen Nachbargrundstücks zur Linken. »Das war mal unser städtisches Krankenhaus, jawohl. Nett und gemütlich für jeden zu erreichen. Und dann gehen sie hin und bauen einen Riesenkasten vor der Stadt. Zwanzig Minuten Fußmarsch, wenn man am Besuchstag mal hin muß, oder teures Fahrgeld für den Bus.« Wieder deutete er grimmig auf die Hecke. »Ist jetzt 'ne Mädchenschule. Vor zehn Jahren sind sie eingezogen. Nichts wie Veränderungen. Heutzutage kaufen die Leute ein Haus, wohnen zehn oder zwölf Jahre drin, und plötzlich sind sie wieder auf und davon. Ruhelos ... Wozu soll das gut sein? Hat doch gar keinen Zweck, etwas zu pflanzen, wenn's nicht auf lange Sicht ist.«
Gwenda sah liebevoll auf die Magnolie. »Wie Mrs. Findeyson es tat«, sagte sie.
»Ja, die war noch vom alten Schlag. Kam als junge Frau her, zog ihre Kinder auf und verheiratete die Töchter, begrub ihren Mann, kriegte im Sommer Besuch von ihren Enkeln und starb, als sie beinahe achtzig war.«
Diesmal drückte Fosters Ton warme Anerkennung aus, und Gwenda kehrte mit einem Lächeln ins Haus zurück. Nachdem sie ein paar Dinge

mit den Handwerkern besprochen hatte, setzte sie sich an den Rosenholzsekretär, um ein paar liegengebliebene Briefe zu beantworten. Darunter war die Einladung eines jungen Ehepaars aus London, Verwandte von Giles.

Sie schrieben sehr nett, wenn sie Lust habe, würde sie ihnen in ihrem Haus in Chelsea jederzeit willkommen sein.

Raymond West war ein namhafter, wenn auch nicht besonders populärer Schriftsteller, wie Gwenda wußte, und seine Frau Joan war Malerin. Es war verlockend, ihrer Einladung zu folgen, obwohl sie sie wahrscheinlich für eine schreckliche Spießerin halten würden. Giles und ich, dachte Gwenda, sind wirklich keine Intellektuellen.

Feierliche Gongschläge dröhnten durch die Halle. Auch dieser Gong, der in einem geschnitzten Ebenholzrahmen hing, war eine von Giles' ererbten Raritäten. Mrs. Cocker bereitete es großes Vergnügen, ausgiebig daraufzuschlagen. Gwenda hielt sich die Ohren zu, stand auf und durchquerte rasch den Salon, um sich ins Speisezimmer zu begeben.

Erst dicht vor der Wand blieb sie abrupt mit einem ärgerlichen Ausruf stehen. Nun passierte es ihr schon zum dritten Mal, daß sie direkt durch die Wand nach nebenan wollte! Statt dessen mußte sie nun zurück in die Halle, den Flur entlang und um die Ecke des Salons ins Eßzimmer gehen. Es war ein Umweg und würde besonders im Winter eine unangenehme Zugabe sein, denn in der Halle zog es, und Zentralheizung gab es nur in den Wohnräumen.

Eigentlich, dachte Gwenda, als sie sich an den anmutigen Sheraton-Eßtisch setzte, könnte ich noch schnell eine Tür vom Salon ins Speisezimmer durchbrechen lassen. Ich werde heute nachmittag mit Mr. Sims reden.

Mr. Sims, der Innenarchitekt, war ein liebenswürdiger Mittvierziger mit gedämpfter Stimme und stets gezücktem Notizbuch, in das er die teuren Sonderwünsche seiner Klienten einzutragen pflegte. Als Gwenda ihm den ihren vortrug, stimmte er sofort lebhaft zu.

»Nichts einfacher als das, Mrs. Reed - und meines Erachtens eine entschiedene Verbesserung.«

»Wird es sehr kostspielig?« Gwenda war dem stets begeisterten Mr. Sims gegenüber inzwischen etwas vorsichtiger geworden. Sie hatte schon ein paar unerfreuliche Überraschungen erlebt, die nicht in seinem Kostenvoranschlag gestanden hatten.

»Eine Kleinigkeit«, versicherte Mr. Sims mit seiner sanften, verschleierten Stimme, und Gwenda beschlichen mehr Zweifel denn je. Gerade Mr. Sims' »Kleinigkeiten« hatte sie zu mißtrauen gelernt. »Wissen Sie was?« fuhr er überredend fort, »ich werde Taylor beauftragen, sich die

Sache nachher mal anzusehen, damit Sie Bescheid wissen. Hängt davon ab, wie das Mauerwerk ist.«

Gwenda willigte ein und kehrte zu ihrer Korrespondenz zurück. Sie dankte Joan West für die Einladung, erklärte aber, daß sie vorläufig nicht von Dillmouth wegkönne, solange die Handwerker im Haus seien und sie die Arbeiten beaufsichtigen müsse. Dann ging sie aus, warf die Briefe ein, machte einen längeren Spaziergang auf der Seepromenade und genoß die salzige Brise. Als sie eine Weile später den Salon betrat, richtete sich Taylor, Mrs. Sims' Vorarbeiter, an der Wand aus einer Kniebeuge auf und begrüßte sie mit freundlichem Grinsen.

»Macht gar keine Schwierigkeiten, Mrs. Reed«, sagte er. »Hier war nämlich früher schon mal eine Tür. Irgend jemand hat sie nicht gepaßt, und der hat sie einfach zumauern lassen.«

Gwenda war angenehm überrascht. Wie merkwürdig, dachte sie, daß ich von Anfang an das Gefühl hatte, dort müsse eine Tür sein. Sie erinnerte sich an die Selbstverständlichkeit, mit der sie schon dreimal darauf losgegangen war. Gleichzeitig überflog sie ein winziger, unbehaglicher Schauer. Genaugenommen war es doch sehr merkwürdig. Warum hatte sie so todsicher angenommen, daß dort eine Tür hingehörte? Weder an der Salon- noch an der Eßzimmerwand war eine Spur davon zu sehen. Wieso hatte sie geahnt - gewußt -, wie es früher gewesen war? Natürlich war es sinnvoll, sich der Bequemlichkeit halber einen direkten Durchgang zu wünschen, aber warum war sie immer blindlings auf diese eine Stelle losgegangen? Bei der Breite der Wand hätte es mehrere Möglichkeiten gegeben, aber nein, sie war jedesmal automatisch, in Gedanken bei ganz anderen Dingen, genau auf die eine Stelle zugesteuert, wo die Tür sich früher tatsächlich befunden hatte.

Hoffentlich bin ich keine Hellseherin oder so etwas Ähnliches, dachte Gwenda beunruhigt. Soviel sie wußte, war sie immer vollkommen normal gewesen. Sie gehörte nicht zu den Übersensiblen. Oder etwa doch? Wie war das mit den Steinstufen, die von der Terrasse zum Rasen führten, vielmehr geführt hatten?

Hatte sie auch da etwas geahnt, weil sie so sehr auf einer Wiederherstellung bestand?

Vielleicht bin ich doch für übersinnliche Einflüsse empfänglich, überlegte sie unbehaglich. Oder lag es am Haus?

Warum hatte sie Mrs. Hengrave bei der Besichtigung die Frage gestellt, ob es hier spuke?

Es spukte nicht, es war ein wunderschönes Haus! Mrs. Hengrave hatte mit Recht über so eine Idee gestaunt. Oder war in ihrer Reaktion nicht doch eine Spur von Reserve und Vorsicht gewesen?

Mein Gott, ich fange noch an, mir Dinge einzubilden, dachte Gwenda und zwang sich, sachlich mit Taylor zu reden, was ihr auch gelang.
»Ach, noch was«, fügte sie am Schluß hinzu. »Oben in dem kleinen Erkerzimmer ist ein Einbauschrank abgeschlossen und übermalt. Können Sie den wieder öffnen?«
Der Mann ging mit ihr hinauf und nahm die Sache in Augenschein.
»Die Tür ist sogar mehrmals übermalt worden«, erklärte er. »Ich besorge jemand, der ihn morgen aufmacht, wenn Ihnen das paßt.«
Gwenda sagte, es passe ihr sehr gut, und Taylor verabschiedete sich.
An diesem Abend war sie schreckhaft und nervös. Während sie im Salon saß und zu lesen versuchte, hörte sie jedes Knacken der alten Möbel überdeutlich.
Manchmal überlief sie ein Schauder, und sie blickte unruhig über die Schulter. Immer wieder sagte sie sich, daß an den Vorfällen mit der Tür und den Gartenstufen nichts Übersinnliches sei. Beides ließ sich mit gesundem Menschenverstand ganz einfach erklären.
Obwohl sie es nicht wahrhaben wollte, graute ihr etwas vor dem Zubettgehen, und als sie sich endlich überwand, die Leselampe auszuknipsen und in die Halle hinauszutreten, fürchtete sie sich noch mehr vor der Treppe. Sie rannte beinahe die Stufen hinauf, hastete den Flur entlang und stürzte atemlos in ihr Zimmer. Kaum war sie dort, verflog ihre Angst. Aufatmend sah sie sich um: ja, hier fühlte sie sich geborgen und glücklich, hier war sie sicher. (Sicher wovor, du Dummkopf? fragte sie sich sofort.) Sie griff nach ihrem Pyjama und schlüpfte in die Pantoffeln. Wirklich, schalt sie sich, du benimmst dich wie ein kleines Kind! Du solltest dir Hausschuhe mit Hasenmuster kaufen, wie für eine Sechsjährige. Mit einem Gefühl der Erleichterung ging sie zu Bett und war bald eingeschlafen.

Am nächsten Morgen hatte sie in der Stadt einiges zu erledigen und kam erst zur Mittagszeit nach Hause.
»Die Leute haben den Schrank aufgemacht«, berichtete Mrs. Cocker, als sie die gebackene Seezunge mit Kartoffelbrei und Karottengemüse hereinbrachte.
»Sehr gut«, sagte Gwenda und machte sich mit Appetit über das Mittagessen her. Nach dem Kaffee im Salon ging sie in das kleine Schlafzimmer hinauf, trat zur Wand und öffnete die Schranktür.
Dann entfuhr ihr ein leiser Schreckensschrei, und sie starrte wie versteinert ins Innere.
An der Rückseite war die ursprüngliche Tapete des Zimmers erhalten geblieben, die überall sonst mit der senfgelben Wandfarbe übermalt

worden war. Kein Zweifel: Früher war das ganze Zimmer hell und farbenfroh tapeziert gewesen. Das Muster zeigte Mohn- und Kornblumensträußchen.
Gwenda brauchte lange, bis sie sich von dem Anblick losreißen, mit weichen Knien zum Bett wanken und sich auf die Kante setzen konnte.
Was war los?
Hier saß sie in einem kleinen Haus, das sie bis vor ein paar Wochen noch nicht gekannt hatte, in einem Land, in dem sie nie zuvor gewesen war, und doch hatte sie sich erst gestern früh im Bett ausgemalt, wie sie dieses Zimmer dekorieren wollte - mit einer Tapete, die schon frühere Bewohner an der Wand gehabt hatten.
Bruchstückhafte Erklärungen wirbelten ihr durch den Kopf. Dunne fiel ihr ein und seine Zeitexperimente ... In die Zukunft sehen, nicht in die Vergangenheit ...
Die Sache mit den Stufen im Garten und der Verbindungstür konnte man noch als Zufälle gelten lassen, aber hier hörten sie auf. Man konnte sich nicht eine Tapete mit einem so auffallenden Muster ausdenken und sie dann prompt hinter einer jahrelang verschlossenen Schranktür finden. Nein, dafür mußte es eine Erklärung geben, die sie nicht kannte und die sie erschreckte.
Jeden Augenblick entdeckte sie womöglich noch mehr Dinge, von denen sie gar nichts wissen wollte.
Das Haus ängstigte sie. Aber war es wirklich das Haus, war es nicht sie selbst? Sie wollte nicht zu den Leuten gehören, die das Zweite Gesicht hatten. Gwenda holte tief Atem, zog einen leichten Mantel über und schlüpfte aus dem Haus. Auf der Post gab sie folgendes Telegramm (mit bezahlter Rückantwort) auf:

19 ADDWAY SQUARE CHELSEA LONDON MEINUNG GEÄNDERT STOP MÖCHTE MORGEN KOMMEN STOP GWENDA

3

Raymond und Joan West taten ihr möglichstes, damit die junge Frau ihres Vetters Giles sich bei ihnen wohl fühlte. Es war nicht ihre Schuld, daß Gwenda sie insgeheim ziemlich beunruhigend fand. Raymond sah sehr herrisch aus, wie eine angriffslustige Krähe.
Seine Haarmähne und seine seltsame Unterhaltung, bei der er mitunter sehr laut wurde, verblüfften sie und machten sie nervös. Er und Joan schienen eine eigene Sprache zu sprechen. Gwenda war noch nie bei

Intellektuellen zu Gast gewesen, und die ganze Art zu reden war ihr fremd.
»Wir wollen ein paarmal mit dir ins Theater gehen«, sagte Raymond beim Begrüßungsschluck. Obwohl Gwenda nach der Fahrt lieber eine Tasse Tee als den angebotenen Gin getrunken hätte, heiterte sich ihre Miene bei dieser Aussicht auf. Raymond fuhr fort:
»Heute abend haben wir Karten für das ›Sadler's Wells-Ballett‹, und morgen geben wir eine Geburtstagsfeier für meine ziemlich unglaubliche Tante Jane. Ihr zu Ehren sehen wir uns alle den klassischen Thriller *Die Herzogin von Amalfi* an, mit Gielgud in der Hauptrolle. Und am Freitag mußt du unbedingt den *Marsch ohne Füße* sehen, aus dem Russischen übersetzt und mit Abstand das bedeutendste Stück seit zwanzig Jahren. Es läuft im ›Witmore Theatre‹.«
Gwenda bedankte sich, daß man sich so rührend um ihre Unterhaltung kümmere. Wenn Giles kam, dachte sie im stillen, konnte sie mit ihm noch genug Musicals besuchen. Sich *Marsch ohne* Füße ansehen zu müssen, erschreckte sie ein wenig, aber vielleicht gefiel es ihr sogar. Nur hatte man an »bedeutenden« Stücken meist nicht viel Freude.
»Tante Jane wird dir gefallen«, sagte Raymond. »Ein herrliches Prachtstück aus einer vergangenen Zeit. Konservativ bis ins Herz. Sie wohnt in einem Dorf, wo nie etwas passiert, still wie ein Waldsee.«
»Einmal ist dort aber doch etwas passiert!« sagte Joan trocken.
»Nur ein Eifersuchtsdrama, plump und ohne psychologische Feinheiten.«
»Na, damals warst du fasziniert«, erinnerte Joan und zwinkerte ihm zu.
»Manchmal spiele ich auch gern Kricket«, gab Raymond würdevoll zurück.
»Wie dem auch sei, Tante Jane hat sich bei der Aufklärung des Falles mit Ruhm bedeckt.«
»Ja - sie ist kein Dummkopf. Sie schwärmt für Denksportaufgaben.«
»Auch rechnerische?« fragte Gwenda, weil ihr sofort Dreisatzrechnungen einfielen.
Raymond winkte ab. »Alles mögliche. Zum Beispiel: Warum hat die Lebensmittelhändlersfrau an einem klaren Frühlingsabend ihren Regenschirm zum Gemeindetreffen mitgenommen? Wie kamen die Reste einer Dosenkrabbe aufs Fensterbrett? Was geschah mit dem Chorhemd des Vikars? All das ist Wasser auf Tante Janes Mühle. Also, falls du irgendein Problem hast, Gwenda, vertrau es ihr an! Sie wird es unverzüglich lösen.«
Er lachte, und Gwenda lachte auch, obwohl nicht so unbefangen wie er. Und am nächsten Tag lernte sie Tante Jane, Miss Marple, persönlich

kennen. Miss Marple war eine reizende alte Dame, groß und dünn, mit rosigen Wangen, blauen Augen, die oft humorvoll funkelten, und von freundlichem, etwas umständlichem Wesen.
Nach einem frühen Abendessen, bei dem auf Tante Janes Gesundheit angestoßen wurde, fuhren sie ins Theater. Zwei Bekannte, ein älterer Kunstmaler und ein junger Rechtsanwalt, waren mit von der Partie. Der Maler widmete sich Gwenda, und der Jurist teilte seine Aufmerksamkeiten zwischen Joan und Miss Marple, deren Bemerkungen ihm offenbar großen Spaß machten. Im Theater wurde die Sitzordnung allerdings geändert. Gwenda saß nun mitten in der Reihe zwischen Raymond und dem Rechtsanwalt. Die Lichter im Zuschauerraum erloschen. Der Vorhang ging hoch. Es wurde großartig gespielt, und Gwenda war begeistert. Sie hatte noch nicht viele gute Aufführungen gesehen.
Gegen Ende des Stücks kam der schaurige Höhepunkt. Die Stimme des Schauspielers tönte tragisch über die Rampe: *»Bedeckt ihr Antlitz! Vor meinen Augen flimmert es, sie starb so jung ...«* Gwenda schrie, sprang von ihrem Sitz auf, ohne sich um die Unruhe, die im Publikum entstand, zu kümmern, drängte sich durch die Reihe und stürzte blindlings ins Foyer und auf die Straße hinaus. Erst am Piccadilly kam sie auf die Idee, ein Taxi zu nehmen. In Chelsea bezahlte sie mit zitternden Fingern den Fahrer und klingelte am Haus ihres Vetters. Das Dienstmädchen, das öffnete, sah sie erstaunt an.
»Sie kommen früh zurück, Ma'am. Ist Ihnen nicht gut?«
»Doch ... Nein ... Es sind nur Kopfschmerzen ...«
»Soll ich Ihnen etwas bringen, Ma'am? Vielleicht einen Brandy?«
»Nein, danke. Ich gehe lieber gleich zu Bett.« Gwenda eilte die Treppe hinauf, um weiteren Fragen auszuweichen.
Sie zog sich aus und ließ die Kleider unordentlich auf dem Boden liegen. Bald lag sie zitternd, mit klopfendem Herzen, da und starrte an die Zimmerdecke.
Sie hörte nicht, wie Joan, Raymond und Miss Marple nach Hause kamen, aber fünf Minuten darauf öffnete sich die Tür, und die alte Dame trat mit einer Wärmflasche und einer Tasse Tee ein.
Gwenda setzte sich im Bett auf und bemühte sich, ihr Zittern zu unterdrücken.
»Ach, Miss Marple - ich weiß nicht, wie ich mich entschuldigen soll. Ich habe mich idiotisch aufgeführt. Sind Joan und Raymond sehr wütend auf mich?«
»Keine Angst, mein liebes Kind!« antwortete Miss Marple. »Legen Sie sich nur schön die Wärmflasche ins Bett.«
»Ich brauche eigentlich keine.«

»Heute schon. So ist's gut. Und jetzt trinken Sie den Tee.« Der Tee war heiß, stark und viel zu süß, aber Gwenda trank ihn gehorsam aus. Das Zittern ließ fast sofort nach.
»Nun legen Sie sich brav hin und schlafen«, sagte Miss Marple. »Über Ihren kleinen Schock unterhalten wir uns morgen. Grübeln Sie nicht unnötig darüber nach! Schlafen Sie!«
Sie zog die Decke hoch, tätschelte Gwenda sanft die Wange und ging hinaus.
Unten fragte Raymond seine Frau gerade in gereiztem Ton: »Was, in aller Welt, war bloß in Gwenda gefahren? Ist sie krank, oder was?«
»Keine Ahnung, Raymond. Sie hat einfach geschrien. Vermutlich war das Stück zu unheimlich.«
»Na ja, der alte Webster ist schon ein wenig unheimlich. Trotzdem - ich hätte nicht gedacht ...« Er brach ab, weil Miss Marple eintrat. »Hat sie sich beruhigt?«
»Soweit ja, glaube ich. Aber es war ein schwerer Schock für sie.«
»Wieso? Wer kriegt von so einem alten Schauerstück gleich Zustände?«
»Wahrscheinlich steckt ein bißchen mehr dahinter«, sagte Miss Marple nachdenklich.

Gwenda frühstückte in ihrem Zimmer, Kaffee und ein wenig Toast. Als sie hinunterkam, war Joan in ihr Atelier gegangen, Raymond hatte sich in seinem Arbeitszimmer eingeschlossen, und Miss Marple saß strickend beim Wohnzimmerfenster, das eine schöne Aussicht auf die Themse bot. Bei Gwendas Eintritt blickte sie friedlich lächelnd von ihrem Strickzeug auf.
»Guten Morgen, liebes Kind. Geht's Ihnen besser?«
»Danke ja, ich bin wieder völlig in Ordnung. Ich weiß wirklich nicht, warum ich mich gestern abend so aufgeführt habe. Sind Joan und Raymond sehr wütend auf mich?«
»Aber nein, Kind. Sie verstehen es.«
»Was verstehen sie.«
»Daß Sie einen Schock erlitten haben.« Nach einer kurzen Pause fügte Miss Marple freundlich hinzu: »Wollen Sie sich nicht mit mir darüber aussprechen?«
Gwenda ging rastlos auf und ab.
»Ich glaube, ich gehe besser zum Psychiater.«
»Natürlich gibt es ausgezeichnete Nervenärzte in London, aber halten Sie das wirklich für nötig?«
»Nun ... ich glaube allmählich, ich werde verrückt ... Wie könnte ich sonst immer wieder ...«

Das Erscheinen des Dienstmädchens, das ihr ein Telegramm brachte, ließ sie stocken. Es war ihr von Dillmouth nachgeschickt worden. Sie riß den Umschlag auf, las mit unbewegter Miene den kurzen Text und knüllte das Blatt zusammen.
»Hoffentlich keine schlechte Nachricht?« fragte Miss Marple besorgt.
»Nein. Giles - mein Mann - kündigt seine Ankunft an. Nächste Woche wird er hier sein.«
Sie sagte das mit einer so tonlosen, traurigen Stimme, daß Miss Marple mitfühlend hüstelte. »Nun«, sagte sie. »Das ist doch sehr erfreulich! Oder nicht?«
»Erfreulich? Wenn ich nicht weiß, ob ich verrückt bin? Da hätte ich Giles nie heiraten dürfen. Und dieses Haus - und alles! Ich kann nicht mehr dahin zurück. Ach, ich weiß nicht, was ich tun soll!«
Miss Marple klopfte einladend neben sich auf das Sofa. »Wie wär's, wenn Sie sich zu mir setzten und erzählten, was eigentlich los ist?«
Mit einem Gefühl der Erleichterung gehorchte Gwenda und schüttete der alten Dame ihr Herz aus. Sie berichtete, wie sie »Hillside« zum ersten Mal von der Straße aus gesehen hatte, und zählte dann all die kleinen Ereignisse auf, die sie erst verblüfft und dann erschreckt hatten.
»Jetzt habe ich richtig Angst«, schloß sie. »Ich dachte, wenn ich nach London fahre und in netter Gesellschaft bin, komme ich davon los. Aber es ist mir nicht gelungen, wie Sie selber sehen. Es verfolgt mich. Und gestern abend im Theater ...« Sie schloß die Augen und schluckte krampfhaft.
»Was war gestern abend?« fragte Miss Marple behutsam.
»Sie werden es sicherlich kaum glauben«, antwortete Gwenda hastig. »Sie werden mich für hysterisch halten, oder seltsam. Es passierte ganz plötzlich, fast am Schluß des Stücks. Dabei hatte es mir bis dahin gut gefallen; ich hatte überhaupt nicht an ›Hillside‹ gedacht. Es kam sozusagen aus heiterem Himmel, als der Held die Worte sprach ...« Sie zitierte mit leiser Stimme: *»Bedeckt ihr Antlitz! Vor meinen Augen flimmert es, sie starb so jung* ... Da war ich plötzlich wieder in ›Hillside‹, oben auf dem Treppenabsatz, und schaute durch das Geländer in die Halle hinunter, und da lag sie - auf dem Rücken - tot. Ihr Haar war wie ein goldener Fächer um den Kopf gebreitet und das Gesicht - dunkelblau angelaufen! Sie war erdrosselt, erwürgt worden, und irgend jemand sagte genau diese Worte, in demselben entsetzlichen Ton, und ich sah die Hände ... nein, keine Hände, eher Affenpfoten, sie waren grau und runzlig ... Entsetzlich, glauben Sie mir. Die Frau war tot ...«
»Wer war tot?« fragte Miss Marple freundlich.
Gwendas Antwort kam rasch und automatisch: »Helen ...«, sagte sie.

4

Gwenda starrte Miss Marple entgeistert an und strich sich benommen das Haar aus der Stirn.

»Was war das? Wieso habe ich Helen gesagt? Ich kenne gar keine Helen!«

Sie ließ die Hand mit einer verzweifelten Geste sinken.

»Da haben Sie es: Ich bin verrückt! Ich sehe Gespenster! Auf Schritt und Tritt sehe ich Dinge, die gar nicht da sind - erst ist es nur eine Tapete, und nun sind es schon Leichen. Es wird ja immer schlimmer!«

»Ziehen Sie keine übereilten Schlüsse, meine Liebe ...«

»Oder es liegt am Haus. Das Haus ist verhext oder verwunschen, irgend so etwas! Ich sehe Dinge, die früher dort passiert sind oder die sich dort ereignen werden - und das wäre noch schlimmer. Vielleicht wird eine Frau namens Helen in ›Hillside‹ ermordet! Obwohl das Haus doch nicht verhext sein kann, wenn ich diese Erscheinungen auch hier in London habe, weit entfernt. Also muß ich es sein, bei der etwas nicht stimmt. Ich gehe lieber zu einem Psychiater - am besten gleich heute morgen noch!«

»Meine liebe Gwenda, natürlich bleibt Ihnen das unbenommen, aber Sie sollten diesen Gang erst tun, wenn alle Stricke reißen. Ich halte es immer für das Gescheiteste, erst nach den einfachsten und gewöhnlichsten Erklärungen zu suchen. Zählen wir noch einmal die nüchternen Fakten auf. Es waren drei bestimmte Ereignisse, die Sie verwirrten. Ein paar Gartenstufen, die Sie an einer bestimmten Stelle vermuteten, waren überpflanzt und eine früher vorhandene Tür war zugemauert worden; hinter einer übermalten Schranktür befand sich eine Tapete, die Sie sich bis ins Detail vorgestellt, aber noch nie gesehen hatten. Soweit richtig?«

»Ja.«

»Dann ist die natürliche Erklärung, daß Sie diese drei Dinge tatsächlich schon einmal gesehen haben.«

»Wann? In einem früheren Leben?«

»Nein, in diesem. Ich meine, es könnten durchaus echte Erinnerungen sein.«

»Aber, ich bin erst vor einem Monat nach England gekommen! Vorher war ich nie hier!«

»Sind Sie so sicher?«

»Natürlich. Ich habe mein ganzes Leben in Neuseeland verbracht, in oder bei Christchurch.«

»Sind Sie auch dort geboren?«

»Nein, geboren wurde ich in Indien. Mein Vater war Offizier. Meine Mutter ist ein oder zwei Jahre nach meiner Geburt gestorben, und mein

Vater schickte mich zu ihrer Familie nach Neuseeland. Dann starb auch er, nur wenige Jahre später.«
»Erinnern Sie sich noch an Ihre Umsiedlung von Indien nach Neuseeland ?«
»Nicht genau. Ich war noch klein. Ja, an das Schiff erinnere ich mich, undeutlich, vor allem an ein dickes rundes Glas in der Wand - wahrscheinlich ein Bullauge - und an einen großen Mann in einer weißen Uniform. Er hatte ein rotes Gesicht und blaue Augen und eine tiefe Kerbe im Kinn - eine Narbe, vermute ich. Er warf mich immer in die Luft und fing mich wieder auf, und ich erinnere mich, daß es mir halb Angst und halb Spaß machte. Aber das alles weiß ich nur noch bruchstückhaft.«
»Hatten Sie nicht ein englisches Kindermädchen, oder ein indisches? Eine Aja?«
»Keine Aja. Aber eine Nannie, ja, natürlich. An die erinnere ich mich gut, denn sie blieb, bis ich ungefähr fünf Jahre alt war. Sie schnitt mir Papierenten aus. Ja, Nannie war mit auf dem Schiff. Sie hat geschimpft, wenn ich schrie, weil der Kapitän mich immer küssen wollte, und sein Bart kratzte so.«
»Aha! Das ist interessant, Gwenda. Sie bringen zwei verschiedene Seereisen durcheinander; merken Sie es nicht? Einmal hatte der Kapitän einen Bart, das andere Mal ein rotes Gesicht und eine Narbe am Kinn.«
»Da könnten Sie recht haben«, sagte Gwenda betroffen.
»Ich schließe daraus, daß Ihr Vater Sie nach dem Tod Ihrer Mutter zunächst nach England gebracht hat und daß Sie eine Zeitlang wirklich in jenem Haus, in ›Hillside‹, gewohnt haben. Sie sagten selbst, daß es Ihnen auf den ersten Blick so vertraut schien und Sie sich buchstäblich zu Hause fühlten. Wahrscheinlich schlafen Sie zur Zeit in Ihrem ehemaligen Kinderzimmer.«
»Ein Kinderzimmer war es auf jeden Fall. Vor dem Fenster ist ein Gitter.«
»Sehen Sie? Und damals hatte es noch die hübsche bunte Korn- und Mohnblumentapete. Kinder erinnern sich sehr genau an so etwas. Ich selbst habe nie die Schwertlilien in meinem Kinderzimmer vergessen, obwohl ich kaum älter als drei war, als es neu tapeziert wurde.«
»Habe ich deshalb auch gleich an das Puppenhaus und die Spielzeugregale gedacht?«
»Sicher. Und beim Anblick der Badewanne mit dem Mahagonirand dachten Sie an Schwimmtiere.«
»Stimmt«, sagte Gwenda nachdenklich, »es war, als wüßte ich sofort, wo alles hingehörte, bis zur Küche und zum Wäscheschrank, und daß

früher eine Verbindungstür zwischen Salon und Eßzimmer war. Aber es ist doch ganz unmöglich, daß ich nach England komme und ausgerechnet dasselbe Haus kaufe, in dem ich vor langer Zeit schon gewohnt habe?«
»Unmöglich ist es nicht, meine Liebe. Es ist lediglich ein bemerkenswerter Zufall - und derartige Zufälle sind gar nicht so selten. Ihr Mann wollte gern ein Haus an der Südküste haben, Sie suchten etwas Passendes, kamen an einem vorbei, das Ihnen irgendwie vertraut schien und gefiel, und da es die richtige Größe und einen annehmbaren Preis hatte, kauften Sie es.
Das alles ist nicht allzu unwahrscheinlich. Hätte es im Haus gespukt, würden Sie ganz anders reagiert haben. Aber Sie hatten keine Angstgefühle, wie Sie sagten, ausgenommen in einem ganz bestimmten Moment: als Sie mit der Besitzerin die Treppe hinuntergehen wollten und von oben in die Halle blickten.«
Eine Erinnerung an den überstandenen Schrecken flackerte wieder in Gwendas Augen auf. »Sie meinen ... daß die Sache mit Helen auch einmal Wirklichkeit war?«
»Ja, meine Liebe«, sagte Miss Marple sehr freundlich. »Wenn die anderen Erinnerungen echt waren, müssen wir daraus schließen ...«
»Daß ich wirklich eine Frau tot - erwürgt - dort liegen gesehen habe?«
»Daß sie erwürgt worden war, konnten Sie als Kind sicher nicht erkennen; diese Todesart ist Ihnen durch den Theatermord gestern abend suggeriert worden, zumal Sie als Erwachsene wissen, was ein blau angelaufenes Gesicht bedeuten kann. Ein kleines Kind, das gerade die Treppe hinunterkrabbeln will, begreift nur das allgemein Gräßliche von Gewalttat, Verbrechen und Tod, und falls dabei bestimmte Worte und Sätze ausgesprochen werden, prägen sie sich unauslöschlich in das kindliche Gehirn ein.
Ich zweifle nicht daran, daß der Mörder tatsächlich die betreffende Stelle aus dem alten Webster-Drama zitiert hat. Für ein Kind muß so etwas ein schwerer Schock sein. Kinder sind seltsame kleine Wesen. Wenn sie ein Angsterlebnis haben, das sie nicht verstehen können, verschweigen sie es. Sie scheinen es sogar zu vergessen. Aber es ist nur verdrängt. Tief im Innern lebt es weiter.«
Gwenda holte tief Luft. »Und das soll mir passiert sein? Aber warum erinnere ich mich dann nicht gleich an alles?«
»So einfach ist das nicht. Meist entgleitet die Erinnerung, je mehr man sie zu fassen versucht. Aber mir sind noch ein oder zwei Hinweise aufgefallen. Zum Beispiel gebrauchten Sie eine sehr bezeichnende Redewendung, als Sie von Ihrem gestrigen Theatererlebnis erzählten. Sie

sagten, Sie glaubten wieder durch das Geländer in die Diele zu sehen. Nun schaut ein Erwachsener gewöhnlich nicht *durch,* sondern *über das* Geländer. Nur ein Kind sieht hindurch.«
»Sie denken aber auch an alles«, sagte Gwenda bewundernd.
»Solche Kleinigkeiten sind oft bedeutsam.«
»Aber wer war Helen?« fragte Gwenda verwirrt.
»Sie sind immer noch so sicher, daß sie Helen hieß?«
»Ja ... es ist sehr seltsam, weil ich keine Helen kenne, zugleich aber sicher weiß, daß es eine Helen war, die tot in der Halle lag ... Wie kann ich nur mehr herausfinden?«
»Zunächst brauchen wir, glaube ich, die Bestätigung, daß Sie als Kind in England waren. Ihre Verwandten müßten das ...«
»Tante Alison«, unterbrach Gwenda sie. »Natürlich, Tante Alison muß das wissen.«
»Dann fragen Sie am besten gleich per Luftpost bei ihr an. Tun Sie so, als müßten Sie wegen irgendwelcher Formalitäten wissen, ob Sie schon mal in England waren. Bis zur Ankunft Ihres Mannes haben Sie vielleicht schon Antwort.«
»Danke, Miss Marple. Sie sind so furchtbar nett zu mir. Ich hoffe nur, Ihre Vermutungen treffen zu - weil dann alles in Ordnung wäre. Ich meine, es wäre nichts Übernatürliches im Spiel.«
Miss Marple lächelte.
»Das wird sich schon herausstellen. Übermorgen fahre ich nach Nordengland auf Besuch zu alten Freunden. In etwa zehn Tagen komme ich noch einmal durch London.
Wenn Sie und Ihr Mann dann hier sind und Sie Antwort aus Neuseeland haben, so wäre ich sehr neugierig auf das Resultat.«
»Natürlich halte ich Sie auf dem laufenden, Miss Marple! Und Sie müssen unbedingt Giles kennenlernen. Er ist ein so lieber Kerl. Und dann reden wir ausführlich über die ganze Geschichte.«
Gwenda war wieder ganz munter geworden. Aber Miss Marple sah sehr gedankenvoll aus.

5

Etwa zehn Tage später betrat Miss Marple ein kleines Hotel in Mayfair und wurde von dem jungen Ehepaar Reed begeistert begrüßt.
»Das ist also mein Mann, Miss Marple«, stellte Gwenda vor. »Ich hab' dir ja schon erzählt, Giles, wie reizend Miss Marple zu mir gewesen ist.«

»Es freut mich, Sie kennenzulernen, Miss Marple. Wie ich gehört habe, hätte Gwenda beinahe durchgedreht.«
Miss Marples milde blaue Augen betrachteten Giles Reed wohlwollend. Ein sympathischer junger Mann, groß, blond, der ab und zu entwaffnend schüchtern mit den Augen zwinkerte. Seine Kinnpartie wirkte jedoch energisch.
»Ich habe den Tee in das kleine Schreibzimmer bestellt«, sagte Gwenda. »Dahin verirrt sich nie jemand, und wir können uns in Ruhe über Tante Alisons Brief unterhalten. Ja«, fügte sie auf Miss Marples Blick hinzu, »sie hat sofort geantwortet, und zwar ganz so, wie Sie prophezeit haben.«
Bald danach, als sie ihren Tee getrunken hatten, las Miss Marple, was Gwendas Tante geschrieben hatte.

Liebste Gwenda, ich bin sehr besorgt, daß Du in England Schwierigkeiten mit den Behörden hast. Und aus so nichtigem Grund! Offen gestanden, ich hatte völlig vergessen, daß Du als Kind eine Weile mit Deinem Vater in England warst.
Deine Mutter, meine Schwester Megan, hatte Major Halliday, Deinen Vater, bei einem Besuch in Indien kennengelernt, wo damals gute Freunde von uns stationiert waren. Sie heirateten, und Du wurdest dort geboren. Knapp zwei Jahre später ist Deine Mutter gestorben. Es war ein großer Kummer für uns. Wir schrieben Deinem Vater, den wir leider nie persönlich kennengelernt haben, er möge Dich uns doch anvertrauen. Für ihn als aktiven Offizier müßte ein kleines Kind sehr hinderlich sein. Wir würden uns freuen, für Dich sorgen zu dürfen. Dein Vater lehnte jedoch ab und teilte uns mit, er wolle seinen Abschied nehmen und mit Dir nach England zurückkehren. Hoffentlich könnten wir einmal eine Europareise machen und Euch besuchen.
Soviel ich weiß, begegnete Dein Vater schon auf der Fahrt nach Hause der jungen Dame, mit der er sich verlobte und die er gleich nach der Ankunft heiratete. Die Ehe wurde offenbar nicht glücklich, denn das Paar trennte sich schon nach etwa einem Jahr, und Dein Vater fragte uns brieflich, ob wir immer noch bereit seien, Dich in Pflege zu nehmen. Ich brauche Dir wohl nicht zu sagen, meine Liebe, wie gern wir das taten. Also wurdest Du unter der Obhut einer englischen Nurse zu uns geschickt. Zu unserer Bestürzung starb Dein Vater etwa ein Jahr später in einem Sanatorium. Ich vermute, daß er schon über seinen schlechten Gesundheitszustand im Bild war, als er Dich zu uns schickte, zumal er um diese Zeit auch sein Testament zu Deinen Gunsten machte.
Leider kann ich Dir nicht genau mitteilen, wo Du damals mit Deinem

Vater in England wohntest. Natürlich stand die Adresse auf den Umschlägen seiner Briefe, aber es ist nun an die achtzehn Jahre her, und ich kann mich leider nicht mehr genau erinnern. Es war an der Südküste, das weiß ich, und ich nehme an, Dillmouth ist korrekt. Ich hätte eher an Dartmouth gedacht, die beiden Namen ähneln sich allerdings sehr. Deine Stiefmutter hat, glaube ich, wieder geheiratet, aber ich kann mich nicht an ihren Mädchennamen erinnern, obwohl Dein Vater ihn natürlich in der Heiratsanzeige mitgeteilt hat. Wir nahmen es ihm wohl etwas übel, daß er so schnell nach Megans Tod wieder heiratete, und wollten nichts von ihr wissen. Aber es ist ja bekannt, daß man sich auf Schiffsreisen sehr viel schneller näherkommt, und wahrscheinlich dachte er, es würde gut für Dich sein.

Wirklich dumm, daß ich Dir nie von Deinem früheren Aufenthalt in England erzählt habe. Du warst natürlich zu klein, um Dich daran zu erinnern, und mir war es, wie gesagt, in all den Jahren einfach entfallen. Megans Tod in Indien und Dein Aufwachsen bei uns, das eine solche Freude für uns war, schienen mir stets das Wichtigste in Deinem Lebenslauf.

Ich hoffe, damit ist alles geklärt.

Giles wird ja nun in wenigen Tagen bei Dir sein. Die Trennung war sicher schwer für Euch beide.

Alles Weitere über uns demnächst. Ich habe diesmal nur schnell Deine Fragen beantwortet, damit Du den Behörden die verlangten Auskünfte geben kannst.

Mit vielen herzlichen Grüßen und Wünschen Deine Tante Alison

»Sehen Sie?« sagte Gwenda. »Sie haben richtig vermutet!« Miss Marple glättete das dünne Luftpostpapier.

»Hm … ja, das stimmt. Die einfachste Erklärung ist, wie ich festgestellt habe, oft auch die richtige.«

»Jedenfalls bin ich Ihnen sehr dankbar«, sagte Giles. »Die arme Gwenda war ganz durcheinander, und ich muß gestehen, ich habe mir Sorgen gemacht, daß Gwenda sich als Hellseherin oder sonstwie verdreht entpuppen könnte.«

»Eine hellseherische Ehefrau wäre sicher etwas beunruhigend«, meinte Gwenda, »es sei denn, du hast immer ein ordentliches Leben geführt!«

»Das habe ich«, antwortete Giles.

»Und das Haus? Wie denken Sie jetzt über das Haus?« fragte Miss Marple.

»Oh, mir ist jetzt alles recht«, sagte Gwenda. »Morgen fahren wir hin. Giles stirbt bald vor Neugier.«

»Ich weiß nicht, ob es Ihnen so klar ist wie mir, Miss Marple«, sagte Giles, »alles deutet doch darauf hin, daß wir einer erstklassigen Mordgeschichte auf der Spur sind, die sich direkt vor unserer Haustür zugetragen hat - genauer gesagt, in unserer Eingangshalle.«
»Ja, daran habe ich gedacht«, sagte Miss Marple zögernd.
»Giles schwärmt für Kriminalromane«, warf Gwenda ein.
»Nun, es ist tatsächlich einer«, sagte Giles. »Die Leiche einer schönen Frau - erwürgt - Identität bis auf den Vornamen unbekannt. Tatzeit vor fast zwanzig Jahren. Heutzutage natürlich keine genauen Ermittlungen mehr möglich, aber mit etwas Spürsinn kann man vielleicht ein paar lose Fäden zu fassen bekommen. Das ganze Rätsel wird sich kaum noch lösen lassen, aber ...«
»Vielleicht doch«, sagte Miss Marple. »Trotz der langen Zeit. Ich halte es für möglich.«
»Sie meinen«, fragte Giles fröhlich, »es kann nichts schaden, wenn wir es versuchen?«
Miss Marple zuckte unbehaglich mit den Schultern und machte ein ernstes, beinahe besorgtes Gesicht.
»Es könnte sehr üble Folgen haben«, sagte sie. »Wenn ich Ihnen raten darf - und ich möchte das mit allem Nachdruck tun: Lassen Sie die Finger von der ganzen Geschichte.«
»Was? Von unserer schönen Mordgeschichte - das heißt, wenn es Mord war?«
»Es war sicherlich Mord. Und eben deshalb sollten Sie das Ganze auf sich beruhen lassen. Mord ist wirklich keine Sache, mit der man leichtfertig herumspielt.«
»Aber, Miss Marple, wenn alle so dächten ...«
»Natürlich«, unterbrach sie ihn, »kann es sogar eine Pflicht sein, selbst etwas zu unternehmen: wenn ein Unschuldiger angeklagt wird, Leute zu Unrecht verdächtigt werden, oder ein gefährlicher Verbrecher auf freiem Fuß ist, der wieder zuschlagen könnte. Aber wenn eine Geschichte so weit zurückliegt wie diese, entfallen solche Gründe. Wahrscheinlich ist es nie als Mord erkannt worden, denn sonst hätten Sie schnell genug von Ihrem alten Gärtner oder anderen Einheimischen etwas darüber gehört. Mord verjährt nie, wenigstens nicht in den Erzählungen der Leute, die ihn aus der Nähe miterlebt haben. Nein, die Leiche muß irgendwie spurlos beseitigt worden sein, so daß nie ein Verdacht aufkam. Halten Sie es unter diesen Umständen wirklich für klug, die Vergangenheit wieder auszugraben?«
»Das klingt ja, als machten Sie sich Sorgen um uns!« rief Gwenda.
»So ist es, meine Liebe. Sie beide sind ein so nettes und charmantes

junges Paar, erst seit kurzem verheiratet und glücklich. Darum bitte ich Sie inständig, nicht an alte Dinge zu rühren, die - wie soll ich es ausdrücken -, die Sie aufregen und betrüben könnten.«

Gwenda starrte sie entgeistert an. »Denken Sie an etwas oder jemand - Bestimmtes? Was wollen Sie damit andeuten?«

»Ich spiele auf gar nichts an, ich möchte Ihnen nur einen Rat geben, denn in meinem langen Leben habe ich schon viele erschreckende menschliche Reaktionen kennengelernt. Lassen Sie die Finger davon!«

»Darum geht es jetzt nicht mehr.« Auch Giles war ernst geworden. »›Hillside‹ ist Gwendas und mein Haus, und wenn in unserem Haus einst ein Mord geschehen ist oder wir es annehmen müssen, gedenke ich es nicht tatenlos auf sich beruhen zu lassen, selbst wenn es angeblich achtzehn Jahre her ist!«

Miss Marple seufzte. »Entschuldigen Sie. Vermutlich würden die meisten mutigen jungen Männer empfinden wie Sie. Ich kann Sie verstehen und bewundere Sie. Aber ich wünschte - ja, ich wünschte wirklich -, Sie würden nicht daran rühren.«

Am folgenden Tag verbreitete sich in St. Mary Mead rasch die Kunde, daß Miss Marple wieder da sei. Um elf Uhr vormittags wurde sie in der Hauptstraße gesehen. Zehn Minuten vor zwölf machte sie eine Visite im Pfarrhaus. Am Nachmittag besuchten sie drei Klatschtanten des Ortes, um Miss Marples Eindrücke von dem schönen London zu erfahren und um - nachdem der Höflichkeit Genüge getan war - des langen und breiten die Probleme anläßlich des bevorstehenden Wohltätigkeitsbasars zu schildern. Wohin mit dem Handarbeitsstand, und wer sollte die Teebude übernehmen?

Gegen Abend konnte man Miss Marple wie gewöhnlich in ihrem Garten sehen, wo ihre Aufmerksamkeit ausnahmsweise mehr den Verheerungen durch das Unkraut als den Aktivitäten ihrer Nachbarn galt. Auch während ihres einfachen Abendessens hörte sie nur zerstreut dem lebhaften Bericht ihres kleinen Dienstmädchens Evelyn über die letzten Ereignisse in der Dorfapotheke zu. Zerstreut blieb sie auch am nächsten Tage in einem Grade, daß es mehreren Leuten, darunter sogar der Pfarrersfrau, auffiel. Abends ging Miss Marple mit den Worten, sie fühle sich nicht ganz wohl, früh zu Bett, und am nächsten Morgen bat sie Dr. Haydock zu sich.

Dr. Haydock war seit langen Jahren Miss Marples Arzt, Freund und Verbündeter. Er nahm ihre Klagen über verschiedene Krankheitssymptome ernsthaft entgegen, untersuchte sie, lehnte sich dann im Sessel zurück und deutete spielerisch mit dem Stethoskop auf sie.

»Für Ihr Alter und trotz Ihrer täuschend zerbrechlichen Erscheinung sind Sie bemerkenswert gut auf dem Damm.«
»Ich weiß, daß ich eine robuste Konstitution habe«, erwiderte Miss Marple. »Trotzdem muß ich gestehen, daß ich mich ein bißchen überanstrengt fühle - ziemlich erledigt.«
»Sie haben sich zuviel herumgetrieben. In London immer zu lange aufgeblieben ...«
»Ja, natürlich. London ist heutzutage etwas ermüdend. Diese schlechte verbrauchte Luft! Mit frischer Seeluft nicht zu vergleichen.«
»Hier in St. Mary Mead haben wir auch noch unverdorbene Landluft.«
»Leider ist es oft feucht oder schwül. Nicht gerade stärkend, wenn ich so sagen darf.«
Dr. Haydock betrachtete sie mit aufkeimendem Verstehen. »Ich werde Ihnen ein Stärkungsmittel verschreiben«, versprach er entgegenkommend.
»Danke, Doktor. Ich nehme immer Eastons Sirup - der hilft, und außerdem habe ich ja noch meine ›Violet Pastilles‹.«
»Meine Liebe, das Rezeptschreiben sollten Sie mir überlassen!«
»Ich dachte ...« Miss Marple schaute mit arglosen blauen Augen zu ihm auf, »ob nicht ein Luftwechsel noch besser ...«
»Sie sind gerade drei Wochen unterwegs gewesen.«
»Ja, aber vorwiegend in London, das, wie Sie selbst zugeben, die Nerven angreift, und dann in einem Industriegebiet im Norden. Alles kein Ersatz für frische Seeluft, Doktor.«
Dr. Haydock stand auf und packte seine Tasche. Dann wandte er sich schmunzelnd wieder zu Miss Marple um. »Nun sagen Sie schon offen, was ich den Leuten erzählen soll, wenn sie nach Ihnen fragen. Sie wünschen von mir den ausdrücklichen ärztlichen Rat, sich in ein Seebad zu begeben ...«
»Ich wußte ja, daß Sie mich verstehen«, sagte Miss Marple dankbar.
»Seeluft - ausgezeichnete Therapie! Also fahren Sie schleunigst nach Eastbourne, sonst könnte Ihre Gesundheit ernstlich Schaden nehmen.«
»Eastbourne ist meines Wissens ziemlich kalt. Die Dünen, wissen Sie.«
»Na, dann eben Bournemouth oder die Insel Wight.«
Miss Marple zwinkerte ihm zu. »Ich halte eigentlich mehr von kleineren Badeorten.«
Dr. Haydock setzte sich wieder.
»Jetzt machen Sie mich wirklich neugierig. Und welchen kleinen Badeort haben Sie im Auge?«
»Tja ... ich denke da zum Beispiel an Dillmouth.«
»Hübsches kleines Nest. Etwas spießig. Warum gerade Dillmouth?«

Miss Marple schwieg sekundenlang. Ihre blauen Augen hatten einen besorgten Ausdruck angenommen. Dann begann sie zögernd:

»Stellen Sie sich mal vor, Sie stießen eines Tages zufällig auf einen Hinweis, daß vor langer Zeit - vor neunzehn oder zwanzig Jahren - ein Mord begangen wurde, der nie entdeckt worden ist und von dem außer Ihnen kein Mensch etwas ahnt. Nie ist ein Verdacht aufgetaucht oder gar gemeldet worden. Was würden Sie tun?«

»Ein Mord, der in der Vergangenheit ruht, meinen Sie?«

»Genau das.«

Haydock überlegte einen Moment.

»Es war doch kein Justizirrtum? Hatte später jemand unter den Folgen dieses Verbrechens zu leiden?«

»Soweit man das bisher beurteilen kann, nein.«

»Hm. Ein unentdeckter Mord, der lange zurückliegt. Ich will Ihnen was sagen: Ich würde ihn ruhen lassen. Schlafende Hunde soll man nicht wecken. Mit einem Mordfall herumspielen könnte gefährlich werden. Sehr gefährlich sogar.«

»Eben das fürchte ich auch.«

»Es heißt, wer einmal mordet, ist zu weiteren Morden fähig. Das ist nicht unbedingt wahr. Es gibt einen Mördertyp, der, einmal davongekommen, verdammt aufpaßt, nicht wieder in so eine Situation zu geraten. Ich will nicht sagen, daß er unbeschwert weiterlebt - das halte ich erst recht für unwahr, denn es gibt viele Arten der Vergeltung. Nur nach außenhin geht dann alles gut. Ich könnte zahlreiche Morde nennen, die unentdeckt blieben oder in denen die Täter - meist waren es Täterinnen - mangels Beweisen freigesprochen wurden. Keine beging einen zweiten Mord. Sie hatten mit dem ersten erreicht, was sie wollten, und waren zufrieden. Aber angenommen, ihnen hätte doch noch die Gefahr der Entdeckung gedroht? Der Täter oder die Täterin, von dem *Ihr* Mord begangen wurde, dürfte zu dem erwähnten Typ gehört haben oder noch gehören. Niemand hat je Verdacht geschöpft. Aber falls er oder sie noch lebt und merkt, daß jetzt, nach all den Jahren, jemand in der alten Geschichte herumstochert, Steine umdreht und überall nach Spuren schnüffelt und am Ende vielleicht ins Schwarze trifft ... Was, meinen Sie, würde ein solcher aufgeschreckter Mörder dann machen? Lächelnd abwarten und zusehen, wie die Jagd näher und näher kommt? Nein, Miss Marple, wenn's Ihnen nicht wieder mal ums Prinzip geht, würde ich sagen: Halten Sie sich da raus!« Er wiederholte seine Bemerkung von eben: »Schlafende Hunde soll man nicht wecken ... Und«, fügte er energisch hinzu, »dies ist eine ärztliche Verordnung: Sie lassen die Finger davon!«

»Es geht nicht um mich, Doktor. Zwei reizende junge Leute sind in die Sache verwickelt. Lassen Sie es mich erzählen!«
Haydock hörte sich alles aufmerksam an. »Seltsam«, meinte er, als Miss Marple geendet hatte, »wirklich eine ungewöhnliche Häufung von Zufällen. Wie ich Sie kenne, durchschauen Sie die Zusammenhänge bereits?«
»Oh, nur einige. Aber ich glaube nicht, daß die jungen Leute schon darauf gekommen sind.«
»Es wird sehr viel Kummer bedeuten, und hinterher werden sie wünschen, sie hätten sich nie auf die Geschichte eingelassen. Skelette sollten begraben bleiben. Trotzdem ... Ich verstehe auch den Standpunkt des jungen Giles Reed. Ich könnte an seiner Stelle die Hände auch nicht in den Schoß legen. Selbst als Unbeteiligter bin ich neugierig ...«
Er unterbrach sich, um Miss Marple streng anzusehen. »Darum also müssen Sie zur Erholung nach Dillmouth! Sich in Dinge mischen, die Sie nichts angehen!«
»Keineswegs, Doktor. Ich mache mir nur Sorgen um die jungen Leute. Sie sind viel zu unerfahren und gutgläubig. Ich habe das Gefühl, daß ich ein bißchen auf sie aufpassen muß.«
»Aufpassen nennen Sie das? Können Sie einen Mordfall nie ruhen lassen? Nicht mal einen, der Jahrzehnte zurückliegt?«
Miss Marple gestattete sich ein feines kleines Lächeln.
»Aber Sie meinen doch auch, daß ein paar Wochen in Dillmouth meiner Gesundheit guttun würden?«
»Oder Ihnen den Garaus machen«, sagte der Doktor. »Aber Sie hören ja doch nicht auf mich!«

Auf dem Weg zu ihren alten Freunden, Colonel Bantry und seiner Frau, traf Miss Marple den Colonel schon in der Einfahrt, das Gewehr über der Schulter, den Spaniel an seiner Seite. Er begrüßte sie herzlich.
»Freut mich, Sie wieder hier zu sehen. Wie war's in London?« Miss Marple erwiderte, es sei sehr schön gewesen. Ihr Neffe habe sie ein paarmal ins Theater ausgeführt.
»Verrücktes modernes Zeug, wette ich. Ich persönlich mag nur Musikkomödien.«
»Wir waren in einem russischen Stück«, sagte Miss Marple. »Sehr interessant, nur etwas lang.«
»Russen!« explodierte der Colonel. Er hatte einmal im Krankenhaus einen Roman von Dostojewski zu lesen bekommen. »Wenn Sie Dolly suchen - die ist im Garten«, fügte er hinzu.
Dort war Mrs. Bantry eigentlich immer zu finden. Sie war Gärtnerin aus

Leidenschaft. Ihre Lieblingslektüre waren Knollenkataloge, und ihre Unterhaltung drehte sich fast ausschließlich um Primeln, Tulpenzwiebeln, Ziersträucher und Neuzüchtungen aller Art. Das erste, was Miss Marple von ihr erblickte, war ein hochgerecktes, umfangreiches Hinterteil in verschossenem Tweed.

Als sie die nahenden Schritte hörte, richtete Mrs. Bantry sich mit schmerzlichem Ächzen auf, denn ihr Hobby hatte ihr ein Rheumaleiden eingetragen, wischte sich mit der erdigen Hand die heiße Stirn ab und begrüßte ihre Freundin.

»Hab' schon gehört, daß Sie wieder da sind, Jane. Die neuen Rittersporne gedeihen prächtig, was? Und haben Sie schon mal so eine kleine Enziansorte gesehen? Ich hatte erst Schwierigkeiten, aber ich glaube, die meisten sind nun angegangen. Was wir brauchen, ist Regen. Furchtbar, diese Trockenheit. Esther hat behauptet, Sie lägen krank im Bett«, fügte sie hinzu. Esther war Bantrys Köchin und die Verbindung zum Dorfklatsch. »Freut mich, daß es nicht stimmt.«

»Bloß ein bißchen angegriffen«, sagte Miss Marple. »Dr. Haydock hat mir eine Kur in frischer Seeluft empfohlen.«

»Aber Sie können doch gerade jetzt unmöglich weg!« rief Mrs. Bantry. »In der besten Gartenzeit. Ihr Beet muß auch schon anfangen zu blühen.«

»Nun, der Doktor hält es für ratsam.«

»Na ja«, gab Mrs. Bantry widerwillig zu, »Haydock ist nicht so dumm wie die meisten Ärzte.«

»Etwas anderes, Dolly. Ich mußte neulich an Ihre frühere Köchin denken.«

»Welche? Brauchen Sie eine? Meinen Sie etwa die, die gesoffen hat?«

»Nein, nein... Ich meine die, die so vorzüglich backen konnte. Ihr Mann war, glaube ich, Butler.«

»Ach, das war die ›Schildkröte‹«, sagte Mrs. Bantry. »Eine Person mit einer tiefen klagenden Stimme, als wollte sie jeden Augenblick in Tränen ausbrechen. Ja, die war tüchtig. Ihr Mann war faul und fett, und Arthur behauptete immer, er verlängere den Whisky mit Wasser. Kann ich nicht beurteilen. Schade, daß bei Dienerehepaaren immer einer nichts taugt. Sie machten dann eine kleine Erbschaft, kündigten und eröffneten eine Fremdenpension an der Südküste.«

»Richtig, ich hatte so eine schwache Erinnerung. War es nicht in Dillmouth?«

»Stimmt. Dillmouth, Sea Parade 14.«

»Da könnte ich eigentlich wohnen, wenn Dr. Haydock mich sowieso ans Meer schickt. Hießen sie nicht Saunders?«

»Ja. Eine gute Idee, Jane. Besser können Sie nicht unterkommen. Mrs. Saunders wird gut für Sie sorgen, und jetzt, außerhalb der Saison, ist es billiger. Gutes Essen und Seeluft werden Sie bald wieder auf die Beine bringen.«
»Das glaube ich auch, Dolly«, sagte Miss Marple. »Vielen Dank.«

6

»Wo, glaubst du, hat die Leiche gelegen?« fragte Giles.
»Hier?«
Er und Gwenda standen in der Halle von »Hillside«. Sie waren erst am Vorabend eingetroffen, und Giles war so eifrig bei der Sache wie ein kleiner Junge mit einem neuen Spielzeug.
»Ja, ungefähr«, antwortete Gwenda. Sie ging die Treppe hinauf und blickte kritisch über das Geländer. »Ja, ich glaube, dort war es.«
»Knie dich hin!« befahl Giles. »Du warst ja höchstens drei Jahre alt, nicht wahr?«
Gwenda ging gehorsam in die Knie.
»Den Mann, der die ominösen Worte sprach, hast du also nicht gesehen?«
»Nein. Er muß von der Treppe verdeckt gewesen sein, etwas weiter zurück - ja, dort! Ich sah von ihm nur die Pfoten.«
»Pfoten ...«, wiederholte Giles stirnrunzelnd.
»Wenn ich sie doch so in Erinnerung habe! Es waren Pfoten, graurosa, nicht menschlich.«
»Hör mal, Gwenda, verwechselst du das nicht mit der berühmten Geschichte von Poe? *Der Doppelmord in der Rue Mor*gue? Menschen haben keine Pfoten.«
»Doch, der hatte welche.«
Giles sah zweifelnd zu ihr hoch. »Diese Einzelheit hast du sicher hinterher dazugedichtet.«
Gwenda ging langsam wieder hinunter. »Ob ich mir das Ganze nicht nur einbilde? Ich habe inzwischen viel nachgedacht, Giles. Vielleicht habe ich geträumt.
Das kommt mir jetzt am wahrscheinlichsten vor. Wenn man als Kind einen solchen Angsttraum hat, bleibt er haften, als wäre er ein reales Erlebnis. Meinst du nicht auch, daß das alles erklärt? Zumal kein Mensch in Dillmouth je etwas von einem Mord in diesem Haus gehört zu haben scheint, oder auch nur von einem plötzlichen Tod oder dem Verschwinden eines Menschen oder sonst etwas Verdächtigem ...«

Giles sah wieder wie ein kleiner Junge aus, diesmal wie einer, dem man das schöne neue Spielzeug weggenommen hat.
»Natürlich kann es ein Alptraum gewesen sein«, gab er widerstrebend zu. Gleich darauf erhellte sich seine Miene. »Nein, höchstens teilweise! Ein Kind mag von Affenpfoten und sogar von Leichen träumen - aber ich freß einen Besen, wenn du das Zitat aus der *Herzogin* von *Amalfi* geträumt hast!«
»Vielleicht habe ich es von jemand gehört und hinterher in meinen Traum eingeflochten.«
»Als Dreijährige? Ich glaube, kein Kind wäre zu so einer Gedächtnisleistung fähig, wenn es nicht unter ungewöhnlicher Anspannung stünde - womit wir wieder beim Ausgangspunkt sind. Moment, ich hab's! Nur die Pfoten waren geträumt. Du warst vor Schreck wie erstarrt, als du die Leiche sahst und die dir unverständlichen Worte hörtest, und beides brannte sich förmlich in dein Gehirn ein, und später im Alptraum hast du auch noch schlenkernde Affenpfoten dazu gesehen ... Wahrscheinlich hattest du als Kind Angst vor Affen.«
Gwenda machte ein etwas zweifelndes Gesicht. »Möglich wäre es«, sagte sie zögernd.
»Ich wünschte, du könntest dich an ein bißchen mehr erinnern. Komm mal her, ja, zu der genauen Stelle. Mach die Augen zu und denk nach! Fällt dir nichts ein?«
»Nein, Giles. Je krampfhafter ich nachdenke, desto mehr rückt alles von mir ab. Ich bezweifle jetzt, daß ich als Kind überhaupt so etwas erlebt habe. Vielleicht sind neulich im Theater nur die Nerven mit mir durchgegangen.«
»Nein. Da waren doch noch andere Einzelheiten. Sogar Miss Marple war beeindruckt. Wie war das mit dem Namen Helen? Irgendeine Gedankenverbindung zu Helen mußt du doch haben!«
»Eben nicht, leider. Es war nur ein Name, weiter nichts.«
»Vielleicht nicht der richtige?«
»Doch. Es war Helen.« Gwendas Antwort klang hartnäckig und überzeugt.
»Wenn du so genau weißt, daß es eine Helen war, mußt du mehr von ihr wissen. Kanntest du sie? Wohnte sie hier? Oder war sie nur zu Besuch da?«
»Ich sage dir doch, ich weiß es nicht«, antwortete Gwenda, nun mit allen Anzeichen nervöser Erschöpfung. Giles versuchte es auf einem anderen Wege.
»An wen erinnerst du dich sonst? An deinen Vater?«
»Nein. Das heißt, ich weiß es nicht. In unserem Haus in Neuseeland

hing sein Bild, und Tante Alison sagte oft: ›Siehst du, das ist dein Vater.‹ Ob ich ihn hier in ›Hillside‹ je bewußt gesehen habe, kann ich nicht sagen.«
»Und die Angestellten, die Kindermädchen oder so?«
»Nein, nichts. Je mehr ich nachdenke, desto leerer wird mein Kopf. Alles, was mir einfiel, war unbewußt - wie die Wand, auf die ich automatisch zuging. Ich habe mich an keine Tür erinnert. Wenn du nicht so drängtest, Giles, würde mir vielleicht mehr einfallen. Unsere Nachforschungen sind ja auf jeden Fall sinnlos. Es ist viel zu lange her.«
»Natürlich ist es nicht sinnlos. Selbst die alte Miss Marple hat das eingeräumt.«
»Aber irgendwelche nützlichen Hinweise hat sie uns nicht gegeben«, sagte Gwenda. »Trotzdem ... sie machte ein Gesicht, als hätte sie ihre eigenen Ideen. Ich wüßte gern, wie sie selbst die Sache angepackt hätte.«
»Schlauer als wir auch nicht«, behauptete Giles selbstsicher. »Wir müssen mit dem Herumrätseln aufhören, Gwenda, und systematisch vorgehen. Der Anfang ist schon gemacht: Ich habe das Sterberegister im Kirchenbuch durchgesehen.
Da steht keine Helen in den Jahrgängen, die in Frage kämen. Eine einzige Ellen klang so ähnlich wie Helen, aber das war eine Frau von vierundneunzig. Also weiter. Da dein Vater und deine Stiefmutter zumindest eine Zeitlang hier wohnten, müssen sie das Haus gekauft oder gemietet haben.«
»Laut Fosters Erzählung - Foster ist der Gärtner - wohnten vor den Hengraves vier Geschwister Elworth hier, und vor denen jahrzehntelang eine Mrs. Findeyson, erst mit Familie, dann als Witwe. Sonst niemand.«
»Dein Vater könnte es irgendwann gekauft und nach sehr kurzer Zeit wieder verkauft oder auch nur gemietet haben, vielleicht möbliert. Danach erkundigen wir uns am besten bei den hiesigen Häusermaklern.«
Die Nachfrage bei den ansässigen Immobilienfirmen dauerte nicht lange, denn in Dillmouth gab es nur zwei. Die Firma Wilkinson war verhältnismäßig neu, sie bestand erst seit elf Jahren und befaßte sich hauptsächlich mit den neuen Bungalows am anderen Ende des Ortes. Galbraith & Penderley, von denen Gwenda das Haus gekauft hatte, waren Alteingesessene; von ihnen war noch am ehesten eine brauchbare Auskunft zu erwarten.
Giles begann das Gespräch mit Komplimenten: Seine Frau und er seien entzückt von Dillmouth im allgemeinen und »Hillside« im besonderen. Nun habe Gwenda immer mehr das Gefühl, als Kind schon einmal in »Hillside« gewohnt zu haben. Sie glaube sich an vieles zu erinnern und

möchte es nun ganz genau wissen. Ob nicht ein Major Halliday in den Akten stände? Es sei etwa achtzehn oder neunzehn Jahre her, und ...
Mr. Penderley unterbrach Giles mit einer bedauernden Geste.
»Leider kann ich Ihnen nicht helfen, Mr. Reed. Unsere Akten reichen nicht so weit zurück, jedenfalls nicht bei kurzen Zwischenvermietungen. Und mir ist der Name Reed, geborene Halliday, neulich, als wir mit Ihrer Gattin verhandelten, zum ersten Mal vorgekommen. Ja, wenn unser alter Hauptbuchhalter noch lebte! Der hatte ein unglaubliches Gedächtnis, er konnte auf Anhieb jede Kleinigkeit erzählen, die sich während seiner dreißig Berufsjahre bei uns zugetragen hatte. Erstaunliches Gedächtnis, wirklich ganz erstaunlich! Aber leider ist er letzten Winter gestorben.«
»Oh! Und sonst ist niemand mehr da, der sich unter Umständen so weit zurückerinnern könnte?«
»Unsere Belegschaft ist jetzt vergleichsweise jung. Der Seniorchef, Mr. Galbraith, lebt zwar noch, hat sich aber schon seit Jahren vom Geschäft zurückgezogen.«
»Könnte ich Mr. Galbraith persönlich sprechen?« fragte Gwenda.
»Ich glaube kaum ...« Mr. Penderley war offensichtlich verlegen. »Er hat voriges Jahr einen Schlaganfall erlitten, wissen Sie. Seine körperlichen und geistigen Kräfte sind sehr ... reduziert. Er ist schon in den Achtzigern.«
»Wohnt er in Dillmouth?«
»Das ja. Sein Haus heißt ›Calcutta Lodge‹. Ein sehr hübscher kleiner Besitz in der Seaton Road. Aber ich weiß nicht recht ...«

»Da bestehen wohl nur schwache Aussichten«, sagte Gwenda draußen zu Giles. »Aber man kann nie wissen. Schriftliche Anfragen wären wohl auch zwecklos. Ich meine, wir gehen einfach hin und erproben die Macht der Persönlichkeit.«
»Calcutta Lodge« war von einem wohlgepflegten kleinen Garten umgeben, und das Wohnzimmer, in das Gwenda und Giles geführt wurden, war ebenso gepflegt, wenn auch etwas übermöbliert. Es roch nach Bienenwachs und Reinigungsmitteln. Die Messingbeschläge funkelten. Vor den Fenstern hingen üppig geraffte Stores.
Eine hagere, verblühte Dame mit mißtrauischem Blick trat ein. Giles beeilte sich, den Zweck ihres Besuchs zu erklären, und zerstreute damit Miss Galbraiths Argwohn, es mit zudringlichen Staubsaugervertretern zu tun zu haben.
»Leider kann ich Ihnen auch nicht helfen«, sagte sie. »Neunzehn bis zwanzig Jahre sind eine lange Zeit ...«

»Manchmal erinnert man sich ja trotzdem an einen Namen oder eine Begegnung«, meinte Gwenda.
»Ich selbst hatte nie etwas mit den Angelegenheiten der Firma zu tun. Ein Major Halliday, sagten Sie? Nein, an einen Herrn dieses Namens kann ich mich nicht erinnern.«
»Vielleicht Ihr Vater?« fragte Gwenda.
»Vater?« Miss Galbraith schüttelte den Kopf. »Er nimmt nicht mehr viel von der Umwelt wahr, und sein Gedächtnis ist sehr lückenhaft.«
Gwendas Augen ruhten nachdenklich auf einem ziselierten indischen Messingtisch und wanderten zu einer Reihe Elefanten aus Elfenbein weiter, die der Größe nach auf dem Kaminsims angeordnet waren.
»Vielleicht regt es sein Gedächtnis an«, sagte sie, »wenn er hört, daß mein Vater gerade aus Indien kam, als er sich in Dillmouth niederließ. Ihr Haus heißt ›Calcutta Lodge‹?« fügte sie in fragendem Ton hinzu.
»Ja«, antwortete Miss Galbraith. »Mein Vater war eine Zeitlang geschäftlich in Kalkutta. Nach dem Krieg mußte er die Firma hier übernehmen, aber er sagte immer, er wäre lieber nach Indien zurückgegangen. Meine Mutter war dagegen, und das Klima drüben ist ja auch wirklich alles andere als gesund. Ja, ich weiß nicht … Vielleicht könnten Sie meinen Vater doch kurz sprechen. Ich glaube, er hat einen leidlich guten Tag.«
Sie führte ihre Besucher in ein kleines Arbeitszimmer, wo in einem großen schäbigen Ledersessel ein alter Mann mit einem weißen Walroßschnurrbart saß. Sein Gesicht war etwas schief. Ungeachtet dessen beäugte er Gwenda sehr anerkennend, als seine Tochter ihm die jungen Leute vorstellte.
»Mein Gedächtnis ist wie ein Sieb«, entschuldigte er sich etwas undeutlich. »Halliday, sagen Sie? Nein, den Namen kenne ich nicht. Ein Schulkamerad in Yorkshire hieß mal so ähnlich … Das ist aber mehr als siebzig Jahre her.«
»Major Halliday hatte vor etwa zwanzig Jahren ›Hillside‹ gemietet; jedenfalls nehmen wir das an«, sagte Giles.
»›Hillside‹? Hieß das Haus damals schon ›Hillside‹?« Mr. Galbraiths noch bewegliches Augenlid zuckte. »Findeysons haben da gewohnt. Feine Frau.«
»Möglicherweise hat mein Vater es möbliert gemietet«, sagte Gwenda. »Er kam nämlich gerade aus Indien zurück.«
»Indien? Sagten Sie Indien? Da kannte ich mal einen jüngeren Kerl … Offizier. Der kannte auch den alten Gauner Hassan, der mich mit Teppichen übers Ohr gehauen hat. Hatte der nicht eine ganz junge Frau? Und ein kleines Kind … ein Mädchen?«

»Das war ich«, sagte Gwenda bestimmt.
»Sie? In ... der ... Tat. Kaum zu glauben. Wie die Zeit fliegt! Wie hieß er noch schnell? Suchte hier ein möbliertes Haus, ja ... Mrs. Findeyson wollte in Ägypten überwintern ... Kateridee! Wie war noch der Name?«
»Halliday«, sagte Gwenda.
»Richtig, meine Liebe - Halliday. Major Halliday. Netter Bursche. Bildhübsche Frau - blutjung - hellblond. Wollte in die Nähe ihrer Familie oder so. Sehr hübsch.«
»Wissen Sie etwas über ihre Familie?«
»Keine Ahnung. Sind Sie die Tochter. Sie sehen ihr gar nicht ähnlich.«
Gwenda hätte fast gesagt: »Sie war nur meine Stiefmutter«, vermied es aber, das Gespräch damit unnötig zu komplizieren. Statt dessen fragte sie: »Was machte sie für einen Eindruck?«
Mr. Galbraith erwiderte unerwartet: »Sorgenvoll sah sie aus. Als hätte sie Kummer. Dabei war dieser Major doch wirklich ein patenter Kerl. Interessierte sich für meine Erlebnisse in Kalkutta. Nicht wie diese Schnösel, die nie aus England rausgekommen sind. Borniert sind sie, jawohl! *Ich* habe was von der Welt gesehen. Wie hieß er noch schnell, der Major - der ein möbliertes Haus wollte?«
Er erinnerte jetzt an ein ausgeleiertes Grammophon, dessen Nadel auf einer abgenutzten Platte zurückspringt.
»›St. Catherine‹. Das war's! Er nahm ›St. Catherine‹ - sechs Guinea die Woche - während Mrs. Findeyson in Ägypten war. Ist dort gestorben, die Ärmste. Haus zur Versteigerung freigegeben ... Wer hat es dann gekauft? Richtig, Elworth hießen die alten Schachteln - Schwestern. Haben den Namen geändert - fanden ›St. Catherine‹ papistisch. Waren gegen alles Papistische - verteilten paulinische Traktätchen. Häßlich allesamt. Kümmerten sich um die Nigger, schickten ihnen Hosen und Bibeln nach Afrika. Wollten mit aller Gewalt die Heiden bekehren.«
Er sank plötzlich seufzend im Sessel zurück.
»Zu lange her«, nörgelte er undeutlich. »Kann keine Namen behalten. Major aus Indien ... Netter Kerl ... Ich bin müde, Gladys. Ich möchte meinen Tee.«
Giles und Gwenda verabschiedeten sich unter Danksagungen und machten, daß sie hinauskamen.
»Eins steht fest«, sagte Gwenda, »mein Vater und ich waren mal in ›Hillside‹. Was machen wir nun?«
»Ich Idiot!« rief Giles, »›Somerset House‹!«
»Was oder wo ist ›Somerset House‹?« fragte Gwenda.
»Eine Behörde in London, wo sämtliche Eheschließungen registriert werden. Ich brauche nur unter Halliday nachzusehen. Laut Bericht dei-

ner Tante Alison hat dein Vater sofort nach der Ankunft in England zum zweitenmal geheiratet. Überleg mal, Gwenda - das hätte uns längst einfallen können -, es ist doch möglich, daß diese ›Helen‹ Trauzeugin, Schwester oder Freundin deiner Stiefmutter war. Wenn wir ihren Mädchennamen wissen, finden wir eher jemanden, der über alle Verwandtschafts- und Freundschaftsbeziehungen in ›Hillside‹ Bescheid wußte.
Der alte Knabe Galbraith hat ja unter anderem gesagt, deine Stiefmutter wollte gern in der Nähe ihrer früheren Familie sein. Wenn die noch hier in der Gegend wohnen, könnten wir mehr erfahren.«
»Giles«, sagte Gwenda, »du bist großartig!«

Ein paar Tage später brachte der Postbote schon die offizielle Antwort auf ihre Eilanfrage in London.
»Das hat geklappt, Gwenda!« rief Giles triumphierend, als er eine Fotokopie aus dem Umschlag zog. »Heiratsregister Kensington, beglaubigte Abschrift«, las er vor. »Freitag, den 7. August ... und so weiter. Kelvin James Halliday und Helen Spenlove Halliday, geborene Kennedy.«
»Helen?« rief Gwenda.
Sie blickten sich entgeistert an.
»Aber - aber das kann doch nicht deine Helen sein«, sagte Giles langsam. »Ich meine - sie trennten sich, und sie hat wieder geheiratet - und dann gingen sie weg.«
»Daß sie weggegangen ist«, sagte Gwenda, »wissen wir doch gar nicht!«
Sie sah noch einmal auf den sauber getippten Namen: Helen Spenlove Halliday, geborene Kennedy.
Helen ...

7

Als Gwenda ein paar Tage später bei scharfem Wind die Esplanade entlangging, stockte ihr Fuß unvermittelt vor einem der Glashäuschen, die eine rührige Kurverwaltung zur Benutzung der Kurgäste errichtet hatte.
»Miss Marple!« rief sie äußerst überrascht.
Tatsächlich, es war Miss Marple, vermummt in einen dicken Flauschmantel und einen warmen Schal.
»Ja, da staunen Sie, mich hier zu treffen!« sagte sie munter. »Mein Arzt hat mir zur Abwechslung Seeluft verordnet, und da Sie mir Dillmouth so verlockend geschildert hatten und ich außerdem in einer mir empfohle-

nen Pension unterkommen konnte, bin ich kurz entschlossen losgefahren.«
»Aber warum haben Sie sich nicht bei uns gemeldet?« fragte Gwenda.
»Liebes Kind, weil alte Leute lästig fallen können. Besonders junge Ehepaare sollte man besser in Ruhe lassen.« Sie lächelte über Gwendas Protest. »Ich weiß, daß Sie mich reizend aufgenommen hätten. Wie geht es Ihnen beiden? Und wie weit sind Sie mit Ihren Nachforschungen?«
»Wir sind auf einer heißen Spur.« Gwenda setzte sich neben Miss Marple, um genau zu berichten. »Und dann«, schloß sie, »haben wir es mit einer Suchanzeige versucht, vom Lokalblatt bis zur *Times* und den anderen großen Zeitungen: Wer Auskunft über den Verbleib von Mrs. Helen Spenlove Halliday, geb. Kennedy, geben kann, wird gebeten, sich mit uns in Verbindung zu setzen. Darauf müßten wir doch ein paar Antworten kriegen, meinen Sie nicht?«
»Ja, das ist eigentlich anzunehmen.«
Miss Marples Stimme klang friedlich wie immer, aber ihr Seitenblick auf die junge Frau drückte neben Ermunterung auch Besorgtheit aus. Gwendas unbeschwerter Tatendrang klang nicht ganz echt. Die Fragwürdigkeit ihres Unternehmens schien ihr allmählich klarzuwerden. Doch nun war es wohl zu spät, das Ganze einfach fallenzulassen. In einem Ton, als müsse sie sich entschuldigen, sagte Miss Marple: »Ich bin wirklich brennend interessiert. Mein Leben verläuft so eintönig ... Finden Sie es *sehr* neugierig, wenn ich Sie bitte, mich auch künftig auf dem laufenden zu halten?«
»Natürlich, gern!« versicherte Gwenda lebhaft. »Sie werden von allem unterrichtet. Wenn Sie nicht gewesen wären, hätte ich die Ärzte bestürmt, mich in eine Klapsmühle zu stecken. Geben Sie mir bitte Ihre Adresse, und kommen Sie bald auf einen Drink ... ich meine, zum Tee zu uns. Sie müssen doch endlich den Ort des Verbrechens besichtigen, nicht wahr?« In ihrem Lachen war eine kleine nervöse Schärfe.
Als Gwenda gegangen war, schüttelte Miss Marple kaum merklich, aber mit umwölkter Stirn den Kopf.

Giles und Gwenda stürzten sich jeden Tag ungeduldig auf die Post, wurden aber zunächst enttäuscht. Alles, was kam, waren zwei Briefe von Privatdetektiven, die ihnen ihre »geschulten und erfolgreichen« Dienste anboten.
»Das wäre der allerletzte Notnagel«, sagte Giles. »Und falls wir uns an ein Auskunftsbüro wenden, dann nur an ein seriöses, das nicht per Post auf Kundenfang geht. Übrigens würde auch ein seriöser Detektiv kaum anders vorgehen als wir.«

Sein Optimismus - oder sein Selbstbewußtsein - wurde an einem der nächsten Tage bestätigt. Ein Brief traf ein, dessen charaktervolle, schwer leserliche Handschrift auf einen Arzt hindeutete.

Galls Hill, Woodleigh Bolton

Sehr geehrter Inserent,
ich habe Ihre Suchanzeige in der *Times* gelesen. Helen Spenlove Kennedy ist meine Schwester. Da ich seit vielen Jahren keinen Kontakt mehr mit ihr habe, würde auch ich mich freuen, etwas über sie zu erfahren. Bitte, verständigen Sie mich, falls Sie von anderer Seite Hinweise bekommen.

Hochachtungsvoll
Dr. James Kennedy

»Woodleigh Bolton.« Giles zog seine Autokarte zu Rate. »Das ist gar nicht so weit weg! Woodleigh Camp ist ein Ausflugsziel ungefähr dreißig Meilen von hier im Hochmoor. Am besten fragen wir gleich bei Dr. Kennedy an, ob wir ihn besuchen dürfen oder ob er herkommen will.«

Die Antwort lautete, Dr. Kennedy sei bereit, sie am nächsten Mittwoch zu empfangen, und so fuhren sie zur verabredeten Zeit die Hügelstraße hinauf. Woodleigh Bolton war ein Dorf, dessen Häuser weit auseinander an den Hang gebaut waren, und »Galls Hill« stand allein auf der Kuppe, mit freiem Ausblick über Woodleigh Camp und die Moorheide bis zum Meer.

»Ziemlich öde«, meinte Gwenda fröstelnd.

Auch das Haus selbst wirkte öde. Dr. Kennedy hielt offenbar nichts von modernen Neuerungen wie Zentralheizung. Giles und Gwenda wurden von einer dunklen, abweisend aussehenden Dame eingelassen und durch eine kahle Halle in ein Arbeitszimmer geführt, wo Dr. Kennedy sich zu ihrer Begrüßung vom Schreibtisch erhob. Die Wände des hohen Zimmers waren von wohlgefüllten Bücherregalen gesäumt.

Dr. Kennedy, ein älterer Mann mit grauem Haar und kühl wirkenden Augen unter buschigen Brauen, ließ den Blick kritisch von einem zum anderen gleiten.

»Mr. und Mrs. Reed? Setzen Sie sich in diesen Sessel, Mrs. Reed, es ist wahrscheinlich der bequemste. Nun erklären Sie mir bitte: Warum suchen Sie meine Schwester?«

Giles trug geläufig die Geschichte vor, wie sie ihm fürs erste Sondieren zweckdienlich schien.

Er und seine Frau hatten also vor ein paar Monaten in Neuseeland geheiratet, wollten sich aber nun in England niederlassen. Seine Frau habe als Kind schon einmal kurze Zeit in Dillmouth gewohnt, und deshalb liege ihr daran, alte Verwandtschafts- und Freundschaftsbindungen wiederaufzuspüren.

Dr. Kennedy lauschte höflich, aber steif. Offensichtlich fühlte er sich von der sentimentalen Neigung aller Kolonialbriten zu ihren teuren Familien in der Heimat leicht angewidert.

»Und Sie glauben«, wandte er sich, von vornherein etwas ablehnend, an Gwenda, »meine Schwester - genauer gesagt, meine Halbschwester - habe zu diesem alten Kreis gehört?«

»Sie war meine Stiefmutter«, erwiderte Gwenda. »Die zweite Frau meines Vaters. Ich kann mich natürlich nicht mehr genau an sie erinnern; ich war noch zu klein, höchstens drei Jahre. Mein Mädchenname ist Halliday.«

Dr. Kennedy starrte sie an - und plötzlich verklärte sich sein Gesicht zu einem Lächeln, das einen ganz anderen Menschen aus ihm machte. Jegliche Reserve schwand. »Lieber Gott«, sagte er, »nun erzählen Sie mir bloß nicht, daß Sie Gwennie sind!«

Gwenda nickte eifrig. Der langvergessene Kosename klang lieb und vertraut in ihren Ohren.

»Ja - ich bin Gwennie!«

»Ich traue meinen Augen nicht - erwachsen, verheiratet! Wie die Zeit vergeht! Es muß - Moment - fünfzehn Jahre her sein ... Nein, viel länger. Sie haben mich auch nicht wiedererkannt, nicht wahr?«

»Nein. Ich erinnere mich nicht einmal an meinen Vater. Ich meine, alles ist nur noch verschwommen da.«

»Natürlich! Ja, Halliday hat mir mal erzählt, daß seine erste Frau aus Neuseeland stammte. Neuseeland ist wohl sehr schön?«

»Das schönste Land der Welt! Aber hier in England gefällt es mir auch sehr gut.«

»Sind Sie nur besuchsweise hier? Moment.« Er klingelte. »Jetzt müssen wir zusammen Tee trinken.«

Als die zugeknöpfte dunkle Dame erschien, bestellte er: »Tee, bitte, und - äh - Toast und Butter und - äh - Keks oder was sonst da ist.«

Die Haushälterin zog ein giftiges Gesicht, sagte aber: »Ja, Sir«, und verschwand.

»Normalerweise übergehe ich den Tee«, erklärte Dr. Kennedy vage. »Aber heute müssen wir feiern.«

»Wie reizend von Ihnen«, sagte Gwenda. »Nein, wir sind nicht nur auf Besuch gekommen. Wir haben ein Haus gekauft.« Sie hielt einen Moment inne. »Hillside«, fügte sie dann betont hinzu.

»Richtig, in Dillmouth«, wiederholte Dr. Kennedy unbeeindruckt. »Von dort haben Sie ja geschrieben.«
»Es war ein höchst erstaunlicher Zufall«, bemerkte Gwenda. »Nicht wahr, Giles?«
»Das kann man wohl sagen«, bestätigte er. »Wirklich verblüffend.«
Angesichts der offenbaren Verständnislosigkeit des Doktors fügte Gwenda die Erklärung hinzu: »›Hillside‹, das zufällig verkäuflich war, ist nämlich dasselbe Haus, in dem wir vor langer Zeit schon einmal gewohnt haben !«
Dr. Kennedy zog die buschigen Brauen zusammen. »›Hillside‹? Aber das Haus hieß doch ... Ach ja, ich habe gehört, daß es inzwischen umgetauft worden ist. Damals hieß es irgend etwas mit ›Saint‹, falls ich an das richtige Haus denke. Ist es auf der rechten Seite, wenn man von der Leahampton Road in die Stadt will?«
»Ja.«
»Dann stimmt es. Komisch, wie schlecht man sich an Namen erinnert. Halt! ›St. Catherine.‹ So hieß es seinerzeit.«
»Und dort haben Sie mich als Kind kennengelernt, nicht wahr?« fragte Gwenda.
»Ja, natürlich.« Wieder starrte er sie an, prüfend und amüsiert zugleich. »Warum wollten Sie gerade dahin? Sie konnten sich doch kaum an etwas erinnern.«
»Nein, aber irgendwie ... fühlte ich mich gleich angeheimelt.«
»Angeheimelt«, wiederholte der Arzt. Obwohl er dem Wort keinen besonderen Ausdruck gab, fragte Giles sich plötzlich, woran er dabei dachte.
»Sicher verstehen Sie nun«, fuhr Gwenda fort, »warum ich gern Näheres wüßte - über meinen Vater und Ihre Schwester Helen und ...-« Sie stockte und endete etwas lahm: »... und alles.«
Er sah sie nachdenklich an.
»Ihre Verwandten in Neuseeland wußten nicht viel über Helen, nehme ich an. Warum auch? Nun ja, da ist nicht viel zu sagen. Helen - meine Schwester - kam mit demselben Schiff aus Indien zurück wie Ihr Vater. Er war verwitwet und hatte eine kleine Tochter. Er tat Helen leid, oder sie verliebte sich in ihn; er war einsam, oder er verliebte sich in sie ... Schwer zu beurteilen, was für jeden der Grund war. Auf jeden Fall heirateten sie gleich nach der Ankunft in London und kamen dann zu mir nach Dillmouth. Ich hatte damals meine Praxis dort. Kelvin Halliday war mir sympathisch, nur wirkte er gesundheitlich und nervlich etwas angegriffen. Immerhin, die Ehe schien ganz glücklich zu sein, damals ...« Dr. Kennedy schwieg einen Moment. »Trotzdem verging kaum ein

Jahr, bis sie mit einem anderen durchbrannte. Das haben Sie doch sicher gewußt?«

»Nein. Mit wem?« fragte Gwenda.

Seine kühlen Augen richteten sich auf ihr Gesicht.

»Das hat sie mir nicht erzählt. Soweit zog sie mich nicht ins Vertrauen. Ich ahnte schon eine Weile vorher - ich konnte nicht umhin, es zu merken -, daß es Reibereien zwischen ihr und Kelvin gab. Warum, weiß ich nicht. Nun war ich vielleicht schon immer etwas einseitig und stur in meinen Ansichten über eheliche Treue, und da Helen mich kannte, hat sie mich nicht eingeweiht. Natürlich hörte ich die Leute tuscheln - wer tut das nicht, besonders als praktischer Arzt -, aber in diesem Zusammenhang fiel kein bestimmter Name. Kelvin und Helen hatten oft Gäste aus London oder von weiter her. Es wird wohl einer von denen gewesen sein.«

»Sie haben sich also nicht scheiden lassen?«

»Helen wollte keine Scheidung. Das sagte mir Kelvin einmal, und ich zog daraus den - vielleicht irrigen - Schluß, der Liebhaber meiner Schwester sei verheiratet, womöglich auch Katholik oder habe eine katholische Frau.«

»Und mein Vater?«

»Der wollte die Scheidung erst recht nicht«, sagte Dr. Kennedy kurz.

»Bitte, erzählen Sie mir von ihm«, bat Gwenda. »Warum hat er mich plötzlich nach Neuseeland geschickt?«

Dr. Kennedy überlegte einen Moment, bevor er antwortete: »Wahrscheinlich haben die Verwandten seiner ersten Frau, Ihrer Mutter, darauf gedrungen. Nach dem Scheitern der Ehe hielt er es wohl selbst für das Gegebene.«

»Warum ist er nicht mit mir zusammen hingefahren?«

Dr. Kennedy nahm geistesabwesend einen Pfeifenreiniger vom Kamin.

»Das weiß ich nicht ... Und seine Gesundheit war sehr zerrüttet.«

»Was hatte er denn? Woran ist er gestorben?«

Das Gespräch wurde durch den Eintritt der Haushälterin unterbrochen, die indigniert den bestellten Tee brachte. Es gab Toast mit Butter und etwas Marmelade, aber keine Kekse. Dr. Kennedy bat Gwenda mit einer flüchtigen Handbewegung, das Einschenken zu übernehmen. Als die Tassen gefüllt waren und jeder einen Toast genommen hatte, sagte er mit etwas gezwungenem Lächeln:

»Nun müssen Sie mir erzählen, wie Sie sich in dem alten Haus eingerichtet haben. Sicher waren ein paar Änderungen und Verbesserungen nötig. Ich würde es jetzt wohl kaum wiedererkennen.«

»Wir amüsieren uns noch mit den Badezimmern«, sagte Giles, aber

Gwenda, die Augen auf den Doktor gerichtet, kehrte beharrlich zu ihrer Frage zurück:
»Woran ist mein Vater gestorben?«
»Das kann ich Ihnen wirklich nicht sagen, mein Kind. Wie erwähnt, war Ihr Vater schon eine ganze Weile bei schlechter Gesundheit. Schließlich ging er in ein Sanatorium, irgendwo an der Ostküste. Dort ist er ungefähr zwei Jahre später gestorben.«
»Wo, genau, lag dieses Sanatorium?«
»Tut mir leid, ich weiß es nicht mehr. Ich habe nur die vage Idee, daß es an der Ostküste war.«
Sein Ausweichen war so auffallend, daß Giles und Gwenda einen kurzen Blick tauschten. Dann ergriff Giles wieder das Wort.
»Können Sie uns wenigstens sagen, Sir, wo Gwendas Vater beerdigt wurde? Gwenda möchte - verständlicherweise - sein Grab besuchen.«
Dr. Kennedy beugte sich über den Kamin und kratzte seine Pfeife mit einem Federmesser aus.
»Wissen Sie«, sagte er undeutlich, »ich verweile nicht gern zuviel in der Vergangenheit. Dieser Ahnenkult ist ... ein Fehler. Auf die Zukunft kommt es an. Da sitzen Sie beide, jung und gesund, und das Leben ist auf Ihrer Seite. Sehen Sie vorwärts! Es hat wenig Sinn, Blumen auf das Grab eines Menschen zu legen, den Sie, genaugenommen, so gut wie gar nicht gekannt haben.«
»Es war immerhin mein Vater«, sagte Gwenda störrisch. »Ich möchte sein Grab sehen.«
»Da kann ich Ihnen leider nicht helfen.« Dr. Kennedys Ton war höflich, aber kalt. »Es ist lange her, und mein Gedächtnis läßt nach. Ich habe Ihren Vater aus den Augen verloren, als er Dillmouth verließ. Möglich, daß er mir noch einmal aus dem Sanatorium geschrieben hat und ich deswegen glaube, daß es an der Ostküste war - aber selbst das könnte ich heute nicht mehr beschwören. Noch weniger weiß ich, wo er begraben liegt.«
»Für einen Schwager recht sonderbar«, bemerkte Giles.
»Wieso? Das einzige wirkliche Band zwischen uns war Helen. Ich habe Helen immer sehr gern gehabt. Sie ist zwar nur meine Halbschwester und bedeutend jünger als ich, aber ich habe mir alle Mühe mit Ihrer Erziehung gegeben - daß sie in die richtigen Schulen kam und so weiter. Es liegt nicht an ihrer Ausbildung, daß sie ... nun, daß sie keinen gefestigten Charakter hatte. Sie war noch ganz jung, als es Ärger mit einem sehr unpassenden jungen Verehrer gab. Ich brachte sie glimpflich aus der Geschichte heraus. Danach beschloß sie, nach Indien zu fahren und Walter Fane zu heiraten. Dagegen war nichts einzuwenden. Anständiger

Junge, Sohn des ersten Rechtsanwalts von Dillmouth, aber, unter uns gesagt, fade wie Spülwasser. Er hatte Helen schon lange angehimmelt und ihr mehrere Heiratsanträge gemacht, ohne daß sie ihn ihrer Beachtung würdigte. Dann jedoch, als er nach Indien gegangen war, überlegte sie es sich plötzlich anders und fuhr mit der Absicht hin, ihn nun doch zu heiraten. Kaum sah sie ihn wieder, so war's aus. Sie ließ sich telegrafisch Geld von mir für die Heimreise anweisen und kehrte mit dem nächsten Schiff zurück. Dabei lernte sie Kelvin kennen. Als ich davon erfuhr, waren sie schon verheiratet. Und bald hatte ich wieder allen Grund, mich - sagen wir - für meine Schwester zu schämen. Das erklärt, warum Kelvin und ich keine Verbindung mehr hatten, nachdem sie davongelaufen war. Wo ist Helen jetzt?« fügte er plötzlich hinzu. »Ich würde sie gern wiedersehen.«

»Das wissen wir eben nicht«, sagte Gwenda. »Deshalb haben wir ja inseriert!«

»Ach ja. Ich hoffte, Sie hätten schon Informationen erhalten. Was interessiert Sie denn noch so sehr an Ihrer Stiefmutter? An einem Menschen, der in Ihrem Leben kaum eine Rolle gespielt hat?«

»Ich dachte«, sagte Gwenda, »ich könnte - wenn ich sie fände - von ihr etwas über meinen Vater erfahren.«

»Ja, ja, ich verstehe. Tut mir leid, daß ich Ihnen nicht viel nützen kann. Es ist zu lange her. Ich habe Gedächtnislücken.«

»Als Arzt«, sagte Giles, »wissen Sie aber doch sicher, um welche Art Sanatorium es sich handelt? Tuberkulose?«

Dr. Kennedys Gesicht erstarrte wieder zu einer hölzernen Maske.

»Ja ... Ja, ich glaube, so etwas war es.«

»Das dürfte leicht zu finden sein«, sagte Giles. »Vielen Dank, Sir, für diesen wertvollen Hinweis.«

Er stand auf, und Gwenda folgte seinem Beispiel.

»Vielen Dank«, sagte auch sie. »Und bitte, besuchen Sie uns bald einmal in ›Hillside‹.«

Sie gingen. Gwenda warf einen Blick über die Schulter zurück und sah Dr. Kennedy am Kamin lehnen. Er zupfte an seinem graumelierten Schnurrbart und starrte trübe vor sich hin.

»Er weiß mehr, als er uns sagen will«, meinte Gwenda beim Einsteigen ins Auto. »Es gibt da Hintergründe ... ach, Giles! Ich wünschte, wir hätten nicht damit angefangen!«

Sie sahen einander an, und in jedem regte sich unausgesprochen die gleiche Angst.

»Miss Marple hatte recht«, sagte Gwenda. »Man soll schlafende Hunde nicht wecken.«

»Wir können ja immer noch damit aufhören«, meinte Giles unsicher. »Das wäre wahrscheinlich das klügste, Liebling.«
»Wir stecken schon zu tief drin, Giles«, seufzte Gwenda. »Wir würden dauernd grübeln und uns alles mögliche einbilden. Wir müssen einfach Klarheit haben. Dr. Kennedy hat uns manches verschwiegen, weil er freundlich sein wollte, aber diese Art Güte nützt uns nichts. Wir müssen die ganze Wahrheit wissen, selbst wenn ... wenn es mein Vater war, der ...«
Ihre Stimme versagte.

8

Am nächsten Morgen waren sie gerade im Garten, als Mrs. Cocker auf die Terrasse trat und rief: »Verzeihung, Sir - Sie werden am Telefon verlangt, von einem Dr. Kennedy.«
Giles überließ Gwenda ihrem Gespräch mit dem alten Foster, ging ins Haus und nahm den Hörer auf.
»Giles Reed.«
»Hier ist Dr. Kennedy. Ich habe über unsere gestrige Unterhaltung nachgedacht, Mr. Reed, und glaube, einige Tatsachen sollten Sie und Ihre Frau doch noch wissen. Sind Sie heute nachmittag zu Hause? Könnte ich vorbeikommen?«
»Gewiß, gern. Um welche Zeit?«
»Um drei Uhr?«
»Danke, das paßt ausgezeichnet.«
Inzwischen fragte Foster Gwenda im Garten: »Ist das der Dr. Kennedy, der früher drüben in West Cliff gewohnt hat?«
»Wahrscheinlich. Kennen Sie ihn?«
»Er ist der beste Arzt hier gewesen. Aber Dr. Lazenby ist bei den Leuten beliebter. Hat immer ein paar freundliche Worte oder einen Witz für einen übrig und möbelt einen auf.
Dr. Kennedy dagegen war immer kurz angebunden und trocken - aber er verstand was von seinem Fach.«
»Wann hat er seine Praxis aufgegeben?«
»Das muß schon lange her sein, fünfzehn Jahre oder so. Er ist selber krank geworden, habe ich gehört.«
Giles trat durch die Glastür und antwortete auf Gwendas stumme Frage: »Er will uns heute nachmittag besuchen.«
»Aha ...« Sie wandte sich noch einmal an Foster. »Haben Sie damals auch Dr. Kennedys Schwester gekannt?«

»Schwester? Ich weiß nicht recht - höchstens als ganz kleines Ding. Sie war ja meistens auf auswärtigen Schulen, und dann soll sie ins Ausland gefahren sein. Nach ihrer Heirat war sie dann noch mal eine Weile hier, habe ich gehört, aber dann ist sie angeblich mit irgendeinem Kerl durchgebrannt. Sie soll sehr wild gewesen sein. Ich weiß nicht, ob ich sie überhaupt mal mit eigenen Augen gesehen habe. Ich war eine Zeitlang in Plymouth, wissen Sie.«
Gwenda bedankte sich für die Auskunft und ging mit Giles ans Ende der Terrasse. »Warum will er kommen?« fragte sie leise.
»Das werden wir heute nachmittag um drei erfahren.«

Dr. Kennedy war pünktlich. Nachdem sie sich im Salon gesetzt hatten, sah er sich um und bemerkte: »Komisches Gefühl, wieder hier zu sein«, und kam dann ohne Umschweife zur Sache. »Ich habe den Eindruck, Sie beide sind fest entschlossen, das Sanatorium, in dem Kelvin Halliday starb, ausfindig zu machen und alle Details seiner Krankheit und seines Todes zu ergründen?«
»Unbedingt«, sagte Gwenda.
»Die Adresse eines bestimmten Sanatoriums zu finden ist natürlich höchst einfach. Ich bin inzwischen zu der Einsicht gekommen, daß Ihr Schock nicht ganz so groß sein wird, wenn Sie die Tatsachen von mir hören. Ich tue es nicht gern, denn es kommt weder für Sie noch für andere etwas Gutes dabei heraus. Im Gegenteil, es wird besonders Ihnen, Gwennie, sehr weh tun. Aber Sie wollen es sich ja nicht ersparen. Also: Ihr Vater war nicht schwindsüchtig, das fragliche Sanatorium war eine Nervenheilanstalt.«
»Eine Nervenheilanstalt?« Gwenda war sehr weiß im Gesicht geworden. »War er denn geisteskrank?«
»Man kam nie zu einer genauen Diagnose. Meiner Meinung nach war er nicht verrückt im landläufigen Sinn. Er hatte nur einen schweren Nervenzusammenbruch und litt an gewissen Wahnvorstellungen. Er ist freiwillig, auf eigenen Wunsch, ins Pflegeheim gegangen und hätte es nach Belieben jederzeit wieder verlassen können. Aber sein Zustand besserte sich nicht, und er starb dort.«
»Wahnvorstellungen?« wiederholte Giles fragend. »In welcher Weise?«
»Er stand unter der Zwangsvorstellung, seine Frau erdrosselt zu haben«, sagte Dr. Kennedy trocken.
Gwenda unterdrückte einen Aufschrei. Giles nahm ihre kalte Hand in die seine. »Und ... war etwas dran?« fragte er.
»Wie bitte?« Dr. Kennedy starrte ihn an. »Nichts natürlich! So etwas kam überhaupt nicht in Betracht.«

»Woher wissen Sie das so genau?« fragte Gwenda mit unsicherer Stimme.
»Mein liebes Kind, das ist ausgeschlossen! Helen verließ Kelvin eines anderen Mannes wegen. Kelvin war schon seit längerem in sehr labiler Verfassung - Angstträume, krankhafte Phantasien -, und der letzte Schock gab ihm den Rest. Ich bin kein Psychiater; die Kollegen vom Fach könnten solche Krankheitsbilder besser erklären. Wenn ein Mann seine Frau lieber tot als treulos sieht, ist er fähig, sich in den Wahn hineinzusteigern, sie sei wirklich tot - und er habe sie sogar selbst umgebracht.«
Giles und Gwenda wechselten einen zur Vorsicht mahnenden Blick. Dann sagte Giles ruhig:
»Sie sind also überzeugt, daß er die Tat, deren er sich beschuldigte, keinesfalls wirklich begangen haben kann?«
»Vollkommen. Helen hat mir nämlich hinterher noch zweimal geschrieben. Der erste Brief kam eine Woche nach ihrem Verschwinden aus Frankreich, der zweite nach etwa sechs Monaten. Nein, das Ganze war eine fixe Idee.«
Gwenda atmete tief auf. »Bitte«, sagte sie, »können Sie uns nichts Genaueres erzählen?«
»Alles, was ich weiß, Gwennie. Kelvin war schon seit einiger Zeit in einer seltsamen, neurotischen Verfassung. Er zog mich deswegen zu Rate. Er hatte immer wieder den gleichen entsetzlichen Traum, der jedesmal auf dieselbe Art endete - daß er Helen erwürgte. Ich versuchte, dieser Störung auf den Grund zu kommen. Meines Erachtens mußte es mit einem Konflikt in seiner frühen Kindheit zusammenhängen. Seine Eltern führten keine besonders harmonische Ehe ... Nun, das gehört ins Gebiet der Psychoanalyse, und ich habe Kelvin deswegen dringend geraten, einen Psychotherapeuten aufzusuchen. Ich hätte ihm ein halbes Dutzend erstklassige Fachärzte empfehlen können - aber er wollte nichts davon wissen und hielt alles für Unsinn.
Natürlich hatte ich längst gemerkt, daß er und Helen nicht allzugut miteinander auskamen; aber da er nie darüber sprach, fühlte ich mich nicht zu irgendwelchen Fragen berechtigt. Die Krise trat an einem Freitagabend ein. Ich erinnere mich so genau, weil ich gerade aus dem Krankenhaus kam, und da saß Kelvin bei mir im Sprechzimmer und sagte, er warte schon über eine Viertelstunde. Und dann fügte er ganz ruhig hinzu: ›Ich habe Helen ermordet.‹
Obwohl ich seine Hirngespinste kannte, war ich einen Moment wie vor den Kopf geschlagen. Er sagte es so kühl und sachlich. ›Du meinst, du hast wieder mal schlecht geträumt?‹ fragte ich endlich, und er antworte-

te: ›Nein, diesmal war es kein Traum. Es ist wahr. Sie liegt tot da. Ich habe sie erwürgt.‹
Dann sagte er, immer noch ganz kalt und vernünftig: ›Du kommst wohl am besten gleich mit mir nach Hause. Dann kannst du von dort aus die Polizei anrufen.‹ Ich wußte nicht, was ich denken sollte, aber ich holte meinen Wagen wieder aus der Garage, und wir fuhren hinüber. Das Haus war still und dunkel. Wir gingen hinauf ins Schlafzimmer ...«
»Ins Schlafzimmer?« unterbrach Gwenda ihn erstaunt. Dr. Kennedy schien von diesem Zwischenruf leicht überrascht.
»Ja, da sollte sich laut Kelvin alles abgespielt haben. Na, Sie ahnen es schon: Wir kamen hinauf - und da war niemand! Keine Tote auf dem Bett, keine Kampfspuren, die Tagesdecke makellos glatt. Eine reine Halluzination.«
»Was hat mein Vater dazu gesagt?«
»Er blieb bei seiner fixen Idee. Sie verstehen, er glaubte ehrlich daran. Ich gab ihm ein Beruhigungsmittel und legte ihn nebenan im Ankleidezimmer schlafen. Dann sah ich mich im Haus gründlich um und fand hier im Salon einen zerknüllten Abschiedsbrief von Helen im Papierkorb. Der Text war eindeutig. Er lautete ungefähr: Leb wohl, Kelvin, es tut mir leid, unsere Ehe war von Anfang an ein Irrtum. Darum verlasse ich dich mit dem einzigen Mann, den ich je geliebt habe. Verzeih, wenn du kannst.
Offensichtlich war Kelvin nach Hause gekommen, hatte den Zettel gefunden, war hinaufgelaufen und hatte einen Nervenzusammenbruch. Dann erschien er bei mir, um mich davon zu überzeugen, daß er Helen getötet hatte.
Anschließend befragte ich das Dienstmädchen, das Ausgang gehabt hatte und spät zurückgekehrt war. Ich veranlaßte sie, Helens Kleiderschrank und so weiter durchzusehen. Dabei stellte sich klar heraus, daß Helen einen Koffer und eine Reisetasche gepackt und mitgenommen hatte. Sonst fand sich im ganzen Haus nichts Ungewöhnliches, am allerwenigsten eine Leiche oder irgendwelche Spuren von Gewalttätigkeit.
Am nächsten Morgen hatte ich es sehr schwer mit Kelvin aber er sah schließlich ein, daß er sich den Mord nur eingebildet hatte - oder er tat so; jedenfalls willigte er ein, sich zur Behandlung in eine Pflegeanstalt zu begeben.
Eine Woche später erhielt ich, wie gesagt, einen Brief von Helen. Er war in Biarritz aufgegeben worden. Sie schrieb, sie sei unterwegs nach Spanien. Ich sollte Kelvin bestellen, sie wünsche keine Scheidung. Er solle lieber möglichst rasch vergessen.
Ich zeigte Kelvin den Brief. Er sagte nicht viel dazu, trieb aber nun seine

anderen Pläne mit Nachdruck voran. Er bat die Angehörigen seiner ersten Frau telegrafisch, seine Tochter zu sich nach Neuseeland zu nehmen. Dann ordnete er alle seine Angelegenheiten und ging in eine sehr gute private Nervenheilanstalt. Sein Zustand verschlechterte sich jedoch weiter, und nach zwei Jahren starb er. Ich kann Ihnen die Adresse geben. Das Sanatorium ist in Norfolk.

Der jetzige Chefarzt war damals als junger Assistenzarzt dort und wird Ihnen den Fall Ihres Vaters wahrscheinlich in allen Einzelheiten schildern können.«

»Sie sagten, Ihre Schwester hat Ihnen dann noch einmal geschrieben?« erinnerte Gwenda.

»Ja, ein halbes Jahr später. Der Brief kam aus Florenz und hatte als Absender Miss Kennedy, postlagernd. Sie schrieb, ihr sei inzwischen klargeworden, daß es unfair gegen Kelvin sei, keine Scheidung zu wollen. Ihr persönlich läge nichts daran; aber wenn er sie wünsche, würde sie ihm die nötigen Beweise geben. Auch diesen Brief zeigte ich Kelvin, der sofort sagte, eine Scheidung sei nicht nötig. Das schrieb ich Helen unter der angegebenen Adresse.

Seitdem habe ich nichts mehr von ihr gehört. Ich weiß nicht, wo sie jetzt lebt ob sie überhaupt noch lebt oder ob sie tot ist. Sie können sich denken, wie mir Ihr Inserat in die Glieder fuhr und wie sehr ich hoffte, auf diesem Wege etwas über sie zu hören.«

Leise fügte er hinzu: »Diese Enthüllungen müssen Sie sehr erschüttern, Gwennie. Aber Sie wollten es ja nicht anders. Ich wünschte, Sie hätten die Sache ruhen lassen ...«

9

Giles brachte Dr. Kennedy hinaus. Als er in den Salon zurückkam, saß Gwenda noch auf demselben Platz. Auf ihren Wangen brannten unnatürlich rote Flecke, und ihre Augen glänzten fiebrig.

»Wie heißt es doch so schön?« sagte sie. »Tod oder Wahnsinn! Darauf läuft alles hinaus - Tod oder Wahnsinn.«

»Gwenda, Liebling!« Giles trat zu ihr und legte den Arm um sie. Ihr Körper fühlte sich verkrampft und steif an.

»Warum haben wir nicht die Finger davon gelassen, wie alle klugen Leute uns geraten haben? Es war mein eigener Vater, der sie ermordet hat! Es war die Stimme meines Vaters, die das schauerliche Zitat sprach! Kein Wunder, daß es sich so tief in mein Gedächtnis eingegraben hat - daß die Angst wieder in mir aufgestiegen ist. Mein eigener Vater!«

»Natürlich wissen wir es! Er hat seinem Schwager selbst gestanden, daß er Helen erwürgt hat, oder etwa nicht?«
»Aber Kennedy ist fest überzeugt, daß er es nicht getan hat.«
»Nur weil er keine Leiche fand. Aber es gab eine Leiche, und ich habe sie damals gesehen!«
»Unten in der Halle - nicht im Schlafzimmer.« »Was macht das schon?«
»Na, ich finde es zumindest seltsam, daß dein Vater behauptete, seine Frau im Schlafzimmer erwürgt zu haben, wenn du es in der Halle mit angesehen haben willst.«
»Ach, das ist doch nebensächlich.«
»Ich finde nicht. Bitte, Gwenda, reiß dich zusammen! Einige Punkte an der Geschichte sind doch reichlich sonderbar. Gut, nehmen wir einmal an, dein Vater hat Helen tatsächlich umgebracht, und zwar in der Halle. Was geschah als nächstes?«
»Er lief zu Dr. Kennedy.«
»... und erzählte ihm, er habe seine Frau erwürgt, im Schlafzimmer. Beide kehrten unverzüglich an den Ort des Geschehens zurück - und fanden keine Leiche, weder in der Halle noch im Schlafzimmer. Verflixt, einen Mord ohne Leiche kann es nicht geben. Was hatte er mit der Leiche gemacht?«
»Vielleicht hat Dr. Kennedy ihm geholfen, sie zu beseitigen und alles zu vertuschen. Und in dem Fall würde er sich natürlich hüten, es gerade uns zu erzählen.«
Giles schüttelte den Kopf.
»Nein, Gwenda, das traue ich Kennedy nicht zu. Er ist ein dickköpfiger, gerissener, unsentimentaler Schotte. So ein Typ macht sich nicht zum Helfershelfer. Ich glaube es nicht. Er würde sein Bestes für seinen Schwager tun, um ihn vor Gericht mit einem Gutachten über seinen Geisteszustand zu entlasten - das ja. Aber warum sollte er den Kopf für einen solchen Schwindel hinhalten? Halliday war weder ein Blutsverwandter noch ein naher Freund. Seine eigene Schwester war getötet worden, und die mochte er sehr gern, obwohl er in seiner prüden und strengen Art manches an ihr mißbilligte. Und du warst nicht das Kind seiner Schwester, eine Tatsache, die ihn auch nicht zur Vertuschung eines Mordes bewogen haben würde. Wenn er trotz allem mitgespielt haben würde, so hätte er es auf die für einen Arzt einfachste Art getan: zu bescheinigen, daß Helen an Herzversagen oder so etwas gestorben sei. Damit wäre er wahrscheinlich durchgekommen - aber wir wissen ja genau, daß er es nicht getan hat. Denn Helen ist nicht bei den Sterbefällen des Gemeinderegisters aufgeführt. Unter diesen Voraussetzungen erkläre bitte, wo die Leiche geblieben ist - wenn du kannst.«

»Vielleicht hat mein Vater sie irgendwo vergraben, etwa im Garten.«
»Und anschließend soll er zu Kennedy gegangen sein, um ihm zu erzählen, er habe soeben seine Frau ermordet? Warum? Warum nicht bei der Version bleiben, sie habe ihn verlassen?«
Gwenda strich sich das Haar aus der Stirn, ihre Haltung entspannte sich allmählich, und die roten Flecken verschwanden.
»Ich weiß nicht«, murmelte sie. »Wenn du es so zusammenfaßt, kommen mir meine Einwände selber verdreht vor. Glaubst du, daß Dr. Kennedy uns die volle Wahrheit gesagt hat?«
»Ja, da bin ich völlig sicher. Er hat das Ganze vom ärztlichen Standpunkt aus gesehen, und das ist der einzig vernünftige: Träume, Wahnvorstellungen - zum Schluß regelrechte Besessenheit. Für ihn besteht kein Zweifel, daß alles nur Halluzination war, denn er hat keine Leiche gefunden. Und in diesem Punkt unterscheiden wir uns von ihm. Denn du weißt, daß sie da war.
Zu seiner Aussage paßt auch alles übrige: der zerknüllte Abschiedsbrief im Papierkorb, die mitgenommenen Kleider und das Gepäck. Und vor allem die beiden Briefe, die er später von seiner Schwester erhielt.«
Gwenda bewegte sich unruhig.
»Ja, diese Briefe sind mir unerklärlich ... wenn sie wirklich von ihr stammen. Hat er die Handschrift erkannt? Darüber hat er nichts gesagt.«
»Lieber Himmel, Gwenda, weil die Frage sich für ihn gar nicht ergab. Es ging schließlich nicht um eine gefälschte Scheckunterschrift. Wenn die Handschrift der seiner Schwester auch nur einigermaßen ähnelte, hatte er keinen Grund, ihre Echtheit zu bezweifeln. Er war ja sowieso überzeugt, daß Helen mit einem anderen Mann durchgebrannt sei. Diese Ansicht wurde durch die Briefe nur bestätigt. Wenn er nie wieder etwas von ihr gehört hätte - dann wäre vielleicht auch er mißtrauisch geworden. Trotzdem sind da ein paar Punkte, die ihm nicht aufgefallen zu sein scheinen; aber mir. Mich macht die seltsame Anonymität der Briefe stutzig. Als Absender ist nur ›postlagernd‹ angegeben und keine Andeutung, wer der andere Mann war. Ein klarer Entschluß also, alle alten Bande für immer zu zerreißen. Solche Briefe können durchaus von einem Mörder fingiert sein, der bei den Angehörigen seines Opfers jeden Verdacht zerstreuen will. Die alte Crippen-Methode! Die Briefe im Ausland absenden zu lassen, ist das geringste Problem.«
»Du glaubst, daß mein Vater ...«
»Nein, eben nicht! Nehmen wir mal an, ein Mann plant, seine Frau loszuwerden, verbreitet zunächst Gerüchte über ihre Untreue, inszeniert ihre angebliche Flucht - Abschiedsbrief, fehlendes Gepäck - und läßt in wohlüberlegten Abständen noch zwei Briefe aus dem Ausland folgen. In

Wirklichkeit hat er sie heimlich umgebracht und irgendwo verscharrt, sagen wir unten im Keller. Das ist ein Mordschema, das mit am häufigsten vorkommt. Aber dieser Typ von Mörder läuft anschließend nicht zu seinem Schwager, um sich selbst zu bezichtigen und nach der Polizei zu rufen. Wenn anderseits dein Vater ein sehr gefühlsbetonter Mann und in seine Frau wahnsinnig verliebt war und sie wie einst Othello in einem Anfall von Eifersucht erwürgte - dazu würden die von dir gehörten Sätze passen -, packt er keine Koffer und fabriziert Briefe, ehe er davonstürzt, um jemand von seinem Verbrechen zu erzählen, der kaum gesonnen ist, ihn in Schutz zu nehmen. Du siehst, Gwenda, wie man's auch dreht und wendet - die Fakten passen nicht zueinander.«

»Worauf willst du also hinaus, Giles?«

»Ich weiß es nicht, aber mir scheint, da gibt es noch eine unbekannte Größe, nennen wir ihn X. Jemand, der in diesem Fall noch nicht aufgetreten ist. Bis jetzt haben wir nur Kostproben seiner Technik erhalten.«

»X?« wiederholte Gwenda betroffen. Dann verdunkelte sich ihr Blick. »Ach, den erfindest du nur, Giles, um mich zu trösten.«

»Ich denke nicht daran! Du siehst doch selbst, daß wir uns bei dem Versuch, den Fall zu rekonstruieren, dauernd in Widersprüche verwickeln. Wir wissen, daß Helen erwürgt wurde, weil du als Kind gesehen hast ...« Er unterbrach sich abrupt. »Himmel, wie dumm von mir! Jetzt begreife ich. Es paßt zu allem. Du hast recht und Dr. Kennedy auch. Hör zu, Gwenda! Helen hatte wirklich alles zur Flucht mit ihrem Liebhaber vorbereitet. Wer das war, wissen wir nicht ...«

»X?«

Giles fegte ihren Einwurf mit einer Geste ungeduldig beiseite.

»Sie schreibt ihren Abschiedsbrief - da kommt ihr Mann zufällig herein, liest ihn und dreht durch. Er zerknüllt ihn, schleudert ihn in den Papierkorb und geht auf sie los. Sie läuft voll Entsetzen in die Halle, er holt sie ein, würgt sie, bis sie schlaff wird, und läßt sie zu Boden sinken. Dann tritt er ein paar Schritte zurück und zitiert die Worte aus der *Herzogin von Amalfi,* die das Kind aufschnappt, das von oben durchs Geländer blickt.«

»Und dann?«

»Der Witz ist: Helen war gar nicht tot, sondern nur bewußtlos. Er jedoch war felsenfest überzeugt, sie ermordet zu haben, und während er zu Dr. Kennedys Haus am anderen Ende des Ortes lief, kam sie zu sich, oder der Liebhaber erschien und half ihr auf, und sie machten, daß sie wegkamen. Und zwar schleunigst. Das erklärt alles: Kelvin Hallidays Wahn, er habe sie wirklich getötet, das Fehlen ihrer Kleider und der Gepäckstücke, die an dem Tag schon früher aus dem Haus geschafft worden

sein können. Und die Briefe aus dem Ausland, die vollkommen echt sind. Noch Fragen?«
»Es erklärt immer noch nicht«, sagte Gwenda langsam, »warum mein Vater sich so darauf versteifte, sie im Schlafzimmer umgebracht zu haben.«
»Er war eben so durcheinander, daß er sich nicht mehr genau an alles erinnern konnte.«
»Ich möchte dir so gern glauben! Nur zu gern! Aber ich werde das sichere - ganz sichere - Gefühl nicht los, daß ich sie tot in der Halle liegen gesehen habe. Nicht bewußtlos. Tot!«
»Kann ein Kind von drei Jahren das so genau beurteilen?«
»Vielleicht besser als ein Erwachsener. Der Instinkt ist bei kleinen Kindern noch wie bei Tieren. Hunde zum Beispiel wittern den Tod, setzen sich hin und heulen zum Himmel. Ich glaube, Kinder … wittern den Tod auch …«
»Unsinn. Das ist reine Phantasterei …« Das Läuten der Haustürglocke unterbrach ihn. »Wer mag das sein?«
»Ach, das habe ich ganz vergessen«, sagte Gwenda schuldbewußt. »Es ist Miss Marple. Ich habe sie zum Tee eingeladen. Am besten, wir erzählen ihr nichts von der Sache!«

Gwendas Befürchtungen, der Besuch würde sich unter diesen Umständen etwas schwierig gestalten, erfüllte sich zum Glück nicht. Miss Marple schien nicht zu bemerken, daß ihre Gastgeberin ein wenig zu rasch und zuviel plauderte und ihre Heiterkeit etwas gezwungen war. Sie war freundlich und geschwätzig. Es sei so hübsch und erholsam hier, und war das nicht wundervoll? - Freunde von Freunden von ihr hatten an Freunde in Dillmouth geschrieben, und dadurch hatte sie ein paar ganz reizende Einladungen von Leuten aus dem Ort bekommen.
»Man fühlt sich nicht so als Außenseiter, wenn Sie wissen, was ich meine, sobald man Leute kennenlernt, die schon lange hier wohnen. So hat mich beispielsweise Mrs. Fane zum Tee eingeladen. Sie ist die Witwe des Seniorchefs der besten Anwaltskanzlei hier. Eine ziemlich altmodische Familienfirma. Jetzt leitet sie der Sohn.«
So führte das freundliche Geplauder von einem zum anderen. Die Pensionswirtin war nett und gab sich rührend Mühe, für ihre Behaglichkeit zu sorgen … »Sie kocht wunderbar. Das ist einer der Gründe, warum meine alte Freundin, Mrs. Bantry, mich hierher empfohlen hat; meine Wirtin war nämlich früher eine Zeitlang ihre Köchin. Sie und ihr Mann hatten hier eine alte Tante, die sie oft besuchten; daher waren sie mit dem Stadtklatsch von Dillmouth schon immer ziemlich vertraut. Übri-

gens, sind Sie mit Ihrem Gärtner zufrieden? Wie ich höre, soll er ein ziemlicher Drückeberger sein - mehr Gerede als Arbeit.«
»Ja, Reden und Teetrinken sind seine Spezialitäten«, sagte Giles lachend. »Er trinkt ungefähr fünf Tassen am Tag. Aber wenn wir dabei sind, arbeitet er großartig.«
»Möchten Sie unseren Garten sehen?« fragte Gwenda.
Sie zeigten Miss Marple Haus und Garten, und Miss Marple sparte nicht mit den passenden Lobesworten.
Wenn Gwenda befürchtet hatte, ihr scharfes Auge würde sofort irgendwelche Mängel feststellen, hatte sie sich geirrt. Miss Marple blieb so harmlos und gelassen, daß Gwenda plötzlich ganz gegen ihren ursprünglichen Vorsatz Miss Marples Bericht über ein Kind und eine Muschel impulsiv unterbrach und zu Giles sagte:
»Es ist mir egal! Ich werde sie einweihen!«
Miss Marple wandte aufmerksam den Kopf. Giles öffnete den Mund zum Widerspruch, stockte aber und sagte dann seufzend:
»Na schön, Gwenda, es ist schließlich *deine* Geschichte.«
Gwenda erzählte rückhaltlos von ihrem Besuch bei Dr. Kennedy, seinem Gegenbesuch in »Hillside« und ihrer Unterhaltung mit ihm.
»So etwas haben Sie sich schon in London gedacht, nicht wahr?« fragte sie. »Daß - daß es mein Vater gewesen sein könnte?«
»Ich habe die Möglichkeit in Betracht gezogen, ja. Diese Helen konnte sehr gut eine junge Stiefmutter sein, und wenn Frauen - äh - erwürgt werden, ist der Ehemann als Täter oft nicht auszuschließen.« Miss Marples Ton war nicht anders, als handle es sich um eine Naturerscheinung, über die man ohne Staunen oder Aufregung reden konnte.
»Jetzt begreife ich Ihren dringenden Rat, die Finger davon zu lassen«, sagte Gwenda. »Hätte ich nur auf Sie gehört! Aber nun können wir nicht mehr zurück.«
»Nein«, sagte Miss Marple, »zurück kann man nie.«
»Aber Sie sollten sich auch Giles anhören. Er hat gewisse Einwände und Vermutungen.«
»Nur weil die Fakten nicht zusammenpassen«, sagte Giles und erklärte Miss Marple klar und einleuchtend, was er schon Gwenda zu bedenken gegeben hatte. »Hoffentlich«, schloß er, »können Sie Gwenda überzeugen, daß es gar nicht anders gewesen sein kann.«
Miss Marple sah von einem zum andern. »Ihre Hypothese ist sehr vernünftig, Mr. Reed«, sagte sie. »Aber da bleibt immer noch, wie Ihnen selbst nicht entgangen ist, ein Faktor X.«
»X!« wiederholte Gwenda verblüfft.
»Die unbekannte Größe«, verdeutlichte Miss Marple, die nicht wissen

konnte, daß die jungen Leute schon auf denselben Ausdruck gekommen waren. »Sagen wir, jemand, der noch nicht aufgetaucht ist, auf dessen Mitwirkung aber die gegebenen Fakten schließen lassen.«
»Wir wollen das Sanatorium in Norfolk aufsuchen, wo mein Vater gestorben ist«, sagte Gwenda. »Vielleicht erfahren wir da etwas.«

10

Das Sanatorium »Saltmarsh House« lag in einer landschaftlich schönen Gegend, etwa sechs Meilen von der Ostküste entfernt und mit guten Verkehrsverbindungen von der nahen Kreisstadt South Benham nach London.
Giles und Gwenda wurden in einen großen, luftigen Aufenthaltsraum mit geblümten Vorhängen geführt. Bald nach ihnen trat eine reizend aussehende weißhaarige alte Dame mit einem Glas Milch in der Hand ein, nickte ihnen zu und setzte sich in die Nähe des Kamins. Ihre Augen ruhten versonnen auf Gwenda, und plötzlich beugte sie sich vor und flüsterte in vertraulichem Ton:
»Ist es dein armes Kind, meine Liebe?«
Gwenda war leicht zusammengezuckt, faßte sich aber und antwortete unsicher: »Nein - nein, ich glaube nicht.«
»Ach, ich dachte nur.«
Die alte Dame nickte vor sich hin und trank in kleinen Schlucken ihre Milch. Dann sagte sie leichthin: »Zehn Uhr dreißig, das ist seine Zeit. Immer um zehn Uhr dreißig. Höchst bemerkenswert.« Sie beugte sich vor und flüsterte: »Da - hinter dem Kamin ist es. Aber sag niemand, daß ich es dir erzählt habe.«
In diesem Augenblick kam eine weißbekittelte Pflegerin an die Tür und bat Giles und Gwenda, ihr zu folgen.
Der Chefarzt Dr. Penrose erwartete sie in seinem Sprechzimmer und begrüßte sie höflich. Gwenda konnte sich des Gedankens nicht erwehren, daß er selbst etwas seltsam aussah, viel seltsamer jedenfalls als die alte Dame im Aufenthaltsraum, aber vielleicht sahen Nervenärzte immer etwas verrückt aus.
»Auf Ihren und Dr. Kennedys Brief hin«, begann er das Gespräch, »habe ich die Krankengeschichte Ihres Vaters aus dem Archiv geholt, Mrs. Reed. Ich erinnere mich noch gut an den Fall, mußte aber in ein paar Einzelheiten mein Gedächtnis auffrischen, um Ihnen detaillierte Auskunft geben zu können. Wenn ich Sie recht verstanden habe, wissen Sie erst seit kurzem, daß Ihr Vater krank war?«

Gwenda erklärte, daß sie bei den Verwandten ihrer verstorbenen Mutter in Neuseeland aufgewachsen sei und nichts von ihrem Vater gewußt habe, außer daß er schon vor vielen Jahren in einem englischen Sanatorium gestorben sei.

»Ganz recht«, sagte Dr. Penrose und nickte. »Allerdings hatte der Fall Ihres Vaters einige ziemlich ausgefallene Züge.«

»Zum Beispiel?« fragte Giles.

»Nun, seine Zwangsneurose war sehr ausgeprägt. Major Halliday, obwohl in deutlich nervösem Zustand, beharrte außerordentlich fest auf seinem Wahn, er habe seine zweite Frau in einem Eifersuchtsanfall erwürgt. Dieser Behauptung fehlten alle sonst üblichen Zeichen von Bewußtseinstrübung, und ich muß offen gestehen, Mr. Reed, daß ich sie damals für bare Münze genommen hätte, wenn Dr. Kennedy uns nicht versichert hätte, seine Halbschwester, Mrs. Halliday, sei noch am Leben.«

»Sie hatten also den Eindruck, er habe den Mord wirklich begangen?« fragte Giles.

»Damals ja. Später hatte ich allen Grund, meine Meinung zu revidieren, als ich tiefere Einblicke in Major Hallidays Charakter und Veranlagung gewann. Ihr Vater, Mrs. Reed, war entschieden *nicht* der Typ des Paranoikers. Er litt weder an Verfolgungswahn noch an übersteigertem Aggressionstrieb. Er war ein liebenswürdiger, rücksichtsvoller und selbstbeherrschter Mensch.

Er war weder das, was die Leute im allgemeinen ›verrückt‹ nennen, noch gefährlich für andere. Er hatte nur diese eine fixe Idee über den Tod seiner Frau, und ich glaube, der Ursprung war weit zurück in der Vergangenheit zu suchen, in einer unverarbeiteten frühkindlichen Erfahrung. Leider haben die von uns angewandten Methoden der Psychoanalyse diese tieferen Schichten nicht erschlossen. Das dauert oft Jahre. Im Falle Ihres Vaters reichte die Zeit nicht aus.«

Er machte eine Pause, sah Gwenda prüfend an und fügte unvermittelt hinzu: »Sie wissen vermutlich, daß Ihr Vater Selbstmord begangen hat?«

»Oh - nein!« rief Gwenda.

»Verzeihung, Mrs. Reed. Ich dachte, es sei Ihnen bekannt. Es wäre Ihnen nicht zu verdenken, wenn Sie uns deswegen einige Vorwürfe machten, denn eine schärfere Aufsicht hätte diesen Schritt wahrscheinlich verhindern können. Aber offen gestanden, meine damaligen Vorgesetzten und ich hielten Major Halliday nicht für einen potentiellen Selbstmörder. Er zeigte keinen Hang zu Melancholie, Grübelei und Verzweiflung. Er klagte nur über Schlaflosigkeit, und der Chefarzt bewilligte ihm die normale Dosis von Schlaftabletten. Die hat er dann nicht genommen, sondern gespart, bis er...« Dr. Penrose ersetzte den Schluß des Satzes durch eine ausdrucksvolle Geste.

»War er so schrecklich unglücklich?« fragte Gwenda leise.

»Ich glaube nicht. Es war mehr. Ich würde es als Schuldkomplex bezeichnen, als den brennenden Wunsch, mit dem eigenen Leben zu büßen. Zuerst wollte er dauernd, daß die Polizei benachrichtigt würde, und obwohl wir ihm das ausredeten und ihm täglich versicherten, er habe überhaupt kein Verbrechen begangen, hat er sich doch nie ganz überzeugen lassen. Wir erreichten mit unserem unermüdlichen Reden nur, daß er wenigstens zugab, ›er könne sich nicht genau an den Hergang der Tat selbst‹ erinnern.« Dr. Penrose blätterte in Papieren, die vor ihm auf dem Schreibtisch lagen. »Im übrigen schilderte er den Abend unveränderlich mit denselben Worten. Er kam ins Haus, sagte er, und es war dunkel. Das Personal hatte Ausgang. Er ging wie gewohnt zuerst ins Eßzimmer, um sich einen Drink zu genehmigen, und von dort durch die Verbindungstür in den Salon. Von diesem Moment an erinnerte er sich an nichts, absolut nichts, bis er im Schlafzimmer auf die Leiche seiner Frau niederblickte. Sie war erwürgt worden, und er wußte, daß er es getan hatte.«

»Entschuldigung, Dr. Penrose«, unterbrach Giles, »wieso konnte er das so genau wissen, wenn sein Gedächtnis in den entscheidenden Minuten ausgesetzt hat?«

»Für ihn bestand nicht der geringste Zweifel. Schon seit einigen Monaten hatte er die wildesten und melodramatischsten Verdächtigungen gegen seine Frau gehegt. Zum Beispiel argwöhnte er, sie verabreiche ihm Drogen. Er hatte ja in Indien gelebt, und Fälle von Ehefrauen, die ihre Männer mit dem Gift des Stechapfels langsam zum Wahnsinn treiben, werden dort oft vor Gericht verhandelt. Er litt ziemlich häufig an Halluzinationen, bei denen er Zeit und Ort verwechselte. Er bestritt zwar nachdrücklich, daß er seine Frau der Untreue verdächtige, aber ich glaube dennoch, dies war die Triebfeder seines Handelns. Tatsächlich schien er an jenem Abend nach Hause gekommen zu sein und den Abschiedsbrief seiner Frau gefunden zu haben. Um sich mit der Wahrheit nicht abfinden zu müssen, zog er es vor, sie zu ›ermorden‹. Daher seine Halluzination.«

»Beweist dies nicht, daß er sehr an ihr hing?« fragte Gwenda. »Offensichtlich, Mrs. Reed.«

»Und er begriff nie, daß er sich - in eine Halluzination geflüchtet hatte?«

»Er räumte ein - wenigstens nach außen hin -, daß es wohl so sein mußte, aber im tiefsten Innern blieb er unerschütterlich bei seinem Glauben.

Die Wahnvorstellung war zu stark, um der Vernunft zu weichen. Wäre es uns indes gelungen, sein verdrängtes frühkindliches Trauma aufzudecken …«

Gwenda unterbrach ihn.

»Aber, Dr. Penrose, Sie sind doch sicher, daß er den Mord nicht begangen hat?«

»Oh, wenn das Ihre einzige Sorge ist, Mrs. Reed, können Sie sie sich getrost aus dem Kopf schlagen. Kelvin Halliday, mag er auch noch so eifersüchtig auf seine Frau gewesen sein, war mit Sicherheit kein Mörder.«

Er hüstelte und zog unter den losen Papieren ein schäbiges schwarzes Oktavheft hervor.

»Wenn Sie dies haben möchten, Mrs. Reed, so ist es bei Ihnen in den richtigen Händen. Es enthält flüchtig hingeworfene Notizen Ihres Vaters aus der Zeit seines Aufenthaltes bei uns. Als wir seinen Nachlaß ordneten, um ihn dem Testamentsvollstrecker zu übergeben, behielt der damalige Anstaltsleiter, Dr. McGuire, dieses Heft als Teil der Krankengeschichte zurück. Er hat den Fall Ihres Vaters nämlich in einem wissenschaftlichen Werk mitveröffentlicht, natürlich nicht unter dessen vollem Namen, sondern nur als ›Patient K. H.‹. Wenn Sie es haben möchten …«

Gwenda griff begierig nach dem Heft.

»Vielen Dank, Dr. Penrose. Natürlich lege ich großen Wert darauf.«

Bei der Rückfahrt im Zug nach London holte Gwenda sofort das Heft hervor und begann zu lesen. Da, wo sie es aufs Geratewohl geöffnet hatte, stand:

Angeblich verstehen diese Seelenärzte ja was von ihrem Handwerk. Ich kann mit dem hochgestochenen Blödsinn nichts anfangen. Ob ich meine Mutter geliebt habe? Ob ich meinen Vater gehaßt habe? Ich glaube kein Wort davon! Ich gehöre vor Gericht und nicht in die Klapsmühle. Und doch manche meiner Hausgenossen wirken so natürlich, so vernünftig wie jeder andere - außer wenn sie einen Anfall kriegen. Dann frage ich mich, ob bei mir nicht auch eine Schraube locker ist …

Ich habe James geschrieben. Ihn dringend gebeten, mit Helen Verbindung aufzunehmen und sie zum Herkommen zu bewegen, nur damit ich mit eigenen Augen sehe, daß sie noch lebt. Er behauptet, er wüßte nicht, wo sie ist, das tut er nur, weil er weiß, daß ich sie ermordet habe. Er ist ein guter Kamerad. Aber ich lasse mich nicht täuschen - Helen ist tot …

Wann habe ich zuerst Verdacht geschöpft? Es ist schon lange her.

Eigentlich gleich nach unserer Ankunft in Dillmouth. Sie benahm sich so anders! Sie verheimlichte mir irgend etwas. Ich habe sie dauernd beobachtet. Ja, und sie hat mich beobachtet ...
Ob sie mir Drogen ins Essen getan hat? Diese seltsamen grauenhaften Alpträume! Keine gewöhnlichen Träume, furchtbar lebendige Alpträume. Ich weiß, es waren Drogen. Nur sie kann das gemacht haben. Warum? Da war ein Mann, ein Mann, vor dem sie Angst hatte ...
Ich will ehrlich sein. Ich ahnte, ich wußte, daß ein anderer in ihrem Leben war, ein Liebhaber, ich wußte es. Auf dem Schiff sagte sie selbst, sie liebe jemand, den sie nicht heiraten könne. Das führte uns zusammen. Ich konnte Megan nicht vergessen. Die kleine Gwennie ist ihr manchmal so ähnlich.
Auf dem Schiff spielte Helen so lieb mit Gwennie! Ach, Helen! wie reizend du bist, Helen ...
Lebt Helen noch? Oder habe ich wirklich meine Hände um ihren Hals gelegt und alles Leben in ihr erstickt? Ich kam durch die Eßzimmertür, und da lehnte ihr Brief deutlich sichtbar an einer Vase, und dann - alles dunkel. Alles schwarz um mich. Aber es gibt keinen Zweifel, ich habe sie umgebracht! Gott sei Dank, daß Gwennie in Neuseeland ist. Bei Megans Verwandten ist sie gut aufgehoben. Megan, Megan - wenn du doch bei mir wärst!
Es ist die beste Lösung. Kein Skandal. Das Beste auch für das Kind. Ich kann nicht mehr. Jahr für Jahr! Ich wähle eine schnelle Lösung! Gwennie wird nie etwas erfahren. Sie wird nie erfahren, daß ihr Vater ein Mörder war ...

Tränen trübten Gwendas Blick. Sie sah Giles an, der ihr gegenübersaß. Er deutete mit einer diskreten Kopfbewegung auf ihren in der anderen Ecke sitzenden Abteilnachbarn. Der Mann las eine Abendzeitung, über deren Seite sich die melodramatische Schlagzeile zog: WER WAREN DIE MÄNNER IN IHREM LEBEN?
Gwenda nickte unmerklich und senkte den Blick wieder auf das Tagebuch ihres Vaters.
Ich wußte, daß ein anderer in ihrem Leben war. Ich wußte es, hatte ihr Vater geschrieben ...

11

Miss Marple überquerte die Seepromenade und wandte sich hügelaufwärts den Arkaden zu. Hier gab es noch gemütliche altmodische Läden,

wie etwa für Wolle und Handarbeiten, eine Konditorei, ein Damenkonfektionsgeschäft und ähnliches.
Miss Marple spähte durch das Fenster des Handarbeitsladens. Zwei junge Verkäuferinnen bedienten gerade, eine ältere Frau im Hintergrund war frei.
Miss Marple trat ein. Die grauhaarige Verkäuferin wandte sich ihr sofort zu und erkundigte sich freundlich nach ihren Wünschen. Strickmuster wurden durchgesprochen, Miss Marple sah sich mehrere Kindermodenhefte an und erzählte dabei von ihren Großneffen und -nichten. Keine der beiden Damen hatte es eilig.
Die Verkäuferin war seit vielen Jahren an Kundinnen wie Miss Marple gewöhnt und schätzte solche freundlichen, weitschweifigen, redseligen alten Damen weit mehr als die jungen, ungeduldigen, oft unhöflichen Mütter, die nicht wußten, was sie wollten, und nur das Billige und Auffällige ins Auge faßten.
»Ja, ich glaube, das ist das Richtige«, sagte Miss Marple endlich. »Storkleg-Wolle bewährt sich doch immer - sie läuft nicht ein. Bitte, geben Sie mir noch zwei Stränge dazu.«
Die Verkäuferin packte das Verlangte ein und bemerkte nebenbei, heute sei ein recht frischer Wind.
»Ja, ich habe ihn draußen auf der Promenade besonders gespürt. Dillmouth hat sich sehr verändert. Ich war lange nicht hier, lassen Sie mich nachrechnen… Ja, neunzehn Jahre sind es beinahe schon!«
»Wirklich, Madam? Dann finden Sie gewiß viele Neuerungen hier. Ich glaube, das ›Superb‹ und das ›Southview‹ waren noch gar nicht gebaut?«
»Ja, es war ein kleiner, ruhiger Ort. Ich wohnte damals bei Freunden in einem Haus namens ›St. Catherine‹ … Vielleicht kennen Sie es? In der Leahampton Road.«
Aber die Verkäuferin war erst seit zehn Jahren in Dillmouth.
Miss Marple nahm ihr Päckchen, dankte und begab sich in das Ausstattungsgeschäft nebenan. Auch hier suchte sie sich die älteste Verkäuferin aus, mit der das Gespräch unter dem Stichwort Sommerwäsche in ähnlichen Bahnen verlief.
Diesmal reagierte Miss Marples Partnerin prompt.
»›St. Catherine‹, das muß Mrs. Findeysons Haus gewesen sein.«
»Richtig. Meine Bekannten hatten es möbliert gemietet. Ein Major Halliday mit Frau und kleiner Tochter.«
»Ja, Madam, ich erinnere mich. Sie wohnten aber nur ungefähr ein Jahr dort, glaube ich.«
»Er war eben erst aus Indien zurückgekehrt. Sie hatten eine Köchin, die

mir ein wundervolles Rezept für Apfelauflauf und Pfefferkuchen verriet. Ich frage mich oft, was wohl aus ihr geworden sein mag.«
»Das war sicher Edith Pagett, Madam. Sie ist immer noch hier in Stellung - im ›Windrush Lodge‹.«
»Dann kannte ich noch ein paar andere Leute. Die Fanes zum Beispiel. Er war, glaube ich, Rechtsanwalt.«
»Der alte Mr. Fane ist vor einigen Jahren gestorben. Der junge Mr. Fane, Walter Fane, hat die Anwaltskanzlei übernommen. Er ist unverheiratet und lebt bei seiner Mutter.«
»Ach? Ich dachte, der junge Fane sei Teepflanzer in Indien geworden - oder so etwas Ähnliches.«
»Das stimmt schon, Madam. Als sehr junger Mann war er eine Zeitlang drüben. Er kam nach etwa zwei Jahren zurück und trat in die Firma seines Vaters ein. Sie genießt in weitem Umkreis den besten Ruf. Mr. Walter Fane ist überall sehr beliebt - so still und bescheiden, wie er ist.«
»Richtig, jetzt erinnere ich mich!« rief Miss Marple. »War er nicht mit Miss Kennedy verlobt? Aber dann brach sie plötzlich mit ihm und heiratete Major Halliday.«
»Das stimmt, Madam.«
In den Ton der Verkäuferin schlich sich eine leicht mißbilligende Note ein. »Sie fuhr nach Indien, um ihn zu heiraten, aber dann änderte sie ihren Sinn und heiratete den andern.«
Miss Marple beugte sich vor und senkte vertraulich die Stimme.
»Wissen Sie, ich habe die Mutter des Majors gekannt. Er und seine kleine Tochter haben mir immer so leid getan. Die zweite Frau ist ihm doch mit einem andern davongelaufen? Ein ziemlich leichtfertiges junges Ding, scheint mir.«
»Genau das war sie, wenn Sie mich fragen. Und dabei ist ihr Bruder, der Arzt, so ein feiner Mann. Hat mir bei meinem Gelenkrheuma wunderbar geholfen.«
»Mit wem ist sie eigentlich durchgebrannt? Ich habe es nie erfahren.«
»Das kann ich Ihnen auch nicht sagen, Madam. Es hieß, es sei einer von den Sommerfrischlern gewesen. Ich weiß nur, daß Major Halliday ganz gebrochen war. Er ist von Dillmouth weggezogen; seine Gesundheit soll ruiniert gewesen sein. Ihr Wechselgeld, Madam.«
Miss Marple nahm Kleingeld und Ware an sich.
»Vielen Dank«, sagte sie. »Ob Edith Pagett, die Köchin, wohl noch das vorzügliche Pfefferkuchenrezept hat? Ich habe es verloren, und ich mochte diese Sorte so besonders gern.«
»Das könnten Sie sicher wiederbekommen, Madam. Ihre Schwester wohnt gleich nebenan; sie ist mit dem Konditor Mountford verheiratet.

Edith besucht sie meistens, wenn sie Ausgang hat. Mr. Mountford wird ihr gern Ihren Wunsch ausrichten.«

»Das ist eine Idee! Vielen, vielen Dank für Ihre Mühe!«

»Keine Ursache, Madam, es war mir ein Vergnügen.«

Miss Marple ging. Ein nettes altmodisches Geschäft, dachte sie auf der Straße, die Unterhemden sind ganz hübsch und brauchbar; ich habe kein Geld zum Fenster hinausgeworfen. Sie sah auf die kleine, blaßblau emaillierte Uhr, die seitlich an ihrem Kleid befestigt war. In fünf Minuten mußte sie im »Ginger Cat« sein, um ihre Verabredung mit dem jungen Paar pünktlich einzuhalten. Hoffentlich war der Besuch im Sanatorium nicht zu aufregend gewesen, überlegte sie.

Giles und Gwenda saßen schon an einem Ecktischchen, das schwarze Oktavheft vor sich, als Miss Marple von der Straße hereinkam und sich zu ihnen gesellte.

»Was möchten Sie haben, Miss Marple? Kaffee?«

»Ja, bitte. Aber keinen Kuchen - lieber ein Milchbrötchen mit Butter.«

Giles gab die Bestellung auf, und Gwenda schob Miss Marple das kleine schwarze Heft hin.

»Sie müssen es erst lesen, dann können wir uns über alles unterhalten. Es sind Tagebuchaufzeichnungen meines Vaters, die er vor seinem Tod im Sanatorium geschrieben hat. Ach, Giles, vor allem erzähl Miss Marple, was der Arzt gesagt hat!«

Giles tat es, fast wörtlich und ohne eigenen Kommentar. Dann öffnete Miss Marple das Oktavheft und begann zu lesen, während die Kellnerin dünnen Kaffee, Brötchen, Butter und ein paar Scheiben Kuchen brachte. Giles und Gwenda beobachteten schweigend Miss Marples Gesicht. Schließlich klappte sie das Heft zu und legte es hin. In ihrer Miene war schwer zu lesen. Sie sah beinahe zornig aus, wie Gwenda fand. Ihre Lippen waren fest aufeinandergepreßt, und ihre Augen funkelten auf eine Art, die eingedenk ihres Alters ungewöhnlich war.

»Also, das ist doch ...«, murmelte sie. »Da haben wir es!«

»Sie haben uns gleich zu Anfang geraten«, sagte Gwenda, »die Sache auf sich beruhen zu lassen. Ich begreife jetzt, wie gut Sie es meinten. Wir haben trotzdem weitergemacht - und wo sind wir nun? Es scheint, als hätten wir noch einmal einen Punkt erreicht, an dem wir haltmachen können - wenn wir wollen. Was meinen Sie? Sollen wir aufhören?«

Miss Marple schüttelte zögernd den Kopf. Ihr Gesicht war besorgt und ratlos.

»Ich weiß es nicht«, sagte sie. »Ich weiß es wirklich nicht. Es wäre vielleicht das beste, denn nach der vielen Zeit, die inzwischen verflossen ist, können Sie ja doch nichts mehr tun ... Ich meine, nichts Positives.«

»Sie meinen, nach einem so langen Zeitraum können wir nichts mehr herausbekommen?« fragte Giles.

»O nein, das habe ich nicht gesagt - ganz und gar nicht. Neunzehn Jahre sind keine Ewigkeit. Es sind noch genügend Leute da, die sich an manches erinnern und Fragen beantworten können - Angestellte zum Beispiel. Im Haushalt Ihres Vaters waren sicherlich ein bis zwei Dienstboten und ein Kindermädchen und wahrscheinlich ein Gärtner. Man braucht nur etwas Geduld und Mühe, um diese Leute aufzufinden und mit ihnen zu sprechen. Zufällig bin ich schon auf eine Spur gestoßen, nämlich die Köchin. Nein, es geht mehr um die Frage, was dabei Gutes herauskommen soll. Ich möchte sagen: nichts. Dennoch ...« Sie hielt inne. »Ja, trotz allem ... Ich bin ein bißchen langsam im Kombinieren, aber ich habe so das Gefühl, daß da etwas ist, etwas noch Ungreifbares, das der Mühe wert wäre, sogar gewisse Risiken ... Wenn ich nur sagen könnte, was es ist!«

»Ich glaube ...«, fing Giles an und stockte.

Miss Marple bedachte ihn mit einem dankbaren Blick.

»Männer können immer alles so logisch ordnen«, sagte sie. »Sicher sind Sie schon zu einem Schluß gekommen?«

»Das nicht, aber ich habe mir überlegt, daß es nur zwei mögliche Schlußfolgerungen gibt. Die eine habe ich schon früher vertreten: daß Helen Halliday nicht tot war, als das Kind Gwennie sie in der Diele liegen sah. Helen ist kurz danach wieder zu sich gekommen und mit ihrem Liebhaber, wer es auch sein mochte, verschwunden. Das würde mit den Fakten, die wir kennen, übereinstimmen, auch mit Kelvin Hallidays Wahn, er habe seine Frau ermordet, ferner mit den fehlenden Kleidern, dem fehlenden Gepäck und dem Abschiedsbrief, den Dr. Kennedy im Papierkorb fand. Dennoch bleiben gewisse Punkte ungeklärt, zum Beispiel, warum Kelvin Halliday die Tat unbeirrbar ins Schlafzimmer verlegte. Und die Frage, über die ich am meisten stolpere, ist die: Wo ist Helen Halliday geblieben? Es kommt mir so gegen alle Vernunft vor, daß sie sich nie wieder meldete und man nie von ihr gehört hat. Warum hat sie nach den ersten zwei Briefen jegliche Verbindung zu ihrem Bruder abgebrochen? Sie standen doch offenbar auf gutem Fuß miteinander. Er mag manches an ihr mißbilligt haben, aber deshalb muß man sich doch nicht gleich für immer aus den Augen verlieren! Übrigens glaube ich, daß dieses Rätsel auch Kennedy am meisten beunruhigt. Seinerzeit hat er die Sache sicher so gesehen, wie er sie uns dargestellt hat, die Flucht seiner Schwester und Kelvin Hallidays Zusammenbruch. Aber er hat nicht damit gerechnet, nie wieder von ihr zu hören. Als die Jahre vergingen, Helen verschollen blieb, Kelvin auf seinem Wahn beharrte

und schließlich Selbstmord beging, muß ein furchtbarer Zweifel in ihm aufgestiegen sein. Wenn Kelvins Version nun doch stimmte? Wenn er Helen wirklich getötet hatte? So viele Jahre kein Lebenszeichen von ihr - und wenn sie im Ausland gestorben wäre, hätte er sicherlich eine Nachricht erhalten. Ich meine, das erklärt den Eifer, mit dem er auf unsere Suchanzeige reagierte. Er hoffte, auf diese Weise endlich auf irgendeine Spur zu stoßen. Es ist ja vollkommen unnatürlich, daß jemand so ... so völlig verschwindet wie Helen. Das ist schon an sich höchst verdächtig.«
»Ganz meine Meinung«, sagte Miss Marple. »Und die Alternative, Mr. Reed?«
»Ich habe mir eine ausgedacht«, sagte Giles langsam, »die phantastisch scheint, sogar schrecklich, weil - wie soll ich es nennen - eine solche Bösartigkeit dazu gehört ...«
»Bösartigkeit ist genau der richtige Ausdruck«, sagte Gwenda. »So etwas ist nicht normal ...« Sie brach erschauernd ab. »Das ist nicht von der Hand zu weisen«, stimmte Miss Marple zu.»Es gibt mehr Böses auf der Welt, als der Mensch sich träumen läßt. Ich habe einiges erlebt ...« Sie sah gedankenvoll ins Leere. »Normale Erklärungen gibt es in diesem Fall überhaupt nicht«, sagte Giles. »Dr. Penrose, der ein anständiger Kerl zu sein scheint, denkt offenbar gern das Beste von seinem damaligen Patienten. Sein erster Eindruck von Halliday war aber, daß dieser wirklich gemordet hatte und sich der Polizei stellen wollte. Erst James Kennedys Versicherung, daß dem nicht so war, stimmte ihn um, und nun mußte er notgedrungen annehmen, es handle sich um einen Komplex oder eine Fixierung oder wie immer das Fachchinesisch lautet - aber ganz wohl war ihm dabei auch nicht. Er hatte zuviel Erfahrung mit dieser Art von Kranken, und Halliday war nicht der Typ, der eine Frau mit eigenen Händen erwürgt, und sei er auch bis zur Weißglut gereizt. Nichts paßt zusammen, und das läßt eigentlich nur eine Theorie übrig: Halliday wurde *eingeredet,* er habe seine Frau ermordet, und zwar von einem Dritten. Mit anderen Worten, wir sind bei der unbekannten Größe X angelangt. Nach reiflicher Überlegung möchte ich diese Annahme als zumindest denkbar bezeichnen.
Laut Hallidays eigener Erzählung kam er abends nach Hause, ging ins Eßzimmer, nahm einen Drink, wie er es üblicherweise tat, ging nach nebenan, sah einen Brief auf dem Tisch und hatte plötzlich einen Blackout - eine totale Gedächtnislücke.«
Er hielt inne und sah Miss Marple an, die aufmunternd nickte. Daher fuhr er fort:
»Angenommen, diese Gedächtnislücke war einfach auf ein Betäubungs-

mittel im Whisky zurückzuführen, so wäre die Folgerung ziemlich klar. X hatte Helen in der Halle erwürgt, sie nachher die Treppe hochgeschleift und die Leiche aufs Bett gelegt, damit es nach einem Verbrechen aus Leidenschaft aussähe und Kelvin sie so fände. Kelvin, der arme Teufel, der vielleicht tatsächlich eifersüchtig war, kommt hinauf und glaubt in seiner Benommenheit, er sei der Mörder.

Verstört eilt er zu seinem Schwager ans andere Ende der Stadt, zu Fuß. Das gibt X Zeit für seinen nächsten Trick, nämlich den Koffer zu packen und verschwinden zu lassen und schließlich auch die Leiche ...« Giles unterbrach sich beunruhigt. »Also, was er mit der Leiche gemacht hat, ist mir unerfindlich.«

»Ja? Das wundert mich, Mr. Reed«, sagte Miss Marple. »Ich glaube, dieses Problem bietet noch die geringsten Schwierigkeiten. Aber bitte, sprechen Sie weiter.«

»Wer waren die Männer in ihrem Leben?« sagte Giles. »Wir hatten bei der Rückfahrt nach London eine Abendzeitung mit dieser Schlagzeile vor der Nase. Sie brachte mich auf den wahrscheinlichen Kernpunkt des Ganzen: Wenn es X, den großen Unbekannten, wirklich gibt, so steht eines fest: Er muß verrückt nach ihr gewesen sein - wortwörtlich verrückt.«

»Folglich haßte er meinen Vater«, fiel Gwenda ein, »und war darauf aus, ihm Schmerz zuzufügen.«

»So kommen wir der Sache schon näher«, sagte Giles. »Wir wissen ja auch einiges über Helens Wesen. Nach allem, was wir gehört haben, war sie ...« Er zögerte.

»Mannstoll«, ergänzte Gwenda.

Miss Marple schien eine Bemerkung machen zu wollen, unterließ sie jedoch. Giles fuhr fort:

»... und schön war sie auch. Aber wir wissen immer noch nicht, welche Männer außer Halliday eine Rolle in ihrem Leben spielten. Theoretisch kann sie ja jede Menge Liebschaften gehabt haben.«

Miss Marple schüttelte den Kopf.

»Das wohl kaum. Sie müssen bedenken, wie jung sie war.

Außerdem sind Sie jetzt etwas vergeßlich, Mr. Reed. Wir wissen nämlich etwas über die Männer in ihrem Leben. Da war der Mann, wegen dem sie nach Indien reiste, um ihn zu heiraten.«

»Ach ja!

Der junge Rechtsanwalt, nicht? Wie hieß er noch?«

»Walter Fane.«

»Ja, aber der zählt eigentlich nicht mit. Er blieb in Malaya oder Indien oder sonstwo.«

»Wirklich? Er blieb nicht Teepflanzer«, erklärte Miss Marple, »er kam zurück und trat in die Kanzlei seines Vaters ein, deren Chef er jetzt ist.«
»Ob er ihr nachgereist ist?« fragte Gwenda.
»Möglich. Das wissen wir nicht.«
Giles sah die alte Dame forschend an. »Woher wissen Sie eigentlich so erstaunlich viel?«
Miss Marple lächelte verlegen.
»Ach, ich habe nur ein wenig herumgehorcht, in Läden, an Bushaltestellen und so weiter. Alte Damen gelten ohnehin als neugierig und schwatzhaft, nicht wahr? Auf diese Weise schnappt man mühelos ein paar Lokalberichte auf.«
»Walter Fane«, sinnierte Gwenda. »Helen hat ihn sitzenlassen. Das muß ihn ziemlich gewurmt haben. Hat er später eine andere geheiratet?«
»Nein«, antwortete Miss Marple. »Er lebt bei seiner Mutter. Am Wochenende bin ich dort zum Tee eingeladen.«
»Halt, wir kennen noch jemand«, sagte Gwenda plötzlich. »Erinnerst du dich, Giles? Dr. Kennedy sagte, sie hatte so was wie einen Flirt, als sie gerade mit der Schule fertig war, und zwar mit einem jungen Mann, den er nicht mochte - er bezeichnete ihn als unpassend. Ich frage mich, warum er das wohl war!«
»Das sind schon zwei«, konstatierte Giles. »Jeder der beiden mag einen Groll gehegt und einen Racheplan ausgebrütet haben. Vielleicht hatte der erste Verehrer etwas auf dem Kerbholz.«
»Dr. Kennedy würde uns das sicher erzählen können«, sagte Gwenda. »Nur ist es etwas peinlich, gerade ihn auszufragen. Ich meine, es ist nichts dabei, solange ich mich nur nach dem Verbleib meiner Stiefmutter erkundige, die ich kaum gekannt habe. Es dürfte aber etwas befremdend wirken, wenn ich, das damalige kleine Mädchen, jetzt ein so übertriebenes Interesse für Helens erste Liebesaffären bekunde.«
»Es gibt sicher andere Wege, an Informationen zu gelangen«, meinte Miss Marple. »Wir müssen nur genügend Zeit und Geduld aufbringen.«
»Immerhin, zwei Kandidaten haben wir schon«, sagte Giles.
»Ich glaube, wir können noch einen dritten in Betracht ziehen«, erwiderte Miss Marple. »Es ist nur eine Vermutung, aber sie scheint mir durch den Gang der Ereignisse gerechtfertigt.«
Gwenda und Giles sahen sie leicht überrascht an.
»Es ist, wie gesagt, nur so eine Idee«, meinte Miss Marple, wobei das Rosa ihrer Wangen sich vertiefte. »Helen Kennedy fuhr nach Indien, um den jungen Fane zu heiraten. Zugegeben - sie war nicht gerade rasend verliebt in ihn, aber sie muß ihn gern genug gehabt haben, um sich ein Leben mit ihm vorstellen zu können. Doch kaum angekommen, bricht

sie mit Fane und bittet ihren Bruder telegrafisch um das Reisegeld für die Heimfahrt. Warum?«

»Na ja, sie hat sich's eben anders überlegt«, antwortete Giles. Beide Damen, sowohl Miss Marple als auch Gwenda, betrachteten ihn mit leichter Verachtung. Gwenda sagte: »Das haben wir auch schon erraten, mein Lieber. Miss Marple fragt nach dem Grund!«

»Junge Mädchen haben nun mal solche Launen ...«

»Unter bestimmten Umständen schon«, sagte Miss Marple mit jenem bedeutsamen Unterton, den alte Damen fertigbringen, ohne eine Silbe zuviel zu sagen.

»Vielleicht hat Fane sich irgendwie danebenbenommen ...«, mutmaßte Giles, als Gwenda ihn ungeduldig unterbrach:

»Natürlich kam ein andrer dazwischen!«

Sie und Miss Marple sahen sich verschwörerisch an, wie Angehörige eines Geheimbundes, von dem Männer ausgeschlossen sind.

»Schon bei der Ausreise«, fügte Gwenda mit Überzeugung hinzu.

»Auf Schiffen kommt man sich schnell näher«, sekundierte Miss Marple.

»Mondschein auf Deck«, sagte Gwenda, »und alles, was dazugehört. Nur - es muß eine ernsthafte Sache gewesen sein, mehr als ein kleiner Reiseflirt.«

»Eine sehr ernste Sache«, bekräftigte Miss Marple.

»Warum«, fragte Giles etwas ärgerlich, »warum hat sie den Burschen dann nicht geheiratet?«

»Vielleicht erwiderte er ihre Gefühle nicht«, sagte Gwenda langsam, schüttelte dann aber den Kopf. »Nein, in diesem Fall hätte sie Walter Fane erst recht geheiratet. Oh - wie dumm, daß ich nicht gleich daran gedacht habe! Der Mann war schon verheiratet!«

Sie blickte triumphierend auf Miss Marple, die ihr beipflichtete:

»Ja. So würde ich es auch rekonstruieren. Sie verliebten sich ineinander, wahrscheinlich ging das Gefühl sehr tief, aber er war verheiratet und womöglich Vater und dazu ein Mensch mit einem Gewissen. Nun, und das war das Ende vom Lied.«

»Und nach diesem Erlebnis konnte sie natürlich den Gedanken an eine Ehe mit Walter Fane nicht mehr ertragen«, meinte Gwenda. »Sie telegrafierte ihrem Bruder und fuhr zurück. Und auf dem Schiff lernte sie meinen Vater kennen.« Sie machte eine nachdenkliche Pause. »Diesmal war von leidenschaftlicher Liebe keine Rede, aber sie fühlten sich zueinander hingezogen - Leidensgenossen, die sich gegenseitig trösteten. Mein Vater erzählte von seiner toten Frau, und vermutlich vertraute auch sie ihm ihren Liebeskummer an ... Ja, natürlich!« Sie griff nach dem

Oktavheft und blätterte hastig darin. »Da steht es schwarz auf weiß: ›… ich wußte, daß ein anderer in ihrem Leben war, ein Liebhaber, ich wußte es. Auf dem Schiff sagte sie selbst, sie liebe jemand, den sie nicht heiraten könne. Das führte uns zusammen.‹ Und so weiter. Und so weiter.« Gwenda schloß das Tagebuch und sah auf. »Helen und mein Vater fühlten sicher eine gewisse Seelenverwandtschaft, und irgendwie mußte auch für mich gesorgt werden, und sie glaubte wohl, sie würde ihn glücklich machen und dadurch schließlich selbst wieder ganz glücklich werden.« Gwenda nickte abschließend und sagte strahlend zu Miss Marple: »So war es.«

Giles' Miene war leicht gereizt.

»Du phantasierst einen ganzen Roman zusammen, Gwenda, und behauptest, so habe sich alles zugetragen.«

»Aber es muß so gewesen sein! Und so haben wir einen dritten Kandidaten für den unbekannten X.«

»Den Ehemann vom Schiff?«

»Natürlich. Wir wissen nicht, ob er wirklich so nett und ehrenhaft war, wie wir annehmen. Er kann ebensogut halb verrückt gewesen sein, sie bis Dillmouth verfolgt haben …«

»Du hast ihn eben erst bei der Ausreise nach Indien geschildert!«

»Na und? Wer ausreist, kann auch wieder einreisen, oder? Helen tat es, und Walter Fane auch. Nebenbei bemerkt, verschwand Helen erst ein Jahr später. Ich sage nicht, daß dieser X aus Indien zurückkam, sondern nur, daß es möglich ist. Du reitest ja dauernd auf der Frage herum, wer ›die Männer in ihrem Leben‹ waren, und solltest froh sein, daß nun schon drei aufgetaucht sind: Walter Fane, ein früherer Flirt, dessen Namen Dr. Kennedy weiß, und der Mann auf dem Schiff …«

»… dessen Existenz noch nicht erwiesen ist«, ergänzte Giles.

»… was sich aber feststellen lassen wird. Nicht wahr, Miss Marple?«

»Ich kann nur wiederholen«, sagte Miss Marple, »daß man mit der Zeit und mit viel Geduld manches erfährt. Hier ein kleiner Beitrag. Im Laufe einer sehr erfreulichen kleinen Unterhaltung im Modegeschäft habe ich heute gehört, daß die Köchin Edith Pagett, die zur fraglichen Zeit in ›St. Catherine‹ angestellt war, noch in Dillmouth wohnt. Ihre Schwester ist mit einem hiesigen Konditor verheiratet. Ich glaube, es wäre das Normalste von der Welt, wenn Sie sich mit ihr unterhielten. Sie kann Ihnen sicher viel erzählen.«

»Großartig«, sagte Gwenda begeistert. »Mir ist übrigens noch eine Idee gekommen. Ich werde ein neues Testament machen. Schau nicht so ernst, Giles, du bleibst mein Universalerbe. Ich möchte nur Walter Fane mit der Abfassung betrauen.«

»Gwenda«, mahnte Giles, »sei vorsichtig!«
»Ein Testament zu machen, ist vollkommen unverfänglich. Und der Beweggrund, den ich mir zurechtgelegt habe, ist gut. Jedenfalls möchte ich Fane aufsuchen, um ihn gründlich unter die Lupe zu nehmen. Dann erst kann ich beurteilen, ob er ...«
Sie ließ den Satz unbeendet.
»Was mich, wundert«, sagte Giles, »ist, daß sich niemand außer Dr. Kennedy auf unser Zeitungsinserat gemeldet hat. Zum Beispiel die Köchin - Edith Pagett -, die Sie erwähnt haben.«
»In ländlichen Gegenden«, sagte Miss Marple, »brauchen die Leute oft lange, ehe sie sich auf etwas einlassen. Sie sind mißtrauisch. Sie tun nichts Unüberlegtes.«

12

Lily Kimble breitete eine Lage Zeitungspapier auf dem Küchentisch aus, um darauf die Pommes frites zu trocknen, die noch im Topf zischten, und beugte sich müßig, einen Schlager vor sich hin summend, über die Anzeigenseite, die gerade obenauf lag.
Plötzlich unterbrach sie ihr Summen und rief: »Jim! Hör mal zu, Jim, ja?«
»Hm?« antwortete Jim Kimble mit gewohnter Einsilbigkeit vom Spülbecken her, wo er sich gerade wusch.
»Da steht was in der Zeitung, eine Suchanzeige: ›Jeder, der über den Verbleib von Mrs. Helen Spenlove Halliday, geborenen Kennedy, Auskunft geben kann, wird hiermit gebeten, sich mit Messrs. Reed & Hardy, Southampton Row, in Verbindung zu setzen.‹ Das muß die Mrs. Halliday sein, bei der ich in Stellung war, in ›St. Catherine‹. Sie und ihr Mann hatten das Haus von der seligen Mrs. Findeyson übernommen. Helen hieß sie, das stimmt, und - ja, richtig, sie war eine geborene Kennedy. Ihr älterer Bruder, der Doktor, hat mir damals immer gesagt, ich müßte mir die Polypen rausnehmen lassen.«
Der wortkarge Jim Kimble prustete in das Handtuch, mit dem er sich das Gesicht abtrocknete, während seine Frau die Pommes frites mit geübten Griffen umdrehte.
Dann wandte sie sich wieder der Zeitung zu.
»Natürlich ist das eine alte Nummer, gut eine Woche alt. Ich möchte wissen, was das soll. Könnte man da vielleicht was rausholen, Jim? Geld, meine ich.«
Mr. Kimbles Antwort war ein unverbindliches Knurren.

»Es handelt sich wohl um ein Testament oder so«, überlegte Lily. »Es ist alles so lange her.«
»Hm?«
»Achtzehn Jahre, mindestens. Ich frage mich - ich frage mich bloß, was sie da rauskriegen wollen, gerade jetzt. Kann es nach all den Jahren noch die Polizei sein, Jim?«
Jim bekundete sein Interesse mit zwei Silben: »Wieso?«
»Na, du weißt ja, was ich schon immer gesagt habe«, antwortete Lily geheimnisvoll. »Ich habe es mir gleich gedacht, als es mit dem Dienst da zu Ende war. Sie sollte angeblich mit einem Kerl abgehauen sein. Das sagen sie immer, die Männer, wenn sie ihre Frau abgemurkst haben. Verlaß dich drauf, es war Mord! Habe ich dir gleich gesagt und Edith auch, aber die wollte es ja um keinen Preis wahrhaben. Keine Spur von Phantasie, die Edith. Dabei waren die Kleider, die sie mitgenommen haben sollte, der reine Blödsinn. Ich meine, es waren nicht die richtigen. Jawohl, ein Koffer und eine Reisetasche waren weg und genug Zeug, um sie vollzustopfen, aber es war das falsche - keine Frau nimmt Abendkleider und so etwas mit, wenn sie verduften will. ›Ist doch glatter Schwindel‹, habe ich zu Edith gesagt, ›der Mann hat sie gekillt und im Keller verscharrt‹, habe ich gesagt. Natürlich war es nicht im Keller, denn die Dingsda, die Leonie, das Schweizer Kindermädchen, die hat was gesehen. Aus dem Fenster. Wir hatten uns fürs Kino verabredet, Leonie und ich, obwohl sie eigentlich nicht aus dem Kinderzimmer weg durfte - aber das Kind hat ja immer wie ein Murmeltier geschlafen, es ist nie aufgewacht, darauf konnte man sich verlassen. ›Und Madam kommt abends nicht rauf‹, habe ich zu Leonie gesagt. ›Keiner merkt es, wenn Sie mit mir ins Kino gehen.‹ Na, da ist sie eben mitgegangen. Aber als wir wiederkamen - da war vielleicht was gefällig! Der Doktor war da, und der Herr war krank und hatte was zum Schlafen gekriegt, und der Doktor sah immer mal wieder nach ihm und fragte mich auch so nebenbei nach den Kleidern, und da hatte ich noch nicht gesehen, was fehlte, und habe mir gedacht, es ist schon so: Sie ist mit dem Kerl abgehauen. Auf den war sie ja scharf, und dabei war er doch auch verheiratet, und Edith hat immer gesagt, sie hofft und betet, daß wir nicht 'nen Scheidungsprozeß an den Hals kriegen, wo wir aussagen müssen. Wie hieß der Mann bloß? Fing mit M an, glaube ich - oder war's ein R? Himmel, mit der Zeit vergißt man alles.«
Mr. Kimble hatte keinen Sinn mehr für unwichtige Dinge. Er setzte sich an den Tisch und wartete mit nachdrücklichem Schweigen auf sein Essen.
»Die Pommes frites müssen nur noch abtropfen. Warte, ich hole lieber

eine neue Zeitung. Diese hier hebe ich auf. Nach so langer Zeit steckt sicher nicht mehr die Polizei dahinter. Wenn's Anwälte sind, wegen dem Nachlaß oder so, ist vielleicht was drin. Von Belohnung steht ja nichts da, trotzdem... Ich wünschte, ich wüßte, wen ich fragen könnte, was ich machen soll. Die Adresse ist irgendwo in London. Aber ich glaube nicht, daß ich denen schreiben möchte. Jim, was meinst du dazu?«
»Hm«, machte Mr. Kimble und sah hungrig auf den Fisch und die Pommes frites. Die Diskussion wurde verschoben.

13

Gwenda betrachtete Mr. Walter Fane über den wuchtigen Mahagonischreibtisch hinweg.
Was sie sah, war ein ziemlich müder Mann um die Fünfzig mit freundlich-leerem Gesicht, das man sich schwer merken konnte. Der Typ, dachte Gwenda, den man auf der Straße nur mühsam wiedererkennt, keine sehr ausgeprägte Persönlichkeit.
Er sprach langsam und war sehr höflich. Vermutlich ein tüchtiger Anwalt, überlegte sie.
Sie ließ den Blick kurz durch das ganze Büro schweifen - das Büro des jetzigen Seniorchefs. Es paßte zu Walter Fane, fand sie, so entschieden altmodisch, wie es war. Die Möbel waren abgenutzt, aber gediegen. An den Wänden stapelten sich Aktenkästen mit ehrfurchtgebietenden Namensschildern: Sir John Vavasour-Trench. Lady Jessup. Arthur Foulkes, Esquire, verstorben.
Die hohen Schiebefenster, reichlich schmutzig übrigens, gingen auf den Hinterhof hinaus, dessen graues Geviert von den angrenzenden Mauern ebenso alter Häuser gebildet wurde. Es gab nichts Modernes oder gar Elegantes, aber auch nichts Ärmliches. Die Unordnung auf dem mit Papieren bedeckten Schreibtisch, die schief in den Regalen lehnenden juristischen Wälzer, die teils verstaubten Aktenstapel - alles das kennzeichnete das Büro eines erfahrenen Anwalts, der genau wußte, wo er mit einem Griff fand, was er brauchte.
Das leise Kratzen seiner Füllfeder hörte auf. Er sah Gwenda mit einem breiten, freundlichen Lächeln an.
»So, das dürfte klar sein, Mrs. Reed«, sagte er. »Ein sehr einfaches Testament. Wann darf ich Sie zur Unterschrift erwarten?«
Gwenda sagte, sobald es ihm passe. Es sei ja nicht besonders eilig.
»Wir wohnen noch nicht lange hier«, fügte sie hinzu. »In ›Hillside‹.«
»Ja, Sie haben mir die Adresse schon genannt«, sagte Walter Fane mit

einem Blick auf seine Notizen. Sein Ton hatte sich um keine Nuance geändert.
»Es ist ein sehr schönes Haus. Wir fühlen uns schon ganz heimisch.«
»Gratuliere«, sagte Walter Fane lächelnd. »Liegt es am Meer?«
»Nicht ganz. Ich glaube, früher hat es anders geheißen. Ja, richtig: ›St. Catherine.‹«
Walter Fane nahm seine Brille ab, um sie mit einem seidenen Taschentuch zu putzen.
»Ach ja«, sagte er. »In der Leahampton Road‹«
Er sah kurz auf, und es frappierte sie wieder einmal, wie verändert Brillenträger ohne die gewohnten Gläser wirkten. Walter Fanes Augen, von einem sehr blassen Grau, erschienen besonders kurzsichtig und blicklos. Sein ganzes Gesicht, dachte Gwenda, macht auf einmal den Eindruck, als wäre er nicht ganz da.
Dann setzte er die Brille wieder auf und stellte noch eine seiner präzisen Fragen.
»Wenn ich Sie recht verstanden habe, Mrs. Reed, haben Sie doch schon anläßlich Ihrer Heirat eine Verfügung getroffen?«
»Ja, aber damals hatte ich noch ein paar Verwandte in Neuseeland mit aufgeführt, die inzwischen gestorben sind. Darum dachte ich, es sei am einfachsten, gleich ein neues Testament zu machen, zumal wir die Absicht haben, nun auf die Dauer im Land zu bleiben.«
»Ein sehr vernünftiger Standpunkt.« Walter Fane nickte. »Nun, Mrs. Reed, damit wäre wohl alles klar. Vielleicht könnten Sie übermorgen wiederkommen? Paßt es Ihnen um elf?«
»Ja, das geht sehr gut.«
Gwenda stand auf, Walter Fane ebenfalls. Kurz vor der Tür sagte sie mit einem Stottern, das sie sorgfältig eingeübt hatte:
»Ich ... ich bin extra zu Ihnen gekommen, weil Sie ... ich meine, ich glaube, daß Sie ... meine Mutter gekannt haben.«
»Ach?« Er legte das notwendige höfliche Interesse in seine Stimme. »Wie war denn ihr Name?«
»Halliday. Megan Halliday. Ich glaube - das heißt, ich habe gehört -, daß Sie einmal verlobt mit ihr waren?«
Eine Wanduhr tickte plötzlich überlaut. Eins, zwei, eins, zwei, eins, zwei.
Auch Gwenda fühlte ihr Herz lauter schlagen. Was für ein ruhiges Gesicht Walter Fane hatte! Wie ein Haus mit herabgelassenen Jalousien, ein Haus, in dem eine Leiche lag ... Welch verrückter Gedanke, wies sie sich sofort zurecht.
Walter Fane sagte mit unverändertem Gleichmut:

»Nein, Mrs. Reed, ich habe Ihre Mutter nicht gekannt. Ich war einmal verlobt, nur für eine sehr kurze Zeitspanne, mit der zweiten Frau Ihres Vaters, Miss Helen Kennedy.«
»Ach so - das habe ich verwechselt, wie dumm von mir. Es war ja Helen, meine Stiefmutter! Ich war damals noch so klein, daß ich mich nicht richtig erinnern kann. Ich weiß nur, daß die zweite Ehe meines Vaters gescheitert ist, und irgendwann habe ich mal gehört, daß Sie sich mit Mrs. Halliday in Indien verlobt hätten. Natürlich dachte ich, mit Mrs. Halliday sei meine verstorbene Mutter gemeint. Wegen Indien ... Mein Vater hat sie nämlich in Indien kennengelernt.«
»Helen Kennedy kam nach Indien, um mich zu heiraten. Aber dann überlegte sie es sich anders und fuhr zurück. Auf dem Schiff begegnete sie Ihrem Vater.«
Es war eine einfache leidenschaftslose Feststellung von Tatsachen. Gwenda erinnerte er immer noch an ein Haus mit herabgelassenen Jalousien.
»Bitte, entschuldigen Sie«, sagte sie. »Habe ich Sie verletzt?«
Walter Fane lächelte - sein breites, freundliches Lächeln. Die Jalousien waren oben.
»Das war vor neunzehn oder zwanzig Jahren, Mrs. Reed«, sagte er. »Die Probleme und Verrücktheiten unserer Jugend bedeuten nach so langer Zeit nicht mehr viel. Soso, Sie sind also Hallidays kleine Tochter. Sie wissen doch, daß Ihr Vater und Helen einige Zeit hier in Dillmouth gewohnt haben?«
»O ja«, antwortete Gwenda, »das war der Hauptgrund, warum mein Mann und ich hergekommen sind. Obwohl ich nur ungenaue Kindheitserinnerungen hatte, wollte ich doch zuerst nach Dillmouth, als wir uns überlegten, wo wir in England leben könnten. Erst war ich einfach neugierig auf die Gegend, und dann fand ich sie so reizvoll, daß ich mich nach einem Haus für uns umsah. Und - ist das nicht ein schöner Zufall? Wir haben das Haus bekommen, in dem mein Vater, Helen und ich schon einmal wohnten!«
»Ja, ich war manchmal dort zu Besuch«, sagte Walter Fane und lächelte auf seine angenehme Art. »Sie erinnern sich gewiß nicht an mich, Mrs. Reed, aber ich habe Ihnen immer Bonbons zugesteckt.«
»Wirklich?« Gwenda lachte. »Dann sind Sie ja ein richtiger alter Hausfreund. Leider kann ich nicht so tun, als hätte ich Sie gleich wiedererkannt, aber ich war ja auch höchstens drei Jahre alt. Waren Sie damals auf Urlaub zu Hause?«
»Nein, ich hatte Indien für immer den Rücken gekehrt. Ich hatte mich als Teepflanzer versucht, aber es zeigte sich, daß ich mich nicht dafür

eignete. Ich war eben doch dazu bestimmt, in die Fußstapfen meines Vaters zu treten und ein biederer Provinzjurist zu werden. Da ich die nötigen Examen schon vorher gemacht hatte, trat ich gleich in die Kanzlei ein.«

Er hielt inne. »Und seitdem bin ich hier. Seit damals. Immer.«

Na, dachte Gwenda, so lang sind achtzehn oder neunzehn Jahre auch wieder nicht.

Walter Fane beendete das Gespräch mit einem Händedruck.

»Da wir so alte Bekannte sind, müssen Sie und Ihr Gatte unbedingt auch meine Mutter kennenlernen. Ich werde ihr von Ihnen erzählen. Inzwischen bleibt es bei Donnerstag vormittag hier zur Unterschrift, nicht wahr?«

Gwenda verließ das Büro und wandte sich zur Treppe. In einer Ecke auf dem Absatz war ein Spinnennetz, in dem eine blasse, ziemlich nichtssagende Spinne saß. Nicht die dicke, lebendige Art, die sich auf gefangene Fliegen stürzte und sie aussog. Eher das Gespenst einer Spinne, dachte Gwenda. Und sie wußte selbst nicht, warum ihr Walter Fane einfiel.

Giles erwartete seine Frau draußen auf der Strandpromenade. »Na?« fragte er.

»Er war in der betreffenden Zeit in Dillmouth«, berichtete Gwenda. »Von Indien zurück, für immer, sagte er. Er erinnerte sich, daß er bei uns im Haus verkehrt hat; er hat mir Bonbons geschenkt. Aber der ist kein Mörder - unvorstellbar! Viel zu still und gutmütig. Ein netter Mensch, wirklich, aber einer von denen, die man übersieht. Wenn sie auf einer Party sind und früher gehen als die andern, nimmt man gar keine Notiz davon. Dabei ist er bestimmt unheimlich anständig und zuverlässig, ein musterhafter Sohn und solide, aber - mit den Augen einer Frau gesehen - unglaublich langweilig! Ich verstehe schon, daß Helen sich damals anders besann. So einen heiratet man, wenn man auf Sicherheit Wert legt und keine andere Chance hat, aber bestimmt nicht aus reinem Gefühlsüberschwang.«

»Armer Teufel«, sagte Giles. »Und er war vermutlich verrückt nach ihr.«

»Ach, ich weiß nicht. Mir kommt's eigentlich nicht so vor. Jedenfalls ist ein gehässiger Racheakt bei ihm undenkbar. Fane hat kein bißchen Veranlagung zum Mörder.«

»Du kennst dich wohl mit Mördern aus, was, Liebling?« neckte sie Giles.

»Irgendwas würde einem doch auffallen ...«

»In den letzten Jahren gab es eine ganze Menge Mordprozesse, bei denen kein Mensch den Tätern etwas Böses zugetraut hätte. Stille, bra-

ve, bescheidene Mitbürger. Man sieht den Leuten den Mörder nicht an der Nasenspitze an.«
»Trotzdem kann ich nicht glauben, daß Fane …« Gwenda stockte. »Was ist los?«
»Ach, nichts.« Aber sie hatte plötzlich daran denken müssen, wie Walter Fane seine Brille geputzt und seine Augen so sonderbar nackt und blicklos in die Luft gestarrt hatten, als sie
»St. Catherine« erwähnte.
»Vielleicht«, sagte sie unsicher, »war er doch verrückt nach ihr …«

14

Mrs. Mountfords Wohnzimmer war sehr gemütlich. Um einen runden Mitteltisch mit gestickter Decke waren mehrere altertümliche Plüschsessel gruppiert, an der Wand stand ein steif aussehendes, aber überraschend gut gepolstertes Sofa.
Porzellanhunde und andere Nippsachen thronten auf dem Kamin, und der Bildschmuck an den Wänden bestand aus prächtig kolorierten Bildern der königlichen Familie sowie einem Foto, das Mr. Mountford mit hoher Konditormütze im Kreis mehrerer Kollegen zeigte. Ferner gab es ein Kunstwerk aus kleinen Muscheln und Wasserfarbe, das eine sehr blaue Grotte von Capri darstellte. Alle diese Dinge wollten nicht Schönheit oder Geschmack vortäuschen; das Resultat war ein fröhlicher Raum, in dem jeder gern saß und sich entspannte, wenn seine Zeit es zuließ.
Mrs. Mountford, geborene Pagett, war untersetzt und rundlich, mit ein paar grauen Strähnen im dunklen Haar, ihre Schwester Edith dagegen groß und dünn. Sie hatte noch kaum ein graues Haar, obwohl sie um die Fünfzig sein mußte.
»Na, so was!« wunderte sich Edith Pagett nach der Begrüßung. »Die kleine Gwennie! Nehmen Sie's mir nicht übel, Ma'am, es rutscht mir so heraus, wenn ich an die alten Zeiten denke. Ein süßes Ding waren Sie. Kamen immer zu mir in die Küche und wollten ›Sinen‹, damit haben Sie Rosinen gemeint, nicht Apfelsinen, und ich gab Ihnen auch welche, das heißt, Sultaninen, weil da keine Kerne drin sind.«
Gwenda starrte in das rotwangige Gesicht mit den lebhaften schwarzen Augen und zermarterte sich das Hirn, aber ohne Erfolg. Die Erinnerung war eine trügerische Sache.
»Wenn ich mich nur erinnern könnte …«, fing sie an.
»Höchst unwahrscheinlich. Sie waren ja noch ein so kleines Mädchen.

Heute will niemand mehr zu Kindern. Verstehe ich gar nicht. Kinder bringen doch erst Leben ins Haus, finde ich. Na ja, das Kochen macht ein bißchen Mühe, aber daran sind viel weniger die Kinder schuld, Ma'am, als die Kindermädchen. Die sind heikel und wählerisch und wollen immer bedient werden. Erinnern Sie sich noch an Leonie, Miss Gwennie - Entschuldigung, Mrs. Reed?«
»Leonie? War das mein Kindermädchen?«
»Ja, eine Schweizerin. Sie konnte nicht gut Englisch und war sehr empfindlich, heulte immer gleich, wenn Lily ihr was sagte. Lily war das Hausmädchen, Lily Abbott, jung und ein bißchen schnippisch. Mit Ihnen hat sie immer gespielt, Miss Gwennie, Verstecken und Kuckuck durchs Treppengeländer ...«
Gwenda zuckte unwillkürlich zusammen. Das Treppengeländer ...
Dann sagte sie plötzlich: »An Lily erinnere ich mich. Sie hat der Katze eine Schleife umgebunden.«
»Na, so was! Das ist aber ein Gedächtnis! Stimmt, das war an Ihrem dritten Geburtstag, und Lily war außer Rand und Band, und Thomas mußte unbedingt eine Schleife umhaben. Sie nahm die von der großen Konfektschachtel, und das arme Vieh kratzte und spuckte und raste in den Garten und scheuerte sich so lange an den Bäumen und Sträuchern, bis es die Schleife wieder los war. Katzen mögen solche Späße nicht.«
»Es war eine schwarze mit weißen Pfoten, nicht wahr?«
»Ja. Armer alter Tommy - ein tüchtiger Mäusefänger, und ...« Edith Pagett unterbrach sich und hustete verlegen. »Entschuldigen Sie, daß ich so drauflosrede, aber die Zunge geht einfach mit mir durch, wenn ich von alten Zeiten rede. Sie wollten mich was fragen?«
»Ja, gerade das, wovon Sie erzählen«, sagte Gwenda lächelnd. »Ich höre Ihnen gerne zu. Sehen Sie, ich kam ja schon als kleines Kind nach Neuseeland und wuchs dort bei Verwandten auf. Sie wußten wenig von meinem Vater und gar nichts von meiner Stiefmutter. Sie - sie war nett, nicht wahr?«
»Ja, und besonders zu Ihnen, Ma'am. Sie hat Sie immer an den Strand mitgenommen und im Garten mit Ihnen gespielt. War ja selber noch ganz jung, eher ein junges Mädchen als eine verheiratete Frau. Ich hab mir oft gedacht, daß ihr das Spielen den gleichen Spaß machte wie Ihnen. Sie war ja als Einzelkind aufgewachsen, wissen Sie, oder so gut wie allein. Dr. Kennedy, der große Bruder, war viel, viel älter als sie und immer in Büchern vergraben. Und wenn sie nicht weg in der Schule war, mußte sie in den Ferien allein spielen.«
Hier mischte sich Miss Marple ein, die auf dem Sofa saß:
»Sie haben Ihr ganzes Leben in Dillmouth gewohnt, nicht wahr?«

»O ja, Ma'am. Mein Vater hatte den kleinen Hof auf der anderen Hügelseite. Söhne waren keine da, und meine Mutter konnte nach seinem Tod die Wirtschaft nicht mehr schaffen, und darum hat sie den Hof verkauft und den kleinen Galanterieladen in der Hauptstraße gepachtet. Ja, ich kenne Dillmouth in- und auswendig.«
»Sicher auch die meisten Einwohner und alle Familiengeschichten?«
»Nicht genau, aber ungefähr. Dillmouth war ja früher ein kleines Nest, obwohl wir eine ganze Menge Sommergäste hatten, solang ich zurückdenken kann. Es waren nette, ruhige Leute, die jedes Jahr wiederkamen, nicht so viele Zugvögel und Autotouristen wie heutzutage. Die guten Familien haben immer im selben Quartier für vier Wochen vorbestellt, Jahr um Jahr.«
»Ich nehme an«, bemerkte Giles, »daß Sie Helen schon vor ihrer Heirat kannten?«
»Nun, ich wußte, wer sie war, und habe sie hin und wieder auch mal von weitem gesehen. Richtig kennengelernt habe ich sie erst, als ich bei den Hallidays Köchin war.«
»Und Sie hatten sie gern«, sagte Miss Marple.
Edith Pagett wandte sich mit einem Anflug von Trotz ihr zu. »Ja, Madam«, erwiderte sie, »egal, wie die Leute über sie redeten. Zu mir war sie immer so nett, wie man sich's nur wünschen kann. Ich hätte nie gedacht, daß sie so eine Dummheit machen würde. Mir hat es glatt die Sprache verschlagen, als es herauskam, obwohl man schon so was munkelte ...«
Sie schloß abrupt den Mund und warf einen raschen, verlegenen Blick auf Gwenda, die mit instinktiver Offenheit sagte:
»Erzählen Sie nur, bitte! Ich möchte gern Bescheid wissen, Sie war nicht meine Mutter.«
»Das stimmt wohl, Ma'am.«
»Und sehen Sie, wir möchten jetzt herausfinden, wo sie ist. Alle Leute scheinen sie ganz aus den Augen verloren zu haben. Wir wissen nicht einmal, ob sie noch lebt. Und wir haben Gründe ...«
Da sie nicht weiter wußte, warf Giles rasch ein:
»Rechtliche Gründe. Wir wissen nicht, ob wir sie für tot erklären lassen sollen oder was sonst.«
»Oh, das kenne ich, Sir! Der Mann meiner Kusine wurde im letzten Krieg als vermißt gemeldet, und sie hatte so viele Schwierigkeiten deswegen, bis er nach Jahren für tot erklärt wurde. Es war alles furchtbar aufreibend für die arme Frau. Gewiß, Sir, wenn ich Ihnen helfen kann! Es ist ja nicht so, als wären Sie Fremde für mich. Miss Gwennie und ihre ›Sinen‹! Es war so drollig, wie sie das sagte.«

»Sehr freundlich von Ihnen«, meinte Giles. »Dann will ich gleich losschießen, wenn Sie erlauben. Mrs. Halliday hat das Haus ganz plötzlich verlassen, wie ich hörte?«
»Ja, Sir. Es war ein schöner Schreck für uns alle - besonders natürlich für den armen Major. Es hat ihn völlig umgehauen .«
»Ich möchte Sie ganz offen fragen: Haben Sie eine Ahnung, mit wem sie weggegangen ist?«
»Das hat Dr. Kennedy mich damals als erstes gefragt«, erwiderte Edith Pagett kopfschüttelnd. »Ich konnte es ihm nicht sagen, und Lily auch nicht, und was Leonie betraf - sie hatte als Ausländerin natürlich erst recht keine Ahnung.«
»Gut, Sie wußten nichts Genaues», sagte Giles. »Aber Sie hatten sicherlich eine Vermutung? Jetzt, nach all den Jahren, ist es ja keine Klatscherei mehr, und es macht auch nichts, wenn Sie sich geirrt haben. Wen hatten Sie in Verdacht?«
»Nun, einen Verdacht hatten wir schon, mehr aber auch nicht, verstehen Sie? Ich selbst habe nie was gemerkt. Aber Lily, die war spitzfindiger, und die hatte so ihre Ideen, schon lange vorher. ›Merk dir meine Worte‹, sagte sie mehr als einmal zu mir, ›der Kerl ist scharf auf sie. Verschlingt sie mit den Augen, wenn sie bloß den Tee eingießt. Und seine Frau sieht aus, als wollte sie sie erdolchen‹.«
»Aha. Und wer war der Bursche?«
»Zu dumm, Sir, ich habe seinen Namen vergessen. Esdale, glaube ich, Captain Esdale ... Nein, Emery ... nein, auch nicht. Ich habe nur das Gefühl, der Name hat mit E angefangen. Oder mit H? Jedenfalls war's ein ungewöhnlicher Name, aber ich habe eben seit Jahren nicht mehr dran gedacht. Er und seine Frau wohnten im ›Royal Clarence‹.«
»Im Hotel? Dann waren es also Sommergäste?«
»Ja, aber ich glaube, er - oder beide - kannten Mrs. Halliday schon von früher her. Sie kamen ziemlich oft zu Besuch ins Haus. Mir ist nichts aufgefallen, aber Lily hat behauptet, er wäre in Mrs. Halliday vernarrt.«
»Und seine Frau sah das nicht gern.«
»Sicher nicht, Sir. Aber ich hab nie geglaubt, daß mit den beiden was wäre. Ich weiß bis heute nicht, was ich denken soll.«
»War das Ehepaar noch im ›Royal Clarence‹, als Helen ... als meine Stiefmutter verschwand?« fragte Gwenda.
»Soweit ich mich erinnere, reisten sie ungefähr um dieselbe Zeit ab, ob einen Tag früher oder später, weiß ich nicht. Auf jeden Fall war es um diese Zeit, so daß die Leute wieder was zu klatschen hatten. Viele sagten, sie wäre schon immer oberflächlich und leichtsinnig gewesen. Na, dann erfuhr man nie was Genaueres, und die Sache war nicht mehr sen-

sationell, und man redete nicht weiter drüber. Ich habe Mrs. Halliday nett gefunden, sonst wäre ich nicht bereit gewesen, mit ihnen nach Norfolk umzuziehen.«

Die drei Besucher starrten sie erstaunt an. Dann fragte Giles: »Norfolk? Wollten sie nach Norfolk?«

»Ja, Sir. Sie hatten dort ein Haus in Aussicht. Mrs. Halliday hat es mir ungefähr drei Wochen vorher erzählt. Ich meine, bevor alles passierte. Sie fragte, ob ich mitkommen würde, und ich war einverstanden. Ich dachte mir, eine andere Gegend wäre vielleicht mal ganz gut für mich, weil ich doch noch nie von Dillmouth weggewesen war, und außerdem war ich gern bei der Familie Halliday und wollte nicht schon wieder die Stelle wechseln.«

»Von einem Hauskauf in Norfolk hören wir zum erstenmal«, sagte Giles.

»Ja, ich fand es auch ein bißchen komisch, Sir, daß Mrs. Halliday so geheimnisvoll tat. Sie sagte, ich sollte vorläufig mit niemand darüber sprechen, und natürlich habe ich den Mund gehalten. Allerdings hatte ich schon seit einer Weile gemerkt, daß sie gern weg wollte und Major Halliday deswegen in den Ohren lag, aber er fühlte sich in Dillmouth sehr wohl. Er wollte sogar an Mrs. Findeyson schreiben, die damals in Ägypten war, ob sie ihm ›St. Catherine‹ nicht verkaufen würde, aber seine Frau war dagegen. Sie schien beinahe eine Wut auf Dillmouth zu haben oder so was. Es war fast, als hätte sie Angst, lange hierzubleiben.«

Edith Pagett erzählte dies alles ganz arglos und natürlich, aber die drei Gäste lauschten mit gespannter Aufmerksamkeit.

»Halten Sie es für möglich«, fragte Giles, »daß sie nach Norfolk ziehen wollte, um näher bei - bei diesem Mann zu sein, dessen Namen Sie vergessen haben?«

Edith Pagett sah ihn bestürzt an.

»Oh, das möchte ich lieber nicht glauben, Sir! So was habe ich auch damals keinen Moment gedacht. Außerdem wohnten sie gar nicht in Norfolk, daran erinnere ich mich jetzt genau. Sie wohnten im Norden und kamen zur Sommerfrische gern an die Südküste, weil's hier milder ist, aber zu Hause waren sie nicht in Norfolk, sondern in - in Northumberland, glaube ich.«

»Und warum, meinen Sie, fühlte sich meine Stiefmutter hier in Dillmouth nicht wohl? Wovor oder vor wem hatte sie Angst?«

»Ich ... Jetzt, wo Sie es sagen ...«

»Ja?«

»Jetzt fällt mir ein, wie Lily eines Tages zu mir in die Küche kam. Sie hatte draußen in der Halle Staub gewischt und sagte: ›Da ist mal wieder Mordskrach!‹ Entschuldigen Sie, Lily hatte manchmal eine ordinäre Art, sich auszudrücken. Dann erzählte sie, Mrs. Halliday und der Herr wären vom Garten in den Salon gekommen, und weil die Tür zur Halle einen Spalt offen war, hatte Lily alles mitgehört. ›... Ich habe Angst‹, soll Mrs. Halliday gesagt haben, und es klang auch ganz verängstigt, meinte Lily. Dann ging's ungefähr so weiter: ›Das ist doch Wahnsinn. Das ist nicht normal! Ich fürchte mich schon lange. Ich will endlich in Ruhe gelassen werden. Ich glaube, ich habe schon immer Angst gehabt und es nur nicht gewußt ...‹

So etwas Ähnliches hat sie gesagt, die genauen Worte weiß ich natürlich nicht mehr. Lily hat die Sache sehr ernst genommen, und darum, als Mrs. Halliday verschwunden war ...«

Die Köchin schloß den Mund. Ein seltsam ängstlicher Ausdruck trat in ihr Gesicht.

»Entschuldigung, ich habe mich verplappert, Ma'am«, sagte sie. »Ich wollte nicht ...«

»Erzählen Sie uns nur alles«, ermutigte sie Giles freundlich. »Für uns ist es sehr wichtig. Auch wenn es lange her ist - wir müssen allen Spuren nachgehen.«

»Ja, aber ...«, stammelte Edith Pagett hilflos.

»Sie wollten uns erzählen, was Lily damals glaubte oder nicht glaubte«, half Miss Marple nach.

»Ach, diese Lily«, sagte Edith Pagett entschuldigend, »sie hatte nichts als Flausen im Kopf. Ich habe nie ernsthaft hingehört. Sie rannte dauernd ins Kino, und da hatte sie ihre verrückten Einfälle wohl her. Auch an dem Abend, an dem Mrs. Halliday verschwunden ist, war sie im Kino. Sie hatte Leonie mitgenommen, was sie nicht durfte. Ich hab' ihr den Kopf gewaschen, aber Lily sagte: ›Ach, ist doch egal, das Kind bleibt ja nicht allein im Haus - du bist in der Küche, und abends sind die Herrschaften da, und das Kind wacht sowieso nie auf, wenn's mal schläft.‹ Daß Leonie mit war, wußte ich erst hinterher, sonst wäre ich zwischendurch bestimmt mal ins Kinderzimmer raufgegangen, um nach Gwennie zu sehen - pardon, Ma'am -, aber so blieb ich in der Küche, und wenn da die Tür zu ist, hört man keinen Laut, weil sie mit grünem Tuch bespannt ist. Ich hatte eine Menge zu bügeln, und der Abend verging im Nu, und als nächstes kam plötzlich Dr. Kennedy in die Küche und fragte nach Lily. Ich sagte, sie wär' im Kino, würde aber wohl bald kommen, und richtig, da kam sie auch gerade, und der Doktor nahm sie mit nach oben, damit sie nachsah, ob von Mrs. Halliday was fehlte. Lily kam dann ganz aufgeregt wieder zu mir runter und erzählte, ja, von den

Kleidern waren eine ganze Menge weg, auch ein Koffer und eine Reisetasche. ›Sie ist also richtig mit ihrem Galan abgehauen!‹ sagte sie - entschuldigen Sie, so redete sie nun mal -, ›und der Herr ist völlig zusammengebrochen, er hat einen Schlaganfall oder so was. Der Doktor sagt, das käme vom Schock. Na, er hätte es eigentlich schon lange kommen sehen müssen.‹ Ich sage: ›Woher weißt du denn das so genau, daß sie durchgegangen ist, vielleicht hat sie ein Telegramm von einem kranken Verwandten gekriegt und mußte ganz schnell hin.‹ - ›Daß ich nicht kichere!‹ sagte Lily wieder ganz frech, ›von wegen kranker Verwandter! Sie hat 'nen richtigen Abschiedsbrief hinterlassen.‹ - ›Mit wem soll sie denn deiner Meinung nach durchgegangen sein?‹ fragte ich, und Lily sagte: ›Na, mit dem ehrpusseligen Mr. Fane bestimmt nicht, und wenn er sie noch so anschmachtet und wie ein Schaf hinter ihr hertrottet. Ich wette auf den Captain - wenn's nicht der geheimnisvolle Unbekannte mit dem schicken Wagen war.‹ (Das mit dem feinen Auto war bloß so eine Blödelei unter uns.) ›Ich glaub's nicht‹, habe ich gesagt, ›nicht Mrs. Halliday. Die tut so was nicht.‹ Und Lily hat gesagt: ›Na, offensichtlich doch!‹

Das alles war noch am Abend, gleich danach, müssen Sie wissen. Aber später, mitten in der Nacht, hat Lily mich plötzlich aus dem Schlaf gerüttelt. ›Hör mal‹, hat sie geflüstert, ›da stimmt was nicht.‹ - ›Was stimmt nun schon wieder nicht?‹ frag' ich. ›Das mit den Kleidern‹, sagt sie. ›Als der Doktor mich zum Schrank geführt hat, hab' ich ihm nur bestätigt, daß genug Kleider weg waren, um einen Koffer und eine Reisetasche damit zu füllen. Erst hinterher ist mir aufgefallen, daß es die falschen Sachen waren.‹ - ›Was soll das heißen?‹ frag' ich. ›Na, zum Beispiel das graue Abendkleid mit Silberstickerei‹, sagt sie. ›Das nahm sie mit. Aber nicht die dazugehörige Unterwäsche. Und die Goldbrokatschuhe sind weg statt der silbernen Sandaletten, und das dicke grüne Winterkostüm, das sie frühestens ab November trägt, und kein Pulli, aber massenhaft Spitzenblusen. Keine Frau würde so blödsinnig packen. Und nun merke dir meine Worte, Edith‹, sagte Lily. ›Sie ist gar nicht durchgebrannt. Der Major hat sie umgebracht!‹

Na, mittlerweile war ich hellwach. Ich fuhr im Bett hoch und zischte sie an, wie sie auf solche verrückte Gedanken käme, und da sagte sie: ›Es ist genau wie neulich in der Wochenschau: Da hatte auch einer rausgekriegt, daß seine Frau ihn betrog, und er hat sie umgebracht und im Keller vergraben.‹ - ›Da hätte ich doch was hören müssen‹, stottere ich ganz verwirrt. ›Von der Küche aus kannst du nichts hören, wenn die Tür zu ist, und der Keller ist auf der anderen Seite unter der Halle. Nein, er hat sie abgemurkst und hinterher einfach irgendwelche Sachen von ihr in

den Koffer gepackt und das Gepäck weggeschafft, damit es so aussieht, als hätte sie ihn verlassen - aber in Wirklichkeit ist sie nicht lebend aus dem Haus gekommen.
Sie liegt unten im Keller vergraben.‹ Ich hab' Lily angefaucht, sie sollte keinen so sündhaften Unsinn reden, aber Ihnen kann ich ja gestehen, daß ich am nächsten Morgen heimlich in den Keller gegangen bin und nachgesehen habe. Es war alles wie gewöhnlich, kein Stäubchen und schon gar keine Grabspuren, und ich bin wieder raufgegangen und hab' Lily meine Meinung gesagt. Aber sie blieb dabei, der Herr hätte sie umgebracht. ›Sie hatte eine Todesangst vor ihm, weißt du nicht mehr?‹ sagte sie. ›Ich hab's doch neulich mit meinen eigenen Ohren gehört.‹ - ›Da täuschst du dich, Lily‹, sag' ich. ›Der Major war noch gar nicht zu Hause. Ich hab' ihn nämlich erst eine halbe Stunde später mit eigenen Augen vom Golfplatz kommen sehen. Also kann Mrs. Halliday nicht mit ihm gesprochen haben, als du in der Halle Staub gewischt hast. Es muß jemand anders gewesen sein.‹«
Das Echo der letzten Worte schien in dem gemütlichen alltäglichen Wohnzimmer nachzuhallen.
Giles wiederholte halblaut: »Es muß jemand anders gewesen sein ...«

15

Das »Royal Clarence« war das älteste Hotel der Stadt. Es hatte eine altertümliche Fassade mit einem großen Portal und eine ebenso altertümliche Atmosphäre. Die Gäste waren bessere Familien, die regelmäßig für einen Monat im Jahr ans Meer fuhren. Miss Narracott, die hinter dem Empfangspult thronte, war eine vollbusige Dame von siebenundvierzig mit altmodischer Frisur. Giles gegenüber taute sie auf, da ihr fachmännisches Auge ihn sofort unter die besseren Leute einreihte. Und Giles, der sehr redegewandt und einschmeichelnd sein konnte, wenn er wollte, spann ihr ein guterfundenes Garn vor. Er habe mit seiner Frau gewettet, ob ihre Patentante vor achtzehn Jahren hier im »Royal Clarence« gewohnt habe oder nicht. Sie, seine Frau, behauptete, diese Streitfrage könne nie gelöst werden, weil so alte Gästebücher bestimmt längst vernichtet seien. Er, Giles Reed, sei dagegen der Meinung, daß ein vornehmes Etablissement wie das »Royal Clarence« seine Gästebücher selbstverständlich aufbewahre. Es seien ja sozusagen historische Dokumente. Das Haus bestünde doch mindestens seit hundert Jahren? »Nun, ganz so alt sind wir noch nicht, Mr. Reed«, sagte Miss Narracott lächelnd. »Aber wir bewahren natürlich alle Gästebücher auf; sie enthalten sehr bekannte Namen. Der Prince of Wales war hier, und die alte Prinzessin Adlemar von Holstein-Rotz verbrachte mit ihrer Gesellschafterin mehrere Winter bei uns. Wir hatten auch einige berühmte Schriftsteller und Maler zu Gast, zum Beispiel den Porträtisten Mr. Dovery.«

Giles antwortete mit angemessenem Respekt, und zur Belohnung wurde der für ihn interessante Jahrgang des geheiligten Gästebuchs aus dem Archiv geholt. Nachdem Miss Narracott ihn auf verschiedene glanzvolle Namen hingewiesen hatte, konnte Giles den August durchblättern.

Ja, da waren die Gesuchten! 27. Juli bis 17. August: Major Setoun Erskine und Frau, Anstell Manor, Daith, Northumberland.

»Gefunden!« sagte Giles. »Darf ich mir die Eintragung abschreiben?«

»Gewiß, Mr. Reed. Freut mich, daß Sie Ihre Wette gewonnen haben. Hier ist Schreibzeug - oh, Sie haben selbst einen Füller. Also bedienen Sie sich.«

Giles notierte die Adresse in seinem Taschenkalender und entfernte sich unter Danksagungen.

Bei seiner Rückkehr war Gwenda im Garten beim Kräuterbeet. Sie richtete sich vom Jäten rasch auf und sah ihn fragend an. »Hat's geklappt, Giles?«

»Ja. Ich glaube, wir haben ihn.«

Gwenda las mit leiser Stimme die Notiz: »Erskine. Anstell Manor, Daith, Northumberland. Ja, Edith Pagett sprach von Northumberland. Ob sie heute noch dort wohnen?«

»Wir müssen eben hinfahren und es feststellen.«

»Ja … ja, fahren wir besser direkt hin. Wann?«

»So bald wie möglich. Morgen? Wir nehmen das Auto. Auf diese Weise lernst du ein bißchen mehr von England kennen.«

»Aber wenn sie tot sind, oder umgezogen, und jetzt ganz andere Leute in dem Haus wohnen?«

»Nun«, sagte Giles achselzuckend, »dann kommen wir zurück und verfolgen die andern Hinweise weiter. Übrigens habe ich heute morgen an Dr. Kennedy geschrieben und ihn gebeten, uns die Briefe seiner Schwester zur Ansicht zu schicken, falls er sie noch hat, und möglichst auch eine frühere Schriftprobe von ihr.«

»Ich wünsche«, sagte Gwenda, »wir könnten mit dem damaligen Hausmädchen Kontakt aufnehmen - mit Lily, die der Katze die Schleife umgebunden hat!«

»Erstaunlich, daß du dich plötzlich daran erinnert hast.«

»Ja, nicht wahr? Aber auf Kinder macht so was eben Eindruck. Ich erinnere mich auch an Tommy. Er war schwarz mit weißer Brust und weißen Pfoten und bekam drei süße Kätzchen …«

»Was? Ein Kater?«
»Nun ja, er hieß Thomas - bis er sich eines Tages als Thomasine entpuppte. Aber um auf Lily zurückzukommen: Was mag wohl aus ihr geworden sein?
Edith Pagett hat sie offenbar aus den Augen verloren. Sie war nicht von hier, und nach der Auflösung des Haushalts von ›St. Catherine‹ ging sie nach Torquay in Stellung. Edith sagte, sie hätte nur noch ein- oder zweimal von ihr gehört, zum letztenmal, daß sie geheiratet hätte, aber Edith wußte nicht mehr, wen. Wenn wir diese Lily aufstöbern könnten, würden wir vielleicht noch manches erfahren.«
»Und von deinem Kindermädchen Leonie auch.«
»Vielleicht, aber als Ausländerin wird sie nicht viel von den Vorgängen verstanden haben. Komisch, ich kann mich überhaupt nicht an Leonie erinnern. Nein, ich habe das Gefühl, daß nur Lily uns nützen könnte, weil sie immer so scharf aufpaßte. Weißt du was, Giles? Wir setzen noch ein Inserat in die Zeitung, diesmal direkt auf sie bezogen. Ihr Mädchenname war Lily Abbott.«
»Wir wollen es versuchen«, sagte Giles. »Und morgen fahren wir nach Northumberland und stellen fest, was es mit diesen Erskines für eine Bewandtnis hat.«

16

»Sei schön brav, Henry!« befahl Mrs. Fane einem asthmatischen Spaniel, dessen feuchte Augen vor Gier glänzten. »Noch einen kleinen Teekuchen, Miss Marple, solange sie warm sind?«
»Vielen Dank. Sie sind vorzüglich. Ihre Köchin muß ein Juwel sein.«
»Nun ja, sie ist ganz leidlich. Vergeßlich - aber das sind sie alle -, und ihre Puddings sind ewig die gleichen. Doch erzählen Sie: was macht Dorothys Ischias? Ein Martyrium für sie. Vor allem die Nerven, glaube ich.«
Miss Marple beeilte sich, die Leiden ihrer gemeinsamen Bekannten genau zu schildern. Ein Glück, daß sie unter den zahlreichen Bekannten und Verwandten, die sie in ganz England verstreut besaß, auf diese Person gestoßen war, die ihrerseits an Mrs. Fane geschrieben und ihr Miss Marple warm empfohlen hatte. So war es zu der Einladung zum Tee gekommen.
Eleanor Fane war eine große, gebieterisch wirkende Frau mit stahlgrauen Augen, drahtigem weißem Haar und einer rosigen Babyhaut, die die Tatsache verbarg, daß sie nichts Weiches und Harmloses an sich hatte.

Von Dorothy Yardes echten oder eingebildeten Beschwerden kam das Gespräch auf Miss Marples Gesundheit, die gute Luft von Dillmouth und die allgemeine traurige Verfassung der jüngeren Generation.
»Weil sie als Kinder nicht gelernt haben zu essen, was auf den Tisch kam«, erklärte Mrs. Fane mit Überzeugung. »Bei mir gab's das nicht. In meinem Haus wurden keine Extrawürste gebraten.«
»Wie viele Kinder haben Sie?«
»Drei Söhne. Der älteste, Gerald, ist in Singapore bei der Far East Bank. Robert ist Offizier.« Mrs. Fane stieß abfällig die Luft durch die Nase. »Mit einer römisch-katholischen Frau verheiratet«, fügte sie bedeutungsvoll hinzu. »Sie können sich vorstellen, was das heißt! Alle Kinder werden katholisch erzogen. Ich möchte nicht wissen, was mein Mann dazu gesagt hätte - er war ein sehr strenges Mitglied unserer Kirche. Robert läßt kaum noch von sich hören; er hat mir einiges übelgenommen, was ich nur zu seinem Guten gesagt habe. Ich bin für Ehrlichkeit und sage grundsätzlich, was ich denke. Und seine Heirat war meiner Meinung nach ein absoluter Mißgriff. Mag er jetzt auch so tun, als wäre er glücklich, der Ärmste - ich weiß, daß er nur den Schein wahren will.«
»Ihr jüngster Sohn ist noch Junggeselle, glaube ich?« fragte Miss Marple.
»Ja.« Mrs. Fane strahlte. »Walter lebt bei mir. Er ist etwas zart, war es von Kind an, und ich habe immer sehr auf seine Gesundheit achten müssen. Übrigens muß er bald aus dem Büro kommen. Ich kann Ihnen gar nicht sagen, wie liebevoll und aufmerksam er ist. Ich preise mich glücklich, einen solchen Sohn zu haben.«
»Hat er nie ans Heiraten gedacht?« forschte Miss Marple.
»Walter sagt immer, er hat nichts für die modernen jungen Dinger übrig. Sie gefallen ihm nicht. Er und ich haben soviel Gemeinsames, daß ich manchmal fürchte, er kommt nicht genug unter die Leute. Er liest mir lieber abends vor - im Moment sind wir wieder bei Thackeray -, oder wir spielen eine Partie Karten. Walter ist ein richtiger Stubenhocker.«
»Wie schön für Sie«, sagte Miss Marple. »War er immer Rechtsanwalt? Irgend jemand hat mir erzählt, einer Ihrer Söhne war Teepflanzer auf Ceylon, aber vielleicht war das ein Mißverständnis.«
Mrs. Fanes Gesicht hatte sich leicht verdüstert. Sie bot Miss Marple Nußkuchen an, bevor sie antwortete:
»Damals war Walter noch sehr jung und hatte, wie alle Jungen, solche unreifen Ideen - er wollte etwas von der Welt sehen. In Wirklichkeit war ein Mädchen daran schuld. Mädchen können viel Verwirrung stiften ...«
»Da sprechen Sie gewiß ein wahres Wort aus. Mein eigener Neffe ...«
Aber Mrs. Fane interessierte sich nicht für Miss Marples Neffen. Sie war

jetzt am Zug und nutzte die Gelegenheit, sich dieser verständnisvollen Freundin der lieben Dorothy zu eröffnen.

»Ein völlig unmögliches Geschöpf, wie meistens in solchen Fällen. Oh, nicht etwa eine Schauspielerin oder so etwas Ähnliches, sondern die Schwester eines hiesigen Arztes, aber viel jünger als er, aus zweiter Ehe, glaube ich; der arme Mensch hätte ihr Vater sein können, aber er hatte keine Ahnung, wie er sie erziehen sollte. Männer sind so hilflos, nicht wahr? Nun, sie war ziemlich wild, fing eine Liebelei mit einem kleinen Angestellten vom Büro an, einem höchst unzuverlässigen jungen Mann, der vertrauliche Informationen weitergab. Natürlich wurde er fristlos entlassen. Das Mädchen, Helen Kennedy, galt allgemein als sehr hübsch, aber ich konnte das nicht finden. Ihr Blond sah unecht aus. Trotzdem verliebte sich mein armer Walter Hals über Kopf, und sie war, wie gesagt, völlig unpassend, kein Geld, keine Aussichten, und schon gar nicht das, was man sich als Schwiegertochter wünscht. Aber als Mutter ist man ja machtlos. Walter machte ihr einen Heiratsantrag, und sie gab ihm einen Korb, und dann setzte er sich diese törichte Idee in den Kopf, nach Indien zu gehen und Teepflanzer zu werden. Mein Mann sagte: ›Laß ihn gehen‹, obwohl er natürlich schwer enttäuscht war. Er hatte mit Walters baldigem Eintritt in die Firma gerechnet, und Walter hatte auch schon sein Jurastudium beendet - und nun das! Was manche jungen Frauen für Unheil anrichten!«

»Oh, ich weiß«, sagte Miss Marple. »Mein Neffe ...« Mrs. Fane überging Miss Marples Neffen abermals.

»So fuhr der liebe Junge also nach Assam - oder war es Bangalore? Und ich schwebte in tausend Ängsten, weil ich wußte, daß er das Klima nicht vertragen würde. Aber er war noch kein Jahr draußen - übrigens bewährte er sich sehr. Alles, was Walter anfängt, macht er gut -, da, Sie werden es nicht glauben, da schreibt ihm diese schamlose Person, sie hätte sich die Sache überlegt, und wenn er noch wollte, würde sie ihn nun doch heiraten.«

»Unerhört!« Miss Marple schüttelte den Kopf.

»Sie bringt eine Aussteuer zusammen, bucht ihre Passage, und ... was, meinen Sie, ist ihr nächster Streich?«

»Ich habe keine Ahnung.« Miss Marple beugte sich gespannt vor.

»Sie bändelt mit einem verheirateten Mann an, bitte schön. Auf dem Schiff, schon bei der Hinfahrt. Er hatte drei Kinder, glaube ich. Walter holt sie ahnungslos am Kai ab, und das erste, was sie sagt, ist, daß sie ihn nun doch nicht heiraten kann. Ist das nicht haarsträubend?«

»Entsetzlich! Ihr Sohn muß ja beinahe den Glauben an das Gute im Menschen verloren haben!«

»Zumindest hätte er Helen endlich im wahren Licht sehen müssen. Aber diese Art von Frauen kann sich ja alles erlauben.«
»Hat er …« Miss Marple zögerte. »Hat er es ihr denn nicht nachgetragen? Die meisten Männer wären doch schrecklich wütend geworden.«
»Walter konnte sich immer wunderbar beherrschen. Auch wenn er sich noch so beleidigt fühlt oder anderen Ärger hat - er läßt es sich nie anmerken.«
Miss Marple sah sie prüfend an, bevor sie wieder einen Fühler ausstreckte.
»Vielleicht beweist es nur, daß bei ihm alles wirklich tief geht? Manchmal erlebt man bei Kindern doch die erstaunlichsten Dinge. Ein Kind, das man für dickfellig hält, weil es auf Bosheiten nicht reagiert, kann plötzlich einen Wutausbruch haben, den man ihm nie zugetraut hätte. Es sind sensible Naturen, die sich nicht mitteilen können - es sei denn, sie werden bis zum Äußersten getrieben.«
»Merkwürdig, daß Sie das sagen, Miss Marple. Ich erinnere mich noch gut an einen Vorfall aus der Kindheit meiner Söhne. Gerald und Robert, die beiden älteren, waren wild und streitlustig, eben richtige gesunde Jungen. Auf ganz normale Art, möchte ich betonen …«
»Aber natürlich, Mrs. Fane.«
»Der liebe Walter war dagegen immer still und bescheiden. Er war sehr gut im Basteln, dafür hatte er die geschickten Finger und die Geduld. Nun hatte er sich einmal in mühevoller Arbeit ein Flugzeugmodell gebaut, und Robert, damals ein lustiger, übermütiger Junge, machte es kaputt. Ich kam glücklicherweise gerade ins Kinderzimmer, als Robert rücklings auf dem Boden lag und Walter mit dem Schürhaken auf ihn eindrang. Ich brauchte meine ganze Kraft, um ihn wegzureißen. Er war außer sich und schrie in einem fort: ›Er hat's mit Absicht getan! Ich schlage ihn tot!‹ Man konnte es wirklich mit der Angst kriegen. Jungen nehmen manches so bitter ernst, nicht wahr?«
»Und wie«, bestätigte Miss Marple mit gedankenvollem Nikken. Dann kehrte sie zum vorangegangenen Thema zurück. »Was machte das Mädchen, als die Verlobung endgültig in die Brüche gegangen war?«
»Sie reiste nach Hause. Auf dem Schiff köderte sie sich wieder einen Mann, und diesmal heiratete sie ihn sogar. Es war ein Witwer mit einem kleinen Kind. Armer Kerl, er hatte eben erst die Frau verloren, so jemand ist immer eine leichte Beute, besonders als hilfloser Vater. Sie heiratete ihn, und sie zogen in ein Haus auf der anderen Seite vom Ort, ›St. Catherine‹, gleich neben dem damaligen Krankenhaus, das jetzt eine Mädchenschule ist. Natürlich ging es nicht gut. Sie verließ ihn innerhalb eines Jahres wegen irgendeinem andern.«

»Unglaublich!« Wieder schüttelte Miss Marple den Kopf. »Da ist Ihr Sohn noch glimpflich davongekommen!«
»Ja, das sage ich auch immer.«
»Und hat er das Teepflanzen aufgegeben, weil das Klima ihm nicht bekam?«
Mrs. Fane runzelte die Stirn. »Zum Teil deswegen. Das Leben dort paßte ihm sowieso nicht. Ungefähr ein halbes Jahr nach Helen Kennedy kam auch er wieder.«
»War es nicht etwas peinlich«, meinte Miss Marple, »daß die junge Frau so nahe wohnte, im selben Ort ...«
»Walter war großartig«, erwiderte die Mutter sofort. »Er benahm sich einfach, als wäre nichts geschehen. Ich selbst fand damals - und das sagte ich ihm auch -, es sei ratsam, einen klaren Trennungsstrich zu ziehen, im Interesse aller Beteiligten. Aber Walter bestand darauf, gutnachbarliche Beziehungen zu pflegen, ganz ungezwungen mit dem jungen Ehepaar zu verkehren und mit der kleinen Tochter des Mannes zu spielen. Übrigens - merkwürdig -, diese Tochter wohnt jetzt wieder hier, inzwischen erwachsen und verheiratet. Neulich war sie wegen ihres Testaments bei Walter im Büro. Reed heißt sie jetzt.«
»Reed? Giles und Gwenda Reed? Nein, was für ein Zufall! Ich kenne sie. So ein nettes, natürliches junges Paar. Und diese Gwenda Reed ist also das Kind ...«
»Aus der ersten Ehe des Majors. Die Frau starb jung in Indien. Der arme Major - sein Name ist mir entfallen, Hallway oder so ähnlich - war völlig gebrochen, als dieses wilde Mädchen auch ihn sitzenließ. Unbegreiflich, daß die schlimmsten Frauen oft die besten Männer betören!«
»Und was ist aus dem jungen Mann geworden, von dem Sie vorhin erzählten? Er arbeitete in der Kanzlei Ihres Sohnes?«
»Er ist vorangekommen; er hat ein Reiseunternehmen aufgemacht und besitzt eine ganze Menge moderner Aussichtsbusse. ›Daffodil Coaches‹ heißen sie und sind gelb wie Osterglocken. Die Welt wird immer ordinärer.«
»Wie ist sein Name?« fragte Miss Marple.
»Afflick. Jack Afflick. So ein unangenehmer Ellbogentyp, der sich nach oben boxt. Vermutlich hat er sich vor allem deswegen an Helen Kennedy herangemacht. Gute Familie, wenn auch unvermögend. Er hoffte wohl, sein gesellschaftliches Ansehen zu verbessern.«
»Und diese Helen ist später nie mehr in Dillmouth aufgetaucht?«
»Nein. Gut, daß man sie los war. Wahrscheinlich in der Gosse gelandet. Mir hat nur Dr. Kennedy leid getan, der wirklich nichts dafür konnte. Die zweite Frau seines Vaters war ein munteres kleines Ding, sehr viel

jünger als er. Von ihr hat Helen auch das heiße Blut geerbt. Ich dachte immer …«, Mrs. Fane unterbrach sich und wandte den Kopf zur Tür. Ihr mütterliches Ohr hatte bekannte Schritte nahen gehört. Und gleich darauf öffnete sich die Tür, und Walter Fane trat ins Zimmer. »Miss Marple, dies ist mein Sohn Walter. Klingle nach dem Mädchen, Junge, damit sie frischen Tee macht.«

»Wenn es nur meinetwegen ist, Mutter, ich habe schon welchen getrunken.«

»Natürlich gibt es noch mal frischen Tee«, sagte sie zu dem Mädchen, das erschienen war, um die Kanne zu holen, »und Gebäck.«

»Ja. Madam.«

»Meine Mutter verwöhnt mich furchtbar«, sagte Walter Fane mit seinem breiten, liebenswerten Lächeln zu Miss Marple, die freundlich antwortete und ihn dabei unauffällig betrachtete.

Ein netter, stiller Mensch, etwas befangen, zurückhaltend, farblos. Keine einprägsame Persönlichkeit.

Der Typ des stillen Verehrers, den die Frauen links liegenlassen und nur heiraten, weil der Mann ihrer Träume ihre Liebe nicht erwidert.

Der gute Walter, der immer da ist. Der arme Walter, Mamas Liebling. Der kleine Walter Fane, der seinen älteren Bruder beinahe mit dem Schürhaken erschlagen hätte … Miss Marple erwog so manches im stillen.

17

»Anstell Manor«, ein weißes Haus zwischen kahlen Hügeln, machte einen traurigen Eindruck. Ein gewundener Fahrweg führte durch dichtes Gestrüpp hinauf.

»Warum sind wir nur hergekommen«, meinte Giles zu Gwenda. »Was sagen wir denn?«

»Das, was wir uns ausgedacht haben.«

»Ja, wenn es möglich ist.

Ein Glück, daß der Schwager der Schwester von Miss Marples Kusine oder so ähnlich hier in der Nähe wohnt. Aber von Höflichkeitsbesuchen bis zum Verhör des Hausherrn über ehemalige Liebesaffären ist ein kühner Schritt.«

»Es ist so lange her. Vielleicht erinnert er sich nicht mehr.«

»Vielleicht. Vielleicht hat es überhaupt keine solche Liebesgeschichte gegeben.«

»Machen wir uns nicht gründlich lächerlich, Giles?«

»Ich weiß es nicht. Manchmal glaube ich es beinahe. Warum befassen wir uns eigentlich mit dem alten Kram? Was geht es uns noch an?«
»Ja, schon Miss Marple und Dr. Kennedy haben gesagt: Laßt die Finger davon. Warum tun wir es nicht, Giles? Was treibt uns? Ob sie es ist?«
»Wer?«
»Helen. Ist das der Grund, warum die Erinnerungen wach werden? Sind meine Kindheitseindrücke das einzige, was ihren Geist noch mit dem Leben verbindet? Mit der Wahrheit? Gebraucht sie mich - und dich - als Werkzeug, um die Wahrheit ans Licht zu bringen?«
»Weil sie eines gewaltsamen Todes gestorben ist?«
»Ja. Es heißt, und das steht auch in alten Büchern, daß Ermordete keine Ruhe im Jenseits finden, ehe nicht ...«
»Gwenda, du hast zuviel Phantasie.«
»Möglich. Jedenfalls können wir noch wählen. Dies ist nur ein harmloser Besuch. Wir können bei unserem Vorwand bleiben und kein Wort von dem sagen, was uns wirklich herführt.«
Giles schüttelte den Kopf.
»Wir machen weiter. Wir können nicht über unseren Schatten springen.«
»Ja, du hast recht, Giles. Trotzdem, ich glaube, ich habe Angst.«

»Also, Sie sind auf Haussuche?« sagte Major Erskine und reichte Gwenda die Platte mit den Sandwiches. Gwenda nahm eines und sah ihren Gastgeber an.
Er war schlank, nur wenig über mittelgroß, grauhaarig, und um seine Augen lag ein müder, nachdenklicher Zug. Seine Stimme war tief und angenehm. Er hatte eigentlich nichts Auffallendes an sich, fand Gwenda, war aber sehr attraktiv. Nicht halb so gutaussehend wie Walter Fane, doch keine Frau konnte Erskine so gleichgültig übersehen wie den armen Walter.
Erskine hatte bei aller Zurückhaltung das, was man Persönlichkeit nannte. Er redete nur über alltägliche Dinge, aber er strahlte das gewisse Etwas aus, auf das Frauen sehr weiblich reagierten. Gwenda ertappte sich dabei, daß sie ihren Rock glattstrich und an einer Seitenlocke zupfte. Vor vielen Jahren hätte sich Helen Kennedy durchaus in diesen Mann verlieben können - dessen war sie ganz sicher.
Bei diesem Gedanken fühlte sie plötzlich den Blick der Gastgeberin auf sich ruhen und errötete unwillkürlich. Mrs. Erskine unterhielt sich mit Giles, ließ aber Gwenda kaum aus den Augen, deren Ausdruck halb anerkennend, halb argwöhnisch war. Sie war eine große Frau mit tiefer, fast männlicher Stimme und athletischem Körperbau. Dazu paßte das strenge Tweedkostüm, das sie trug. Sie wirkte älter als ihr Mann,

obwohl das wahrscheinlich nur an einer gewissen Härte ihrer Züge lag. Eine vergrämte, unbefriedigte Frau, urteilte Gwenda in Gedanken. Ich wette, sie macht ihm ganz schön die Hölle heiß.
Laut führte sie das begonnene Gespräch weiter:
»Wir sind von der vergeblichen Suche schon ganz zermürbt. Die Makler schildern alles in den glühendsten Farben, und wenn man hinkommt, ist es eine Bruchbude.«
»Wollen Sie sich unbedingt hier in Northumberland niederlassen?«
»Nein, aber wir ziehen die Gegend in die engere Wahl. Hauptsächlich wegen des Hadrianswalls.
Mein Mann schwärmt für römische Überreste. Es mag für Sie seltsam klingen, aber es ist uns eigentlich gleich, wo wir in England bleiben. Wir sind in Neuseeland aufgewachsen und haben hier keine engeren Bindungen. Nur wollen wir nicht zu nahe bei London wohnen. Wir sind beide fürs Ländliche.«
Erskine lächelte.
»Nun, ländlich genug ist es hier allerdings. Wir leben isoliert wie in einer Einsiedelei. Unsere paar Nachbarn wohnen weit verstreut.«
Gwenda glaubte in seiner angenehmen Stimme einen resignierten Unterton zu entdecken. Sie hatte plötzlich eine Vision von Einsamkeit: kurze, düstere Wintertage, heulender Wind im Kamin, zugezogene Vorhänge, eingesperrt und allein mit dieser vergrämten, hungrig blickenden Frau. Und nur wenige Nachbarn, die weit im Umkreis verstreut wohnten.
Die Vision schwand. Es war wieder Sommer, die Terrassentür zum Garten stand offen, Rosenduft, Vogelstimmen und Grillengezirp drangen herein.
»Dieses Haus ist ziemlich alt, nicht wahr?« fragte sie.
Erskine nickte.
»Aus der Zeit der Queen Anne. Meine Vorfahren haben seit fast drei Jahrhunderten hier gelebt.«
»Wie schön! Darauf können Sie wirklich stolz sein.«
»Nun, stolz … Es ist ein etwas schäbig gewordener Glanz. Die Steuern machen es fast unmöglich, solche Häuser noch zu unterhalten. Jetzt, da die Kinder flügge sind, kommt es nicht mehr so darauf an.«
»Wie viele Kinder haben Sie?«
»Zwei Jungen. Einer ist in der Armee, der andere hat gerade sein Studium in Oxford beendet. Er will in einen Verlag.« Gwendas Augen folgten seinem Blick zum Kamin. Auf dem Sims stand das Foto von zwei jungen Männern. Allem Anschein nach war es schon vor mehreren Jahren aufgenommen worden. Erskine betrachtete seine Söhne mit deutlicher Zuneigung.

»Einer so wohlgeraten wie der andere«, bemerkte er. »Sie sehen sehr nett aus«, bestätigte Gwenda.
»Ja, ich glaube, das ist es wert. Ich meine, für seine Kinder Opfer zu bringen«, ergänzte Erskine als Antwort auf Gwendas fragenden Blick.
»Vermutlich muß man da manchmal auf eine Menge verzichten.«
»Manchmal auf sehr viel ...«
Wieder glaubte sie, einen schwermütigen Unterton herauszuhören, aber da mischte sich seine Frau mit ihrer tiefen, energischen Stimme ein:
»Ich bezweifle, daß Sie hier am Ende der Welt etwas Passendes finden werden. Ich wüßte jedenfalls kein Haus.«
Und du würdest es mir sowieso nicht sagen, dachte Gwenda. Bei deiner Eifersucht. Ja, tatsächlich, die verrückte Alte ist eifersüchtig, nur weil ich mit ihrem Mann rede und jung und hübsch bin!
»Es hängt auch davon ab, wie eilig Sie es haben«, meinte Erskine.
»Eilig haben wir es gar nicht«, erwiderte Giles fröhlich. »Es kommt uns darauf an, etwas zu finden, wo wir uns auf die Dauer wohl fühlen. Für den Übergang wohnen wir in Dillmouth - das ist ein kleiner Badeort an der Südküste.«
Major Erskine stand auf, um eine Zigarettendose von einem Tisch am Fenster zu holen.
»Dillmouth«, wiederholte Mrs. Erskine ausdruckslos und starrte auf den Rücken ihres Mannes.
»Hübscher Ort«, sagte Giles. »Kennen Sie ihn zufällig?«
Einen Moment herrschte Stille. Dann antwortete Mrs. Erskine ebenso ausdruckslos:
»Wir waren mal ein paar Wochen zur Sommerfrische dort, aber das ist lange, lange her. Das Klima sagte uns nicht besonders zu. Wir fanden es zu mild.«
»Ja, das ist auch der Grund, warum wir dort nicht bleiben wollen«, log Gwenda. »Wir sind herbere Luft gewöhnt.«
Erskine kam mit den Zigaretten zum Tisch zurück und bot sie zuerst Gwenda an.
»Herb genug wäre es hier«, sagte er mit einer Art leisem Grimm, während er ihr Feuer gab. Sie sah ihn über die Zigarette hinweg an und fragte wie nebenbei:
»Erinnern Sie sich noch gut an Dillmouth?«
Seine Lippen zuckten wie in plötzlichem Schmerz. Aber seine Stimme verriet nichts, als er erwiderte:
»O ja, ganz gut. Wir wohnten im - lassen Sie mich nachdenken - im ›Royal George‹, glaube ich. Nein, falsch, es hieß ›Royal Clarence‹.«
»Das ist ein nettes altmodisches Hotel. Wir wohnen ganz in der Nähe.

Das Haus heißt ›Hillside‹, aber zu Ihrer Zeit hieß es anders, nach irgendeiner Heiligen. Welche war es noch, Giles?«
»Saint Catherine«, sagte Giles.
Diesmal war die Reaktion des Ehepaares unmißverständlich. Erskine wandte rasch den Blick ab. Mrs. Erskines Teelöffel klirrte auf die Untertasse.
»Interessant«, sagte sie abrupt. »Möchten Sie unseren Garten sehen?«
»Ach ja, gern !«
Sie traten durch die Terrassentür hinaus. Es war ein gepflegter Garten mit langen Blumenbeeten und Plattenwegen. Blumen waren Major Erskines Hobby, und während er seine Rosen vorführte und fachmännisch über Staudengewächse sprach, hellte sich seine traurige Miene wieder auf. Man merkte, der Garten war seine ganze Freude.
Als Giles und Gwenda sich endlich verabschiedet hatten und mit dem Wagen abfuhren, fragte Giles zögernd:
»Hast du - hast du ihn fallen gelassen?«
Gwenda nickte, sah auf ihre Hand und drehte geistesabwesend den Ehering an ihrem Finger.
»Ja, beim zweiten Rittersporn.«
»Wenn du ihn nun nicht wiederfindest?«
»Es war natürlich nicht mein echter Verlobungsring. Das hätte ich nicht übers Herz gebracht.«
»Freut mich zu hören.«
»Was *den* Ring betrifft, bin ich sehr sentimental. Weißt du noch, was du gesagt hast, als du ihn mir an den Finger stecktest? Einen Smaragd für eine gefährliche grünäugige kleine Katze!«
»Unsere Form von Zärtlichkeiten dürfte manchen Leuten etwas seltsam vorkommen«, bemerkte Giles trocken, »etwa solchen aus Miss Marples Generation.«
»Was sie wohl gerade macht, die liebe alte Dame? Vor dem Haus in der Sonne sitzen?«
»So wie ich sie kenne, ist sie unverzagt auf dem Kriegspfad, stochert hier ein bißchen herum, stellt dort ein paar naive Fragen. Hoffentlich stellt sie eines Tages nicht eine Frage zuviel.«
»Bei einer alten Dame wundert sich niemand über so etwas. Ich meine, es fällt nicht so auf wie bei uns.«
Giles' Gesicht wurde wieder ernst.
»Eben. Darum habe ich schon meine Bedenken bei dir angemeldet. Mir widersteht der Gedanke, daß ich in sicherer Entfernung sitze, während du die Kastanien aus dem Feuer holst.«
Gwenda strich ihm zärtlich über die Wange.

»Ich weiß, wie dir zumute ist, Liebling. Aber du mußt zugeben, daß dies ein heikles Unternehmen ist. Es ist auf jeden Fall eine Unverschämtheit, einen Mann über seine verflossenen Liebesaffären auszuhorchen, aber einer jungen Frau verzeiht man so etwas gerade noch, wenn sie einigermaßen diplomatisch vorgeht. Und das gedenke ich zu tun.«
»Ich weiß dein kluges Köpfchen zu würdigen. Aber wenn Erskine der Mann ist, den wir suchen ...«
»Glaube ich nicht«, unterbrach ihn Gwenda mit grüblerischem Ausdruck.
»Du meinst, wir bellen den falschen Baum an?«
»Nicht ganz. Daß er in Helen verliebt war, steht für mich fest. Aber er ist nett, Giles, furchtbar nett und anständig. Kein Würger.«
»Und du weißt mal wieder todsicher, wie ein Würger aussehen muß?«
»Nein. Aber ich habe meine weibliche Intuition.«
»Das haben sicherlich schon viele Opfer geglaubt. Scherz beiseite, Gwenda: Sieh dich vor, bitte!«
»Keine Sorge. Der arme Mann tut mir so leid. Bei diesem Drachen von einer Frau führt er bestimmt kein beneidenswertes Leben.«
»Sie ist wirklich sehr seltsam. Ziemlich furchteinflößend.«
»Richtig bedrohlich, ja. Hast du gesehen, wie sie mich dauernd beobachtete?«
»Hoffentlich klappt es mit unserem Plan!«

Der Plan wurde am nächsten Vormittag in die Tat umgesetzt. Giles, der sich wie ein schäbiger Privatdetektiv bei einer Scheidungsaffäre fühlte, bezog an einem strategisch günstigen Punkt Stellung, von wo er das Haus der Erskines beobachten konnte. Gegen elf Uhr dreißig meldete er Gwenda, daß die Luft rein sei. Mrs. Erskine war in einem kleinen Austin allein weggefahren, wahrscheinlich zum Einkaufen in das drei Meilen entfernte Marktstädtchen.
Gwenda fuhr los und läutete wenige Minuten später an der Haustür. Nachdem das öffnende Mädchen ihr mitgeteilt hatte, Mrs. Erskine sei nicht zu Hause, fragte sie nach dem Major und wurde in den Garten gewiesen. Erskine richtete sich überrascht von der Arbeit an einem Blumenbeet auf, als Gwenda näher kam.
»Bitte, entschuldigen Sie die Störung«, begann sie. »Ich glaube, ich habe gestern nachmittag hier im Garten einen Ring verloren. Als wir nach dem Tee hinausgingen, trug ich ihn noch, das weiß ich genau, aber er sitzt ziemlich lose. Mir liegt sehr viel daran, ihn wiederzufinden. Es ist mein Verlobungsring.«
Die Suche wurde unverzüglich aufgenommen. Sie schritten langsam die

Wege ab, und Gwenda tat, als müsse sie sich erinnern, wo sie gestern stehengeblieben war, um eine Blume besonders zu bewundern. Und richtig, bald kam der Ring neben einem hohen Rittersporn zum Vorschein. Gwenda tat ungeheuer erleichtert.
»Und nun, was darf ich Ihnen zur Erfrischung anbieten, Mrs. Reed?« fragte Erskine. »Bier? Ein Gläschen Sherry? Oder lieber einen Kaffee?«
»Gar nichts, danke. Ich bin im Augenblick wunschlos glücklich mit meinem Ring. Nun ja - auf eine Zigarettenlänge kann ich noch bleiben.«
Sie setzten sich auf eine Gartenbank und rauchten eine Minute lang schweigend. Gwendas Herz klopfte spürbar. Nun war es soweit. Sie mußte den Sprung ins kalte Wasser wagen.
»Ich habe eine Frage an Sie«, fing sie zögernd an. »Vielleicht halten Sie mich für sehr unverschämt, aber ich muß es einfach wissen, und Sie sind wahrscheinlich der einzige Mensch, der mir darüber Auskunft geben kann. Ich glaube, Sie haben einmal - vor vielen Jahren - meine Stiefmutter geliebt.«
Erskine wandte ihr erstaunt das Gesicht zu.
»Ihre Stiefmutter? Wie kommen Sie darauf?«
»Sie hieß damals noch Helen Kennedy. Bald danach wurde sie Mrs. Halliday.«
»Ach so.« Erskine verstummte. Sein Blick wanderte über den sonnenbeschienenen Rasen, ohne etwas zu sehen. Die glimmende Zigarette zwischen seinen Fingern blieb unbeachtet. Gwenda spürte trotz seiner äußerlichen Reglosigkeit, welchen Aufruhr sie in seinem Innern entfesselt hatte.
Endlich sagte er, als beantworte er sich selbst eine Frage: »Es werden die Briefe gewesen sein ...«
Gwenda schwieg abwartend.
»Ich habe ihr nicht oft geschrieben«, fuhr er fort. »Zweimal, höchstens dreimal. Sie versprach mir, sie zu vernichten, aber Frauen trennen sich nie von ihren Liebesbriefen, nicht wahr? Und nun sind sie Ihnen zu Gesicht gekommen. Und Sie verlangen eine Erklärung.«
»Eigentlich möchte ich nur etwas mehr über Helen selbst wissen. Ich - ich hing sehr an ihr, obwohl ich noch ein kleines Kind war, als sie - uns verließ.«
»Wieso verließ?«
»Ja, wußten Sie das nicht?«
Erskine sah ihr erstaunt in die Augen.
»Ich habe nie wieder etwas von ihr gehört«, antwortete er in bestimmtem Ton. »Nie mehr seit - seit jenem Sommer in Dillmouth.«
»Dann wissen Sie auch nicht, wo sie jetzt ist?«

»Wie sollte ich? Es ist Jahre her - viele Jahre. Vorbei und vergessen.«
»Vergessen?«
Er lächelte bitter. »Nein, das wohl nicht. Sie haben ein feines Ohr, Mrs. Reed. Bitte, erzählen Sie mir Näheres über Helen. Sie ist doch nicht - gestorben?«
Ein kühler Wind erhob sich plötzlich, strich über ihre Köpfe und legte sich wieder.
»Das weiß ich nicht«, antwortete Gwenda. »Auf jeden Fall hat sie uns verlassen, und ich weiß nicht das geringste von ihr. Darum dachte ich, *Sie* könnten mir vielleicht helfen.« Da Erskine nur stumm den Kopf schüttelte, fuhr sie fort: »Gerade in jenem Sommer ist sie nämlich aus Dillmouth verschwunden. Ganz plötzlich eines Abends, ohne jede Vorankündigung. Und sie ist nie zurückgekommen.«
»Und Sie dachten, ich hätte inzwischen etwas von ihr gehört?«
»Ja.«
»Leider nein. Kein Wort. Aber warten Sie: Helens Bruder, der Arzt - wohnt er nicht in Dillmouth? Dann müßten Sie doch durch ihn etwas erfahren können. Oder lebt er nicht mehr?«
»Doch, er lebt noch, aber er weiß genauso wenig wie wir. Sehen Sie, alle waren der Ansicht, sie sei nicht allein weggegangen, sondern mit ...«
Er sah ihr wieder offen ins Gesicht, mit großen, traurigen Augen.
»Ach so. Sie dachten - mit mir?«
»Nun ja, immerhin bestand die Möglichkeit.«
»Die Möglichkeit? Wieso denn? Die Geschichte war von vornherein hoffnungslos. Oder waren wir Dummköpfe, die ihre Chance, glücklich zu sein, verspielten?«
Gwenda sagte nichts. Erskine atmete ein paarmal tief aus und ein, ehe er, nun gefaßter, weitersprach.
»Vielleicht sollten Sie besser Bescheid wissen. Eigentlich gibt es nicht viel zu erzählen, aber ich möchte nicht, daß Sie Helen falsch beurteilen. Wir trafen uns auf einem Schiff, das nach Indien fuhr. Meine Frau begleitete mich nicht, weil einer der Jungen krank war; nach seiner Genesung wollte sie nachkommen. Helen war auf dem Wege zu ihrem Verlobten, der irgendwo auf einer Plantage saß. Sie liebte ihn nicht, aber er war von Kind an ein netter, braver Freund gewesen, und sie wollte von zu Hause weg, wo sie nicht glücklich war. Wir verliebten uns ineinander.«
Er hielt kurz inne.
»So was klingt immer banal, aber in unserem Fall, das möchte ich Ihnen ganz klar sagen, war es nicht der übliche Reiseflirt. Es war uns sehr

ernst. Wir waren beide bis ins tiefste erschüttert. Und wir wußten beide, daß uns nicht zu helfen war. Ich konnte meine Frau und die Kinder nicht im Stich lassen. Helen sah es wie ich. Hätte es sich um Janet allein gehandelt - aber die Kinder waren eben auch da. Ein hoffnungsloser Fall. Helen und ich kamen überein, uns Lebewohl zu sagen und zu vergessen.«

Er lachte kurz und unfroh auf.

»Vergessen! Ich habe sie nie vergessen, nicht eine Sekunde lang. Das Leben war für mich seitdem eine Hölle. Ich konnte die Erinnerung nicht abschütteln. Und Helen? Nun, zunächst mußte der junge Mann, dem sie die Ehe versprochen hatte, eine Enttäuschung erleben. Sie konnte sich nicht mehr überwinden, ihn zu heiraten, und fuhr nach England zurück. Bei dieser Heimreise lernte sie Halliday kennen - Ihren Vater also, wie ich mir jetzt zusammenreimen kann. Sie schrieb es mir einige Monate später. Er sei noch sehr in Trauer um seine tote Frau und ratlos wegen seiner kleinen Tochter gewesen, und sie sähe nun eine Art Lebensaufgabe darin, die beiden glücklich zu machen. Diesen Brief schrieb sie mir von Dillmouth aus. Wieder ein paar Monate später starb mein Vater. Er hinterließ mir das Haus hier, und ich kehrte deshalb mit meiner Familie aus Indien zurück. Bevor wir einziehen konnten, waren jedoch noch einige Reparaturen nötig, und wir entschlossen uns, solange Ferien zu machen. Irgend jemand hatte meiner Frau Dillmouth als hübschen, ruhigen Badeort empfohlen, und natürlich ahnte sie nichts von Helens Existenz. Können Sie sich vorstellen, welche Versuchung es für mich war? Helen wiederzusehen, mit eigenen Augen zu sehen, wie der Mann war, den sie geheiratet hatte.«

Wieder entstand eine kurze Pause. Dann erzählte Erskine weiter:

»Wir fuhren also nach Dillmouth und wohnten im ›Royal Clarence‹. Es war ein Fehler. Das Wiedersehen mit Helen war eine Qual für mich. Was sie betraf, so weiß ich nicht, ob und was sie noch für mich empfand. Sie schien in ihrem neuen Leben ganz glücklich und zufrieden. Da sie jedes Alleinsein mit mir vermied, konnte ich sie nicht fragen. Vielleicht war sie darüber hinweg. Nur meine Frau merkte etwas, fürchte ich. Sie - sie ist sehr eifersüchtig, war es immer. Und das ist alles«, schloß Erskine brüsk. »Wir reisten von Dillmouth ab ...«

»Am 17. August«, sagte Gwenda.

»Ja? Möglich. Ich weiß das Datum nicht mehr genau.«

»Es war ein Samstag.«

»Ja - ja, das stimmt. Janet meinte, am Wochenende würden die Straßen nach Norden überfüllt sein, aber ich glaube, es war dann gar nicht so schlimm.«

»Bitte, versuchen Sie sich ganz genau zu erinnern, Major Erskine. Wann haben Sie meine Stiefmutter - Helen - zum letztenmal gesehen?«
Er lächelte müde und traurig.
»Da brauche ich mich nicht besonders anzustrengen. Es war am Abend vor unserer Abreise. Unten am Strand. Ich schlenderte nach dem Essen allein hinunter - und da traf ich sie. Sonst war niemand da. Ich begleitete sie nach Hause. Wir gingen durch den Garten ...«
»Um wieviel Uhr?«
»Ich weiß es nicht mehr. Wohl so gegen neun.«
»Und Sie sagten sich Lebewohl?«
»Wir sagten uns Lebewohl.« Wieder lachte er kurz auf. »Oh, nicht so rührselig, wie Sie vielleicht denken. Der Abschied war kurz, beinahe schroff. Helen sagte: ›Bitte geh jetzt! Sofort! Ich möchte nicht ...‹ Damit kehrte sie mir den Rücken, und ich - ich ging.«
»Zurück ins Hotel?«
»Ja, irgendwann. Ich machte einen weiten Spaziergang.«
»Nach so langer Zeit sind Daten schwer zu rekonstruieren«, sagte Gwenda. »Soviel ich weiß, ist Helen an eben diesem Abend aus dem Hause gegangen - und nie zurückgekehrt.«
»Aha! Und da meine Frau und ich am nächsten Tag abgereist waren, hieß es sofort, Helen sei mit mir verschwunden. Eine blühende Phantasie haben die Leute!«
»Es war also nicht so?« fragte Gwenda ohne Umschweife. »Mein Gott, von so etwas war nie die Rede.«
»Warum nehmen Sie dann an«, fragte Gwenda, »daß sie fortgegangen ist?«
Erskine runzelte die Stirn. Sein Verhalten änderte sich, er wurde interessiert.
»Ah, ich verstehe«, sagte er. »Wirklich, dieser Punkt ist etwas rätselhaft. Hat sie - äh - keine Erklärung zurückgelassen?«
Gwenda überlegte kurz und meinte: »Ich persönlich glaube, sie hat keine Nachricht hinterlassen. Halten Sie es für möglich, daß sie mit einem anderen Mann durchgebrannt ist?«
»Selbstverständlich nicht!«
»Sie scheinen sehr sicher zu sein.«
»Das bin ich auch.«
»Warum hat sie uns dann verlassen?«
»Wenn sie es so plötzlich, so überstürzt getan hat - dann kann ich mir eigentlich nur einen Grund denken. Es war eine Flucht vor *mir*.«
»Vor Ihnen?«
»Ja. Vielleicht hatte sie Angst, ich würde versuchen, sie doch wiederzu-

sehen, sie zu bedrängen. Sie hat natürlich gemerkt, daß meine Leidenschaft sich keineswegs abgekühlt hatte. Ja, das kann der Grund gewesen sein.«

»Er erklärt aber nicht, warum sie nie zurückgekommen ist«, sagte Gwenda. »Hat Helen Ihnen gegenüber irgendeine Andeutung gemacht, daß sie … um meinen Vater besorgt war? Oder Angst vor ihm hatte?«

»Angst? Vor ihm? Warum denn das? Oh, ich verstehe, Sie meinen, vor einem möglichen Eifersuchtsanfall. Neigte Ihr Vater zur Eifersucht?«

»Ich weiß es nicht. Er starb, als ich noch ein Kind war.«

»Ach so. Wenn ich zurückblicke, kam er mir ganz normal vor. Er war sehr liebenswürdig. Er hatte Helen sehr gern und war stolz auf sie. Mehr war es wohl nicht. Nein, der Eifersüchtige war *ich* - auf ihn.«

»Also schien die Ehe ganz harmonisch zu sein?«

»Ja. Das freute mich, und zugleich - zugleich tat es mir weh, sehen zu müssen, wie … Helen hat mit mir nicht über ihn gesprochen. Wie ich schon sagte, vermied sie jedes Alleinsein mit mir; es kam zu keinen Vertraulichkeiten zwischen uns. Aber jetzt, da Sie danach fragen: Ein gewisser Zug von Besorgtheit fiel mir an ihr auf …«

»Besorgtheit?«

»Ja. Ich dachte zuerst, sie fürchte meine Frau, aber es ging tiefer.« Er sah Gwenda scharf an. »Hatte sie Grund, vor ihrem Mann Angst zu haben? War er eifersüchtig auf andere Männer ihres Bekanntenkreises?«

»Sie halten das doch selbst für unwahrscheinlich, Mr. Erskine.«

»Mit der Eifersucht ist es eine sonderbare Sache. Manchmal tarnt sie sich so geschickt, daß man nichts von ihr ahnt.« Er schüttelte sich kurz. »Um so fürchterlicher kann sie plötzlich hervorbrechen …«

»Bitte, sagen Sie mir noch …«, begann Gwenda und unterbrach sich, da man ein Auto den Weg heraufkommen hörte.

»Meine Frau scheint vom Einkauf zurück zu sein«, bemerkte Erskine. Von einem Moment zum anderen verwandelte er sich. Sein Ton wurde formell, sein Gesicht ausdruckslos. Ein schwaches Zittern seiner Hände verriet, daß er nervös war. Dann stand er auf und ging seiner Frau, die mit langen Schritten um die Hausecke bog, entgegen.

»Mrs. Reed hat gestern einen Ring im Garten verloren«, sagte er zu ihr.

»Ach, wirklich?« bemerkte Mrs. Erskine kurz.

»Guten Tag«, sagte Gwenda. »Glücklicherweise habe ich ihn wiedergefunden.«

»Wie erfreulich.«

»O ja. Es wäre mir schrecklich gewesen, ihn zu verlieren. Es ist mein Verlobungsring. Aber jetzt muß ich mich auf die Beine machen.«

Mrs. Erskine erhob keinen Einspruch, und ihr Mann sagte: »Ich begleite

Sie zum Wagen.« Aber als er sich anschickte, Gwenda zu folgen, meinte seine Frau scharf:
»Richard! Wenn Mrs. Reed dich bitte entschuldigen möchte. Du hast eine sehr wichtige Verabredung.«
»Lassen Sie sich nicht aufhalten«, sagte Gwenda hastig. »Ich finde den Weg allein.«
Damit lief sie um das Haus herum zur Einfahrt und blieb dann ratlos stehen. Mrs. Erskine hatte ihren Austin so geparkt, daß Gwenda bezweifelte, an ihm vorbeikommen zu können. Sehr ungern und zögernd kehrte sie zur Terrasse zurück.
Kurz vor der Terrassentür blieb sie wie versteinert stehen, denn Mrs. Erskines tönender Alt drang deutlich an ihr Ohr:
»Erzähl mir keine Märchen! Natürlich war es eine abgekartete Sache. Du hast gestern mit der Person verabredet, daß sie herkommt, wenn ich weggefahren bin. Ich kenne dich doch! Kein hübsches Mädchen ist vor dir sicher. Aber ich lasse mir das nicht mehr bieten, verstehst du? Ich lasse es mir nicht bieten!«
Erskines leise, beschwörende Stimme unterbrach sie.
»Manchmal denke ich wirklich, du bist nicht ganz richtig im Kopf, Janet.«
»Ich? Du meinst wohl, du! Du kannst keine Frau in Ruhe lassen!«
»Du weißt, daß das nicht wahr ist, Janet!«
»O doch! Sogar in Dillmouth, wo diese Person herkommt, hast du schon mal eine Romanze gehabt. Willst du etwa abstreiten, daß du in diese blonde Halliday verschossen warst?«
»Mußt du auf alten Geschichten herumreiten, die Jahrzehnte zurückliegen? Du steigerst dich in etwas hinein ...«
»Du treibst mich dazu! Du brichst mir das Herz! Aber ich sage dir, einmal ist Schluß! Ich lasse mir das nicht mehr bieten! Heimliche Stelldicheins... Ich werde hinter meinem Rücken ausgelacht! Du magst mich nicht! Du hast mich nie geliebt! Ich bringe mich um! Ich stürze mich von den Felsen! Ich wünschte, ich wäre tot ...« Ihre Stimme brach.
»Janet, um Gottes willen, Janet!«
Mrs. Erskine begann heftig zu schluchzen, was laut bis zu Gwenda in den sommerlichen Garten drang.
Gwenda schlich auf Zehenspitzen um das Haus zurück zur Einfahrt. Sie zögerte kurz, ging zur Haustür, klingelte und sagte zu dem erstaunten Hausmädchen:
»Entschuldigen Sie, bitte, könnte wohl jemand den Austin ein Stückchen wegfahren? Ich komm nicht vorbei.«
Das Mädchen verschwand, und bald erschien ein Mann von der anderen

Hausseite her, wo sich anscheinend früher eine Kutscherwohnung befunden hatte. Er tippte grüßend an den Mützenschirm, stieg in den Austin und fuhr ihn in den Hof. Gwenda beeilte sich, ihren Wagen zu wenden und zurück zum Hotel zu kommen, wo Giles sie erwartete.
»Das hat aber lange gedauert!« empfing er sie. »Hast du was erreicht?«
»Ja. Ich habe viel erfahren. Die Geschichte ist wirklich erschütternd. Er hat Helen sehr geliebt.«
Dann schilderte sie ihm die Ereignisse des Vormittags und meinte zum Schluß:
»Mrs. Erskine muß wirklich etwas verrückt sein. Sie klang ziemlich durchgedreht. Ich verstehe jetzt, was Erskine mit seiner Bemerkung über die Eifersucht meinte, es muß schlimm sein, nichts dagegen tun zu können. Jedenfalls haben wir erfahren, daß Erskine nicht mit Helen durchgebrannt ist und keine Ahnung hat, ob sie lebt oder tot ist. Als er sich an jenem Abend von ihr trennte, war sie noch quicklebendig.«
»Ja«, antwortete Giles. »Zumindest behauptet er das.«
Gwenda hob unwillig die Brauen, aber Giles meinte ungerührt:
»Ja, das sagt er!«

18

Miss Marple machte sich im Garten nützlich, indem sie rings um die Terrasse Unkraut jätete.
Ihr Erfolg war bescheiden, da die Wurzeln der Ackerwinden in der Erde unverwüstlich waren. Aber der Rittersporn wurde wenigstens vorübergehend etwas von ihnen befreit.
Die Haushälterin, Mrs. Cocker, erschien an der Terrassentür.
»Entschuldigen Sie, Madam«, rief sie. »Dr. Kennedy ist da. Er fragte, wie lange Mr. und Mrs. Reed noch wegbleiben, und ich hab' gesagt, ich weiß es nicht genau, aber Sie wüßten vielleicht Bescheid. Soll ich ihn auf die Terrasse führen?«
»Oh! Ja, tun Sie das, Mrs. Cocker!«
Eine Minute später trat Dr. Kennedy zu Miss Marple, die sich ein wenig aufgeregt mit ihm bekannt machte.
»... und ich habe der lieben Gwenda angeboten, ab und zu mal in ihrem Garten nach dem Rechten zu sehen, solange sie mit ihrem lieben Mann verreist ist. Meiner Ansicht nach werden meine jungen Freunde von Foster, dem Gärtner, ziemlich hinters Licht geführt. Er kommt zweimal die Woche, trinkt viele Tassen Tee, redet eine Menge und tut sehr wenig, wie man sehen kann.«

»Ja, so sind sie alle«, antwortete Dr. Kennedy geistesabwesend. »Kein Verlaß - immer dasselbe.«
Miss Marple sah ihn abschätzend an. Er wirkte älter, als sie nach der Beschreibung der Reeds erwartet hatte. Vorzeitig gealtert, dachte sie. Seine Miene war sorgenvoll und unglücklich. Er stand da, strich sich über das lange, energische Kinn und sagte:
»Das junge Paar ist verreist, wie ich höre. Wissen Sie, wie lange?«
»Oh, sie sind nur kurz zu Besuch bei Freunden im Norden. Die heutige Jugend hat kein Sitzfleisch mehr, finde ich. Dauernd müssen sie mit dem Auto von einem Ort zum andern rasen.«
»Ja«, murmelte James Kennedy, »nur zu wahr. Der junge Giles Reed«, fügte er nach einer Verlegenheitspause hinzu, »hat mich um einige Dokumente gebeten - hm -, genauer gesagt, um alte Briefe, falls ich sie finden könnte.«
Da er schon wieder stockte, half Miss Marple vorsichtig nach:
»Die Briefe Ihrer Schwester Helen, nicht wahr?«
Er zuckte zusammen und warf ihr einen scharfen Blick zu. »Ah, man hat Sie ins Vertrauen gezogen? Sind Sie verwandt mit den Reeds?«
»Nur eine alte Freundin«, erklärte Miss Marple. »Wenn ich gefragt werde, rate ich nach bestem Wissen und Gewissen. Leider hört die heutige Jugend selten auf so etwas. Traurig, aber man muß es hinnehmen.«
»Darf ich fragen, wie Ihr Rat lautete?« fragte er gespannt.
»Schlafende Hunde soll man nicht wecken«, sagte Miss Marple energisch.
Er setzte sich schwerfällig auf einen Gartenstuhl.
»Das ist eine treffende Redewendung«, bemerkte er. »Ich habe Gwennie gern. Sie war damals ein hübsches kleines Mädchen, und nun ist sie zu einer sympathischen jungen Frau herangewachsen. Ich fürchte, daß sie Unannehmlichkeiten haben wird.«
»Es gibt so viele Arten von Unannehmlichkeiten«, sagte Miss Marple.
»Wie? Ach so - ja, da haben Sie recht.« Er seufzte. »Also, wie gesagt, Giles Reed bat mich um leihweise Überlassung der Briefe, die Helen mir nach ihrer Flucht geschrieben hat - und nach Möglichkeit auch um frühere Schriftproben von ihr.« Wieder warf er Miss Marple einen forschenden Blick zu. »Sie verstehen, was er damit bezweckt?«
Miss Marple nickte. »Ich vermute es.«
»Die beiden wecken den alten Gedanken wieder auf, daß Halliday mehr oder weniger die Wahrheit gestand, als er behauptete, seine Frau erdrosselt zu haben. Sie glauben, daß die Briefe, die Helen mir nach ihrer Abreise schrieb, Fälschungen sind. Daß Helen das Haus nicht lebend verlassen hat.«

»Und Sie selbst«, sagte Miss Marple freundlich, »sind auch nicht mehr ganz sicher?«
»Damals war ich es.« Kennedy starrte vor sich hin. »Ihre Flucht schien mir außer Frage zu stehen, ebenso wie Kelvins krankhafte Halluzination. Keine Leiche im Haus, alles in Ordnung, nur Gepäck und Kleidungsstücke fehlten. Was sollte ich anderes daraus schließen?«
»Und Ihre Schwester war zu jener Zeit …« Miss Marple hüstelte taktvoll, »… mit jemand anders - nun ja - befreundet?«
Dr. Kennedy sah sie an. Seine Augen verrieten Schmerz.
»Ich hatte meine Schwester sehr gern«, sagte er, »aber ich muß leider einräumen, daß bei Helen immer irgendein Mann im Hintergrund war. Manche Frauen sind so - sie können nichts dafür.«
»Damals war Ihnen also klar, was sie zur Flucht bewogen hatte. Warum sind Sie jetzt nicht mehr so sicher?«
»Weil ich es für unmöglich halte«, antwortete Kennedy mit plötzlicher Offenheit, »daß Helen keine Verbindung mit mir aufgenommen hätte, wenn sie noch lebte. Andererseits ist es seltsam, daß ich nie eine amtliche Nachricht von ihrem Tod erhalten habe. Tja …«
Er erhob sich und zog einen Umschlag aus der Tasche.
»Hier ist alles, was ich finden konnte.
Den ersten Brief, den Helen mir nach ihrem Verschwinden schrieb, muß ich vernichtet haben; jedenfalls entdeckte ich nicht die geringste Spur von ihm. Den zweiten habe ich aufbewahrt, den mit der postlagernden Adresse. Und dies ist die einzige Schriftprobe von früher, die ich aufstöbern konnte, die Liste einer Bestellung über Blumenzwiebeln. Das Original hat sie wohl abgeschickt und diesen Durchschlag aus irgendwelchen Gründen behalten. Die Schriften scheinen mir übereinzustimmen, aber ich bin kein Fachmann. Ich werde die Papiere für das junge Paar hierlassen. Nachschicken lohnt sich wohl nicht mehr.«
»Sicher nicht. Sie kommen morgen, spätestens übermorgen zurück.«
Der Doktor nickte. Er stand da und sah grübelnd in den Garten. Plötzlich sagte er:
»Wissen Sie, was mich am meisten beschäftigt? Wenn Kelvin Halliday seine Frau doch ermordet hat, muß er die Leiche versteckt haben oder irgendwie losgeworden sein, und dies würde bedeuten - ich wüßte nicht, was es sonst bedeuten sollte -, daß der Bericht, den er mir lieferte, von ihm kaltblütig ausgearbeitet worden war, daß er schon vorher Kleider und Koffer weggebracht hatte, um das Märchen von Helens Flucht zu untermauern, daß er auch wegen der beiden Briefe, die ich hinterher aus dem Ausland von ihr erhielt, schon vorgesorgt hatte. Alles das würde auf kaltblütigen vorsätzlichen Mord hindeuten. Die kleine Gwennie war

ein reizendes Kind. Es wäre schlimm genug für sie, wenn ihr Vater geisteskrank war, aber noch hundertmal schlimmer, einen Mörder zum Vater zu haben.«

Dr. Kennedy wandte sich zum Gehen, aber Miss Marple hielt ihn mit einer raschen Frage auf:

»Vor wem hatte Ihre Schwester solche Angst, Dr. Kennedy?«

Er wandte sich zu ihr zurück und starrte sie an. »Angst? Meines Wissens vor niemand. Warum?«

»Ich dachte nur ... Entschuldigen Sie, wenn ich indiskrete Fragen stelle, aber da gab es doch einen jungen Mann - ein kleiner Flirt -, als sie noch sehr jung war. Afflick hieß er, glaube ich.«

»Ach der! Nur eine kleine Dummheit, wie sie viele junge Mädchen mal durchmachen.

Ein unangenehmer Bursche, unzuverlässig, und gesellschaftlich weit unter ihr, ganz und gar unter ihrem Niveau. Übrigens geriet er später in Schwierigkeiten.«

»Ich frage mich nur, ob er vielleicht rachsüchtig war?«

Dr. Kennedy lächelte geringschätzig.

»Ach, ich glaube nicht, daß es bei ihm so tief ging. Und, wie gesagt, er geriet in Schwierigkeiten und machte sich aus dem Staub.«

»Was hatte er denn verbrochen?«

»Nichts Kriminelles, nur indiskretes Gerede. Er hat über Angelegenheiten seines Chefs geklatscht.«

»Sein Chef - war das nicht Mr. Walter Fane?«

Dr. Kennedy sah etwas überrascht aus. »Ja, richtig ... Jetzt, da Sie es erwähnen, erinnere ich mich, daß er damals bei Fane & Watchman arbeitete. Er war dort nicht, um zu lernen, sondern nur als gewöhnlicher Büroangestellter.«

Nur als gewöhnlicher Angestellter, überlegte Miss Marple, nachdem Dr. Kennedy gegangen war. Dann bückte sie sich wieder zu den Ackerwinden hinunter.

19

»Ich weiß einfach nicht, was ich tun soll«, sagte Lily Kimble. Ihr Mann, durch ein unerhörtes Vorkommnis zum Reden getrieben, schob ihr seine Tasse hin und öffnete den Mund.

»He, Lily, wo hast du deine Gedanken?« grollte er. »Da fehlt Zucker!«

Lily machte ihr Versehen eilig wieder gut und überlegte laut weiter.

»Ich muß dauernd an das Inserat denken. Lily Abbott steht da groß und

deutlich. Ehemaliges Hausmädchen in ›St. Catherine‹, Dillmouth. Das bin ich und keine andere.«
»Hm«, bestätigte Mr. Kimble.
»Nach all der Zeit - es ist sehr seltsam, Jim.«
»Tja.«
»Was soll ich nur machen, Jim?«
»Laß die Finger weg.«
»Aber wenn was dabei rausspringt?«
Es gab ein gurgelndes Geräusch, weil Mr. Kimble seine Tasse austrank, um sich für die geistige Anstrengung einer längeren Rede zu stärken. Sein Vorwort bestand aus einem Hinüberschieben der Tasse und der lakonischen Forderung ... »Mehr.«
Dann legte er los.
»Du redest immer von ›St. Catherine‹ und was da passiert sein soll. Hab' nie richtig hingehört - Weiberklatsch, dummes Zeug. Wenn was war, ist es Sache der Polizei, und du hast dich nicht reinzumischen. Vorbei und erledigt! Du hältst dich raus, mein Mädchen!«
»Du hast gut reden!
Und wenn ich was erben kann? Vielleicht war Mrs. Halliday die ganze Zeit am Leben und ist jetzt erst gestorben und hat mir in ihrem Testament was vermacht.«
»Vermacht? Wofür? Bah!« stieß Mr. Kimble verächtlich hervor, offenbar willens, zur Einsilbigkeit zurückzukehren.
»Und sogar wenn's die Polizei wäre«, lenkte sie eilig ein, »könnten wir was dran verdienen.
Du weißt doch, Jim, manchmal gibt's hohe Belohnungen für Leute, die in Mordfällen Hinweise geben können.«
»Und was könntest du erzählen? Hirngespinste, weiter nichts!«
»Das behauptest du. Ich habe nachgedacht ...«
»Bah«, sagte Mr. Kimble voll Widerwillen.
»Doch, hab' ich! Schon seit dem ersten Inserat neulich. Vielleicht habe ich damals was falsch verstanden, in ›St. Catherine‹, meine ich. Diese Leonie war ja etwas dumm, wie alle Ausländer, sie verstand einen nie und redete ein schlimmes Englisch. Was hat sie damals wirklich gemeint?
Wenn ich bloß wüßte, wie der Mann hieß, den sie angeblich vom Fenster aus gesehen hatte. Es war wie in dem Film, von dem ich dir erzählt hab', wie hieß er noch? Ach ja, *Verbotene Liebe,* war schrecklich aufregend. Er wurde schließlich durch sein Auto überführt. Er hatte dem Tankwart fünftausend Dollar gezahlt, damit er vergißt, daß er in der Nacht bei ihm getankt hatte. Wieviel Pfund sind das wohl? Und da war

noch ein Verdächtiger, und der Ehemann hat geschäumt vor Eifersucht. Alle waren sie nach der Frau verrückt, und am Ende ...«

Mr. Kimble schob seinen Stuhl zurück und erhob sich gewichtig. Im Begriff, die Küche zu verlassen, äußerte er das Ultimatum eines Mannes, der trotz aller Wortkargheit eine gewisse Schläue besaß.

»Du läßt die Finger davon, Mädchen«, sagte er. »Oder du bereust es, das laß dir gesagt sein!«

Damit verließ er die Küche, zog draußen seine Stiefel an - Lily war mit ihrem Küchenboden sehr heikel - und ging. Lily setzte sich an den Tisch, und ihr gewitztes kleines Hirn arbeitete heberhaft. Natürlich konnte sie nicht direkt gegen den Willen ihres Mannes handeln, trotzdem - Jim war so engstirnig, so nüchtern. Sie mußte versuchen, jemand um Rat zu fragen, der über Polizei und Belohnung Bescheid wußte. Es wäre ein Jammer, eine gute Chance, zu Geld zu kommen, zu vertun.

Eifrig und gierig überlegte sie. Was hatte Leonie damals tatsächlich gesagt? Plötzlich kam ihr eine Idee. Sie stand auf und holte das selten benutzte Schreibzeug aus einer Schublade.

»Ich weiß, was ich tue«, murmelte sie. »Ich schreibe an den Doktor, Mrs. Hallidays Bruder. Er wird mir raten, was ich tun soll, wenn er noch am Leben ist. Ich kann ja behaupten, daß mein Gewissen mir keine Ruhe läßt, weil ich nie was von Leonie gesagt habe - und von dem Wagen.«

Dann waren eine Weile nur Schreibgeräusche zu hören. Lily schrieb selten einen Brief, und es machte ihr beträchtliche Mühe, ihn abzufassen.

Schließlich hatte sie es geschafft, sie steckte den Bogen in einen Umschlag, adressierte ihn und klebte ihn zu. Sie war nicht so froh, wie sie gedacht hatte. Wetten, daß der Doktor tot oder von Dillmouth weggezogen war!

Konnte sie noch jemand anders fragen? Wie hatte der Kerl damals bloß geheißen? Wenn sie sich doch an den Namen erinnern könnte ...

20

Am Morgen nach ihrer Rückkehr aus Northumberland waren Giles und Gwenda gerade mit dem Frühstück fertig, als Miss Marple gemeldet wurde und gleich darauf mit um Entschuldigung bittender Miene eintrat.

»Ich fürchte, es ist noch sehr früh. Im allgemeinen ist so was nicht meine Gewohnheit, aber ich habe etwas auf dem Herzen.«

»Wir freuen uns, Sie zu sehen«, sagte Giles und rückte einen Stuhl für sie zurecht. »Trinken Sie noch eine Tasse Kaffee mit?«

»O nein, vielen Dank. Ich habe sehr gut gefrühstückt. Aber lassen Sie mich erklären. Sie hatten mir freundlicherweise erlaubt, in Ihrer Abwesenheit zu kommen und ein wenig zu jäten ...«
»Sie sind ein Engel!« unterbrach sie Gwenda.
»... und ich kann mich des Gedankens nicht erwehren, daß zwei Tage Arbeit für diesen Garten nicht ausreichen. Außerdem zieht Foster Ihnen das Geld aus der Tasche; seine Arbeit besteht vornehmlich aus Reden und Teetrinken. Da er behauptet, nicht mehr tun zu können, habe ich mir erlaubt, noch einen Mann zur Aushilfe zu engagieren - nur für einen Tag pro Woche, mittwochs. Das wäre also heute.«
Giles sah Miss Marple neugierig an. Diese sicher gutgemeinte Eigenmächtigkeit verwunderte ihn.
»Ja«, sagte er zögernd, »Foster ist für wirklich schwere Arbeit zu alt.«
»Oh, Mr. Reed, ich muß leider gestehen, daß Manning noch älter ist. Fünfundsiebzig, behauptet er. Aber ich hielt seine Einstellung - nicht für lange - für einen guten Schachzug, weil er vor vielen Jahren bei Dr. Kennedy beschäftigt war. Helens Jugendflirt hieß übrigens Jack Afflick.«
»Miss Marple«, sagte Giles feierlich, »ich habe Ihnen in Gedanken Unrecht getan. Sie sind ein Genie! Zweifellos wissen Sie auch schon, daß Kennedy mir die erbetenen Schriftproben von Helen besorgt hat?«
»Ja. Ich war hier, als er sie brachte.«
»Ich schicke sie heute an einen guten Schriftexperten, den man mir empfohlen hat.«
»Gehen wir doch jetzt in den Garten und begrüßen Manning«, sagte Gwenda.
Manning war ein mürrischer, gebeugter alter Mann mit feuchten, etwas verschlagen blickenden Augen. Das Tempo, mit dem er einen Weg harkte, wurde spürbar schneller, als seine neuen Arbeitgeber näher kamen.
»Morgen, Sir, Morgen, Ma'am! Die Lady hat gesagt, Sie könnten mittwochs ein bißchen Hilfe brauchen. Mir soll's recht sein. Eine Schande, wie's hier aussieht.«
»Ja, der Garten ist in den letzten Jahren leider verwildert.«
»Stimmt! Dabei war's früher mal ein Schmuckkästchen, als Mrs. Findeyson noch lebte. Sie war eine echte Gartenfreundin.«
Giles lehnte gegen eine Rasenwalze, Gwenda brach ein paar welke Rosen ab, und Miss Marple zog sich etwas zurück, um Winden zu jäten. Manning stützte sich auf den Harkenstiel. Die Szene für eine gemütliche Unterhaltung über Gartenarbeit und die gute alte Zeit war gestellt.
»Sie kennen sicher die meisten Gärten hier in der Gegend?« begann Giles aufmunternd.

»Wie meine Hosentasche, Sir. Und was für Verrücktheiten die Leute sich ausgedacht haben ! Mrs. Yule oben im ›Niagra‹ zum Beispiel ließ ihren Taxus immer auf Eichhörnchen zurechtstutzen. Blödsinnig, kann ich da nur sagen. Eine Hecke ist eine Sache, und Tiere sind 'ne andre. Colonel Lampard, der hatte riesige Begonien, ganze Beete voll, es war 'ne Pracht. Richtige Beete kommen ja immer mehr aus der Mode. Ich kann gar nicht mehr zählen, wie viele Beete ich in den letzten Jahren eingeebnet habe. Überall bloß Rasen. Die Leute haben keinen Sinn mehr für schöne Rabatten mit Geranien und Lobelien.«

»Sie haben auch für Dr. Kennedy gearbeitet, nicht wahr?«

»Tja, das ist lange her. Der ist ja umgezogen und hat die Praxis aufgegeben. Der junge Doktor Brent, der jetzt ›Crosby Lodge‹ hat, kuriert alle Leute bloß mit Vitaminpillen. Blödsinnig!«

»Erinnern Sie sich noch an Dr. Kennedys Schwester?«

»Miss Helen? Natürlich erinnere ich mich an sie! War ein hübsches Ding, mit ihrem langen hellen Haar. Der Doktor hat sich sehr um sie gekümmert, weil sie nämlich keine Eltern mehr hatte. Als verheiratete Frau hat sie 'ne Zeitlang hier gewohnt, in diesem Haus. Ihr Mann war in Indien Offizier gewesen.«

»Ja, das wissen wir«, sagte Gwenda.

»Ach richtig, Sie sollen ja Verwandte sein. Bildhübsch war sie, die Miss Helen, als sie vom Internat nach Hause kam, und unternehmungslustig - alles wollte sie mitmachen, Tanzereien und Tennis und so weiter. Ich hab' damals den Tennisplatz in Ordnung gebracht, der war seit zwanzig Jahren nicht benutzt worden. Voll Gestrüpp natürlich. Ich mußte roden und zurückstutzen, daß es nur so eine Art war, und dann den Platz glätten und markieren. War viel Arbeit, und zum Schluß wurde doch kaum gespielt. Komische Sache, hab' ich mir immer gedacht.«

»Was war daran so komisch?« fragte Gwenda.

»Na, die Geschichte mit dem Netz. Eines Nachts hat es einer in Fetzen geschnitten - einfach in Fetzen. Eine Gemeinheit, wenn Sie mich fragen. Da wollte einer, der nicht mitmachen durfte, den andern den Spaß verderben.«

»Wer tut denn so was?«

»Das wollte der Doktor auch wissen. Er war ganz aus dem Häuschen, und ich kann's ihm nicht verdenken, wo er doch den Krempel bezahlt hatte. Aber keiner hat rausgekriegt, wer's gewesen ist. Und der Doktor hat gesagt, ein zweites Netz spendiert er nicht, denn wer einmal so 'ne Gemeinheit macht, der macht sie wieder. Das stimmte ja wohl, aber Miss Helen war ganz geknickt. Sie hatte überhaupt Pech damals. Erst das kaputte Tennisnetz, und dann ihr schlimmer Fuß.«

»Was fehlte ihr denn?« fragte Gwenda.
»Sie ist über eine Harke gestolpert und hat sich weh getan. Zuerst war's bloß eine Schramme, aber es wollte und wollte nicht heilen. Der Doktor kriegte es ordentlich mit der Angst, weil es trotz allem Einschmieren und Verbinden immer schlimmer wurde statt besser. Ich hör' noch, wie er sagte: ›Es ist mir unbegreiflich, da muß was an den Zinken gewesen sein.‹ Er meinte wohl irgendeinen Dreck, wovon man Blutvergiftung kriegen kann. ›Und überhaupt‹, sagte er, ›wie kommt die Harke im Dunkeln auf den Weg?‹ Denn da war Miss Helen drüber gestolpert, als sie von 'ner Party spät nach Hause kam. Das arme Ding, nun war's 'ne ganze Weile aus mit dem Tanzen. Sie mußte das Bein hochlegen. War wirklich vom Pech verfolgt.«
Giles hielt den Moment für gekommen, um beiläufig zu fragen:
»Erinnern Sie sich noch an einen jungen Mann namens Afflick?«
»Jackie Afflick? Der bei Fane & Watchman war?«
»Ja, den meine ich. War er nicht ein Verehrer von Miss Helen?«
»Ach, damit war es nicht weit her. Der Doktor hat ein Machtwort gesprochen, und recht hat er gehabt. Jackie Afflick war nicht die Klasse für Miss Helen. Aber er kam sich immer enorm schlau vor und hat sich am Ende ganz schön die Finger verbrannt. Ist abgehauen, als ihm der Boden zu heiß wurde. Gut so, solche Burschen mögen wir in Dillmouth nicht. Soll er woanders Geschäfte machen.«
»War er noch hier, als die Sache mit dem Tennisplatz passierte?« fragte Gwenda.
»Aha, ich weiß schon, worauf Sie hinauswollen, Ma'am. Aber so was Sinnloses hätte Jackie nie gemacht, dazu war er zu gerissen. Nein, das mit dem Netz war pure Bosheit.«
»Und wenn jemand Miss Helen nur ärgern wollte? Wer könnte eine Wut auf sie gehabt haben?«
Der alte Manning lachte in sich hinein. »Tja, ein paar von den anderen jungen Damen waren ihr sicher nicht grün, so hübsch, wie sie war. Da kam keine mit. Aber ich meine, diesen Unfug hat überhaupt niemand von hier angestellt. Eher ein mißgünstiger Landstreicher.«
»War Miss Helen sehr traurig wegen Jackie Afflick?« wollte Gwenda wissen.
»Glaub' ich nicht. Ihr lag an keinem von den Burschen besonders viel; sie wollte nach der Schule nur ihren Spaß haben. Ein paar waren sehr in sie verliebt. Der junge Mr. Fane zum Beispiel, der ist ihr nachgelaufen wie ein Hund.«
»Und sie? Hat sie sich gar nichts aus ihm gemacht?«
»Ach was - ausgelacht hat sie ihn, wie die andern. Er ist dann ins Aus-

land gegangen, ja. Aber später ist er zurückgekehrt, und heute ist er der Boss der Firma. Hat nie geheiratet. Sehr vernünftig. Frauen machen nur Ärger.«
»Sind Sie verheiratet?« fragte Gwenda. »Hab' zwei Frauen begraben«, erwiderte Manning. »Kann mich nicht beklagen. Jetzt rauche ich meine Pfeife in Frieden, wenn ich Lust habe.«
Da der Gesprächsstoff erschöpft schien, nahm Manning seine Arbeit wieder auf. Giles und Gwenda gingen langsam zum Haus zurück, und Miss Marple ließ die Winden in Ruhe und gesellte sich zu ihnen.
»Sie sehen nicht gut aus, Miss Marple«, sagte Gwenda besorgt. »Ist Ihnen nicht wohl?«
»Danke, Kind, es ist nichts.« Die alte Dame schwieg einen Moment, bevor sie mit seltsamer Eindringlichkeit sagte: »Die Geschichte mit dem Tennisnetz gefällt mir nicht. In Fetzen geschnitten ! Selbst wenn ...«
Sie hielt inne. Giles blickte sie fragend an. »Ich verstehe nicht ganz ...« begann er.
»Nein? Mir scheint alles so erschreckend klar. Aber vielleicht ist es besser, wenn Sie nicht begreifen, und außerdem - ich kann mich irren. Erzählen Sie doch, wie es Ihnen in Northumberland ergangen ist?«
Die jungen Leute lieferten einen genauen Bericht, und Miss Marple hörte aufmerksam zu.
»Es war bedrückend«, schloß Gwenda. »Tragisch, könnte man fast sagen.«
»Allerdings. Ein armer Mensch ...«, sagte Miss Marple.
»Ja, das finde ich auch. Was er leiden muß!«
»Er? Ja, natürlich.«
»Sie meinten aber ...«
»Nun ja, ich dachte mehr an sie, an die Frau. Wahrscheinlich hat sie ihn leidenschaftich geliebt und liebt ihn noch, während er sie heiratete, weil sie eine passende Partie war oder weil sie ihm leid tat oder aus sonst einem freundlichen und vernünftigen Grund, den Männer oft für ihre Heirat angeben und der in Wahrheit entsetzlich unfair ist.«
»Ich weiß, wohl hundert Wege hat die Liebe, und jeder führt zum Schmerz nur die Geliebten«, zitierte Giles halblaut.
Miss Marple wandte sich ihm lebhaft zu.
»Wie wahr! Was nun die Eifersucht betrifft, so hat sie meist keine greifbare Ursache. Sie kommt von viel tiefer her, wie soll ich sagen - aus den Abgründen der Seele, aus der Erkenntnis, daß die eigene Liebe nicht erwidert wird. Folglich lauert derjenige geradezu darauf, daß der andere die Treue bricht, was dann auch unweigerlich geschieht. So haben die Erskines sich das Leben zur Hölle gemacht, wobei sie vermutlich mehr

gelitten hat als er. Trotzdem wage ich zu behaupten, daß er im Grund doch an ihr hängt.«

»Unmöglich!« rief Gwenda.

»Liebes Kind, Sie sind noch sehr jung. Immerhin hat er seine Frau nicht verlassen, und das heißt schon etwas.«

»Nur der Kinder wegen. Aus Pflichtgefühl.«

»Will ich gelten lassen, wenigstens solange sie klein waren«, räumte Miss Marple ein. »Aber das Pflichtgefühl pflegt bei den Männern bedeutend abzuflauen, wenn es nur noch die Frau betrifft. Im Staatsdienst ist es wieder anders.«

»Sie können ja richtig zynisch sein, Miss Marple!«

Giles lachte.

»Oh, Mr. Reed, das war nicht meine Absicht. Man soll die Hoffnung auf das Gute im Menschen nicht aufgeben.«

»Walter Fane kann es nicht gewesen sein«, sagte Gwenda nachdenklich. »Ich traue es ihm einfach nicht zu. Und Major Erskine war es erst recht nicht, das spüre ich einfach.«

»Unsere Gefühle sind nicht immer die zuverlässigsten Führer«, meinte Miss Marple. »Da passieren die unwahrscheinlichsten Dinge, bei Leuten, denen man es nie zugetraut hätte. Wie zum Beispiel in meinem eigenen Ort, wo man dahinterkam, daß der Kassierer des Sparvereins jeden Penny der Einnahmen mit Pferdewetten durchgebracht hatte. Dabei predigte er jahrelang gegen Spielen und Wetten in jeglicher Form, und es war ihm bitter ernst damit, denn sein Vater war Buchmacher gewesen und hatte seine Frau sehr schlecht behandelt. Dann wollte es das Unglück, daß er eines Tages bei Newmarket einige Pferde beim Training sah. Und da überkam es ihn. Der Apfel fällt eben nicht weit vom Baum!«

Giles unterdrückte ein amüsiertes Zucken um seine Mundwinkel und bemerkte, die Vorfahren Fanes und Erskines seien wohl über jeden Verdacht erhaben. »Aber eine Veranlagung zum Mord gibt es wohl sowieso nicht«, fügte er hinzu.

»Mord ist eher das Verbrechen eines Amateurs.«

»Bedeutsam ist«, sagte Miss Marple, »daß beide an jenem kritischen Abend in Dillmouth waren, am Ort des Geschehens. Walter Fane wohnte wieder hier, und Major Erskine muß laut seinem eigenen Bericht kurz vorher noch mit ihr zusammengewesen sein - und er ist erst geraume Zeit später in sein Hotel zurückgekehrt.«

»Er hat doch alles ganz offen erzählt ...« Gwenda brach unter Miss Marples prüfendem Blick verwirrt ab.

»Der springende Punkt ist, daß beide in nächster Nähe waren.« Miss

Marple sah von Gwenda zu Giles und fuhr fort: »Nun müssen Sie Mr. Afflicks Adresse ausfindig machen. Als Besitzer der ›Daffodil Coaches‹ dürfte es nicht sehr schwierig sein.«
Giles nickte.
»Ich werde mich darum kümmern. Meinen Sie, wir sollten ihm einen Besuch abstatten?«
Miss Marple überlegte kurz. Dann erwiderte sie:
»In diesem Fall sollten Sie sehr vorsichtig sein. Bedenken Sie, was der alte Gärtner erzählt hat: Jackie Afflick galt als gerissen. Bitte, seien Sie vorsichtig. Bitte!«

21

J. J. Afflick, »Daffodil Coaches«, Devon & Dorset Tours war im Telefonbuch von Exeter unter zwei Nummern zu finden. Die eine gehörte dem Reisebüro im Zentrum, die andere zu Afflicks Privatadresse am Stadtrand.
Giles und Gwenda meldeten sich telefonisch für eine »geschäftliche Besprechung« am nächsten Tag an.
Sie saßen bereits im Wagen und wollten gerade abfahren, als Mrs. Cocker gestikulierend aus der Haustür stürzte. Giles trat auf die Bremse und hielt.
»Dr. Kennedy ist am Apparat, Sir«, rief Mrs. Cocker.
Giles stieg aus und rannte hinein. »Giles Reed«, meldete er sich.
»Guten Morgen. Ich habe eben einen seltsamen Brief erhalten. Von einer Frau namens Lily Kimble. Ich zermartere mir den Kopf, wer sie ist. Zuerst dachte ich an eine frühere Patientin, aber das führt nur auf falsche Spuren. Jetzt glaube ich, sie war Hausmädchen bei Halliday. Da gab es eine Lily, wenn ich mich nicht irre, obwohl mir der Nachname fremd ist.«
»Ja, eine Lily gab es! Gwenda hat erzählt, daß sie damals der Katze eine Schleife umgebunden hat.«
»Alle Achtung vor Gwennies Gedächtnis!«
»Ja, es ist erstaunlich.«
»Ich würde mich gern über den Brief mit Ihnen unterhalten, aber nicht am Telefon. Wäre es Ihnen recht, wenn ich rasch zu Ihnen hinüberkäme?«
»Wir wollen gerade nach Exeter. Wir könnten bei Ihnen vorbeikommen, wenn es Ihnen paßt. Ihr Haus liegt an der Strecke.«
»Ausgezeichnet. Sehr gut.«

Kurze Zeit später begrüßte Dr. Kennedy das junge Paar in seinem Wohnzimmer.
»Ich wollte am Telefon nicht zuviel über diese Angelegenheit sagen«, entschuldigte er sich. »Ich bilde mir immer ein, daß das Fernsprechamt mithört. Hier ist der Brief.«
Er legte einen billigen linierten Bogen auf den Tisch. In ungelenker Handschrift stand da:

Werter Herr Doktor, ich wäre Ihnen sehr dankbar, wenn Sie mir was raten könnten wegen dem Zeitungsausschnitt, der beiliegt. Ich habe drüber nachgedacht und auch mit Mr. Kimble gesprochen, aber was soll ich machen? Meinen Sie, ich kriege eine Belohnung, wenn ich mich melde? Geld kann ich brauchen. Mit der Polizei will ich nichts zu tun kriegen. Ich denke noch oft an den Abend, als Mrs. Halliday wegging, und ich glaub's nicht, weil die Kleider falsch waren. Erst hab' ich gedacht, der Herr hätte es getan, doch jetzt bin ich nicht mehr so sicher, wegen dem Wagen, und was Leonie vom Fenster aus gesehen hat. Ein schicker Wagen war das, und ich hab' ihn schon vorher gesehen, aber ich möchte nichts unternehmen, bis Sie mir raten, weil ich nämlich noch nie mit der Polizei zu tun gehabt hab' und Mr. Kimble gefällt's nicht. Ich könnte Sie nächsten Donnerstag besuchen, Sir, da ist Markt und Mr. Kimble ist weg. Ich wäre Ihnen sehr dankbar.

Hochachtungsvoll
Lily Kimble

»Der Brief ist an meine alte Adresse in Dillmouth geschickt worden«, erklärte Dr. Kennedy, »und wurde hierher weitergeleitet. Der Zeitungsausschnitt ist Ihr Inserat, wie Sie sehen.«
»Großartig!« jubelte Gwenda. »Lily glaubt also auch nicht, daß mein Vater es getan hat!«
Kennedy sah sie müde und freundlich an.
»Ja, Gwennie, hoffentlich behalten Sie recht. Vorerst, denke ich, wäre folgendes zu tun: Ich schlage dieser Mrs. Lily Kimble vor, mich am Donnerstag zu besuchen. Es gibt sehr gute Zugverbindungen, die ich ihr genau aufschreiben werde. Sie braucht nur in Dillmouth Junction umzusteigen und kann kurz nach vier Uhr dreißig hier sein. Wenn Sie sich ebenfalls einfinden würden, könnten wir in einem gemeinsamen Gespräch vielleicht zu einem Ergebnis kommen.«
»Gut, abgemacht«, stimmte Giles zu und sah auf seine Armbanduhr. »Jetzt müssen wir uns aber beeilen, Gwenda. Wir haben eine Verabre-

dung«, erklärte er dem Doktor. »Mit Mr. Afflick von den ›Daffodil Coaches‹, einem vielbeschäftigten Mann, wie uns gesagt wurde.«
»Afflick?« wiederholte Kennedy stirnrunzelnd. »Ach ja! Das sind diese riesigen gelben Busse. Aber der Name kommt mir auch sonst irgendwie bekannt vor.«
»Helen«, sagte Gwenda bedeutsam.
»Mein Gott! Doch nicht der Bengel von damals?«
»Offenbar doch.«
»Aber er war eine elende kleine Ratte. Er hat also Karriere gemacht?«
»Erlauben Sie mir eine Frage, Sir«, sagte Giles. »Sie haben damals einen kleinen Flirt zwischen Helen und ihm unterbunden. Geschah das nur wegen seiner - hm - gesellschaftlichen Herkunft?«
»Ich bin altmodisch, junger Mann«, erwiderte Dr. Kennedy trocken. »Heute gilt ein Mensch - angeblich - soviel wie der andere, und moralisch wäre das sicher ganz stichhaltig. Aber ich glaube an die Tatsache, daß man in eine bestimmte Klasse hineingeboren wird und man gut daran tut, da zu bleiben. Davon abgesehen hatte ich bei diesem Afflick das Gefühl, Vorsicht sei im Umgang mit ihm angebracht - was ja dann auch zutraf.«
»Was hat er denn angestellt?«
»Genau erinnere ich mich nicht mehr. Wenn ich mich nicht irre, wollte er sich durch Weitergabe einer Information einen Nebenverdienst verschaffen. Es handelte sich um eine vertrauliche Sache, die in Fanes Kanzlei bearbeitet wurde.«
»Hat er ihm den Rausschmiß nachgetragen?«
Kennedy warf Giles einen scharfen Blick zu. »Vermutlich«, sagte er kurz.
»Hatten Sie sonst noch einen Grund, seine Freundschaft mit Ihrer Schwester zu mißbilligen? War er irgendwie - nicht ganz normal?«
»Wenn Sie so darauf bestehen, will ich noch offener sein. Ja, Jackie Afflicks Charakter kam mir, besonders nach seiner Entlassung, ziemlich bedenklich vor. Er litt unter Stimmungsschwankungen, einer Art beginnendem Verfolgungswahn. Offenbar hat sich das mit den Jahren gegeben, sonst wäre er wohl kaum ein so erfolgreicher Geschäftsmann geworden.«
»Wer hat ihn damals entlassen? Walter Fane?«
»Keine Ahnung, ob Walter Fane sich damit abgegeben hat. Er wurde einfach von der Firma entlassen.«
»Afflick beschwerte sich wahrscheinlich, daß man ihn zum Sündenbock gemacht hatte?«
Kennedy nickte.

»Also so ist das! Gwenda, jetzt müssen wir aber los! Bis Donnerstag, Sir.«

Das Haus, ein klotziger Neubau, bestand nur aus Beton und Glas. Gwenda und Giles wurden durch eine weiträumige Empfangshalle in ein Büro geführt, das etwa zur Hälfte von einem großen Chromstahlschreibtisch ausgefüllt wurde.
Gwenda flüsterte Giles nervös zu: »Ich weiß wirklich nicht, was wir ohne Miss Marple gemacht hätten. Jedesmal verlassen wir uns auf ihre Einfälle. Erst ihre Freunde in Northumberland und nun das Pfadfindertreffen.«
Giles hob warnend die Hand, als eine Tür aufflog und J. J. Afflick eintrat. Er war ein vierschrötiger Mann mittleren Alters, in einem auffallend großkarierten Anzug. Seine Augen waren dunkel und scharfsichtig, sein rundes Gesicht strahlte Gutmütigkeit aus. Er entsprach der landläufigen Vorstellung eines erfolgreichen Buchmachers.
»Mrs. und Mr. Reed? Guten Morgen! Freut mich, Ihre Bekanntschaft zu machen.« Sein Händedruck war etwas zu herzlich. »Was kann ich für Sie tun?«
Afflick nahm hinter seinem Schreibtisch Platz und bot Zigaretten aus einer Onyxdose an. Giles und Gwenda setzten sich ebenfalls. Giles berichtete von dem geplanten Pfadfinderausflug. Alte Freunde von ihm dachten an eine mehrtägige Rundfahrt zu den schönsten Punkten von Devonshire, und er sollte ihnen den Kostenplan besorgen.
Afflick, entgegenkommend und sachlich, nannte Preise und machte Vorschläge. Doch ein leicht forschender Ausdruck wich nicht aus seinen Augen, und schließlich sagte er offen:
»Die Sache mit dem Ausflug wäre also klar, Mr. Reed, und ich werde Ihren Bekannten die nötigen Unterlagen schicken. Aber das hätte auch einer meiner Angestellten tun können. Mir wurde gesagt, Sie hätten am Telefon um einen Privattermin gebeten?«
»Ganz richtig, Mr. Afflick. Wir wollten nämlich zwei Dinge mit Ihnen besprechen. Der erste Punkt ist nun erledigt. Der andere ist rein privat. Meine Frau ist auf der Suche nach ihrer Stiefmutter, die sie viele Jahre nicht gesehen hat, und wir dachten, Sie könnten uns vielleicht einen Hinweis geben.«
»Darf ich fragen, wie die Dame heißt? Sie setzen ja offenbar voraus, daß ich sie kenne?«
»Es war eine Jugendbekanntschaft von Ihnen. Sie heißt Mrs. Helen Halliday, geborene Kennedy.«
Afflick saß ganz still da. Dann wandte er die Augen zur Decke und

wippte mit dem Bürosessel langsam nach hinten. »Halliday? Ich erinnere mich nicht. Helen Kennedy …«
»Früher hat sie in Dillmouth gewohnt«, sagte Giles.
Der Sessel kam mit einem hörbaren Aufprall der Beine wieder fest auf den Boden.
»Ich hab's!« sagte Afflick. »Natürlich!« Sein rundes Gesicht strahlte vor Vergnügen. »Die kleine Helen Kennedy! Ja, ich erinnere mich an sie. Das muß allerdings lange her sein, etwa zwanzig Jahre.«
»Achtzehn.«
»Ach, wirklich? Unglaublich, wie die Zeit verfliegt. Leider muß ich Sie enttäuschen, Mrs. Reed. Ich habe Helen seit damals nicht wiedergesehen - auch kein Sterbenswort von ihr gehört.«
»Oh, das ist wirklich enttäuschend«, sagte Gwenda. »Wir hatten soviel Hoffnung auf Sie gesetzt!«
»Wieso? Was ist denn mit ihr?« Seine Augen wanderten rasch von einem zum andern. »Familienkrach? Geldschwierigkeiten?«
»Sie hat das Haus verlassen«, sagte Gwenda. »Vor achtzehn Jahren. Ganz plötzlich. Seitdem ist sie verschollen. Es heißt, sie sei mit einem anderen Mann …«
»Und Sie dachten«, vollendete Jack Afflick in amüsiertem Ton, »mit mir? Warum sind Sie ausgerechnet auf mich verfallen?«
»Weil wir erfuhren«, sagte Gwenda kühn, »daß Sie und Helen einmal … nun, daß Sie einander sehr gern hatten.«
»Helen und ich? Ach, das war doch nur ein kleines Geplänkel, wie es unter jungen Leuten gang und gäbe ist. Nichts Ernsthaftes. Das hätten ihre Leute schon verhindert«, fügte er trocken hinzu.
»Sie müssen mich für sehr aufdringlich halten …«, fing Gwenda wieder an, aber Afflick unterbrach sie.
»Wieso? Ich bin nicht so zart besaitet. Sie suchen Ihre vermißte Stiefmutter, und ich soll helfen. Fragen Sie, was Sie wollen - ich habe nichts zu verbergen.« Er musterte sie nachdenklich. »Sie sind also Hallidays Tochter?«
»Ja, aus erster Ehe. Haben Sie meinen Vater gekannt?«
Afflick schüttelte den Kopf.
»Ich habe mal bei Helen vorbeigeschaut, als ich geschäftlich in Dillmouth war. Ich hatte gehört, sie sei inzwischen verheiratet, und war ein bißchen neugierig. Sie war auch ganz nett, hat mich aber nicht zum Abendessen eingeladen. Folglich habe ich Ihren Vater nicht kennengelernt. Er war nicht zu Hause.«
Gwenda horchte den Worten nach. Hatte da wegen der unterlassenen Einladung nicht eine Spur von Groll durchgeklungen? Laut fragte sie:

»Was machte sie für einen Eindruck? War sie glücklich?«
Er zuckte die Achseln. »Glücklich ist ein dehnbarer Begriff. Nach so langer Zeit weiß ich nicht mehr genau, wie sie aussah. Aber wahrscheinlich würde ich mich erinneren, wenn sie einen unglücklichen Eindruck gemacht hätte.« Mit verständlicher Neugier fügte er hinzu: »Sie haben also seit damals nichts mehr von ihr gehört? Gar nichts?«
»Nichts.«
»Keine Briefe?«
»Es kamen zwei«, antwortete Giles. »Aber wir haben Grund zu der Vermutung, daß sie nicht von ihr stammen.«
»Was? Fälschungen?« Wieder schien Afflick leicht belustigt. »Klingt ja wie ein Kriminalroman.«
»So kommt es uns auch schon vor.«
»Sie hatte doch einen älteren Bruder, einen Arzt - weiß er denn nicht, wo Helen steckt?«
»Nein.«
»Hm. Ein richtiges Geheimnis. Haben Sie's schon mal mit einer Suchanzeige versucht?«
»Ja.«
»Dann sieht's aus, als wäre sie tot«, meinte Afflick leichthin, »und Sie haben es nur nicht erfahren.« Gwenda schauerte zusammen.
»Frieren Sie, Mrs. Reed?«
»Nein. Ich stelle mir Helen tot vor. Es ist kein erfreulicher Gedanke.«
»Da haben Sie recht. Ich denke lieber auch nicht dran. Sie sah blendend aus.«
»Sie haben sie gekannt«, sagte Gwenda impulsiv. »Sogar ziemlich gut. Ich habe nur undeutliche Kindheitserinnerungen an sie. Wie war sie wirklich? Was hielten die Leute von ihr? Was dachten Sie selbst von ihr, Mr. Afflick?«
Er sah sie sekundenlang schweigend an, ehe er antwortete: »Um ehrlich zu sein, Mrs. Reed, ob Sie's glauben oder nicht - das arme Ding hat mir leid getan.«
»Leid getan ...« Gwenda starrte ihn verdutzt an.
»Genau das. Da war sie nun, frisch aus dem Internat, wie jedes Mädchen auf ein bißchen Vergnügen aus, und da war dieser viel ältere, steife Bruder mit seinen ewigen Vorschriften und Anstandsregeln. Er gönnte ihr keine Freude. Na, ich hab' sie ein bißchen ausgeführt und ihr was vom Leben gezeigt. Ich war nicht besonders scharf auf sie, und sie nicht auf mich, aber sie hatte einfach Spaß daran, Wirbel zu machen. Ihr Bruder merkte das natürlich und hatte nichts Eiligeres zu tun, als allem einen Riegel vorzuschieben. Ich nahm es ihm nicht übel; seiner Meinung nach

stand ich ja weit unter ihr. Von Verlobung war sowieso nie die Rede. Sicher wollte ich mal heiraten, aber erst später, wenn ich es zu was gebracht hatte, und dann eine Frau, die mir weiterhelfen konnte. Helen hatte kein Geld und paßte nicht zu mir. Wir waren einfach gute Freunde und flirteten mal ein wenig.«

»Aber Sie müssen auf den Doktor wütend gewesen sein ...«

»Ich war empört, das gebe ich zu. Niemand läßt sich gern unter die Nase reiben, daß er nicht fein genug ist. Aber man darf eben nicht zu dünnhäutig sein.«

»Haben Sie damals nicht auch Ihren Job verloren?« fragte Giles.

»Ich wurde gefeuert, ja.« Afflicks Gesicht war nicht mehr ganz so freundlich. »Und ich weiß auch, bei wem ich mich dafür zu bedanken hatte.«

»Ja?« sagte Giles fragend, aber Afflick schüttelte den Kopf. »Namen nenne ich grundsätzlich nicht. Bin da ein gebranntes Kind. Aber meine Gedanken kann mir niemand verbieten, und ich weiß sehr wohl, wer mir damals ein Bein gestellt hat. Und warum!« Die Zornesröte stieg ihm ins Gesicht. »Dreckige, hinterhältige Wühlerei gegen mich - Schnüffeln, Fallenstellen, Lügen. O ja, ich hatte schon damals meine Feinde. Aber ich habe mich nicht unterkriegen lassen. Ich habe zurückgeschlagen. Und ich vergesse nichts ...«

Er hielt abrupt inne, und sein Gesicht nahm erstaunlich rasch wieder einen freundlichen Ausdruck an.

»Ich kann Ihnen nicht helfen, tut mir leid. Die kurze Jugendfreundschaft mit Helen Kennedy ging wirklich nicht tief.«

Gwenda wandte keinen Blick von ihm. Alles, was Afflick sagte, klang offen und sehr einleuchtend, aber war es auch wahr? Ein Punkt fiel ihr auf, und sie sagte: »Immerhin haben Sie Helen später in Dillmouth noch einmal besucht.«

Er lachte. »Da haben Sie mich festgenagelt, Mrs. Reed. Vielleicht wollte ich ihr zeigen, daß ich nicht am Boden zerstört war, nur weil ein Provinzanwalt mich rausgeschmissen hatte. Ich hatte ein gutgehendes Geschäft, fuhr einen großen Wagen, und es ging mir gut.«

»Sie haben Helen mehr als einmal besucht, nicht wahr?« Afflick zögerte einen Moment.

»Zwei- oder dreimal. Nur wenn ich zufällig vorbeikam.« Er erhob sich mit einer gewissen Endgültigkeit. »Bedaure, daß ich Ihnen nicht viel helfen kann.«

Auch Giles und Gwenda standen auf.

»Entschuldigen Sie, daß wir Ihre Zeit so lange beansprucht haben.«

»Das macht nichts. War eine angenehme Abwechslung für mich, über

alte Zeiten zu plaudern.« Die Tür öffnete sich, und eine Frau sah herein.
»Oh, tut mir leid. Ich wußte nicht, daß du Besuch hast.«
»Komm rein, meine Liebe, komm rein! Mr. und Mrs. Reed, darf ich Sie mit meiner Frau bekannt machen?«
Sie wechselten einen Händedruck.
Mrs. Afflick war groß, schlank und erstaunlich gut angezogen und hatte einen deprimierten Zug im Gesicht.
»Wir haben uns über gemeinsame alte Freunde unterhalten«, erläuterte Afflick. »Aus der Zeit, als wir uns noch nicht kannten, Dorothy.«
Er wandte sich wieder an Giles und Gwenda. »Wir haben uns auf einer Kreuzfahrt kennengelernt. Meine Frau stammt nicht von hier. Sie ist Lord Polterhams Kusine«, fügte er stolz hinzu, und Mrs. Afflick errötete.
»Kreuzfahrten sind immer ein nettes Erlebnis«, sagte Giles.
»Und sehr bildend«, vervollständigte Afflick.
»Da ich keine nennenswerte Bildung hatte, konnte ich's brauchen.«
»Ich rede meinem Mann immer zu«, sagte Mrs. Afflick, »endlich eine Hellas-Kreuzfahrt mit mir zu machen.«
»Keine Zeit, Schatz. Zuviel Arbeit.«
»Und deshalb dürfen wir Sie nicht länger aufhalten«, sagte Giles rasch.
»Vielen Dank und auf Wiedersehen. Wegen dem Pfadfinderausflug geben Sie bitte noch Bescheid.«
Während Afflick sie hinausbrachte, warf Gwenda einen kurzen Blick zurück und sah Mrs. Afflick unbeweglich neben dem Schreibtisch stehen. Ihr Gesicht hatte einen sonderbaren, fast furchtsamen Ausdruck.
Auf dcr Straße, als sie gerade ins Auto einsteigen wollte, zog Gwenda plötzlich den Fuß zurück.
»Verflixt, ich habe meinen Schal vergessen.«
»Immer vergißt du etwas«, sagte Giles.
»Mach kein solches Gesicht! Ich hole ihn rasch.«
Sie lief zurück und durchquerte die große Empfangshalle. Durch die offenstehende Bürotür hörte sie Afflicks laute Stimme: »Warum bist du so sinnlos bei mir reingeplatzt?«
»Tut mir leid, Jackie, ich hatte keine Ahnung. Wer waren diese Leute? Warum haben sie dich so aufgeregt?«
»Ich bin nicht aufgeregt. Ich ...«
Er stockte, als er Gwenda in der Tür auftauchen sah.
»Entschuldigen Sie, Mr. Afflick, habe ich meinen Schal hier vergessen?«
»Ihren Schal? Nein, Mrs. Reed. Ich sehe keinen.«
»Wie dumm von mir. Dann muß er im Auto liegen.« Sie ging wieder

hinaus. Giles hatte inzwischen gewendet. Ein Stück weiter am Straßenrand stand eine große gelbe Limousine mit vielen Chromverzierungen.
»Was für ein Auto«, bemerkte Giles.
»Ein ›schicker‹ Wagen«, sagte Gwenda nachdenklich. »Weißt du Giles, wie Edith Pagett uns von Lily erzählte? Lily hatte auf Erskine gewettet, nicht auf ›den geheimnisvollen Unbekannten mit dem schicken Wagen‹. Dieser Unbekannte kann kein anderer als Jackie Afflick gewesen sein!«
»Ja«, sagte Giles. »In ihrem Brief an den Doktor erwähnt sie den Wagen auch.«
Sie sahen einander an.
»Auch Afflick war also an jenem Abend am ›Ort des Geschehens‹, wie Miss Marple sagen würde. Giles, ich kann kaum den Donnerstag erwarten, um endlich zu erfahren, was Lily alles weiß!«
»Vorausgesetzt, daß sie keine kalten Füße bekommt und wegbleibt.«
»Sie wird schon kommen, Giles. Wenn also damals tatsächlich ein Wagen ...«
»Vielleicht so eine gelbe Gefahr wie der hier?«
»Bewundern Sie meine Privatkutsche?« Jackie Afflicks joviale Stimme ließ die beiden herumfahren. Er beugte sich über eine sauber geschnittene Hecke. »Ich nenne sie Butterblume. Sticht einem ins Auge, was?«
»Das kann man wohl sagen«, erwiderte Giles.
»Ich bin ein großer Blumenfreund«, sagte Jackie Afflick. »Osterglocken, Butterblumen, Pantoffelblumen mag ich besonders. Hier ist lhr Schal, Mrs. Reed. Er war hinter ihren Sessel geglitten. Auf Wiedersehen. Es war mir ein Vergnügen.«
»Ob er deine Bemerkung über die gelbe Gefahr gehört hat?« fragte Gwenda, als sie abfuhren.
»Ich glaube kaum«, meinte Giles etwas unsicher. »Er benahm sich doch ganz freundlich.«
»Das besagt nicht viel, Giles. Ich hatte das Gefühl, daß sogar seine Frau Angst vor ihm hat. Ich habe ihr Gesicht gesehen.«
»Angst? Vor diesem jovialen, netten Burschen?«
»Vielleicht ist er nicht so, wie er tut. Dieser Afflick gefällt mir nicht, Giles. Wer weiß, wie lange er uns schon zugehört hat. Was haben wir eigentlich gesagt?«
»Nichts Besonderes«, meinte Giles etwas unbehaglich.

22

»Das ist nicht zu fassen!« rief Giles. Er hatte gerade einen Brief geöff-

net, der mit der Nachmittagspost gekommen war, und starrte verblüfft auf den Inhalt.
»Was gibt's?« fragte Gwenda.
»Es ist das graphologische Gutachten!«
»Der Brief aus dem Ausland war also nicht von ihr?« fragte Gwenda eifrig.
»Doch! Das ist es ja eben!«
Sie starrten sich stumm an. Schließlich meinte Gwenda ungläubig:
»Ihre Briefe waren also nicht gefälscht, sondern echt? Helen ist damals wirklich durchgebrannt? Und sie hat ihrem Bruder danach noch geschrieben? Niemand hat sie erdrosselt?«
»Es scheint so«, antwortete Giles langsam. »Aber es wird immer verwirrender. Ich verstehe es nicht. Bis jetzt deutete doch beinahe alles auf die andere Lösung hin.«
»Vielleicht irrt sich der Graphologe?«
»Möglich. Aber das Gutachten klingt sehr überzeugt. Ich habe keine Ahnung von solchen Sachen. Gwenda, ich glaube, wir haben uns unsterblich blamiert!«
»Und alles nur, weil im Theater die Nerven mit mir durchgegangen sind? Giles, ich schlage vor, wir machen schnell einen Besuch bei Miss Marple. Wir haben noch Zeit, ehe wir um halb fünf bei Kennedy sein müssen.«
Aber Miss Marple reagierte auf die Neuigkeit ganz anders, als sie erwartet hatten.
Sie fand sie sehr befriedigend.
»Aber liebste Miss Marple!« rief Gwenda. »Was meinen Sie damit?«
»Ich meine, liebes Kind, daß jemand nicht ganz so schlau war, wie er hätte sein sollen.«
»Wieso?«
»Ein Ausrutscher«, sagte Miss Marple mit Genugtuung.
»Aber wieso denn?«
»Nun, Mr. Reed, Sie erkennen doch sicher, wie dieses Gutachten den Kreis der Verdächtigen einengt!«
»Wenn Helen den Brief wirklich geschrieben hat - nehmen Sie trotzdem an, daß sie ermordet wurde?«
»Ich meine nur, daß jemand sehr viel Wert darauf gelegt haben muß, daß die Briefe in Helens Handschrift geschrieben waren.«
»Ich verstehe. Wenigstens glaube ich zu verstehen. Sie deuten die Möglichkeit an, daß Helen irgendwie bewogen wurde, sie zu verfassen. Aber wie kann man einen Menschen dazu bringen?« fragte Giles.
»Mr. Reed, denken Sie mal nach! Die Sache ist ganz einfach. Wirklich!«

»Für mich nicht«, sagte Giles leicht gereizt.
»Wenn Sie zwei und zwei zusammenzählen ...«
»Wir müssen fahren, Giles«, sagte Gwenda. »Sonst kommen wir zu spät.«
Sie verließen Miss Marple, die still in sich hineinlächelte. Draußen sagte Giles:
»Die alte Dame bringt mich manchmal auf die Palme. Zum Teufel, worauf will sie hinaus?«
Pünktlich zur verabredeten Zeit waren sie bei Dr. Kennedy, der ihnen selbst öffnete.
»Ich habe meiner Haushälterin für heute nachmittag freigegeben«, erklärte er. »Es scheint mir für eine ungezwungene Unterhaltung besser zu sein.« Dann führte er Giles und Gwenda ins Wohnzimmer, wo ein Tablett mit Teegeschirr, Butterbroten und Keksen bereitstand.
»Tee ist immer richtig, nicht wahr?« erkundigte er sich ein wenig unsicher bei Gwenda. »Falls diese Mrs. Kimble sich befangen fühlt ...«
»Sie denken auch an alles!« lobte Gwenda.
»Wie gehen wir nun vor? Soll ich Sie gleich mit ihr bekannt machen, oder stoßen wir sie damit vor den Kopf?«
Gwenda überlegte rasch. »Leute vom Land sind meistens mißtrauisch. Es ist wohl am besten, Sie empfangen sie allein.«
»Meine ich auch«, sagte Giles.
»Gut. Wenn Sie dann im Nebenzimmer warten wollen und ich die Verbindungstür angelehnt lasse, können Sie hören, was gesprochen wird. Ich denke, unter diesen Umständen heiligt der Zweck die Mittel.«
»Ja, man lauscht ja eigentlich nicht, aber das soll uns nicht stören«, sagte Gwenda.
Dr. Kennedy lächelte schwach und fuhr fort: »Es geht hier wohl kaum um Moralprinzipien. Jedenfalls werde ich Mrs. Kimble nicht Verschwiegenheit geloben. Ich bin nur bereit, ihr einen Rat zu geben.« Er sah auf seine Uhr. »Wenn der Zug pünktlich um vier Uhr fünfunddreißig in Woodleigh Bolton ist, müßte sie jetzt ankommen. Dann hat sie nur noch ungefähr fünf Minuten Fußweg hierher auf die Anhöhe.«
Er ging ruhelos im Zimmer hin und her. Sein Gesicht wirkte faltig und abgehärmt.
»Ich begreife immer weniger, was das alles bedeutet«, sagte er. »Wenn Helen nicht fortgegangen ist, wenn ihre Briefe Fälschungen waren ...«, hier machte Gwenda unwillkürlich eine Bewegung, aber Giles schüttelte den Kopf, »und wenn Kelvin, der arme Kerl, sie nicht umgebracht hat - was, um Himmels willen, ist dann passiert?«
»Der Mörder war jemand anders«, sagte Gwenda.

»Aber, mein liebes Kind, warum hat Ihr Vater dann behauptet, er sei es gewesen?«
»Weil er es sich eingebildet hat. Er sah ihre Leiche auf dem Bett und hielt sich für den Mörder. So was kommt vor, nicht wahr?«
Dr. Kennedy rieb sich nervös die Nase.
»Wie soll ich das wissen? Ich bin kein Psychiater. Schock? Angegriffene Nerven? Ja, dann wäre so was wohl möglich. Aber wer hatte ein Motiv, Helen zu ermorden?«
»Drei Leute kommen in Betracht«, sagte Gwenda.
»Drei? Wieso drei? Niemand hatte einen Grund, sie zu töten, es sei denn, er hätte völlig den Verstand verloren. Sie hatte keine Feinde. Alle mochten sie gern.«
Er zog eine Schreibtischschublade auf und kramte darin herum.
»Hier, das ist mir neulich in die Finger geraten, als ich nach den Briefen suchte.«
Es war ein verblaßter Schnappschuß, den er ihnen hinhielt. Darauf war ein großes, schlankes Schulmädchen im Turndreß mit Pferdeschwanz und strahlendem Gesicht neben einem viel jüngeren, heiteren Kennedy zu sehen, der einen kleinen Terrier an der Leine hielt.
»Ich denke in letzter Zeit viel an sie«, murmelte er. »Jahrelang habe ich es nicht getan. Fast wäre es mir gelungen, sie zu vergessen. Jetzt ist alles wieder da. Das ist Ihre Schuld!« Der letzte Satz klang fast wie ein Vorwurf.
»Nein«, erwiderte Gwenda. *»Helen* ist schuld.«
Er fuhr scharf zu ihr herum. »Wie meinen Sie das?«
»Ich kann's nicht erklären. Aber wir sind es nicht. Es ist Helen selbst.«
Der ferne, melancholische Pfiff einer Lokomotive drang zu ihnen.
Dr. Kennedy trat auf die Terrasse, und die jungen Leute folgten ihm. Unten schlängelte sich eine Rauchfahne durch das Tal.
»Der Zug scheint Verspätung zu haben«, sagte Giles.
»Nein, er ist schon auf der Weiterfahrt«, erwiderte Kennedy. »Unsere Mrs. Kimble muß jeden Moment da sein.«
Aber die Minuten verstrichen, und sie erschien nicht.

Lily Kimble war in Dillmouth Junction in den Lokalzug umgestiegen, der auf einem Nebengleis wartete. Mit ihr fuhr höchstens ein halbes Dutzend Passagiere. Es war die verkehrsschwächste Tageszeit, und außerdem war in Helchester Markt.
Der Zug ratterte durch ein gewundenes Tal. Vor der Endstation Lonsbury Bay hielt er dreimal: in Newton Langford, Matchings Halt (zum Woodleigh Camp) und Woodleigh Bolton. Lily Kimble schaute aus dem

Abteilfenster, ohne die schöne Landschaft zu sehen. Sie träumte von einer Stilmöbelgarnitur mit grünen Polstern.
Sie stieg als einzige in Matchings Halt aus, gab ihre Fahrkarte ab und ging durch die Sperre. Ein Stückchen weiter stand ein Wegweiser »Nach Woodleigh Camp«, der auf einen steil hügelan führenden Pfad wies.
Lily schritt munter aus. Der gewundene Pfad war rechts von Wald, links von abfallendem Heideland mit vielen Ginsterbüschen gesäumt.
Plötzlich trat jemand zwischen den Baumstämmen hervor, und Lily Kimble fuhr heftig zusammen.
»Mein Gott, hab' ich mich erschrocken!« rief sie. »Wer ist denn darauf gefaßt, daß Sie …«
»Eine schöne Überraschung, was? Ich habe noch eine.«
Im Wald war es sehr einsam. Keiner hörte einen Schrei oder einen Kampf. Tatsächlich schrie auch niemand, und der Kampf war sehr kurz. Eine aufgestörte Wildtaube flatterte zwischen den Bäumen davon.

»Wo bleibt die Person nur?« knurrte Dr. Kennedy ärgerlich, als die Zeiger der Uhr auf zehn Minuten vor fünf wiesen. »Könnte sie sich unterwegs vom Bahnhof verirrt haben?«
»Unmöglich. Ich habe es ihr genau beschrieben. Einfacher geht's nicht. Beim Bahnhof links und dann die erste Straße rechts. Es sind nur ein paar Minuten, sonst hätte ich sie abgeholt.«
»Vielleicht hat sie es sich anders überlegt«, sagte Giles. »Scheint so.«
»Oder sie hat den Zug verpaßt«, meinte Gwenda.
»Nein, ich glaube eher«, sagte Kennedy langsam, »daß sie im letzten Moment lieber zu Hause geblieben ist. Vielleicht war ihr Mann dagegen. Leute vom Land sind manchmal ziemlich schwierig.«
Er ging wieder im Zimmer hin und her. Plötzlich blieb er beim Telefon stehen, hob ab und wählte.
»Hallo? Ist dort der Bahnhof?
Hier Dr. Kennedy. Ich habe mit dem Zug um vier Uhr fünfunddreißig jemanden erwartet - eine Frau mittleren Alters. Hat sie vielleicht nach dem Weg gefragt, oder - wie bitte?«
Giles und Gwenda standen nahe genug, um die träge Stimme des einzigen Gepäckträgers von Woodleigh Bolton zu verstehen.
»Nein, zu Ihnen hat niemand gewollt, Doktor. Mit dem Zug vierfünfunddreißig ist überhaupt kein Fremder gekommen. Mr. Narracott, und Johnnie Lawes, und das Benson-Mädchen. Sonst keiner.«
Kennedy legte auf und wandte sich an Giles und Gwenda. »Sie hat es sich anders überlegt. Was nun? Trinken wir erst mal Tee. Der Kessel steht auf dem Herd. Ich bin gleich wieder da.«

Kurz darauf kehrte er mit der gefüllten Teekanne zurück, und sie setzten sich.
»Es ist nur ein kurzer Aufschub«, sagte Kennedy, dessen düstere Miene sich allmählich aufhellte. »Wir haben ihre Adresse. Vielleicht fahren wir zu ihr und besuchen sie.«
Das Telefon klingelte, und Kennedy stand auf, um abzunehmen.
»Dr. Kennedy?« fragte eine Männerstimme.
»Ja, am Apparat.«
»Hier Inspektor Last, Polizeirevier Langford. Haben Sie heute nachmittag den Besuch einer gewissen Mrs. Lily Kimble erwartet?«
»Ja, warum? Hat es einen Unfall gegeben?«
»Einen Unfall möchte ich es nicht gerade nennen. Sie ist tot. In ihrer Handtasche fanden wir einen Brief von Ihnen. Deshalb rufe ich an. Können Sie so rasch wie möglich aufs Revier kommen?«
»Ich komme sofort.«

»Wollen wir die Sache erst mal klarstellen«, sagte Inspektor Last und blickte von Kennedy zu dem jungen Ehepaar, das den Arzt begleitet hatte. Gwenda war sehr blaß und hatte die Hände nervös verschränkt. »Sie haben die Frau mit dem Zug erwartet, der um vier Uhr fünf von Dillmouth Junction abfährt und in Woodleigh Bolton um vier Uhr fünfunddreißig ankommt?« Dr. Kennedy nickte.
Der Inspektor sah abermals in den Brief, den er bei der Leiche gefunden hatte. Da stand klar und deutlich:

Liebe Mrs. Kimble, ich werde Sie gern beraten, soweit es in meinen Kräften steht. Aus dem Briefkopf können Sie ersehen, daß ich nicht mehr in Dillmouth wohne. Wenn Sie den Zug nehmen, der um drei Uhr dreißig in Coombeleigh abfährt, in Dillmouth Junction umsteigen und mit dem Zug nach Lonsbury Bay bis Woodleigh Bolton fahren, haben Sie nur noch wenige Minuten zu Fuß zu mir. Wenden Sie sich beim Verlassen des Bahnhofs nach links, dann die erste Straße rechts. Mein Haus ist das letzte rechts. Der Name steht am Tor.

Mit freundlichen Grüßen
James Kennedy

»Es kommt also nicht in Frage, daß sie einen früheren Zug nahm?« fragte Inspektor Last.
»Einen früheren Zug?« wiederholte Dr. Kennedy verständnislos.
»Ja, das hat sie nämlich getan. Sie fuhr nicht um drei Uhr dreißig, sondern schon um ein Uhr dreißig von Coombeleigh ab, stieg zwei Uhr fünf

in Dillmouth Junction um und stieg nicht in Woodleigh Bolton aus, sondern schon die Station vorher, in Matchings Halt.«
»Sehr seltsam.«
»Wollte sie einen ärztlichen Rat von Ihnen, Doktor?«
»Nein. Ich praktiziere schon seit einigen Jahren nicht mehr.«
»Habe ich mir gedacht. Kannten Sie Mrs. Kimble gut?«
Dr. Kennedy schüttelte den Kopf. »Ich habe sie seit fast zwanzig Jahren nicht mehr gesehen.«
»Aber Sie haben sie eben - hm - wiedererkannt?«
Gwenda schauderte, aber einem Arzt machte der Anblick von Leichen offenbar nichts aus.
»Unter den gegebenen Umständen«, meinte Kennedy bedächtig, »ist es schwer zu sagen, ob ich sie wiedererkannte oder nicht. Mrs. Kimble ist erdrosselt worden, nicht wahr?«
»Ja. Die Leiche wurde in einem Gebüsch auf halbem Wege zwischen Matchings Halt und Woodleigh Camp von einem Urlauber entdeckt. Der Mann fand sie etwa zehn Minuten vor vier Uhr und benachrichtigte sofort die Polizei.
Unser Arzt nimmt für den Eintritt des Todes einen Zeitpunkt zwischen zwei Uhr fünfzehn und drei Uhr an. Vermutlich ist sie bald nach Verlassen des Bahnhofs überfallen und erwürgt worden. Außer ihr ist an der Station niemand ausgestiegen. Nun ist die Frage: Warum stieg Mrs. Kimble in Matchings Halt aus? Hat sie die Stationen verwechselt? Sehr unwahrscheinlich. Jedenfalls war sie für den Besuch bei Ihnen zwei Stunden zu früh dran und kam nicht mit dem Zug, den Sie vorgeschlagen hatten, obwohl sie Ihren Brief bei sich trug. Was wollte sie denn von Ihnen, Doktor?«
Dr. Kennedy griff in die Tasche und holte Lilys Brief hervor. »Dies habe ich Ihnen mitgebracht. Der beiliegende Zeitungsausschnitt ist ein Inserat, das von Mr. und Mrs. Reed im Lokalblatt aufgegeben wurde.«
Der Inspektor las den Brief und das Inserat und blickte fragend auf.
»Kann ich die Vorgeschichte hören? Die Sache scheint weit in die Vergangenheit zurückzureichen, wenn ich recht verstehe?«
»Achtzehn Jahre«, sagte Gwenda.
Stückweise, mit Ergänzungen und Erläuterungen, berichteten sie. Inspektor Last war ein guter Zuhörer, der jeden auf seine Art erzählen ließ. Kennedy war kurz und sachlich, Gwenda etwas sprunghaft, aber sehr anschaulich in ihren Schilderungen. Den wertvollsten Beitrag lieferte Giles, der sich klar auf das Wesentliche beschränkte, aber nicht so reserviert wie Kennedy und nicht so gefühlvoll wie Gwenda war. Alles zusammen dauerte seine Zeit.

Schließlich zählte Inspektor Last noch einmal die wichtigsten Punkte auf:
»Mrs. Halliday ist Dr. Kennedys Schwester und Ihre Stiefmutter, Mrs. Reed. Sie verschwand vor etwa achtzehn Jahren aus dem Haus, in dem Sie jetzt wohnen. Lily Kimble, geborene Abbott, war damals als Hausmädchen dort in Stellung. Aus irgendwelchen Gründen war Mrs. Kimble offenbar der Meinung, damals sei nicht alles mit rechten Dingen zugegangen. Ferner gab und gibt es die Theorie, Mrs. Halliday habe das Haus mit einem Mann verlassen, Identität unbekannt. Major Halliday starb einige Jahre später in einer Nervenklinik, und zwar unter der Zwangsvorstellung, er habe seine Frau erwürgt. Ob es ein Wahn war oder nicht ...«
Er hielt inne. »Alle diese Einzelheiten sind ganz interessant, passen aber nicht zusammen. Der springende Punkt ist doch: Lebt Mrs. Halliday noch, oder ist sie tot? Und wenn sie tot ist, seit wann? Und was wußte Lily Kimble?«
Er seufzte. »Es scheint doch, daß sie tatsächlich etwas Wichtiges gewußt hat. Wichtig genug, daß jemand sie ermordete, um sie am Reden zu hindern.«
»Aber außer uns«, rief Gwenda, »wußte niemand, daß sie darüber reden wollte!«
Inspektor Last blickte sie nachdenklich an.
»Es hat was zu bedeuten, Mrs. Reed, daß sie den Zwei-Uhr-fünf-Zug von Dillmouth Junction nahm, statt den um vier Uhr fünf, und eine Station früher ausstieg. Dafür muß sie einen Grund gehabt haben. Welchen? Mir scheint es durchaus möglich, daß sie nach ihrem Brief an Dr. Kennedy noch eine Verabredung mit jemand anders traf, bei Woodleigh Camp, und erst nach diesem Treffen mit Dr. Kennedy sprechen wollte. Sie kann eine bestimmte Person im Verdacht gehabt haben, der sie unter Andeutung ihrer Kenntnisse ein Gespräch vorschlug ...«
»Also Erpressung!« sagte Giles unverblümt.
»Vermutlich hat sie es nicht so gesehen«, sagte Last. »Sie war einfach habgierig und machte sich Hoffnungen und handelte etwas kopflos. Vielleicht kann uns ihr Mann etwas mehr erzählen.«

»Ich hab' sie gewarnt«, sagte Mr. Kimble schwerfällig. »›Laß die Finger davon!‹ habe ich zu ihr gesagt. Sie hat's trotzdem getan, hinter meinem Rücken. Wußte ja immer alles besser. So war sie, die Lily ...«
Weitere Fragen ergaben, daß Mr. Kimble wenig mitzuteilen hatte. Ja, Lily war in »St. Catherine« in Stellung gewesen, bevor sie sich kennenlernten und anfingen, miteinander zu gehen. Verrückt aufs Kino, das war

sie, und sie hatte ihm erzählt, daß sie in einem Haus gearbeitet hatte, wo ein Mord passiert war.
»Ich hab' kaum hingehört«, versicherte Mr. Kimble. »Alles Einbildung, hab' ich mir gedacht. Lily gab sich nie mit den nackten Tatsachen zufrieden, Lily nicht.
Was sie sich für eine Geschichte ausdachte! Der Herr hätte seine Frau umgebracht und im Keller vergraben.
Und dann noch was über das Kindermädchen, die vom Fenster aus irgendwas oder irgendwen gesehen hatte. ›Was die Ausländer sagen, ist immer gelogen‹, hab' ich zu Lily gesagt. ›Da hört 'n anständiger Mensch überhaupt nicht hin.‹ Aber Lily hat weitergeredet, und ich hab' nicht mehr hingehört, weil ich wußte, sie phantasiert sich wieder was zurecht. Schwärmte für Verbrechen, die Lily. Las immer ›Berühmte Mordfälle‹ in der Zeitung, die gab's mal in Fortsetzungen, und sie redete mir die Ohren voll und fand es wunderbar, daß sie mal selber in einem Mordhaus gewesen war, und ich dachte, laß sie reden, tut ja keinem weh. Aber wie dieses Inserat in der Zeitung stand, da wollte sie sich gleich melden. ›Laß die Finger davon, Mädchen‹, hab' ich gesagt, ›das gibt nur Ärger!‹ Und wenn sie auf mich gehört hätte, würde sie jetzt noch leben.« Mr. Kimble nickte nachdenklich. »Ja, sie wär' noch am Leben. Aber so war sie, die Lily. Wußte immer alles besser.«

23

Das Gespräch mit Mr. Kimble wurde von Inspektor Last nur im Beisein Dr. Kennedys geführt. Giles und Gwenda waren nach Hause gefahren, wo sie gegen sieben Uhr eintrafen.
Gwenda sah blaß und krank aus. »Geben Sie ihr einen Brandy«, hatte Kennedy beim Abschied zu Giles gesagt, »und sorgen Sie dafür, daß sie etwas ißt. Und dann ins Bett. Die Geschichte hat sie sehr mitgenommen.«
»Es ist so schrecklich, Giles«, sagte Gwenda immer wieder. »So schrecklich! Die dumme Person verabredet sich mit ihrem Mörder und läuft ihm vertrauensvoll direkt in die Arme. Wie ein Schaf zur Schlachtbank!«
»Liebling, grüble nicht mehr darüber nach! Schließlich haben wir gewußt, daß ein Mörder herumlief.«
»Doch heute nicht mehr! Wir glaubten nur, daß es vor achtzehn Jahren einen gegeben haben konnte. Es war schon fast unwirklich. Alles hätte sich als Irrtum herausstellen können!«

»Nun, jetzt haben wir den Beweis, daß es keiner war. Du hast von Anfang an recht gehabt, Gwenda.«
Zu Giles' Erleichterung war Miss Marple in »Hillside«. Sie und Mrs. Cocker bemühten sich rührend um die erschöpfte Gwenda, die den angebotenen Brandy zwar ablehnte, weil er sie an Schiffe und Seekrankheit erinnerte, aber einen heißen Whisky mit Zitrone trank und dann auf Miss Marples Zureden sogar ein Omelett aß.
Giles hätte sich lieber über andere Dinge unterhalten, aber Miss Marple, ihm taktisch überlegen, redete ruhig und distanziert über das Verbrechen.
»Eine schreckliche Sache, mein liebes Kind«, sagte sie. »Kein Wunder, daß Ihnen der Schreck noch in den Knochen sitzt. Aber interessant ist es auch, wie ich gestehen muß. In meinem Alter ist der Gedanke an den Tod natürlich nicht mehr so entsetzlich, wie er Ihnen erscheint - mir flößt nur eine schleichende Krankheit und Siechtum wie Krebs Grauen ein. Im Moment finde ich den endgültigen, einwandfreien Beweis am wichtigsten, daß die junge Helen Halliday wirklich ermordet wurde. Geahnt haben wir's schon lange, aber nun wissen wir es.«
»Dann müßten wir allmählich auch wissen, wo die Leiche geblieben ist«, sagte Giles. »Wahrscheinlich im Keller, was?«
»Nein, nein, Mr. Reed. Edith Pagett hat doch am nächsten Morgen nachgesehen, weil Lilys Behauptungen sie unsicher gemacht hatten, und sie fand keine Spuren. Und es hätte welche geben müssen, nicht wahr?«
»Was hat der Mörder dann mit der Leiche gemacht? Im Auto abtransportiert und von den Klippen ins Meer geworfen?«
»Nein. Überlegen Sie doch mal! Was ist Ihnen sofort aufgefallen, Gwenda? Daß Sie vom Salon aus keinen Blick aufs Meer hatten. Sie fanden ganz richtig, daß an einer bestimmten Stelle ein paar Stufen zum Rasen hinunterführen sollten, aber gerade dort standen ein paar Ziersträucher. Später erfuhren Sie, daß früher wirklich Stufen dagewesen, aus unerfindlichen Gründen aber ans Ende der Terrasse verlegt worden waren. Wieso diese Veränderung?«
Gwenda starrte Miss Marple in aufdämmerndem Verstehen an.
»Sie meinen, daß man sie dort ...«
»Irgendeinen Grund muß es für die Änderung gegeben haben, und einen vernünftigeren kann ich nicht finden. Die Stufen zum Rasen sind jetzt am ungünstigsten Platz. Dafür ist das Ende der Terrasse sehr ruhig und vom Hause nicht einzusehen - außer vom Kinderzimmerfenster aus. Nun muß, wer die Erde aufgräbt, zu welchem Zweck auch immer, einen Grund dafür finden, und einen solchen Grund bot nach außen hin - die Verlegung der Stufen. Dr. Kennedy hat mir erzählt, daß seine Schwester

und ihr Mann den Garten sehr liebten und die meiste Arbeit selbst taten. Dem Aushilfsgärtner, den sie nur gelegentlich beschäftigten, dürfte es daher gar nicht aufgefallen sein, daß sie mal wieder ohne ihn eine Änderung vorgenommen hatten. Natürlich hätte die Leiche auch an jedem anderen Ort des Gartens vergraben werden können, aber ich glaube, der richtige Platz ist der am Ende der Terrasse, nicht in Sichtweite des Salons.«

»Es klingt plausibel«, sagte Gwenda, »aber wieso sind Sie so sicher?«

»Die letzte Bestätigung stand für mich in dem Brief der armen Lily. Sie deutete an, Leonie habe damals vom Fenster aus etwas gesehen. Die junge Schweizerin muß nachts aus dem Kinderzimmerfenster gesehen und jemand beim Graben beobachtet haben. Vielleicht sah sie sogar, wer es war.«

»Und hat der Polizei kein Wort verraten?«

»Meine Liebe, damals war ja noch keine Rede von einem Verbrechen. Mrs. Halliday war mit einem Verehrer durchgebrannt, das war alles, was Leonie mitbekam, zumal sie wahrscheinlich nicht gut Englisch konnte. Lily hat sich ihre Bemerkung, sie habe vom Fenster aus etwas Seltsames beobachtet, später auf ihre phantasievolle Art zurechtgebogen. Auf jeden Fall wollten sie alle, auch Leonie, nichts mit der Polizei zu tun haben; besonders Ausländer pflegen sich im fremden Land sehr davor zu scheuen. Leonie wird kaum noch an die ganze Sache gedacht haben, als sie in die Schweiz zurückkehrte.«

»Wenn sie noch lebt?« sagte Giles. »Wenn man sie finden könnte?«

»Die Polizei kann das viel besser als wir«, sagte Miss Marple. »Inspektor Last will morgen vormittag herkommen.«

»Dann würde ich ihm an Ihrer Stelle von den Terrassenstufen erzählen.«

»Und was ich als Kind in der Halle sah - oder zu sehen glaubte?« fragte Gwenda nervös.

»Ja, meine Liebe. Es war sehr klug von Ihnen, es bis jetzt nicht zu erwähnen - sehr klug. Aber nun, glaube ich, ist die Zeit reif dafür.«

»Sie wurde also in der Halle erdrosselt«, überlegte Giles.

»Der Mörder schleppte sie hinauf ins Schlafzimmer und legte sie aufs Bett. Halliday kam vom Golfplatz nach Haus, trank den gedopten Whisky, verlor das Bewußtsein und wurde ebenfalls nach oben befördert. Als er zu sich kam, sah er die Leiche und mußte glauben, er selbst hätte Helen getötet. Der Mörder muß irgendwo in der Nähe gewesen sein. Als Halliday aus dem Haus stürzte und zu Dr. Kennedy lief, versteckte er die Leiche - wahrscheinlich im Gebüsch bei der Terrasse -, wartete, bis alle schliefen, und vergrub sie. Das heißt, der Mörder muß hier beim Haus gewesen sein, fast die ganze Nacht.«

Miss Marple nickte, und Giles fuhr fort: »Er mußte am Ort des Verbrechens bleiben. Sie betonten immer, Miss Marple, wie wichtig dieser Punkt sei. Wer von unseren drei Verdächtigen paßt am besten ins Bild? Nehmen wir Erskine zuerst. Er war hier. Er hat selbst zugegeben, Helen am Strand getroffen und gegen neun Uhr nach Hause begleitet zu haben. Dann behauptete er, hätten sie sich für immer getrennt. Aber stimmt das? Wenn er sie nun statt dessen erwürgt hat?«
»Zwischen den beiden war doch alles vorbei!« rief Gwenda. »Er sagte selbst, sie sei ihm ausgewichen und praktisch nie mit ihm allein gewesen!«
»Verstehst du denn nicht, Gwenda, daß wir in diesem Stadium nicht auf die Aussage von irgend jemand bauen können?«
»Es freut mich, das von Ihnen zu hören«, sagte Miss Marple. »Ich muß gestehen, daß Ihre bisherige Gutgläubigkeit mir etwas Sorge gemacht hat. Sie schienen immer alles für bare Münze zu nehmen, was Ihnen die Leute erzählten. Ich bin leider von Natur etwas argwöhnisch, aber wenn es sich um Mord handelt, habe ich es mir zur Regel gemacht, nichts für wahr zu halten, solange es nicht hieb- und stichfest bewiesen ist. Zutreffend scheint mir zum Beispiel Lilys Bemerkung, daß keine Frau so unsinnig packen würde, wenn sie durchbrennen wollte. Denn von der verkehrten Kleiderauswahl hat auch Edith Pagett gesprochen. Dies ist also eine Tatsache. Eine andere: Dr. Penrose erzählte uns, daß Kelvin Halliday glaubte, von seiner Frau heimlich unter Drogen gesetzt zu werden, und ähnliche Andeutungen stehen auch in dem hinterlassenen Tagebuch.
Ein sehr merkwürdiger Punkt, nicht wahr? Aber lassen wir ihn noch beiseite. Ich wollte nur betonen, daß viele Ihrer Schlußfolgerungen auf dem beruhen, was man Ihnen erzählt hat; und sicherlich sehr glaubwürdig erzählt hat.«
Giles nickte zögernd, und Gwenda, die jetzt wieder eine frische Gesichtsfarbe hatte, nippte an ihrem Kaffee. Dann nahm Giles erneut das Wort:
»Also überprüfen wir noch einmal die Aussagen der drei Verdächtigen. Erskine sagte ...«
»Du hast anscheinend was gegen ihn«, unterbrach ihn Gwenda. »Ich finde, das ist Zeitverschwendung. Er ist endgültig aus dem Spiel. Lily Kimble kann er nicht erwürgt haben.«
»Er erklärte«, fuhr Giles unerschütterlich fort, »daß Helen und er sich auf der Reise nach Indien kennengelernt und ineinander verliebt haben. Da er es nicht fertigbrachte, Frau und Kinder zu verlassen, kamen sie überein, sich zu trennen.
Angenommen, er liebte sie bis zur Verzweiflung, und es war Helen, die

sich weigerte, mit ihm durchzubrennen. Angenommen, er drohte, er würde sie umbringen, wenn sie heiratete.«
»Höchst unwahrscheinlich«, sagte Gwenda.
»So was kommt vor. Denk daran, was für ein Gespräch du zwischen den Erskines belauscht hast. Du schobst alles auf ihre Eifersucht, aber sie könnte die Wahrheit gesagt haben. Vielleicht hat Mrs. Erskine wirklich Schreckliches mit ihm durchgemacht, was Frauen betraf. Es kann doch sein, daß er weibstoll ist.«
»Das glaube ich nicht.«
»Ja, weil er den Frauen gefällt. Ich persönlich finde ihn etwas seltsam. Also, mal sehen, was wir gegen ihn haben. Helen hat damals seinetwegen die Verlobung mit Fane gelöst und dann deinen Vater geheiratet. Sie ziehen nach Dillmouth. Und plötzlich taucht Erskine auf, angeblich, um ein paar Ferienwochen mit seiner Frau hier zu verbringen. Das ist doch sehr merkwürdig. Er gibt zu, daß er Helen wiedersehen wollte. Angenommen, daß Erskine der Mann war, zu dem Helen jene Worte sagte, die Lily von der Halle aus belauscht hat. Daß das nicht mehr normal sei, sie sich fürchte und endlich in Ruhe gelassen werden wolle. Und eben weil sie Angst hat, plant sie auch, nach Norfolk umzuziehen, aber vorläufig soll es niemand wissen, vor allem die Erskines nicht. Soweit paßt alles lückenlos ineinander. Nun kommen wir zu der Schicksalsnacht. Was das Ehepaar Halliday am früheren Abend gemacht hat, wissen wir nicht ...«
Miss Marple räusperte sich.
»Vielleicht kann ich helfen - ich habe nämlich inzwischen noch einmal mit Edith Pagett gesprochen. Sie erinnert sich, daß an jenem Abend besonders früh gegessen wurde, weil der Major noch in den Golfclub wollte - zu einer Vorstandssitzung, sagt sie. Auch Mrs. Halliday ging gleich nach dem Essen aus dem Haus.«
»Aha. Deshalb ist Helen allein am Strand, als sie Erskine trifft. Möglicherweise hatten sie sich verabredet. Seine Abreise ist auf den nächsten Tag festgesetzt. Vielleicht will er nicht fahren und bedrängt Helen, mit ihm zu fliehen. Er weicht bis zum Haus nicht von ihrer Seite, und in einem Verzweiflungsanfall erdrosselt er sie. Dann versucht er, die Schuld auf den verhaßten Kelvin Halliday abzuwälzen, schleppt die Leiche hinauf und begräbt sie erst später im Garten - alles, wie wir es uns bereits vorgestellt haben. Gwenda gegenüber hat er ja sogar zugegeben, daß er erst nach einem langen Spaziergang spät ins Hotel zurückgekehrt ist.«
»Ich frage mich«, sagte Miss Marple, »was seine Frau in der langen Wartezeit gemacht hat.«

»Wahrscheinlich verrückt geworden vor Eifersucht«, sagte Gwenda. »Und wie eine Furie auf ihn losgefahren, als er endlich kam.«

»Jedenfalls hat meine Rekonstruktion des Falles viel Wahrscheinliches für sich«, sagte Giles.

»Aber Erskine kann Lily Kimble nicht erwürgt haben, weil er in Northumberland wohnt. Es ist also reine Zeitverschwendung. Gehen wir zum nächsten über, zu Walter Fane.«

»Gut. Walter Fane ist der Typ des Unterlegenen, des Zurückgesetzten, nach außen hin sanft und freundlich und leicht zu lenken. Aber da hat uns Miss Marple eine wertvolle Information verschafft: Als Kind hätte er in einem Wutausbruch beinahe einmal seinen Bruder erschlagen. Schön, ein Kind, in dem sich zuviel angestaut hat, ist zu manchem fähig, nur bei dem artigen, geduldigen Walter wirkt es besonders erschreckend. Dieser Walter Fane verliebt sich nun als junger Mann in Helen Kennedy. Er ist nicht nur verliebt, er ist verrückt nach ihr. Sie weist ihn ab, und er geht nach Indien. Später schreibt sie ihm, sie will nun doch zu ihm kommen und ihn heiraten. Er ist außer sich vor Freude, und schon trifft ihn der zweite Schlag. Sie kommt, aber nur, um ihm mitzuteilen, daß sie sich abermals anders besonnen hat. Sie habe während der Schiffsreise ihr Herz verloren. Damit fährt sie zurück und heiratet Kelvin Halliday. Walter Fane muß annehmen, Kelvin sei der Grund für Helens Ablehnung gewesen. Er brütet darüber nach, nährt einen wahnsinnigen Haß in sich und kehrt bald ebenfalls nach Dillmouth zurück. Den Hallidays gegenüber benimmt er sich so nett und harmlos, als wäre nichts geschehen, kommt oft zu Besuch, spielt den Hausfreund, den getreuen Paladin. Aber Helen traut dem Frieden nicht ganz, sie durchschaut ihn, sie spürt, daß es in dem guten, ruhigen Walter innerlich gärt. Sie sagt zu ihm, er sei nicht normal, und sie hätte schon immer Angst vor ihm gehabt. Sie macht heimlich Pläne, von Dillmouth wegzuziehen. Warum? Weil sie Angst hat, in Walters Nähe zu bleiben. Nun kommen wir wieder zu dem entscheidenden Abend. Hier ist manches unklar. Wir wissen nicht, wo Fane in den kritischen Stunden war, und es besteht wenig Aussicht, dies nachträglich herauszufinden. Jedenfalls war er insofern am Schauplatz, als er nur zwei oder drei Gehminuten entfernt wohnt. Falls seine Abwesenheit zu Hause überhaupt auffiel, kann er sie auf jede Weise erklärt haben: mit frühem Schlafengehen wegen Kopfweh, mit langem Aufsitzen über dringenden Akten. Inzwischen kann er alles getan haben, was der Mörder tat. Und ihm ist von den drei Verdächtigen am ehesten zuzutrauen, daß er falsche Sachen in den Koffer packt. Leute wie er wissen nie, was Frauen zum Anziehen brauchen.«

»Komisch«, sagte Gwenda, »als ich wegen des Testaments bei ihm im

Büro war, hat er mich plötzlich an ein Haus mit herabgelassenen Jalousien erinnert, und - so seltsam es scheinen mag - ich dachte, in dem Haus läge eine Leiche.« Sie sah Miss Marple an. »Klingt das in Ihren Ohren sehr verrückt?«

»Nein, mein liebes Kind. Vielleicht haben Sie sogar recht.«

»Und nun«, fuhr Gwenda fort, »kommen wir zu Afflick, dem Busunternehmer. Zu Jackie, dem Geschäftstüchtigen, Gerissenen. Ein bedenklicher Punkt bei ihm ist, daß Dr. Kennedy ihm eine Art beginnenden Verfolgungswahn bescheinigt. Das würde heißen, er war nie ganz normal. Er tat seine Beziehungen zu Helen als harmlose Jugendliebe ab, doch wir sind uns einig, daß er lügt. Dann hat er in Helen nicht nur ein munteres junges Mädchen gesehen, sondern war leidenschaftlich, wahnwitzig in sie verliebt. Sie dagegen amüsierte sich einfach nur. Sie war mannstoll, wie Miss Marple sagt.«

»Nein, Kind, *ich* habe das nie gesagt. Ich denke nicht daran!«

»Na, dann Nymphomanin, wenn Sie den Ausdruck vorziehen. Auf jeden Fall hat sie erst mit Jackie Afflick geflirtet, und dann wollte sie ihn loswerden. Er ließ sich aber nicht einfach abschieben. Helens Bruder half ihr aus der Klemme, was Afflick nie vergaß und vergab. Außerdem verlor er seine Stelle, seiner Meinung nach, weil ihm Walter Fane ein Bein stellte. Besonders letzteres könnte ein Zeichen von Verfolgungswahn sein.«

»Andererseits«, warf Giles ein, »falls es stimmt, spräche dieser Umstand gegen Walter Fane, sogar sehr!«

Gwenda spann ihren Faden weiter:

»Helen fährt nach Indien, und Afflick verläßt Dillmouth. Aber er kann sie nicht vergessen, und als er hört, daß sie zurückgekommen ist und geheiratet hat, fährt er hin, um sie zu besuchen. Erst hat er uns gegenüber nur einen Besuch zugegeben, dann wurden mehrere daraus. Edith Pagett nannte ihn den geheimnisvollen Unbekannten mit dem schicken Wagen.

Also kam er öfter, so daß die Angestellten schon über ihn redeten. Aber Helen hat ihn nie zum Bleiben ermuntert, damit sie ihn nicht mit meinem Vater bekannt machen mußte. Vielleicht hatte sie Angst vor ihm. Vielleicht ...«

»Angst vor Afflick ließe auch eine andere Deutung zu«, unterbrach Giles. »Angenommen, Helen hatte ihn doch einmal geliebt, ihre erste Liebe! Vielleicht hatte sie sogar eine richtige Affäre mit ihm, von der niemand wußte. Dann wurde sie seiner überdrüssig, und als er sie nach ihrer Heirat bestürmte, mit ihm durchzugehen, wies sie ihn ab, und er tötete sie. Alles andere wie gehabt. Lily erwähnte in ihrem Brief an

Dr. Kennedy, daß in jener Nacht ein großer Wagen draußen gestanden habe. Es war Afflicks Auto. Er war also auch am Schauplatz.«
»Das ist eine bloße Vermutung«, schränkte Gwenda ein.
»Aber eine naheliegende. Nun bleibt vor allem die Frage, wie Helens nachträgliche Briefe aus dem Ausland in unsere Rekonstruktionen eingearbeitet werden können. Ich habe mir den Kopf darüber zerbrochen, unter welchen Umständen Helen bewogen worden sein könnte, sie schon vorher zu schreiben. Die Erklärung wäre, daß sie einen Liebhaber gehabt haben muß und bereit war, mit ihm durchzubrennen. Prüfen wir wieder unsere drei Verdächtigen. Falls es Erskine war und er Frau und Kinder nicht verlassen konnte, so wollte sie sich heimlich in seiner Nähe ansiedeln und die Briefe an ihren Bruder vom Ausland aus abschicken lassen, damit man glaubte, sie sei dort. Nicht zuletzt sollte die mißtrauische Mrs. Erskine das denken. Das paßt auch zu dem Punkt, warum sie wegen diesem Mann in ihrem Brief so geheimnisvoll tut.«
»Aber wenn Helen wegen ihm schon ihren Mann verlassen wollte, warum hat Erskine sie dann ermordet?« fragte Gwenda.
»Vielleicht hat Helen plötzlich ihre Meinung geändert, weil sie erkannte, daß sie ihren eigenen Mann liebte. Erskine sah rot und brachte sie um. Dann packte er den Koffer und schickte später die Briefe ab. Das wäre eine perfekte Erklärung.
Aber dasselbe paßt auch auf Walter Fane. Ich könnte mir vorstellen, daß ein Skandal für einen Rechtsanwalt in einer Kleinstadt katastrophale Folgen hat. Helen mag ihm versprochen haben, in die Nähe zu ziehen, wo Fane sie besuchen konnte, während man sie allgemein im Ausland glaubte. Auch in diesem Fall waren die Briefe bereits geschrieben, als sie sich anders entschloß. Walter Fane drehte durch und tötete sie.«
»Und Jack Afflick?«
»Bei ihm ist es schwieriger, einen Grund für die Briefe zu finden. Ihm hätte ein Skandal sicherlich wenig ausgemacht. Aber vielleicht hielt Helen es für besser, meinen Vater glauben zu lassen, sie sei im Ausland, oder Afflicks Frau hatte Geld, und er war damals darauf angewiesen. Ja, es gibt eine Menge Gründe, warum sie die Briefe geschrieben haben könnte.«
»Wen verdächtigen *Sie* denn, Miss Marple?‹ fragte Gwenda. »Ich glaube nicht, daß Walter Fane …«
In diesem Moment kam Mrs. Cocker herein, um das Kaffeegeschirr abzuräumen.
»Ach, entschuldigen Sie, Madam«, sagte sie. »Ich hatte es völlig vergessen. Kein Wunder bei der ganzen Aufregung über den Mordfall heute, und daß Sie und Mr. Reed darin verwickelt waren, was für Sie ganz

schlecht ist, Madam, in Ihrem Zustand! Mr. Fane war nämlich heute nachmittag hier und fragte nach Ihnen. Er hat eine halbe Stunde rumgesessen, ehe er wieder gegangen ist. Offenbar hat er gedacht, Sie erwarten ihn.«
»Merkwürdig«, sagte Gwenda. »Um wieviel Uhr?«
»Gegen vier oder kurz danach. Dann erschien noch ein Herr, mit einem großen gelben Auto, und behauptete steif und fest, Sie hätten ihn hergebeten. Er wollte es sich nicht ausreden lassen und zog erst nach zwanzig Minuten ab. Hatten Sie die Leute vielleicht zum Tee eingeladen und es nur vergessen?«
»Nein«, sagte Gwenda. »Sonderbar.«
»Ich rufe Fane gleich mal an«, sagte Giles und setzte sein Vorhaben sofort in die Tat um.
»Hallo, Mr. Fane? Hier Giles Reed. Ich höre eben erst, daß Sie heute nachmittag bei uns waren und ... Wie bitte? ... nein. Nein, bestimmt nicht. Das ist wirklich sehr eigenartig. Sie müssen entschuldigen, aber wir stehen auch vor einem Rätsel.«
Er legte den Hörer auf.
»Fane sagt, heute vormittag habe ihn jemand angerufen und ihm bestellt, er möge nachmittags zu einer Besprechung zu uns kommen. Es sei sehr wichtig.«
Sie sahen sich verblüfft an. Dann sagte Gwenda: »Fragen wir auch Afflick.«
Giles schlug im Telefonbuch nach und wählte. Die Verbindung kam zustande, aber er hatte kaum seinen Namen genannt, als er von einem Wortschwall unterbrochen wurde. Schließlich gelang es ihm, Afflick zu beschwichtigen.
»Aber wir haben Sie wirklich nicht ... Nein, Mr. Afflick, das muß ein Irrtum sein ... Wie? Ja, wir wissen, wie kostbar Ihre Zeit ist. Darum hätten wir nie ... Nun sagen Sie doch wenigstens, wer angerufen hat! Ein Mann? ... Nein, ich versichere Ihnen nochmals, ich war es nicht. Merkwürdige Sache, da stimme ich Ihnen zu.«
Giles legte auf und kam zum Tisch zurück.
»Da haben wir's!« sagte er. »Jemand, der sich für mich ausgab, hat Afflick angerufen und für heute nachmittag herbestellt. Es handle sich um eine große Summe und sei dringend.«
Sie sahen sich ratlos an. Dann sagte Gwenda plötzlich: »Jeder von den beiden hätte das Telefonat selbst veranlassen können. Jeder von ihnen hätte Lily ermorden und als Alibi zu uns kommen können.«
»Das dürfte kaum eines sein, meine Liebe«, warf Miss Marple ein.
»So meinte ich es auch nicht. Aber es war ein Vorwand, um aus dem

Büro verschwinden zu können. Ich glaube, daß der eine lügt und der andere die Wahrheit sagt. Der eine hat den andern angerufen und herbestellt, um den Verdacht auf ihn zu lenken. Wir wissen nur nicht, welcher. Jedenfalls ist jetzt klar: Der Mörder ist entweder Fane oder Afflick. Ich tippe auf Afflick.«

»Ich eher auf Fane«, sagte Giles.

Sie blickten fragend auf Miss Marple, die den Kopf schüttelte und sagte:

»Es gibt noch eine andere Möglichkeit.«

»Natürlich! Erskine!«

Giles rannte beinahe zum Telefon.

»Aber Giles, der sitzt doch in Northumberland. Er *kann* Lily heute nachmittag gar nicht ermordet haben. Dazu brauchte er zumindest einen Hubschrauber!«

»Wir werden ja sehen, ob er wirklich zu Hause ist. Wenn nicht … Moment, wo ist die Nummer?« Er blätterte in seinem Notizbuch und wählte sorgfältig. Nach wenigen Sekunden zuckte er etwas zusammen und räusperte sich nervös.

»Oh, Major Erskine - sind Sie's? Entschuldigen Sie, ich wollte nur …«

Er warf Gwenda einen gequälten Blick zu, in dem deutlich zu lesen stand: Verdammt, was soll ich jetzt sagen?

Gwenda erhob sich und nahm ihm den Hörer aus der Hand.

»Hallo, Major Erskine! Hier Mrs. Reed. Wir - wir haben von einem Haus in Ihrer Gegend gehört. Es heißt - ach ja, ›Linscott Brake‹. Kennen Sie es zufällig? Können Sie es empfehlen?«

»›Linscott Brake‹?« wiederholte Erskine am anderen Ende. »Nein, nie gehört. Wie ist die genaue Adresse?«

»Die kann ich leider nicht entziffern - gerade da ist der Durchschlag vom Makler völlig verschmiert. Es soll ungefähr fünfzehn Meilen von Daith entfernt sein, und …«

»Tut mir sehr leid. Von dem Haus habe ich nie gehört. Wer wohnt denn dort?«

»Oh, es steht zur Zeit leer. Nun, es ist nicht so wichtig, wir sind eigentlich schon zu etwas anderem entschlossen. Entschuldigen Sie die Störung. Sicher habe ich Sie aus einer Arbeit gerissen.«

»Halb so schlimm. Im Moment höchstens aus der Hausarbeit. Meine Frau ist verreist, und die Köchin mußte plötzlich zu ihrer kranken Mutter. So muß ich selber Geschirr spülen und so was. Gartenarbeit ist mir lieber.«

»Das kann ich Ihnen nachfühlen. Ihre Frau ist doch hoffentlich nicht krank?«

»Nein, nein, sie besucht nur ihre Schwester. Morgen kommt sie zurück.«
»Nun, dann gute Nacht und vielen Dank.« Gwenda legte auf und wandte sich triumphierend an Miss Marple und Giles: »Erskine scheidet aus. Seine Frau ist verreist, und er plagt sich allein mit dem Haushalt ab. Somit bleiben nur die beiden anderen als Täter übrig, nicht wahr, Miss Marple?« Miss Marple machte ein ernstes Gesicht.
»Mir scheint, meine Lieben, Sie haben noch nicht gründlich genug über die ganze Sache nachgedacht. O Gott - ich mache mir wirklich Sorgen. Wenn ich nur wüßte, was ich tun soll ...«

24

Gwenda stützte die Ellbogen auf den Tisch und das Kinn in die Hände und ließ die Augen unlustig über die Reste des hastig gegessenen Mittagessens schweifen. Eigentlich sollte sie das schmutzige Geschirr in die Küche tragen, abwaschen, aufräumen und sich überlegen, was es zum Abendessen geben würde. Aber so eilig war es auch wieder nicht. Sie brauchte etwas Zeit, um mit sich ins reine zu kommen. In den letzten Stunden hatten sich die Ereignisse überstürzt. Inspektor Last war ziemlich früh, um halb zehn, auf der Bildfläche erschienen, zusammen mit Kriminalinspektor Primer vom Präsidium und dem Chef der Grafschaftspolizei.
Letzterer hatte sich bald verabschiedet. Inspektor Primer war mit der Untersuchung des Mordfalles Lily Kimble und allem, was damit zusammenhing, beauftragt.
Es war auch Inspektor Primer gewesen, ein Mann mit trügerisch freundlichem Benehmen und ebensolcher Stimme, der Gwenda gefragt hatte, ob es sie sehr stören würde, wenn er seine Leute ein wenig im Garten graben ließe.
Aus Primers Mund klang das, als gönne er seinen Leuten etwas gesundheitsfördernde Bewegung im Freien und schicke sie nicht auf die Suche nach einer vor vielen Jahren vergrabenen Leiche.
Da hatte Giles kurz entschlossen gesagt, er könne ihm vielleicht einen Hinweis geben, wo am wahrscheinlichsten etwas zu finden sei. Er führte den Inspektor ans Ende der Terrasse. Primer blickte zum vergitterten Erkerfenster im ersten Stock hoch und bemerkte: »Das ist wohl das ehemalige Kinderzimmer?«
Giles bestätigte dies, und während zwei Polizisten mit Spaten zu der bezeichneten Stelle gingen, kehrten sie ins Haus zurück, wo Giles allen weiteren Fragen mit den Worten zuvorkam:

»Ich glaube, Inspektor, meine Frau sollte Ihnen etwas erzählen, das sie bis jetzt nur mir und - hm, ja, noch jemand anvertraut hat.«
Primers freundlicher, aber unbestechlicher Blick ruhte prüfend auf Gwenda, als frage er sich insgeheim, ob er sie ernst nehmen könne oder eine Phantastin vor sich habe. Gwenda spürte seinen Zweifel so deutlich, daß sie fast verteidigend anfing:
»Mag sein, daß ich mir alles eingebildet habe. Aber es erscheint mir sehr wirklich.«
»Bitte, erzählen Sie, Mrs. Reed!« sagte Inspektor Primer beschwichtigend.
Und Gwenda erzählte: Wie ihr das Haus auf den ersten Blick so bekannt vorgekommen war. Wie sie später erfuhr, daß sie tatsächlich als Kind schon einmal hier gewohnt hatte. Wie sie sich an die Tapeten im Kinderzimmer und die Verbindungstür erinnert und das Gefühl gehabt hatte, daß die Terrassenstufen im Garten ursprünglich woanders gewesen waren.
Dann nahm sie alle Kraft zusammen und erzählte den entscheidenden Punkt: Wie ihr während einer Theatervorstellung blitzartig die Erkenntnis gekommen war, daß sie als Kind so etwas Ähnliches erlebt hatte - daß sie eine tote Frau in der Halle gesehen hatte, hier gleich nebenan.
»Weil ich noch so klein war, sah ich sie durchs Treppengeländer. Sie lag da, erwürgt, mit blau angelaufenem Gesicht und wirrem blondem Haar - Helen. Das Dumme war nur, daß ich keine Ahnung hatte, wer diese Helen eigentlich war.« Giles wollte es genauer erklären, aber der Inspektor sagte unerwartet bestimmt:
»Bitte, lassen Sie Ihre Frau mit ihren eigenen Worten erzählen.«
Und Gwenda fuhr stockend fort. Der Inspektor stellte nur gelegentlich eine Frage, deren geschickte Formulierung sie nicht merken ließ, daß er sie auf höchst raffinierte Weise verhörte.
»Das Theaterstück war also von Webster: *Die Herzogin von Amalfi«*, wiederholte er sinnend. »Und Sie sagen Affenpfoten?«
»Das war sicher nur ein Angsttraum«, sagte Giles.
»Mr. Reed - bitte!«
»Vielleicht ist alles ein Angsttraum gewesen«, sagte Gwenda. »Wohl kaum«, meinte der Inspektor. »Mrs. Kimbles Tod wäre sehr schwer zu motivieren, wenn es damals nicht wirklich einen Mord in diesem Haus gegeben hätte, der jetzt herauszukommen droht.«
Das klang so vernünftig, beinahe tröstlich, daß Gwenda mit neuem Mut fortfuhr:
»Mein Vater war nicht der Mörder. Bestimmt nicht! Sogar Dr. Penrose erklärte, daß mein Vater unfähig gewesen sei, irgend jemand etwas

Böses anzutun. Und auch Dr. Kennedy glaubte es nicht, er sprach von Wahnvorstellungen. Es muß jemand gewesen sein, der meinem Vater den Mord in die Schuhe schieben wollte, und wir wissen auch, wer - das heißt, einer von zwei Verdächtigen kommt in Frage ...«

»Gwenda«, unterbrach Giles, »soweit können wir unmöglich ...

»Mr. Reed«, sagte Inspektor Primer, »könnten Sie wohl einmal in den Garten gehen und nachsehen, wie weit meine Leute sind? Sagen Sie ruhig, ich hätte Sie geschickt.«

Er schloß höflich die Terrassentür hinter Giles, schob den Riegel vor und kehrte zu Gwenda zurück.

»Nun erzählen Sie einfach, was Sie gedacht haben, auch wenn es etwas durcheinandergeht.«

Und Gwenda schilderte alle Vermutungen und Schlußfolgerungen und was sie unternommen hatten, um möglichst viel über die drei Männer, die in Helens Leben eine Rolle gespielt haben konnten, zu erfahren; und daß Walter Fane und Jack Afflick am vergangenen Nachmittag nach »Hillside« gekommen waren, angeblich hatte Giles sie telefonisch hergebeten. »Begreifen Sie, Inspektor, daß einer von beiden lügen muß?«

»Das ist eines der Hauptprobleme in meinem Beruf«, erwiderte Primer freundlich und etwas müde. »So viele Leute sind imstande zu lügen, und so viele tun es auch - manchmal aus ganz anderen Gründen, als man annimmt. Und manche wissen nicht einmal, daß sie es tun.«

»Geht das auf mich?« fragte Gwenda ängstlich.

Inspektor Primer lächelte. »Nein, ich halte Sie für eine sehr glaubwürdige Zeugin, Mrs. Reed.«

»Dann glauben Sie auch, ich habe mit meinem Verdacht recht?«

»Das ist keine Frage des Glaubens«, antwortete der Inspektor und seufzte. »Nicht bei uns Polizisten. Bei uns gilt nur nachforschen und beweisen: Wo jeder war, welches Motiv man hatte. Mit Sicherheit wissen wir Mrs. Kimbles ungefähre Todeszeit, nämlich zwischen zwei Uhr zwanzig etwa und drei Uhr. Da hätte sie jeder umbringen und anschließend herkommen können. Eine Erklärung für die Telefonanrufe finde ich bis jetzt nicht. Keiner der Leute, die Sie erwähnten, hat dadurch ein Alibi.«

»Aber Sie werden feststellen, wo sie zur Tatzeit gewesen sind, nicht wahr? Sie vernehmen sie doch?«

Der Inspektor lächelte wieder. »Ja, wir werden alle notwendigen Fragen stellen, Mrs. Reed, darauf können Sie sich verlassen. Alles zu seiner Zeit. Es hat keinen Sinn, die Dinge zu überstürzen. Man muß erst eine klare Linie haben.«

Gwenda konnte sich seine Methode zu arbeiten plötzlich deutlich vorstellen: beharrlich, gelassen, unerbittlich.

»Ich verstehe schon«, sagte sie. »Sie sind eben ein Fachmann, Giles und ich nur Amateure. Selbst wenn wir einen Glückstreffer haben, wissen wir nicht, wie wir ihn auswerten sollen.«
»So ungefähr«, stimmte der Inspektor zu, während er aufstand und die Terrassentür wieder öffnete. Plötzlich blieb er unbeweglich stehen. »Entschuldigen Sie, Mrs. Reed, die Dame dort hinten - das ist nicht zufällig eine gewisse Miss Marple?«
»Doch«, erwiderte Gwenda, die ihm gefolgt war. »Sie hilft uns freundlicherweise im Garten.«
»Miss Marple«, murmelte der Inspektor. »Aha!«
Gwenda sah ihn fragend an. »Sie ist wirklich ein Schatz!« versicherte sie.
»Und eine Berühmtheit«, sagte er. »Sie hat die Polizeichefs von mindestens drei Grafschaften mühelos in die Tasche gesteckt. Noch ist sie nicht mein Boss, aber ich sehe den Tag noch kommen. Miss Marple hat also ihre Finger im Spiel!«
»Sie hat uns eine Menge nützlicher Winke gegeben«, sagte Gwenda.
»Wem erzählen Sie das! War es auch ihre Idee, wo wir nach der verschollenen Mrs. Halliday suchen sollten?«
»Sie meinte nur, Giles und ich sollten eigentlich wissen, wo wir graben müßten. Es war wirklich begriffsstutzig von uns, daß wir nicht früher darauf gekommen sind.«
Der Inspektor stieß ein kurzes, leises Lachen aus und ging zu Miss Marple hinaus, die weiter unten im Garten arbeitete.
»Ich glaube, wir kennen uns noch nicht persönlich, Miss Marple. Aber Colonel Melrose hat Sie mir mal von weitem gezeigt.«
Miss Marple richtete sich mit gerötetem Gesicht aus ihrer gebückten Haltung auf, die Hände voll Windenranken.
»Ach ja, der gute Colonel Melrose! Er war immer so nett. Seit ...«
»Seit dem Fall mit dem Küster, der erschossen im Arbeitszimmer des Pfarrers aufgefunden wurde. Es ist schon eine Weile her, aber Sie haben seitdem noch mehr Fälle erfolgreich gelöst. Gab's da nicht mal Ärger mit einer vergifteten Füllfeder?«
»Sie wissen offenbar gut über mich Bescheid, Inspektor ...«
»Primer ist mein Name. Sie sind auch hier wieder fleißig gewesen, wie ich sehe.«
»Nun, man tut, was man kann. Der Garten ist sehr vernachlässigt worden. Diese Winden, zum Beispiel, sind unglaublich hartnäckig.« Miss Marple blickte ernst zu Inspektor Primer auf. »Die Wurzeln verästeln sich in der Erde über weite Strecken. Ja, über weite Strecken, und man merkt es gar nicht.«

»Da haben Sie recht, so was ist sicher in den Griff zu kriegen. Wie manche Mordfälle. Achtzehn Jahre ist es her ...«
»Vielleicht noch länger«, sagte Miss Marple. »Irgendwann setzen sie sich fest - und richten großen Schaden an, Inspektor. Sie ersticken die hübschen Blumen.«
Einer der zum Graben abgeordneten Polizisten kam den Plattenweg entlang auf sie zu. Er schwitzte, und auf seiner Stirn prangte ein dunkler Schmutzstreifen.
»Wir haben was entdeckt, Sir«, meldete er. »Sieht aus, als wär sie's tatsächlich.«

In diesem Moment, überlegte Gwenda, als sie daran zurückdachte, hatte der Alptraum erst richtig begonnen. Giles war in den Salon gekommen und hatte gesagt:
»Es - sie liegt tatsächlich da draußen, Gwenda.«
Dann telefonierte jemand nach dem Polizeiarzt. Es war ein kleiner rühriger Mann, der bald danach eintraf.
Ausgerechnet in diesen Minuten ging Mrs. Cocker, die würdige, unerschütterliche Mrs. Cocker, hinaus in den Garten, nicht etwa aus verabscheuungswürdiger Neugier, wie man hätte annehmen können, sondern um ein paar Küchenkräuter für das Mittagessen zu holen. Mrs. Cocker, deren Reaktion auf den Mordfall am Vortag vor allem in einer tadelnden Miene und in Besorgtheit um Gwendas Gesundheit bestanden hatte (denn sie glaubte fest, daß das Kinderzimmer nach Ablauf der entsprechenden Anzahl von Monaten wieder einen Bewohner haben würde), war beinahe über den grauenvollen Fund gestolpert und in höchstem Maße durcheinander.
»Entsetzlich, Madam, schrecklich! Den Anblick von Knochen kann ich nicht ertragen! Jedenfalls nicht von einem Skelett, und dazu hier im Garten, dicht neben der Pfefferminze und so! Mein Herz rast bloß so, ganz unregelmäßig, ich kriege kaum Luft. Wenn ich so frei sein darf, Madam, ein Gläschen Brandy ...«
Ihr Keuchen und ihr aschgraues Gesicht waren wirklich alarmierend. Gwenda stürzte zur Anrichte, nahm die Brandykaraffe, goß ein Glas ein und brachte es Mrs. Cocker.
»Danke, Madam«, hatte Mrs. Cocker geächzt, »das ist genau, was ich brauche ...« Aber sie hatte kaum daran genippt, als ihre Stimme plötzlich vollends versagte und ihr Gesicht sich so verzerrte, daß Gwenda entsetzt nach Giles rief, und Giles holte den Polizeiarzt, und dieser sagte später: »Ein Glück, daß ich noch da war! Es stand auf des Messers Schneide - ohne fachkundige Hilfe wäre sie auf der Stelle gestorben.«

Und dann hatte Inspektor Primer die Brandykaraffe beschlagnahmt und mit dem Doktor darüber diskutiert, und dann hatte er Gwenda gefragt, wann sie oder Giles zum letztenmal Brandy getrunken hätten.
Gwenda sagte, das müsse schon eine ganze Weile her sein. In den letzten Tagen seien sie viel unterwegs gewesen. »Aber«, erinnerte sie sich plötzlich, »gestern abend hätte ich beinahe welchen getrunken, weil mir nach der Geschichte mit Lily Kimble so übel war. Ich mag aber keinen Brandy, und Giles hat deshalb eine Flasche Whisky aufgemacht.«
»Ihr Glück, Mrs. Reed. Sonst wären Sie heute wahrscheinlich nicht mehr am Leben.«
»Giles hätte beinahe davon getrunken«, sagte Gwenda schaudernd. »Aber dann haben wir uns beide lieber einen heißen Whisky mit Zitrone machen lassen.«
Das alles war so entsetzlich und unbegreiflich, daß Gwenda noch jetzt kaum an die aufregenden Ereignisse des Vormittags glauben konnte. Sie war allein in »Hillside«. Giles war nach einem hastigen Mittagessen aus Dosen zum Polizeirevier mitgefahren, Mrs. Cocker hatte man ins Krankenhaus gebracht.
Eins stand jedenfalls fest, dachte Gwenda: daß Walter Fane und Jack Afflick gestern nachmittag im Hause gewesen waren. Jeder von ihnen konnte mit dem Brandy herumgespielt haben, und was sollten die mysteriösen Telefonanrufe anderes bezwecken, als einem von beiden die Gelegenheit zu geben, den Brandy in der Karaffe zu vergiften? Sie und Giles waren der Wahrheit zu nahe gekommen. Oder gab es noch eine dritte Person, die - möglicherweise durchs offene Eßzimmerfenster - eingedrungen war, während sie bei Dr. Kennedy saßen und auf Lily Kimble warteten? Eine dritte Person, die beide Anrufe fingiert hatte, um den Verdacht auf die andern beiden zu lenken?
Aber, dachte Gwenda, das ergab keinen Sinn. Derjenige hätte sicherlich nur *einen* von beiden angerufen; mehr Verdächtige brauchte er nicht. Und wer sollte dieser dritte sein? Erskine war zu Hause in Northumberland gesessen. Nein, entweder hatte Walter Fane Jackie Afflick angerufen oder umgekehrt. Die Polizei, die über bessere Hilfsmittel verfügte als sie und Giles, würde schon herausbringen, welcher. Und inzwischen würden alle beide beobachtet und konnten es konnten es nicht noch einmal versuchen.
Gwenda fröstelte. Es war nicht so einfach, sich an die Tatsache zu gewöhnen, daß man beinahe selbst einem Mordanschlag zum Opfer gefallen wäre. Miss Marple hatte sie von Anfang an gewarnt, aber sie und Giles hatten an Gefahr einfach nicht geglaubt. Selbst nach Lily Kimbles gewaltsamem Tod hatten sie nicht daran gedacht, daß ihnen

ähnliches zustoßen könnte, nur weil sie der Wahrheit zu nahe gekommen waren.
Walter Fane oder Jackie Afflick - welcher von den beiden? Gwenda schloß die Augen und grübelte über sie im Licht ihrer neuen Erkenntnisse nach. Walter Fane hatte sie an eine fahle Spinne im Netz erinnert. Der ruhige, harmlos wirkende Walter Fane - wie ein Haus mit herabgelassenen Jalousien. Und einer Leiche darin, seit vielen Jahren. Wie unheimlich er ihr jetzt erschien. Walter Fane, der sich als Junge in mörderischer Wut auf seinen Bruder gestürzt hatte. Helen hatte ihm einen Korb gegeben, erst hier, dann in Indien - eine doppelte Kränkung. Er war so gelassen und kühl. Trotzdem - würde er seine angestauten Gefühle in einer plötzlichen Gewalttat entladen?
Gwenda öffnete die Augen. Jetzt war doch eindeutig klar, daß Walter Fane die Tat begangen hatte. Oder sollte sie Jackie Afflick lieber noch unter die Lupe nehmen - ganz objektiv?
Sein auffallender karierter Anzug, seine auftrumpfende Art - der genaue Gegensatz zu Walter Fane. Aber vielleicht hatte er sich dieses Benehmen angewöhnt, um einen alten Minderwertigkeitskomplex zu überspielen. Die Fachleute behaupteten ja, daß man Unsicherheit mit Großspurigkeit und Anmaßung verdeckte. Er war für Helen nicht gut genug gewesen, und diese Wunde schwärte in ihm weiter. Er vergaß nichts, wie er selbst betont hatte. Dazu seine Entschlossenheit, in der Welt voranzukommen, und sein Wahn, daß jeder gegen ihn war. Man hatte ihn auf Grund der falschen Beschuldigung eines angeblichen Feindes aus seinem Job gefeuert. Das alles bewies doch, daß er nicht normal war. Und welches Machtgefühl mußte so ein Mann beim Töten verspüren. Hinter diesem gutmütigen, jovialen Gesicht verbarg sich viel Brutalität. Jackie Afflick war ein roher Kerl, und seine dünne blasse Frau wußte es und fürchtete sich vor ihm. Lily Kimble war eine Gefahr für ihn geworden, und so mußte Lily sterben. Sie und Giles hatten sich eingemischt - darum sollten auch sie sterben, und Walter Fane, der ihn damals gefeuert hatte, wurde deshalb in die Sache hineingezogen.
Das paßte genau.
Gwenda riß sich von ihren Grübeleien los und kehrte zu den nächstliegenden Dingen zurück. Wenn Giles nach Hause kam, würde er Tee trinken wollen. Sie mußte aufräumen und abwaschen.
Sie holte ein Tablett und trug Geschirr und alles übrige in die Küche, wo es vor Sauberkeit blitzte. Mrs. Cocker war wirklich eine Perle.
Auf dem Rand des Spülsteins lag ein Paar Gummihandschuhe, die Mrs. Cocker zum Abwaschen zu tragen pflegte. Ihre Nichte arbeitete in einem Krankenhaus und bekam sie billiger.

Gwenda streifte sie sich über und begann mit dem Spülen. Sie brauchte sich ja nicht unbedingt die Hände zu verderben. Als sie fertig war, räumte sie alles ordentlich weg und ging, in Gedanken versunken, die Treppe hinauf. Sie konnte noch rasch ein Paar Strümpfe auswaschen, überlegte sie, und einen Pullover. Die Gummihandschuhe behielt sie an. Doch diese Überlegungen beschäftigten sie nur an der Oberfläche. Irgendwo tief im Innern nagte etwas an ihr.

Walter Fane oder Jackie Afflick? Gegen beide hatte sie gleich gute Verdachtsmomente vorzubringen. Vielleicht war es das, was sie so beunruhigte. Denn es wäre viel befriedigender gewesen, wenn nur einer in Betracht käme. Allmählich sollte sie sich darüber klar sein, welcher es war. Doch sie war nicht sicher.

Ein dritter Mann kam nicht in Frage. Erskine war aus dem Kreis der Verdächtigen ausgeschieden. Er war in Northumberland gewesen. Gwenda freute sich darüber, denn sie mochte ihn. Er war ein attraktiver Mann, sehr attraktiv. Was für ein Jammer, daß er an so einen Klotz von Frau geraten war, mit bösen eifersüchtigen Augen und einer dröhnenden Baßstimme. Fast wie bei einem Mann.

Eine Männerstimme?

Bei diesem Gedanken, der ihr da durch den Kopf schoß, spürte sie ein seltsames Unbehagen. Eine Männerstimme ... War es etwa Mrs. Erskine gewesen - und nicht ihr Mann -, die sich gestern abend am Telefon gemeldet hatte?

Aber nein, das war völliger Unsinn. Sowohl sie wie Giles hätten es gemerkt. Und außerdem hätte Mrs. Erskine kaum auf diesen Anruf gefaßt sein können. Nein, es war Erskine gewesen. Er hatte noch erzählt, daß seine Frau verreist war. Seine Frau war verreist ...

Dann ... nein, das war unmöglich! Oder konnte Mrs. Erskine, von ihrer Eifersucht bis zum Wahnsinn gereizt, die Morde begangen haben? Hatte Leonie damals etwa eine Frau im nächtlichen Garten beobachtet? Hatte Lily unvorsichtigerweise auch an Mrs. Erskine geschrieben?

Plötzlich wurde unten in der Halle die Haustür zugeschlagen. Jemand war hereingekommen. Gwenda eilte aus dem Badezimmer und zur Treppe. Sie beugte sich übers Geländer. Zu ihrer Erleichterung war es Dr. Kennedy.

»Ich bin hier oben«, rief sie hinunter.

Ihre Hände in den Gummihandschuhen ruhten auf dem Geländer - feucht, glänzend, seltsam graurosa. Sie erinnerten sie an irgend etwas ...

Kennedy blickte, die Augen mit der Hand beschattend, zu ihr hoch.

»Sind Sie das, Gwennie? Ich kann Ihr Gesicht nicht erkennen. Vor meinen Augen flimmert es von der Helligkeit draußen ...«

Und da schrie Gwenda.
Sie sah die glatten Affenpfoten vor sich und hörte jene Stimme in der Halle ...
»*Sie* waren es!« keuchte sie. »Sie haben sie umgebracht ... Sie haben Helen getötet! Jetzt weiß ich es wieder. Sie waren es ... die ganze Zeit ... Sie ...«
Kennedy kam langsam die Treppe herauf und ließ sie nicht aus den Augen.
»Warum konntest du mich nicht in Ruhe lassen?« sagte er leise. »Warum mußtest du dich einmischen? Warum mußtest du sie zurückholen? Gerade als ich endlich anfing, sie zu vergessen... Helen... Du hast alles wieder aufgewühlt. Dafür töte ich dich ... wie ich Lily getötet habe ... wie ich Helen getötet habe ... meine Helen ...«
Er kam immer näher. Schon streckte er die Hände aus. Sein freundliches, nicht mehr junges Gesicht sah aus wie immer. Nur die Augen - in seinen Augen stand der Wahnsinn ... Langsam wich Gwenda vor ihm zurück. Der Schrei blieb ihr in der Kehle stecken. Sie hatte nur einmal geschrien, jetzt brachte sie keinen Laut mehr heraus. Es hätte sie sowieso niemand gehört.
Denn außer ihr und dem Mörder war niemand im Haus, weder Giles noch Mrs. Cocker. Nicht einmal Miss Marple hatte Gwenda im Garten gesehen, und die nächsten Nachbarn wohnten zu weit entfernt, um sie zu hören, selbst wenn sie geschrien hätte. Aber sie konnte ohnehin nicht schreien, weil sie zuviel Angst hatte. Angst vor diesen entsetzlichen Händen, die sich nach ihr ausstreckten ...
Sie konnte vor ihm zurückweichen, und er würde ihr folgen, bis sie mit dem Rücken zur Tür zum Kinderzimmer stand, und dann - dann - würden sich diese Hände um ihren Hals legen ...
Ein kleiner kläglicher Jammerlaut kam über ihre Lippen.
Da blieb Dr. Kennedy plötzlich stehen und taumelte zurück. Ein Strahl Seifenlauge traf ihn zwischen den Augen. Er rang nach Luft, blinzelte und schlug die Hände vors Gesicht.
»So ein Glück«, sagte Miss Marple ziemlich atemlos, weil sie gerade die Hintertreppe hinaufgelaufen war, »daß ich eben dabei war, die Blattläuse von Ihren Rosen zu spritzen.«

25

»Aber meine liebe Gwenda«, sagte Miss Marple, »selbstverständlich hätte ich nicht im Traum daran gedacht, Sie allein im Haus zu lassen.

Ich wußte, daß ein sehr gefährlicher Mann frei herumlief, und habe vom Garten aus alles unauffällig im Auge behalten.«
»Ahnten Sie schon die ganze Zeit, daß er es war?« fragte Gwenda.
Dieses Gespräch wurde auf der Terrasse des »Imperial« in Torquay geführt, wo sie zu dritt zusammensaßen. Miss Marple hatte gemeint, ein Tapetenwechsel würde das beste für Gwenda sein, und Giles hatte ihr zugestimmt. Inspektor Primer brauchte sie nicht mehr.
»Nun ja«, antwortete Miss Marple jetzt auf Gwendas Frage, »ich hatte ihn sehr früh im Verdacht. Leider gab es zunächst gar keine Beweise, nur gewisse Anhaltspunkte, sonst nichts.«
Giles musterte sie neugierig. »Was für Anhaltspunkte? Ich sehe nicht mal die!«
»Lieber Giles, überlegen Sie doch! Erstens war er am Ort des Geschehens.«
»Wieso?«
»Aber ja. Erinnern Sie sich nicht? Als Kelvin Halliday ihn an jenem Abend aufsuchte, war Kennedy gerade aus dem Krankenhaus gekommen. Das Krankenhaus lag damals, wie wir von verschiedenen Leuten gehört haben, gleich neben ›St. Catherine‹, wie Ihr Haus noch hieß. Er war also zur richtigen Zeit am passenden Ort. Und dazu kommen noch hundert kleine, bedeutsame Einzelheiten.
Helen hatte Erskine auf dem Schiff erzählt, sie fahre nach Indien, weil sie zu Hause unglücklich sei. Das heißt also, sie lebte nicht gern bei ihrem Bruder. Doch nach allen Berichten, die wir hatten, war ihr Bruder ihr sehr ergeben. Warum war sie also nicht glücklich? Mr. Afflick erzählte Ihnen, das arme Mädchen habe ihm leid getan, und ich glaube, daß es die Wahrheit war. Helen tat ihm wirklich leid. Warum traf sie den jungen Afflick damals heimlich, obwohl sie nicht besonders verliebt in ihn war, wie er selbst zugab? Konnte sie sich etwa überhaupt nicht offen mit jungen Männern treffen? Es hieß, ihr Bruder sei ›streng‹ und ›altmodisch‹.«
Gwenda erschauerte. »Er war verrückt«, sagte sie, »verrückt.«
»Ja, er war nicht normal«, fuhr Miss Marple fort. »Kennedy vergötterte seine Halbschwester Helen, und seine Liebe wurde eigensüchtig und ungesund. So etwas geschieht häufiger, als man denken sollte. Manchmal sind es Väter, die ihren Töchtern nicht erlauben zu heiraten oder sich auch nur mit jungen Männern zu treffen. Als ich die Geschichte mit dem Tennisnetz hörte, fiel mir ein ähnlicher früherer Fall ein.«
»Wieso?«
»Es schien mir sehr bezeichnend zu sein. Stellen Sie sich Helen als junges Mädchen vor, wie sie gerade aus dem Internat kommt und nun ein

bißchen Freude vom Leben haben will, junge Männer kennenlernen und flirten möchte ...«

»Sie war hinter den Männern her.«

»Nein«, erklärte Miss Marple mit Nachdruck. »Das ist beinahe das Schlimmste an dem ganzen Fall. Dr. Kennedy hat Helen nicht nur physisch umgebracht. Wenn Sie sich genau erinnern, kam der einzige Anhaltspunkt, daß Helen mannstoll oder - wie Sie, meine Liebe, es so fein ausdrückten - eine Nymphomanin sei, von Dr. Kennedy. Meiner Meinung nach war sie ein ganz normales junges Mädchen, das nur ein wenig Spaß haben, sich amüsieren und flirten und schließlich mit einem Mann ihrer Wahl glücklich werden wollte - nicht mehr und nicht weniger. Nun sehen Sie, was ihr Bruder dagegen unternahm. Zuerst war er streng und altmodisch und erlaubte gar nichts. Als sie Tennis spielen wollte - ein höchst normaler und harmloser Wunsch -, gab er zunächst nach und zerschnitt dann eines Nachts heimlich das Tennisnetz - eine sehr bezeichnende und sadistische Tat. Dann, da sie immer noch zu anderen Leuten eingeladen werden konnte, nutzte er die Gelegenheit, als sie sich an einer herumliegenden Harke den Fuß aufschürfte, und behandelte die Schramme so geschickt, daß sie nicht heilte. O ja, ich glaube, daß er das getan hat. Eigentlich bin ich sogar sicher.

Verstehen Sie mich nicht falsch, ich denke nicht, daß Helen irgend etwas gemerkt hat. Sie wußte, daß ihr Bruder sie sehr liebte, und konnte sich nicht erklären, warum sie sich zu Hause so unbehaglich fühlte. Deshalb beschloß sie schließlich, nach Indien zu fahren und den jungen Fane zu heiraten - nur um wegzukommen. Doch wovor floh sie? Helen war zu jung und unerfahren, um die wahren Gründe ihres Unbehagens zu erkennen. Sie fuhr also nach Indien, und auf dem Schiff lernte sie Richard Erskine kennen und verliebte sich in ihn. Und auch hier benahm sie sich nicht wie eine mannstolle Person, sondern wie ein nettes, anständiges Mädchen. Sie drängte ihn nicht, seine Frau zu verlassen. Sie wollte sogar, daß er bei seiner Familie blieb. Doch als sie Walter kurz danach wiedersah, erkannte sie, daß sie ihn nicht heiraten konnte, und in ihrer Ratlosigkeit schickte sie ihrem Bruder ein Telegramm und bat ihn, ihr das Geld für die Rückreise zu schicken.

Auf der Heimfahrt begegnete sie Ihrem Vater, meine Liebe, und da zeigte sich ihr ein anderer Ausweg. Und diesmal glaubte sie, daß sie in gewissen Grenzen glücklich werden könnte.

Sie hatte Ihren Vater nicht unter falschen Vorspiegelungen geheiratet, Gwenda. Kelvin Halliday trauerte noch um seine geliebte Frau, Helen erholte sich gerade von einer unglücklichen Liebesaffäre. Sie konnten sich gegenseitig trösten und helfen. Ich halte auch für bedeutsam, daß

sie in London heirateten und erst dann nach Dillmouth kamen, um Dr. Kennedy die Neuigkeit beizubringen. Helen muß instinktiv geahnt haben, daß es so klüger war, obwohl sie sich üblicherweise in Dillmouth hätte trauen lassen müssen. Sicherlich begriff sie die Wahrheit immer noch nicht, sie hielt es einfach für besser, ihn vor die vollendete Tatsache zu stellen.
Kelvin Halliday kam seinem Schwager sehr herzlich entgegen, und dieser scheint sein möglichstes getan zu haben, Freude über das Glück des jungen Paares zu zeigen. So zogen die Hallidays in ein Haus in Dillmouth.
Und nun kommen wir zu einem sehr wichtigen Punkt - der Behauptung, Kelvin Halliday habe von seiner Frau Betäubungsmittel bekommen. Dafür gibt es nur zwei mögliche Erklärungen, weil nur zwei Personen eine Gelegenheit dazu hatten. Entweder Helen setzte ihren Mann tatsächlich unter Drogen - und wenn ja, warum? -, oder Dr. Kennedy verabreichte sie ihm. Kennedy war ihr Hausarzt, was durch den Umstand bewiesen wird, daß Halliday ihn zu Rate zog. Er vertraute seinem ärztlichen Können, so war es für Kennedy ein Kinderspiel, ihm die Mittel selbst zu verabreichen und gleichzeitig wachsendes Mißtrauen gegen Helen einzuflößen.«
»Aber gibt es denn Drogen, die einem Menschen einen Mord suggerieren können, den er nicht begangen hat?« fragte Giles.
»Mein lieber Giles, da sind Sie wieder in die Falle gegangen, vor der ich immer warnte: zu glauben, was Ihnen erzählt wird. Sie hatten nur Kennedys Wort dafür, daß Halliday jemals diese bestimmte Halluzination - das Erdrosseln seiner Frau - durchlebte. In seinem Tagebuch findet sich kein Hinweis darauf, nur auf allgemeine Halluzinationen, Alpträume, ohne nähere Erklärung. Aber ich wage zu behaupten, daß Kennedy ihm von Männern erzählte, die ihre Frauen umbrachten, als sie eine Phase der Gemütsverwirrung wie die seine durchmachten.«
»Wie niederträchtig, wie gemein!« sagte Gwenda.
»Ich glaube«, fuhr Miss Marple fort, »daß Kennedy zu der Zeit die Schwelle zwischen Vernunft und Wahnsinn endgültig überschritten hatte. Und Helen, das arme Kind, begann zu begreifen. An jenem Tag, als Lily sie von der Halle aus belauschte, muß es ihr Bruder gewesen sein, zu dem sie sagte, er sei nicht normal, und sie wisse jetzt, daß sie eigentlich schon immer Angst vor ihm gehabt habe. Deshalb beschloß sie, von Dillmouth wegzuziehen. Sie überredete ihren Mann, in Norfolk ein Haus zu kaufen, und sie überredete ihn, es niemand zu erzählen. Das war an sich schon eine sehr seltsame Sache. Und die Heimlichtuerei dabei sehr aufschlußreich. Ganz offensichtlich hatte sie Angst davor, daß

es jemand erfuhr - doch Fane oder Afflick kamen dafür nicht in Frage. Denn nach allem, was wir wußten, gab es keinen Grund, ihnen den Umzug zu verschweigen. Sie waren nur Randerscheinungen in ihrem Leben, wie Erskine auch. Nein, es wies auf jemanden hin, der ihr nahestand.
Und am Ende erzählte Halliday seinem Schwager alles, weil ihn das Geheimnis zweifellos drückte und er den Grund von Helens Bitte nicht einsah.
Damit war sein und Helens Schicksal besiegelt. Kennedy war nicht gesonnen, Helen ziehen zu lassen und zuzusehen, wie sie mit ihrem Mann glücklich wurde. Vermutlich war es seine Absicht gewesen, nur Hallidays Gesundheit zu untergraben. Doch über der Entdeckung, daß sein Opfer und Helen ihm entschlüpfen wollten, drehte er völlig durch. Er ging direkt vom Krankenhaus, ein Paar Chirurgenhandschuhe in der Tasche, durch den Garten von ›St. Catherine‹ ins Haus. In der Halle traf er auf Helen und erwürgte sie. Niemand sah ihn, es war niemand da, der ihn hätte beobachten können - so dachte er wenigstens -, und da zitierte er plötzlich, gepeinigt von seiner Liebe und seinem Wahnsinn, die Worte aus der *Herzogin von Amalfi,* die so paßten.« Miss Marple seufzte und schnalzte mit der Zunge.
»Ich war dumm - so dumm. Wir alle waren es. Wir hätten es sofort merken müssen. Jene Zeilen aus der *Herzogin* waren der Schlüssel zu der ganzen Tragödie.
Sie werden von dem *Bruder* gesprochen - nicht wahr? -, der gerade aus Rache seine Schwester ermordet hat, weil sie den Mann geheiratet hatte, den sie liebte. Ja, wir waren nicht sehr klug ...«
»Und dann?« fragte Giles.
»Dann führte er den ganzen teuflischen Plan aus. Er trug die Tote hinauf ins Schlafzimmer und packte den Koffer, er schrieb den Brief und warf ihn in den Papierkorb, damit er Halliday später überzeugte.«
»Ich finde«, sagte Gwenda, »daß es, von seinem Standpunkt aus betrachtet, besser gewesen wäre, man hätte meinen Vater tatsächlich als Mörder verurteilt.«
Miss Marple schüttelte den Kopf.
»O nein, das konnte er nicht riskieren. Als Schotte hatte Kennedy eine gute Portion Gerissenheit und einen gesunden Respekt vor der Polizei. Es brauchte eine Menge überzeugender Beweise, bis diese jemand eines Mordes für schuldig hält. Vielleicht hätte man viele unangenehme Fragen darüber gestellt, wer sich wann und wo aufgehalten hatte. Nein, ich finde, sein Plan war einfacher und viel teuflischer. Er brauchte nur seinem Schwager einzureden, daß er erstens seine Frau getötet hatte und

zweitens verrückt war. Er machte ihn glauben, er müsse in eine Nervenklinik. Kennedy wollte nämlich gar nicht, daß Halliday alles für eine Halluzination hielt, obwohl er uns gegenüber das Gegenteil behauptete. Ihr Vater, Gwenda, akzeptierte Kennedys Theorie wohl vor allem Ihretwegen. Er glaubte also, daß er Helen getötet hatte. Und in dem Glauben ist er gestorben. Mit dieser infamen Idee hatte Kennedy außerdem den einzigen Menschen, der wirklich nach Helen gesucht hätte, erledigt.«
»Teuflisch«, stammelte Gwenda tonlos, und immer wieder nur: »Wie teuflisch und gemein!«
»Ja, es gibt kaum treffendere Worte dafür«, sagte Miss Marple. »Und deshalb hat sich dieses frühe Erlebnis wohl auch so tief in Ihre kindliche Seele eingeprägt. An jenem Abend war das Böse im Haus.«
»Aber die Briefe?« fragte Giles. »Helens Briefe? Es war ihre Handschrift, es konnte keine Fälschung sein!«
»Natürlich waren sie gefälscht! Doch in diesem Punkt grub Kennedy sich sein eigenes Grab. Es lag ihm nämlich sehr viel daran, daß Sie und Gwenda mit Ihren Nachforschungen aufhörten. Wahrscheinlich konnte er Helens Schrift sogar ganz ordentlich nachmachen, obwohl er einen Fachmann bestimmt nicht getäuscht hätte. Deshalb war auch das Schriftmuster, das er zusammen mit dem Brief brachte, falsch. Er schrieb beides selbst.
Kein Wunder, daß sie übereinstimmten.«
»Mein Gott!« sagte Giles. »An so was hätte ich nie gedacht!«
»Eben! Weil Sie einfach für wahr hielten, was er sagte. Es ist wirklich gefährlich, den Leuten zu glauben. Ich persönlich habe es viele Jahre lang nicht getan.«
»Und was war mit dem Brandy?«
»Den vergiftete er an dem Vormittag, als er Helens Brief brachte und sich mit mir im Garten unterhielt. Mrs. Cocker hatte ihn nur ein paar Augenblicke allein gelassen, um mir seinen Besuch zu melden. Das genügte ihm.«
»Unfaßbar!« sagte Giles. »Er hat mir noch freundlich geraten, Gwenda einen Brandy zu geben, als wir auf dem Polizeirevier gewesen waren, wegen der toten Lily Kimble. Wie hat er es eigentlich fertiggebracht, sie vorher zu treffen?«
»Das war ganz einfach. In seinem ursprünglichen Brief schrieb er ihr nämlich, sie solle ihn in Woodleigh Camp treffen und mit dem Zwei-Uhr-fünf-Zug von Dillmouth Junction abfahren. So konnte er ihr am Waldrand auflauern und sie umbringen. Dann tauschte er einfach den Brief, den Sie auf der Wache gesehen haben, gegen den in ihrer Tasche aus - er hatte ihr geraten, ihn wegen der komplizierten Wegbeschreibung

lieber bei sich zu haben -, und danach spielte er Ihnen zu Hause die armselige Komödie vor, daß er auf Mrs. Kimble warte.«

»War Lily denn wirklich eine Bedrohung für ihn? Ihr Brief klang doch eher, als hätte sie Afflick im Verdacht!«

»Vielleicht. Aber Leonie, das Schweizer Kindermädchen, hatte Lily Kimble etwas erzählt, und Leonie war die einzige wirkliche Gefahr für Kennedy. Denn sie blickte aus dem Fenster des Kinderzimmers und beobachtete, wie er das Grab grub. Am Morgen nahm er sie sich vor und erklärte ihr rundheraus, Major Halliday habe seine Frau ermordet, Halliday sei wahnsinnig, und er, Kennedy, vertusche die Sache um des Kindes willen.

Wenn Leonie es allerdings für ihre Pflicht halte, zur Polizei zu gehen, so möge sie es tun, aber die Folgen würden für sie recht unerfreulich sein - und so weiter.

Leonie geriet bei der Erwähnung der Polizei in Panik. Sie liebte die kleine Gwennie und hatte volles Vertrauen zu allem was *Monsieur le docteur* sagte. Kennedy zahlte ihr eine hübsche kleine Summe und schob sie in die Schweiz ab. Doch vor ihrer Abreise deutete sie Lily irgendwie an, daß Ihr Vater seine Frau getötet und sie beobachtet habe, wie man die Tote begrub. Es paßte zu dem, was Lily damals dachte. Sie war überzeugt, daß es Halliday gewesen war, den Leonie gesehen hatte.«

»Aber Kennedy wußte das natürlich nicht«, sagte Giles.

»Natürlich nicht. Was ihn an Lily Kimbles Brief erschreckte, waren ihre Bemerkungen über Leonies Beobachtungen und den Wagen.«

»Einen Wagen? Jack Afflicks Wagen?«

»Noch ein Mißverständnis. Lilys lebhafte Phantasie hatte sich nun einmal auf einen großen Unbekannten mit einem schicken Wagen versteift, der Mrs. Halliday besuchte. Nun dürfte vor dem Krankenhaus nebenan täglich eine Menge Wagen geparkt haben. Das Auto des Doktors natürlich auch - und er war überzeugt, Lily spiele auf dieses an. Das Beiwort ›schick‹ war für ihn bedeutungslos.«

»Nun begreife ich«, sagte Giles. »Ja, wenn man ein schlechtes Gewissen hat, könnte man Mrs. Kimbles Brief als Erpressungsversuch deuten. Aber wieso wissen Sie über Leonie so genau Bescheid?«

Miss Marple schürzte ein wenig die Lippen, bevor sie antwortete:

»Kennedy drehte durch, gleich bei der Festnahme durch die Polizisten, die Inspektor Primer in der Nähe postiert hatte. Er schrie hinaus, was er getan hatte, wieder und wieder. Offenbar ist Leonie bald nach ihrer Rückkehr in die Heimat gestorben: Überdosis Schlaftabletten ... O ja, er ging kein Risiko ein.«

»Deshalb hat er auch den Brandy vergiftet!«

»Sie waren beide zu gefährlich geworden. Ein Glück, daß Sie ihm nie von Ihrem schrecklichen Kindheitserlebnis erzählt haben. Er hat nie gewußt, daß es einen Augenzeugen gegeben hatte.«

»Jene Telefonanrufe bei Fane und Afflick«, sagte Giles. »War er das?«

»Ja. Wenn es wegen des vergifteten Brandys zu einer Untersuchung gekommen wäre, hätte er den Verdacht bequem auf einen der beiden lenken können, und falls nur Afflick hinüberfuhr, konnte er auch noch für Lilys Tod verantwortlich gemacht werden. Walter Fane hätte wahrscheinlich ein Alibi gehabt.«

»Er schien mich doch gern zu haben«, meinte Gwenda. »Die ›liebe kleine Gwennie‹.«

»Er mußte seine Rolle durchhalten«, sagte Miss Marple. »Überlegen Sie doch, was es für ihn hieß, als Sie nach so vielen Jahren auftauchten, in der Vergangenheit herumstocherten und peinliche Fragen über einen Mord stellten, der so lange zurücklag, der tief in der Vergangenheit ruhte. Eine schrecklich gefährliche Sache, meine Lieben. Ich habe mir die größten Sorgen gemacht.«

»Die arme Mrs. Cocker hätte es beinahe erwischt«, sagte Gwenda. »Ein Segen, daß sie es überstanden hat. Ob sie wohl zuriickkommt, Giles? Nach allem, was sie wegen uns durchgemacht hat?«

»Wenn's im Kinderzimmer was zu tun gibt, bestimmt«, antwortete Giles ernst. Gwenda errötete, und Miss Marple lächelte ein wenig und blickte über die Torbay hin.

»Seltsam, wie alles gekommen ist«, meinte Gwenda nachdenklich. »Daß ich gerade Gummihandschuhe trug und auf meine Hände sah, als er in der Halle stand und etwas von ›Gesicht‹ und ›flimmern vor den Augen‹ sagte, das mich so an jene andern Worte erinnerte ...«

Sie schauderte. *»Bedeckt ihr Antlitz - vor meinen Augen flimmert es - sie starb so jung ... So* hätte es mir ergehen können, wenn Miss Marple nicht gekommen wäre!«

Sie schwieg einen Augenblick und fügte leise hinzu: »Die arme Helen ... die arme schöne Helen, die so jung gestorben ist ... Weißt du, Giles, sie ist jetzt nicht mehr dort - im Haus, in der Halle. Das habe ich schon gespürt, als wir abfuhren. Es ist nur noch das Haus da. Und das Haus mag uns. Wir können zurückfahren, wenn wir wollen ...«

Der letzte Joker

1

Der sympathische junge Mann Jimmy Thesiger kam die große Treppe in *Chimneys* heruntergerannt. Seine Talfahrt vollzog sich so rasant, daß er beinahe mit Tredwell, dem vornehmen Butler, zusammenstieß, als dieser gerade mit frischem Kaffee die Halle durchquerte. Nur Tredwells Geistesgegenwart war es zu verdanken, daß kein Unglück geschah.

»Verzeihung«, entschuldigte sich Jimmy. »Sagen Sie, Tredwell, bin ich etwa der letzte?«

»Nein, Sir. Mr. Wade ist auch noch nicht da.«

»Gut«, meinte Jimmy und betrat das Frühstückszimmer.

Außer seiner Gastgeberin war niemand im Raum. Ihr vorwurfsvoller Blick erweckte in Jimmy das gleiche Unbehagen, das ihn immer befiel, wenn er einem toten Dorsch in der Auslage eines Fischgeschäfts in die Augen sah. Hol's der Teufel, warum blickte ihn die Frau überhaupt so an? Pünktlich um neun Uhr dreißig zum Frühstück zu erscheinen, wenn man sein Wochenende in einem Landhaus verbrachte, war einfach nicht zu machen. Mag sein, daß Viertel nach elf, wie eben jetzt, ziemlich spät war, aber trotzdem …

»Ich fürchte, ich bin etwas spät dran, Lady Coote!«

»Oh, das macht gar nichts«, erwiderte Lady Coote mit melancholischer Stimme.

In Wirklichkeit haßte sie Leute, die unpünktlich zum Frühstück kamen. In den ersten zehn Jahren ihrer Ehe hatte Sir Oswald Coote, damals noch einfacher Mr. Coote, milde ausgedrückt, ein Höllenspektakel veranstaltet, wenn sein Frühstück auch nur eine halbe Minute nach acht Uhr auf dem Tisch stand. Lady Coote war dazu erzogen worden, Unpünktlichkeit als eine der unverzeihlichsten Sünden zu betrachten. Und Gewohnheiten sterben zäh.

Außerdem fragte sie sich, was diese jungen Leute je Anständiges leisten wollten, wenn sie nicht fruh aufstanden. Sir Oswald hatte es so oft gesagt, zu Reportern und anderen Leuten: »Ich verdanke meinen Erfolg ausschließlich meinem frühen Aufstehen, meinem einfachen Leben und meinen festen Gewohnheiten.«

Lady Coote war eine große, gutaussehende Frau, doch leider etwas aus der Mode gekommen. Sie besaß dunkle traurige Augen und eine tiefe Stimme. Ein Künstler, der nach einem Modell für »Rachel beweint ihre Kinder« suchte, würde sie auf der Stelle engagieren.

Sie sah so aus, als würde sie an einer geheimnisvollen schrecklichen Sorge tragen, obwohl es in ihrem Leben außer Sir Oswalds meteorhaftem Aufstieg überhaupt keine Sorgen gab. Als junges Mädchen war sie

ein heiteres, blühendes Geschöpf gewesen, unglaublich verliebt in Oswald Coote, den hoffnungsvollen jungen Mann vom Fahrradgeschäft neben der Eisenwarenhandlung ihres Vaters. Sie hatten sehr glücklich zusammengelebt, erst in ein paar Zimmern, dann in einem kleinen Haus, dann in einem größeren und dann in einer Reihe von immer größer werdenden Villen, aber immer in vernünftiger Entfernung vom »Betrieb«, bis Sir Oswald zu derartiger Bedeutung aufgestiegen war, daß er und der »Betrieb« keinen unmittelbaren Kontakt mehr brauchten, und es war ihm ein Vergnügen gewesen, das prächtigste Herrenhaus von ganz England zu mieten. *Chimneys* war ein historisches Bauwerk, und als er es für zwei Jahre von Lord Caterham übernehmen konnte, fühlte er sich am Ziel seiner Wünsche.
Lady Coote war darüber nicht entfernt so glücklich wie ihr Mann. Sie war eine einsame Frau.
In den ersten Jahren ihrer Ehe hatte ihre hauptsächliche Entspannung darin bestanden, mit dem »Mädchen« zu sprechen, und selbst als aus dem »Mädchen« drei geworden waren, war die Unterhaltung mit dem Personal Lady Cootes einzige Ablenkung gewesen. Jetzt, mit einem ganzen Stab von Hausmädchen, einem Butler mit der Würde eines Erzbischofs, einer Reihe von allerlei Bediensteten, einem Schwarm flinker Küchen- und Spülmädchen, einem furchteinflößenden fremden Küchenchef mit »Launen« und einer riesenhaften Haushälterin, die stöhnte und ächzte, wenn sie sich nur bewegte, kam sich Lady Coote wie auf einer einsamen Insel ausgesetzt vor.
Jetzt seufzte sie tief und rauschte durch die offene Terrassentür hinaus, sehr zur Erleichterung von Jimmy Thesiger, der sich sofort noch mehr Nieren mit Speck nahm.
Lady Coote blieb einige Minuten in tragischer Pose auf der Terrasse stehen, bevor sie sich dazu aufraffte, MacDonald, den Obergärtner, anzusprechen, der autoritär über das Gebiet, das ihm unterstellt war, herrschte. MacDonald war der Kaiser aller Obergärtner. Er kannte das Reich, das er zu regieren hatte, und er regierte es despotisch.
Lady Coote näherte sich ihm voll Nervosität. »Guten Morgen, MacDonald.«
»Guten Morgen, M'lady.« Er sprach so, wie es sich für einen Obergärtner geziemte - gedämpft, aber mit Würde.
»Ich dachte … könnten wir heute abend ein paar Trauben …?«
»Sie sind noch nicht soweit«, sagte MacDonald. »Oh!« Lady Coote nahm allen Mut zusammen. »Gestern probierte ich eine, und …«
MacDonald sah sie an, und Lady Coote errötete. Sie fühlte, daß sie sich eine unverzeihliche Freiheit herausgenommen hatte. Offensichtlich war

der verstorbenen Lady Caterham niemals der Schnitzer unterlaufen, eines ihrer eigenen Gewächshäuser zu betreten und sich selbst Trauben zu pflücken.
»Wenn Sie es befohlen hätten, M'lady, wären Ihnen Trauben hineingebracht worden!«
»Oh, danke«, erwiderte Lady Coote. »Ich werde es das nächstemal so machen.«
»Aber sie sind noch nicht ganz soweit.«
MacDonald schwieg. Lady Coote raffte sich noch einmal auf. »Dann wollte ich auch noch mit Ihnen über das Stück Rasen hinter dem Rosengarten reden. Ich wollte nur fragen, ob man es vielleicht zum Bowlingspielen benützen könnte - Sir Oswald ist ein großer Freund des Bowling.«
Und warum auch nicht, dachte Lady Coote. Sie hatte ihre Geschichte von England gut gelernt. Hatten nicht Sir Francis Drake und seine Mannen irgendein Spiel mit Kugeln gespielt, als die Armada gesichtet worden war?
Aber sie hatte nicht mit der Haupteigenschaft eines guten Obergärtners gerechnet, sich jedem Vorschlag zu widersetzen.
»Zweifellos könnte es für diesen Zweck benutzt werden.« MacDonald legte einen entmutigenden Ton in diese Bemerkung, aber sein eigentliches Ziel war es, Lady Coote in ihr Verderben zu locken.
»Wenn man ihn jätete und ... äh ... mähte ...«
»Tja«, sagte MacDonald langsam. »Dann müßte man William von der unteren Rabatte abziehen.«
Die »untere Rabatte« sagte Lady Coote absolut nichts, aber es war klar, daß sie für Mac Donald ein unüberwindliches Hindernis darstellte.
»Und das wäre ein Jammer«, fügte MacDonald hinzu. Lady Coote kapitulierte.
»Oh«, sagte sie. »Ich verstehe vollkommen, was Sie meinen, MacDonald. William soll an der unteren Rabatte lieber weitermachen.«
»Ich vermutete schon, daß Sie zustimmen würden, M'lady«, meinte MacDonald. Er tippte an seinen Hut und ging.
Lady Coote seufzte unglücklich, während sie ihm nachsah. Jimmy Thesiger, bis zum Hals voll mit Nieren und Speck, trat neben sie auf die Terrasse und seufzte ebenfalls, aber auf ganz andere Weise.
»Ein fabelhafter Morgen, nicht wahr?« sagte er.
»Finden Sie?« fragte Lady Coote abwesend. »Ich hatte es noch gar nicht bemerkt.«
»Wo sind die anderen? Am See?«
»Ich denke, ja.«

Lady Coote drehte sich um und ging ins Haus zurück. Tredwell blickte gerade in die Kaffeekanne.
»Mein Gott«, sagte sie. »Ist Mr. ... Mr. ...«
»Wade, M'lady?«
»Ja, Mr. Wade! Ist er noch immer nicht unten?«
»Nein, M'lady.«
»Er wird doch *irgendwann* herunterkommen?«
»Ganz sicher, M'lady. Gestern war es halb zwölf.«
Lady Coote sah auf die Uhr. Es war jetzt zwanzig vor zwölf. Eine Welle menschlicher Anteilnahme durchflutete sie. »Das ist wirklich Pech, Tredwell. So spät erst abräumen zu können und dann um eins schon wieder das Mittagessen zu servieren.«
»Ich bin es gewöhnt, M'lady.«
Zum zweitenmal an diesem Morgen errötete Lady Coote. Aber da gab es eine willkommene Unterbrechung. Die Tür öffnete sich, und ein ernsthafter junger Mann streckte seinen bebrillten Kopf herein.
»Oh! Hier sind Sie, Lady Coote! Sir Oswald hat nach Ihnen gefragt.«
»Ich komme sofort, Mr. Bateman.« Lady Coote eilte hinaus.
Rupert Bateman, Sir Oswalds Privatsekretär, trat durch die Terrassentür ins Freie, wo Jimmy Thesiger immer noch glücklich herumstand.
»Morgen, Pongo«, sagte Jimmy. »Ich schätze, daß ich jetzt gehen und mich bei diesen schrecklichen Mädchen beliebt machen sollte. Kommst du mit?«
Bateman schüttelte den Kopf und eilte über die Terrasse zur Tür, die in die Bibliothek führte. Jimmy grinste ihm nach. Er und Bateman waren zusammen zur Schule gegangen. Bateman war ein eifriger Junge mit Brille gewesen, und den Spitznamen Pongo hatte er aus keinem bestimmten Grund gekriegt.
Pongo, überlegte Jimmy, war heute eigentlich noch genau wie früher. »Das Leben ist hart, das Leben ist ernst« paßte exakt auf ihn.
Er schlenderte langsam zum See hinunter. Die Mädchen waren da, zwei mit dunklen kurzgeschnittenen Haaren, eine mit hellen kurzgeschnittenen Haaren. Diejenige, die am meisten kicherte, hieß - so glaubte er wenigstens - Helen. Und da war noch eine, die Nancy hieß, und die dritte wurde aus irgendeinem Grund immer mit Socks angeredet. Seine beiden Freunde, Bill Eversleigh und Ronny Devereux - aus rein ornamentalen Gründen im Auswärtigen Amt beschäftigt - standen bei ihnen.
»Hallo!« sagte Nancy. »Da ist ja Jimmy!«
»Du willst doch nicht etwa behaupten«, sagte Bill Eversleigh, »daß Gerry Wade immer noch nicht aufgestanden ist? Da muß etwas geschehen.«

»Wenn er nicht aufpaßt«, meinte Ronny Devereux, »wird er eines Tages das Mittagessen oder den Tee auf dem Tisch vorfinden, wenn er runterkommt.«
»Es ist eine Schande«, meinte Socks. »Weil es Lady Coote so aufregt. Sie gleicht mehr und mehr einer Henne, die ein Ei legen will und nicht kann. Schlimm!«
»Wir holen ihn aus dem Bett«, schlug Bill vor. »Komm, Jimmy!«
»Ach, laßt uns doch etwas subtiler sein!« rief Socks. Subtil war ein Wort, das sie sehr liebte.
»Ich bin aber nicht subtil«, erwiderte Jimmy. »Ich weiß nicht, wie man das macht!«
»Laßt uns etwas für morgen früh überlegen«, schlug Ronny vor, »das ihn um sieben Uhr aus dem Bett scheucht. Das bringt den ganzen Haushalt durcheinander.«
»Du kennst Gerry nicht«, warf Jimmy ein. »Vielleicht könnte ein Eimer kaltes Wasser ihn wecken. Aber vermutlich würde er sich nur umdrehen und weiterschlafen.«
»Dann müssen wir uns eben etwas Subtileres ausdenkena, meinte Socks.
»Aber was?« fragte Ronny schlicht. Niemand hatte eine Antwort parat.
»Wir sollten doch in der Lage sein, uns etwas einfallen zu lassen«, meinte Bill. »Wer hat Hirn?«
»Pongo«, antwortete Jimmy. »Da kommt er ja gerade! Pongo hat schon immer zu denen mit Hirn gehört. Das war von Kindesbeinen an sein Unglück. Setzen wir Pongo auf die Sache an.«
Mr. Bateman fand eine Lösung. »Ich würde einen Wecker vorschlagen«, meinte er kurz und bündig. »Ich benütze selbst einen. Ich finde, daß das leise Hereintragen von Tee oft seinen Zweck, jemanden aufzuwecken, verfehlt.« Er eilte davon.
»Ein Wecker!« Ronny schüttelte den Kopf. »Man bräuchte ein Dutzend, um Gerry aufzuscheuchen.«
»Und warum nicht?« Bill war Feuer und Flamme. »Wir gehen in einen Laden und kaufen jeder einen Wecker.«
Es gab Gelächter und Gerede. Bill und Ronny holten ihre Wagen. Jimmy wurde entsandt, das Eßzimmer zu überprüfen. Er kam schnell zurück.
»Er ist jetzt da und schlingt Toast und Marmelade runter. Wie machen wir es nur, daß er nicht mitkommt?«
Es wurde beschlossen, Lady Coote einzuweihen. Jimmy, Nancy und Helen erfüllten diesen Auftrag. Lady Coote war verwirrt und mißtrauisch.
»Einen Streich? Sie werden doch vorsichtig sein? Ich meine, Sie werden nicht die Möbel ruinieren oder zuviel Wasser nehmen. Nächste Woche

müssen wir das Haus übergeben, wissen Sie. Ich möchte nicht, daß Lord Caterham denkt ...«
Bill, der von der Garage zurückgekommen war, unterbrach sie voller Zuversicht.
»Klar, Lady Coote! Eileen Brent - Lord Caterhams Tochter - ist eine gute Freundin von mir. Und sie wird sich über nichts aufregen - über absolut gar nichtsl Das können Sie mir glauben! Außerdem wird kein Schaden entstehen. Eine harmlose Geschichte.«
»Subtil«, ergänzte Socks.
Lady Coote ging bekümmert über die Terrasse, als Gerald Wade aus dem Frühstückszimmer kam. Jimmy Thesiger war ein makelloser, gutaussehender junger Mann, und über Gerald Wade ließ sich nur sagen, daß er noch makelloser und besser aussah und sein leerer Gesichtsausdruck Jimmys Gesicht direkt intelligent erscheinen ließ.
»Guten Morgen, Lady Coote«, grüßte Gerald Wade. »Wo sind denn die anderen?«
»Sie sind einkaufen gefahren.«
»Was?«
»Sie brauchen irgendwas für irgendeinen Streich«, antwortete Lady Coote mit ihrer tiefen melancholischen Stimme.
»Ziemlich früh am Morgen für Streiche«, meinte Mr. Wade. »Es ist gar nicht mehr so früh«, bemerkte Lady Coote spitz.
»Ich fürchte, ich bin ein bißchen spät heruntergekommen«, erklärte Mr. Wade mit entwaffnender Offenheit. »Merkwürdig, aber ich bin überall immer der letzte.«
»Warum stehen Sie nicht früher auf?« fragte Lady Coote.
»Oh!« Die Einfachheit dieser Lösung verschlug Mr. Wade die Sprache.
Lady Coote fuhr ernsthaft fort. »Ich habe Sir Oswald so oft sagen hören, daß nichts einen jungen Mann in der Welt weiterbringt als Pünktlichkeit.«
»Ich weiß«, erwiderte Mr. Wade. »Und ich bin auch pünktlich, in der Stadt. Ich meine, ich muß gegen elf Uhr im lieben alten Auswärtigen Amt sein. Sie dürfen nicht denken, daß ich immer so eine Schlafmütze bin, Lady Coote ... Sie haben aber wahnsinnig schöne Blumen da in der unteren Rabatte. Ich komme im Moment nicht auf den Namen, wir haben zu Hause auch solche ... meine Schwester kennt sich da gut aus.«
Lady Coote ließ sich augenblicklich ablenken. Ihr erfolgloses Scharmützel mit MacDonald nagte noch an ihr. »Was haben Sie denn für Gärtner?«
»Nur einen. Einen ziemlich alten Trottel. Hat keine Ahnung, aber tut, was man ihm sagt. Das ist schon viel, nicht wahr?«

Lady Coote stimmte ihm mit einer für sie ungewöhnlichen Inbrunst in der Stimme zu.

Mittlerweile machte die Expedition Fortschritte. Das Uhrengeschäft im Einkaufszentrum wurde gestürmt, und die plötzliche Nachfrage nach Weckern irritierte den Besitzer.
»Ich wünschte, Eileen wäre hier«, murmelte Bill. »Du kennst sie doch, Jimmy. Nein? Du würdest sie sofort mögen. Ein großartiges Mädchen - und sie hat Hirn. Kennst du sie, Ronny?«
Ronny schüttelte den Kopf.
»Sei doch ein bißchen subtiler, Bill«, meinte Socks. »Hör auf, über Mädchen zu quatschen, und mach lieber in unserer Angelegenheit weiter.«
Mr. Murgatroyd, der Besitzer des Ladens, floß vor Beredsamkeit förmlich über.
»Wenn Sie gestatten, daß ich Ihnen einen Rat gebe, Miss, würde ich sagen - nicht den zu sieben Shilling zu nehmen. Er ist ein guter Wecker, wirklich, ich will meine Ware nicht schlechtmachen, aber ich würde Ihnen den zu zehn Shilling sechzig doch mehr empfehlen. Er ist sein Geld wert.
Ich möchte nicht, daß Sie hinterher sagen ...«
Es war ganz offensichtlich, daß Mr. Murgatroyd wie ein Wasserhahn einfach abgestellt werden mußte.
»Wir brauchen keinen zuverlässigen Wecker«, sagte Nancy. »Es genügt, wenn er es einmal tut«, ergänzte Helen.
»Wir wollen ...«, begann Bill, aber er konnte nicht weiterreden, weil Jimmy, der eine technische Ader besaß, den Mechanismus begriffen hatte. Während der nächsten fünf Minuten war der Laden erfüllt vom lauten Läuten der verschiedensten Wecker.
Schließlich wurden sechs Wecker ausgesucht.
»Und ich will euch etwas sagen«, meinte Ronny großzügig, »ich werde noch einen für Pongo kaufen. Es war schließlich seine Idee! Er soll bei diesem Spaß auch dabeisein.«
»Stimmt«, meinte Bill.
»Und ich werde noch einen für Lady Coote mitnehmen. Je mehr, desto lustiger. Und sie leistet schließlich mühsame Kleinarbeit. Sie bequatscht jetzt den alten Gerry.«
In der Tat erzählte Lady Coote in diesem Augenblick gerade eine lange Geschichte von einem preisgekrönten Pfirsich und unterhielt sich herrlich.
Die Wecker wurden eingewickelt und bezahlt. Mr. Murgatroyd sah mit

verwirrter Miene die Autos davonfahren. Sehr lebhaft, die jungen Leute der besseren Gesellschaft heutzutage, sehr lebhaft, wirklich, und nicht einfach zu begreifen.

2

»Wo wollen wir sie aufstellen?«

Das Abendessen war vorüber. Lady Coote war noch einmal eingespannt worden. Sir Oswald hatte ungewollt die Situation dadurch gerettet, daß er vorgeschlagen hatte, Bridge zu spielen - nicht daß »vorschlagen« das richtige Wort wäre. Sir Oswald hatte - wie es einem Industriekapitän zustand - nur seine Vorliebe für dieses Spiel geäußert, und alle um ihn herum beeilten sich, den Wünschen des großen Mannes gerecht zu werden.

Rupert Bateman und Sir Oswald spielten gegen Lady Coote und Gerald Wade, was ein sehr glückliches Arrangement war. Sir Oswald spielte ausgezeichnet und schätzte gleichwertige Partner. Bateman war ein ebenso hervorragender Bridgespieler wie Sekretär. Beide beschränkten sich auf gelegentliche kurze Bemerkungen wie »zwei ohne«, »verdoppelt« oder »gestochen«. Lady Coote und Gerald Wade waren sehr liebenswürdig und unsachlich, und der junge Mann versäumte es nicht, nach jedem Spiel zu sagen: »Sie waren einfach großartig, Partner«, mit einer Bewunderung, die Lady Coote sowohl als überraschend wie auch als schmeichelhaft empfand. Sie hatten gute Karten.

Von den anderen nahm man an, daß sie im großen Ballsaal zur Radiomusik tanzten.

In Wirklichkeit standen sie vor der Tür zu Gerald Wades Zimmer, und die Luft war erfüllt von ihrem unterdrückten Gekicher und dem Ticken der Wecker.

»In einer Reihe unter das Bett«, schlug Jimmy auf Bills Frage hin vor.

»Und auf welche Zeit wollen wir sie einstellen? Sollen sie alle auf einmal klingeln oder in Abständen?«

Dieser Punkt wurde heftig diskutiert. Schließlich wurden die Wecker so gestellt, daß sie ab sechs Uhr dreißig einer nach dem anderen klingelten.

»Und ich hoffe«, sagte Bill mit erhobenem Zeigefinger, »daß ihm das eine gute Lehre sein wird.«

»Hört, hört!« meinte Socks.

Sie fingen gerade an, die Wecker zu verstecken, als gestört wurden.

»Pst!« zischte Jimmy. »Da kommt jemand die Treppe herauf!«

Panik brach aus.

»Ist schon gut«, entwarnte Jimmy. »Es ist nur Pongo.«
Mr. Bateman war unterwegs zu seinem Zimmer, um sich ein Taschentuch zu holen. Er blieb stehen und überflog mit einem Blick die Szene. Dann gab er einen kurzen und sinnvollen Kommentar ab. »Er wird sie ticken hören!«
Die Verschwörer sahen sich an.
»Was sage ich euch?« rief Jimmy ehrfürchtig. »Pongo hat schon immer was auf dem Kasten gehabt!«
Pongo ging weiter.
»Das stimmt«, gab Ronny Devereux mit seitlich geneigtem Kopf zu. »Acht tickende Wecker machen einen Heidenlärm. Selbst der alte Gerry kann das nicht überhören, und wenn er noch so ein Esel ist! Er wird vermuten, daß da was nicht in Ordnung ist.«
»Ich möchte wissen, ob es wirklich stimmt«, sagte Jimmy Thesiger.
»Was?«
»Daß er so ein Esel ist, wie wir alle denken!« Ronny starrte ihn an. »Wir kennen Gerry!«
»Wirklich?« fragte Jimmy. »Ich habe schon manchmal gedacht ... nun, daß es nicht jeder fertigbringt, so ein Esel zu sein, wie Gerry tut.«
Jetzt sahen ihn alle an.
Auf Ronnys Gesicht erschien ein ernsthafter Ausdruck. »Jimmy«, sagte er ehrfürchtig, »du hast ja Hirn!«
»Ein zweiter Pongo«, meinte Bill ermutigend.
»Hört doch auf, so subtil zu sein!« rief Socks. »Was sollen wir jetzt mit den Weckern machen?«
»Da kommt Pongo wieder, am besten, wir fragen ihn«, schlug Jimmy vor.
Pongo, gedrängt, seinen großen Geist auf dieses Problem anzusetzen, entschied: »Wartet, bis er eingeschlafen ist! Dann schleicht in sein Zimmer und stellt sie auf den Boden!«
»Der kleine Pongo hat schon wieder recht«, sagte Jimmy bewundernd. »Wir verstauen sie lieber und gehen wieder nach unten, damit man keinen Verdacht schöpft.«
Das Bridgespiel dauerte immer noch an - mit einer kleinen Umbesetzung. Sir Oswald spielte jetzt mit seiner Frau zusammen und erklärte ihr nach jedem Spiel gewissenhaft ihre Fehler.
In Abständen sagte Gerald Wade zu Pongo: »Gut gespielt, wirklich gut gespielt!«
Bill Eversleigh stellte zusammen mit Ronny Devereux Überlegungen an: »Sagen wir, er geht gegen zwölf Uhr ins Bett, wieviel Zeit glaubst du, sollten wir ihm geben? Eine Stunde?« Er gähnte. »Merkwürdig -

sonst bleibe ich bis drei Uhr auf, aber heute, weil ich noch warten muß, würde ich viel darum geben, auf der Stelle ins Bett gehen zu können.«
Jeder bestätigte, daß es ihm genauso erginge.
»Meine liebe Maria«, erhob sich die Stimme von Sir Oswald in milder Verwirrung, »ich habe dir doch wieder und wieder gesagt, du darfst nicht zögern, einen Impass zu machen, wenn du das vorhast! Damit verrätst du dich.«
Darauf hätte Lady Coote eine sehr gute Antwort gewußt - nämlich, daß es sehr töricht von Sir Oswald sei, ein laufendes Spiel zu kommentieren, wenn es »auf dem Tisch lag«. Aber sie lächelte nur freundlich, lehnte sich mit ihrem üppigen Busen weit über den Tisch und starrte intensiv in Gerald Wades Karten.
Als sie die Königin in seinem Blatt entdeckte, war sie beruhigt und spielte den Buben aus. Sie machte einen Stich und legte die Karten hin.
»Vier Stiche und den Rubber«, verkündete sie. »Habe ich Glück, was?«
»Glück«, murmelte Gerald Wade, als er seinen Stuhl zurückstieß und sich zu den anderen am Kamin gesellte. »Glück nennt sie das! Die Frau spickt unglaublich!«
Lady Coote sammelte Scheine und Münzen ein. »Ich sehe ein, daß ich keine gute Spielerin bin«, verkündete sie mit melancholischer Stimme, in der unterschwelliges Vergnügen mitschwang, »aber ich habe wirklich Glück im Spiel.«
»Du wirst nie eine Bridgespielerin werden, Maria«, prophezeite Sir Oswald.
»Das sagst du ständig. Dabei gebe ich mir solche Mühe!«
»Das tut sie tatsächlich«, sagte Gerald Wade halblaut. »Sie würde einem sogar den Kopf an die Brust legen, wenn sie anders nicht in die Karten sehen könnte.«
»Ich weiß, daß du dir Mühe gibst«, sagte Sir Oswald.
»Es ist nur so, daß du eben keinen Sinn für Karten hast.«
»Ja, mein Lieber«, stimmte Lady Coote ihm zu. »Übrigens schuldest du mir noch zehn Shilling.«
»Wirklich?« Sir Oswald tat erstaunt.
»Ja. Acht Pfund zehn. Du hast mir erst acht Pfund gegeben.«
»Tatsächlich! Entschuldige, das war mein Fehler.«
Lady Coote lächelte ihn verhangen an und nahm die Zehnshilingnote. Sie liebte ihren Mann sehr, aber sie konnte nicht zulassen, daß er sie um zehn Shilling betrog.
Sir Owald ging zu einem Beistelltischchen und genehmigte sich einen Whisky mit Soda. Es war halb eins, als man sich allgemein gute Nacht wünschte.

Ronny Devereux, der das Zimmer neben Gerald Wade bewohnte, sollte Wache halten. Um Viertel vor zwei schlich er herum und klopfte an die Türen. Die Verschwörer, in Pyjamas und Morgenröcken, versammelten sich leise.
»Vor zwanzig Minuten hat er das Licht ausgemacht«, berichtete Ronny. »Eben habe ich seine Tür geöffnet und gehorcht, er scheint zu schlafen. Fangen wir an?«
Da trat eine neue Schwierigkeit auf. »Wir können nicht alle reinmarschieren. Einer soll sich hineinschleichen, und die anderen reichen ihm die Wecker hinein!« sagte jemand.
Heiße Dispute entbrannten darüber, wer dazu bestimmt werden sollte. Die Mädchen schieden aus, weil sie kichern würden. Bill Eversleigh wurde wegen seiner Größe und seiner allgemeinen Tolpatschigkeit abgelehnt, welch letztere er heftig bestritt. Jimmy und Ronny waren mögliche Kandidaten, aber schließlich entschieden sie sich für Bateman.
»Pongo ist unser Mann«, erklärte Jimmy. »In jeder Beziehung! Erstens schleicht er wie eine Katze - hat er immer schon getan! Und zweitens, falls Gerry aufwachen sollte, wird Pongo bestimmt eine gute Ausrede einfallen!«
Pongo erfüllte seinen Job gewissenhaft. Vorsichtig öffnete er die Tür und verschwand mit den beiden größten Weckern in der Dunkelheit. Kurz darauf erschien er wieder auf der Schwelle, und zwei weitere Wecker wurden ihm übergeben, dann noch zwei und dann die beiden letzten. Schließlich tauchte er wieder auf. Alle hielten die Luft an und lauschten.
Gerald Wades gleichmäßiges Atmen war immer noch zu hören, überlagert von dem fröhlichen Ticken der acht Wecker.

3

»Zwölf Uhr«, sagte Socks verzweifelt.
Die Sache hatte nicht sehr gut geklappt. Die Wecker allerdings waren losgegangen - mit einer derartigen Lautstärke, daß Ronny Devereux dachte, das Jüngste Gericht sei angebrochen. Wenn das schon die Wirkung im Nachbarzimmer gewesen war, wie erst mußte sie in unmittelbarer Nähe gewesen sein? Ronny lief auf den Flur hinaus und legte sein Ohr an die Tür.
Er erwartete wüste Flüche, aber er hörte überhaupt nichts. Die Wecker tickten – laut, aufreizend, doch offenbar hatten sie in Gerald Wade einen zähen Gegner gefunden.

Die Verschwörer waren geneigt, allen Mut zu verlieren. »Der Kerl ist kein menschliches Wesen«, meinte Jimmy. »Hat wahrscheinlich gedacht, irgendwo weit weg würde ein Telefon läuten, und sich wieder umgedreht und weitergeschlafen«, vermutete Helen.
»Das erscheint mir sehr bemerkenswert«, erklärte Rupert Bateman ernst. »Ich finde, er sollte deswegen einmal einen Arzt aufsuchen.«
»Irgendein Schaden in den Gehörgängen«, meinte Bill hoffnungsvoll.
»Wenn ihr mich fragt«, sagte Socks, »ich glaube, der legt uns rein. Natürlich haben sie ihn aufgeweckt. Aber er will uns anschmieren und tut, als hätte er sie nicht gehört.«
Alle sahen Socks voll Bewunderung und Respekt an.
»Das ist ein Gedanke«, meinte Bill.
»Einfach subtil«, sagte Socks. »Ihr werdet sehen, heute kommt er besonders spät zum Frühstück - nur um uns reinzulegen!«
Und da es jetzt bereits einige Minuten nach zwölf Uhr war, ging die allgemeine Meinung dahin, daß Socks recht hatte. Nur Ronny Devereux machte Einwände.
»Ihr vergeßt, daß ich sofort vor der Tür stand, als der erste Wecker losgegangen war. Was immer Gerry auch später beschlossen hatte, das Klingeln des ersten muß ihn überrascht haben. Er hätte irgendeinen Fluch rauslassen müssen. Wo hattest du denn den ersten hingestellt, Pongo?«
»Auf ein kleines Tischchen direkt neben seinem Ohr«, erwiderte Mr. Bateman.
»Das war sehr weise von dir, Pongo«, sagte Ronny. »Und jetzt erzähl mir mal«, er wandte sich an Bill, »wenn um halb sieben Uhr morgens dicht neben deinem Ohr ein Wecker loslegt, was würdest du da tun?«
»Mein Gott«, rief Bill. »Ich würde ...« Er hielt inne.
»Eben!« meinte Ronny. »Ich auch. Jeder normale Mensch würde hochschrecken. Nun, er nicht! Deshalb sage ich, daß Pongo recht hat - wie gewöhnlich - und Gerry irgendein obskures Ohrenleiden hat.«
»Jetzt ist es zwanzig nach zwölf«, stellte eines der Mädchen enttäuscht fest.
»Ich finde«, meinte Jimmy langsam, »daß es ein bißchen zu weit geht!«
Bill starrte ihn an. »Was willst du damit sagen?«
»Nun, irgendwie sieht das Gerry nicht ähnlich.« Jimmy wollte nicht zuviel sagen, und doch ... er bemerkte, wie Ronny ihn anblickte. Ronny war plötzlich auf der Hut.
In diesem Augenblick kam Tredwell ins Zimmer und sah sich zögernd um.
»Ich dachte, Mr. Bateman sei hier«, erklärte er entschuldigend.

»Er ist eben rausgegangen, durch die Terrassentür«, sagte Ronny. »Kann ich Ihnen helfen?«
Tredwells Augen wanderten von ihm zu Jimmy Thesiger und wieder zurück. Auf diese Weise ausgesondert verließen die beiden jungen Männer mit ihm das Zimmer. Sorgfältig schloß Tredwell die Speisezimmertür hinter ihnen.
»Nun«, sagte Ronny, »was gibt's?«
»Da Mr. Wade immer noch nicht zum Frühstück erschienen war, Sir, nahm ich mir die Freiheit, William in sein Zimmer hinaufzuschicken.«
»Und?«
»William kam gerade ganz aufgeregt heruntergerannt, Sir.« Tredwell hielt kurz inne. »Ich fürchte, Sir, daß der junge Mann im Schlaf verstorben ist.«
Jimmy und Ronny starrten ihn an.
»Das ist doch Unsinn!« rief Ronny schließlich. »Es ... ich gehe selbst hinauf und sehe nach. Vielleicht hat sich William, der alte Trottel, geirrt.«
Tredwell hob abwehrend den Arm. Mit einem merkwürdigen Gefühl der Erleichterung bemerkte Jimmy, daß der Butler die Situation fest im Griff hatte.
»Nein, Sir! William hat sich nicht geirrt! Ich habe schon nach Dr. Cartwright geschickt und mir die Freiheit erlaubt, die Tür abzuschließen. Jetzt muß ich Mr. Bateman suchen.«
Tredwell lief eilig davon. Ronny blieb wie betäubt stehen. »Gerry«, murmelte er.
Jimmy nahm seinen Freund am Arm und schob ihn durch eine Seitentür auf eine stille Ecke der Terrasse. Dort drückte er ihn auf einen Stuhl.
»Nimm's nicht so tragisch, alter Knabe!« sagte er freundlich. »Es geht dir bestimmt gleich wieder besser.« Er hatte gar nicht gewußt, daß Ronny mit Gerry Wade so eng befreundet gewesen war. »Wenn jemand gesund aussah, dann war er es.«
Ronny nickte.
»Das ganze Spiel mit den Weckern kommt mir jetzt richtig gemein vor«, fuhr Jimmy fort. »Merkwürdig, nicht wahr, wie aus einem Spiel oft Ernst wird!«
Er sprach mehr oder weniger rhetorisch, um Ronny Zeit zu geben, sich wieder zu fassen. Ronny bewegte sich unruhig auf seinem Stuhl hin und her.
»Wenn doch nur der Arzt käme. Ich möchte wissen ...«
»Was?«
»Woran ... er starb.«

Jimmy spitzte seinen Mund. »Herz?« vermutete er. Ronny lachte kurz und bitter auf.
Jimmy fand es schwierig weiterzureden.
»Du glaubst doch nicht ... du denkst doch nicht etwa, daß er einen Schlag auf den Kopf gekriegt hat oder so was? Weil Tredwell die Tür abgeschlossen hat und all das?« Er schüttelte den Kopf und schwieg. Er wußte nicht, was man außer Warten tun konnte. Deshalb wartete er. Es war Tredwell, der sie aufstöberte.
»Der Arzt würde Sie gern in der Bibliothek sprechen, wenn es Ihnen nichts ausmacht, Sir.«
Ronny sprang auf. Jimmy folgte ihm.
Dr. Cartwright war ein schlanker, energischer junger Mann mit einem klugen Gesicht. Er begrüßte sie mit kurzem Nicken. Pongo, der ernster und bebrillter wirkte als je, stellte sie nacheinander vor.
»Wie ich höre, waren Sie ein guter Freund von Mr. Wade«, sagte der Arzt zu Ronny.
»Sein bester.«
»Hm. Nun, die Angelegenheit scheint ziemlich klar, wenn auch traurig. Er sah sehr gesund aus. Wissen Sie, ob er Schlafmittel nahm?«
»Schlafmittel?« Ronny war verblüfft. »Er schlief immer wie ein Murmeltier.«
»Nun, der Tatbestand ist ziemlich klar. Trotzdem wird es eine Untersuchung geben, fürchte ich.«
»Wie starb er denn?«
»Da gibt es nicht viele Zweifel: an einer Überdosis Chloral. Das Zeug stand neben seinem Bett, in einem Fläschchen. Dazu ein Glas.«
Es war Jimmy, der die Frage stellte, die seinem Freund auf der Zunge lag. »Dabei sind keine üblen Dinge im Spiel?« Der Arzt sah ihn scharf an. »Warum fragen Sie das!« Jimmy sah Ronny an. Wenn Ronny etwas wußte, mußte er jetzt sprechen. Aber zu seinem Erstaunen schüttelte Ronny den Kopf. »Es gibt nicht den geringsten Anlaß«, sagte er.
»Und... Selbstmord?«
»Ganz bestimmt nicht!« Ronny sagte das mit Nachdruck.
Der Arzt war anscheinend nicht ganz so fest davon überzeugt. »Sie wissen von keinen Schwierigkeiten? Geldgeschichten? Eine Frau?«
Wieder schüttelte Ronny den Kopf.
»Jetzt zu seinen Verwandten. Sie müssen benachrichtigt werden.«
»Er hat eine Schwester - das heißt, eine Halbschwester. Sie lebt in *Deane Priory.* Etwa zwanzig Meilen von hier. Wenn er nicht in der Stadt war, wohnte er bei ihr.«
»Hm«, meinte der Arzt. »Wir müssen sie benachrichtigen.«

»Das übernehme ich«, sagte Ronny und sah Jimmy an. »Du kennst sie, nicht wahr?«
»Flüchtig. Habe ein- oder zweimal mit ihr getanzt.«
»Dann können wir ja in deinem Auto fahren. Es macht dir doch nichts aus mitzukommen?«
»Ich wollte es gerade vorschlagen. Ich geh' schon mal und mache den alten Bus startklar.«
Jimmy war froh, etwas zu tun zu haben. Ronnys Benehmen verwirrte ihn.
Was wußte oder vermutete er? Und warum hatte er dem Arzt von seinem Verdacht, wenn er tatsächlich einen hegte, nichts gesagt? Kurz darauf fuhren die beiden Freunde ohne Rücksicht auf derart überflüssige Dinge wie Geschwindigkeitsbegrenzungen in Jimmys Wagen los.
»Jimmy«, sagte Ronny unterwegs, »ich glaube, daß du jetzt mein bester Freund bist.«
»Ja ... warum?« fragte er rauh.
»Es gibt etwas, das du wissen solltest.«
»Über Gerry Wade?«
»Ja.«
Jimmy wartete. »Nun?« fragte er schließlich.
»Ich weiß nicht, ob ich reden soll«, sagte Ronny.
»Warum?«
»Ich bin durch eine Art Versprechen gebunden.«
»Dann solltest du es vielleicht lieber lassen.«
Es entstand eine Pause.
»Und trotzdem würde ich gern ... weißt du, Jimmy, du bist einfach intelligenter als ich.«
»Vielleicht«, meinte Jimmy unfreundlicherweise.
»Nein, ich kann es doch nicht«, sagte Ronny plötzlich.
»Okay. Wie du willst!«
Nach langem Schweigen fragte Ronny:
»Wie ist sie denn?«
»Wer?«
»Das Mädchen. Gerrys Schwester.«
Jimmy schwieg ein paar Minuten, dann sagte er: »Sie ist in Ordnung. Sie ist ... ein famoses Mädchen.«
»Gerry hat sie sehr gemocht. Es wird sie hart treffen.«
Sie schwiegen, bis sie *Deane Priory* erreicht hatten. Miss Loraine, sagte das Dienstmädchen, sei im Garten. Außer, sie wollten Mrs. Coker sprechen ...
Jimmy versicherte, daß sie nicht zu Mrs. Coker wollten.

»Wer ist Mrs. Coker?« fragte Ronny, als sie in den leicht verwilderten Garten gingen.
»Die alte Ziege, die bei Loraine wohnt.«
Sie hatten einen gepflasterten Weg betreten. An seinem Ende stand ein Mädchen mit zwei schwarzen Spaniels, sehr blond, in schäbigen alten Tweedhosen. Nicht im geringsten das Mädchen, das Ronny erwartet hatte. Keineswegs Jimmys Typ. Einen Hund am Halsband haltend kam sie ihnen entgegen.
»Guten Tag«, sagte sie. »Sie brauchen sich vor Elizabeth nicht zu fürchten. Sie hat nur gerade Junge und ist sehr mißtrauisch.« Sie sprach ganz natürlich, und als sie aufblickte, wurden ihre roten Wangen noch röter. Ihre Augen waren dunkelblau - wie Kornblumen. Plötzlich weiteten sie sich ... vor Angst? Als ob sie etwas ahnte.
Jimmy sagte hastig: »Das ist Ronny Devereux, Miss Wade. Sie haben Gerry sicher oft von ihm sprechen hören.«
»O ja!« Sie wandte sich mit einem offenen warmen Lächeln ihm zu. »Sie waren in *Chimneys,* nicht wahr? Warum haben Sie Gerry nicht mitgebracht?«
»Wir … äh … das konnten wir nicht«, sagte Ronny. Wieder sah Jimmy Angst in ihren Augen aufsteigen. »Miss Wade«, begann er, »ich fürchte ... ich meine, wir haben schlechte Nachrichten für Sie.«
Augenblicklich war sie hellwach. »Gerry?«
»Ja … Gerry … er ist …«
Sie stampfte in plötzlicher Ungeduld mit dem Fuß auf.
»Nun reden Sie schon!« Sie wandte sich an Ronny. »Dann sagen Sie es mir!«
Eifersucht durchzuckte Jimmy. In diesem Augenblick wurde ihm klar, was er sich bis jetzt nie hatte eingestehen wollen. Er wußte, warum Helen und Nancy und Socks nur »Mädchen« für ihn waren und sonst nichts.
Er hörte nur halb, wie Ronny antwortete: »Ja, Miss Wade, ich werde es Ihnen sagen: Gerry ist tot!«
Sie bewahrte erstaunlich gut die Fassung. Sie schluckte und trat einen Schritt zurück, aber dann, nach ein paar Augenblicken, stellte sie hastige bohrende Fragen. Wie? Wann?
Ronny antwortete, so gut er konnte.
»Schlafmittel? Gerry soll Schlafmittel genommen haben?«
Der ungläubige Ton in ihrer Stimme war nicht zu überhören. Jimmy sah sie kurz an. Es war fast wie eine Warnung. Dann erklärte er ihr so schonend wie möglich, warum es eine Untersuchung geben mußte. Sie schauderte. Sie lehnte ihr Angebot, mit ihnen nach *Chimneys zu* fahren,

ab und erklärte, sie würde später nachkommen. Sie besaß einen eigenen Zweisitzer.
»Ich möchte ein wenig allein sein«, sagte sie kläglich.
»Ich verstehe«, erwiderte Ronny.
»Ist schon gut«, meinte Jimmy.
Sie sahen sich verlegen und hilflos an.
»Ich danke Ihnen beiden sehr, daß Sie gekommen sind.«
Schweigend fuhren sie zurück. Sie waren irgendwie befangen.
»Mein Gott! Hat das Mädchen Haltung!« sagte Ronny einmal.
Jimmy stimmte ihm zu.
»Gerry war mein Freund«, erklärte Ronny. »Es ist jetzt meine Aufgabe, mich um sie zu kümmern.«
»Natürlich, ganz klar!« Mehr redeten sie nicht. Bei ihrer Rückkehr nach *Chimneys* wurde Jimmy von einer in Tränen aufgelösten Lady Coote aufgehalten.
»Der arme Junge!« wiederholte sie immer wieder. »Der arme Junge!«
Jimmy machte die passendsten Bemerkungen, die ihm einfielen.
Lady Coote erzählte ihm daraufhin mit aller Ausführlichkeit Einzelheiten über das Hinscheiden verschiedener lieber Freunde. Jimmy hörte ihr mit gespieltem Interesse zu und brachte es schließlich fertig, sich mit Anstand zurückzuziehen.
Er rannte leichtfüßig die Treppe hinauf. Ronny kam gerade aus Geralds Zimmer.
»Ich war drinnen, um ihn mir anzusehen«, sagte er. »Gehst du auch hinein?«
»Ich glaube nicht«, erwiderte Jimmy, der wie alle jungen Leute eine gesunde Abneigung gegen den Tod hatte.
»Ich meine, alle Freunde sollten es tun.«
»Ja? Wirklich?« fragte Jimmy und fand, daß Ronny Devereux sich in dieser ganzen Geschichte verdammt merkwürdig benahm.
»Ja. Aus einer Art Achtung.«
Jimmy seufzte, gab dann aber nach.
»Na, gut«, sagte er und ging mit zusammengebissenen Zähnen hinein.
Weiße Blumen lagen auf der Bettdecke. Das Zimmer war ordentlich aufgeräumt. Jimmy warf einen kurzen, nervösen Blick auf das stille weiße Gesicht. Konnte das der pausbäckige rosige Gerry Wade sein? Er schauderte.
Als er sich umdrehte, um das Zimmer zu verlassen, fiel sein Blick auf den Kaminsims, und er blieb erstaunt stehen. In einer Reihe aufgestellt standen dort die Wecker.
Rasch lief er nach draußen. Ronny wartete auf ihn.

»Armer Kerl«, murmelte Jimmy. »Sag mal, Ronny, wer hat eigentlich die Wecker aufgestellt?«
»Wie soll ich das wissen? Einer der Diener vermutlich.«
»Komisch, es sind nur sieben, nicht acht. Ist dir das auch aufgefallen?«

4

»Rücksichtslos finde ich das!« sagte Lord Caterham wehleidig und schien sich irgendwie an dem Adjektiv zu freuen, das er gefunden hatte. »Ich habe schon oft festgestellt, daß diese Selfmademen rücksichtslos sind. Sehr gut möglich, daß das der Grund ist, warum sie soviel Reichtum anhäufen.«
Düster blickte er über sein angestammtes Land, von dem er wieder Besitz ergriffen hatte.
Seine Tochter, Lady Eileen Brent, von ihren Freunden kurz »Bündel« genannt, lachte. »Du wirst jedenfalls niemals große Reichtümer anhäufen! Obwohl du dem alten Coote ganz schön viel Miete abgeknöpft hast für diesen Kasten.
Wie ist er denn? Annehmbar?«
»Einer von diesen tüchtigen Industriekapitänen«, erwiderte Lord Caterham und schüttelte sich leicht, »mit rotem Spießergesicht und grauem Haar. Das, was man eine starke Persönlichkeit nennt. Eine menschliche Dampfwalze, sozusagen.«
»Ermüdend also?« fragte sie voll Mitgefühl.
»Entsetzlich ermüdend, voll von niederschmetternden Tugenden wie Nüchternheit und Pünktlichkeit. Ich weiß nicht, was schlimmer ist: starke Persönlichkeit oder eifrige Politiker. Ich ziehe nette unbedeutende Leute vor.«
»Nette unbedeutende Leute wären aber nicht in der Lage gewesen, dir so eine Miete für das alte Mausoleum zu zahlen«, erinnerte Bündel.
Lord Caterham seufzte. »Ich wünschte, du hättest dieses Wort nicht benützt, Bündel. Wir waren gerade dabei, das Thema zu verlassen.«
»Ich verstehe wirklich nicht, warum du so empfindlich bist«, meinte Bündel. »Irgendwo müssen die Menschen ja sterben.«
»Sie brauchen das aber nicht in meinem Haus zu tun«, erwiderte Lord Caterham.
»Warum nicht? Das haben schon viele hier getan: Heerscharen von steifen Großvätern und Großmüttern.«
»Das ist etwas anderes! Natürlich gehe ich davon aus, daß Mitglieder der Familie hier sterben - das zählt nicht. Aber gegen Fremde habe ich

etwas. Und Untersuchungen kann ich schon überhaupt nicht ausstehen. Solche Geschichten werden leicht zur Gewohnheit. Das ist jetzt schon der zweite Tote. Erinnerst du dich an das Theater, das wir vor vier Jahren hatten? Für das ich übrigens George Lomax verantwortlich mache.«
»Und jetzt schiebst du die Schuld auf die arme alte Dampfwalze Coote. Ich bin sicher, daß es ihm ebenso lästig war wie allen anderen.«
»Sehr rücksichtslos«, beharrte Lord Caterham. »Leute, bei denen man mit so was rechnen muß, sollten gar nicht erst eingeladen werden. Und du kannst sagen, was du willst, Bündel, ich mag keine Untersuchungen.«
»Nun, jetzt ist es doch etwas anderes als beim letztenmal. Ich meine, es ist kein Mord.«
»Es hätte aber gut einer sein können - nach dem ganzen Wirbel, den dieser Dickkopf von Inspektor veranstaltete. Er hat die Geschichte von vor vier Jahren noch nicht vergessen und denkt, daß jeder Sterbefall, der sich in meinem Haus ereignet, eine faule Sache von eminenter politischer Bedeutung ist.
Du kannst dir nicht vorstellen, wie er sich aufgeführt hat! Tredwell erzählte es mir. Hat alle nur erdenklichen Dinge nach Fingerabdrücken untersucht. Natürlich haben sie nur die des Toten gefunden. Eine ganz eindeutige Geschichte - ob es allerdings Selbstmord oder Unfall war, ist eine andere Frage.«
»Ich habe Gerry Wade mal getroffen«, sagte sie. »Er war ein Freund von Bill. Du hättest ihn bestimmt gemocht, Vater, ich habe noch nie jemand gesehen, der so nett und unbedeutend war wie er. Ich kann mir wirklich nicht vorstellen, daß ihn jemand umgebracht hat. Die Idee ist absurd!«
»Natürlich! Das wäre sie für jeden, außer für Inspektor Raglan, diesen Esel.«
»Vielleicht fühlt er sich bedeutend, wenn er nach Fingerabdrücken sucht. Jedenfalls haben sie sich auf ›Tod durch Unglücksfall‹ geeinigt, nicht wahr?«
Lord Caterham beruhigte sich. »Sie mußten Rücksicht auf die Gefühle der Schwester nehmen.«
»Hat er eine Schwester? Das wußte ich gar nicht.«
»Eine Halbschwester, viel jünger. Der alte Wade ist mit ihrer Mutter durchgebrannt - er hat immer so was gemacht. Keine Frau hat ihn interessiert, wenn sie nicht einem anderen Mann gehörte.«
»Da bin ich aber froh, daß es wenigstens eine schlechte Eigenschaft gibt, die du nicht besitzt«, sagte Bündel.
»Ich habe immer ein sehr anständiges gottgefälliges Leben geführt«, erklärte Lord Caterham. »Wirklich erstaunlich, daß man mich nicht in

Ruhe lassen kann. Wenn ...« Er hielt inne, weil Bündel plötzlich zur Terrassentür hinauslief.
»MacDonald!« rief sie energisch. Würdevoll näherte sich MacDonald. Etwas, das man für ein Begrüßungslächeln hätte halten können, versuchte sich auf seinem Gesicht breitzumachen. »Wie geht's?« fragte sie.
»Nicht sehr großartig«, erwiderte MacDonald.
»Ich wollte mit Ihnen wegen des Bowlingplatzes sprechen. Der ist entsetzlich verwildert. Unternehmen Sie etwas!«
MacDonald schüttelte zweifelnd seinen Kopf. »Das würde bedeuten, daß man William von der unteren Rabatte abziehen müßte, M'lady.«
»Zum Teufel mit der Rabatte! Er soll sofort anfangen. Und, MacDonald ...«
»Ja, M'lady?«
»Bringen Sie uns Trauben aus dem Gewächshaus! Ich weiß, daß man sie eigentlich noch nicht pflücken soll, aber ich will trotzdem welche, verstanden?«
Bündel kehrte in die Bibliothek zurück.
»Tut mir leid, Vater«, sagte sie. »Aber ich wollte MacDonald erwischen. Hattest du etwas gesagt?«
»Allerdings«, antwortete Lord Caterham. »Aber das macht nichts. Was gab's denn mit MacDonald?«
»Ich wollte ihn davon heilen, sich für den Allmächtigen zu halten. Aber es ist ziemlich unmöglich. Ich glaube, daß die Cootes ihm nicht gutgetan haben. MacDonald hat sich sicher keinen Pfifferling um sie geschert. Wie ist eigentlich Lady Coote?«
Lord Caterham überlegte kurz. »Sie hat bestimmt in vielen Laienspielen mitgewirkt. Ich nehme an, daß sie sich über den Scherz mit den Weckern sehr aufgeregt hat.«
»Was für Wecker?«
»Tredwell hat es mir gerade erzählt. Es scheint, daß sich die Gäste des Hauses einen Scherz erlaubt haben. Sie kauften ein paar Wecker und versteckten sie im Zimmer des jungen Wade. Und dann war der arme Kerl tot. Was die ganze Angelegenheit ziemlich eklig macht.«
Bündel nickte.
»Tredwell berichtete mir noch etwas Merkwürdiges über die Wecker«, fuhr Lord Caterham jetzt mit gesteigertem Vergnügen fort. »Anscheinend hat irgend jemand sie eingesammelt und in einer Reihe auf den Kaminsims gestellt, nachdem der arme Kerl tot war.«
»Na und?«
»Offenbar hat es deswegen Aufregung gegeben. Alle Dienstboten wurden befragt und schworen, daß sie niemals diese ekelhaften Dinger angefaßt hätten. Wirklich sehr rätselhaft. Der Coroner stellte bei der

Untersuchung diesbezügliche Fragen, und du weißt ja, wie schwierig es ist, Leuten dieses Schlages etwas klarzumachen.«
»Lauter Idioten«, stimmte Bündel zu.
»Natürlich ist es nicht einfach, hinterher die Zusammenhänge herauszufinden. Übrigens, Bündel, er ist in deinem Zimmer gestorben.«
Bündel zog eine Grimasse. »Warum gerade in meinem Zimmer?« fragte sie indigniert.
»Das sage ich ja!« meinte Lord Caterham triumphierend. »Rücksichtslos, verdammt rücksichtslos!«
»Nicht daß es mir etwas ausmacht«, sagte sie mutig, »warum auch!«
»Mir schon! Ich würde schlecht träumen ... von Geistern und klirrenden Ketten.«
»Großtante Louisa starb in *deinem* Bett. Ich wundere mich, daß du sie nicht herumspuken siehst.«
»Das tue ich ja manchmal«, gestand Lord Caterham schaudernd, »besonders nach Hummer.«
»Zum Glück bin ich nicht abergläubisch.«
Trotzdem mußte Bündel am Abend, als sie in ihrem Zimmer vor dem Kaminfeuer saß, unwillkürlich an jenen netten nichtssagenden Gerry Wade denken. Unvorstellbar, daß jemand, der so voll Lebensfreude steckte, Selbstmord begangen haben konnte. Nein, die andere Version mußte stimmen. Er hatte ein Schlafmittel genommen und aus Versehen eine Überdosis erwischt.
Ihr Blick fiel auf den Kaminsims, und sie erinnerte sich an die Geschichte mit den Weckern. Ihre Zofe war voll davon gewesen, und das zweite Hausmädchen hatte ihr gerade alle Einzelheiten haarklein erzählt. Bündel erfuhr ein Detail, das Tredwell offenbar nicht für wichtig gehalten und nicht an Lord Caterham weitergegeben hatte, das aber Bündels Neugier erregte.
Auf dem Kaminsims hatten sieben Wecker gestanden. Den fehlenden achten fand man draußen auf dem Rasen, wohin er offensichtlich durchs Fenster geworfen worden war.
Die Sache erschien so sinnlos. Man konnte sich vorstellen, daß eines der Hausmädchen die Wecker eingesammelt und es bei der Untersuchung aus Angst geleugnet hatte. Aber bestimmt würde kein Dienstmädchen einen Wecker in den Garten werfen!
Hatte Wade es getan, als das erste Klingeln ihn weckte? Nein, unmöglich! Der Tod war angeblich in den frühen Morgenstunden eingetreten. Wade mußte schon einige Zeit vorher bewußtlos gewesen sein.
Die Sache mit den Weckern war wirklich merkwürdig. Sie mußte Bill Eversleigh fragen. Er war übers Wochenende auch hier gewesen.

Denken und handeln war eins. Bündel stand auf und ging zu ihrem Schreibtisch. Es war ein schönes Stück mit Intarsien, dessen Deckel man zurückrollen konnte. Bündel setzte sich, nahm einen Bogen Papier und begann zu schreiben: Lieber Bill ...
Sie hielt inne, um die Schreibplatte herauszuziehen. Sie klemmte, wie häufig. Ungeduldig zog Bündel daran. Da fiel ihr ein, daß einmal ein vergessenes Kuvert dazwischengesteckt hatte. Mit einem dünnen Papiermesser fuhr sie in den schmalen Spalt. Sie hatte Erfolg. Die Ecke eines weißen Blatt Papiers kam zum Vorschein. Bündel ergriff es und zog es heraus. Es war die etwas zerknitterte Seite eines Briefes.
Als erstes fiel ihr das Datum auf. »Der einundzwanzigste September«, sagte sie langsam »da geschah doch ...«
Sie brach ab. Ja, am zweiundzwanzigsten September hatte man Gerry Wade tot aufgefunden. Diesen Brief mußte er also am Tag der Tragödie geschrieben haben.
Sie strich ihn glatt und las.

Meine liebe Loraine, ich komme am Mittwoch. Ich fühle mich herrlich und bin sehr zufrieden mit mir. Dich wiederzusehen ist großartig! Hör mal, vergiß, was ich Dir über *Seven Dials* erzählt habe. Ich dachte, daß es mehr oder weniger ein Scherz sei - aber das ist es nicht, nicht im geringsten! Es tut mir leid, daß ich je etwas darüber verlauten ließ - es ist nicht die Art von Angelegenheiten, in die Du hineingezogen werden sollst.
Noch etwas wollte ich Dir schreiben - aber ich bin so müde, daß ich meine Augen kaum noch offenhalten kann ...

Hier brach der Brief ab.
Nachdenklich saß Bündel da. *Seven Dials* ... was war das? Ihre Aufmerksamkeit blieb an zwei Wendungen hängen: »... ich fühle mich herrlich ...« und »... ich bin so müde, daß ich meine Augen kaum noch offenhalten kann ...«
Das paßte nicht zusammen! Denn genau in jener Nacht hatte Gerry Wade eine so starke Dosis eines Schlafmittels genommen, daß er nie mehr aufwachte. Und wenn stimmte, was in dem Brief stand, warum sollte er es dann genommen haben?
Leicht schaudernd blickte sie sich im Zimmer um. Angenommen, Gerry Wade beobachtete sie jetzt? In diesem Zimmer war er gestorben ...
Vor ihrem inneren Auge entstand ein deutliches Bild. Der tote Mann auf dem Bett und sieben Wecker, die auf dem Kaminsims tickten, die laut und geheimnisvoll ...

5

»Vater«, sagte Bündel, während sie die Tür zu Lord Caterhams Heiligtum einen Spalt öffnete und ihren Kopf hineinsteckte, »ich fahre mit dem Hispano nach London. Ich kann die Eintönigkeit hier nicht länger aushalten.«

»Aber wir sind doch erst gestern zurückgekommen«, beklagte sich Lord Caterham.

»Ich weiß. Es erscheint mir wie hundert Jahre. Ich hatte vergessen, wie öde das Landleben sein kann.«

»Da möchte ich dir nicht zustimmen! Es ist so friedlich! Und außerordentlich bequem. Ich kann dir nicht sagen, wie ich es genieße, wieder bei Tredwell zu sein. Dieser Mann sorgt einfach vorbildlich für mich. Gerade heute morgen war eine Person da und fragte, wo sie hier ein Treffen für Pfadfindermädchen veranstalten könnte, irgend so was Dummes. Es hätte mich sehr in Verlegenheit gebracht, ablehnen zu müssen - vermutlich hätte ich es nicht gekonnt. Tredwell hat mich gerettet. Niemand ist beleidigt.«

»Das genügt mir nicht, ich brauche Aufregung!«

Lord Caterham schüttelte sich. »Hatten wir nicht vor vier Jahren Aufregung genug?« beschwerte er sich.

»Ich kann noch ein bißchen mehr vertragen. Zwar glaube ich nicht, daß es in London aufregend ist, aber ich habe einfach keine Lust, mir hier vor lauter Gähnen den Kiefer zu verrenken.«

»Meiner Erfahrung nach finden Leute, die Aufregung suchen, sie meistens auch. Aber wie dem auch sei, ich hätte gute Lust, auch in die Stadt zu fahren.«

»Dann komm mit, aber schnell, ich hab's eilig!«

Lord Caterham, der sich gerade von seinem Stuhl erheben wollte, ließ sich wieder zurücksinken. »Sagtest du, du hättest es eilig?«

»Wahnsinnig eilig!«

»Dann ist das Problem gelöst. Mit dir im Hispano zu sitzen, wenn du es eilig hast - nein, ich bleibe.«

»Wie du willst«, sagte Bündel und verschwand.

Tredwell trat an ihre Stelle. »Der Vikar, Mylord, möchte Sie unbedingt sprechen. Es scheint da irgendein Mißverständnis mit den Pfadfindern zu geben.«

Lord Caterham stöhnte.

»Ich bilde mir ein, Mylord, Sie hätten beim Frühstück erwähnt, daß Sie heute vormittag ins Dorf gehen wollten, um mit dem Vikar über die Angelegenheit zu sprechen.«

»Haben Sie ihm das gesagt?« fragte Lord Caterham eifrig.
»Ja, Mylord. Er machte, wenn ich so sagen darf, auf dem Absatz kehrt. Ich hoffe, es war in Ihrem Sinn.«
»Natürlich, Tredwell! Sie könnten nichts falsch machen.« Tredwell lächelte gütig und zog sich zurück.

Es war typisch für Bündel, es eilig zu haben, vor allem, wenn sie Auto fuhr. Sie war eine gute Fahrerin; andernfalls hätte sie ihr mörderisches Tempo sicher mehr als einmal ins Verderben gestürzt.
Es war ein frischer Oktobertag mit blauem Himmel und strahlender Sonne. Die scharfe Luft trieb ihr die Farbe in die Wangen und erfüllte sie mit Lebensfreude.
Heute morgen hatte sie Loraine Wade Gerrys unvollendeten Brief geschickt, mit ein paar erklärenden Zeilen. Der merkwürdige Eindruck, den er auf sie gemacht hatte, war bei Tageslicht verschwunden, dennoch fand sie, daß er eine Erklärung erforderte. Sie wollte sich irgendwann mit Bill Eversleigh treffen und ihm noch einige Details über das Wochenende entlocken, das so tragisch geendet hatte. Inzwischen genoß sie den herrlichen Morgen.
Der Hispano war ein Traumwagen!
Und da, ohne Vorwarnung, taumelte plötzlich ein Mann aus der Hecke am Straßenrand, Bündel direkt vor den Wagen. Bremsen war unmöglich. Bündel riß das Steuer herum, der Hispano schlingerte auf die rechte Straßenseite. Dabei fuhr sie fast in den Graben, fast, aber nicht ganz. Es war ein gefährliches Manöver. Doch es glückte. Sie war überzeugt, daß sie den Mann nicht erwischt hatte.
Sie blickte zurück, in ihrer Magengegend ein scheußliches Gefühl. Der Mann lag mit dem Gesicht nach unten auf der Straße, merkwürdig still.
Bündel sprang hinaus und rannte zurück. Außer einer herumirrenden Henne hatte sie noch nie etwas überfahren. Die Tatsache, daß der Unfall kaum ihre Schuld war, zählte in ihren Augen nicht. Der Mann hatte betrunken gewirkt, doch betrunken oder nicht, sie hatte ihn offenbar getötet. Ihr Herz klopfte so heftig, daß sie es bis in die Ohren spürte. Sie beugte sich zu der Gestalt hinunter und drehte sie vorsichtig um.
Sie konnte keine äußerliche Verletzung feststellen. Seine Lider zuckten, dann öffnete er halb die Augen. Bündel beugte sich näher. »Ja?« fragte sie, »ja?«
Schließlich kamen die Worte, wie ein Seufzen. *»Seven Dials* ... sagen Sie ...«
»Ja?« Offenbar wollte er einen Namen nennen - versuchte es mit letzter Kraft. »Ja! Wem soll ich etwas sagen?«

»Sagen Sie ... Jimmy Thesiger ...« Plötzlich fiel sein Kopf zurück, und sein Körper wurde schlaff.
Bündel sank in die Knie. Sie zitterte am ganzen Körper. Sie hätte nie gedacht, daß ihr etwas so Entsetzliches passieren könnte. Was sollte sie jetzt tun?
Einen Arzt holen - das war ihr erster Gedanke. Es war möglich - immerhin möglich -, daß der Mann nur bewußtlos war. Irgendwie mußte sie ihn ins Auto schaffen. Die Landstraße lag verlassen da, kein Mensch weit und breit.
Trotz ihrer Zierlichkeit verfügte sie über beachtliche Kräfte. Sie fuhr den Hispano so nahe wie möglich heran und zog und schob dann mit aller Kraft die leblose Gestalt hinein. Es war eine grauenvolle Aufgabe, aber schließlich hatte sie es geschafft.
Dann setzte sie sich hinters Steuer und fuhr los. Ein paar Minuten später erreichte sie ein kleines Dorf, und auf ihre Fragen fand sie schnell das Haus des Arztes.
Dr. Cassell, ein netter Mann Mitte Dreißig, betrat sein Sprechzimmer und fand zu seinem Erstaunen dort ein Mädchen vor, das offensichtlich nahe am Zusammenbrechen war.
»Ich ... ich glaube ... ich habe einen Mann... umgebracht!« stammelte Bündel. »Ich habe ihn überfahren. Er liegt im Auto. Ich ... ich ...«
Prüfend sah der Arzt sie an. Dann ging er zu einem Regal, schenkte eine Flüssigkeit in ein Glas und brachte es ihr. »Trinken Sie!« befahl er. »Sie haben einen Schock erlitten.«
Bündel trank gehorsam, und ein Hauch Farbe kehrte in ihr blasses Gesicht zurück.
Der Arzt nickte anerkennend.
»Sehr gut! Ich gehe hinaus und kümmere mich um die Angelegenheit. Danach können wir über die Geschichte sprechen.«
Der Arzt blieb einige Zeit weg. Bündel beobachtete die Zeiger der Uhr auf dem Kaminsims. Fünf Minuten, zehn Minuten, eine Viertelstunde, zwanzig Minuten - kam er denn überhaupt nicht wieder?
Da öffnete sich die Tür. Dr. Cassell trat ein. Seine Miene hatte sich verändert - Bündel bemerkte es sofort -, er wirkte verbissener und auf der Hut.
»Also«, begann er. »Sie haben diesen Mann überfahren, behaupten Sie. Erzählen Sie mir, wie sich der Unfall ereignete.«
Bündel erklärte es, so gut sie konnte.
»Aha! Der Wagen ist nicht über den Körper gerollt?«
»Nein. Ich hatte sogar geglaubt, ich hätte ihn nicht einmal gestreift.«
»Er taumelte, sagten Sie?«

»Ja. Ich dachte, er sei betrunken.« Der Arzt nickte.
»Ich bezweifle keineswegs, daß Sie eine leichtsinnige Fahrerin sind und eines Tages tatsächlich irgendeinen armen Kerl überfahren werden - doch diesmal haben Sie es nicht getan.«
»Aber ...«
»Der Mann wurde erschossen.«

6

Entgeistert starrte Bündel Dr. Cassell an, und langsam schob sich die Welt, die während der letzten Dreiviertelstunde kopfgestanden hatte, wieder zurecht. Es dauerte ein paar Minuten, dann war sie wieder ganz die alte, kühl und logisch. »Wie konnte er denn erschossen werden?« fragte sie.
»Das weiß ich nicht. Er hat eine Kugel im Bauch. Innere Blutungen, deswegen haben Sie nichts gemerkt.« Bündel nickte.
»Die Frage ist jetzt«, fuhr der Arzt fort, »wer ihn erschossen hat. Sie haben niemanden gesehen?« Bündel schüttelte den Kopf.
»Merkwürdig. Wenn es ein Unfall war, müßte der Missetäter angerannt gekommen sein um zu helfen - außer er wußte nicht, was er angestellt hatte.«
»Es war niemand da, jedenfalls nicht auf der Straße.«
»Sie haben keinen Schuß gehört?«
Bündel verneinte. »Aber ich hätte ihn bei dem Motorenlärm sicher nicht hören können!« fügte sie hinzu.
»Stimmt. Hat er etwas gesagt, bevor er starb?«
»Ein paar Worte.«
»Nichts, was Licht in die Affäre bringen könnte?«
»Nein. Er wollte etwas - ich weiß nicht, was - einem Freund bestellen lassen. Ah, ja, er erwähnte *Seven Dials.*«
»Hm«, meinte Dr. Cassell. »Ich werde die Polizei benachrichtigen. Sie müssen mir natürlich Name und Adresse nennen, da man Sie sicher befragen möchte. Vielleicht ist es sogar besser, wenn Sie gleich mit zum Revier kommen.«
Sie fuhren mit Bündels Wagen. Der Inspektor war ein langsam sprechender Mann. Bündels Name und Adresse schüchterten ihn irgendwie ein, und er nahm ihre Aussage mit großer Sorgfalt zu Protokoll.
»Diese jungen Kerle!« sagte er.
»Unglaublich sorglos! Zielen einfach auf die Vögel, ohne sich darum zu kümmern, wer oder was auf der anderen Seite der Hecke ist.«

Der Arzt hielt das zwar für eine unzureichende Erklärung, aber er war sicher, daß der Fall bald in fähigere Hände kommen würde.
»Und der Name des Verstorbenen?« fragte der Inspektor.
»Er hatte eine Brieftasche bei sich. Ein Mr. Ronald Devereux mit einer Adresse im *Albany«*.
Bündel runzelte die Stirn. Der Name Ronald Devereux weckte Erinnerungen in ihr. Sie war ganz sicher, daß sie ihn schon einmal gehört hatte. Erst auf halbem Weg nach *Chimneys* fiel es ihr ein. Natürlich! Ronny Devereux. Bills Freund im Auswärtigen Amt. Er und Bill und - ja - Gerald Wade!
Als ihr diese Erkenntnis kam, wäre sie fast in die Hecke gefahren. Zuerst Wade, dann Ronny Devereux! Wades Tod konnte eine ganz gewöhnliche Ursache gehabt haben - eine Folge von Sorglosigkeit zum Beispiel -, aber im Fall Ronny Devereux steckte sicherlich etwas viel Schlimmeres dahinter.
Dann erinnerte sie sich an noch etwas: *Seven Dials!* Als der Sterbende das gesagt hatte, waren ihr die Worte bekannt vorgekommen. Jetzt wußte sie, warum. In seinem Brief an seine Schwester hatte Wade diesen Ausdruck verwendet.
Beim Überdenken all dieser Tatbestände hatte Bündel das Tempo ihres Wagens verringert, was für sie sehr ungewöhnlich war.
Sie fuhr den Wagen in die Garage und machte sich auf die Suche nach ihrem Vater.
Lord Caterham las zufrieden in einem Auktionskatalog seltener Buchausgaben und war sehr erstaunt, als Bündel auftauchte. »Selbst du«, sagte er, »kannst nicht in so kurzer Zeit in London gewesen sein.«
»Ich habe einen Mann überfahren.«
»Was?«
»Ich habe es nicht wirklich getan. Er wurde erschossen.«
»Wie konnte das passieren?«
»Das weiß ich auch nicht.«
»Aber warum hast du ihn denn erschossen?«
»Das habe ich doch nicht getan!«
»So? Wer dann?«
»Das weiß man nicht«, antwortete Bündel.
»Wahrscheinlich ein geplatzter Reifen«, meinte Lord Caterham. »Das klingt so ähnlich wie ein Schuß.«
»Du bist unmöglich, Vater! Man könnte denken, du hättest ein Spatzenhirn!«
»Keineswegs!« protestierte Lord Caterham. »Du kommst hier hereingeplatzt mit einer völlig unmöglichen Geschichte von Männern, die

erschossen und überfahren werden, und dann erwartest du, daß ich das alles kapieren soll.«

Bündel seufzte. »Hör zu, ich werde es dir in ganz einfachen Worten noch mal erklären.« Als sie fertig war, fragte sie: »Hast du jetzt begriffen?«

»Natürlich. Ich halte dir zugute, daß du ein bißchen aufgeregt warst, meine Liebe. Mit meiner Bemerkung, daß Leute, die Aufregungen suchen, sie meistens auch finden, hatte ich also gar nicht so unrecht. Ich bin ja nur dankbar«, fügte Lord Caterham mit einem leichten Schaudern hinzu, »daß ich hiergeblieben bin.« Er nahm seinen Katalog wieder zur Hand.

»Vater, wo liegt eigentlich *Seven* Dials?«

»Irgendwo im East End. Ich habe öfters Busse hinfahren sehen - oder verwechsle ich es mit Seven Sisters? Merkwürdig, wo habe ich kürzlich davon gehört?«

»Du kennst nicht zufällig einen Jimmy Thesiger?«

Lord Caterham war schon wieder in seinen Katalog vertieft. »Thesiger«, murmelte er geistesabwesend. »Deine Großtante Selina hat einen Thesiger geheiratet.«

»Was interessiert mich das?« schrie Bündel.

Lord Caterham kicherte. »Es ist ihr nicht gut bekommen, wenn ich mich recht erinnere.«

»Du bist unmöglich«, sagte Bündel seufzend. »Ich werde mich an Bill wenden müssen.«

»Tu das, meine Liebe«, sagte ihr Vater zerstreut und blätterte um. »Das ist bestimmt das Richtige.«

»Wenn ich mich bloß erinnern könnte, was in dem Brief stand«, murmelte sie. »Ich habe ihn nicht sehr sorgfältig gelesen. Irgendwas über einen Scherz. Daß die *Seven-Dials*-Geschichte kein Scherz sei.«

Plötzlich tauchte Lord Caterham hinter seinem Katalog auf. *»Seven Dials?«* fragte er. »Natürlich! Jetzt fällt es mir ein.«

»Was denn?«

»Ich weiß, warum es mir so bekannt vorkam. George Lomax ist hiergewesen. Er scheint nächste Woche irgendeine politische Versammlung zu haben und hat einen Drohbrief bekommen.«

»Was meinst du mit Drohbrief?«

»Er hat keine Einzelheiten erzählt. Da stand irgend so was drin wie ›Hüten Sie sich!‹ und ›... es wird Schwierigkeiten geben ...‹ Jedenfalls kam er von *Severn Dials,* ich erinnere mich genau. Er wollte in die Stadt fahren und deswegen Scotland Yard konsultieren. Du kennst natürlich George?«

Bündel nickte. Sie kannte den Kabinettsminister George Lomax, der von vielen Leuten wegen seiner hartnäckigen Angewohnheit gemieden wurde, seine öffentlichen Reden auch im privaten Gespräch zu zitieren. Seine vorspringenden Augäpfel hatten ihm den Spitznamen Codders - Fischauge - eingetragen.

»Sag mal«, fragte sie, »interessiert sich Codders für Gerald Wades Tod?«

»Nicht daß ich wüßte. Möglich wäre es.«

Einige Minuten lang schwieg Bündel, während sie versuchte, sich an den genauen Wortlaut des Briefes zu erinnern, den sie an Loraine weitergeschickt hatte. Was mochte das für ein Mädchen sein, an dem Gerald Wade so gehangen hatte? Je mehr sie darüber nachdachte, desto ungewöhnlicher erschien ihr das Ganze. Schrieb so ein Bruder an seine Schwester?

»Sagtest du nicht, daß Loraine Wade Gerrys Halbschwester sei?« fragte sie plötzlich.

»Also, genau genommen … war sie … ich meine, sie war keineswegs seine Schwester.«

»Aber sie heißt auch Wade?«

»Ursprünglich nicht. Sie ist nicht das Kind vom alten Wade. Er brannte mit einer Frau durch, die mit einem ausgesprochenen Lumpen verheiratet war. Ich glaube, das Gericht sprach bei der Scheidung das Kind seinem kriminellen Vater zu, aber der machte keinen Gebrauch davon. Der alte Wade fand Gefallen an dem Mädchen und bestand darauf, daß es seinen Namen tragen sollte.«

»Verstehe«, murmelte Bündel

»Das erklärt es.«

»Was denn?«

»Etwas, das mir an dem Brief rätselhaft erschien.«

»Sie soll ein sehr hübsches Mädchen sein.«

Nachdenklich ging Bündel nach oben. Sie hatte mehrere Eisen im Feuer. Zunächst mußte sie Jimmy Thesiger finden. Da konnte Bill eventuell hilfreich sein. Ronny Devereux war ein Freund von Bill gewesen. Wenn Jimmy Thesiger mit Ronny befreundet gewesen war, standen die Chancen gut, daß auch Bill ihn kannte. Und dann das Mädchen, Loraine Wade. Es war gut möglich, daß Loraine Licht in die Sache mit *Seven Dials* bringen konnte. Offenbar hatte Gerry Wade ihr Näheres erzählt. Sein Drängen, daß sie *Seven Dials* vergessen solle, schien irgendwie verdächtig …

7

Bill zu erreichen war nicht schwierig. Am nächsten Morgen fuhr Bündel nach London - diesmal ohne unterwegs ein Abenteuer bestehen zu müssen - und rief ihn an. Bill machte eifrig Vorschläge, wo man sich treffen solle - zum Lunch, zum Tee, zum Abendessen und zum Tanzen. Aber Bündel lehnte alle der Reihe nach ab.
»In ein oder zwei Tagen vielleicht, Bill! Im Augenblick bin ich geschäftlich hier.«
»Ach«, meinte Bill. »Wie entsetzlich langweilig!«
»Nicht so, wie du denkst. Ganz im Gegenteil. Kennst du einen gewissen Jimmy Thesiger, Bill?«
»Natürlich, und du auch.«
»Nein, du täuschst dich.«
»Aber du mußt ihn einfach kennen! Sieht mit seinem rosa Gesicht ein bißchen dämlich aus, hat aber keineswegs weniger Hirn als ich.«
»Was du nicht sagst«, meinte Bündel. »Ist er da nicht ein bißchen kopflastig?«
»Was soll der Sarkasmus?«
»Sarkasmus? So hoch würde ich mich nicht vergreifen. Was macht Jimmy Thesiger?«
»Ob er einen Job hat? Nein.«
»Also hat er noch mehr Geld als Hirn?«
»Das möchte ich nicht behaupten. Ich meinte nur, daß er mehr Hirn hat, als du denkst.«
Bündel schwieg. Es kamen ihr mehr und mehr Zweifel. Goldjunge Thesiger schien ihr kein sehr erfolgversprechender Verbündeter zu sein. Und doch war es sein Name gewesen, den der sterbende Ronny Devereux genannt hatte. Als hätte Bill erraten, an wen Bündel dachte, sagte er plötzlich:
»Ronny hält sehr viel von ihm. Du weißt schon, Ronny Devereux. Thesiger ist sein bester Freund.«
»Ronny...« Bündel brach unentschlossen ab. Offensichtlich wußte Bill nichts von Ronnys Tod. Plötzlich fiel ihr auch auf, daß merkwürdigerweise die Zeitungen über das tragische Ereignis nicht berichtet hatten.
»Ich habe Ronny seit Ewigkeiten nicht mehr gesehen«, fuhr Bill fort. »Seit jenem Wochenende in eurem Haus! Du weißt schon, als der arme Gerry Wade starb.« Er machte eine kleine Pause. »War eine scheußliche Geschichte ...«
Sollte sie Bill von Ronnys Tod erzählen? Sie entschied sich dagegen - nicht am Telefon ... »Bill?«

»Ja ...?«
»Morgen abend könnte ich mit dir essen.«
»Wunderbar! Und hinterher gehen wir tanzen. Ich muß dir eine Menge erzählen. Mir ist da nämlich was Dummes passiert ... ich habe richtig Pech gehabt ...«
»Davon kannst du mir ja morgen abend berichten«, unterbrach Bündel ihn etwas unfreundlich. »Gibst du mir Jimmy Thesigers Adresse?«
»Jermyn Street! Wart einen Augenblick, ich suche die Hausnummer!« Es entstand eine Pause. »Bist du noch da?«
»Ja.«
»Nummer hundertdrei. Hast du's?«
»Hundertdrei. Danke, Bill.«
»Was willst du eigentlich von ihm? Du kennst ihn doch angeblich gar nicht.«
»Noch nicht, aber in einer halben Stunde werde ich ihn kennenlernen.«
»Du besuchst ihn in seiner Wohnung?«
»Ganz recht, Sherlock Holmes.«
»Tja ... er wird noch nicht auf sein.«
»Tatsächlich?«
»Ich glaube nicht. Wer würde schon früh aufstehen, wenn er nicht dazu gezwungen wäre? So mußt du das sehen! Du hast keine Ahnung, was für Anstrengungen es mich kostet, jeden Morgen um elf Uhr dreißig hier zu sein. Und das Theater, das Codders macht, wenn man zu spät kommt, ist einfach absurd. Du weißt nicht, was für ein Hundeleben das hier ist ...«
»Davon kannst du mir morgen erzählen«, unterbrach ihn Bündel eilig.
Sie warf den Hörer auf die Gabel und überdachte die Situation. Es war fünf nach halb zwölf Uhr. Entgegen Bills Meinung über die Gewohnheiten seines Freundes glaubte sie, daß Mr. Thesiger um diese Zeit sicher in der Lage sein würde, Besucher zu empfangen. Sie nahm ein Taxi und fuhr in die Jermyn Street.
Das Musterexemplar eines älteren Gentleman öffnete ihr die Tür. Seine ausdruckslose Miene gehörte zu einem Gesicht, das man gerade in diesem Viertel von London häufig antraf.
Er bat sie nach oben in ein ausgesprochen gemütliches Wohnzimmer mit riesigen Ledersesseln. In einem dieser Monstren saß ein Mädchen, um einige Jahre jünger als Bündel, ein schlankes blondes Mädchen in Schwarz.
»Wen darf ich melden, Madam?«
»Mein Name wird Mr. Thesiger nichts sagen«, meinte Bündel. »Aber es ist sehr wichtig.«

Der ernste Mann machte eine leichte Verbeugung und ging hinaus. Geräuschlos schloß er die Tür hinter sich.
Es entstand eine Pause.
»Ein schöner Morgen«, sagte das blonde Mädchen schüchtern.
»Ein wunderschöner Morgen«, stimmte Bündel zu.
Wieder entstand eine Pause.
»Ich bin heute morgen vom Land hereingefahren«, erklärte Bündel, um das Gespräch wieder aufzunehmen. »Und ich dachte schon, hier herrschte wieder entsetzlicher Nebel. Aber es stimmte nicht.«
»Nein«, antwortete das Mädchen. »Es war keiner.« Und sie fügte hinzu: »Ich bin auch von außerhalb in die Stadt gekommen.«
Bündel betrachtete sie genauer. Zuerst hatte sie sich über ihre Anwesenheit geärgert. Bündel gehörte zu jenen energischen Leuten, die alles möglichst schnell erledigen wollen, und sie sah voraus, daß die Besucherin erst abgeschoben werden mußte, bevor sie mit ihrem eigenen Anliegen herausrücken konnte. Ihre Geschichte konnte man nicht vor Fremden abhandeln.
Ein merkwürdiger Gedanke stieg in Bündel auf. Konnte es möglich sein? Ja, das Mädchen trug Trauer! Es war ein Schuß ins Blaue, aber Bündel war überzeugt, daß ihre Vermutung stimmte. Sie holte tief Luft.
»Hören Sie«, begann sie, »Sie sind nicht zufällig Loraine Wade?«
Loraines Augen wurden groß. »Doch, das bin ich. Wie kommen Sie darauf?«
»Ich habe Ihnen gestern geschrieben. Ich bin Eileen Brent.«
»Es war so reizend von Ihnen, mir Gerrys Brief zu schicken«, erklärte Loraine. »Ich habe Ihnen schon geantwortet. Ich hätte ja nie gedacht, Ihnen hier zu begegnen.«
»Kannten Sie Ronny Devereux?«
Loraine nickte. »Er kam an jenem Tag zu mir, an dem Gerry ... Seitdem besuchte er mich ein paarmal. Er war einer von Gerrys besten Freunden.«
»Ich weiß. Nun - er ist tot.«
Loraine riß vor Erstaunen den Mund auf. »Tot?«
Bündel erzählte ihr so knapp wie möglich von den Ereignissen des vergangenen Tages. Furcht und Entsetzen spiegelten sich auf Loraines Gesicht.
»Dann ist es also wahr! Es ist doch wahr!«
»Was?«
»Meine Vermutung: Gerry ist keines natürlichen Todes gestorben! Er wurde umgebracht!«
»Sie haben das wirklich gedacht?«

»Ja. Gerry hätte nie Schlafmittel genommen.« Sie lächelte scheu. »Er schlief viel zu gut. Mir ist die Sache von Anfang an komisch vorgekommen. Und ihm auch - das weiß ich.«
»Wem?«
»Ronny. Und dann passierte es. Dann wurde er auch ermordet.« Sie schwieg einen Moment und fuhr fort: »Deswegen bin ich nämlich hier. Sobald ich Gerrys Brief gelesen hatte, versuchte ich, Ronny zu erreichen, aber man sagte mir, er sei verreist. Da fiel mir Jimmy ein - er war auch ein guter Freund von Gerry. Ich dachte, er könnte mir vielleicht raten, was ich tun sollte.«
»Sie meinen ... wegen *Seven Dials?«*
In diesem Moment trat Jimmy Thesiger ins Zimmer.

8

An dieser Stelle müssen wir etwa zwanzig Minuten zurückgehen, zu dem Zeitpunkt, als Jimmy aus tiefem Schlaf gerissen wurde.
»Eine junge Dame möchte Sie sprechen, Sir!«
Die Stimme war unerbittlich. Jimmy resignierte, öffnete die Augen und blinzelte.
»Wie bitte, Stevens?«
»Eine junge Dame möchte Sie sprechen, Sir.«
»Oh!« Jimmy schien die Situation zu begreifen. »Warum?«
»Das weiß ich nicht, Sir.« Stevens sah auf das Tablett neben dem Bett. »Ich bringe Ihnen frischen Tee.«
»Sie finden also, ich sollte aufstehen - und die Dame empfangen?« Stevens antwortete nicht, aber er hielt sich betont gerade. Jimmy deutete die Zeichen richtig. »Natürlich, natürlich«, sagte er. »Sie hat Ihnen ihren Namen nicht gesagt?«
»Nein, Sir.«
»Ist sie ... wie ist sie denn?«
»Ganz *comme il faut,* wenn ich mir ein Urteil erlauben darf.«
»Sie dürfen«, meinte Jimmy großzügig. »Ihre französische Aussprache, Stevens, ist sehr gut. Viel besser als meine.«
»Das freut mich zu hören, Sir. Ich habe erst kürzlich einen Französischkurs besucht.«
»Tatsächlich? Sie sind ein toller Knabe, Stevens!«
Stevens lächelte und verließ das Zimmer. Jimmy lag im Bett und versuchte, sich an all die Namen jener jungen und hübschen Mädchen zu erinnern, die *comme il faut* waren und ihn besuchen könnten.

Stevens kam mit frischem Tee zurück, und als Jimmy einen Schluck getrunken hatte, spürte er, wie die Neugier sich in ihm regte. »Sie haben ihr Zeitungen zum Lesen gegeben, Stevens?«
»Die *Morning Post* und den *Punch,* Sir.«
Es läutete, Stevens verschwand und kehrte nach einiger Zeit zurück. »Noch eine junge Dame, Sir! Sie will ihren Namen nicht nennen, aber sie sagt, daß ihr Anliegen wichtig sei.«
Jimmy starrte ihn an. »Das ist doch verdammt merkwürdig, Stevens. Wann bin ich heute nacht nach Hause gekommen?«
»Etwa um fünf Uhr morgens, Sir.«
»Und war ich ... äh ... wie wirkte ich?«
»Nur ein bißchen fröhlich, Sir, sonst nichts. Sie sangen *Rule Britannia.«*
»Ausgerechnet! Ich glaube nicht, daß ich es jemals in nüchternem Zustand gesungen habe. Da muß ein latent vorhandener Patriotismus zum Vorschein gekommen sein, mit Hilfe von ... tja ... ein paar Gläschen zuviel.
Wir haben im *Mustard and Cress* gefeiert, soviel ich noch weiß. Gar keine so harmlose Kneipe, wie behauptet wird, Stevens.«
Unterdessen hatte er sich hastig angezogen. Zehn Minuten später war er in der Lage, seinen unbekannten Gästen gegenüberzutreten. Als er die Tür zum Wohnzimmer öffnete, sah er zuerst ein schlankes dunkles Mädchen, das ihm völlig unbekannt war. Sie lehnte am Kaminsims. Dann wanderte sein Blick zu einem der großen Ledersessel, und sein Herz machte einen Satz. Loraine!
Sie stand auf und sagte etwas nervös: »Sie wundern sich sicher, daß ich hier bin. Aber ich mußte einfach kommen. Ich erkläre es Ihnen gleich! Das ist Lady Eileen Brent.«
»Bündel - unter diesem Namen kennt man mich eher. Sie haben sicher durch Bill Eversleigh von mir gehört.«
»Ja, natürlich!« rief Jimmy und versuchte, mit der Situation fertig zu werden. »Setzen Sie sich doch bitte. Trinken wir erst mal einen Cocktail.«
Die beiden Damen lehnten dankend ab.
»Um ehrlich zu sein«, sagte Jimmy, »bin ich gerade erst aufgestanden.«
»Das hat Bill schon vermutet«, erklärte Bündel. »Ich erzählte ihm, daß ich Sie besuchen wollte, und er meinte, Sie seien vielleicht noch nicht auf.«
»Nun, jetzt stehe ich vor Ihnen«, sagte Jimmy fröhlich. »Erst Gerry«, begann Loraine. »Und jetzt Ronny ...«
»Was soll das heißen ... und jetzt Ronny?«
»Er wurde gestern erschossen.«

»Was?« schrie Jimmy.
Da erzählte Bündel ihre Geschichte zum zweitenmal.
»Der alte Ronny ... erschossen«, murmelte Jimmy. »Was ist denn das für eine scheußliche Sache?« Er setzte sich auf eine Stuhlkante, dachte ein paar Minuten nach und begann mit ruhiger, ausdrucksloser Stimme: »Ich glaube, ich sollte Ihnen etwas erzählen.«
»Ja?« sagte Bündel ermutigend.
»Es war an dem Tag, an dem Gerry Wade starb. Wir waren unterwegs zu Ihnen«, er sah Loraine an, »als Ronny mir im Auto etwas zu erzählen begann. Das heißt, er wollte und fing auch damit an, aber dann meinte er, er sei durch eine Art Versprechen gebunden und müsse schweigen.«
»Durch ein Versprechen gebunden?« überlegte Loraine.
»So etwa drückte er sich aus. Natürlich drängte ich nicht weiter. Aber er benahm sich so komisch - die ganze Zeit. Ich hatte den Eindruck, daß er irgend etwas Unrechtes an der Sache witterte. Ich nahm an, er würde es dem Arzt gegenüber erwähnen, aber das tat er nicht. Nicht die geringste Andeutung! Deshalb dachte ich, ich hätte mich vielleicht geirrt. Und später - nun, es schien ja ein klarer Fall zu sein. Meine Vermutungen mußten falsch gewesen sein.«
»Aber Sie glauben, daß Ronny immer noch mißtrauisch war?« fragte Bündel.
Jimmy nickte. »Jetzt glaube ich das. Keiner von uns hat ihn seit jenem Wochenende gesehen. Er muß auf eigene Faust Nachforschungen angestellt haben - um die Wahrheit über Gerrys Tod herauszubringen, und was noch schwerer wiegt, vermutlich hat er tatsächlich etwas entdeckt. Dann versuchte er, mir eine Nachricht zukommen zu lassen, brachte aber nur noch die paar Worte heraus.«
»Seven Dials«, sagte Bündel und schauderte.
»Seven Dials«, wiederholte Jimmy ernst. »Da müssen wir weiterbohren.«
Bündel sah Loraine an. »Sie wollten vorhin gerade ...«
»Ach ja! Wegen dem Brief.« Loraine wandte sich an Jimmy. »Gerry hinterließ einen Brief. Lady Eileen ...«
»Bündel.«
»Bündel fand ihn.« Loraine erklärte mit ein paar Worten den Sachverhalt.
Jimmy hörte voll Interesse zu. Loraine holte den Brief aus der Handtasche und reichte ihn ihm. Er las ihn durch und sah sie an.
»Da können Sie uns sicher helfen. Was war es denn, was Sie auf Gerrys Wunsch hin vergessen sollten?«
Loraine runzelte die Stirn. »Ich kann mich nicht mehr genau erinnern.

Aus Versehen öffnete ich einmal einen an Gerry adressierten Brief. Er war auf ganz billigem Papier geschrieben, daran erinnere ich mich noch, und die Handschrift wirkte sehr unbeholfen. Im Briefkopf stand irgendeine Adresse von *Seven Dials*. Ich merkte, daß er nicht für mich war, und steckte ihn ins Kuvert zurück, ohne ihn zu lesen.«
»Wirklich?« fragte Jimmy sehr sanft.
Da lachte Loraine zum erstenmal. »Ich weiß, was Sie denken, und ich gebe ja zu, daß Frauen neugierig sind. Aber, wissen Sie, er sah so gar nicht interessant aus. Es war nur eine Liste von Namen und Adressen.«
»Namen und Adressen«, wiederholte Jimmy nachdenklich.
»Gerry schien es nicht viel auszumachen«, fuhr Loraine fort. »Er lachte und fragte, ob ich noch nie von der Mafia gehört habe, und meinte dann, daß es doch komisch sein würde, wenn sich auch in England derartige Geheimgesellschaften bildeten - aber so was käme bei den Engländern sicher nicht an. ›Unsere Verbrecher‹, meinte er, ›sind nicht sehr phantasievoll.‹«
Jimmy pfiff durch die Zähne. »Jetzt beginne ich zu verstehen! *Seven Dials* muß der Sitz irgendeiner geheimen Organisation sein. Wie er in seinem Brief schreibt, dachte er am Anfang an einen Scherz. Aber offensichtlich war es alles andere als das - so verstehe ich es wenigstens. Und da ist noch was: seine dringende Bitte, Sie sollten vergessen, was er Ihnen erzählte. Dafür kann es nur einen Grund geben - wenn jene Organisation vermutet, daß Sie Bescheid wissen, sind Sie in Gefahr. Gerald begriff die Gefahr und hatte Angst - um Sie.« Er hielt einen Augenblick inne. »Ich kann mir sogar vorstellen, daß wir uns alle in Gefahr begeben, wenn wir weiterforschen.«
»Wenn ...?« fragte Bündel empört.
»Ich spreche von Ihnen beiden. Bei mir ist das etwas anderes. Ich war ein Freund vom armen Ronny.« Er sah Bündel an. »Sie haben das Ihrige getan. Sie haben mir die Nachricht überbracht. Das genügt. Halten Sie sich da raus, Sie und Loraine!«
Bündel blickte Loraine fragend an. Sie hatte ihren Entschluß gefaßt, aber sie zeigte es nicht, um Loraine Wade nicht zu beeinflussen und in ein gefährliches Unternehmen zu verwickeln.
Loraines Augen blitzten vor Entrüstung. »Das können Sie nicht verlangen! Haben Sie auch nur eine Minute lang geglaubt, daß ich mich da raushalten würde? Es geht um Gerry, den besten und liebsten Bruder, den es je gab! Den einzigen Menschen, den ich auf der ganzen Welt hatte!«
Jimmy räusperte sich umständlich. Sie ist wundervoll, dachte er, einfach wundervoll.

»Hören Sie«, protestierte er unsicher. »Das dürfen Sie nicht sagen: Daß Sie allein auf der Welt sind und solchen Unsinn. Sie haben viele Freunde - die nur zu gern alles für Sie täten. Verstehen Sie, was ich meine?«
Anscheinend verstand Loraine, denn sie errötete und begann, hastig weiterzusprechen, um ihre Verwirrung zu verbergen: »Also abgemacht«, sagte sie. »Ich helfe mit. Niemand wird mich daran hindern.«
»Ich bin auch dabei«, stimmte Bündel ein. Sie sahen Jimmy an.
»Ja«, sagte er langsam. »Ja, gut.«

9

Jimmys nächste Worte verschoben die Diskussion ins rein Praktische.
»Alles in allem«, sagte er, »haben wir nicht viel Material. Eigentlich nur *Seven Dials!* Dann noch das Gelände, wo Ronny erschossen wurde. Wir könnten ein bißchen herumschnüffeln. Vermutlich hat die Polizei schon alles unternommen, was auch wir tun könnten, und sie ist besser.«
»Was ich an Ihnen zu schätzen beginne«, bemerkte Bündel sarkastisch, »ist Ihr heiterer Optimismus.«
»Hören Sie nicht auf sie, Jimmy«, sagte Loraine. »Überlegen wir weiter.«
»Seien Sie nicht so ungeduldig«, tadelte Jimmy Bündel. »Die besten Detektive kreisen ihren Fall dadurch ein, daß sie unnötige und unergiebige Nachforschungen ausschalten. Ich komme zu meinem dritten Punkt - Geralds Tod. Jetzt, da wir wissen, daß es Mord war - das glauben Sie doch auch, oder?«
»Ja«, erwiderte Loraine. »Ja«, sagte auch Bündel.
»Ich ebenfalls. Vielleicht haben wir hier eine kleine Chance. Wenn Gerry das Chloral nicht selbst nahm, muß sich jemand in sein Zimmer geschlichen und es in dem für die Nacht bereitgestellten Glas Wasser aufgelöst haben. Als Gerry einmal kurz aufwachte, muß er das Glas in seiner Schläfrigkeit ahnungslos getrunken haben. Natürlich hat derjenige die leere Flasche oder Schachtel liegengelassen. Stimmen Sie mir bis hierher zu?«
»Ja ... ja«, sagte Bündel langsam. »Aber ...«
»Moment. Dieser Jemand muß sich zu dem Zeitpunkt im Haus aufgehalten haben. Er kann schlecht von draußen gekommen sein.«
»Richtig«, stimmte Bündel, diesmal bereitwilliger, zu.
»Schön.
Das engt das Ganze ziemlich ein. Beginnen wir mit den Dienstboten: Die meisten gehören zur Familie, es ist Ihr Personal, Bündel.«

»Ja«, bestätigte Bündel. »Es sind praktisch alle geblieben, als wir das Haus vermieteten. Und die meisten sind immer noch da - ein paar haben gewechselt.«
»Genau darauf will ich hinaus. Sie müssen die Leute überprüfen ! Finden Sie heraus, welche neuen Dienstboten engagiert wurden!«
»Ein Diener ist neu. John heißt er.«
»Gut, stellen Sie Nachforschungen über ihn an. Und über die anderen, die erst seit kurzem da sind.«
»Ich vermute«, sagte Bündel zögernd, »daß es einer vom Personal war. Der Täter kann nicht gut einer der Gäste gewesen sein, nicht wahr?«
»Eigentlich nicht.«
»Wer war denn alles da, an jenem Wochenende?«
»Nun, die drei Mädchen - Nancy, Helen und Socks ...«
»Socks Daventry? Die kenne ich!«
»Sie fand alles immer so subtil!«
»Das ist ganz bestimmt Socks Daventry. Subtil ist eines ihrer Lieblingswörter.«
»Außerdem Gerry Wade und ich. Dazu Bill Eversleigh und Ronny. Und natürlich Sir Oswald und Lady Coote. Und Pongo!«
»Wer ist Pongo?«
»Heißt eigentlich Bateman. Er ist der Sekretär vom alten Coote. Ein würdevoller Typ, sehr gewissenhaft. Ich ging mit ihm zur Schule.«
»Scheint niemand besonders Verdächtiger drunter zu sein«, fand Loraine.
»Nein, wirklich nicht«, erklärte Bündel. »Wir müssen den Täter unter den Dienstboten suchen, wie Sie schon sagten. Übrigens glaube ich, daß der Wecker, der aus dem Fenster geworfen wurde, etwas mit der Sache zu tun hat.«
»Ein Wecker, der aus dem Fenster geworfen wurde?« wiederholte Jimmy erstaunt. Offenbar hörte er zum ersten Mal davon.
»Ich habe keine Ahnung, wo da ein Zusammenhang besteht«, meinte Bündel, »aber es ist sehr merkwürdig!«
»Ich erinnere mich«, sagte Jimmy nachdenklich. »Ich ging in das Zimmer, um ... um den armen alten Gerry noch einmal zu sehen, und da standen die Wecker auf dem Kaminsims. Ich bemerkte, daß es nur sieben waren, nicht acht.« Er schauderte plötzlich. »Die Wecker sind mir unheimlich. Manchmal nachts ...«
»Wenn es dunkel wäre, könnten Sie sie gar nicht sehen«, bemerkte Bündel realistisch. »Außer, sie hätten Leuchtzifferblätter ... oh!« Sie stieß einen kleinen Schrei aus. »Begreifen Sie denn nicht? *Seven Dials:* das heißt sieben Zifferblätter!«

Die anderen sahen sie zweifelnd an. »Das kann kein Zufall gewesen sein!« fuhr Bündel nachdrücklich fort.

Es entstand eine Pause.

»Vielleicht haben Sie recht«, meinte Jimmy Thesiger schließlich. »Es ... es ist verdammt merkwürdig.«

Bündel begann, ihn eifrig auszufragen. »Wer hat die Wecker gekauft?«

»Wir alle.«

»Wer ist auf die Idee gekommen?«

»Wir alle.«

»Unsinn, irgend jemand muß es vorgeschlagen haben!«

»Nein. Wir überlegten, wie wir Gerry aufwecken könnten, und Pongo sagte, mit einem Wecker. Da meinte jemand, ein einziger würde nicht genügen, und Bill Eversleigh, glaube ich, schlug vor, wir sollen ein Dutzend kaufen. Die Idee fanden wir großartig. Wir sausten los und kauften für jeden einen, dazu einen für Pongo und einen für Lady Coote - aus reiner Großzügigkeit. Da war nichts Überlegtes dabei - es hat sich einfach so ergeben.«

Bündel schwieg. Sie war nicht überzeugt.

Jimmy fuhr fort, die Sache methodisch anzugehen: »Ich finde, über einige Punkte können wir uns sicher sein. Es gibt eine geheime Organisation, die vielleicht eine gewisse Ähnlichkeit mit der Mafia hat. Gerry Wade fand es heraus. Zuerst hielt er das Ganze für einen Scherz, er glaubte nicht, daß sie gefährlich sei. Später passierte irgend etwas, das ihn vom Gegenteil überzeugte. Vermutlich erzählte er Ronny Devereux davon. Jedenfalls wurde Gerry aus dem Weg geräumt. Ronny wurde mißtrauisch. Er muß so viel gewußt haben, daß er seinerseits auf irgendwelche Spuren stieß. Das Unglück dabei ist nur, daß wir völlig im dunkeln tappen - wir wissen nicht, was die beiden wußten. «

»Vielleicht ist das ein Vorteil«, meinte Loraine kühl. »So räumt man uns nicht aus dem Weg.«

»Sie wissen, daß Gerry Sie raushalten wollte. Glauben Sie nicht, daß es besser ...«

»Nein, das glaube ich nicht«, unterbrach ihn Loraine. »Fangen Sie nicht wieder damit an! Das ist reine Zeitverschwendung.«

Bei dem Wort »Zeit« wanderte Jimmys Blick zur Uhr. Er stieß einen erstaunten Ruf aus. Dann stand er auf und ging zur Tür. »Stevens?«

»Ja, Sir?«

»Könnten Sie uns wohl einen kleinen Lunch servieren?«

»Ich habe schon damit gerechnet, Sir. Mrs. Stevens hat bereits Vorbereitungen getroffen.«

»Ein erstklassiger Mann«, sagte Jimmy, als er sich wieder setzte, und seufzte erleichtert. »Mit Hirn, wissen Sie! Er nimmt sogar Sprachenunterricht. Ich denke manchmal, das würde mir auch guttun.«

»Unsinn!« sagte Loraine.

Stevens öffnete die Tür und trug eine exquisite Mahlzeit auf: Omelett, Wachteln und Soufflé.

»Warum geht es Männern - als Junggesellen - so gut?« fragte Loraine theatralisch. »Warum werden sie von anderen Leuten soviel besser versorgt als von uns Frauen?«

»Oh, das stimmt nicht«, protestierte Jimmy. »Unmöglich! Ich denke oft ...« Er stotterte und hielt inne. Wieder wurde Loraine rot.

Plötzlich stieß Bündel einen Schrei aus, und die beiden anderen sahen sie verblüfft an. »Idiot!« schrie sie. »Dummkopf! Ich meine natürlich mich. Ich wußte doch, daß ich etwas vergessen hatte!«

»Was?«

»Sie kennen doch Codders - George Lomax, meine ich!«

»Ich habe viel von ihm gehört«, sagte Jimmy. »Durch Bill und Ronny.«

»Codders gibt nächste Woche eine seiner langweiligen Partys und er hat einen Drohbrief von *Seven Dials* bekommen!«

»Was?« schrie Jimmy aufgeregt und beugte sich vor. »Stimmt das tatsächlich?«

»Ja. Er erzählte es meinem Vater. Was hat das zu bedeuten?«

Jimmy lehnte sich wieder in seinem Sessel zurück. Er dachte rasch und gründlich nach. Schließlich sagte er kurz und präzise: »Auf dieser Party wird etwas passieren!«

»Genau das glaube ich auch«, meinte Bündel.

»Es paßt alles zusammen«, stellte Jimmy fest, fast träumerisch. Er wandte sich an Loraine. »Wie alt waren Sie, als der Krieg ausbrach?« fragte er unvermittelt.

»Neun, nein - acht.«

»Und Gerry, nehme ich an, war etwa zwanzig. Die meisten Zwanzigjährigen wurden eingezogen. Gerry nicht.«

»Nein«, sagte Loraine, nachdem sie ein paar Sekunden nachgedacht hatte. »Nein, Gerry war nicht Soldat. Den Grund kenne ich nicht.«

»Den kann ich Ihnen sagen oder zumindest vermuten. Er war von 1915 bis 1918 nicht in England. Ich habe mir einmal die Mühe gemacht, das herauszufinden. Und niemand scheint genau zu wissen, wo er sich aufhielt ... ich glaube, in Deutschland.«

Loraine sah Jimmy voll Bewunderung an. »Wie klug von Ihnen.«

»Er sprach gut Deutsch, nicht wahr?«

»Ja, wie ein Deutscher.«

»Ich bin ganz sicher, daß ich recht habe. Hören Sie zu! Gerry Wade

arbeitete im Auswärtigen Amt. Er schien der gleiche liebenswerte Idiot zu sein - entschuldigen Sie den Ausdruck, aber Sie wissen schon, was ich meine - wie Bill Eversleigh und Ronny Devereux. Eine rein dekorative Figur. In Wirklichkeit steckte viel mehr dahinter. Ich glaube, daß Gerry Wade ein ganz tüchtiger Bursche war. Unser Geheimdienst soll der beste der Welt sein. Ich vermute, daß Gerry eine Spitzenposition innehatte. Das würde alles erklären. Ich erinnere mich, daß ich an jenem Abend in *Chimneys* sagte, Gerry könne gar kein solcher Trottel sein, wie er vorgebe.«
»Und wenn Sie recht haben?« fragte Bündel mit ihrem Sinn fürs Praktische.
»Dann ist der Fall viel verwickelter, als wir annahmen. Jedenfalls, eins ist sicher: Von uns muß jemand zu dieser Party bei Lomax eingeladen werden.«
Bündel schnitt eine kleine Grimasse. »Ich kenne George gut - aber er mag mich nicht. Er würde mich niemals zu einer so ernsthaften Sache einladen. Aber vielleicht könnte ich ...« Sie überlegte einen Moment.
»Glauben Sie, daß ich mit Bills Hilfe etwas erreiche?« fragte Jimmy. »Als Codders rechte Hand wird er sicher dasein. Vielleicht kann er mich irgendwie reinschmuggeln.«
»Warum nicht?« rief Bündel. »Sie müssen Bill nur die richtigen Argumente liefern, die fallen ihm nämlich nicht von selbst ein.«
»Was schlagen Sie vor?«
»Ach, das ist ganz einfach. Bill beschreibt Sie als einen reichen jungen Mann - politisch interessiert, mit Ambitionen -, der ins Parlament möchte. Darauf wird George sofort reinfallen. Sie wissen doch, wie diese politischen Partys sind: Man hält immer Ausschau nach neuen jungen Talenten. Je reicher Bill Sie macht, desto mehr Chancen haben Sie!«
»Soll er mich nur für einen Rothschild ausgeben, ich habe nichts dagegen«, meinte Jimmy.
»Dann können wir diesen Punkt als erledigt betrachten. Ich gehe morgen abend mit Bill essen und werde mir von ihm eine Gästeliste besorgen. Das dürfte nützlich sein.«
»Es tut mir leid, daß Sie nicht selbst dabeisein können«, sagte Jimmy. »Andererseits ist es vielleicht auch ganz gut.«
»Ich würde da nicht so sicher sein«, meinte Bündel. »Codders haßt mich zwar wie die Pest - aber es gibt schließlich noch andere Wege.«
»Und was ist mit mir?« warf Loraine ein.
»Sie treten in diesem Akt noch nicht auf«, bestimmte Jimmy sofort. »Nach allem, was passiert ist, müssen wir eine Verbindung nach draußen haben, um ...«

»Um was?« fragte Loraine.
Jimmy beschloß, ihr den Wind aus den Segeln zu nehmen, und wandte sich an Bündel. »Sie meinen doch auch«, sagte er, »daß Loraine wegbleiben sollte, oder?«
»Das wäre sicher besser!«
»Beim nächsten Mal«, meinte Jimmy freundlich.
»Und wenn es kein nächstes Mal gibt?«
»Das gibt es bestimmt, kein Zweifel!«
»Ich soll einfach zu Hause sitzen und warten!«
»Genau«, sagte Jimmy mit deutlich spürbarer Erleichterung. »Ich dachte mir gleich, daß Sie das einsehen würden.«
»Wissen Sie«, erklärte Bündel, »wenn wir uns alle drei eine Einladung besorgen, könnte das verdächtig wirken. Und bei Ihnen wäre es besonders schwierig, das begreifen Sie doch, nicht wahr?«
»Ja.«
»Dann ist alles klar - Sie unternehmen nichts«, sagte Jimmy.
»Ich unternehme nichts«, echote Loraine.
Bündel sah sie mißtrauisch an. Ihre Friedfertigkeit wirkte irgendwie unnatürlich.
Loraines Augen waren blau und unschuldig und hielten Bündels Blick ohne das leiseste Zwinkern stand. Bündel war nur halb beruhigt. Sie fand Loraine Wades Nachgiebigkeit höchst verdächtig.

10

Nun muß gesagt werden, daß bei der eben geschilderten Unterhaltung jeder der drei Gesprächspartner seine wahren Motive in gewisser Weise für sich behielt.
Zum Beispiel darf bezweifelt werden, daß Loraine Wade den tatsächlichen Grund für ihren Besuch bei Jimmy Thesiger nannte.
Jimmy Thesiger wiederum hegte für die bevorstehende Party bei George Lomax eigene Pläne, die er zum Beispiel Bündel gegenüber nicht preisgeben wollte.
Und Bündel hatte in ihrem Kopf einen fertigen Plan, den sie sofort in die Tat umsetzen wollte, von welchem sie aber kein Wörtchen verlauten ließ.
Nachdem sie Jimmy Thesigers Wohnung verlassen hatte, fuhr sie zu Scotland Yard und fragte nach Superintendent Battle.
Superintendent Battle war ein ziemlich bedeutender Mann. Er bearbeitete fast ausschließlich Fälle von delikater politischer Natur. Wegen eines

solchen Falles war er vor vier Jahren nach *Chimneys* gekommen, und Bündel baute darauf, daß er sich noch daran erinnerte.
Nach kurzer Wartezeit wurde sie durch mehrere Korridore zum Privatbüro des Superintendenten geführt. Er stand am Fenster, als sie eintrat, und starrte mit ausdrucksloser Miene auf ein paar Spatzen.
»Guten Tag, Lady Eileen«, begrüßte er sie. »Nehmen Sie doch bitte Platz!«
»Danke«, sagte Bündel. »Ich hatte schon Angst, Sie würden sich nicht mehr an mich erinnern.«
»Ich erinnere mich immer. Das gehört zu meinem Job.«
»Oh!« sagte Bündel etwas gedämpft.
»Und was kann ich für Sie tun?«
Bündel fiel gleich mit der Tür ins Haus. »Ich habe gehört, daß Scotland Yard Unterlagen über alle geheimen Organisationen Londons besitzt.«
»Wir bemühen uns, auf dem laufenden zu bleiben«, antwortete Battle vorsichtig.
»Vermutlich sind viele ganz harmlos.«
»Wir halten uns da an eine alte Regel: Je mehr sie reden, desto weniger unternehmen sie. Sie wären überrascht, wie genau das stimmt. «
»Ich habe auch gehört, daß Sie sie oft ruhig gewähren lassen?«
Battle nickte. »Warum soll sich ein Mann nicht ›Bruder der Freiheit‹ nennen, ein- oder zweimal wöchentlich in irgendeinem Keller seine anderen Brüder treffen und über Ströme von Blut reden dürfen? Das schadet weder ihm noch uns. Und wenn es tatsächlich einmal Ärger gibt, dann wissen wir, wo wir zupacken müssen.«
»Aber manchmal«, fragte Bündel, »könnte so eine Organisation auch gefährlicher sein, als man vermutet?«
»Sehr unwahrscheinlich.«
»Aber es könnte doch möglich sein.«
»Vielleicht«, gab Battle zu.
Es entstand eine kleine Pause. Dann sagte Bündel ruhig: »Würden Sie mir wohl eine Liste der Organisationen geben, die ihren Treffpunkt in *Seven Dials* haben?«
Es war eine von Superintendent Battles Stärken, daß er niemals irgendwelche Gefühlsregungen zeigte. Aber Bündel hätte schwören können, daß seine Lider kurz zuckten und er über ihre Bitte überrascht war. Als er antwortete, wirkte er hölzern wie eh und je. »Genau genommen, Lady Eileen, gibt es *Seven Dials* heute nicht mehr.«
»Nein?«
»Nein. Das Viertel wurde abgerissen und neu aufgebaut. Es war ziemlich heruntergekommen. Heute ist es eine ganz respektable Gegend. Kei-

neswegs eine romantische Ecke, wo man nach seltsamen Geheimbünden sucht.«
»Oh!« Bündel war verblüfft.
»Aber es würde mich interessieren, wie Sie von *Seven Dials* erfahren haben, Lady Eileen.«
»Muß ich es Ihnen erzählen?«
»Nun, es würde uns einige Mühe sparen. Wir wüßten dann, wo wir stehen, wenn ich so sagen darf.«
Bündel zögerte einen Augenblick. »Gestern wurde ein Mann erschossen«, sagte sie langsam. »Ich dachte, ich hätte ihn überfahren ...«
»Mr. Ronald Devereux?«
»Sie wissen also Bescheid! Warum haben die Zeitungen nichts darüber gebracht?«
»Nun, wir dachten einfach, vierundzwanzig Stunden Zeit würden uns helfen - morgen wird es in den Zeitungen stehen.«
Bündel sah ihn erstaunt an. Was verbarg sich hinter diesem undurchdringlichen Gesicht? Hielt er Ronald Devereux' Tod für einen Unfall oder ein Verbrechen?
»Er erwähnte *Seven Dials,* bevor er starb«, sagte Bündel.
»Danke, das werde ich mir notieren.« Er schrieb ein paar Worte auf einen Zettel.
Bündel versuchte es von einer anderen Seite. »Soviel ich weiß, war Mr. Lomax gestern bei Ihnen, wegen eines Drohbriefes.«
»Stimmt.«
»Erwähnte er, daß er aus *Seven Dials* stammte?«
»*Seven Dials* stand im Briefkopf, soweit ich mich erinnere.«
Bündel hatte das Gefühl, an eine Wand zu reden.
»Wenn ich Ihnen einen Rat geben darf, Lady Eileen ...«
»Ich weiß, was Sie sagen wollen.«
»Ich würde nach Hause fahren und- nun, nicht mehr an die Sache denken.«
»Es Ihnen überlassen?«
»Tja«, meinte Superintendent Battle, »wir sind schließlich Fachleute.«
»Und ich nur ein Amateur? Das stimmt zwar - aber Sie vergessen eins: Ich besitze vielleicht nicht Ihr Wissen und Ihre Klugheit, aber ich habe Ihnen gegenüber einen wesentlichen Vorteil – ich kann im stillen arbeiten.«
Sie hatte das Gefühl, daß der Superintendent ein wenig überrascht sei, als ob ihre Worte ihn tatsächlich getroffen hätten.
»Natürlich«, meinte Bündel, »wenn Sie mir keine Liste der Organisationen geben wollen ...«

»Oh! Das habe ich nie behauptet!«
Er ging zur Tür, steckte seinen Kopf hinaus, rief etwas und kehrte dann zu seinem Stuhl zurück. Bündel fühlte sich unerklärlicherweise irgendwie genarrt. Die Bereitwilligkeit, mit der Battle ihrem Wunsch nachkam, machte sie mißtrauisch.
»Erinnern Sie sich an den Tod von Mr. Gerald Wade?« fragte sie unvermittelt.
»Das geschah in Ihrem Haus, nicht wahr? Überdosis eines Schlafmittels.«
»Seine Schwester sagt, daß er nie Schlafmittel nahm.«
»Ach! Sie wären erstaunt, wenn Sie wüßten, wovon Schwestern keine Ahnung haben!«
Bündel fühlte sich wieder genarrt. Schweigend saß sie da, bis ein Mann mit einem beschriebenen Blatt Papier hereinkam und es Battle reichte.
»Hier ist die Aufstellung«, sagte Battle, als der Mann das Zimmer verlassen hatte. »›Die Blutsbrüder von St. Sebastian‹, ›Die Wolfshunde‹, ›Die Friedensbrüder‹, ›Der Klub der Kameraden‹, ›Die Freunde der Gewalt‹, ›Die Kinder von Moskau‹, ›Die roten Standartenträger‹, ›Die Heringe‹, ›Verein der gefallenen Mädchen‹ ... und noch ein halbes Dutzend mehr.« Er reichte ihr die Liste mit einem gewissen Augenzwinkern.
»Sie geben sie mir nur deshalb«, sagte Bündel, »weil Sie wissen, daß sie mir nicht im geringsten weiterhelfen wird. Sie wollen, daß ich die Finger von der ganzen Sache lasse?«
»Es wäre mir lieber«, gestand Battle. »Wenn Sie herumschnüffeln, wird es eine Menge Ärger geben.«
»Weil Sie auf mich aufpassen müssen, meinen Sie?«
»Weil wir auf Sie aufpassen müssen, Lady Eileen.«
Bündel erhob sich. So lagen also die Dinge! Da erinnerte sie sich an eine bestimmte Bemerkung und unternahm einen letzten Vorstoß.
»Ich sagte vorhin, daß ein Amateur manchmal etwas unternehmen kann, das für einen Profi unmöglich ist. Sie haben mir nicht widersprochen. Weil Sie ein ehrlicher Mann sind, Superintendent Battle. Sie wußten, daß ich recht hatte!«
»Und weiter7«
»Damals in *Chimneys* durfte ich Ihnen helfen. Wollen Sie es mir jetzt nicht auch erlauben?«
Battle schien sich die Sache zu überlegen. Durch sein Schweigen ermutigt, fuhr Bündel fort. »Sie kennen mich doch, Superintendent Battle! Ich mische mich gern ein, ich bin einfach zu neugierig. Natürlich möchte ich Ihnen nicht ins Gehege kommen und Dinge tun, die in Ihren Auf-

gabenbereich gehören und die Sie viel besser erledigen können als ich. Aber wenn eine Chance für einen Amateur besteht, dann geben Sie sie mir!«

Wieder entstand eine Pause, dann meinte Superintendent Battle: »Sie hätten es nicht besser ausdrücken können, Lady Eileen. Aber ich muß Ihnen eines sagen: Was Sie da vorschlagen, ist gefährlich. Und wenn ich gefährlich sage, dann meine ich das auch so!«

»Das habe ich begriffen. Ich bin kein Idiot.«

»Ja«, antwortete Battle, »ich habe noch keine junge Dame getroffen, die das weniger war als Sie.

Was ich für Sie tun kann, ist folgendes: Ich gebe Ihnen einen kleinen Wink. Denn von der Parole ›Sicherheit über alles‹ halte ich nichts. Meiner Meinung nach sollten Leute, die ihr halbes Leben Angst haben, überfahren zu werden, tatsächlich überfahren werden. Dann sind sie aus dem Weg. Sie taugen nichts!«

Diese mehr als bemerkenswerte Äußerung aus dem konventionellen Mund von Superintendent Battle verschlug Bündel vorübergehend die Sprache. »Was für einen Wink wollten Sie mir geben?« fragte sie schließlich.

»Sie kennen doch Mr. Eversleigh?«

»Bill? Natürlich, aber ...«

»Ich glaube, daß Mr. Eversleigh Ihnen alles über *Seven Dials* erzählen kann.«

»Bill weiß Bescheid? Bill?«

»Das habe ich nicht gesagt. Keineswegs! Aber ich glaube, da Sie eine fixe junge Dame sind, werden Sie schon herausbekommen, was Sie wissen wollen. Und jetzt«, schloß Superintendent Battle bestimmt, »sage ich kein Wort mehr.«

11

Voller Spannung sah Bündel ihrer Verabredung mit Bill Eversleigh entgegen. Bill begrüßte sie in bester Laune. Er ist wirklich nett, dachte sie. Wie ein großer tolpatschiger Hund, der mit dem Schwanz wedelt, wenn er sich freut.

»Du siehst blendend aus, Bündel! Ich kann dir gar nicht sagen, wie ich mich freue, dich wiederzusehen. Ich habe Austern bestellt- du magst doch Austern? Und wie geht's sonst? Was hast du eigentlich so lange im Ausland getrieben? War's schön?«

»Nein, scheußlich! Einfach entsetzlich. Lauter bresthafte alte Obersten,

die in der Sonne herumschleichen, und eifrige, gebildete alte Jungfern, die Bibliotheken und Kirchen stürmen.«
»Nichts geht über England!« rief Bill. »Ich hasse Reisen - außer in die Schweiz. Die Schweiz ist in Ordnung. Ich habe schon daran gedacht, Weihnachten dort zu verbringen. Warum kommst du nicht einfach mit?«
»Ich überleg's mir mal«, erwiderte Bündel. »Was hast du in der letzten Zeit so gemacht?«
Das war eine unvorsichtige Frage. Bündel hatte sie nur aus Höflichkeit gestellt, als Einleitung zu ihrem eigentlichen Gesprächsthema. Es schien jedoch genau die Eröffnung zu sein, auf die Bill gewartet hatte. »Das wollte ich dir gerade erzählen. Du hast doch Köpfchen, Bündel, und ich brauche deinen Rat! Kennst du das Musical *Damn your Eyes?«*
»Ja.«
»Na, dann will ich dir mal von der größten Gemeinheit aller Zeiten berichten. Mein Gott! Diese Theaterleute ... da gibt es ein Yankee-Mädchen - ein tolles Weib ...«
Bündels Mut sank. Bills Geschichten über die Schwierigkeiten mit seinen Freundinnen waren immer unendlich - sie dauerten und dauerten. Er war einfach nicht zu bremsen.
»Dieses Mädchen - sie heißt Babe St. Maur ...«
»Wie kommt sie denn zu dem Namen?« fragte Bündel spöttisch.
»Sie fand ihn im *Who is Who.* Hat das Buch aufgeschlagen und blind auf einen Namen getippt. Komisch, was? In Wirklichkeit heißt sie Goldschmidt oder Abrameier - ziemlich unmöglich.«
»Aha!«
»Also, Babe St. Maur ist wirklich nett. Sie ist eines der Mädchen, die die lebende Brücke bilden ...«
»Bill«, unterbrach Bündel ihn verzweifelt, »ich war gestern vormittag bei Jimmy Thesiger.«
»Der gute alte Jimmy! Also, wie gesagt, Babe ist wirklich nett. Und so begabt - einfach märchenhaftl Sie hatte keine große Rolle ...«
»Hast du Jimmy kürzlich gesehen?«
»Heute morgen. Wo war ich stehengeblieben? Ach ja, ich bin noch nicht beim Krach.
Weißt du, es war Eifersucht, pure Eifersucht. Die andere sah nicht im entferntesten so gut aus wie Babe, und das wußte sie auch. Sie intrigierte hinter ihrem Rücken ...«
Bündel fügte sich in das Unvermeidliche und ließ die ganze Geschichte von den unglücklichen Umständen, die zu Babes völligem Verschwinden von der Bühne geführt hatten, über sich ergehen. Als Bill schließlich Luft holte und auf ihren mitfühlenden Kommentar wartete, sagte Bün-

del: »Du hast ganz recht, Bill, es ist eine Gemeinheit. Ihre Eifersucht muß ja ganz schön heftig gewesen sein ...«
»Das ganze Theaterleben besteht nur daraus.«
»Vermutlich. - Übrigens, hat Jimmy etwas gesagt, ob er nächste Woche zu Lomax' Party kommt?«
Zum erstenmal hörte Bill zu. »Er hat mir ein Loch in den Bauch geredet, was ich Codders alles erzählen soll. Daß er sich für die Konservativen aufstellen lassen will und so was. Aber du weißt, Bündel, wie gefährlich das ist.«
»Unsinn! Wenn George ihm wirklich auf die Schliche kommt, wird er bestimmt nicht dich dafür verantwortlich machen. Du bist eben auf ihn reingefallen, das ist alles.«
»Das ist keineswegs alles. Es ist zu gefährlich für Jimmy selbst. Bevor er weiß, wie ihm geschieht, steht er irgendwo in der Provinz, küßt Babys ab und hält Wahlreden. Du hast keine Ahnung, wie gründlich Codders ist - und wie energisch!«
»Das müssen wir eben riskieren. Jimmy kann ganz gut auf sich selbst aufpassen.«
»Du kennst Codders nicht«, wiederholte Bill warnend. »Wer kommt denn alles? Ist etwas Besonderes los?«
»Nein. Mrs. Macatta kommt zum Beispiel.«
»Das Parlamentsmitglied?«
»Ja. Die sich immer lang und breit über Wohlfahrt, keimfreie Milch und Rettung verwahrloster Kinder ausläßt. Stell dir den armen Jimmy vor, wenn sie ihn erwischt!«
»Mach dir keine Sorgen um Jimmy. Weiter!«
»Dann noch irgendeine Ungarin, Gräfin Soundso, ein unaussprechlicher Name. Sie ist aber in Ordnung.« Er schluckte verlegen und zerkrümelte nervös sein Brot.
»Jung und hübsch?«
»Ja, ziemlich.«
»Ich wußte gar nicht, daß George etwas für weibliche Schönheit übrig hat.«
»Hat er auch nicht. Sie hat mit Säuglingsfütterung in Budapest zu tun, oder so ähnlich. Natürlich wollen sie und Mrs. Macatta sich kennenlernen.«
»Wer noch?«
»Sir Stanley Digby ...«
»Der Luftfahrtminister?«
»Ja. Und sein Sekretär, Terence O'Rourke. Ein toller Bursche übrigens, oder war es jedenfalls, als er noch flog. Dann noch ein ekelhafter deut-

scher Kerl. Eberhard heißt er. Ich weiß nicht, wer er ist, aber alle machen ein Mordstheater um ihn. Ich bin schon zweimal abgeordnet worden, mit ihm zum Essen zu gehen, und ich kann dir sagen, es war kein Vergnügen! Kein Vergleich mit den Leuten von der Botschaft, die eigentlich alle recht akzeptabel sind. Ich glaube, er ist Erfinder ... Tja, das wären wohl alle. Und Sir Oswald Coote natürlich.«

»Und Lady Coote?«

»Ja, ich glaube, die kommt auch.«

Gedankenverloren saß Bündel ein paar Minuten da. Bills Aufzählung klang verheißungsvoll, aber sie konnte jetzt nicht alle Möglichkeiten überdenken. Sie mußte zum nächsten Punkt kommen.

»Bill«, begann sie, »was ist das für ein Wirbel um *Seven Dials?«*

Augenblicklich wurde Bill ziemlich verlegen. »Ich weiß nicht, was du meinst«, sagte er.

»Unsinn, man hat mir erzählt, daß du informiert bist.«

»Worüber?«

Das war ein knifflige Frage. Bündel wechselte ihre Taktik. »Ich verstehe nicht, warum du so geheimnisvoll tust«, beschwerte sie sich.

»Tu ich doch gar nicht! Es geht heute nur kein Mensch mehr hin. War mal Mode!« Das klang verwirrend. »Man ist gar nicht mehr auf dem laufenden, wenn man länger im Ausland war«, beklagte sie sich.

»Ach, da hast du nicht viel versäumt. Alle Leute gingen nur hin, um erzählen zu können, daß sie dort gewesen seien. Es war langweilig, und, mein Gott, eines Tages hat man gebratenen Fisch einfach satt!«

»Wovon redest du eigentlich?«

»Vom *Seven Dials Club* natürlich.«

»Ich wußte nicht, daß er so heißt.«

»Seven Dials war früher mal eine Slumgegend in der Nähe der Tottenham Court Road. Alles wurde abgerissen und neu aufgebaut. Der *Seven Dials Club* hält noch die alte Tradition hoch: Bratfisch und Pommes frites. Schmuddeliger Laden, aber praktisch nach dem Theater.«

»Also ein Nachtklub mit Tanz und so weiter?«

»Genau. Schrecklich gemischtes Publikum. Nicht gerade fein. Künstler, weißt du, und alle möglichen merkwürdigen Damen, und ab und zu welche von unseren Leuten. Man erzählt sich da so einiges, aber ich glaube, das ist alles Unsinn, nur um die Bude interessant zu machen.«

»Schön«, sagte Bündel. »Wir gehen heute abend hin.«

»Nein, unmöglich!« protestierte Bill. Seine Verlegenheit war wieder da. »Ich sagte dir doch, es ist einfach ›out‹. Heute geht niemand mehr hin.«

»Wir schon.«

»Es würde dir bestimmt nicht gefallen!«

»Ich möchte wissen, was du dagegen hast. Was steckt dahinter?«
»Es ist eine lange Geschichte ... weißt du, einmal habe ich Babe St. Maur mitgenommen ...«
»Ach so! Schon wieder Babe St. Maur!«
»Warum nicht?«
»Ich wußte nicht, daß du wegen ihr ...« Bündel unterdrückte ein Gähnen.
»Wie gesagt, ich nahm Babe mal mit. Sie hatte sich Hummer eingebildet ... Ich trug also einen Hummer unter dem Arm ...«
Die Geschichte ging weiter. Als der Hummer schließlich im Kampf zwischen Bill und einem anderen zerrissen worden war, paßte Bündel wieder auf. »Ich verstehe«, sagte sie. »Es gab eine Rauferei?«
»Ja. Schließlich war es mein Hummer. Ich ...«
»Ja, ja, sicher«, stimmte Bündel hastig zu. »Aber heute ist das doch vergessen!«
»Wir könnten Schwierigkeiten mit der Polizei kriegen. Drüber ist ein Zimmer, wo sie Bakkarat spielen.«
»Dann kommt mein Vater und löst mich wieder aus!«
Bill zögerte zwar immer noch, aber Bündel hatte den größeren Dickschädel. Kurz darauf saßen sie in einem Taxi und fuhren Richtung *Seven Dials Club*.
Der Klub sah so aus, wie sie ihn sich vorgestellt hatte. Ein hohes Haus in einer schmalen Straße - Hunstanton Street vierzehn. Sie merkte sich die Nummer.
Ein Mann mit einem ihr bekannt vorkommenden Gesicht öffnete die Tür. Bündel bildete sich ein, daß er etwas zusammenzuckte, als er sie sah, aber dann begrüßte er Bill mit respektvollem Wiedererkennen. Er war ein großer Mann mit hellem Haar, einem weichlichen, blutleeren Gesicht und unruhigen Augen. Bündel fragte sich, wo sie ihn schon einmal gesehen hatte.
Bill hatte seine Fassung wiedergefunden und spielte den Kavalier. Sie tanzten im Keller, der völlig verraucht war, so daß man alles nur wie durch einen blauen Schleier sah. Der Geruch nach gebratenem Fisch war überwältigend.
An der Wand hing eine Reihe von Kohlezeichnungen, einige von beachtlicher Qualität. Das Publikum war äußerst gemischt. Stattliche Ausländer, wohlbeleibte Jüdinnen, flotte Herren und einige Damen des ältesten Gewerbes der Welt waren darunter. Bald führte Bill Bündel nach oben. Der Mann mit dem weichlichen Gesicht stand Wache und beobachtete wie ein Luchs alle, die in den Spielsalon gingen. Plötzlich erkannte Bündel ihn.

»Natürlich«, rief sie. »Wie dumm von mir! Das ist ja Alfred, der zweite Diener von *Chimneys*. Wie geht es Ihnen, Alfred?«
»Gut, danke, M'lady.«
»Seit wann sind Sie von *Chimneys* weg, Alfred?«
»Etwa einen Monat, M'lady. Ich erhielt die Gelegenheit, mich zu verbessern, und es wäre dumm gewesen, diese nicht zu nützen.«
»Vermutlich werden Sie hier sehr gut bezahlt.«
»Sehr gut, M'lady.«
Bündel betrat das Spielzimmer. Sie hatte das Gefühl, daß sich hier das wirkliche Leben des Klubs abspielte. Die Einsätze waren hoch, das sah sie sofort, und die Leute an den Tischen echt- adleräugig, ausgezehrt, das Spielfieber im Blut.
Sie und Bill blieben etwa eine halbe Stunde. Dann wurde Bill aufsässig.
»Laß uns wieder tanzen, Bündel.«
Sie willigte ein. Hier oben gab es nichts Bemerkenswertes zu sehen. Sie gingen wieder hinunter, tanzten etwa eine halbe Stunde, aßen Fisch und Pommes frites, und dann erklärte Bündel, jetzt sei sie bereit, nach Hause zu fahren.
»Aber es ist doch noch so früh«, protestierte Bill.
»Nein, finde ich nicht. Wirklich nicht! Außerdem ist morgen ein langer Tag.«
»Was hast du denn vor?«
»Das hängt von verschiedenen Dingen ab«, antwortete sie geheimnisvoll. »Aber eins kann ich dir sagen, Bill, ich werde direkt auf mein Ziel lossteuern!«
»Das tust du immer«, meinte Mr. Eversleigh.

12

Sicher hatte Lady Eileen Brent ihr Temperament nicht von ihrem Vater geerbt, dessen auffallendste Charaktereigenschaft eine liebenswerte Trägheit war. Wie Bill Eversleigh sehr richtig bestätigt hatte, steuerte sie stets sofort auf ihr Ziel los.
Am nächsten Morgen erwachte sie voll Tatendrang. Glücklicherweise litt sie nicht wie Gerald Wade, Ronny Devereux oder Jimmy Thesiger an dem Unvermögen, morgens nicht aus dem Bett zu finden. Was das Aufstehen betraf, so hätte selbst Sir Oswald Coote nichts auszusetzen haben können.
Bereits um halb neun Uhr war sie unterwegs.
Ihr Vater war über ihr Erscheinen milde erfreut. »Man weiß nie, wann

du auftauchst«, sagte er. »Aber nun brauche ich dich nicht in London anzurufen. Oberst Melrose war gestern hier wegen der Untersuchung.«
Oberst Melrose war Chief Constable der Grafschaft und ein alter Freund von Lord Caterham.
»Du meinst, wegen Ronny Devereux? Wann findet sie statt?«
»Morgen um zwölf. Melrose wird dich noch anrufen. Da du die Leiche gefunden hast, wirst du als Zeugin auftreten müssen, aber er sagte, du solltest dich nicht aufregen.«
»Warum auch?«
»Nun ja, Melrose ist ein bißchen altmodisch.«
»Um zwölf Uhr! Gut. Ich werde dasein, falls ich noch lebe.«
»Hast du irgendeine Veranlassung, das Gegenteil anzunehmen?«
»Man kann nie wissen. Der Streß des modernen Lebens - wie die Zeitungen so schön schreiben.«
»Wobei mir einfällt, daß Lomax mich zu einer Party eingeladen hat. Natürlich habe ich abgelehnt.«
»Sehr vernünftig. Wir möchten doch nicht, daß du in irgendwelche seltsamen Geschichten verwickelt wirst!«
»Besteht denn Anlaß dazu?« fragte Lord Caterham mit plötzlich erwachendem Interesse.
»Na ja - Drohbriefe und solche Sachen.«
»Ob man George ermorden will?« überlegte Lord Caterham hoffnungsvoll. »Was meinst du - sollte ich doch hingehen?«
»Bezähme deine blutrünstigen Instinkte und bleib zu Hause«, sagte Bündel. »Jetzt muß ich mit Mrs. Howell reden.«
Mrs. Howell war die Haushälterin, jene würdige, ächzende Dame, vor der Lady Coote - im Gegensatz zu Bündel - solche Angst hatte. Übrigens wurde sie von ihr immer noch Miss Bündel genannt, ein Überbleibsel aus jenen Tagen, da Bündel als langbeiniges, lausbübisches Mädchen in *Chimneys* gewohnt und ihr Vater den Adelstitel noch nicht geerbt hatte.
»Und jetzt, Howelly«, sagte Bündel, »trinken wir eine Tasse Kakao zusammen, und Sie erzählen mir den neuesten Klatsch!«
Ohne große Schwierigkeiten holte sie aus Mrs. Howell heraus, was sie wissen wollte, und notierte sich in Gedanken: Zwei neue Spülmädchen aus dem Dorf, offenbar nicht sehr helle; ein neues drittes Hausmädchen, Nichte vom ersten Hausmädchen. Klingt in Ordnung. Howelly scheint die arme Lady Coote ganz schön schikaniert zu haben. Sicherlich hat sie's verdient!
»Ich hätte nie gedacht, daß ich den Tag erleben würde, an dem Fremde in *Chimneys* wohnen, Miss Bündel!« klagte Mrs. Howell.

»Man muß mit der Zeit gehen! Sie werden Glück haben, Howelly, wenn Sie nicht erleben müssen, wie *Chimneys* in schicke Wohnungen mit Parkbenutzung verwandelt wird.«
Mrs. Howell schauderte.
»Übrigens habe ich Sir Oswald Coote nie gesehen«, sagte Bündel.
»Ohne Zweifel ist Sir Oswald Coote ein sehr geschickter Geschäftsmann«, antwortete Mrs. Howell würdevoll.
Bündel begriff, daß Sir Oswald Coote beim Personal nicht besonders beliebt gewesen war.
»Natürlich war es Mr. Bateman, der sich um alles kümmerte«, fuhr die Haushälterin fort, »ein sehr tüchtiger junger Herr. Er kannte sich aus.«
Bündel führte das Gespräch auf Gerald Wades Tod. Mrs. Howell war nur zu gern bereit, darüber zu sprechen, und voller Mitleidsbezeugungen für den armen jungen Herrn, aber Neues erfuhr Bündel nicht. Sie verabschiedete sich, ging nach unten und läutete nach Tredwell.
»Tredwell, wann hat Alfred uns verlassen?«
»Vor etwa einem Monat, M'lady.«
»Aus welchem Grund?«
»Es war sein eigener Wunsch. Er soll jetzt in London arbeiten. Ich war sehr zufrieden mit ihm, in jeder Beziehung. John, sein Nachfolger, wird Ihnen sicher gefallen. Er scheint sich in seinem Beruf auszukennen und gibt sich die größte Mühe.«
»Woher kommt er?«
»Er hatte ausgezeichnete Referenzen. Zuletzt war er bei Lord Mount Vernon.«
Bündel erinnerte sich, daß Lord Mount Vernon zur Zeit auf Großwildjagd in Ostafrika war. »Wie heißt er mit Nachnamen, Tredwell?«
»Bower, M'lady.«
Tredwell wartete noch ein oder zwei Minuten und verließ dann, als er sah, daß Bündel keine Fragen mehr stellen wollte, leise das Zimmer. Bündel blieb in Gedanken versunken zurück.
John hatte ihr bei ihrer Ankunft die Tür geöffnet, und sie hatte ihn genau beobachtet, ohne es sich anmerken zu lassen. Offenbar war er ein perfekter Diener, erfahren, mit ausdruckslosem Gesicht.
Aber diese Einzelheiten, fand sie, hatten nichts weiter zu bedeuten. Stirnrunzelnd saß sie vor dem Bogen Löschpapier, der vor ihr lag. Sie hielt einen Bleistift in der Hand und malte immer wieder den Namen Bower aufs Papier. Plötzlich fiel ihr etwas ein, sie hielt inne und starrte auf das Wort. Dann läutete sie noch einmal nach Tredwell.
»Tredwell, wie buchstabiert man Bower?«
»B-a-u-e-r, M'lady.«

»Das ist kein englischer Name!«
»Ich glaube, er stammt aus der Schweiz.«
»Ach so! Das war's, Tredwell, vielen Dank.«
Aus der Schweiz? Vielleicht aus Deutschland! Und er war vierzehn Tage vor Gerry Wades Tod nach *Chimneys* gekommen!
Bündel stand auf. Hier hatte sie erledigt, was sie erledigen konnte. Sie machte sich auf die Suche nach ihrem Vater. »Ich fahre wieder«, sagte sie. »Ich möchte Tante Marcia besuchen.«
»Marcia?« Lord Caterhams Stimme war voll Erstaunen. »Armes Kind, wie bist du denn darauf gekommen?«
»Nur so, ganz freiwillig.«
Lord Caterham sah sie verblüfft an. Daß irgend jemand den Wunsch verspürte, seine entsetzliche Schwägerin zu besuchen, erschien ihm kaum glaubhaft. Marcia, Marquise Caterham, die Witwe seines verstorbenen Bruders Henry, war eine sehr prominente Persönlichkeit. Lord Caterham mußte zugeben, daß sie Henry eine bewundernswürdige Frau gewesen war und er es ohne sie sicherlich nicht zum Außenminister gebracht hätte.
Andererseits hatte er Henrys frühes Hinscheiden immer als gnädige Erlösung betrachtet. Ihm schien, als wagte Bündel sich leichtsinnig in die Höhle des Löwen.
»Womit verdient Sir Oswald Coote sein Geld?« fragte Bündel da.
»Er besitzt die größten Stahlwerke von ganz England. Natürlich schafft er das heute nicht mehr allein, es ist eine Aktiengesellschaft. Mich hat er zum Direktor oder so was ernannt. Das ist ein gutes Geschäft - nichts zu tun, als ein- oder zweimal im Jahr nach London in irgendein Hotel zu fahren und an einem Tisch zu sitzen, auf dem lauter schönes neues Löschpapier liegt. Dann hält Coote oder irgendein anderer cleverer Kerl eine Rede, in der es nur so von Zahlen wimmelt, aber man muß glücklicherweise nicht zuhören. Und ich kann dir sagen - meistens springt ein phantastisches Essen dabei raus.«
Da das Essen Bündel nicht besonders interessierte, war sie verschwunden, bevor Lord Caterham ganz ausgeredet hatte. Auf dem Weg nach London versuchte sie, die verschiedenen Einzelstücke zu einem befriedigenden Ganzen zusammenzufügen.
Soweit sie es überblicken konnte, paßten Stahl und Säuglingsfürsorge nicht so recht zusammen. Mrs. Macatta und die ungarische Gräfin konnten vergessen werden. Sie waren nur Tarnung. Nein, der Angelpunkt der ganzen Geschichte schien dieser unattraktive Mr. Eberhard zu sein. Offenbar nicht der Typ Mann, den George Lomax normalerweise einladen würde. Bill hatte angedeutet, daß er Erfinder war. Dann waren da

noch der Luftfahrtminister und Sir Oswald Coote, der in Stahl machte. Irgendwie schienen hier eher Zusammenhänge zu bestehen.

Da es sinnlos war, weitere Spekulationen anzustellen, ließ Bündel von dem Versuch ab und konzentrierte sich auf ihr kommendes Gespräch mit Lady Caterham.

Lady Caterham wohnte in einem großen düsteren Haus in einem der besseren Viertel von London. Drinnen roch es nach Bohnerwachs, Vogelfutter und angewelkten Blumen. Lady Caterham war eine große Frau - groß in jeder Beziehung. Ihre Proportionen waren majestätisch. Sie hatte eine große vorspringende Nase, trug ein goldgefaßtes Monokel, und auf ihrer Oberlippe sproß ein kaum wahrnehmbarer Schnurrbart.

Sie war sehr erstaunt über den Besuch ihrer Nichte und bot ihr eine schlaffe Wange, die Bündel pflichtschuldig küßte.

»Das ist aber eine Überraschung, Eileen«, meinte sie kühl.

»Wir sind erst vor kurzem von der Reise zurückgekommen, Tante Marcia.«

»Ich weiß. Wie geht es deinem Vater? Wie immer?«

Ihr Tonfall verriet Geringschätzung. Sie hatte keine hohe Meinung von Alistair Edward Brent, neunter Lord Caterham.

»Vater geht es sehr gut. Er ist in *Chimneys.«*

»Weißt du, Eileen, ich habe es nie geschätzt, daß man *Chimneys* vermietete. Der Ort ist in mancher Hinsicht eine Art historisches Monument. Es sollte nicht entweiht werden.«

»Zu Onkel Henrys Zeit muß es wundervoll gewesen sein«, sagte Bündel mit einem leichten Seufzen.

»Henry war sich seiner Verantwortung bewußt«, sagte seine Witwe.

»Wenn ich an die Leute denke, die dort verkehrten! Lauter europäische Staatsmänner!«

Lady Caterham seufzte. »Ich kann wirklich behaupten, daß dort mehr als einmal Geschichte gemacht wurde. Wenn dein Vater nur ...«

»Politiker langweilen ihn«, sagte Bündel, »obwohl sie das Interessanteste sind, was es gibt, finde ich.«

Sie sprach diese für sie absolut unwahre Behauptung aus, ohne rot zu werden. Ihre Tante sah sie mit einigem Erstaunen an.

»Es freut mich, daß du so denkst. Ich glaubte immer, daß du nur auf der Jagd nach dem Vergnügen bist, wie das heute so modern ist.«

»Das ist vorbei.«

»Bei deiner Herkunft und einer klugen Eheschließung könntest du eine der führenden Politikerinnen von heute werden.«

Bündel verspürte eine leichte Beunruhigung. Einen Augenblick lang

befürchtete sie, daß ihre Tante sofort einen passenden Mann herbeizaubern würde. »Aber ich fühle mich so unmündig. Ich weiß so wenig.«
»Dem kann abgeholfen werden. Ich habe viele Bücher, die ich dir gern leihe.«
»Danke, Tante Marcia«, entgegnete Bündel umd wechselte hastig auf ihr zweites Gesprächsthema über. »Ich habe mich gefragt, ob du wohl Mrs. Macatta kennst, Tante Marcia?«
»Natürlich! Eine bewundernswerte Frau mit einem brillanten Verstand. Im allgemeinen halte ich nichts von Frauen im Parlament. Sie können ihren Einfluß auf eine weiblichere Art geltend machen.« Sie hielt inne, zweifelsohne um sich daran zu erinnern, wie sie ihren widerstrebenden Mann in die politische Arena geschoben und ein sagenhafter Erfolg ihre und seine Bemühungen gekrönt hatte. »Aber die Zeiten ändern sich. Und die Arbeit, die Mrs. Macatta tut, ist von nationaler Bedeutung und äußerster Wichtigkeit für alle Frauen. Es ist, so darf man wohl sagen, eine sehr weibliche Tätigkeit.«
Bündel seufzte. »Nächste Woche ist sie auf einer Party bei George Lomax. Er hat Vater eingeladen, der natürlich ablehnte, aber er dachte gar nicht daran, mich zu fragen. Hält mich wohl für zu dämlich.«
Lady Caterham fand, daß sich ihre Nichte tatsächlich beträchtlich gebessert hatte: Ob sie eine unglückliche Liebe hinter sich hatte? Eine unglückliche Liebesaffäre war oft von hohem Vorteil für junge Mädchen. Dann nahmen sie das Leben ernster.
»Anscheinend hat George Lomax noch nicht gemerkt, daß du sagen - wir - erwachsen geworden bist! Meine liebe Eileen, ich werde ein paar Worte bei ihm einlegen.«
»Er mag mich nicht. Er würde mich niemals einladen.«
»Laß mich das nur machen! Ich kannte George Lomax schon, als er noch so klein war.« Sie deutete eine ganz unmögliche Größe an. »Er wird mir nur zu gern einen Gefallen tun. Und jetzt werde ich für dich ein paar Bücher auswählen«, sagte Lady Caterham und stand auf.
Eine Viertelstunde später fuhr Bündel mit einem Armvoll entsetzlich trocken aussehender Literatur in ihre Stadtwohnung in der Brook Street zurück.
Als nächstes rief sie Jimmy Thesiger an. Seine ersten Worte waren voller Triumph. »Ich hab's geschafft«, sagte er. »Hatte ziemlich viel Mühe mit Bill. Aber dann ging es doch in seinen Dickschädel, daß ich ein Lamm unter Wölfen bin. Jetzt habe ich einen Haufen Bücher hier, die ich durchackern muß. Haben Sie je vom Grenzstreit in Santa Fé gehört?«
»Nie.«

»Der macht mir besondere Schwierigkeiten. Ist schon Jahre her und war entsetzlich kompliziert. Ich mache ihn zu meinem Spezialgebiet. Heutzutage muß man sich spezialisieren.«
»Ich habe auch lauter solches Zeug. Tante Marcia hat mir die Bücher gegeben, die Schwägerin meines Vaters. Sie wird mir eine Einladung zu George Lomax' Party verschaffen.«
»Was? Das ist ja fabelhaft!« Es entstand eine Pause, und dann sagte Jimmy: »Ich glaube, das erzählen wir Loraine besser nicht.«
»Vielleicht.«
»Ich meine, man kann das Mädchen nicht in sein Verderben rennen lassen.«
Bündel fand, daß Mr. Thesiger etwas taktlos war. Die Aussicht, daß sie in ihr Verderben rannte, schien ihn nicht im geringsten zu bekümmern.
»Kommen Sie morgen zur Leichenschau?«
»Ja. Sie?«
»Ja. Es steht übrigens in der Spätausgabe. Irgendwo in einer Ecke. Merkwürdig - ich hätte gedacht, daß sie es ganz groß ausspielen.«
»Ja - das hätte ich auch geglaubt.«
»Und jetzt«, meinte Jimmy, »muß ich mich weiter in mein Spezialgebiet vertiefen. Ich bin gerade an dem Punkt, wo Bolivien uns eine Note schickt.«
»Ich werde mich wohl auch dranmachen.«
»Werden Sie den ganzen Abend darüber brüten?«
»Ich glaube schon. Sie?«
»Wahrscheinlich. Gute Nacht!«
Sie waren beide schamlose Lügner. Jimmy Thesiger wußte sehr genau, daß er Loraine Wade zum Essen eingeladen hatte.
Und was Lady Eileen Brent betraf, so zog sie einen unscheinbaren Rock und eine unscheinbare Bluse an, verließ ihre Wohnung und überlegte, ob sie lieber mit dem Bus oder der U-Bahn zum *Seven Dials Club* fahren sollte.

13

Gegen sechs Uhr kam Bündel in der Hunstanton Street vierzehn an. Um diese Zeit war der *Seven Dials Club,* wie sie vermutet hatte, wie ausgestorben. Ihr Plan war einfach.
Sie wollte den ehemaligen Diener Alfred abfangen, weil sie davon überzeugt war, daß, wenn sie ihn erst einmal erwischte, der Rest nicht schwierig sei.

Nur über eines war sie sich nicht sicher: Sie wußte nicht, wie viele Leute im Klubhaus wohnten, denn natürlich sollte möglichst niemand von ihrer Anwesenheit erfahren.
Während sie noch überlegte, welchen Weg sie am besten einschlagen sollte, wurde ihr Problem auf sehr einfache Weise gelöst. Die Tür von Nummer vierzehn öffnete sich, und Alfred kam heraus.
»Guten Abend, Alfred!« rief Bündel fröhlich.
Alfred zuckte zusammen. »Oh! Guten Abend, M'lady. Ich ... ich habe Sie im ersten Moment gar nicht erkannt.«
»Ich wollte ein bißchen mit Ihnen plaudern, Alfred. Wo können wir das am besten tun?«
»Nun ... ich weiß nicht ...«
Sie unterbrach ihn. »Wer ist im Klub?«
»Zur Zeit niemand, M'lady.«
»Dann gehen wir hinein.«
Alfred öffnete die Tür, und Bündel trat ein. Alfred folgte ihr verwirrt und etwas unsicher. »Ich nehme an, Sie wissen«, begann sie knapp, »daß Ihre Arbeit hier gegen die Gesetze verstößt?«
Alfred trat verlegen von einem Fuß auf den anderen. »Das stimmt. Wir sind auch schon zweimal durchsucht worden. Aber man hat nie etwas Verdächtiges gefunden, dank Mr. Mosgorovskys Umsicht.«
»Ich rede nicht nur vom Spielsalon. Da steckt noch mehr dahinter - vermutlich viel mehr, als Sie ahnen. Ich möchte Ihnen eine direkte Frage stellen, Alfred, und bitte sagen Sie die Wahrheit! Wieviel hat man Ihnen gezahlt, damit Sie *Chimneys* verließen?«
Alfred sah an der Wandleiste entlang, als ob er von dort eine Inspiration erwarte, schluckte und ging dann den unvermeidlichen Weg eines schwachen Willens, der auf einen starken trifft.
»Es war so, M'lady. Mr. Mosgorovsky kam an einem der Besuchstage mit einer Besichtigungsgruppe nach *Chimneys.* Da Mr. Tredwell sich nicht wohl fühlte, fiel es mir zu, die Gruppe zu führen. Mr. Mosgorovsky war ... er bot mir hundert Pfund, wenn ich in seinem Klub arbeitete. Er wollte jemand haben, der den Umgang mit den besten Familien gewohnt sei - um dem Lokal Würde zu verleihen, wie er sich ausdrückte. Nun, es schien mir, das Glück versuchen zu wollen, wenn ich es ablehnte - abgesehen davon, daß ich hier dreimal soviel verdiene.«
»Hundert Pfund! Das ist eine Menge. Hat man Ihnen erzählt, wer Ihre Stelle in *Chimneys* einnehmen sollte?«
»Ich hatte ein wenig Bedenken, Mylady, sofort zu gehen. Aber Mr. Mosgorovsky sagte, daß er einen jungen Mann kenne, der in guter Stellung gewesen und bereit sei, mich sofort abzulösen.«

Bündel nickte. Ihre Vermutungen hatten sich bestätigt, und der *modus operandi* war fast genauso, wie sie es sich gedacht hatte. Sie bohrte weiter.

»Wer ist Mr. Mosgorovsky?«

»Der Gentleman, der den Klub leitet. Ein Russe.«

Bündel genügten diese Informationen für den Augenblick, sie wandte sich einem anderen Thema zu. »Hundert Pfund ist eine große Summe, Alfred!«

»Mehr, als ich je bekommen habe, Mylady«, gestand Alfred mit entwaffnender Offenheit.

»Hatten Sie nie den Verdacht, daß da etwas faul ist?«

»Faul, Mylady?«

»Ja. Ich rede jetzt nicht vom Spielsalon. Ich meine etwas viel Ernsteres. Sie wollen doch nicht zu strafbaren Handlungen mißbraucht werden, Alfred, oder?«

»Mein Gott, Mylady!«

»Ich war kürzlich bei Scotland Yard«, sagte Bündel eindringlich. »Und da habe ich einige sehr merkwürdige Dinge gehört. Ich möchte, daß Sie mir helfen, Alfred, und wenn Sie das tun, dann – nun, wenn die Sache auffliegt, dann werde ich ein gutes Wort für Sie einlegen.«

»Ich werde tun, was in meinen Kräften steht, Mylady.«

»Zuerst möchte ich mir den Laden hier einmal gründlich ansehen.«

Begleitet von dem erschreckten Alfred führte sie ihre sehr gründliche Inspektion durch. Nichts Verdächtiges fiel ihr auf, bis sie in den Spielsalon kam. Dort bemerkte sie in einer Ecke eine unauffällige Tür. Sie war verschlossen.

»Das ist der Fluchtweg, Mylady«, erklärte Alfred. »Dahinter befindet sich ein Raum mit einer Tür, die in das benachbarte Treppenhaus führt. So verschwinden die Leute, wenn eine Razzia ist.«

»Aber weiß denn die Polizei nichts davon?«

»Es ist eine versteckte Tür, Mylady. Sie sieht wie ein Bücherschrank aus.«

Bündel wurde immer aufgeregter. »Da muß ich hinein«, sagte sie.

Alfred schüttelte den Kopf. »Das können Sie nicht, Mylady. Den Schlüssel hat Mr. Mosgorovsky.«

»Na und? Es gibt noch mehr Schlüssel!«

Sie stellte fest, daß es ein einfaches Schloß war, das sich leicht öffnen ließ. Alfred wurde losgeschickt, um Schlüssel zu besorgen. Der vierte, den Bündel probierte, paßte.

Es war ein kleines, schäbiges Zimmer. In der Mitte stand ein langer Tisch mit Stühlen. Sonst war der Raum unmöbliert. Nur zwei Bücher-

schränke waren zu beiden Seiten des Kamins eingebaut. Alfred deutete auf den einen: »Das ist sie.«
Bündel versuchte, die Bücherschranktür zu öffnen, aber sie war verschlossen. Daß dieses Schloß sehr kompliziert war, sah sie sofort. Ein Sicherheitsschloß.
»Sehr einfallsreich«, erklärte Alfred. »Sieht ganz normal aus. Dahinter sind ein paar Fächer mit Büchern darauf, wissen Sie. Nie würde jemand vermuten, daß man nur rechts leicht antippen muß, und das ganze Ding schwingt auf.«
Bündel hatte sich umgedreht und betrachtete nachdenklich den Raum. Als erstes fiel ihr auf, daß die Tür, durch die sie hereingekommen waren, sorgfältig mit grünem Tuch verkleidet war. Sie mußte ziemlich schalldicht sein. Dann wanderte ihr Blick über die Stühle. Es waren sieben, drei an jeder Längsseite des Tisches, ein etwas prächtigerer an der Stirnseite.
Bündels Augen weiteten sich. Sie hatte gefunden, was sie suchte! Dies war der Treffpunkt des Geheimbundes, perfekt geplant! Alles wirkte so unschuldsvoll - man konnte den Raum vom Spielsalon aus betreten oder durch das Treppenhaus und den Wandschrank -, und jede Geheimnistuerei, jede Vorsichtsmaßregel konnte durch den Spielsalon nebenan erklärt werden.
Während ihr diese Gedanken durch den Kopf schossen, fuhr sie mit dem Finger spielerisch über den Kaminsims. Alfred sah es und mißdeutete ihre Geste.
»Sie werden keinen Schmutz finden, Mylady«, sagte er. »Mr. Mosgorovsky hat das Zimmer heute morgen reinigen lassen. Ich selbst tat es unter seiner Aufsicht.«
Sie dachte scharf nach. »Heute morgen?«
»Manchmal muß es sein. Obwohl der Raum, wenn man so sagen darf, nicht benützt wird.« Im nächsten Augenblick bekam er einen Heidenschreck.
»Alfred«, schrie Bündel, »Sie müssen mir einen Platz suchen, wo ich mich verstecken kann.«
Alfred sah sie verzweifelt an. »Aber das ist unmöglich, Mylady. Sie werden mich nur in entsetzliche Schwierigkeiten bringen. Ich verliere meinen Job!«
»Den sind Sie sowieso los, wenn Sie ins Gefängnis kommen«, meinte Bündel unfreundlich.
»Aber hier gibt es kein Versteck«, jammerte Alfred. »Überzeugen Sie sich selbst, Mylady!«
Bündel mußte zugeben, daß an diesem Argument etwas Wahres war.

Noch nie hatte ein Zimmer weniger Möglichkeiten geboten, sich zu verbergen, als dieses. Die schmutzigen Rouleaus waren vor den Fenstern heruntergelassen, es gab keine Vorhänge. Das äußere Fensterbrett war etwa zehn Zentimeter breit, wie sie feststellte. Im Zimmer standen nur der Tisch, die Stühle und die Schränke.
Am zweiten Schrank steckte der Schlüssel. Bündel schloß auf. Die Regale waren voll mit Gläsern und Geschirr.
»Überflüssiges Zeug, das wir nicht benutzen«, erklärte Alfred. »Sie sehen selbst, daß sich hier nicht einmal eine Katze verstecken könnte.«
Bündel untersuchte bereits die Regale. »Miese Arbeit. Haben Sie einen anderen Schrank, wo Sie das Geschirr verstauen können? Ja? Gut. Dann bringen Sie alles nach unten. Beeilen Sie sich - wir dürfen keine Zeit verlieren!«
»Unmöglich, Mylady! Es ist schon spät. Jeden Augenblick wird der Koch kommen.«
»Mr. Mosgorovsky taucht doch sicher erst später auf, oder?«
»Nie vor Mitternacht.«
»Dann los!«
Händeringend verschwand Alfred. Kurz darauf kam er mit einem Tablett zurück und begann mit überraschender Energie zu arbeiten. Er hatte begriffen, daß seine Proteste nutzlos waren.
Wie Bündel schon festgestellt hatte, konnte man die Bretter leicht herausnehmen. Sie stellte sie senkrecht an die Schrankwand und kletterte hinein.
»Hm«, meinte sie. »Ziemlich eng. Schließen Sie die Tür bitte vorsichtig, Alfred - so ist es gut! Ja, das läßt sich machen. Jetzt brauche ich einen Bohrer.«
»Ich weiß nicht ...«
»Unsinn. Sie werden doch einen Bohrer haben! Wenn nicht, ziehen Sie eben los und kaufen einen!«
Alfred verschwand und kehrte nach kurzer Zeit mit einer Sammlung ganz brauchbarer Werkzeuge zurück. Bündel fand, was sie suchte, und bohrte ein kleines Loch in die Schrankwand, in Höhe ihres rechten Auges.
»Mein Gott, Mylady! Man wird Sie finden!« rief Alfred.
»Man wird die Tür nicht aufmachen können«, erklärte Bündel. »Weil Sie nämlich abschließen und den Schlüssel verstecken.«
»Und wenn Mr. Mosgorovsky danach fragt?«
»Dann ist er eben verlorengegangen. Kein Mensch wird sich um den Schrank kümmern - er ist nur dazu da, um von dem anderen abzulenken. Los, los, Alfred! Es kann jederzeit jemand kommen. Schließen Sie mich

ein und nehmen Sie den Schlüssel an sich! Wenn alle gegangen sind, lassen Sie mich wieder raus.«
Sie hatte keine Angst, daß Alfred die Nerven verlieren und sie verraten könnte.
Sie wußte, daß sein Selbsterhaltungstrieb stärker war. Jahrelange Übung würde ihm helfen, seine persönlichen Gefühle hinter der Maske des perfekten Dieners zu verbergen.
Nur eines beunruhigte sie.
Die Folgerung, die sie daraus gezogen hatte, daß das Zimmer heute morgen geputzt worden war, konnte falsch sein. Bündel seufzte in ihrem engen Schrank. Die Aussicht, hier lange Stunden für nichts und wieder nichts zu verbringen, war nicht sehr verlockend.

14

Über die nächsten leidvollen vier Stunden können wir hinweggehen. Bündel fand ihre Lage ziemlich beengt. Sie hatte angenommen, daß das Treffen - falls überhaupt eines stattfand zu einer Zeit abgehalten werden würde, wo der Klub in vollem Betrieb war, also irgendwann zwischen Mitternacht und zwei Uhr morgens.
Als sie gerade dachte, es müsse mindestens sechs Uhr morgens sein, traf ein sehnlichst erwartetes Geräusch an ihr Ohr: Eine Tür wurde aufgeschlossen.
Gleich darauf machte jemand Licht. Das Stimmengewirr, das für zwei oder drei Sekunden an ihre Ohren gedrungen war wie das Rauschen des Meeres, brach so plötzlich ab, wie es begonnen hatte. Bündel hörte, wie irgendwo ein Riegel vorgeschoben wurde. Es war also jemand aus dem Spielsalon hereingekommen.
Nach einem Augenblick trat der Eindringling in ihr Gesichtsfeld - oder in das, was sie durch das kleine Loch sehen konnte. Es war ein großer Mann, breitschultrig und furchteinflößend, mit einem langen schwarzen Bart. Bündel erinnerte sich, daß sie ihn in der vergangenen Nacht an einem der Bakkarattische gesehen hatte.
Das also war Alfreds geheimnisvoller russischer Gentleman, der Eigentümer des Klubs, der fragwürdige Mr. Mosgorovsky. Bündels Herz schlug schneller.
Ein paar Minuten blieb der Russe vor dem Tisch stehen und strich sich über seinen Bart. Dann zog er eine Uhr aus der Tasche und warf einen Blick drauf. Befriedigt nickte er. Wieder glitt seine Hand in die Tasche. Bündel konnte nicht sehen, was er hervorholte, weil er aus ihrem Blick-

feld verschwand. Als er wieder erschien, hätte sie vor Überraschung fast geschrien.
Sein Gesicht war von einer Maske verdeckt, aber es war keineswegs eine gewöhnliche Maske, sondern nur ein Stück Stoff, das wie ein Vorhang vor dem Gesicht hing und zwei Schlitze für die Augen hatte. Ein Zifferblatt war aufgemalt. Die Zeiger standen auf sechs.
Die *Seven Dials* – die sieben Zifferblätter, überlegte Bündel.
In diesem Augenblick hörte sie ein Geräusch - siebenmaliges gedämpftes Klopfen. Mosgorovsky ging - wie Bündel vermutete - zum anderen Schrank. Sie vernahm ein scharfes Klicken und Begrüßungsworte in einer ihr fremden Sprache. Dann sah sie die Neuankömmlinge.
Sie trugen auch Uhrenmasken, aber die Zeiger zeigten andere Zeiten - fünf Uhr, vier Uhr. Beide Männer waren im Abendanzug. Der eine war ein eleganter, schlanker Mann. Die Grazie, mit der er sich bewegte, wirkte weniger englisch als ausländisch. Der andere Mann war dürr und ging etwas gebückt. Sein Anzug saß leidlich, und Bündel erriet seine Nationalität schon, bevor er den Mund aufmachte.
»Ich nehme an, daß wir die ersten sind.« Eine volle, angenehme Stimme, amerikanischer Tonfall mit leicht irischem Akzent.
Der elegante Mann sagte in gutem, etwas steifem Englisch: »Es war gar nicht so leicht, heute abend wegzukommen. Die Dinge entwickelten sich nicht immer günstig. Ich bin nicht, wie Nummer vier, Herr meiner Zeit.«
Bündel versuchte, seine Nationalität zu erraten. Bevor er gesprochen hatte, dachte sie, daß er Franzose sei, aber sein Akzent war nicht französisch. Vielleicht Österreicher oder Ungar - oder Russe?
Der Amerikaner ging auf die andere Seite des Tisches, und Bündel hörte, wie er einen Stuhl hervorzog. »Ein Uhr war ein großer Erfolg«, sagte er. »Ich gratuliere Ihnen, daß Sie dieses Risiko gewagt haben.«
Fünf Uhr zuckte die Achseln. »Wer nichts wagt ...« Er ließ den Satz unbeendet. Wieder ertönten sieben Klopfzeichen. Mosgorovsky ging zur Tür.
Bündel konnte niemand sehen, weil die ganze Gesellschaft aus ihrem Blickfeld verschwunden war, aber dann hörte sie die erhobene Stimme des Bärtigen: »Fangen wir an?«
Er kam um den Tisch herum und nahm neben dem Lehnstuhl an der Stirnseite Platz. Er sah direkt zu Bündels Schrank. Der elegante fünf Uhr setzte sich neben ihn. Den dritten Stuhl an dieser Seite konnte Bündel nicht sehen, aber der Amerikaner, Nummer vier, passierte kurz ihr Blickfeld, bevor er sich setzte.
An der Seite des Tisches, die ihr am nächsten war, konnte sie nur zwei Stühle sehen. Dann ging einer der Neuankömmlinge an ihrem Schrank

vorbei und setzte sich Mosgorovsky gegenüber. Wer immer dort saß, kehrte Bündel natürlich den Rücken zu - und genau dieser Rücken war es, den sie voll Interesse anstarrte. Es war der tiefdekolletierte Rücken einer schönen Frau.
Die Frau sprach zuerst. Ihre Stimme klang musikalisch, ausländisch - verführerisch. Sie blickte auf den leeren Stuhl an der Stirnseite des Tisches.
»Wir werden Nummer sieben heute abend wieder nicht sehen?« fragte sie. »Sagen Sie mir, meine Freunde, werden wir ihn je zu Gesicht bekommen?«
»Das ist gut«, sagte der Amerikaner. »Verdammt gut! Ich glaube allmählich, daß Nummer sieben gar nicht existiert!«
»Ich würde Ihnen raten, nicht so zu denken, mein Lieber«, sagte der Russe freundlich.
Es entstand eine Pause, eine unangenehme Pause, das fühlte Bündel. Sie starrte immer noch fasziniert auf den wunderschönen Rücken vor sich. Unter dem rechten Schulterblatt saß ein kleiner dunkler Leberfleck, der die Weißheit der Haut betonte.
Die Stimme des Russen, der anscheinend den Vorsitz führte, riß sie aus ihren Gedanken. »Wollen wir jetzt weitermachen? Erst zu unserem abwesenden Freund Nummer zwei!« Er vollführte mit den Händen eine merkwürdige Geste in Richtung auf den an den Tisch gelehnten Stuhl, die alle anderen augenblicklich nachmachten. »Ich wünschte, Nummer zwei könnte heute abend hiersein«, fuhr er fort. »Es sind so viele Dinge zu erledigen. Unerwartete Schwierigkeiten sind aufgetreten.«
»Haben Sie seinen Bericht erhalten?« Das war der Amerikaner.
»Bis jetzt noch nicht.« Es entstand eine Pause. »Ich verstehe es gar nicht.«
»Sie meinen, er könnte vielleicht - vom rechten Weg abgekommen sein?«
»Das wäre eine - Möglichkeit.«
»Mit anderen Worten«, sagte fünf Uhr. »Gefahr im Verzug.«
Der Russe nickte heftig. »Ja. Allmählich wird zu viel über uns bekannt - über dieses Lokal. Ich kenne mehrere Leute, die etwas vermuten.« Kühl fügte er hinzu. »Sie müssen zum Schweigen gebracht werden.«
Bündel fühlte, wie ihr ein kalter Schauer über den Rücken lief. Wenn man sie fand, wurde sie dann auch zum Schweigen gebracht? Plötzlich ließ ein Wort sie aufhorchen.
»Über *Chimneys* ist nichts Genaueres zu erfahren gewesen?«
Mosgorovsky schüttelte den Kopf. »Nichts.«
Plötzlich beugte sich Nummer fünf vor. »Ich stimme mit Anna überein:

Wo ist unser Präsident - Nummer sieben? Er hat unseren Klub gegründet. Warum sehen wir ihn nie?«

»Nummer sieben«, erklärte der Russe, »hat seine eigenen Arbeitsmethoden.«

»Das behaupten Sie immer!«

»Ich sage noch etwas mehr: Mir tut jeder leid, der sich gegen ihn stellt.« Verlegenes Schweigen entstand. »Wir müssen weitermachen«, sagte Mosgorovsky dann ruhig. »Nummer drei, haben Sie die Baupläne von *Wyvern Abbey?«*

Bündel spitzte die Ohren. Bis jetzt hatte sie Nummer drei weder gesehen noch gehört. Als er sprach, erkannte sie, daß er Engländer war. »Ich habe sie hier, Sir.«

Papiere wurden über den Tisch geschoben. Alle beugten sich vor. Mosgorovsky hob die Hand. »Und die Gästeliste?«

»Hier.«

Der Russe las vor: »Sir Stanley Digby, Mr. Terence O'Rourke. Sir Oswald und Lady Coote. Mr. Bateman. Gräfin Anna Radzky. Mrs. Macatta. Mr. James Thesiger ...« Er hielt inne und fragte scharf: »Wer ist James Thesiger?«

Der Amerikaner lachte. »Um den brauchen Sie sich keine Sorgen zu machen. Der übliche junge Trottel.«

Der Russe las weiter. »Herr Eberhard und Mr. Eversleigh. Das sind alle.«

»Wirklich?« flüsterte Bündel. »Und was ist mit dieser entzückenden jungen Dame, Lady Eileen Brent?«

»Na, da scheint kein beunruhigender Gast dabei zu sein«, sagte der Russe. »Ich nehme an, daß über den Wert von Eberhards Erfindung kein Zweifel besteht?«

Drei Uhr erwiderte auf typisch englisch-lakonische Art: »Nein, nicht der geringste.«

»Wirtschaftlich bedeutet sie Millionengewinne«, sagte der Russe. »Und auf der internationalen Bühne - nun, wir kennen ja die Habgier der Nationen nur zu gut.« Bündel hatte das Gefühl, daß er unter seiner Maske unangenehm lächelte

»Ja«, fuhr er fort, »eine Goldmine.«

»Ein paar Leben wert«, sagte Nummer fünf zynisch.

»Aber Sie wissen, wie Erfinder sind«, meinte der Amerikaner. »Manchmal hauen solche Pläne nicht hin.«

»Ein Mann wie Sir Oswald Coote dürfte keinen Mißgriff getan haben«, sagte Mosgorovsky.

»Als Flieger weiß ich«, sagte Nummer fünf, »daß diese Sache sehr gut durchführbar ist. Seit Jahren ist sie im Gespräch - aber es bedurfte eines Genies wie Eberhard, um sie zu verwirklichen.«

»Nun«, sagte Mosgorovsky, »ich finde nicht, daß wir dieses Thema weiterdiskutieren müssen.

Sie alle haben die Pläne gesehen. Ich glaube nicht, daß unser Angriffsschema verbessert werden kann. Übrigens habe ich etwas von einem Brief läuten hören, den Wade geschrieben hat und der unsere Organisation erwähnt. Wer hat ihn gefunden?«

»Lord Caterhams Tochter - Lady Eileen Brent.«

»Bauer hätte da besser aufpassen müssen«, meinte Mosgorovsky. »An wen war denn der Brief gerichtet?«

»An seine Schwester, glaube ich«, sagte Nummer drei.

»Die Untersuchung über Devereux ist morgen. Ich nehme an, daß Vorbereitungen getroffen worden sind?«

»Gerüchte über junge Leute aus der Gegend, die mit Gewehren herumgespielt haben, sind überall verbreitet worden«, erklärte der Amerikaner.

»Das geht dann wohl in Ordnung. Ich glaube, es gibt nichts mehr zu besprechen. Ich finde, wir sollten ein Hoch ausbringen auf unsere liebe Nummer eins und ihr alles Gute zu der Rolle wünschen, die sie spielen muß.«

»Hurra!« rief Nummer fünf. »Hoch Anna!«

Ein Uhr erwiderte diese Huldigung mit einer typisch fremdländischen Geste. Dann stand sie auf, die anderen taten das gleiche. Zum ersten Mal konnte Bündel einen Blick auf Nummer drei werfen - ein großer, schwerknochiger Mann.

Dann verließ die Gesellschaft das Zimmer durch die Geheimtür. Mosgorovsky schloß ab.

Er wartete noch ein paar Minuten, dann hörte Bündel, wie er den Riegel an der anderen Tür zurückschob und hinausging.

Erst zwei Stunden später kam ein bleicher und verängstigter Alfred, um Bündel zu befreien.

15

Gegen sechs Uhr morgens kam Bündel nach Hause. Um halb zehn war sie wieder auf den Beinen und angezogen und rief Jimmy Thesiger an.

Die Promptheit, mit der er sich meldete, überraschte sie, bis er ihr erklärte, daß er zur vorgerichtlichen Untersuchung gehen wolle.

»Ich auch«, sagte Bündel.

»Und ich habe Ihnen eine Menge zu erzählen.«

»Kann ich Sie nicht abholen, und Sie berichten mir unterwegs?«
»Gut. Aber kalkulieren Sie ein bißchen mehr Zeit ein, weil Sie mich nach *Chimneys* bringen müssen. Der Inspektor holt mich von dort ab.«
»Warum?«
»Weil er ein freundlicher Mann ist«, antwortete Bündel. »Bin ich auch«, meinte Jimmy. »Sehr freundlich sogar.«
»Ach Sie ... Sie sind ja ein Trottel«, meinte Bündel. »Das hörte ich gestern abend jemanden sagen.«
»Wen?«
Sie zogerte. Dann meinte sie:
»Um genau zu sein - einen russischen Juden. Nein, der war es nicht. Es war ...«
Beleidigter Protest unterbrach sie: »Mag sein, daß ich ein Trottel bin, aber das geht niemanden etwas an. Was haben Sie gestern abend gemacht, Bündel?«
»Das werde ich Ihnen nachher erzählen! Bis gleich!«
Sie legte auf und überließ Jimmy seinen Vermutungen. Er hatte höchsten Respekt vor Bündels geistigen Fähigkeiten, allerdings war dieser Respekt nicht mit wärmeren Gefühlen für sie vermischt.
Sie hat was vor, überlegte er, als er hastig einen Schluck Kaffee trank, sie hat was vor, da gibt's gar keinen Zweifel!
Zwanzig Minuten später hielt ein kleiner Zweisitzer vor dem Haus in der Brook Street. Bündel hatte schon auf ihn gewartet. Jimmy war kein besonders guter Beobachter, aber er bemerkte, daß sie schwarze Ringe unter den Augen und allem Anschein nach eine lange Nacht hinter sich hatte.
»Nun denn«, sagte er, als sie durch die Vororte fuhren, »auf welch dunklen Pfaden sind Sie gewandert?«
»Das werde ich Ihnen erzählen«, antwortete Bündel.
Es wurde eine lange Geschichte, und Jimmy hatte Mühe, sich aufs Fahren zu konzentrieren.
Als Bündel geendet hatte, seufzte er und sagte: »Sie wollen mich nicht reinlegen?«
»Wie meinen Sie das?«
»Tut mir leid«, entschuldigte er sich. »Aber es kommt mir vor, als hätte ich das alles schon mal erlebt - im Traum, verstehen Sie?«
»Ja!« sagte Bündel mitfühlend.
»Einfach unmöglich«, spann Jimmy seinen Gedanken laut weiter. »Die schöne fremde Abenteuerin, die internationale Gangsterbande, der geheimnisvolle Nummer sieben - so was habe ich hundertmal in Büchern gelesen.«

»Noch lange kein Grund, warum es sich nicht in Wirklichkeit ereignen sollte.«
»Nein, vermutlich nicht.«
»Ich glaube jetzt tatsächlich, daß Romane sich die Wirklichkeit zum Vorbild nehmen. Ich meine, wenn solche Sachen nicht passieren würden, käme doch kein Mensch drauf.«
»Da ist was dran. Trotzdem muß ich mich dauernd kneifen, um zu sehen, ob ich wach bin.«
»So ging es mir auch.«
Jimmy seufzte tief. »Zählen wir zusammen: Ein Russe, ein Amerikaner, ein Engländer, ein Österreicher oder Ungar - und die Dame, die jeder Nation angehören könnte, zum Beispiel der russischen oder polnischen - eine nette Versammlung.«
»Und ein Deutscher«, warf Bündel ein. »Sie haben den Deutschen vergessen.«
»Sie glauben ...?«
»Die abwesende Nummer zwei. Nummer zwei ist Bauer - unser Diener. Von ihm erwarteten sie einen Bericht, der nicht eintraf -, obwohl ich nicht begreife, was das für ein Bericht über *Chimneys* sein könnte.«
»Er hat bestimmt etwas mit Gerry Wades Tod zu tun.«
»Sie bemängelten, daß er den Brief nicht gefunden hatte.«
»Das macht Ihre Erzählung völlig glaubwürdig. Verzeihen Sie mir meine anfänglichen Zweifel, Bündel - aber es ist wirklich eine merkwürdige Geschichte. Sie sagten, die Leute wissen auch, daß ich von Lomax nach *Wyvern Abbey* eingeladen wurde?«
»Ja, bei dieser Gelegenheit sagte der Amerikaner - es war nicht der Russe -, daß man sich wegen Ihnen keine Sorgen machen müsse - Sie seien nur der übliche Trottel.«
»Aha!« Jimmy trat aufs Gaspedal, so daß der Wagen einen Satz machte. »Ich bin sehr froh, daß Sie mir das erzählen. Mein persönliches Interesse an der Geschichte wächst beträchtlich.« Er schwieg ein paar Minuten, dann fragte er: »Sagten Sie nicht, daß der Name des deutschen Erfinders Eberhard sei?«
»Ja. Warum?«
»Warten Sie. Eberhard ... ja, so hieß er.«
»Erzählen Sie!«
»Eberhart ist der Mann, der ein neues Stahlproduktionsverfahren entdeckte. Ich kann die Details nicht genau erklären, weil mir das technische Wissen fehlt, aber ich kenne das Resultat: Stahl kann so gehärtet werden, daß nun ein Draht die gleiche Last aushält wie früher ein dickes Kabel. Eberhard hatte mit Flugzeugen zu tun, er wollte das Gewicht des

Flugzeugs verringern - was das ganze Flugwesen revolutionieren würde, die Kosten meine ich. Angeblich bot er seine Erfindung der deutschen Regierung an, aber die lehnte ab. Sie wiesen ihm einen Irrtum nach - aber sie machten das sehr häßlich. Eberhard setzte sich hin und behob ihn - was immer es auch gewesen sein mag. Aber sie hatten ihn einfach beleidigt, und er schwor, daß er ihnen die Patente nicht geben würde. Ich hatte die Geschichte immer für Unsinn gehalten, aber jetzt - sieht alles natürlich ganz anders aus.«
»Richtig«, meinte Bündel eifrig. »Sie müssen recht haben, Jimmy! Eberhard hat seine Erfindung unserer Regierung angeboten. Sie haben angenommen oder werden es tun. Sir Oswald Coote soll als Experte gehört werden. Bei Lomax wird eine inoffizielle Konferenz stattfinden, mit Sir Oswald, George Lomax, dem Luftfahrtminister und Eberhard. Eberhard wird die Pläne mitbringen ... und die *Seven Dials* wollen sie stehlen. Ich erinnere mich, daß der Russe sagte, sie würden Millionen einbringen.«
»Durchaus glaubwürdig«, meinte Jimmy.
»Und daß die Erfindung schon ein paar Leben wert sei - so drückte sich ein anderer aus.«
»Offenbar«, murmelte Jimmy mit düsterer Miene. »Wenn man an diese verdammte Untersuchung heute denkt. Sind Sie wirklich sicher, Bündel, daß Ronny nichts weiter gesagt hat?«
»Ja, nur die paar Worte: ›*Seven Dials*. Sagen Sie ... Jimmy Thesiger.‹ Das war alles, was er noch rausbrachte, der arme Kerl.«
»Ich wünschte, ich wüßte, was er wußte«, meinte Jimmy. »Für mich steht fest, daß der Diener Bauer für Gerrys Tod verantwortlich ist. Ach, Bündel ...«
»Ja?«
»Ich bin etwas beunruhigt. Wer wird der nächste sein? Diese Sache ist wirklich nichts für Damen!«
Bündel lächelte gegen ihren Willen. Es hatte lange gedauert, bis Jimmy Thesiger sie zur selben Kategorie Damen rechnete wie Loraine Wade.
»Es ist viel wahrscheinlicher, daß Sie eher dran sind«, bemerkte sie freundlich.
»Hört, hört! Aber wir wär's zur Abwechslung mal mit ein paar Toten auf der gegnerischen Seite? Ich bin heute morgen ziemlich blutrünstig. Würden Sie einen von den Typen wiedererkennen, Bündel?«
Sie zögerte. »Ich glaube, Nummer fünf. Er lispelte ein bißchen.«
»Was ist mit dem Engländer?«
»Den habe ich nicht deutlich gesehen - nur einmal ganz kurz. Außer daß er groß ist, war nichts Auffälliges an ihm.«
»Dann diese Frau«, fuhr Jimmy fort. »Bei ihr dürfte eine Identifizierung

leichter sein, aber ihr werden Sie nicht so schnell begegnen. Vermutlich erledigt sie die Schmutzarbeit, geht mit liebestollen Ministern aus und entlockt ihnen Staatsgeheimnisse, wenn sie ein paar Gläser getrunken haben. Jedenfalls wird das in Büchern so gemacht. In Wirklichkeit trinkt der einzige Minister, den ich kenne, nur heißes Wasser mit Zitrone!«

»Nehmen wir zum Beispiel George Lomax! Könnten Sie sich vorstellen, daß er sich in ein Liebesabenteuer mit einer schönen Ausländerin einläßt?« fragte Bündel lachend.

Jimmy stimmte ihr zu. »Und jetzt zu Nummer sieben. Sie haben keine Ahnung, wer er sein könnte?«

»Nicht die geringste.«

»Im Roman wäre er bestimmt eine sehr bekannte Persönlichkeit. Wie steht's mit George Lomax selbst?«

»In einem Roman wäre so etwas perfekt. Aber wenn man Codders kennt ...« Sie schüttelte sich plötzlich vor Lachen. »Codders, der große Chef einer kriminellen Bande! Wäre das nicht wundervoll?«

Jimmy fand das auch. Ihre Unterhaltung hatte lange gedauert. Ein- oder zweimal war Jimmy unwillkürlich langsamer gefahren. Als sie in *Chimneys* ankamen, wartete Oberst Melrose schon auf sie. Jimmy wurde ihm vorgestellt, und sie fuhren alle drei zur Untersuchung.

Wie Oberst Melrose prophezeit hatte, verlief die Sache ganz unkompliziert. Bündel sagte als Zeugin aus. Der Arzt ebenfalls. Verschiedene Leute bestätigten, daß in der Gegend häufig geschossen würde. Das Urteil lautete auf »Tod durch Unglücksfall«.

Als alles vorüber war, bot Oberst Melrose Bündel an, sie nach *Chimneys* zurückzubringen. Jimmy Thesiger fuhr nach London zurück:

Trotz seiner leichtlebigen Art hatte ihn Bündels Geschichte beunruhigt. Er dachte an Loraine. War sie in Gefahr?

Nach kurzem Zögern ging er zum Telefon und rief sie an. »Ich bin es: Jimmy! Ich dachte, das Ergebnis der Untersuchung würde dich interessieren: Tod durch Unglücksfall.«

»Aber ...«

»Ja, ich glaube auch, daß mehr dahintersteckt. Der Coroner ist irgendwie geimpft worden. Jemand will die Sache vertuschen. Ich meine nur, Loraine ...«

»Ja?«

»Hör zu: Die ganze Angelegenheit ist höchst merkwürdig. Du bist vorsichtig, nicht wahr? Mir zuliebe.«

Plötzlich klang ihre Stimme sehr ängstlich: »Jimmy ... dann ist es doch gefährlich ... für *dich.*«

Er lachte. »Mach dir keine Sorgen! Ich bin die bekannte Katze mit den

neun Leben. Wiedersehen!« Er hängte ein und blieb ein paar Minuten gedankenverloren am Telefon stehen. Dann klingelte er nach Stevens.
»Glauben Sie, daß Sie mir eine Waffe besorgen können, Stevens?«
»Eine Waffe, Sir?« Stevens' Gesicht verriet dank langjähriger Übung nicht die leiseste Spur von Überraschung. »Was soll es für eine Waffe sein?«
»Man drückt auf den Abzug, und das Ding schießt, bis man wieder losläßt.«
»Also eine Pistole, Sir!«
»Genau«, sagte Jimmy, »eine Pistole! In amerikanischen Geschichten zieht der Held immer eine Waffe aus seiner Hüfttasche.«
Stevens gestattete sich ein Lächeln. »Die meisten amerikanischen Gentlemen, die ich kenne, Sir, tragen etwas ganz anderes in der Hüfttasche«, bemerkte er.
Jimmy Thesiger lachte.

16

Bündel kam am Freitag nachmittag gerade zur Teezeit in George Lomax' Landhaus *Wyvern Abbey* an. Er begrüßte sie mit übertriebener Höflichkeit.
»Meine liebe Eileen«, flötete er, »ich kann Ihnen gar nicht sagen, wie sehr ich mich freue, Sie zu sehen!
Sie müssen mir verzeihen, daß ich Sie nicht eingeladen hatte, aber um ehrlich zu sein, hätte ich mir nicht träumen lassen, daß eine solche Party Sie interessieren würde.
Ich war sowohl überrascht als auch entzückt, als Lady Caterham mir von Ihrem Interesse für … äh … Politik erzählte.«
»Ich wollte so gern kommen«, erklärte Bündel schlicht.
»Mrs. Macatta wird erst mit dem späteren Zug eintreffen. Sie hat gestern abend in Manchester gesprochen. Kennen Sie Thesiger? Ein noch junger Mann, aber mit einem bemerkenswerten Verständnis für Außenpolitik.«
»Ich kenne ihn.«
Bündel schüttelte Jimmy feierlich die Hand. Wie sie bemerkte, hatte er sein Haar in der Mitte gescheitelt, um seinem Gesicht mehr Würde zu verleihen.
»Hören Sie«, flüsterte Jimmy hastig, als George sich einen Moment abwandte. »Seien Sie nicht böse, aber ich habe Bill von unserem kleinen Trick erzählt.«
»Bill?«

»Na ja«, meinte Jimmy, »Bill gehört schließlich auch zu uns. Ronny und Gerry waren auch seine Freunde.«
»Ja, ich weiß.«
»Sie halten es für schlecht?«
»Bill ist in Ordnung. Bloß ... er ist ein solcher Tolpatsch.«
»Aber Sie vergessen eins - Bill hat kräftige Fäuste. Und ich habe das Gefühl, daß wir kräftige Fäuste bald gut brauchen können.«
»Vielleicht. Wie hat er es aufgenommen?«
»Er hat sich an den Kopf gegriffen, aber die Tatsachen sprachen schließlich für sich.«
Plötzlich tauchte George Lomax wieder auf. »Ich möchte Ihnen ein paar Leute vorstellen, Eileen«, sagte er. »Sir Stanley Digby – Lady Eileen Brent. Mr. O'Rourke.«
Der Luftfahrtminister war ein kleiner runder Mann mit einem freundlichen Lächeln. Mr. O'Rourke, groß und jung, mit fröhlichen blauen Augen und einem typisch irischen Gesicht, begrüßte Bündel voll Begeisterung. »Und ich dachte schon, es würde eine langweilige politische Party werden«, murmelte er leise.
»Vorsicht!« warnte Bündel. »Ich bin politisch - hochpolitisch sogar!«
»Sir Oswald und Lady Coote kennen Sie ja«, fuhr Lomax fort.
»Wir sind uns nie begegnet«, sagte Bündel lächelnd. Innerlich lobte sie die Begabung ihres Vaters, Leute zu beschreiben.
Nach der etwas wehleidigen Begrüßung wandte sich Lady Coote an Jimmy Thesiger und schien bei seinem Anblick ein gewisses Vergnügen zu empfinden. Trotz seiner verwerflichen Angewohnheit, zu spät zum Frühstück zu kommen, hatte sie eine gewisse Schwäche für diesen liebenswerten, rosagesichtigen jungen Mann. Seine unverwüstliche Gutmütigkeit faszinierte sie.
»Mr. Bateman«, sagte George Lomax kurz, wie jemand, der schnell zu anderen, besseren Themen kommen wollte. Ein ernsthafter blasser Mann verbeugte sich.
»Und jetzt«, fuhr Lomax fort, »möchte ich Sie Gräfin Radzky vorstellen.«
Gräfin Radzky hatte sich mit Mr. Bateman unterhalten. Sie saß auf einem Sofa, die Beine gewagt übereinandergeschlagen, und rauchte eine Zigarette, die in einer unglaublich langen, türkisverzierten Zigarettenspitze steckte.
Bündel fand, daß sie eine der schönsten Frauen war, die sie je getroffen hatte. Ihre Augen waren groß und blau, ihr Haar kohlschwarz, ihre Haut schimmerte matt.
»Das ist Mrs. Macatta, nicht wahr?« fragte sie.

Als George dies verneinte und Bündel vorstellte, nickte sie nur kurz und desinteressiert und nahm sofort ihre Unterhaltung mit dem ernsthaften Mr. Bateman wieder auf.
Bündel hörte Jimmy flüstern: »Pongo ist ganz hingerissen von der schönen Slawin. Trinken wir eine Tasse Tee?«
Erneut gerieten sie in die Nähe von Sir Oswald Coote. »Hübsches Plätzchen, das Sie da haben, dieses *Chimneys«,* bemerkte der große Mann.
»Es freut mich, daß es Ihnen dort gefallen hat«, sagte Bündel.
»Braucht nur neue Installationen«, meinte Sir Oswald, »müßte modernisiert werden, wissen Sie! Ich habe Herzog Altons Haus gemietet. Für drei Jahre. Damit ich mich in Ruhe nach etwas Eigenem umsehen kann. Ihr Vater will nicht zufällig verkaufen?«
Bündel fühlte, wie ihr die Luft wegblieb. Sie erlebte alptraumartig ein England voll ungezählter Cootes in ungezählten *Chimneys* - alle Häuser, versteht sich, mit brandneuen Wasserleitungen.
Plötzlich verspürte sie eine heftige Abneigung gegen ihn, die, wie sie sich sagte, einfach absurd war. Wenn man Lord Caterham mit Sir Oswald Coote verglich, gab es keinen Zweifel, wer letztlich gewinnen würde. Sir Oswald war eine bezwingende Persönlichkeit, die alle anderen Menschen blaß und fade erscheinen ließ.
Er war, wie Lord Caterham richtig bemerkt hatte, eine menschliche Dampfwalze. Und doch war Sir Oswald Coote in gewisser Weise auch ein dummer Mann. Abgesehen von seinem Fachwissen und seiner unerhörten Energie war er vermutlich sehr ungebildet. Hunderte von kleinen Freuden des Lebens, die ihr Vater genoß, waren für ihn ein Buch mit sieben Siegeln.
Während dieser Überlegungen hörte Bündel nicht auf, amüsant zu plaudern. Herr Eberhard, so hatte sie erfahren, war angekommen, lag aber mit nervösen Kopfschmerzen darnieder. Dies erzählte Mr. O'Rourke, der es fertiggebracht hatte, sich an ihre Seite zu schlängeln.
Im ganzen gesehen befand sich Bündel in angenehmer, erwartungsvoller Stimmung, mit leicht nervösem Einschlag, wenn sie an die Ankunft von Mrs. Macatta dachte.
Ihren ersten Schock erlitt sie, als sie herunterkam - in ein züchtiges schwarzes Spitzenkleid gehüllt - und durch die Halle ging. Ein Diener stand dort - zumindest ein Mann, der wie ein Diener gekleidet war. »Superintendent Battle«, flüsterte sie atemlos. »Ganz recht, Lady Eileen!«
»Sind Sie hier, um … um …«
»Die Dinge im Auge zu behalten.«
»Ich verstehe.«

»Der Drohbrief, wissen Sie! Mr. Lomax ruhte nicht eher, bis ich selbst kam.«

»Aber ...«, begann Bündel und hielt dann inne. Sie wollte dem Superintendenten lieber nicht verraten, daß seine Verkleidung nicht sehr wirkungsvoll war. Er roch förmlich nach Polizist!

»Glauben Sie«, fragte der Superintendent unerschütterlich, »daß man mich erkennt?«

»Ich fürchte ... ja ...«

Etwas, das man für ein Lächeln hätte halten können, huschte über Battles hölzerne Züge. »Und dann sind sie auf der Hut, was? Aber warum auch nicht, Lady Eileen?«

»Warum auch nicht?« echote Bündel.

Superintendent Battle nickte bedächtig. »Wir wollen keinen Ärger - nur eventuellen langfingrigen Herrschaften zeigen, daß wir auf der Hut sind, wenn ich diesen Ausdruck noch einmal benützen darf.«

Bündel überlegte, wie viele Gäste Battle wohl erkannt hatten oder erkennen würden. Im Wohnzimmer stand George Lomax mit gerunzelter Stirn und hielt ein orangefarbenes Kuvert in der Hand.

»Sehr ärgerlich«, sagte er. »Ein Telegramm von Mrs. Macatta. Sie kann nicht kommen, ihre Kinder haben Mumps.«

Bündels Herz hüpfte.

»Das tut mir vor allem wegen Ihnen leid, Lady Eileen«, meinte Lomax freundlich. »Ich weiß, wie begierig Sie darauf waren, sie kennenzulernen. Und auch die Gräfin wird schwer enttäuscht sein.«

»Auch ein Trost«, stimmte Lomax ihr zu. »Doch ich glaube nicht, daß die Krankheit so einfach übertragen wird. Trotzdem, Mrs. Macatta würde bestimmt nie solch ein Risiko eingehen. Sie ist eine Frau mit Prinzipien. In diesen Tagen der nationalen Unsicherheit müssen wir alle in Rechnung stellen ...« Gerade als er anfangen wollte, eine Rede zu halten, riß er sich zusammen und machte es kurz. »Darüber ein andermal«, meinte er. »Glücklicherweise eilt es ja in Ihrem Fall nicht. Aber die Gräfin, mein Gott, sie ist nur kurz zu Besuch hier.«

»Sie ist Ungarin, nicht wahr?« erkundigte sich Bündel, die die Gräfin sehr interessierte.

»Ja. Sie haben sicher von der Jungungarischen Partei gehört. Die Gräfin ist Vorsitzende. Eine sehr wohlhabende Frau, junge Witwe, hat ihr Geld und ihre Fähigkeiten in den Dienst der Öffentlichkeit gestellt. Vor allem widmet sie sich dem Problem der Kindersterblichkeit, die unter den gegenwärtigen Zuständen in Ungarn entsetzlich groß ist. Aber da ist ja Herr Eberhard!«

Der deutsche Erfinder war jünger, als Bündel ihn sich vorgestellt hatte,

vermutlich nicht älter als dreiunddreißig oder vierunddreißig Jahre. Er war dünn und klapprig und sah blutleer und schwächlich aus.
Verlegen unterhielt er sich mit Bündel in einem steifen Englisch, und beide begrüßten die Unterbrechung durch den fröhlichen Mr. O'Rourke. Gleichzeitig kam Bill geschäftig wie ein großer Neufundländer herein und lief sofort zu Bündel. Er sah überrascht und ziemlich beunruhigt aus.
»Tag, Bündel! Ich hörte schon, daß du hier seist. Mußte den ganzen Nachmittag schuften, sonst hätte ich dich sicher längst entdeckt.«
»Wichtige Staatsgeschäfte?« fragte O'Rourke.
Bill stöhnte.
»Codders ist einfach unmöglich. Von morgens bis abends nichts als Hetze! Alles, was man tut, ist falsch, und was man nicht tut, hätte man tun sollen.«
»Klingt wie aus dem Gebetbuch«, bemerkte Jimmy, der gerade auftauchte.
Bill sah ihn vorwurfsvoll an. »Keiner ahnt«, sagte er pathetisch, »was ich am Hals habe.«
»Wie die Gräfm etwa?« fragte Jimmy. »Das muß für einen Frauenfeind wie dich ein harter Job sein.«
»Was soll das heißen?« fragte Bündel.
»Nach dem Tee«, erklärte Jimmy grinsend, »bat die Gräfin Bill, ihr dies alte interessante Haus zu zeigen.«
Bündel fühlte leichtes Unbehagen in sich aufsteigen. Sie kannte Bills Empfänglichkeit für weiblichen Charme nur zu gut. In den Händen einer Frau wie der Gräfin würde er Wachs sein. Sie fragte sich erneut, ob es sehr klug von Jimmy Thesiger gewesen war, Bill in ihre Pläne einzuweihen.
»Die Gräfin«, erklärte Bill fest, »ist eine sehr charmante Frau. Und unglaublich intelligent. Ihr hättet sie sehen sollenl Was die alles gefragt hat!«
»Was denn zum Beispiel?« fragte Bündel.
Bill wich aus. »Über die Geschichte des Hauses und die alten Möbel. Und ... alles mögliche!«
In diesem Augenblick trat die Gräfin ein. Sie schien ein wenig außer Atem zu sein. Ihr schwarzes enges Samtkleid stand ihr glänzend. Bündel bemerkte, wie Bill sich augenblicklich in ihre unmittelbare Nähe begab. Der ernsthafte bebrillte Mr. Bateman schloß sich ihm an.
»Bill und Pongo hat's bös erwischt«, stellte Jimmy Thesiger mit einem Lachen fest.
Bündel war sich gar nicht so sicher, daß es da etwas zum Lachen gab.

17

George Lomax hielt nichts von den technischen Errungenschaften der Neuzeit. Sein Landhaus besaß keine so moderne Einrichtung wie etwa eine Zentralheizung. Als die Damen nach dem Essen ins Wohnzimmer kamen, entsprach die Temperatur daher beklagenswerterweise nicht dem Wärmebedürfnis, das man in einem modernen Abendkleid hat. Das Feuer, das in dem hübschen Kamin brannte, wirkte wie ein Magnet. Die drei Frauen drängten sich dav
»Brrr«, machte die Gräfin.
»Die Tage werden kühler«, meinte Lady Coote und zog eine großblumige Scheußlichkeit von Schal enger um ihre breiten Schultern.
»Warum, um Himmels willen, läßt George nicht anständig heizen?« fragte Bündel.
»Ihr Engländer heizt eure Häuser nie anständig«, meinte die Gräfin. Sie holte ihre lange Zigarettenspitze hervor und begann zu rauchen.
»Der Kamin ist altmodisch«, stellte Lady Coote fest. »Die Hitze geht in den Schornstein statt ins Zimmer.«
Es entstand eine Pause. Die Gräfin langweilte sich ganz offen. Die Unterhaltung wurde schwierig.
»Es ist doch komisch«, brach Lady Coote das Schweigen, »daß Mrs. Macattas Kinder Mumps haben. Ich meine, natürlich ist es nicht komisch …«
»Was ist Mumps?« fragte die Gräfin.
Bündel und Lady Coote begannen gleichzeitig, es ihr zu erklären. Schließlich schafften sie es.
»Ungarische Kinder haben so was doch sicher auch, oder?« fragte Lady Coote.
»Wie bitte?« fragte die Gräfn zurück.
»Ungarische Kinder haben doch sicher auch Mumps?«
»Das weiß ich nicht. Wie sollte ich?«
Lady Coote sah sie etwas überrascht an. »Aber Sie arbeiten doch …«
»Ach, deshalb!« Die Gräfin setzte sich aufrechter, nahm die Zigarettenspitze aus dem Mund und begann hastig zu sprechen: »Ich werde Ihnen ein paar entsetzliche Dinge erzählen«, fing sie an, »die ich selbst erlebt habe. Sie würden es sonst nie glauben!« Und sie hielt, was sie versprochen hatte. Sie redete fließend und entwarf sehr eindrucksvolle Bilder. Unglaubliche Szenen von Hungersnöten und anderem Elend entstanden vor dem inneren Auge ihrer Zuhörerinnen. Sie wirkte sehr dramatisch, aber Bündel erinnerte sie an eine Schallplatte: Man stellte sie an, und sie legte los. Gleich würde sie ebenso plötzlich wieder aufhören.

Lady Coote war tief beeindruckt - das war ganz offensichtlich. Jetzt schaltete sie sich mit einem eigenen Bericht ein. »Eine meiner Cousinen hatte drei Kinder, die verbrannt sind. Schrecklich, nicht?«
Die Gräfin beachtete sie nicht. Sie redete und redete. Schließlich brach sie ebenso abrupt ab, wie sie begonnen hatte. »So«, sagte sie. »Jetzt habe ich Ihnen alles erzählt. Wir haben Geld - aber keine Organisation. Und Organisation ist das, was wir brauchen.«
Lady Coote seufzte. »Ich habe meinen Mann oft sagen hören, daß man nichts ohne Methode erreicht. Er verdankt seinen eigenen Erfolg ausschließlich dieser Einstellung. Er erklärt, daß er ohne Zielstrebigkeit nichts geworden wäre.«
Wieder seufzte sie. Flüchtig erschien die Vision eines Sir Oswald Coote, der nichts geworden war, vor ihrem inneren Auge. Ein Sir Oswald, der noch alle Eigenschaften des heiteren jungen Mannes aus dem Fahrradgeschäft besaß. Nur für eine Sekunde kam ihr der Gedanke, daß ihr Leben vielleicht viel angenehmer gewesen wäre, wenn Sir Oswald Coote weniger methodisch verfahren hätte. In einer recht verständlichen Gedankenassoziation wandte sie sich an Bündel. »Lady Eileen«, sagte sie, »mögen Sie eigentlich Ihren Obergärtner?«
»MacDonald?« Bündel zögerte. »Man kann MacDonald nicht mögen«, erklärte sie entschuldigend. »Aber er ist ein erstklassiger Gärtner.«
»Oh, das weiß ich!«
»Er ist in Ordnung, wenn man ihm die Zähne zeigt.«
»Vermutlich!« Neidisch sah Lady Coote Bündel an. Offenbar verstand sie es, MacDonald richtig zu behandeln.
»Einen gepflegten Garten würde ich einfach anbeten!« meinte die Gräfin verträumt.
Bündel wunderte sich, aber in diesem Augenblick wurden sie unterbrochen. Jimmy Thesiger kam herein und wandte sich mit fremder, gehetzter Stimme direkt an sie. »Kommen Sie jetzt mit und sehen Sie sich die Zeichnungen an? Man wartet schon!«
Bündel verließ hastig das Zimmer, Jimmy dicht hinter ihr. »Was für Zeichnungen?« fragte sie, als die Wohnzimmertür ins Schloß fiel.
»Gibt keine. Ich sollte Sie nur holen. Kommen Sie, Bill wartet auf uns.«
Bill ging in der Bibliothek auf und ab, offensichtlich sehr erregt. »Also«, platzte er heraus, »ich mag das nicht!«
»Was magst du nicht?«
»Daß du darin verwickelt bist. Zehn zu eins wird es Aufregung geben und dann ...« Er sah sie so unglücklich an, daß Bündel ein warmes Gefühl durchrieselte. »Man sollte sie raushalten, nicht wahr, Jimmy?« fügte er hinzu.

»Das habe ich ihr auch geraten«, erklärte Jimmy.
Bündel drehte sich zu Jimmy um. »Was haben Sie ihm erzählt?«
»Alles!«
»Richtig verstehen kann ich es immer noch nicht«, gestand Bill. »Du hast dich im *Seven Dials Club* versteckt!« Er sah sie besorgt an. »Ich wiederhole, Bündel: Mir paßt es nicht.«
»Was?«
»Daß du solche Geschichten machst.«
»Es ist herrlich aufregend!«
»Ja ... ja, schon! Aber es kann auch verdammt gefährlich werden. Denk an den armen Ronny!«
»Es hat keinen Zweck, mich von der Sache abbringen zu wollen.«
»Ich weiß, daß man mit dir Pferde stehlen kann, Bündel, aber ...«
»Laß die Komplimente! Schmieden wir lieber Pläne.«
Zu ihrer Erleichterung ging Bill auf den Vorschlag ein. »Mit deiner Vermutung hattest du recht, Bündel«, sagte er. »Eberhard hat irgendwelche Formeln mitgebracht, beziehungsweise jetzt hat Coote sie. Das Zeug ist in seinem Werk getestet worden - natürlich ganz geheim. Eberhard war dabei. Nun sitzen sie im Arbeitszimmer und kommen, wie man so schön sagt, zum Wesentlichen.«
»Hm«, meinte Jimmy. »Eins ist klar: Wenn, wie ich vermute, Sir Stanley die Pläne mitnehmen will, dann muß es heute nacht passieren - wenn überhaupt.«
»Das glaube ich auch.«
»Gar kein Zweifel. Das schränkt die Möglichkeiten hübsch ein. Erste Frage: Wo liegen die Pläne kommende Nacht? In Eberhards Zimmer oder bei Sir Oswald Coote?«
»Ganz falsch. Ich habe erfahren, daß sie heute abend dem Luftfahrtminister übergeben werden, damit er sie morgen nach London mitnimmt. In diesem Fall verwahrt sie O'Rourke, sein Sekretär. Ganz bestimmt!«
»Da bleibt nur eine Möglichkeit. Wenn wir der Meinung sind, daß irgend jemand die Papiere klauen will, müssen wir Wache schieben, Bill.«
Bündel öffnete den Mund, um zu protestieren, schloß ihn aber wieder.
»Übrigens«, fuhr Jimmy fort, »habe ich vorhin unseren alten Freund Battle von Scotland Yard gesehen.«
»Sehr gut aufgepaßt, Watson«, lobte Bill.
»Ich fürchte, daß wir ihm ein bißchen ins Gehege kommen.«
»Kann man nichts machen. Nicht, wenn wir die Sache durchziehen wollen.«
»Gut. Wir teilen also die Nacht in zwei Wachen?«

Wieder öffnete Bündel den Mund, und wieder schloß sie ihn, ohne etwas zu sagen.
»In Ordnung. Wer übernimmt die erste?«
»Sollen wir knobeln?«
»Können wir.«
»Okay. Hier ist eine Münze. Bei Kopf hast du die erste, ich die zweite. Bei Schrift umgekehrt!« Bill nickte. Die Münze wirbelte durch die Luft. Jimmy bückte sich. »Schrift!«
»Verdammt! Da kriegst du die erste Wache, in der es vermutlich passiert.«
»Das kann man nie wissen. Verbrecher sind sehr unzuverlässig. Wann soll ich dich wecken? Um halb vier?«
»Das wäre, glaube ich, gerecht.«
Jetzt endlich protestierte Bündel: »Was ist mit mir?«
»Nichts. Du gehst zu Bett und schläfst.«
»Ach! Das ist aber nicht sehr aufregend.«
»Man kann nie wissen«, meinte Jimmy freundlich. »Vielleicht werden Sie im Schlaf ermordet, während Bill und ich davonkommen.«
»Das wäre eine Möglichkeit.
Wissen Sie, Jimmy, diese ungarische Gräfin gefällt mir nicht. Ich traue ihr nicht.«
»Unsinn«, rief Bill hitzig. »Sie ist absolut über jeden Verdacht erhaben.«
»Wie willst du das wissen?« fragte Bündel.
»Das weiß ich eben. Schließlich haben die Leute von der ungarischen Botschaft für sie gebürgt.«
»Ach so«, meinte Bündel, erstaunt über seine leidenschaftliche Reaktion.
»Ihr Frauen seid doch alle gleich«, grollte Bill. »Nur weil sie eine verdammt gutaussehende Person ist …«
Bündel kannte dieses unsachliche männliche Argument zur Genüge. »Na, dann lauf doch und flüstere ihr was Hübsches ins rosarote Ohr! Ich verschwinde ins Bett. Im Wohnzimmer habe ich mich eben zu Tode gelangweilt, dahin geh ich nicht mehr.«
Sie verließ das Zimmer.
Bill sah Jimmy an. »Die gute, alte Bündel. Ich hatte schon Angst, daß sie Schwierigkeiten machen würde. Du weißt, wie scharf sie drauf ist, überall dabeizusein. Ich finde, sie hat es großartig aufgenommen.«
»Es hat mich verblüfft.«
»Sie hat eben gesunden Menschenverstand. Sie weiß, wenn etwas unmöglich ist. Sag mal, sollten wir uns nicht um Waffen kümmern? Die Leute haben gewöhnlich welche, wenn sie auf Verbrecherjagd gehen.«

»Ich habe eine Automatik«, erklärte Jimmy mit sichtlichem Stolz. »Sie sieht ziemlich mörderisch aus.
Ich leihe sie dir, wenn es soweit ist.«
Bill sah ihn voller Respekt und Neid an. »Wieso hast du daran gedacht?«
»Ist mir einfach eingefallen.«
»Hoffentlich schießen wir nicht auf den Falschen.«
»Das wäre allerdings fatal.«

18

Hier muß sich unser Bericht in drei getrennte und selbständige Blöcke teilen.
Die Nacht sollte sich als sehr ereignisreich erweisen, und jede der drei in die Handlung verwickelten Personen sah die Geschehnisse von ihrem eigenen Standpunkt aus.
Wir wollen mit dem jungen Jimmy Thesiger beginnen, und zwar in dem Augenblick, als er seinem Mitverschwörer Bill endgültig eine gute Nacht wünschte.
»Vergiß nicht«, sagte Bill, »halb vier! Das heißt, wenn du dann noch am Leben bist«, fügte er freundlicherweise hinzu.
»Ich bin vielleicht ein Trottel«, sagte Jimmy mit bitterer Erinnerung an die Bemerkung, die Bündel ihm hinterbracht hatte, »aber ich bin noch lange nicht so blöde, wie ich vielleicht aussehe !«
»Das hast du von Gerry Wade auch gesagt«, meinte Bill langsam. »Erinnerst du dich? Und genau in der Nacht ...«
»Halt den Mund, du verdammter Idiot!« sagte Jimmy. »Hast du denn kein Taktgefühl?«
»Selbstverständlich. Ich gehöre zum Diplomatennachwuchs. Alle Diplomaten haben Takt.«
»Aha! Dann dauert's aber noch, bis du dich zum Schmetterling entpuppst.«
»Ich kann mich über Bündel immer noch nicht beruhigen«, sagte Bill, abrupt das Thema wechselnd. »Ich hätte wetten mögen, daß sie Schwierigkeiten macht. Aber sie hat viel dazugelernt.«
»Das hat dein Chef auch gefunden«, sagte Jimmy. »Er meinte, er sei angenehm überrascht.«
»Bündel hat ein bißchen dick aufgetragen. Aber Codders ist ein solcher Esel, der schluckt alles. Also, eine schöne gute Nacht! Du wirst Mühe haben, mich zu wecken, wenn es soweit ist aber gib nicht auf!«

»Es wäre nicht sehr klug, wenn du Gerry Wades Beispiel folgtest«, bemerkte Jimmy maliziös.
Bill sah ihn vorwurfsvoll an. »Warum, zum Teufel, machst du harmlose Leute nervös?«
»Ich zahl dir nur mit gleicher Münze heim«, erwiderte Jimmy.
»Hau ab!«
Aber Bill blieb noch. Er stand unentschlossen da und trat von einem Fuß auf den anderen. »Hör mal!« sagte er.
»Ja?«
»Ich meine bloß… du paßt anständig auf, ja? Es sieht zwar alles relativ einfach aus, aber wenn ich an den armen Gerry denke … und an den armen alten Ronny …«
Jimmy blickte ihn empört an. »Ich sehe schon, ich muß dir Leopold zeigen.« Er ließ seine Hand in die Tasche des dunkelblauen Anzugs gleiten und brachte etwas zum Vorschein, das er Bill vor die Nase hielt.
»Eine echte Automatik«, sagte er mit bescheidenem Stolz.
»Nein, so was!« Bill war zweifellos beeindruckt.
»Stevens, mein Butler, hat sie besorgt. Garantiert einfach und sauber in der Anwendung. Man drückt auf den Abzug, und Leopold erledigt den Rest.«
»Aha! Jimmy …«
»Ja?«
»Schieß nicht auf den erstbesten! Wäre peinlich, wenn du den alten Digby tötest, während er schlafwandelt.«
»Schon gut. Natürlich muß sich Leopold auch bezahlt machen, jetzt, wo ich ihn für teures Geld gekauft habe, aber ich werde meine blutrünstigen Instinkte soweit wie möglich drosseln.«
»Na schön, gute Nacht«, sagte Bill wohl zum vierzehntenmal. Diesmal verschwand er wirklich.
Jimmy blieb allein zurück. Er begann mit der Wache.
Sir Stanley Digby schlief im äußersten Westflügel. An der einen Seite des Raums schloß sich ein Badezimmer an, auf der anderen ein kleineres Zimmer, in dem Mr. Terence O'Rourke untergebracht war. Die Türen dieser drei Räume führten auf einen kleinen Korridor. Jimmy hatte leichtes Spiel.
Ein Stuhl, unauffällig in den Schatten eines riesigen Wäscheschrankes gerückt, genau da, wo der kleine Korridor in den Hauptflur mündete, war ein hervorragender Beobachtungsposten. Es führte kein anderer Weg in den Westflügel, und jeder, der ihn betrat oder von ihm kam, mußte unbedingt gesehen werden.
Eine Lampe brannte noch.

Jimmy machte es sich gemütlich, schlug die Beine übereinander und wartete. Leopold lag schußbereit auf seinen Knien.
Er sah auf die Uhr. zwanzig Minuten vor eins - erst eine Stunde, seit alle Gäste ins Bett gegangen waren. Kein Laut unterbrach die Stille, außer einem fernen Ticken.
Irgendwie gefiel Jimmy dieses Ticken nicht. Es rief Erinnerungen wach: Gerald Wade - und die sieben Uhren auf dem Kaminsims... wer hatte sie hingestellt und warum? Er schauderte.
Ein außergewöhnliches Mädchen, diese Bündel! Unerhört, daß sie die Nerven gehabt hatte, sich im *Seven Dials Club zu* verstecken. Warum war er nicht auf diese Idee gekommen? Vermutlich, weil es einfach ein zu phantastischer Einfall war.
Nummer sieben! Wer, zum Teufel, konnte Nummer sieben sein? Schlich er etwa in diesem Augenblick hier im Haus herum? Als Diener verkleidet? Nein, undenkbar! Sicherlich war es auch kein Gast. Unmöglich! Aber die ganze Geschichte war unmöglich!
Jimmy gähnte. Merkwürdiges Gefühl, müde und gleichzeitig hellwach zu sein. Und dann hielt er plötzlich den Atem an und beugte sich lauschend vor. Da war ein Geräusch ...
Drei Minuten vergingen... da war es wieder! Das Knarren einer Diele ... es kam von unten. Ein leises geheimnisvolles Knarren. Irgend jemand schlich durchs Haus!
Lautlos sprang Jimmy auf. Unhörbar lief er zur Treppe. Alles schien völlig ruhig zu sein. Und doch war er sicher, daß er diesen einen unterdrückten Laut gehört hatte, es war keine Einbildung gewesen.
Vorsichtig schlich er die Treppe hinunter, Leopold fest in der rechten Hand. Nicht ein Laut in der riesigen Halle! Wenn seine Annahme stimmte, daß das Knarren von direkt unter ihm gekommen war, dann mußte jemand in der Bibliothek sein.
Jimmy stahl sich zur Tür, lauschte, stürzte hinein und machte Licht. Kein Mensch!
Die Bibliothek war ein großer Raum mit drei Fenstertüren zur Terrasse. Die mittlere Tür war nicht verriegelt. Er öffnete sie, trat auf die Terrasse und sah von einem Ende zum anderen. Nichts !
Einen Augenblick blieb er gedankenverloren stehen. Dann kehrte er in die Bibliothek zurück, schloß die Tür zur Halle ab und steckte den Schlüssel ein. Er löschte das Licht. Eine Zeitlang wartete er, dann huschte er zur offenen Terrassentür zurück, Leopold schußbereit in der Rechten.
Lief da nicht jemand über die Terrasse? Nein, reine Einbildung. Er packte Leopold fester ... In der Ferne schlug eine Standuhr zweimal.

19

Bündel war ein erfinderisches Mädchen, und sie besaß Phantasie. Sie hatte vorausgesehen, daß Bill oder Jimmy Einwände gegen ihre aktive Teilnahme an den möglichen Geschehnissen der Nacht erheben würden. Darüber zu streiten wäre nur Zeitverlust gewesen. Bündel hatte ihre eigenen Pläne und die entsprechenden Vorbereitungen getroffen. Der Blick aus dem Fenster ihres Zimmers kurz vor dem Abendessen war höchst befriedigend gewesen. Die Wände des alten Landhauses überwucherte ein kräftiger Efeu, dessen Ranken sehr solide aussahen. Sie würden ihren turnerischen Fähigkeiten keine Schwierigkeiten entgegensetzen.

An den von Bill und Jimmy getroffenen Maßnahmen konnte sie keinen Fehler entdecken, aber sie fand, daß sie nicht weit genug reichten. Sie äußerte keine Kritik, denn um diese Seite der Angelegenheit wollte sie sich selbst kümmern. Kurz gesagt, während Bill und Jimmy sich mit dem Hausinneren befaßten, wollte Bündel ihre Aktivität nach draußen verlegen.

Ihre friedliche Einwilligung in die zahme Rolle, die man ihr zugewiesen hatte, machte ihr ungeheuren Spaß, wobei sie etwas verächtlich fand, wie leicht sich die beiden Männer täuschen ließen. Zwar hatte Bill noch nie durch geistige Fähigkeiten brilliert, aber andererseits kannte er doch seine Bündel - oder sollte sie kennen.

Auch Jimmy Thesiger hätte es trotz ihrer kurzen Bekanntschaft eigentlich besser wissen müssen als sich einzubilden, daß man sie so leicht loswerden könnte.

In ihrem Zimmer machte sich Bündel augenblicklich an die Arbeit. Sie zog ihr Abendkleid aus und die paar Winzigkeiten, die sie daruntertrug, und begann sozusagen ganz von vorn.

Sie hatte ihr Mädchen nicht mitgebracht und auch selbst gepackt. Sonst hätte sich die Französin sicher gewundert, warum Bündel außer Reithosen keine anderen zum Reiten erforderlichen Dinge mitgenommen hatte. Ausgestattet mit Reithosen, Schuhen mit Gummisohlen und einem dunklen Pullover war Bündel zum Kampf gerüstet. Sie sah auf die Uhr. Es war erst halb eins, noch viel zu früh. Was auch immer geschehen mochte, es würde erst später passieren. Man mußte den Hausbewohnern Zeit zum Einschlafen lassen. Bündel hatte den Beginn ihrer Operation für halb zwei Uhr geplant. Sie löschte das Licht, setzte sich ans Fenster und wartete. Pünktlich zur festgesetzten Zeit stand sie auf, öffnete das Fenster und schwang ihre Beine über das Fensterbrett. Die Nacht war herrlich, still und kalt. Die Sterne leuchteten, aber es schien kein Mond.

Der Abstieg fiel ihr sehr leicht. Als Kinder hatten Bündel und ihre beiden Schwestern den Park von *Chimneys* unsicher gemacht und konnten klettern wie die Katzen. Bündel landete auf einem Blumenbeet, etwas atemlos, aber abgesehen von ein paar Kratzern unversehrt.
Sie blieb einen Moment stehen, um sich zu orientieren. Die Räume, die der Luftfahrtminister und sein Sekretär bewohnten, lagen im Westflügel, also auf der anderen Seite.
Eine Terrasse führte an der Süd- und Westfront des Hauses entlang und endete an der Mauer des Obstgartens.
Bündel trat aus dem Blumenbeet und schlich zu der Hausecke an der Südseite, wo die Terrasse begann. Leise huschte sie im Schatten des Hauses bis zur nächsten Ecke.
Da bekam sie einen großen Schreck. Ein Mann stand dort, mit der klaren Absicht, ihr den Weg zu verstellen.
Im nächsten Moment hatte sie ihn erkannt. »Superintendent Battle! Haben Sie mich erschreckt!«
»Deswegen bin ich hier«, sagte Battle freundlich.
Bündel betrachtete ihn. Wieder fiel ihr auf, wie wenig er sich tarnte. Er war groß und kräftig und nicht zu übersehen. Irgendwie wirkte er sehr englisch. Aber eines wußte Bündel ganz sicher: Superintendent Battle war nicht dumm.
»Was tun Sie nun wirklich hier?« fragte sie.
»Ich passe auf, daß niemand herumläuft, der es nicht sollte.«
»Ach!«
»Wie Sie zum Beispiel, Lady Eileen! Ich kann mir nicht vorstellen, daß Sie um diese Zeit spazierengehen.«
»Heißt das, daß ich kehrtmachen soll?«
Battle nickte anerkennend. »Sie kapieren schnell, Lady Eileen! Kamen Sie durch das Fenster oder durch die Tür?«
»Durchs Fenster. Es ist ganz einfach, am Efeu hinunterzuklettern.«
Gedankenvoll sah Battle an ihm hinauf. »Ja, das finde ich auch.«
»Und ich soll wirklich verschwinden? Das paßt mir gar nicht! Ich wollte zur Westterrasse.«
»Vielleicht sind Sie nicht die einzige«, gab Battle zu bedenken.
»Sie kann man jedenfalls nicht übersehen«, konterte Bündel etwas spitz.
Der Superintendent schien nicht böse zu sein. »Das hoffe ich. Keinen Ärger, das ist mein Motto. Und wenn Sie jetzt entschuldigen, Lady Eileen, ich glaube, es ist an der Zeit, daß Sie umkehren.«
Die Bestimmtheit seiner Worte ließ keinen Widerspruch zu. Ziemlich niedergeschlagen machte Bündel sich auf den Rückweg. Als sie halb den Efeu hinaufgeklettert war, fiel ihr plötzlich etwas ein. Vor Verblüf-

fung hätte sie beinahe losgelassen und wäre hinuntergestürzt. Angenommen, Superintendent Battle verdächtigte *sie?*
Sein Benehmen war etwas seltsam gewesen ... ja, so seltsam, daß man durchaus zu dieser Vermutung kommen konnte. Sie mußte lachen, als sie vom Fensterbrett ins Zimmer sprang. Sehr komisch, daß der alte Superintendent sie verdächtigte!
Obwohl sie seinen Anweisungen gefolgt und in ihr Zimmer zurückgekehrt war, hatte sie nicht die Absicht, ins Bett zu gehen und zu schlafen. Sie glaubte auch nicht, daß Battle dies wirklich erwartete. Er war nicht der Mann, der Unmögliches verlangte. Einfach zu schlafen, während vielleicht etwas Aufregendes passierte, war für Bündel schlicht undenkbar.
Sie sah auf ihre Uhr: zehn vor zwei. Nach einem Moment der Unentschlossenheit öffnete sie leise die Tür. Kein Laut. Alles war still und friedlich. Vorsichtig schlich sie hinaus.
Einmal blieb sie stehen, weil sie das Gefühl hatte, daß irgendwo eine Diele knarrte, aber sie schien sich geirrt zu haben. Dann war sie auf dem Hauptflur zum Westflügel und kam zu der Stelle, an der der kleine Korridor abzweigte. Sie lugte um die Ecke - und erstarrte vor Überraschung. Der Beobachtungsposten war verwaist. Jimmy war nicht da. Bündel war völlig verwirrt. Was war geschehen? Warum hatte er seinen Posten verlassen? In diesem Augenblick hörte sie eine Uhr zweimal schlagen.
Sie stand noch da und überlegte, was sie tun sollte, als ihr Herz plötzlich einen Satz machte. Die Klinke von Terence O'Rourkes Tür bewegte sich! Aber die Tür ging nicht auf. Statt dessen kehrte der Griff wieder in seine ursprüngliche Lage zurück. Was sollte das bedeuten?
Bündel faßte einen Entschluß. Aus irgendeinem unbekannten Grund hatte Jimmy seinen Posten verlassen. Sie mußte zu Bill.
Schnell und lautlos huschte sie den gleichen Weg, den sie gekommen war, zurück. Völlig unzeremoniell drang sie in Bills Zimmer ein. »Bill, wach auf! Wach auf!« flüsterte sie beschwörend, aber es kam keine Antwort. Ungeduldig knipste sie das Licht an: Das Zimmer war leer, in dem Bett hatte niemand geschlafen!
Plötzlich hielt Bündel den Atem an. Dies war gar nicht Bills Zimmer! Das duftige Negligé, der weibliche Krimskrams auf dem Toilettentisch, das nachlässig über einen Stuhl geworfene schwarze Samtkleid - natürlich, sie hatte in ihrer Hast die Türen verwechselt! Dies war das Zimmer der Gräfin Radzky!
Aber wo, ja, wo war die Gräfin?
Gerade, als Bündel sich diese Frage stellte, war es mit der Stille der Nacht plötzlich vorbei, und zwar auf ganz eindeutige Weise.

Der Krach kam aus dem Parterre. Im nächsten Augenblick sauste Bündel aus dem Zimmer und die Treppe hinunter. Der Lärm ertönte aus der Bibliothek - als würden alle Stühle umgeworfen.
Bündel rüttelte an der Tür. Vergeblich. Sie war abgeschlossen. Aber sie konnte ganz deutlich hören, daß dahinter ein Kampf stattfand - Keuchen und Schnaufen verrieten es, männliche Flüche und das gelegentliche Rumpeln, wenn irgendein kleineres Möbelstück in den Weg der Kämpfenden geriet.
Und dann waren unheilvoll und deutlich kurz hintereinander zwei Schüsse zu hören. Mit der Stille der Nacht war es endgültig aus.

20

Loraine Wade setzte sich in ihrem Bett auf und knipste die Nachttischlampe an. Es war genau zehn Minuten vor ein Uhr. Sie war früh zur Ruhe gegangen - um halb zehn -, und da sie die nützliche Eigenschaft besaß, genau dann aufzuwachen, wenn sie wollte, hatte sie sorglos ein paar Stunden schlafen können.
Einer der beiden Hunde, die vor ihrem Bett lagen, hob seinen Kopf und sah sie fragend an.
»Ruhig, Lurcher«, befahl Loraine. Gehorsam legte das große Tier seinen Kopf zwischen die Pfoten und beäugte sie nur wachsam durch seine struppigen Wimpern.
Bündel hatte zwar einmal Loraine Wades Sanftmut mißtraut, aber dieser kurze Augenblick des Mißtrauens war rasch verflogen. Loraine hatte so vernünftig gewirkt, so bereit, sich aus der Sache herauszuhalten... Wenn man jedoch das Gesicht des Mädchens genauer betrachtete, erkannte man, daß sie ein energisches kleines Kinn und einen entschlossen wirkenden Mund besaß.
Loraine stand auf, kleidete sich an und verstaute eine Taschenlampe in der Tasche ihrer Tweedjacke.
Dann zog sie die Schublade ihres Frisiertisches auf und nahm eine kleine Pistole mit Elfenbeingriff heraus, die fast wie ein Spielzeug wirkte. Sie hatte sie am vergangenen Tag bei Harrods gekauft und war sehr stolz auf sie. Als sie sich noch einmal prüfend im Zimmer umblickte, ob sie auch nichts vergessen habe, erhob sich der große Hund und kam schwanzwedelnd auf sie zu. Mit flehenden Hundeaugen sah er sie an.
Loraine schüttelte den Kopf. »Nein, Lurcher! Du mußt hierbleiben. Frauchen kann dich nicht brauchen. Sei schön brav und mach Platz!« Sie küßte ihn auf den Kopf und glitt lautlos aus dem Zimmer.

Leise schlüpfte sie durch einen Seitenausgang ins Freie und lief zur Garage, wo ihr kleiner Zweisitzer stand. Vor der Garage war ein kurzer Abhang. Sie ließ den Wagen hinunterrollen und ließ den Motor erst an, als sie ein Stück vom Haus entfernt war. Dann sah sie auf ihre Armbanduhr und trat aufs Gaspedal.

Einige Zeit später ließ sie den Wagen an einer Stelle stehen, die sie tags zuvor sorgfältig ausgesucht hatte. Dort war eine Hecke mit einem Loch, durch das sie hindurchkriechen konnte. Ein paar Minuten später stand Loraine leicht verdreckt im Park von *Wyvern Abbey.*

So geräuschlos wie möglich schlich sie auf das efeuumrankte Haus zu. In der Ferne schlug eine Uhr zweimal.

Loraines Herz klopfte rascher, als sie zur Terrasse kam. Niemand war zu sehen - nirgends ein Zeichen von Leben. Alles schien friedlich und ruhig zu sein. Sie blickte sich um.

Plötzlich, ohne die geringste Vorwarnung, fiel etwas von oben und landete vor ihren Füßen. Loraine bückte sich. Es war ein lose in braunes Papier gewickeltes Päckchen. Loraine hob es auf und blickte am Haus hoch.

Über ihrem Kopf stand ein Fenster offen, und gerade als sie hinaufsah, schwang ein Mann seine Beine hinaus und begann, am Efeu hinunterzuklettern.

Loraine wartete nicht länger. So schnell sie konnte, rannte sie davon, das Päckchen fest an sich gepreßt.

Hinter ihr waren plötzlich Kampfgeräusche zu hören. Eine heisere Stimme rief: »Loslassen!« Eine andere, die sie gut kannte, protestierte: »Nein, jetzt, da ich weiß ...«

Blindlings stürzte Loraine um die Ecke der Terrasse, direkt in die Arme eines großen kräftigen Mannes.

»Schau, schau«, sagte Superintendent Battle freundlich.

Loraine rang nach Worten. »Schnell ... schnell!« rief sie, »Sie bringen sich um! Beeilen Sie sich doch!«

Ein Schuß fiel - und dann ein zweiter.

Superintendent Battle lief los. Loraine folgte ihm. Sie rannten um die Ecke zurück zu den Terrassentüren der Bibliothek. Eine von ihnen war offen.

Battle blieb stehen und knipste seine Taschenlampe an. Loraine blickte ihm über die Schulter und stieß einen kleinen Schrei aus. Auf der Türschwelle lag Jimmy Thesiger in etwas, das wie eine Blutlache aussah. Sein rechter Arm war merkwürdig verdreht.

»Er ist tot«, wimmerte Loraine. »Oh, Jimmy - Jimmy! Er ist tot!«

»Na, na«, sagte Superintendent Battle. »Lassen Sie das! Der junge Mann

ist nicht tot, da möchte ich wetten. Suchen Sie den Lichtschalter und machen Sie Licht!«
Loraine gehorchte. Sie stolperte durch das dunkle Zimmer, fand den Schalter und knipste. Helligkeit durchflutete den Raum.
Superintendent Battle stieß einen erleichterten Seufzer aus. »Alles halb so schlimm! Er ist nur am rechten Arm getroffen und durch den Blutverlust ohnmächtig geworden.«
Draußen in der Halle wurden fragende, fordernde Stimmen laut. Jemand schlug aufgeregt gegen die Tür. Loraine sah sie zweifelnd an.
»Soll ich …«
»Das hat Zeit«, meinte Battle. »Wir lassen sie gleich rein. Helfen Sie mir lieber!« Er hatte ein großes weißes Taschentuch hervorgezogen und verband sorgfältig Jimmys verletzten Arm. »Er kommt schon wieder auf die Beine. Machen Sie sich keine Sorgen! Die jungen Leute heutzutage haben so viele Leben wie die Katzen. Er ist auch nicht wegen des Blutverlusts ohnmächtig geworden. Er muß sich beim Sturz den Kopf angeschlagen haben.«
Draußen wurde das Klopfen immer heftiger. Laut und bestimmt ertönte George Lomax' Stimme: »Wer ist da drinnen? Aufmachen! Sofort aufmachen!«
Superintendent Battle seufzte. »Ich fürchte, das müssen wir wohl. Schade!« Sein Blick huschte durch den Raum und nahm die ganze Szene in sich auf. Neben Jimmy lag eine Automatik. Behutsam hob Battle sie auf und untersuchte sie. Er grunzte etwas und legte sie auf einen Tisch. Dann ging er zur Tür und schloß auf.
Die Leute fielen fast übereinander herein. Alle redeten gleichzeitig. Lomax hatte es beinahe die Sprache verschlagen. Er stotterte vor Aufregung: »Was … bedeutet das alles? Ach, Sie sind es, Superintendent. Was … was ist geschehen? Ich frage Sie: Was ist geschehen?«
»Entsetzlich, der alte Jimmy!« rief Bill Eversleigh und starrte auf die Gestalt am Boden.
Lady Coote, in einen purpurroten Morgenrock gekleidet, rief: »Der arme Junge!« und schwebte an Superintendent Battle vorbei, um sich in mütterlicher Pose über den bewußtlosen Jimmy zu beugen.
»Loraine!« schrie Bündel erstaunt.
»Gott im Himmel!« sagte Herr Eberhard.
»Was soll das alles?« fragte Sir Stanley Digby in das allgemeine Durcheinander.
Ein Hausmädchen rief: »Das viele Blut«! und heulte vor Aufregung.
Der Butler sagte mit sehr viel mehr Mut in der Stimme als noch vor ein paar Minuten: »Jetzt reicht's!« und scheuchte einen Diener fort.

»Sollen wir die Leute wegschicken, Mr. Lomax?« fragte der eifrige Mr. Bateman.
Dann holten alle erst einmal Luft.
»Unglaublich!« meinte George Lomax. »Battle, was ist nun tatsächlich geschehen?« Battle sah ihn kurz an, und Lomax faßte sich etwas. »Bitte!« sagte er und machte einen Schritt auf die Tür zu. »Bitte, gehen Sie wieder zu Bett! Es hat einen ... äh ...«
»... einen kleinen Unfall gegeben«, ergänzte Superintendent Battle leichthin.
»Einen ... äh ... Unfall gegeben«, wiederholte Lomax. »Ich wäre Ihnen sehr dankbar, wenn Sie alle wieder auf Ihre Zimmer gingen.«
Keiner schien Lust dazu zu haben. »Lady Coote, bitte ...«
»Der arme Junge«, schluchzte Lady Coote mütterlich. Nur widerwillig erhob sie sich von ihren Knien.
In diesem Augenblick öffnete Jimmy die Augen und setzte sich auf. »Hallo!« sagte er mit belegter Stimme. »Was ist denn passiert?« Dann kehrte seine Erinnerung zurück. »Haben Sie ihn erwischt?« rief er.
»Wen?«
»Den Mann! Er kletterte am Efeu runter. Ich stand bei der Terrassentür und habe ihn mir geschnappt. Es begann eine endlose Prügelei ...«
»Ein widerlicher gemeiner Einbrecher«, schimpfte Lady Coote. »Mein armer Junge!«
Jimmy sah sich suchend um.
»Ich fürchte ... ich glaube ... wir haben ein ziemliches Durcheinander angerichtet. Der Kerl war stark wie ein Stier ...«
Der Zustand, in dem sich die Bibliothek befand, bestätigte seine Aussagen. Alles, was zerbrechlich war, war zerbrochen.
»Und was passierte dann?«
Aber Jimmy schien immer noch nach etwas zu suchen. »Wo ist Leopold? Der Stolz aller Waffen?«
Battle deutete auf den Tisch. »Ist das Ihre, Mr. Thesiger?«
»Genau. Das ist Leopold. Wie viele Schüsse sind losgegangen?«
»Einer.«
Jimmy blickte Superintendent Battle verdutzt an. »Das enttäuscht mich aber«, murmelte er. »Da habe ich wohl was nicht richtig gemacht. Sonst hätte Leopold unentwegt feuern müssen.«
»Wer hat zuerst geschossen?«
»Ich, fürchte ich«, antwortete Jimmy. »Es war so: Der Mann riß sich plötzlich los und rannte zur Terrassentür. Da drückte ich ab. In der Tür drehte der Kerl sich um und schoß und ... nun, und da wurde ich vermutlich ohnmächtig.« Er rieb sich kläglich den Kopf.

An diesem Punkt wurde Sir Stanley Digby plötzlich munter: »Er kletterte am Efeu herunter, sagen Sie? Mein Gott, Lomax! Sie haben sie doch nicht etwa erwischt?« Er rannte aus dem Zimmer. Unerklärlicherweise sprach während seiner Abwesenheit keiner ein Wort. Nach ein paar Minuten kehrte Sir Stanley wieder zurück. Sein rundes, pausbäckiges Gesicht war fahl.

»Mein Gott, Battle«, sagte er, »Sie haben sie! O'Rourke schläft wie ein Murmeltier - Schlafmittel, nehme ich an. Ich kriege ihn nicht wach. Und die Papiere sind verschwunden.«

21

»Du lieber Gott!« flüsterte Herr Eberhard kreidebleich.

Lomax drehte sich mit würdevollem Vorwurf zu Battle um. »Ist das wahr, Battle? Ich hatte alles Ihnen überlassen!«

Der Superintendent bewahrte seine unerschütterliche Ruhe. »Die besten von uns erleiden manchmal Niederlagen«, bemerkte er ruhig.

»Wollen Sie damit sagen ... glauben Sie wirklich ... die Papiere sind weg?«

Zum allgemeinen Erstaunen schüttelte Superintendent Battle den Kopf. »Nein, nein, Mr. Lomax, es ist nicht so schlimm, wie Sie denken! Alles in Ordnung. Aber das ist nicht mein Verdienst. Sie müssen sich bei dieser jungen Dame hier bedanken.« Er deutete auf Loraine, die ihn überrascht anstarrte. Battle trat auf sie zu und nahm ihr das braune Päckchen ab, das sie immer noch umklammert hielt.

»Ich glaube, Mr. Lomax«, sagte er, »daß Sie das Gesuchte hier drin finden werden.«

Sir Stanley Digby reagierte schneller als Lomax, entriß Loraine das Päckchen, öffnete es und untersuchte hastig seinen Inhalt. Dann stieß er einen Seufzer der Erleichterung aus. Herr Eberhard stürzte sich auf das Kind seines Geistes, drückte es ans Herz und sprudelte unverständliche Sätze hervor.

Sir Stanley wandte sich an Loraine und schüttelte ihr warm die Hand. »Meine liebe junge Dame«, sagte er, »wir sind Ihnen zu unendlichem Dank verpflichtet.«

»Das stimmt«, mischte sich Lomax ein. »Obwohl ...« Er hielt verwirrt inne und starrte die junge Dame an, die ihm völlig unbekannt war. Loraine blickte beschwörend zu Jimmy, der ihr zu Hilfe kam.

»Das ist Miss Wade«, sagte Jimmy. »Gerald Wades Schwester.«

»Tatsächlich?« George Lomax schüttelte ihr freundlich die Hand. »Mei-

ne liebe Miss Wade, ich möchte Ihnen meinen tiefen Dank für das aussprechen, was Sie getan haben. Ich muß gestehen, daß ich nicht ganz sicher bin ...«
Er machte eine Pause, und vier der anwesenden Personen im Raum wußten, daß die Erklärung schwierig sein würde. Der Superintendent rettete die Situation.
»Damit wollen wir uns jetzt nicht weiter aufhalten«, schlug er taktvoll vor.
Der eifrige Mr. Bateman lenkte ebenfalls ab: »Sollte nicht jemand nach Mr. O'Rourke sehen?« fragte er. »Glauben Sie nicht, Sir, man müßte einen Arzt holen?«
»Natürlich«, antwortete Lomax. »Natürlich! Sehr nachlässig von uns, daß wir nicht früher daran gedacht haben.« Er sah Bill Eversleigh an. »Rufen Sie Mr. Cartwright an! Bitten Sie ihn herzukommen. Aber deuten Sie an, daß ... äh ... die Sache vertraulich ist!« Bill verschwand, um seinen Auftrag zu erledigen.
»Ich werde mit Ihnen hinaufgehen, Digby«, sagte Lomax. »Vielleicht können wir etwas tun, bis der Arzt kommt.«
Hilflos sah er Mr. Bateman an. Tüchtigkeit bricht sich immer Bahn. So war es eigentlich Pongo, der die Situation beherrschte. »Soll ich mit hinaufkommen, Sir?«
Erleichtert nahm Lomax dieses Angebot an. Hier, das fühlte er, war jemand, auf den er sich stützen konnte. Auf Mr. Batemans absolute Zuverlässigkeit konnte man immer bauen, das spürte jeder, der ihn kennenlernte, sofort.
Die drei Gentlemen verließen gemeinsam die Bibliothek. Lady Coote flüsterte in melodischen tiefen Tönen: »Der arme Junge. Vielleicht könnte ich etwas für ihn tun ...«, und eilte hinter ihnen hinaus.
»Eine sehr mütterliche Frau«, stellte der Superintendent fest. »Eine sehr mütterliche Frau. Ich frage mich ...«
Drei Paar Augen richteten sich forschend auf ihn. »... wo eigentlich Sir Oswald Coote steckt.«
»Oh!« stieß Loraine hervor, »er wird doch nicht ermordet worden sein?«
Battle schüttelte den Kopf und sah sie mißbilligend an. »Kein Grund zu einer so dramatischen Befürchtung. Nein. Ich glaube eher ...« Er hielt inne und lauschte.
Da hörten auch die anderen, was seine scharfen Ohren schon vor ihnen vernommen hatten.
Schritte näherten sich über die Terrasse. Sie hatten nichts Verstohlenes an sich.
Im nächsten Moment stand eine bullige Gestalt in der Tür, die sich prü-

fend umblickte und auf merkwürdige Weise der Situation Herr zu sein schien.
Langsam sah Sir Oswald - denn er war es - von einem zum anderen. Seine scharfen Augen nahmen alle Details wahr: Jimmys bandagierten Arm, Bündels etwas merkwürdige Aufmachung und Loraine, die ihm völlig fremd war. Dann blieb sein Blick an Superintendent Battle hängen. »Was ist hier vorgefallen, Superintendent?« fragte er.
»Versuchter Raub, Sir.«
»Wieso versucht?«
»Dank dieser jungen Dame, Miss Wade, gelang es den Dieben nicht, mit der Beute zu entfliehen.«
»Aha!« machte Sir Oswald und beendete damit seine diesbezügliche Untersuchung.
»Nun, Superintendent, verraten Sie mir bitte, was ist das?« Behutsam hielt er eine kleine Mauser-Pistole am Griff hoch.
»Wo haben Sie sie gefunden, Sir?«
»Draußen auf dem Rasen. Vermutlich warf einer der Diebe sie auf der Flucht weg. Ich habe sie sehr vorsichtig angefaßt, da ich mir dachte, Sie möchten sie vielleicht auf Fingerabdrücke untersuchen.«
»Sie denken einfach an alles«, lobte Battle.
Er nahm ihm die Pistole ab und legte sie auf den Tisch neben Jimmys Pistole.
»Jetzt bitte die Einzelheiten«, meinte Sir Oswald.
Superintendent Battle gab einen kurzen Bericht. Nachdenklich runzelte Sir Oswald die Stirn.
»Ich verstehe«, sagte er scharf. »Nachdem der Dieb Mr. Thesiger kampfunfähig geschossen hatte, floh er und warf dabei die Pistole weg. Ich begreife nicht, warum ihn niemand verfolgt hat.«
»Wir erfuhren erst von Mr. Thesiger, daß es überhaupt jemand zu verfolgen gab«, bemerkte Battle trocken.
»Sie haben ihn … äh … nicht gesehen, als Sie um die Terrassenecke bogen?«
»Nein, ich muß ihn um ein paar Sekunden verfehlt haben. Es scheint kein Mond, und sobald er von der Terrasse herunter war, war er nicht mehr zu erkennen. Er muß sofort verschwunden sein, als er den Schuß abgefeuert hatte.«
»Hm«, meinte Sir Oswald. »Trotzdem hätte man eine Suchaktion veranstalten sollen. Warum …«
»Drei meiner Leute sind über den Park verteilt«, unterbrach ihn der Superintendent ruhig.
»Oh!« Das schien Sir Oswald ziemlich zu erstaunen.

»Sie waren angewiesen, jeden festzuhalten, der versuchen sollte, ihn zu verlassen.«
»Trotzdem - haben sie es nicht getan?«
»Trotzdem haben sie es nicht getan«, stimmte Battle ernst zu. Sir Oswald sah ihn an, als ob diese Worte ihn irgendwie erstaunten. Schneidend fragte er: »Erzählen Sie mir alles, was Sie wissen, Superintendent?«
»Alles, was ich *weiß* ... Sir Oswald. Was ich denke, ist eine andere Sache. Kann sein, daß ich einige sehr merkwürdige Gedanken habe ... aber bis man seine Vermutungen nicht bestätigt erhält, hat es keinen Sinn, darüber zu reden.«
»Trotzdem würde ich gern wissen, was Sie denken, Superintendent Battle.«
»Erstens, Sir, finde ich, daß hier viel zuviel Efeu wächst ... entschuldigen Sie, Sir, Sie haben ein paar Blätter auf Ihrer Jacke ... Das kompliziert die Dinge.«
Sir Oswald starrte ihn an, aber seine Antwort - falls er hätte antworten wollen - wurde durch das Eintreten von Rupert Bateman unterbrochen.
»Ach, da sind Sie ja, Sir Oswald! Lady Coote entdeckte gerade, daß Sie fehlen, und beharrt darauf, daß Sie von den Dieben ermordet worden seien. Es wäre besser, Sir, wenn Sie sofort zu ihr gingen.«
»Maria ist eine unglaublich dumme Person«, meinte Sir Oswald. »Warum sollte ich ermordet werden?« Zusammen mit seinem Sekretär verließ er den Raum.
»Ein sehr tüchtiger junger Mann«, sagte Battle, während er ihnen nachsah. »Wie heißt er - Bateman?«
Jimmy nickte. »Rupert Bateman. Allgemein unter dem Namen Pongo bekannt. Ich war mit ihm zusammen in der Schule.«
»Tatsächlich? Das ist ja interessant, Mr. Thesiger. Was hielten Sie denn damals von ihm?«
»Ach, eigentlich war er schon immer ein Esel.«
»Das hätte ich nun nicht gedacht.«
»Sie wissen schon, wie ich das meine. Natürlich ist er eigentlich kein Esel. Jede Menge Hirn und ein großer Streber. Aber todernst. Nicht die Spur von Humor!«
»Aha! Wie bedauerlich. Leute, die keinen Humor haben, geraten leicht in Gefahr, sich zu ernst zu nehmen - und das bringt Unglück.«
»Ich kann mir nicht vorstellen, daß Pongo in Schwierigkeiten gerät. Er hat es doch schon weit gebracht - sitzt beim alten Coote schön im trocknen und scheint einen feinen Dauerjob zu haben.«
»Superintendent Battle«, mischte sich da Bündel ein. »Ja, Lady Eileen?«

»Finden Sie es nicht merkwürdig, daß Sir Oswald gar nicht gesagt hat, warum er mitten in der Nacht im Garten rumspazierte?«

»Aber! Sir Oswald ist ein bedeutender Mann - und ein bedeutender Mann weiß, daß es besser ist, Erklärungen erst dann abzugeben, wenn man danach gefragt wird.

Sich schon vorher in sie zu stürzen ist immer ein Zeichen von Schwäche. Sir Oswald weiß das genausogut wie ich. Freiwillig gibt er keine Erklärungen ab oder entschuldigt sich. Im Gegenteil - er kommt herein und schiebt mir den Schwarzen Peter zu. Er ist ein großer Mann, dieser Sir Oswald.«

In den Worten des Superintendenten schwang so viel warme Bewunderung mit, daß Bündel das Thema nicht weiter verfolgte.

»Und jetzt«, meinte Battle und sah sich augenzwinkernd um, »jetzt, da wir alle so friedlich hier versammelt sind, möchte ich doch gern erfahren, wieso Miss Wade genau im richtigen Moment die Szene betrat.«

»Sie sollte sich schämen«, warf Jimmy ein. »Uns so reinzulegen!«

»Warum wolltet ihr mich auch als einzige ausschließen?« rief Loraine leidenschaftlich. »Damit war ich nie einverstanden niemals, schon vom ersten Tag an nicht, als Sie mir in Ihrer Wohnung erklärten, daß ich mich da schön raushalten solle. Ich habe nicht protestiert, aber schon damals stand mein Entschluß fest!«

»Das hatte ich fast vermutet«, sagte Bündel. »Sie waren so erstaunlich fügsam. Ich hätte wissen müssen, daß Sie was ausheckten.«

»Ich hielt Sie für bemerkenswert vernünftig«, meinte Jimmy. »Ach, Jimmy, es war so leicht, Sie zu täuschen!«

»Besten Dank für diese lieben Worte.«

»Als Sie anriefen und sagten, daß es eventuell gefährlich werden könne, war ich fester entschlossen denn je«, fuhr Loraine fort. »Ich ging zu Harrods und kaufte eine Pistole. Hier ist sie.« Sie zog eine zierliche Waffe aus der Tasche.

Superintendent Battle nahm sie ihr ab und untersuchte sie. »Ein ziemlich tödliches Spielzeug, Miss Wade«, sagte er. »Haben Sie denn viel ... äh ... Erfahrung damit?«

»Gar keine. Aber ich dachte, daß sie mir ein Gefühl der Sicherheit verleihen würde.«

»Wirklich?«

»Mein Plan war, herzukommen und festzustellen, was passierte. Ich ließ den Wagen an der Straße stehen, kletterte durch ein Loch in der Hecke und schlich hierher zur Terrasse. Gerade, als ich mich umsah, fiel etwas direkt vor meine Füße! Ich hob es auf. Es war ein Päckchen. Dann wollte ich feststellen, woher es gekommen war, und sah am Haus hoch. Da

entdeckte ich einen Mann, der am Efeu runterkletterte, und rannte davon.«
»So war es also«, sagte Battle. »Nun, Miss Wade, können Sie uns den Mann beschreiben?«
Das Mädchen schüttelte den Kopf. »Es war zu dunkel, um viel sehen zu können. Ich glaube, er war groß - aber das ist auch schon alles.«
»Und Sie, Mr. Thesiger«, damit wandte Battle sich an Jimmy. »Sie haben mit dem Mann gekämpft - können Sie mir irgend etwas über ihn verraten?«
»Ein ziemlich kräftiger Typ - mehr weiß ich nicht. Er krächzte irgendwas. So was wie ›laß mich los, Kerl!‹«
»Ein ungebildeter Mann also?«
»Ja, ich glaube schon. Er sprach jedenfalls so.«
»Das mit dem Päckchen verstehe ich nicht«, sagte Loraine.
»Nun«, erwiderte Battle, »ich habe da eine Theorie! Das Päckchen, Miss Wade, wurde absichtlich zu Ihnen hinuntergeworfen - wenigstens glaube ich das.«
»Zu mir?«
»Oder besser, zu der Person, für die der Dieb Sie hielt.«
»Jetzt wird's kompliziert«, meinte Jimmy.
»Haben Sie beim Betreten dieses Zimmers Licht gemacht, Mr. Thesiger?«
»Ja.«
»Aber es war niemand im Raum?«
»Nein, niemand.«
»Doch vorher glaubten Sie, Geräusche gehört zu haben?«
»Ja.«
»Und dann, als Sie die Terrassentüren überprüft hatten, schalteten Sie das Licht wieder aus und schlossen die Tür zur Halle ab?«
Jimmy nickte.
Langsam blickte Battle sich um. Sein Blick blieb an einem großen Wandschirm aus spanischem Leder hängen. Plötzlich lief er mit großen Schritten darauf zu und sah hinter ihn. Er stieß einen kurzen scharfen Ruf aus.
In tiefer Ohnmacht lag Gräfin Radzky zusammengekrümmt auf dem Boden.

22

Die Gräfin erlangte ihr Bewußtsein auf völlig andere Weise wieder als

Jimmy Thesiger. Es dauerte länger und vollzog sich ungleich kunstvoller.
Kunstvoll - das Wort stammte von Bündel. Sie hatte eifrig Anweisungen gegeben - und auf der Anwendung von kaltem Wasser bestanden -, und die Gräfin hatte sofort reagiert, eine weiße Hand verwirrt auf die Stirn gelegt und schwach etwas gemurmelt.
An diesem Punkt stürzte Bill herein, der pflichtgemäß telefoniert und einen Arzt gerufen hatte. In Bündels Augen benahm er sich sofort ganz idiotisch. Mit angstvollem und besorgtem Gesicht beugte er sich über die Gräfin und überschüttete sie mit einer Flut äußerst dümmlicher Bemerkungen. »Gräfin, es ist alles halb so schlimm! Wirklich! Versuchen Sie nicht zu sprechen! Das wäre schlecht für Sie. Bleiben Sie schön ruhig liegen. Sie werden gleich wieder in Ordnung sein. Sagen Sie kein Wort, bis Sie sich besser fühlen! Lassen Sie sich Zeit! Bleiben Sie schön liegen, und schließen Sie die Augen! In ein paar Minuten wird Ihnen alles wieder einfallen. Trinken Sie einen Schluck Wasser. Und etwas Kognak. Das brauchen Sie jetzt. Glaubst du nicht, Bündel, daß du ein bißchen Kognak ...«
»Um Gottes willen, Bill, laß sie doch in Ruhe!« unterbrach Bündel ihn wütend. »Es wird ihr gleich bessergehen.« Und mit geübter Hand spritzte sie noch etwas kaltes Wasser auf das exquisite Make-up der Gräfin.
Die Gräfin zuckte zusammen und setzte sich auf. Sie wirkte entschieden wacher. »Oh!« hauchte sie. »Hier bin ich! Hier bin ich!«
»Lassen Sie sich Zeit«, beschwor Bill sie. »Reden Sie nicht, bevor Sie sich nicht ganz in Ordnung fühlen.«
Die Gräfin zog die Falten ihres sehr durchsichtigen Negligés enger um sich. »Es fällt mir wieder ein«, murmelte sie. »Ja, es fällt mir wieder ein.«
Sie betrachtete die kleine Gruppe, die sich um sie versammelt hatte. Anscheinend berührte sie irgend etwas in den aufmerksamen Blicken unangenehm. Aber wie dem auch sei, sie lächelte nur ein Gesicht an, das genau die gegenteiligen Gefühle verriet. »Ah, mein großer Engländer«, flüsterte sie, »keine Angst. Es ist alles in Ordnung!«
»Wirklich?« fragte Bill besorgt.
»Wirklich. Wir Ungarn haben Nerven wie Drahtseile.«
Ungeheure Erleichterung zeichnete sich kurz auf Bills Gesicht ab. Dann machte sich ein derart alberner Ausdruck dort breit, daß Bündel ihm am liebsten einen Tritt versetzt hätte.
»Noch etwas Wasser?« fragte Bündel kühl.
Die Gräfin wollte kein Wasser mehr. Jimmy, der gegenüber einer Schönen in Not freundlicher war, schlug einen Cocktail vor. Auf diesen Vorschlag reagierte die Gräfin mit großer Begeisterung. Als sie ihn getrun-

ken hatte, sah sie sich noch einmal um, diesmal lebhafter. »Erzählen Sie mir, was passiert ist«, bat sie hastig.
»Wir hofften, daß Sie uns da helfen könnten«, meinte Superintendent Battle.
Die Gräfin sah ihn scharf an. Sie schien den großen, ruhigen Mann zum erstenmal richtig zu bemerken.
»Ich lief in Ihr Zimmer«, warf Bündel ein. »Das Bett war unbenützt, Sie waren nicht da!«
Sie schwieg und sah die Gräfin vorwurfsvoll an.
Die Gräfin schloß die Augen und nickte langsam. »Ja, ja, jetzt fällt mir alles wieder ein! Oh, wie entsetzlich!« Sie schauderte. »Soll ich es Ihnen erzählen?«
»Bitte«, forderte Superintendent Battle sie auf, und im selben Moment sagte Bill: »Nicht, wenn Sie nicht mögen.«
Die Gräfin sah von einem zum anderen, aber Superintendent Battles ruhiger, gebieterischer Blick siegte. »Ich konnte nicht schlafen«, begann sie. »Das Haus - es bedrückte mich so. Es herrschte eine so gespannte Stimmung.
In der Verfassung, in der ich mich befand, hatte es keinen Sinn, ins Bett zu gehen. Ich lief in meinem Zimmer auf und ab. Ich las. Aber die Bücher, die ich fand, interessierten mich nicht besonders. Ich dachte, daß ich hier unten eine fesselndere Lektüre finden würde.«
»Sehr verständlich«, warf Bill ein.
»So etwas passiert häufig«, bemerkte Battle.
»Als mir der Gedanke kam, verließ ich mein Zimmer und ging nach unten. Im Haus war es sehr still ...«
»Entschuldigen Sie«, unterbrach der Superintendent, »aber können Sie mir sagen, wann das ungefähr war?«
»Ich weiß nie, wie spät es ist«, antwortete die Gräfin hoheitsvoll. »Im Haus war es sehr still. Ich lief die Treppe hinunter... ganz leise ...«
»Ganz leise?«
»Natürlich. Ich wollte niemanden wecken. Ich betrat die Bibliothek, ging in diese Ecke und suchte nach einem passenden Buch.«
»Sie hatten Licht gemacht?«
»Nein. Ich hatte meine kleine Taschenlampe mitgenommen. So durchforschte ich die Regale.«
»Aha!« sagte der Superintendent.
»Plötzlich«, fuhr die Gräfin dramatisch fort, »hörte ich etwas, ein leises Geräusch. Schleichende Schritte.
Ich knipste meine Taschenlampe aus und lauschte. Die Schritte näherten sich - entsetzliche, verstohlene Schritte! Ich verkroch mich hinter der

Spanischen Wand. Im nächsten Moment ging die Tür auf, und das Licht wurde angeschaltet. Der Mann - der Dieb war im Zimmer!«
»Ja, aber ...«, begann Mr. Thesiger.
Ein großer Fuß trat auf den seinen, und Jimmy begriff, daß der Superintendent ihm einen Wink geben wollte.
Er schwieg.
»Ich wäre vor Angst fast gestorben«, fuhr die Gräfin fort. »Ich versuchte, nicht zu atmen. Der Mann wartete eine Minute. Dann, immer mit diesem entsetzlichen Schleichen ...«
Wieder öffnete Jimmy den Mund, um zu protestieren, und wieder schloß er ihn.
»... ging er zur Terrassentür und spähte hinaus. Nach ein oder zwei Minuten lief er wieder durchs Zimmer, löschte das Licht und schloß die Tür zur Halle ab. Ich war vor Schreck wie gelähmt. Er war noch immer da! Schlich verstohlen hin und her! Entsetzlich! Angenommen, er stieß im Dunkeln auf mich! Im nächsten Augenblick hörte ich ihn wieder an der Terrassentür. Dann Stille. Ich hoffte, daß er vielleicht hinausgegangen sei. Als die Zeit verstrich und ich nichts weiter hörte, war ich fast sicher, daß er verschwunden sei. Ich wollte gerade meine Taschenlampe wieder anknipsen, als - *prestissimo* - alles begann.«
»Ja?«
»Ach - es war entsetzlich! Ich werde es nie vergessen, niemals! Zwei Männer versuchten, sich umzubringen.
Es war grauenvoll! Sie rollten im Zimmer umher, Möbelstücke flogen in alle Richtungen.
Ich glaubte auch, eine Frau schreien zu hören - aber nicht im Zimmer, sondern irgendwo draußen. Der Verbrecher hatte eine heisere Stimme und krächzte mehr, als daß er sprach. Immer wieder rief er: ›Laß mich los - laß mich los!‹ Der andere war ein Gentleman. Er sprach mit kultivierter Stimme.«
Jimmy sah dankbar aus.
»Er fluchte ... hauptsächlich«, fuhr die Gräfin fort.
»Einwandfrei ein Gentleman«, bestätigte Battle.
»Und dann« schloß die Gräfin, »ein Blitz und ein Schuß. Die Kugel traf das Bücherbrett neben mir. Ich ... ich glaube, ich wurde ohnmächtig.«
Sie sah zu Bill auf. Er nahm ihre Hand und streichelte sie. »Sie Ärmste«, flötete er. »Wie entsetzlich!«
Idiot, dachte Bündel.
Mit schnellen, geräuschlosen Schritten trat Superintendent Battle zum Bücherregal etwas rechts von der Spanischen Wand. Suchend bückte er sich. Plötzlich beugte er sich vor und hob etwas auf.

»Das war keine Kugel, Gräfin«, meinte er. »Sondern nur die Hülse. Wo standen Sie, als Sie schossen, Mr. Thesiger?«
Jimmy bezog in der Nähe der Terrassentür Posten. »Ungefähr hier.«
Superintendent Battle stellte sich neben ihn. »Stimmt«, sagte er. »Eine leere Hülse würde etwa dorthinfliegen. Es ist eine 45er. Kein Wunder, daß die Gräfin sie in der Dunkelheit für eine Kugel hielt. Sie traf etwa eine Handbreit neben ihr das Bücherregal. Das Geschoß selbst durchschlug den Fensterrahmen - wir werden es morgen draußen finden -, falls Ihr Angreifer es nicht mit sich herumträgt!«
Jimmy schüttelte bedauernd den Kopf. »Ich fürchte, Leopold hat sich nicht mit Ruhm bekleckert«, bemerkte er niedergeschlagen.
Die Gräfin sah ihn mit schmeichelnder Aufmerksamkeit an. »Ihr Arm! Er ist verbunden! Waren Sie es etwa ...?«
Jimmy verbeugte sich. »Ich bin erfreut, daß die kultivierte Stimme mir gehört. Ich kann Ihnen versichern, daß ich solche Ausdrücke niemals verwende, wenn ich weiß, daß eine Dame in der Nähe ist.«
»Ich habe ohnehin nicht alles verstanden. Obwohl ich als Kind eine englische Erzieherin hatte ...«
»Eine solche Ausdrucksweise lernt man gewöhnlich nicht von einer Erzieherin. Sie mußten sicher nur ›die Schreibfeder des Onkels‹ oder ›der Regenschirm der Nichte des Gärtners‹ übersetzen und solches Zeug.«
»Aber was ist passiert?« fragte die Gräfin. »Das möchte ich nun wirklich wissen!«
Es entstand eine Pause. Alle sahen den Superintendenten an. »Ganz einfach«, erklärte dieser milde. »Versuchter Raub. Sir Stanley Digby wurden irgendwelche politischen Papiere gestohlen. Beinah wären die Diebe damit entkommen, aber dank dieser jungen Dame«, er deutete auf Loraine, »gelang es ihnen nicht.«
Die Gräfin bedachte das Mädchen mit einem flüchtigen Blick - einem sehr merkwürdigen Blick. »Tatsächlich?« meinte sie kühl.
»Ein sehr glückliches Zusammentreffen, daß sie zufällig auftauchte«, meinte der Superintendent lächelnd.
Die Gräfin seufzte und schloß wieder halb die Augen. »Seltsam, aber ich fühle mich immer noch sehr schwach.«
»Das ist doch verständlich!« rief Bill. »Ich bringe Sie auf Ihr Zimmer! Bündel wird Ihnen helfen.«
»Sehr liebenswürdig von Lady Eileen«, sagte die Gräfin, »aber ich wäre lieber allein. Es geht mir wirklich schon wieder besser. Vielleicht helfen Sie mir nur die Treppe hinauf?«
Sie erhob sich, nahm dankbar Bills Arm und verließ, sich auf ihn stüt-

zend, die Bibliothek. Bündel folgte ihnen bis in die Halle hinaus. Während sie noch dastand und die schlanke Gestalt der Gräfin bewunderte, wie sie mit Bills Hilfe entschwebte, erstarrte sie plötzlich. Das Negligé der Gräfin war - wie bereits erwähnt - sehr dünn - nur ein Hauch aus orangefarbenem Chiffon. Darunter zeichnete sich direkt unter dem rechten Schulterblatt ein kleiner Leberfleck ab. Bündel sah ihn ganz deutlich.

Mit einem unterdrückten Schrei drehte sie sich zu Superintendent Battle um, der gerade aus der Tür zur Bibliothek trat. Jimmy und Loraine standen schon in der Halle.

»So«, begann Battle, »die Terrassentür ist abgeschlossen, draußen steht ein Mann Wache. Diese Tür werde ich auch abschließen und den Schlüssel einstecken. Morgen werden wir den Tathergang rekonstruieren … was ist denn, Lady Eileen?«

»Ich muß Sie sprechen, Superintendent Battle, sofort!«

»Warum? Ich …«

Plötzlich tauchte George Lomax auf, Dr. Cartwright an seiner Seite. »Da sind Sie ja, Battle! Es wird Sie erleichtern zu erfahren, daß O'Rourke nichts Ernsthaftes fehlt.«

»Daran habe ich nie gezweifelt«, erwiderte Battle.

»Ich habe ihm eine Spritze gegeben«, sagte der Arzt. »Morgen früh wird er aufwachen wie immer. Vielleicht mit ein bißchen Kopfschmerzen, vielleicht auch nicht. Und jetzt, junger Mann, wollen wir mal die Schußwunde an Ihrem Arm untersuchen.«

»Kommen Sie, Schwester«, sagte Jimmy zu Loraine. »Kommen Sie und halten Sie den Spucknapf oder meine Hand. Sehen Sie einen starken Mann leidenl«

Jimmy, Loraine und der Arzt gingen zusammen weg. Bündel warf beschwörende Blicke in Battles Richtung, der von George Lomax festgenagelt wurde.

Der Superintendent wartete geduldig, bis sich in Lomax' Redefluß eine kleine Stockung zeigte, und nützte sie geschickt aus. »Könnte ich mit Sir Stanley irgendwo ein privates Wort wechseln? Vielleicht im Arbeitszimmer?«

»Aber sicher«, stimmte Lomax zu. »Sicher. Ich hole ihn gleich.« Er eilte die Treppe wieder hinauf.

Battle zog Bündel schnell ins Wohnzimmer und schloß die Tür. »Nun, Lady Eileen, was gibt's?«

»Es ist eine sehr lange und komplizierte Geschichte.«

So knapp sie konnte, berichtete Bündel von ihrem Aufenthalt im *Seven Dials Club* und ihren dortigen Abenteuern. Als sie geendet hatte, holte der Superintendent tief Luft. Ausnahmsweise war sein hölzerner Gesichtsausdruck einmal verschwunden. »Bemerkenswert«, sagte er, »bemerkenswert! Das hätte ich nicht für möglich gehalten, Lady Eileen!«

»Aber Sie haben mir doch den Tip gegeben, Superintendent Battle! Sie rieten mir, Bill Eversleigh zu fragen.«

»Sehr gefährlich, Leuten wie Ihnen einen Rat zu geben, Lady Eileen! Ich hätte mir nicht träumen lassen, daß Sie so weit gehen würden.«

»Ist ja nichts passiert, Superintendent! Schließlich liege ich nicht als Leiche auf Ihrer Schwelle.«

»Noch nicht!« Grübelnd stand er da und überlegte. »Wieso Mr. Thesiger Sie einer solchen Gefahr ausgesetzt hat, begreife ich nicht«, meinte er dann.

»Er hat es erst nachher erfahren. Ich bin doch kein Idiot, Superintendent! Außerdem hat er alle Hände voll zu tun, sich um Miss Wade zu kümmern.«

»Tatsächlich?« sagte der Superintendent. »Aha!« Er zwinkerte ihr freundlich zu. »Dann werde ich wohl Mr. Eversleigh einweihen müssen, damit er sich ein bißchen um Sie kümmert, Lady Eileen!«

»Bill!« rief Bündel voller Verachtung. »Aber Sie haben das Ende meiner Geschichte noch nicht gehört, Superintendent. Die Frau, die ich dort sah, Anna! Nummer eins ... Es ist die Gräfin Radzky!« Hastig erzählte sie ihm, wie sie sie am Leberfleck wiedererkannt hatte.

Zu ihrer Überraschung sprang der Superintendent nicht so recht drauf an.

»Auf einen Leberfleck kann man nicht allzuviel geben, Lady Eileen! Es ist durchaus möglich, daß zwei Frauen an der gleichen Stelle einen haben. Bedenken Sie, daß Gräfin Radzky in Ungarn eine sehr bekannte Frau ist.«

»Dann ist sie nicht die echte Gräfin. Ich bin überzeugt, daß die Gräfin hier die gleiche Person ist, die ich im *Seven Dials Club* sah. Noch etwas. Als wir sie heute abend fanden ... ich glaube gar nicht, daß sie da ohnmächtig war.«

»Das möchte ich nicht behaupten, Lady Eileen. Die Hülse, die neben ihr gegen das Bücherregal flog, hätte jede Frau zu Tode erschreckt.«

»Aber was wollte sie dort überhaupt? Gewöhnlich sucht man nicht mit einer Taschenlampe nach einem Buch!«

Battle kratzte sich an der Wange. Offenbar wollte er nicht antworten. Unruhig ging er im Zimmer auf und ab, als ob er einen Entschluß fassen müsse.

Schließlich blieb er stehen. »Hören Sie, Lady Eileen, ich glaube Ihnen ja! Das Benehmen der Gräfin ist wirklich verdächtig. Das weiß ich auch. Sogar sehr verdächtig. Aber wir müssen vorsichtig sein. Es darf keinen Ärger mit der Botschaft geben. Solange wir nicht ganz sicher sind ...«

»Verstehe. Und wenn Sie es wären ...«

»Dann gibt es noch ein Problem. Während des Krieges herrschte große Aufregung wegen der deutschen Spione, die angeblich in unserem Land herumliefen. Übereifrige Leute schrieben deswegen einen Haufen Leserbriefe an die Zeitungen.

Wir ließen uns nicht davon beeindrucken. Beschimpfungen konnten uns nichts anhaben.

Wir störten die kleinen Fische nicht auf. Und warum wohl? Weil wir früher oder später den großen Fang machen und den Mann an der Spitze erwischen wollten.« »Was meinen Sie damit?«

»Das tut nichts zur Sache, Lady Eileen. Aber vergessen Sie eines nicht: Ich bin über die Gräfin genau im Bilde. Und ich möchte, daß sie nicht behelligt wird.« Er schwieg einen Augenblick. »Und nun«, fügte er bedauernd hinzu, »muß ich mir eine Ausrede für Sir Stanley Digby einfallen lassen.«

23

Es war zehn Uhr morgens. Strahlend hell schien die Sonne durch die Terrassentür in die Bibliothek, wo Superintendent Battle seit sechs Uhr an der Arbeit war. Auf seine Bitte hin waren George Lomax, Sir Oswald Coote und Jimmy Thesiger gerade bei ihm erschienen, nachdem sie ihre Müdigkeit mit einem kräftigen Frühstück bekämpft hatten. Jimmys Arm steckte in einer Schlinge, die einzige Erinnerung an den Kampf der vergangenen Nacht.

Der Superintendent betrachtete die drei Gentlemen wohlwollend wie ein freundlicher Museumsdirektor, der kleine Jungen durch eine Ausstellung führt. Auf dem Tisch neben ihm lagen verschiedene, säuberlich etikettierte Gegenstände.

Jimmy entdeckte Leopold sofort.

»Ach, Superintendent«, sagte George Lomax, »ich bin neugierig, wie weit Sie gekommen sind. Haben Sie den Mann?«

»Das wird wohl noch etwas dauern«, erwiderte der Superintendent leichthin. Sein Versagen in diesem Punkt schien ihn nicht weiter zu beunruhigen.

Lomax wirkte nicht gerade erfreut.

»Ich habe alles genau rekonstruiert«, fuhr der Superintendent fort und

nahm zwei Gegenstände vom Tisch. »Hier sind die beiden Kugeln. Die größere ist eine 45er. Sie stammt aus Mr. Thesigers Pistole und streifte den Fensterrahmen.
Ich fand sie in dem Zedernstamm dort draußen. Dieser kleine Bursche wurde aus einer 25er Mauser abgefeuert. Er durchschlug Mr. Thesigers Arm und blieb in dem Sessel hier stecken. Was die Pistole selbst anbelangt ...«
»Ja?« fragte Sir Oswald eifrig. »Irgendwelche Fingerabdrücke?«
Battle schüttelte den Kopf.
»Der Mann, der sie in der Hand hatte, trug Handschuhe«, erwiderte er langsam.
»Ein Jammer«, meinte Sir Oswald.
»Jeder Verbrecher, der sein Geschäft versteht, trägt Handschuhe. Stimmt es, Sir Oswald, daß Sie diese Pistole etwa zwanzig Schritte von der Terrasse entfernt fanden?«
Sir Oswald trat an die Tür. »Ja, ziemlich genau zwanzig Schritte, würde ich sagen.«
»Ich möchte Ihnen keinen Vorwurf machen, Sir, aber es wäre besser gewesen, wenn Sie sie liegengelassen hätten.«
»Tut mir leid«, entschuldigte sich Sir Oswald steif.
»Ach, es macht nichts! Es ist mir gelungen, die Vorgänge zu rekonstruieren.
Wissen Sie, es gab ja Ihre Fußspuren, die aus dem Garten kamen und zu der Stelle führten, wo Sie offensichtlich stehengeblieben waren und sich gebückt hatten.
Dann das verräterische flachgedrückte Gras! Übrigens, was ist Ihre Theorie über die Pistole, die Sie dort fanden?«
»Ich nehme an, daß der Mann sie auf der Flucht fallen ließ.«
Battle schüttelte den Kopf. »Nein, Sir Oswald! Dagegen sprechen zwei Punkte: Erstens einmal gab es nur Ihre Fußspuren auf dem Rasen - nur Ihre.«
»Verstehe«, sagte Sir Oswald nachdenklich.
»Wissen Sie das genau, Battle?« warf Lomax ein.
»Ziemlich genau, Sir. Außerdem stellten wir nur noch Fußspuren viel weiter links fest, und das sind die von Miss Wade.« Battle machte eine Pause und fuhr fort.
»Dann ist da noch das flachgedrückte Gras. Die Pistole muß mit Wucht auf dem Boden gelandet sein. Alles deutet darauf hin, daß sie geworfen wurde.«
»Warum auch nicht?« fragte Sir Oswald. »Angenommen, der Mann floh auf dem linken Gartenweg. Dort hätte er keine Fußspuren hinterlassen,

von dort aus hätte er die Pistole mitten auf den Rasen schleudern können, was, Lomax?«
Lomax nickte zustimmend.
»Es ist richtig, daß der Weg keine Abdrücke aufnimmt«, sagte Battle, »aber die Art, wie das Gras plattgedrückt wurde und in welche Richtung, läßt darauf schließen, daß die Pistole nicht von dort aus geworfen wurde. Ich bin überzeugt, daß dies von der Terrasse aus geschah.«
»Gut möglich«, meinte Sir Oswald. »Spielt es eine Rolle, Superintendent?«
»Ja, eben, Battle«, mischte sich Lomax ein »ist das wirklich von ... von Bedeutung?«
»Vielleicht nicht, Mr. Lomax. Aber wir wollen doch genau seinl Würde einer der Gentlemen jetzt die Pistole nehmen und sie werfen? Sie, Sir Oswald? Sehr liebenswürdig. Stellen Sie sich hier an die Türl«
Sir Oswald kam dem Wunsch nach und beförderte die Pistole mit einem kräftigen Schwung durch die Luft. Jimmy trat gespannt näher. Der Superintendent sprang wie ein gutdressierter Apportierhund los. Grinsend kehrte er zurück.
»Stimmt, Sir! Genau die gleiche Art von Vertiefung im Boden. Obwohl Sie sie, nebenbei bemerkt, gut zehn Schritte weiter schleuderten. Doch Sie sind ein sehr kräftiger Mann, nicht wahr, Sir Oswald? Entschuldigen Sie, aber ich glaube, da ist jemand an der Tür.«
Der Superintendent mußte wesentlich schärfere Ohren besitzen als die anderen Anwesenden. Denn niemand hatte auch nur einen Ton gehört. Battle hatte recht. Draußen stand Lady Coote, ein Glas Medizin in der Hand.
»Deine Arznei, Oswald«, sagte sie und trat ins Zimmer. »Du hast vergessen, sie nach dem Frühstück einzunehmen.«
»Ich bin sehr beschäftigt, Maria«, erwiderte Sir Oswald. »Ich will meine Medizin jetzt nicht trinken.«
»Wenn ich nicht wäre, würdest du sie nie einnehmen«, sagte Lady Coote würdevoll und kam näher. »Sei kein Dickkopf! Du trinkst sie jetzt sofort!« Fügsam trank der große Stahlmagnat das Glas leer.
Lady Coote lächelte traurig und freundlich in die Runde. »Störe ich? Sie sind sicher sehr beschäftigt? Entsetzlich, diese Revolver! Häßlich und laut und mörderisch! Wenn ich nur daran denke, daß der Einbrecher dich letzte Nacht hätte erschießen können!«
»Sie müssen sich sehr aufgeregt haben, als Sie merkten, daß Ihr Mann nicht da war, Lady Coote«, meinte Battle.
»Zuerst ist es mir nicht aufgefallen«, bekannte Lady Coote. »Dieser arme Junge hier ...«, sie deutete auf Jimmy, »mit seiner Schußwunde ...

alles war so schrecklich und aufregend! Erst als Mr. Bateman mich fragte, wo Sir Oswald sei, fiel mir ein, daß er vor einer halben Stunde einen kleinen Gang unternommen hatte.«

»Schlafstörungen, Sir Oswald?« erkundigte sich Battle.

»Gewöhnlich schlafe ich ausgezeichnet«, erwiderte Sir Oswald. »Aber ich muß gestehen, daß ich letzte Nacht äußerst unruhig war. Ich dachte, die Nachtluft würde mir guttun.«

»Sie gingen durch die Terrassentür hinaus, nicht wahr?«

War es Einbildung oder zögerte Sir Oswald tatsächlich einen Moment, bevor er antwortete? »Ja.«

»In den leichten Frackschuhen«, tadelte Lady Coote. »Was tätest du nur, wenn ich mich nicht um dich kümmerte?« Seufzend schüttelte sie den Kopf.

»Maria, wenn es dir nichts ausmacht, uns allein zu lassen … wir haben noch eine Menge zu besprechen.«

»Ich weiß, Liebling, ich gehe ja schon!«

Lady Coote zog sich zurück und trug dabei das leere Medizinglas vor sich her wie einen Kelch, aus dem sie eben einen tödlichen Trank verabreicht hatte.

»Nun, Battle«, sagte George Lomax. »Alles scheint klar zu sein. Ganz klar. Der Mann gibt einen Schuß ab, verletzt Mr. Thesiger, wirft die Waffe weg, läuft über die Terrasse und stürzt den Kiesweg entlang davon.«

»Wo er von meinen Leuten in Empfang genommen worden wäre«, ergänzte Battle.

»Ihre Männer, Battle, scheinen - wenn ich das bemerken darf - ein wenig nachlässig gewesen zu sein. Sie sahen auch Miss Wade nicht in den Park kommen. So könnten sie den Dieb bei seiner Flucht ebenfalls verpaßt haben.«

Superintendent Battle öffnete den Mund, um zu antworten, schien es sich aber anders zu überlegen. Jimmy Thesiger sah ihn neugierig an. Er hätte viel darum gegeben, gerade jetzt zu wissen, was der Superintendent dachte.

»Muß ein hervorragender Läufer gewesen sein«, war alles, was der Mann von Scotland Yard bemerkte.

»Wie meinen Sie das, Battle?«

»Wie ich es sage, Mr. Lomax. Ich selbst kam keine fünfzig Sekunden nach dem Schuß um die Terrassenecke. Für einen Mann, der in dieser kurzen Zeit die ganze Terrasse entlangrannte und den Pfad hinunter - nun, ich würde meinen, das war ein Champion.«

»Es gelingt mir leider nicht ganz, Ihnen zu folgen, Battle. Offenbar

haben Sie Ihre eigenen Ideen, die ... äh ... ich nicht ganz erfasse. Sie sagten, der Mann lief nicht über den Rasen davon, und jetzt deuten Sie an ... was deuten Sie eigentlich an? Daß der Mann auch nicht über den Gartenweg verschwand? Ja, wohin verschwand er Ihrer Meinung nach den dann?«
Als Antwort wies Battle mit seinem Daumen beredt nach oben.
»Dort hinauf. Wieder am Efeu hoch.«
»Was Sie da vermuten, ist unmöglich.«
»Durchaus nicht, Sir. Er hatte es schon einmal gemacht. Er konnte es auch ein zweites Mal.«
»So meine ich es nicht. Wenn der Mann fliehen wollte, würde er doch niemals zurück ins Haus klettern!«
»Vielleicht der sicherste Platz, Mr. Lomax.«
»Aber Mr. O'Rourkes Tür war von innen abgeschlossen, als wir ihn aufsuchen wollten.«
»Und wie kamen Sie hinein? Durch die Verbindungstür zu Sir Stanleys Zimmer: der Weg, den auch unser Mann benützte! Lady Eileen erzählte mir, daß sie beobachtete, wie sich die Klinke von Mr. O'Rourkes Zimmertür bewegte - da war unser Freund das erstemal dort. Ich nehme an, daß der Schlüssel unter Mr. O'Rourkes Kopfkissen lag. Wie er beim zweitenmal hinauskam, ist ganz klar - durch die Verbindungstür und Sir Stanleys Zimmer, das leer war. Wie wir alle war auch Sir Stanley in die Bibliothek hinuntergelaufen. Unser Mann hatte freie Bahn.«
»Und wohin wandte er sich dann?«
Battle zuckte seine massigen Schultern und meinte ausweichend: »Da gibt es viele Möglichkeiten: In ein leeres Zimmer auf der anderen Seite des Hauses und wieder den Efeu hinunter. Oder er flüchtete durch eine Seitentür. Oder - das ist auch möglich - es war jemand, der zum Haus gehörte ... er ... er blieb einfach drinnen.«
Lomax sah ihn konsterniert an.
»Wirklich, Battle, es wäre mir entsetzlich, wenn ... wenn einer meiner Leute ... es würde mich sehr betrüben, wenn ich einen von ihnen verdächtigen müßte ...«
»Keiner verlangt, daß Sie irgend jemand verdächtigen, Mr. Lomax! Ich spiele nur alle Möglichkeiten durch. Das Personal kann ja in Ordnung sein - ist es vermutlich sogar auch.«
»Sie haben mich sehr beunruhigt«, sagte Lomax. Seine Augen schienen weiter denn je hervorzuquellen.
Um ihn abzulenken, deutete Jimmy auf ein merkwürdig geschwärztes Etwas auf dem Tisch. »Was ist das?« fragte er.
»Das ist Beweisstück Z«, erklärte Battle. »Das letzte in unserer Reihe.

Es ist - oder vielmehr war- ein Handschuh.« Er nahm das verkohlte Überbleibsel und zeigte es stolz herum.

»Wo haben Sie denn den gefunden?« fragte Sir Oswald.

Battle wies mit dem Kopf über die Schulter. »Im Kamin - fast verbrannt, aber eben nicht ganz. Merkwürdigerweise sieht er aus, als habe ein Hund darauf herumgebissen.«

»Er könnte Miss Wade gehören«, schlug Jimmy vor. »Sie hat mehrere Hunde.«

Der Superintendent schüttelte den Kopf. »Das ist kein Damenhandschuh - nein, nicht einmal diese lose Art von Handschuhen, wie sie die Damen heute tragen. Probieren Sie ihn mal an, Sir, nur einen Moment.« Er zog das schwarze Ding über Jimmys Hand. »Sehen Sie - er ist sogar Ihnen zu groß.«

»Messen Sie dieser Entdeckung irgendwelche Bedeutung bei?« fragte Sir Oswald kühl.

»Man weiß nie, Sir Oswald, was wichtig ist und was nicht.«

Jemand klopfte kurz und energisch an die Tür. Es war Bündel. »Tut mir leid«, sagte sie entschuldigend. »Aber mein Vater hat gerade angerufen. Ich soll nach Hause kommen, weil er sich so aufregt.« Sie schwieg.

»Ja, meine liebe Lady Eileen?« fragte George Lomax ermutigend, weil er ahnte, daß noch mehr kommen würde.

»Ich wollte Sie nicht stören - nur, ich dachte, daß die Sache etwas mit dem Einbruch hier zu tun haben könnte. Mein Vater regt sich so auf, weil einer unserer Diener verschwunden ist. Er ging gestern abend weg und ist bis jetzt noch nicht zurückgekehrt.«

»Wie hieß er denn?« Es war Sir Oswald, der das Verhör begann.

»John Bauer.«

»Engländer?«

»Er behauptet, Schweizer zu sein - aber ich vermute, daß er Deutscher ist. Allerdings spricht er perfekt Englisch.«

»Aha!« Sir Oswald holte mit einem langen, befriedigten Zischen Luft. »Und er war ... wie lange in *Chimneys?*«

»Kaum einen Monat.«

Sir Oswald wandte sich an die anderen Gentlemen: »Das ist unser Mann! Sie wissen so gut wie ich, Lomax, daß mehrere ausländische Regierungen hinter der Sache her sind. Jetzt erinnere ich mich genau an den Mann - groß, gute Manieren. Kam etwa vierzehn Tage, bevor wir auszogen. Ein geschickter Schachzug. Hier hätte man jedem neuen Diener mißtraut, aber in *Chimneys,* fünf Meilen entfernt ...« Er beendete den Satz nicht.

»Glauben Sie, daß der Plan schon vor so langer Zeit gefaßt wurde?«

»Warum nicht? Die Erfindung ist Millionen wert, Lomax! Zweifellos hoffte Bauer, daß er in *Chimneys* Zugang zu meinen privaten Papieren bekäme und somit etwas über kommende Absprachen erführe. Möglicherweise hatte er in diesem Haus einen Komplicen - irgend jemand, der ihn mit dem Plan des Hauses vertraut machte und dafür sorgte, daß O'Rourke ein Schlafmittel bekam. Bauer war der Mann, den Miss Wade am Efeu herunterklettern sah - der große, kräftige Mann!« Er wandte sich an Superintendent Battle. »Bauer ist der Gesuchte, Superintendent! Und irgendwie ist er Ihnen durch die Finger geschlüpft.«

24

Kein Zweifel, Superintendent Battle war verblüfft. Gedankenvoll strich er sich über das Kinn.
»Sir Oswald hat recht, Battle«, sagte Lomax. »Das ist unser Mann. Irgendwelche Aussichten, daß er erwischt wird?«
»Vielleicht, Sir. Die Geschichte sieht wirklich ... nun, verdächtig aus. Natürlich kann der Mann auch wiederauftauchen - in *Chimneys,* meine ich.«
»Halten Sie das für wahrscheinlich?«
»Nein«, bekannte Battle. »Allem Anschein nach ist Bauer tatsächlich der Täter. Aber ich begreife nicht, wie er den Park unbemerkt betreten und verlassen konnte.«
»Ich sagte schon, was ich von den Männern halte, die Sie engagierten«, meinte Lomax. »Hoffnungslos ungeeignet! Ich will Ihnen nicht die Schuld daran geben, Superintendent, aber ...« Seine Pause war beredt.
»Na schön«, meinte Battle leichthin, »ich habe einen breiten Buckel!« Er schüttelte den Kopf und seufzte.
»Ich muß sofort telefonieren. Tut mir leid, Mr. Lomax - ich habe diese Sache ziemlich verpfuscht.
Aber die Geschichte ist sehr verwickelt, verwickelter als Sie denken!« Eilig verließ er das Zimmer.
»Kommen Sie mit mir in den Garten«, sagte Bündel zu Jimmy Thesiger, »ich möchte mit Ihnen reden.«
Sie gingen durch die Terrassentür nach draußen. Jimmy starrte stirnrunzelnd auf den Rasen.
»Was ist denn?« fragte Bündel.
Jimmy berichtete von Battles Vermutung, daß die Pistole auf den Rasen geworfen worden sei. »Ich möchte bloß wissen«, beendete er seine Ausführungen, »was in dem alten Battle vorging, als er Coote aufforderte,

die Pistole hinauszuwerfen. Er hat irgendwas vor, da könnte ich schwören. Wie dem auch sei, sie landete zehn Schritte weiter weg. Sie wissen, Bündel, daß Battle ein tiefes Wasser ist!«

»Ein außergewöhnlicher Mensch«, sagte Bündel. »Aber jetzt möchte ich Ihnen von letzter Nacht erzählen.« Sie beschrieb ihr Gespräch mit dem Superintendenten. Jimmy hörte aufmerksam zu. »Die Gräfin ist also Nummer eins«, meinte er nachdenklich. »Es paßt genau! Nummer zwei - Bauer - kommt von *Chimneys* herüber und klettert zu O'Rourkes Zimmerfenster hinauf, denn er weiß, daß O'Rourke ein Schlafmittel bekommen hat von der Gräfin oder sonst irgend jemand. Laut Vereinbarung soll er der Gräfin die Papiere hinunterwerfen, die unten drauf wartet. Dann wird sie durch die Bibliothek hinauf in ihr Zimmer huschen. Wenn Bauer beim Verlassen des Parks gefaßt wird, findet man nichts bei ihm. Ja, es war ein guter Plan, aber er ging schief. Kaum war die Gräfin in der Bibliothek, hörte sie mich kommen und mußte sich hinter der Spanischen Wand verstecken. Ziemlich dumm, denn jetzt konnte sie ihren Komplicen nicht mehr warnen.

Nummer zwei stiehlt die Papiere, blickt aus dem Fenster, sieht, wie er glaubt, die Gräfin unten warten, wirft ihr das Päckchen zu und klettert am Efeu hinunter, wo er auf eine böse Überraschung stößt, nämlich auf mich. Muß schön nervenaufreibend für die Gräfin gewesen sein, hinter der Spanischen Wand zu hocken. Alles in allem hat sie uns eigentlich eine ganz hübsche Geschichte verpaßt. Ja, es stimmt alles hervorragend!«

»Zu sehr«, bemerkte Bündel entschieden. »Wie bitte?« fragte Jimmy überrascht.

»Was ist mit Nummer sieben - Nummer sieben, der niemals auftaucht, der immer im Hintergrund bleibt? Die Gräfin und Bauer? Nein, so einfach ist die Sache nicht. Bauer war heute nacht hier, möglich. Aber er war nur hier für den Fall, daß etwas schieflief - wie es dann auch geschah. Er sollte den Sündenbock spielen, um alle Aufmerksamkeit von Nummer sieben abzuziehen – dem Boss.«

»Sie haben wohl zu viele Abenteuerromane gelesen, Bündel?« erkundigte Jimmy sich vorsichtig.

Bündel sah ihn vernichtend an.

»Nein«, meinte Jimmy, »vor dem Frühstück kann ich so was nicht glauben.«

»Es ist schon nach dem Frühstück«, korrigierte ihn Bündel.

»Auch dann nicht. Wir haben eine fabelhafte Hypothese, die zu allen Tatsachen paßt - und Sie wollen sie einfach nicht akzeptieren, nur um die Sache noch schwieriger zu machen!«

»Tut mir leid, aber ich bin felsenfest überzeugt, daß die geheimnisvolle Nummer sieben ein Wochenendgast dieses Hauses ist.«
»Was glaubt Bill?«
»Bill«, meinte Bündel kalt, »ist unmöglich!«
»Ach! Sie haben ihm sicher von der Gräfin berichtet? Man müßte ihn warnen. Der Himmel weiß, was er sonst noch alles ausplappert!«
»Er will kein Sterbenswörtchen gegen sie hören. Er benimmt sich ... einfach idiotisch. Ich wünschte, Sie könnten ihn von der Sache mit dem Leberfleck überzeugen.«
»Sie vergessen, daß ich nicht im Schrank saß«, erinnerte Jimmy sie. »Außerdem habe ich auch keine Lust, mich mit Bill über die Leberflecken seiner Freundinnen zu streiten. Er kann doch nicht ein solcher Esel sein, nicht zu kapieren, wie genau die Einzelheiten zueinander passen?a
»Er ist ein entsetzlicher Esel«, meinte Bündel bitter. »Sie haben einen groben Fehler gemacht, Jimmy, als sie ihm alles erzählten.«
»Es tut mir sehr leid. Damals hielt ich es für richtig. Ich war ein Idiot! Verdammt. Der alte Bill wird doch nicht ...«
»Sie haben keine Ahnung, wie solche Abenteuerinnen sind«, belehrte Bündel ihn, »wie die einen um den Finger wickeln!«
»Nein, das weiß ich tatsächlich nicht. Bei mir hat man es nämlich noch nie versucht.« Jimmy seufzte.
Sie schwiegen einen Moment. Jimmy wälzte die Geschehnisse in seinem Kopf hin und her. Je mehr er darüber nachdachte, desto unbefriedigender schienen sie.
»Battle will also, daß man die Gräfin in Ruhe läßt«, meinte er schließlich.
»Ja.«
»Weil er glaubt, durch sie zum Kopf der Bande geführt zu werden?«
Bündel nickte.
Jimmy runzelte die Stirn und überlegte, was dabei herauskommen könnte. Offensichtlich verfolgte Battle einen ganz bestimmten Plan.
»Sir Stanley Digby ist heute morgen schon sehr früh nach London zurückgefahren, nicht wahr?« fragte er.
»Ja.«
»Mit O'Rourke?«
»Ja, ich glaube.«
»Sie meinen doch nicht ... nein, das ist unmöglich!«
»Was?«
»Daß O'Rourke irgendwie in der Sache mit drinhängt?«
»Vielleicht«, sagte Bündel grübelnd. »Er ist das, was man eine sehr vita-

le Persönlichkeit nennt. Es würde mich nicht wundern, wenn ... ach, mich wundert überhaupt nichts mehr! Nur eines steht für mich fest: Ich weiß, wer Nummer sieben nicht ist!«
»Wer?«
»Superintendent Battle.«
»Ach so! Ich dachte, George Lomax.«
»Pst! Da kommt er.«
Tatsächlich kam Lomax direkt auf sie zu. Jimmy murmelte eine Entschuldigung und machte sich davon. Lomax setzte sich zu Bündel.
»Liebe Eileen, müssen Sie uns wirklich verlassen?«
»Mein Vater scheint sich ziemlich aufzuregen. Ich glaube, ich muß tatsächlich nach Hause und Händchen halten.«
»Diese kleine Hand wird ihn sicher trösten«, meinte George warm und drückte sie scherzhaft. »Meine liebe Eileen, ich verstehe Ihre Gründe, sie ehren Sie auch. Heute, in der Zeit des Wechsels und der Unsicherheit ...«
Jetzt legt er wieder los, dachte Bündel verzweifelt.
»... wo die alten Maßstäbe nicht mehr gelten, ist es die Aufgabe unserer Klasse, mit leuchtendem Beispiel voranzugehen und zu zeigen, daß wenigstens wir von diesen neuen Ansichten nicht angesteckt worden sind. Ich muß gestehen, mein liebes Kind, daß ich in der Vergangenheit von Ihrer Leichtfertigkeit ein wenig enttäuscht war. Jetzt sehe ich das als die liebenswerte Sorglosigkeit der Jugend an und schätze nun die Ernsthaftigkeit Ihres Geistes. Sie erlauben mir doch, daß ich Ihnen bei Ihrer Lektüre behilflich bin?«
»Oh, vielen Dank«, hauchte Bündel schwach.
»Und Sie dürfen nie mehr Angst vor mir haben. Ich war entsetzt, als Lady Caterham mir berichtete, daß Sie eine gewisse Scheu vor mir haben. Ich möchte Ihnen sagen, daß ich ein Mensch bin wie alle andern.«
Lomax' Bescheidenheit verschlug Bündel die Sprache. Er fuhr fort. »Seien Sie nicht schüchtern, mein Kind! Glauben Sie nicht, daß Sie mich langweilen!
Es wäre mir ein großes Vergnügen - wenn ich das so sagen darf -, Ihren suchenden Geist in die richtigen Bahnen zu lenken. Ich möchte Ihr politischer Ziehvater sein. Nie haben wir in unserer Partei junge Frauen mit Geist und Charme dringender gebraucht als heute. Vielleicht sind Sie dazu bestimmt, in die Fußstapfen Ihrer Tante, Lady Caterham, zu treten.«
Diese entsetzliche Aussicht warf Bündel vollends um. Sie konnte Lomax nur hilflos anstarren. Sein Haupteinwand gegen Frauen war der,

daß sie zuviel redeten. Nur selten fand er unter ihnen das, was er eine gute Zuhörerin nannte. Milde lächelte er Bündel an.
»Der Schmetterling, der aus der Raupe schlüpft! Ein wundervolles Bild! Ich besitze ein sehr interessantes Werk über politische und wirtschaftliche Zusammenhänge. Ich werde es Ihnen jetzt heraussuchen. Sie nehmen es nach *Chimneys* mit, und wenn Sie es gelesen haben, werden wir uns darüber unterhalten. Zögern Sie nicht, mir zu schreiben, sollten irgendwelche Fragen auftauchen. Zwar habe ich viele öffentliche Verpflichtungen, aber trotz meiner vielen Arbeit finde ich immer Zeit für die Sorgen meiner Freunde. Und jetzt werde ich das Buch holen.«
Er stand auf und ging. Wie betäubt starrte Bündel ihm nach. Erst Bills plötzliches Auftauchen schreckte sie aus ihren Gedanken. »Hör mal«, rief Bill, »was, zum Teufel, hat der alte Codders deine Hand zu halten?«
»Es war gar nicht meine Hand. Es war mein suchender Geist«, erwiderte Bündel wütend.
»Sei nicht albern, Bündel.«
»Entschuldige, Bill, aber ich bin ein bißchen beunruhigt. Erinnerst du dich, als du sagtest, es sei für Jimmy ein großes Risiko herzukommen?«
»Das stimmt auch. Codders zu entwischen, wenn er sich erst für einen interessiert, ist nämlich äußerst schwierig. Er wickelt Jimmy um den Finger, bevor er es merkt.«
»Nicht Jimmy hat's erwischt - sondern mich! Ich werde die entsetzliche Mrs. Macatta treffen, ein Buch über politische und wirtschaftliche Zusammenhänge lesen und anschließend mit George darüber diskutieren müssen! Weiß der Himmel, wo das enden wird.«
Bill pfiff durch die Zähne. »Arme Bündel! Hast ein bißchen dick aufgetragen, was?«
»Muß ich wohl. Ach, Bill, ich zapple am Haken.«
»Mach dir nichts draus!« tröstete Bill. »In Wirklichkeit hält George nicht viel davon, wenn Frauen fürs Parlament kandidieren. Du brauchst also nicht auf irgendwelche Rednertribünen zu klettern und einen Haufen Unsinn zu reden oder in Vermondsey Babys zu küssen. Komm, trinken wir einen Cocktail! Es ist gleich Lunchzeit.«
Bündel stand auf und ging gehorsam an seiner Seite ins Haus. »Und dabei hasse ich Politik doch so!« murmelte sie kläglich.
»Natürlich! Alle vernünftigen Leute tun das. Nur Typen wie Codders oder Pongo nehmen sie ernst und schwelgen in ihr. Aber trotzdem«, sagte Bill und kehrte plötzlich zu einem früheren Gesprächspunkt zurück, »du solltest Codders nicht erlauben, deine Hand zu halten.«
»Warum denn nicht? Schließlich kennt er mich, seit ich im Wickelkissen gesteckt habe.«

»Ich mag es eben nicht.«
»Mein tugendsamer William - ach, sieh mal, was Battle da treibt!«
Sie waren gerade durch eine Seitentür ins Haus getreten. Eine schrankartige Kammer ging hier von einem kleinen Seitenkorridor ab. Golf- und Tennisschläger, Kricketbälle und andere Gegenstände zur sportlichen Betätigung lagen darin. Superintendent Battle unterzog eben einige Golfschläger einer genauen Prüfung. Bei Bündels Ausruf sah er etwas dümmlich auf.
»Wollen Sie Golf spielen lernen, Superintendent Battle?«
»Das wäre nicht das schlechteste, Lady Eileen. Es soll ja nie zu spät zum Lernen sein. Ich besitze eine gute Eigenschaft, die bei jedem Spiel zählt.«
»Und die wäre?« fragte Bill.
»Ich weiß nicht, wann ich geschlagen bin. Wenn alles schiefgelaufen ist, stelle ich mich hin und fange wieder vor vorn an.«

25

Jimmy Thesiger war niedergeschlagen. Um George Lomax zu entgehen, der ihn sicherlich nur in ein heikles Gespräch über ein ernsthaftes Thema verwickeln würde, stahl er sich nach dem Mittagessen davon. Wenn er auch glaubte, über die Grenzstreitigkeiten von Santa Fé genau Bescheid zu wissen, so hatte er doch keine Lust, gerade jetzt darüber ausgefragt zu werden.
Was er im stillen gehofft hatte, traf tatsächlich ein. Loraine Wade kam allein, ohne Begleitung, einen schattigen Gartenweg entlanggeschlendert. Sofort war Jimmy an ihrer Seite. Schweigend gingen sie ein paar Minuten nebeneinanderher, dann sagte Jimmy zaghaft: »Loraine?«
»Ja?«
»Hör mal, ich bin in solchen Dingen nicht sehr wortgewandt kurz und gut: Wie wär's, wenn wir uns die Papiere besorgten und heirateten ...«
Loraine verriet keine Überraschung über diesen ungewöhnlichen Heiratsantrag.
Sie warf nur den Kopf zurück und lachte herzlich.
»Lach nicht!« sagte Jimmy vorwurfsvoll.
»Ich kann nichts dafür, du warst so komisch!«
»Loraine - du bist eine kleine Teufelin!«
»Stimmt nicht. Ich bin das, was man ein reizendes und entzückendes Mädchen nennt.«
»Nur für Leute, die dich nicht kennen - die sich von deinem schönen

Äußeren, deiner Gefügigkeit und deinen guten Umgangsformen blenden lassen.«
»Hübsch, wie du das sagst!«
»Loraine, Liebling - willst du mich heiraten?«
Loraine wurde ernst. Ihr Gesicht nahm den für sie so charakteristischen entschlossenen Ausdruck an. »Nein, Jimmy, nicht, während die Dinge noch so ... so im Fluß sind.«
»Ich weiß, wir haben nicht erreicht, was wir uns vorgenommen hatten. Trotzdem - nun, es ist einfach ein Kapitelende. Die Papiere sind im Luftfahrtministerium und in Sicherheit. Die Gerechtigkeit hat gesiegt. Im Augenblick können wir nichts tun«.
»Glaubst du, daß uns Gefahr droht?«
»Du nicht?«
Jimmys engelhaftes rosiges Gesicht verdüsterte sich. »Du hast recht. Wenn Bündels phantastische Geschichte wahr ist, dann sind wir erst sicher, wenn wir Nummer sieben haben.«
»Und die andern?«
»Nein - die zählen nicht. Nummer sieben mit seinen eigenwilligen Arbeitsmethoden macht mir Sorge. Weil ich nicht weiß, wo und wer er ist.« Loraine schauderte. »Ich habe Angst. Seit Gerrys Tod ...«
»Es gibt nichts, wovor du Angst haben müßtest! Überlaß nur alles mir! Ich sage dir, Loraine, ich kriege diese Nummer sieben! Und wenn wir ihn erst mal haben - na, dann macht uns der Rest der Bande auch nicht mehr viel zu schaffen, wer immer es auch ist.«
»Wenn du ihn kriegst! Angenommen, er kriegt dich?«
»Unmöglich«, erwiderte Jimmy heiter. »Ich bin viel zu clever. Denke immer gut von dir- das ist meine Devise!«
»Wenn ich mir vorstelle, was letzte Nacht so alles hätte passieren können ...« Loraine zitterte.
»Nun, es ist ja nichts geschehen! Wir sind beide hier, gesund und wohlbehalten - obwohl ich zugeben muß, daß mein Arm ganz schön weh tut.«
»Armer Junge!«
»Für eine gute Sache muß man eben leiden. Und mit meiner Verletzung und meiner reizenden Unterhaltung habe ich Lady Coote vollkommen erobert.«
»Glaubst du, daß das so wichtig ist?«
»Es könnte sich vielleicht als ganz nützlich erweisen.«
»Was hast du vor?«
»Der jugendliche Held verrät seine Pläne niemals«, sagte Jimmy fest. »Sie reifen im verborgenen.«

»Du bist ein Idiot, Jimmy!«
»Ich weiß, ich weiß! Das behaupten alle. Aber ich sage dir, Loraine, unter der Oberfläche tut sich allerhand Gedankenarbeit. Und was ist mit dir? Was hast du vor?«
»Bündel meint, ich solle ein paar Tage mit ihr nach *Chimneys* kommen.«
»Ausgezeichnet. Das klügste, was du tun kannst. Bündel sollte man sowieso im Auge behalten. Man weiß nie, was für verrückte Dinge sie im nächsten Moment tut. Sie ist so erschreckend unberechenbar. Und was das schlimmste ist, sie ist so unerhört erfolgreich! Ich kann dir sagen, Bündel aus Schwierigkeiten rauszuhalten, ist ein Ganztagsjob.«
»Bill sollte sich um sie kümmern«, schlug Loraine vor.
»Bill ist schon anderweitig engagiert.«
»Glaub doch das nicht!«
»Was? Nicht die Gräfin? Aber er ist doch ganz verrückt nach ihr.«
Wieder schüttelte Loraine den Kopf. »Zwischen den beiden spielt sich was ab, das ich nicht ganz verstehe, aber es ist nicht die Gräfin, die Bill interessiert, sondern Bündel. Heute morgen unterhielt ich mich gerade mit Bill, als Mr. Lomax in den Garten marschierte und sich neben Bündel setzte. Er nahm ihre Hand, und Bill ging los wie ... wie eine Rakete!«
»Was für merkwürdige Leute es gibt«, sagte Mr. Thesiger. »Unvorstellbar, daß man seine Gedanken woanders hat, wenn man sich mit dir unterhält. Aber du überraschst mich sehr, Loraine. Ich dachte, unser einfältiger Bill sei mit fliegenden Fahnen in die Arme der schönen Abenteuerin übergelaufen. Bündel glaubt es auch.«
»Möglich. Aber ich sage dir, Jimmy, es stimmt nicht!«
»Was steckt denn dann dahinter?«
»Glaubst du nicht, Bill könnte auf eigene Faust ein bißchen herumschnüffeln?«
»Bill? Er hat nicht Köpfchen genug.«
»Ich bin nicht so sicher. Wenn so ein gradliniger Muskeltyp wie Bill den Gerissenen spielt, glaubt ihm kein Mensch.«
»Und infolgedessen hat er freie Hand und erreicht mehr als andere. Ja, da ist was dran! Trotzdem hätte ich es bei Bill nie vermutet. Er spielt das Schoßhündchen der Gräfin so perfekt! Hier irrst du dich, Loraine! Die Gräfin ist eine außerordentlich schöne Frau - natürlich nicht mein Typ«, fügte er hastig hinzu, »und der alte Bill hatte schon immer ein Herz wie ein Bienenhaus.«
Loraine war nicht überzeugt. Jimmy sah es ihr an.
»Nun«, sagte er, »denk, was du willst! Jedenfalls sind wir uns über die

Sache mehr oder weniger einig. Du fährst mit Bündel nach *Chimneys* und hältst sie um Gottes willen davon ab, noch einmal ihre Nase in diesen *Seven Dials Club zu* stecken. Der Himmel weiß, was passiert, wenn sie es wieder tut.«

Loraine nickte.

»Und jetzt«, sagte Jimmy, »wären ein paar Worte mit Lady Coote ratsam.«

Lady Coote saß auf einer Gartenbank und arbeitete an einer Wollstickerei, die eine unglückliche, weinend über eine Urne gebeugte junge Frau darstellte. Sie rückte sofort zur Seite, um Jimmy Platz zu machen, und Jimmy, ein wohlerzogener junger Mann, bewunderte augenblicklich ihr Werk.

»Es gefällt Ihnen?« rief Lady Coote entzückt. »Meine Tante Selina hat es angefangen, eine Woche bevor sie starb. Leberkrebs, die Arme.«

»Wie scheußlich.«

»Was macht die Schußwunde?«

»Es geht. Ein bißchen lästig, das ist alles.«

»Sie müssen vorsichtig sein«, sagte Lady Coote in warnendem Ton. »Bei so etwas haben schon Blutvergiftungen eingesetzt - da könnten Sie Ihren ganzen Arm einbüßen!«

»Was! Das hoffe ich nicht!«

»Ich warne Sie ja auch nur.«

»Wo wohnen Sie eigentlich im Augenblick?« erkundigte sich Mr. Thesiger. »In der Stadt oder auf dem Land?«

Wenn man bedachte, daß er die Antwort sehr wohl kannte, stellte er die Frage mit bewundernswerter Unschuld.

Lady Coote seufzte tief. »Sir Oswald hat Herzog Altons Haus gemietet. *Letherbury*. Kennen Sie es zufällig?«

»Ja, ziemlich gut sogar. Spitze, nicht wahr?«

»Ach, ich weiß nicht. Ein bißchen groß und düster. Reihenweise Bilder von entsetzlich aussehenden Leuten. Die sogenannten alten Meister finde ich bedrückend. Sie hätten unser kleines Haus in Yorkshire sehen sollen, Mr. Thesiger, als Sir Oswald noch ein gewöhnlicher Mr. Coote war. So eine hübsche Halle und so ein gemütliches Wohnzimmer! Mit einer Kaminecke. Es war weiß gestreift tapeziert, mit einem Fries aus Glyzinien. Ich hatte das Dessin selbst ausgesucht. Satinstreifen, wissen Sie, nicht Moiré. Viel geschmackvoller. Das Eßzimmer lag nach Nordosten, nicht sehr sonnig, aber ich hatte es scharlachrot tapezieren lassen und hängte lustige Jagdstiche auf - ach, es war so schön wie Weihnachten.«

Bei diesen Erinnerungen ließ Lady Coote vor Aufregung mehrere kleine Wollknäuel fallen, die Jimmy beflissen aufhob.

»Danke Ihnen, mein Lieber«, sagte Lady Coote. »Wo waren wir stehengeblieben? Ach ja, bei den Häusern, ich mag gemütliche Häuser. Wo man sich die Einrichtung selbst aussuchen kann.«
»Sicherlich wird Sir Oswald bald ein eigenes Haus kaufen«, vermutete Jimmy. »Dann können Sie es so einrichten, wie Sie wollen.«
Lady Coote schüttelte traurig den Kopf. »Sir Oswald möchte, daß es ein Innenarchitekt macht. Sie können sich vorstellen, was das bedeutet!«
»Oh! Aber man wird Sie zu Rate ziehen!«
»Es wird ein sehr feines Haus werden - ganz antik. Über die Dinge, die ich gemütlich und heimelig finde, rümpfen solche Leute die Nase. Nicht, daß sich Sir Oswald nicht immer zu Hause sehr wohl gefühlt hätte - ich möchte sogar behaupten, daß er insgeheim genauso empfindet wie ich -, aber heute ist das Beste gerade gut genug für ihn. Er hat es phantastisch weit gebracht und möchte es natürlich auch zeigen. Aber wie oft habe ich mich schon gefragt, wohin das noch führen soll.«
Jimmy sah sie mitfühlend an.
»Es ist dasselbe wie mit einem scheugewordenen Gaul«, fuhr Lady Coote fort. »Sir Oswald rennt weiter und weiter, bis er eines Tages nicht mehr bremsen kann. Er gehört zu den reichsten Männern Englands - aber ist er damit zufrieden? Nein, er will noch mehr! Er möchte - ach, ich weiß nicht, was er noch sein möchte. Ich sage Ihnen, manchmal erschreckt mich das richtig.«
»Wie dieser Bursche aus Persien«, sagte Jimmy, »der immer noch mehr Welten erobern wollte.«
Lady Coote nickte zustimmend, ohne zu wissen, von wem er sprach.
»Und wird sein Magen die Strapazen aushalten?« fuhr Lady Coote mit Tränen in den Augen fort. »Er - ein Invalide - bei seinen Plänen - oh, ich kann es nicht ertragen, daran auch nur zu denken!«
»Aber er sieht doch sehr gesund aus«, meinte Jimmy tröstend.
»Ihn beschäftigt etwas«, sagte Lady Coote. »Er ist über irgend etwas beunruhigt!«
»Worüber denn?«
»Das weiß ich nicht. Vielleicht hat es mit der Firma zu tun. Ein Segen, daß er Mr. Bateman hat. So ein gewissenhafter junger Mann - und so verantwortungsbewußt.«
»Unglaublich verantwortungsbewußt.«
»Sir Oswald gibt viel auf sein Urteil. Er sagt, daß Mr. Bateman immer recht hat.«
»Das war schon vor Jahren eine seiner miesesten Eigenschaften«, bemerkte Jimmy grimmig.
Lady Coote wirkte etwas verwirrt.

»Es war ein so herrliches Wochenende, das wir letzthin bei Ihnen in *Chimneys* verbringen durften«, schwärmte Jimmy. »Ich meine, es wäre herrlich gewesen, wenn der arme Gerry nicht seinen Geist aufgegeben hätte. Wirklich reizende Mädchen.«
»Ich finde Mädchen heute sehr überraschend«, meinte Lady Coote. »Nicht mehr romantisch, wissen Sie. Ich habe noch mit meinen eigenen Haaren ein Taschentuch umhäkelt, als ich mich mit Sir Oswald verlobte.«
»Tatsächlich? Wie schön! Aber ich fürchte, jetzt haben die Mädchen zu kurze Haare.«
»Das stimmt. Doch es äußert sich auch in anderen Dingen. Ich erinnere mich an meine Mädchenzeit, als eines Tages einer meiner ... nun ... Verehrer einmal eine Handvoll Kies aufhob und eine Freundin bemerkte, daß er dies bestimmt nur tue, weil ich darübergegangen sei. So eine nette Idee, dachte ich. Obwohl es sich hinterher herausstellte, daß er an einer technischen Hochschule Mineralogie - oder heißt es Geologie? - studierte. Ich fand den Einfall hübsch - wie einem Mädchen das Taschentuch stehlen und aufbewahren und ähnliches.«
»Peinlich, wenn sich das Mädchen die Nase putzen will«, antwortete der praktisch denkende Mr. Thesiger.
Lady Coote legte ihre Handarbeit nieder und sah ihn fragend, doch freundlich an. »Gestehen Sie schon, gibt es in Ihrem Leben kein nettes Mädchen, das Sie verehren? Für die Sie gern arbeiten und der Sie gern ein Heim bieten würden?«
Jimmy errötete und murmelte etwas Unverständliches.
»Ich dachte, Sie seien in *Chimneys* mit Vera Daventry ganz gut zurechtgekommen.«
»Mit Socks?«
»So wird sie genannt. Obwohl ich nicht begreife, warum. Es ist nicht hübsch.«
»Sie ist Spitzenklasse. Ich würde sie gern wiedersehen.«
»Nächstes Wochenende besucht sie uns.«
»Ja, wirklich?« Jimmy bemühte sich, möglichst viel Sehnsucht in seine Stimme zu legen.
»Würden Sie ... würden Sie auch gern kommen?«
»Sehr gern«, antwortete Jimmy herzlich. »Vielen Dank, Lady Coote.«
Und mit wiederholten herzlichen Dankesbezeugungen verabschiedete er sich.
Sofort tauchte Sir Oswald an der Seite seiner Frau auf. »Womit hat dich dieser Grünschnabel denn gelangweilt?« fragte er. »Ich kann den Kerl nicht ausstehen.«

»Er ist ein netter Junge«, verteidigte ihn Lady Coote. »Und so tapfer. Bedenke nur, wie er letzte Nacht verletzt wurde!«
»Ja, weil er seine Nase in Dinge steckt, die ihn nichts angehen.«
»Du bist sehr unfair, Oswald!«
»Hat noch nie einen Tag in seinem Leben anständig gearbeitet. Ein Taugenichts. Der würde es nie zu was bringen, wenn er von unten anfangen müßte.«
»Du mußt dir heute nacht nasse Füße geholt haben. Hoffentlich kriegst du keine Lungenentzündung. Kürzlich ist Freddie Richards daran gestorben. Mein Gott, Oswald, mir jagt es jetzt noch einen Schauer über den Rücken, wenn ich daran denke, daß du im Garten warst, während ein Einbrecher dort frei herumlief. Er hätte dich erschießen können. Übrigens habe ich Mr. Thesiger fürs nächste Wochenende eingeladen.«
»Der junge Mann kommt mir nicht über die Schwelle, verstanden, Maria?«
»Warum?«
»Das ist meine Sache.«
»Tut mir leid, Liebling«, antwortete Lady Coote munter. »Ich habe ihn bereits eingeladen, das kann man nicht mehr rückgängig machen. Würdest du bitte das rosa Wollknäuel aufheben?«
Mit zornrotem Gesicht kam Sir Oswald der Bitte nach. Er sah seine Frau an und zögerte. Lady Coote fädelte friedlich den Faden wieder ein.
»Gerade am nächsten Wochenende möchte ich Thesiger nicht treffen«, sagte er schließlich. »Ich habe von Bateman einiges über ihn gehört. Er war mit ihm zusammen in der Schule.«
»Was erzählte Mr. Bateman denn?«
»Nichts Gutes. Er hat mich sogar ausdrücklich vor ihm gewarnt.«
»Ach tatsächlich?« rief Lady Coote nachdenklich.
»Vor Batemans Urteil hege ich den größten Respekt. Ich kann mich nicht erinnern, daß er sich je irrte.«
»Mein Gott, was habe ich da bloß angestellt! Natürlich würde ich ihn niemals eingeladen haben, wenn ich das geahnt hätte. Warum hast du es mir nicht früher gesagt, Oswald? Jetzt ist es zu spät.«
Sie begann, sorgfältig ihre Handarbeit zusammenzulegen. Sir Oswald beobachtete sie dabei, wollte etwas sagen und zuckte mit den Schultern. Er folgte ihr ins Haus. Mit einem leichten Lächeln auf den Lippen ging Lady Coote voraus. Sie liebte ihren Mann, aber sie liebte es auch - auf eine stille, unauffällige, ganz weibliche Weise - ihren Willen durchzusetzen.

26

»Deine Freundin ist ein reizendes Mädchen, Bündel«, sagte Lord Caterham.

Schon seit fast einer Woche war Loraine in *Chimneys*. Die hohe Meinung ihres Gastgebers war hauptsächlich entstanden, weil sie sich mit charmanter Bereitwilligkeit in der Wissenschaft der kürzeren Golfschläge unterweisen ließ.

Nach dem langweiligen Winter auf dem Festland hatte Lord Caterham angefangen, Golf zu spielen. Er war ein unmöglicher Spieler und liebte diesen Sport daher um so enthusiastischer. Die meisten Vormittage verbrachte er damit, mit dem Mashie zu üben und den Ball über Büsche und Sträucher zu schlagen - oder es zumindest zu versuchen, wobei er riesige Löcher in den samtigen Rasen hackte und damit MacDonald zur Verzweiflung brachte.

»Wir müssen einen kleinen Platz anlegen«, sagte Lord Caterham zu einem Gänseblümchen. »Einen hübschen kleinen Platz. Aufgepaßt, Bündel. Das rechte Knie gebeugt, langsam ausholen, den Kopf ruhig halten und dann los, aus dem Handgelenk.«

Der Ball sauste über den Rasen und verschwand in den Tiefen eines Rhododendrongebüschs.

»Merkwürdig«, meinte Lord Caterham, »was habe ich denn falsch gemacht? Also, wie gesagt, Bündel, deine Freundin ist ein reizendes Mädchen. Ich glaube wirklich, daß ich ihr Interesse für Golf geweckt habe. Heute hat sie ein paar prächtige Schläge gemacht - wirklich, ich könnte es fast nicht besserl«

Wieder holte Lord Caterham sorglos aus und riß mit seinem Schläger ein großes Stück Rasen los. MacDonald, der gerade vorbeikam, stampfte es wieder fest. Der Blick, mit dem er Lord Caterham bedachte, hätte jeden, außer einem passionierten Golfspieler, in die Erde versinken lassen.

»Wenn MacDonald die Cootes wirklich zu streng behandelt hat, was ich nicht bezweifle«, meinte Bündel, »wird er jetzt dafür bestraft.«

»Warum kann ich auf meinem eigenen Grund und Boden nicht tun, was ich will? MacDonald sollte sich lieber für die Fortschritte, die meine Spielweise macht, interessieren - die Schotten sind eine große Golfspielernationl«

»Du Ärmster. Aus dir wird nie ein großer Golfspieler, aber so machst du wenigstens keine Dummheiten.«

»Das stimmt nicht. Kürzlich habe ich das sechste Loch mit fünf Schlägen geschafft. Die Profis haben ganz schön gestaunt.«

»Was du nicht sagst.«
»Übrigens, Sir Oswald spielt sehr gut, wirklich. Sehr fair. Kein besonderer Stil - zu steif. Und immer direkt aufs Loch zu. Doch ist es nicht komisch? Selbst beim Golf zeigt sich der Pferdefuß - er schenkt einem nicht den kleinsten Putt. Man muß jedesmal einputten. Also, das mag ich nicht.«
»Offenbar ist er ein Mann, der sichergehen will«, meinte Bündel.
»Aber das ist gegen den Geist des Spiels. Und für die Theorie interessiert er sich auch nicht. Sagt, daß er nur zum Spaß spielt und ihn der Stil nicht schert. Sein Sekretär, dieser Bateman, ist da ganz anders. Den beschäftigt hauptsächlich die Theorie. Als ich mal den Ball nach rechts verschlug, sagte er, daß ich zuviel Schwung in meinen rechten Arm lege. Er entwickelte eine eindrucksvolle Theorie. Beim Golf kommt alles auf den linken Arm an - nur der linke Arm zählt. Er sagt, er spielt auch Tennis linkshändig und Golf mit Standardschlägern, weil das seine Überlegenheit mit dem linken Arm verrät.«
»Und ist er denn wirklich einsame Klasse?«
»Nein«, bekannte Lord Caterham. »Vielleicht war er nicht in Form. Ich finde, da ist schon allerhand dran, an der Theorie. Ah! Hast du den gesehen, Bündel? Direkt über die Rhododendronbüsche. Ein perfekter Schlag. Wenn einem so was doch immer gelänge ... Ja, Tredwell, was ist?«
Tredwell wandte sich an Bündel: »Mr. Thesiger möchte Sie am Telefon sprechen, Mylady.«
Bündel rannte zum Haus, wobei sie laut »Loraine, Loraine!« rief. Gerade als sie den Hörer ergriff, erschien Loraine. »Hallo, sind Sie's, Jimmy?«
»Hallo! Wie geht's?«
»Sehr gut, nur ein bißchen langweilig.«
»Wie geht es Loraine?«
»Auch gut. Sie ist hier. Wollen Sie sie sprechen?«
»Einen Augenblick. Ich muß Ihnen viel erzählen. Als erstes: am Wochenende bin ich bei den Cootes eingeladen. Sagen Sie, Bündel, Sie wissen nicht zufällig, wie man an Dietriche herankommt?«
»Keinen Schimmer. Ist es denn wirklich nötig, daß Sie einen Dietrich zu den Cootes mitnehmen?«
»Ich habe so die Idee, daß ich einen brauchen könnte. Sie kennen keinen Laden, wo man so was kriegt?«
»Was Sie brauchen, ist ein freundlicher Einbrecher, der Sie in diese Künste einweiht.«
»Stimmt, Bündel. Unglücklicherweise kenne ich keinen. Ich dachte, Sie

könnten dieses Problem vielleicht lösen. Ich fürchte, ich muß mich wie gewöhnlich an Stevens halten. Allmählich wird er sich so seine Gedanken über mich machen - erst eine Automatik und jetzt Dietriche. Er wird glauben, ich sei unter die Verbrecher gefallen.«

»Jimmy?« fragte Bündel. »Ja?«

»Hören Sie! Seien Sie vorsichtig, ja? Wenn Sir Oswald entdeckt, daß Sie mit einem Dietrich in seinem Haus herumschnüffeln - der kann ganz schön ekelhaft werden ...«

»Angenehmer junger Mann auf der Anklagebank, was? In Ordnung, ich werde aufpassen. Eigentlich ist es viel mehr Pongo, vor dem ich Angst habe. Wie er auf seinen Plattfüßen herumschleicht! Man hört ihn nie kommen. Und er hatte schon immer eine Begabung, seine Nase in Sachen zu stecken, die ihn nichts angingen. Aber haben Sie Vertrauen zu dem jungen Helden!«

»Ich wünschte, Loraine und ich könnten auch kommen ...«

»Danke. Ich habe schon einen Plan.«

»Ja?«

»Könnten Sie und Loraine morgen vormittag eine nette passende Autopanne in der Nähe von *Letherbury* haben? Es ist nicht sehr weit von Ihnen entfernt, nicht wahr?«

»Vierzig Meilen. Ein Katzensprung.«

»Das dachte ich mir. Aber bringen Sie Loraine nicht um! Ich mag sie sehr gerne. Schön - dann bis morgen gegen halb eins.«

»Damit sie uns zum Mittagessen einladen?«

»Genau. Übrigens, Bündel, gestern traf ich zufällig dieses Mädchen, Socks, und was glauben Sie, hat sie mir erzählt? Terence O'Rourke wird auch kommenl«

»Jimmy, meinen Sie ...«

»Nun ... mißtraue jedem ... Sie wissen schon! Er ist ein wilder Junge, ein Abenteurertyp. Ich würde mich nicht wundern, wenn er einen Geheimbund leitete. Er und die Gräfin könnten unter einer Decke stecken. Letztes Jahr war er in Ungarn.«

»Er könnte die Papiere doch jederzeit stehlen.«

»Eben nicht. Er muß es unter Umständen tun, die ihn nicht verdächtig machen. Über den Efeu zurück ins eigene Bett verschwinden - nun, das wäre doch ganz hübsch. Jetzt zu den Einzelheiten: Nach ein paar höflichen Worten zu Lady Coote müssen Sie und Loraine Pongo und O'Rourke auf Biegen und Brechen bis zum Mittagessen festhalten. Verstehen Sie? Was allerdings für so hübsche Mädchen wie Sie beide nicht schwierig sein dürfte.«

»Sie schmieren uns Honig ums Maul!«

»Eine schlichte Feststellung von Tatsachen.«
»Wie dem auch sei, Ihre Anweisungen sind notiert. Wollen Sie jetzt Loraine sprechen?« Bündel reichte ihr den Hörer und verließ taktvoll das Zimmer.

27

Jimmy Thesiger traf an einem sonnigen Herbstnachmittag in *Letherbury* ein und wurde von Lady Coote sehr herzlich, von Sir Oswald mit eisiger Ablehnung begrüßt.
Da er wußte, daß Lady Cootes wachsames Auge auf ihm ruhte, gab Jimmy sich alle Mühe, Socks Daventry zu gefallen.
O'Rourke war glänzender Laune.
Er wollte sich über die geheimnisvollen Geschehnisse in *Wyvern Abbey* mehr oder weniger ausschweigen oder die offizielle Version erzählen, aber Socks nahm ihn unbarmherzig ins Gebet. In seiner Sorge, zuviel zu verraten, erhielt sein Bericht einen fast romanhaften Charakter. Er schmückte ihn so aus, daß am Schluß niemand wußte, wo die Wahrheit aufhörte und das Märchen begann.
»Vier maskierte Männer mit Revolvern? Stimmt das wirklich?« fragte Socks.
»Ach - jetzt erinnere ich mich, es war etwa ein halbes Dutzend. Sie hielten mich fest und flößten mir was ein. Natürlich dachte ich, es sei Gift und mein letztes Stündlein habe geschlagen.«
»Und was wurde gestohlen, oder was versuchten die Verbrecher zu stehlen?«
»Natürlich die Kronjuwelen von Rußland, die man Mr. Lomax heimlich übergeben hatte, damit er sie bei der Bank von England hinterlege.«
»Was für ein verdammter Lügner Sie sind«, sagte Socks ohne alle Empörung.
»Ich? Ein Lügner? Die Kronjuwelen wurden mit einem Flugzeug herübergeflogen, mein bester Freund war der Pilot. Ein ganz großes Geheimnis, das ich Ihnen erzähle, Socks. Fragen Sie Jimmy Thesiger, wenn Sie mir nicht trauen! Nicht daß ich ihm ein Wort glauben würde!«
»Stimmt es«, fragte Socks weiter, »daß George Lomax ohne sein Gebiß herunterkam? Das würde mich interessieren.«
»Es waren zwei Revolver, häßliche kleine Dinger«, sagte Lady Coote. »Ich habe sie selbst gesehen. Ein Wunder, daß der arme Junge nicht getötet wurde.«
»Ach, ich wurde geboren, um gehängt zu werden!« sagte Jimmy.

»Ich habe erfahren, daß eine russische Gräfin von subtiler Schönheit auch da war«, sagte Socks. »Sie hat Bill im Sturm erobert.«
»Was sie von Budapest erzählte, war zum Teil wirklich entsetzlich«, erinnerte sich Lady Coote. »Ich werde es nie vergessen. Oswald, wir müssen eine Spende schicken!«
Sir Oswald brummte.
»Ich werde ihn erinnern, Lady Coote«, sagte Rupert Bateman.
»Danke Ihnen, Mr. Bateman. Ich finde, man muß so eine Art Dankopfer bringen - ich begreife nicht, wie es Sir Oswald gelang, der Schießerei zu entkommen -, ganz abgesehen davon, daß er an Lungenentzündung hätte sterben können.«
»Sei nicht albern, Maria«, sagte Sir Oswald.
»Ich habe mich schon immer vor Einbrechern gefürchtet«, rief Lady Coote.
»Wenn man bedenkt, daß man einem von Angesicht zu Angesicht gegenübersteht! Wie aufregend!« murmelte Socks.
»Glauben Sie nur das nicht«, antwortete Jimmy. »Es ist verdammt schmerzhaft.« Und er beklopfte leicht seinen rechten Arm.
»Wie geht es denn dem armen Arm?« erkundigte sich Lady Coote.
»Ach, jetzt ganz gut. Aber es war äußerst lästig, alles mit der linken Hand tun zu müssen. Ich war da nie sehr gut.«
»Alle Kinder sollten ambidexter erzogen werden«, warf Sir Oswald ein.
»Oh!« sagte Socks ehrfürchtig. »Wie die Robben.«
»Sie verwechseln das mit Amphibien«, stellte Mr. Bateman fest. »Ambidexter heißt beidhändig.«
»Ach!« rief Socks und sah Sir Oswald respektvoll an. »Und Sie können das?«
»Jawohl. Ich schreibe mit jeder Hand.«
»Aber nicht mit beiden auf einmal?«
»Das wäre nicht praktisch«, erwiderte Sir Oswald kurz.
»Nein«, meinte Socks nachdenklich, »ich glaube, das wäre ein bißchen zu subtil.«
»Für die Ministerien wäre das eine große Sache«, meinte O'Rourke, »wenn die rechte Hand nicht erführe, was die linke tut.«
»Sind Sie mit beiden Händen gleich gut?«
»Nein, absolut nicht. Ich bin der größte Rechtshänder der Geschichte.«
»Aber Sie geben die Karten mit der linken«, bemerkte der aufmerksame Bateman. »Das fiel mir neulich auf.«
»Das ist etwas ganz anderes«, meinte O'Rourke leichthin.
Ein feierlicher dunkel tönender Gong erklang, und alle gingen nach oben, um sich zum Essen umzuziehen.

Später spielten Sir Oswald und Lady Coote, Mr. Bateman und Mr. O'Rourke Bridge, und Jimmy flirtete mit Socks. Die letzten Worte, die Jimmy hörte, als er nach oben ging, um sich schlafen zu legen, stammten von Sir Oswald.

»Du wirst nie eine ordentliche Bridgespielerin, Maria!« sagte er zu einer Frau.

»Ich weiß, Liebling. Das sagst du immer. Du schuldest Mr. O'Rourke noch ein Pfund, ich hab's nachgerechnet!«

Etwa zwei Stunden später schlich Jimmy geräuschlos - wie er hoffte - die Treppe hinunter. Er blickte kurz ins Eßzimmer und ging dann zu Sir Oswalds Arbeitszimmer. Nachdem er ein oder zwei Minuten gelauscht hatte, machte er sich an die Arbeit. Die meisten Schreibtischschubladen waren verschlossen, aber ein seltsam geformtes Stück Draht in Jimmys Hand schuf Abhilfe. Eine nach der anderen gaben sie nach.

Methodisch durchsuchte er jede einzelne und achtete dabei darauf, daß er alles wieder an den richtigen Platz zurücklegte. Ein paarmal hielt er inne und lauschte, weil er dachte, ein fernes Geräusch gehört zu haben. Aber er blieb ungestört.

Er war mit der letzten Schublade fertig. Jimmy wußte jetzt oder hätte sie wissen können, wenn er aufmerksam gewesen wäre - viele interessante Details über Stahl. Doch er hatte nicht gefunden, was er suchte - einen Hinweis auf Herrn Eberhards Erfindung oder irgend etwas, das ihm die Identität des geheimnisvollen Nummer sieben verriet. Es war nur eine Gelegenheit gewesen - und Jimmy hatte sie genutzt -, aber er hatte keine großen Hoffnungen gehegt, sondern nur auf den Zufall gebaut. Er rüttelte an den Schubladen, um sich zu vergewissern, daß er sie ordentlich abgeschlossen hatte, denn er kannte Rupert Batemans unglaubliche Beobachtungsgabe. Er sah sich noch einmal im Raum um, ob er auch keine verdächtigen Spuren hinterlassen hatte.

Er verließ das Arbeitszimmer und schloß die Tür hinter sich. Einen Augenblick lang bildete er sich ein, ganz nahe ein Geräusch gehört zu haben, aber es war offensichtlich ein Irrtum. Leise tastete er sich durch die Halle. Durch die hohen Fenster drang gerade so viel Licht, daß er nicht stolperte.

Wieder hörte er ein schwaches Geräusch. Kein Zweifel, er war nicht allein. Sein Herz schlug plötzlich sehr schnell. Mit einem Satz war er beim Schalter und machte Licht. Bei der plötzlichen Helligkeit mußte er blinzeln - trotzdem sah er genug. Keine paar Schritte entfernt stand Rupert Bateman.

»Mein Gott, Pongo!« rief Jimmy. »Hast du mich erschreckt! So in der Dunkelheit herumzuschleichen!«

»Ich habe ein Geräusch gehört«, erklärte Mr. Bateman ernst.
»Ich glaubte, es seien Einbrecher, und kam herunter.«
Versonnen betrachtete Jimmy Batemans Gummisohlen. »Du denkst auch an alles, Pongo. Sogar an eine Waffe.« Sein Blick schweifte zu Pongos ausgebeulter Tasche. »Immer gut, wenn man bewaffnet ist.«
»Bin ich froh, daß du nicht geschossen hast. Ich habe es nämlich satt, angeschossen zu werden.«
»Das hätte leicht passieren können.«
»Es wäre total gegen das Gesetz gewesen. Man hat sich genau davon zu überzeugen, daß tatsächlich Einbrecher am Werke sind, bevor man auf jemanden schießt. Nur keine vorschnellen Schlüsse ziehen! Sonst müßtest du erklären, wieso du einen Gast bei einem harmlosen Unternehmen niedergeschossen hast.«
»Übrigens, weswegen bist du heruntergekommen?«
»Ich hatte Hunger. Ich wollte einen Keks essen.«
»Neben deinem Bett steht eine volle Keksdose.«
»Genau hier hat das Personal versagt, alter Junge. Es steht zwar eine Büchse da, mit einem Etikett ›Keks für verhungernde Gäste‹, aber wenn ein verhungernder Gast sie öffnet, ist nichts drin. Deswegen war ich unterwegs zum Eßzimmer.« Und mit einem freundlichen treuherzigen Lächeln zog Jimmy eine Handvoll Kekse aus der Tasche seines Morgenrocks. Es entstand eine kleine Pause. »Und jetzt gehe ich wohl lieber wieder zu Bett«, meinte Jimmy. »Gute Nacht, Pongo!«
Mit gespielter Gleichgültigkeit lief er die Treppe hinauf, Bateman folgte ihm. An seiner Zimmertür blieb Jimmy stehen, um noch einmal gute Nacht zu wünschen.
»Wirklich eine sehr merkwürdige Sache mit diesen Keksen«, meinte Mr. Bateman. »Würde es dir etwas ausmachen, wenn ich ...«
»Aber bitte, Pongo, überzeug dich selbst!«
Mr. Bateman wanderte durch das Zimmer, öffnete die Keksdose und starrte hinein. Die Dose war leer. »Sehr nachlässig! Gute Nacht.« Er zog sich zurück.
Jimmy setzte sich auf den Bettrand und lauschte einen Augenblick. Das ist gerade noch mal gutgegangen, dachte er. Mißtrauischer Kerl, dieser Pongo. Scheint nie zu schlafen! Häßliche Angewohnheit, mit einer Waffe rumzuschleichen. Er stand auf und zog eine Schublade seines Toilettentisches heraus. Unter einem Stoß Krawatten lag ein Häufchen Kekse. Da hilft nichts, überlegte er, diese verdammten Dinger muß ich aufessen. Ich wette, daß Pongo morgen früh mein Zimmer durchsucht. Seufzend setzte er sich zu einer Keksmahlzeit nieder, auf die er auch nicht den geringsten Appetit hatte.

28

Genau zur verabredeten Zeit um zwölf Uhr traten Bündel und Loraine durch das Parktor. Den Hispano hatten sie in einer Werkstatt in der Nähe stehen gelassen.

Lady Coote begrüßte die beiden Mädchen überrascht und mit sichtlichem Vergnügen. Sie lud sie zum Mittagessen ein.

O'Rourke, der sich in einen riesigen Lehnstuhl zurückgezogen hatte, begann sofort, sich lebhaft mit Loraine zu unterhalten, die nur mit halbem Ohr Bündels hochtechnischen Erklärungen über die Autopanne lauschte.

»Und was für ein Glück«, endete Bündel, »daß das Miststück ausgerechnet hier seinen Geist aufgab! Das letztemal passierte es mir an einem Sonntag in einem kleinen Kaff namens Little Speddlington under the Hill. Es sah genauso aus, wie der Name klingt.«

»Würde gut in einen Film passen«, warf O'Rourke ein.

»Als Geburtsort eines einfachen Mädchens vom Lande«, schlug Socks vor.

»Ich möchte wissen«, sagte Lady Coote, »wo Mr. Thesiger steckt.«

»Ich glaube, im Billardzimmer«, meinte Socks. »Ich werde ihn holen.«

Sie verschwand.

Kaum war sie gegangen, als Rupert Bateman mit der üblichen gequälten und ernsten Miene die Szene betrat.

»Ja, Lady Coote? Thesiger sagte, daß Sie nach mir gefragt haben. Guten Tag, Lady Eileen ...« Er begrüßte die beiden Mädchen.

Loraine riß das Gespräch an sich. »Ach, Mr. Bateman! Ich wollte Sie schon lange etwas fragen. Waren nicht Sie es, der für wunde Hundepfoten einen Rat wußte?«

Der Sekretär schüttelte den Kopf. »Das muß jemand anders gewesen sein, Miss Wade. Obwohl ich zufällig ...«

»Was für ein wundervoller Mann Sie sind«, unterbrach ihn Loraine. »Sie sind aber auch über alles informiert!«

»Man muß mit dem Wissen der Zeit Schritt halten«, erwiderte Mr. Bateman würdevoll. »Jetzt zu Ihren Hundepfoten ...«

Halblaut murmelte O'Rourke Bündel zu: »Er erinnert mich an die Leute, die so kleine wöchentliche Zeitungskolumnen schreiben, wie zum Beispiel: ›Es ist nicht allgemein bekannt, wie man einen Messingtürknopf glänzend erhält‹ oder ›Der Mistkäfer ist eines der interessantesten Tiere unter den Insekten‹ oder ›Die Heiratsbräuche bei den Hochlandindianern‹ und so weiter.«

»Allgemeine Informationen nennt man das.«

»Nichts ist entsetzlicher als diese beiden Worte!« sagte O'Rourke und fügte hinzu: »Gott sei Dank bin ich ein gebildeter Mann und habe von solchen Sachen keine Ahnung!«
»Oh, Sie besitzen ja eine ›Golfuhr‹ zum Üben«, sagte Bündel zu Lady Coote.
»Wollen wir eine Runde spielen, Lady Eileen?« schlug O'Rourke vor.
»Gegen die beiden anderen!« meinte Bündel. »Loraine, Mr. O'Rourke und ich möchten gern mit Ihnen und Mr. Bateman Golf spielen.«
»Spielen Sie ruhig«, sagte Lady Coote. »Ich bin sicher, daß Sir Oswald Sie jetzt nicht braucht, Bateman.«
Die vier marschierten über den Rasen.
»Geschickt gemanagt, nicht wahr?« wisperte Bündel Loraine zu. »Ich gratuliere uns zu unserer weiblichen Schläue.«
Kurz vor eins hatten sie ihre Runde beendet, Loraine und Mr. Bateman waren Sieger.
»Aber Sie werden zugeben, Partner«, meinte Mr. O'Rourke, »daß wir sportlicher gespielt haben.« Er blieb mit Bündel etwas hinter den anderen zurück.
»Der alte Pongo ist ein vorsichtiger Hund - riskiert nichts. Ich setze immer alles auf eine Karte. Das ist ein gutes Motto, nicht wahr, Lady Eileen?«
»Hat es Sie nicht schon mal in Schwierigkeiten gebracht?« fragte Bündel lachend.
»Natürlich! Tausendmal. Aber ich mache trotzdem weiter. Da wäre schon die Schlinge des Henkers nötig, um Terence O'Rourke zu erledigen.«
In diesem Augenblick schlenderte Jimmy Thesiger um die Ecke.
»Ja, Bündel, wie reizend!« rief er.
»Sie haben ein schönes Spiel verpaßt«, sagte Mr. O'Rourke.
»Ich war spazieren«, erklärte Jimmy. »Wie sind die Mädchen denn hergekommen?«
»Zu Fuß«, antwortete Bündel. »Der Hispano hat uns im Stich gelassen.« Sie erzählte ihm die Einzelheiten.
Jimmy hörte aufmerksam zu. »So ein Pech«, erklärte er laut. »Wenn es länger dauert, fahre ich Sie nach dem Essen mit meinem Wagen nach Hause!«
Ein Gong ertönte, und alle gingen ins Haus. Bündel beobachtete Jimmy. Sie bildete sich ein, aus seiner Stimme eine ungewöhnliche Erregtheit herausgehört zu haben. Sie hatte das Gefühl, daß Jimmys Plan geklappt hatte.
Nach dem Essen verabschiedeten sie sich höflich von Lady Coote, und

Jimmy wiederholte sein Angebot, sie zur Werkstatt zu fahren. Als sie im Wagen saßen, sagten beide Mädchen wie aus einem Mund: »Nun?«
»Was gibt's denn?«
»Haben wir es nicht fein gemacht? Ich meine, wie wir O'Rourke und Bateman in ein Spiel verwickelten?«
»Wie ihr Pongo verarztet habt - dazu gratuliere ich euch! O'Rourke ist vermutlich ein friedlicher Mensch - aber Pongo ist aus anderem Holz geschnitzt. Auf ihn trifft nur ein Wort zu - letzte Woche stand es im Kreuzworträtsel der *Sunday Newsbag*. Ein Wort mit neun Buchstaben: ubiquitär! Das ist Pongo haargenau! Man kann nirgends hingehen, ohne ihm in die Arme zu laufen - und was das Schlimmste ist, man hört ihn nie kommen!«
»Ist er gefährlich?«
»Gefährlich? Selbstverständlich nicht. Der gute Pongo und gefährlich! Er ist ein Esel. Aber eben ein allgegenwärtiger Esel. Nicht einmal Schlaf scheint er zu brauchen wie andere Sterbliche. Kurz und gut, der Kerl ist verdammt lästig.« Und mit etwas bekümmerter Miene beschrieb er, was letzte Nacht geschehen war.
Bündel hatte kein Mitleid. »Ich verstehe sowieso nicht, was Sie sich dabei gedacht haben, da einfach rumzuschnüffeln.«
»Nummer sieben«, erklärte Jimmy knapp. »Hinter dem bin ich her. Nummer sieben.«
»Und Sie bilden sich ein, ihn in diesem Haus zu finden?«
»Ich hoffte, daß ich einen Hinweis entdeckte.«
»Und?«
»Heute nacht nicht.«
»Aber heute früh«, mischte sich Loraine ein. »Heute vormittag ist was passiert, nicht wahr, Jimmy? Ich sehe es am Gesicht!«
»Ich weiß nicht recht, ob es etwas zu bedeuten hat. Aber bei einem Spaziergang ...«
»Nicht weit vom Haus entfernt?«
»Seltsamerweise nicht. Einen internen Rundgang - so könnte man es genauer bezeichnen. Wie gesagt, ich weiß nicht, ob was dran ist. Ich fand dies hier!«
Mit der Fixigkeit eines Zauberers zog er eine kleine Flasche aus der Jackentasche und warf sie den Mädchen zu. Sie war halb mit weißem Puder gefüllt.
»Was halten Sie davon?« fragte Bündel.
»Weißes kristallinisches Pulver«, antwortete Jimmy. »Lesern von Kriminalromanen ist es bekannt. Wenn sich herausstellt, daß es nur Zahnpulver ist, werde ich natürlich betrübt und ärgerlich sein.«

»Wo haben Sie es gefunden?« fragte Bündel scharf.
»Das ist mein kleines Geheimnis!«
Und von dem Augenblick an half kein Bitten und kein Betteln mehr. Jimmy blieb verschlossen wie eine Auster.
»Da ist ja die Werkstatt«, sagte er kurz darauf. »Hoffentlich hat man den feurigen Hispano würdig behandelt.«
Der Gentleman von der Garage überreichte eine Rechnung über fünf Shilling und erzählte etwas von losen Schrauben. Bündel bezahlte mit einem süßen Lächeln.
»Hübsch zu wissen, daß man manchmal Geld verdienen kann, ohne etwas dafür zu tun«, flüsterte sie Jimmy zu.
Sie standen noch einen Augenblick unschlüssig auf der Straße und überlegten.
»Jetzt hab' ich's«, rief Bündel plötzlich. »Was?«
»Mir ist wieder eingefallen, was ich Sie fragen wollte: Erinnern Sie sich an den Handschuh, den Superintendent Battle fand? Er war halb verkohlt!«
»Ja.«
»Sagten Sie nicht, daß er ihn Ihnen anprobiert hat?«
»Ja - er war mir ein bißchen zu groß, was zu der Vermutung paßt, daß der Täter ein großer, kräftiger Mann war.«
»Das interessiert mich im Augenblick nicht. Die Größe ist egal. George Lomax und Sir Oswald waren dabei, nicht wahr?«
»Ja.«
»Er hätte ihn ihnen auch geben können?«
»Ja, natürlich ...«
»Aber er tat es nicht. Er wählte Sie, Jimmy. Begreifen Sie nicht, was dies bedeutet?«
Mr. Thesiger starrte sie an. »Tut mir leid, Bündel. Ich habe nicht die leiseste Ahnung!«
»Und Sie, Loraine?«
Loraine sah Bündel neugierig an, schüttelte aber den Kopf. »Bedeutet es etwas Besonderes?«
»Natürlich! Begreift ihr denn nicht! Jimmy hatte seinen rechten Arm in der Schlinge!«
»Mein Gott, Bündel«, sagte Jimmy langsam. »Ziemlich seltsam, wenn ich es richtig bedenke. Es war ein linker Handschuh! Battle hat keinen Ton gesagt.«
»Er wollte nicht, daß es auffiel. Er ließ Sie ihn anziehen, damit dieser Punkt unbemerkt blieb. Er redete nur von der Größe, um abzulenken. Aber jetzt ist klar, daß der Schütze die Pistole in der *linken* Hand hielt.«

»Wir müssen also nach einem Linkshänder Ausschau halten«, sagte Loraine nachdenklich.
»Ja. Und ich erzähle euch noch was! Deshalb kramte Battle in dem Wandschrank.
Er suchte nach einem Schläger für Linkshänder!«
»Mein Gott«, rief Jimmy plötzlich. »Was ist?«
»Vielleicht steckt nichts dahinter, aber das Gespräch war merkwürdig.« Er wiederholte die Unterhaltung beim Tee am Tag vorher.
»Sir Oswald ist also Beidhänder?« fragte Bündel.
»Ja. Nun erinnere ich mich auch, daß ich an jenem Abend in *Chimneys* - die Nacht, in der Gerry starb - beim Bridge zusah und noch dachte, wie ungeschickt da jemand die Karten gab.
Dann merkte ich erst, daß er sie mit der linken Hand austeilte. Ich glaube, es war Sir Oswald.«
Sie sahen sich an. Loraine schüttelte den Kopf. »Ein Mann wie Sir Oswald Coote! Unmöglich. Was hätte er davon?«
»Es scheint absurd«, meinte Jimmy »trotzdem ...«
»Nummer sieben hat eben seine eigene Arbeitsmethode«, bemerkte Bündel. »Vielleicht ist dies die wahre Art und Weise, wie Sir Oswald sein Geld erworben hat?«
»Aber wozu diese Komödie in *Wyvern Abbey* inszenieren, wenn die Pläne in seinem eigenen Werk waren?«
»Dafür kann es einen Haufen Erklärungen geben«, meinte Loraine. »Zum Beispiel die Gründe, die auch auf O'Rourke passen. Der Verdacht mußte von ihm abgelenkt und in andere Kanäle geleitet werden.«
Bündel nickte eifrig.
»Es paßt haarscharf! Der Verdacht sollte auf Bauer und die Gräfin fallen. Wer in aller Welt würde Sir Oswald auch nur im Traum verdächtigen?«
»Wie wär's mit Battle?« fragte Jimmy langsam.
Ein Gedanke schoß Bündel durch den Kopf. Battle hatte dem Millionär ein Efeublatt von der Jacke gezupft. Hatte er ihn schon die ganze Zeit über verdächtigt?

29

»Mr. Lomax ist da, Mylord!«
Lord Caterham zuckte heftig zusammen. Er war so in die knifflige Frage vertieft, wie er sein linkes Handgelenk einsetzen sollte, daß er die Schritte auf dem Rasen nicht gehört hatte. Eher traurig als ärgerlich sah

er seinen Butler an. »Ich erklärte Ihnen bereits beim Frühstück, Tredwell, daß ich heute vormittag besonders beschäftigt sei.«
»Ja, Mylord, aber ...«
»Sagen Sie Mr. Lomax, daß Sie sich geirrt haben, daß ich im Dorf bin, daß ich einen Gichtanfall habe oder - wenn alles nichts nützt - daß ich gestorben sei.«
»Mr. Lomax hat Ihre Lordschaft bereits gesehen, als er die Auffahrt entlangsteuerte.«
Lord Caterham seufzte tief. »Na, schön. Ich komme.«
Für Lord Caterham war typisch, daß er sich stets dann besonders herzlich benahm, wenn er in Wahrheit genau das Gegenteil empfand. So begrüßte er George Lomax jetzt mit überschwenglicher Freundlichkeit.
»Mein lieber Freund, mein lieber Freund. Wie nett, Sie zu sehen, wirklich reizend. Bitte, nehmen Sie Platz. Einen Drink? Was für eine Überraschung!«
Er komplimentierte Lomax in einen großen Lehnstuhl, setzte sich ihm gegenüber und zwinkerte nervös.
»Ich wollte Sie aus einem bestimmten Grund sprechen«, begann Lomax.
»Oh!« meinte Lord Caterham schwach, und sein Mut sank, während er hastig all die entsetzlichen Möglichkeiten überlegte, die hinter diesem einfachen Satz stecken konnten.
»Aus einem sehr bestimmten Grund«, erklärte George mit Nachdruck.
Lord Caterhams Mut sank noch tiefer. Er ahnte, daß etwas viel Entsetzlicheres kommen würde, als er es sich je vorstellen könnte.
»Ja?« fragte er in dem kühnen Versuch, gleichgültig zu wirken.
»Ist Eileen zu Hause?«
Lord Caterham war erleichtert und etwas überrascht. »Ja, ja«, antwortete er. »Bündel ist da. Hat eine Freundin mitgebracht, die kleine Wade. Nettes Mädchen - sehr nettes Mädchen. Wird mal gut Golf spielen. Hübscher, leichter Schlag ...«
Er plauderte munter drauflos, bis George ihn grob unterbrach: »Es freut mich, daß Eileen zu Hause ist. Könnte ich sie wohl jetzt gleich sprechen?«
»Selbstverständlich, mein lieber Freund, selbstverständlich.« Lord Caterham war immer noch überrascht und schwelgte im Gefühl der Erleichterung.
»Wenn Sie's nicht langweilt.«
»Nichts könnte mich weniger langweilen. Offenbar haben Sie, Caterham, wenn ich so sagen darf, noch gar nicht bemerkt, daß Bündel erwachsen ist. Sie ist kein Kind mehr, sondern eine Frau, eine, wenn ich so sagen darf, ausgesprochen charmante und kluge Frau. Der Mann,

dem es gelingt, ihre Liebe zu erringen, darf sich äußerst glücklich schätzen. Ich wiederhole - äußerst glücklich.«
»Ach, was Sie nicht sagen. Aber sie ist sehr ruhelos, wissen Sie. Sie kann keine zwei Minuten an einem Fleck bleiben. Obwohl das den jungen Männern heutzutage nichts auszumachen scheint.«
»Sie meinen, daß sie nicht einrosten möchte? Eileen hat Köpfchen, Caterham, sie ist ehrgeizig! Sie interessiert sich für die tagespolitischen Ereignisse und geht ihnen mit jugendlichem Elan zu Leibe.«
Entgeistert starrte Lord Caterham ihn an. Ihm kam der Gedanke, daß der heute so oft zitierte »Streß des modernen Lebens« auch vor George Lomax nicht haltgemacht hatte. Seine Beschreibung von Bündel war geradezu absurd.
»Fühlen Sie sich nicht gut?« erkundigte er sich vorsichtig.
Lomax wischte diese Bemerkung ungeduldig beiseite. »Vielleicht haben Sie inzwischen den Grund meines heutigen Besuches erraten, Caterham. Ich bin nicht der Mann, der sich leichtfertig neue Verantwortung auflädt. Ich weiß, was ich meiner Position schuldig bin. Ich habe diese Angelegenheit voll und ganz durchdacht. Eine Heirat, besonders in meinem Alter, kann nicht ohne gründliche Prüfung ... äh ... Prüfung geplant werden. Gleiche Herkunft, gleicher Geschmack, Sympathie im allgemeinen, gleicher Glaube – alle diese Punkte sind wichtig. Ich habe das Für und Wider genau erwogen. Ich kann, so glaube ich, meiner Frau eine gesellschaftliche Stellung bieten, die nicht zu verachten ist. Eileen wird sie glänzend ausfüllen. Durch Geburt und Herkunft ist sie dazu bestimmt, und ihre Klugheit und ihr Verständnis für die aktuelle politische Lage werden meine Karriere zum beiderseitigen Nutzen nur fördern. Ich bin mir bewußt, Caterham, daß ... äh ... ein gewisser Altersunterschied besteht. Aber ich kann versichern, daß ich mich im Vollbesitz meiner Kräfte fühle. Der Mann sollte ohnedies älter sein. Und Eileen ist ein Mädchen mit anspruchsvollem Geschmack, sie wird lieber einen älteren Mann wollen als einen jungen Springinsfeld, der weder Erfahrung noch Savoir-faire besitzt. Ich kann Ihnen versichern, mein lieber Caterham, daß ich ihre köstliche Frische ... äh ... hegen und pflegen werde und zu würdigen weiß. Zu beobachten, wie sich die herrliche Blüte ihres Geistes entfaltet - welch eine Gunst des Schicksals! Und zu denken, daß ich nie bemerkt habe...« Mißbilligend schüttelte er den Kopf.
Lord Caterham, der kaum seine Sprache wiederfand, fragte offen: »Verstehe ich richtig, daß Sie ... mein lieber Freund, Sie wollen Bündel doch nicht etwa heiraten?«
»Sie sind überrascht? Es kommt wohl ziemlich plötzlich. Doch Sie erlauben, daß ich mit ihr spreche?«

»Ja, ja!« antwortete Lord Caterham. »Wenn Sie bloß die Erlaubnis haben wollen - die können Sie haben. Aber, Lomax, wenn ich Sie wäre, ich tät's nicht! Seien Sie vernünftig! Gehen Sie nach Hause und überlegen Sie sich's noch mal. Zählen Sie bis hundert oder so was. Es ist immer ein Jammer, wenn man einen Heiratsantrag unternimmt und sich zum Narren macht.«

»Sie meinen es sicher gut mit Ihrem Rat, Caterham, obwohl ich zugeben muß, daß ich ihn etwas merkwürdig finde. Doch ich habe mich entschlossen, mein Glück zu probieren. Kann ich Eileen sprechen?«

»Bitte, das hat mit mir nichts zu tun«, sagte Lord Caterham hastig. »Eileen ist völlig selbständig. Wenn sie morgen zu mir käme und erklärte, sie wolle den Chauffeur heiraten, würde ich keine Einwände erheben. Das ist heute die einzige Lösung. Kinder können einem das Leben verdammt sauer machen, wenn man nicht nachgibt. Ich sage immer zu ihr: ›Tu, was du willst, aber laß mich in Ruhe.‹ Und ich muß gestehen, daß sie im großen und ganzen erstaunlich gut darin ist.«

George stand entschlossen auf. »Wo kann ich sie finden?«

»Tja, das weiß ich nicht so genau«, sagte Lord Caterham vage. »Überall! Wie ich eben erwähnte, bleibt sie keine zwei Minuten am selben Fleck. Keine Ruhe im Leib.«

»Ich nehme an, daß Miss Wade bei ihr ist? Es wäre wohl das beste, Caterham, wenn Sie läuten und Ihren Butler bitten, sie zu suchen und ihr zu bestellen, daß ich sie ein paar Minuten sprechen möchte.«

Gehorsam drückte Lord Caterham auf die Klingel. »Ach, Tredwell«, sagte er, als dieser erschien, »können Sie bitte Ihre Ladyschaft suchen? Mr. Lomax möchte sie dringend im Wohnzimmer sprechen.«

»Sehr wohl, Mylord.«

Tredwell verschwand. George Lomax ergriff Lord Caterhams Rechte und drückte sie herzlich, sehr zum Unbehagen des Lords.

»Tausend Dank«, sagte er. »Ich hoffe, daß ich Ihnen bald gute Nachricht bringen kann.« Er hastete aus dem Zimmer.

»Na, so was«, murmelte Lord Caterham. »Na, so was!« Und nach einer langen Pause: »Was hat Bündel da bloß angestellt?«

Die Tür öffnete sich wieder. »Mr. Eversleigh, Mylord!«

Als Bill hereingestürzt kam, ergriff Caterham seine Hand und sagte ernst: »Guten Tag, Bill. Sie suchen sicher Lomax? Hören Sie, wenn Sie ein gutes Werk tun wollen, laufen Sie ins Wohnzimmer und sagen Sie ihm, das Kabinett habe eine sofortige Sitzung einberufen, oder gebrauchen Sie irgendeine andere Ausrede, um ihn wegzukriegen. Es ist wirklich nicht fair, daß der arme Kerl sich lächerlich macht, bloß weil ein verrücktes Mädchen ihm einen Streich gespielt hat.«

»Ich bin nicht wegen Codders gekommen«, meinte Bill. »Wußte gar nicht, daß er hier ist. Ich wollte zu Bündel. Ist sie zu Hause?«
»Sie können sie jetzt nicht sprechen«, antwortete Lord Caterham. »Nicht sofort. George Lomax ist bei ihr.«
»Na und? Spielt das eine Rolle?«
»Ich glaube, doch. Er stottert im Augenblick sicher ziemlich herum, und ich finde, wir sollten es ihm nicht noch schwerer machen.«
»Was sagt er denn?«
»Weiß der Himmel! Eine Menge Unsinn vermutlich. Rede nie zuviel, das war schon immer mein Motto. Nimm das Mädchen an der Hand und laß den Dingen ihren Lauf!«
Bill starrte ihn an. »Hören Sie, Sir, ich hab's eilig. Ich muß Bündel sprechen ...«
»Sie werden nicht lange warten müssen! Ich muß gestehen, daß mir Ihr Erscheinen sehr recht ist. Vermutlich will Lomax mich unbedingt sprechen, wenn alles vorbei ist.«
»Wenn was vorbei ist? Was hat Lomax denn vor?«
»Scht«, sagte Lord Caterham, »er macht ihr einen Antrag.«
»Einen Antrag? Wozu denn?«
»Einen Heiratsantrag. Fragen Sie mich nicht, warum. Ich fürchte, er ist, wie man so schön sagt, im gefährlichen Alter. Anders kann ich's mir nicht erklären.«
»Er macht Bündel einen Heiratsantrag? Das Schwein! In seinem Alter!« Bills Gesicht wurde dunkelrot.
»Er sagt, er fühlt sich im Vollbesitz seiner Kräfte«, erklärte Lord Caterham vorsichtig.
»Der? Der ist doch hochgradig senil! Ich ...«
Bill schnappte fast über.
»Absolut nicht!« widersprach Lord Caterham. »Er ist fünf Jahre jünger als ich.«
»So ein Quatsch! Codders und Bündel! Ein Mädchen wie Bündel! Sie hätten es nicht erlauben dürfen!«
»Ich mische mich nie ein«, verteidigte sich Lord Caterham.
»Sie hätten ihm sagen sollen, was Sie von ihm halten!«
»Das verbietet leider der Anstand«, bedauerte Lord Caterham. »In der Steinzeit – ja, da ... aber selbst da hätte ich es vermutlich nicht fertiggebracht - ich bin zu klein.«
»Bündel! Ausgerechnet Bündel! Ich habe nie gewagt, sie zu fragen, ob sie meine Frau werden will, weil ich dachte, sie würde mich nur auslachen. Und George - der widerliche Windhund, der skrupellose, scheinheilige alte Schaumschläger, ein hinterhältiger, eitler Angeber ...«

»Nur weiter«, feuerte Caterham ihn an. »So was genieße ich.«
»Mein Gott!« sagte Bill nur gefühlvoll. »Ich muß weg!«
»Nein, nein, gehen Sie nicht!
Es wäre mir viel lieber, Sie blieben. Außerdem wollten Sie doch Bündel sprechen.«
»Jetzt nicht mehr. Mein Kopf ist völlig leer. Wissen Sie zufällig, wo Jimmy Thesiger steckt? Ich glaube, er war übers Wochenende bei den Cootes. Ist er immer noch dort?«
»Er fuhr doch gestern nach London zurück. Bündel und Loraine waren am Samstag dort. Wenn Sie einen Augenblick warten ...«
Aber Bill schüttelte energisch den Kopf und stürzte aus dem Zimmer. Lord Caterham lief auf Zehenspitzen in die Halle, ergriff einen Hut und stahl sich hastig durch eine Seitentür hinaus. In der Ferne sah er Bill in seinem Auto davonrasen.
Der wird noch einen Unfall bauen, dachte er.
Bill erreichte London jedoch ohne Zwischenfall und parkte auf dem St. James Square.
Dann lief er zu Jimmys Wohnung. Jimmy war zu Hause.
»Tag, Bill! Was ist los? Du siehst nicht so heiter aus wie sonst!«
»Ich mache mir Sorgen«, erklärte Bill. »Ich war sowieso schon nervös, und da passierte noch was und gab mir den Rest!«
»Aha. Worum geht's? Kann ich was für dich tun?«
Bill antwortete nicht, sondern saß nur da und starrte so verwirrt und unglücklich auf den Teppich, daß Jimmys Neugier wach wurde.
»Ist irgend etwas Außergewöhnliches passiert, William?« erkundigte er sich freundlich.
»Etwas verdammt Merkwürdiges. Ich kann mir gar keinen Reim darauf machen.«
»Seven Dials?«
»Ja. Ich habe heute morgen einen Brief bekommen.«
»Einen Brief? Was für einen Brief?«
»Von Ronny Devereux' Testamentsvollstreckern.«
»Mein Gott! Nach so langer Zeit!«
»Anscheinend hat er ein Testament hinterlassen. Im Falle seines plötzlichen Todes sollte mir genau vierzehn Tage später ein bestimmtes versiegeltes Kuvert geschickt werden.«
»Haben sie es dir geschickt?«
»Ja.«
»Hast du es aufgemacht?«
»Ja.«
»Und ... was stand drin?«

Bill sah ihn so merkwürdig und unsicher an, daß Jimmy erschrak.
»Hör mal«, sagte er. »Reiß dich zusammen! Scheint dich ganz schön umgeworfen zu haben. Trink einen Schluck!«
Er schenkte einen steifen Whiskysoda ein und brachte Bill das Glas, der es gehorsam nahm. Auf seinem Gesicht lag noch immer der gleiche betäubte Ausdruck.
»Es geht um den Briefinhalt«, sagte er schließlich. »Ich kann es nicht glauben.«
»Ach, Quatsch! Du mußt dich einfach daran gewöhnen, schon auf nüchternen Magen sechs unmögliche Dinge als wahr zu akzeptieren. Das mache ich regelmäßig. Jetzt will ich alle Einzelheiten hören. Warte einen Augenblick.«
Er ging hinaus. »Stevens!«
»Ja, Sir?«
»Könnten Sie mir bitte Zigaretten holen? Ich habe keine mehr!«
»Sehr wohl, Sir.«
Jimmy wartete, bis er die Haustür ins Schloß fallen hörte, und kehrte ins Wohnzimmer zurück. Bill stellte gerade sein leeres Glas ab. Er sah besser aus, entschlossener und selbstsicherer.
»Also«, ermunterte ihn Jimmy. »Ich habe Stevens weggeschickt, damit uns niemand zuhört.
Wirst du mir jetzt alles erzählen?«
»Es ist einfach zu unglaublich!«
»Dann stimmt's bestimmt. Los, raus mit der Sprache!«
Bill holte tief Luft. »Schön. Ich werde dir alles erzählen.«

30

Loraine, die mit einem kleinen entzückenden Hundejungen spielte, war etwas überrascht, als Bündel zwanzig Minuten später völlig außer Atem und mit einem unbeschreiblichen Ausdruck auf dem Gesicht wiederkam.
»Uff!« stöhnte Bündel und sank in einen Gartenstuhl. »Uff!«
»Was ist los?« fragte Loraine und sah sie neugierig an.
»George - George Lomax.«
»Was hat er getan?«
»Er hat mir einen Heiratsantrag gemacht. Es war entsetzlich! Er spuckte und stotterte, aber er ließ nicht ab - er muß es aus einem Buch auswendig gelernt haben. Oh, wie ich stotternde Männer hasse! Unglücklicherweise wußte ich nicht einmal, was ich antworten sollte!«

»Sie wissen doch immer, was Sie wollen!«
»Natürlich heirate ich keinen blöden Apoplektiker wie George! Ich meine nur, ich wußte die korrekte Antwort aus dem Anstandsbuch nicht. Ich konnte nur sagen: ›Nein, ich will nicht!‹ Dabei hätte ich irgendwas über die Ehre und so weiter, die er mir mit seinem Antrag macht, erwähnen müssen. Aber ich war so verwirrt, daß ich schließlich durch die Terrassentür davonsauste.«
»Aber Bündel, das sieht Ihnen gar nicht ähnlich.«
»Ich wäre auch nie im Traum darauf gekommen, daß mir so was passiert. George - von dem ich immer dachte, daß er mich haßt! Das hat er übrigens auch. Entsetzlich, so tun zu müssen, als interessiere einen das Lieblingsthema eines Mannes. Sie hätten sein Gefasel über meinen mädchenhaften Geist und wie er ihn formen will hören sollen! Wenn George auch nur ein Viertel von dem ahnte, was in meinem Kopf vorgeht, würde er in Ohnmacht fallen!«
Loraine mußte lachen.
»Ich weiß, daß ich schuld bin! Ich habe es mir selber eingebrockt. Dort kriecht ja Vater bei den Rhododendronbüschen herum. Hallo, Vater!«
Mit verlegenem Gesicht kam Lord Caterham näher. »Lomax ist weg, was?« fragte er mit falscher Gelassenheit.
»Da hast du mir was Feines eingebrockt«, meinte Bündel. »George sagte, daß er deine Billigung und Unterstützung habe.«
»Was hätte ich denn tun sollen? Übrigens ließ ich kein derartiges Wort verlauten.«
»Das habe ich auch nicht angenommen. Vermutlich hat George dich so in die Enge getrieben, daß du zum Schluß nur noch schwach nicken konntest.«
»Ziemlich genauso war's. Wie hat er's denn aufgenommen? Schlecht?«
»Ich habe es nicht abgewartet. Ich fürchte, ich war ein bißchen abrupt.«
»Na«, meinte Lord Caterham, »vielleicht ist es so das beste. Gott sei Dank wird Lomax in Zukunft nicht ständig herübergefahren kommen, wie er es sich angewöhnt hat, und mich mit seinen Problemen belästigen. Alles ist immer zu irgend etwas gut, wie man so schön sagt. Übrigens, hast du meinen Jigger gesehen?«
»Ein paar Schläge mit dem Mashie würden meine Nerven bestimmt beruhigen«, meinte Bündel. »Spielen wir um Sixpence, Loraine!«
Die drei verbrachten eine friedliche Stunde auf dem Rasen. Dann kehrten sie ins Haus zurück. Auf dem Tisch in der Halle lag ein Brief.
»Dies hat Mr. Lomax für Sie hinterlassen, Mylord«, erklärte Tredwell. »Er war sehr enttäuscht, daß Sie ausgegangen waren.«
Lord Caterham riß das Kuvert auf, stieß einige Entsetzensschreie aus

und wandte sich dann nach seiner Tochter um. Tredwell hatte sich zurückgezogen.
»Wirklich, Bündel, du hättest ihm reinen Wein einschenken sollen!«
»Was meinst du bloß?«
»Hier, lies!«

Mein lieber Caterham - bedauerlich, daß ich Sie nicht mehr antraf. Ich dachte, ich hätte Ihnen gesagt, daß ich Sie nach meiner Unterredung mit Eileen noch einmal sehen wollte. Eileen, das liebe Kind, hatte offensichtlich keine Ahnung von den Gefühlen, die ich für sie hege. Sie war, fürchte ich, sehr erschreckt. Natürlich möchte ich sie in keiner Weise bedrängen. Ihre mädchenhafte Verwirrung war entzückend, und ich achte sie nur noch mehr wegen ihrer reizenden Zurückhaltung. Ich muß ihr Zeit lassen, sich an den Gedanken zu gewöhnen. Gerade diese Verwirrung verrät mir, daß ich ihr nicht vollkommen gleichgültig bin. An der Erfüllung meines sehnlichsten Wunsches hege ich keinen Zweifel.

Ihr aufrichtiger Freund
George Lomax

»Verdammt!« sagte Bündel. Ihr fehlten die Worte.
»Der Mann muß verrückt sein«, meinte Lord Caterham. »Niemand kann so was über dich schreiben, Bündel, wenn er nicht einen kleinen Dachschaden hat. Aber welche Beharrlichkeit! Jetzt wundert es mich nicht mehr, daß er ins Kabinett gekommen ist. Es geschähe ihm eigentlich recht, wenn du ihn heiratest, Bündel.«
Das Telefon klingelte, Bündel lief zum Apparat und hob ab. Im nächsten Augenblick waren George Lomax und sein Heiratsantrag vergessen. Eifrig nickte sie Loraine zu. Lord Caterham verschwand in sein Arbeitszimmer.
»Es ist Jimmy«, sagte Bündel. »Entsetzlich aufgeregt.«
»Gut, daß ich Sie erwischt habe«, sagte Jimmy. »Wir dürfen keine Zeit verlieren. Ist Loraine da?«
»Ja.«
»Hören Sie, ich habe keine Zeit, es genau zu erklären - am Telefon geht's auch gar nicht! Aber Bill war eben da und hat mir die unglaublichste Geschichte erzählt, die Sie sich vorstellen können. Wenn sie stimmt - also, wenn sie stimmt, dann ist das der Knüller des Jahrhunderts. Passen Sie auf, was Sie zu tun haben. Fahren Sie sofort nach London, alle beide! Lassen Sie den Wagen irgendwo stehen und kommen Sie zum *Seven Dials Club*. Glauben Sie, daß Sie dort Ihren früheren Diener loswerden können?«

»Alfred? Klar! Überlassen Sie das nur mir!«
»Gut. Hängen Sie ihn ab und warten Sie auf Bill und mich! Zeigen Sie sich nicht am Fenster, aber wenn wir vorfahren, lassen Sie uns sofort rein, verstanden?«
»Ja.«
»Das wär's für jetzt. Übrigens, Bündel, erzählen Sie niemandem, daß Sie nach London fahren! Denken Sie sich irgendeine Ausrede aus: daß Sie Loraine nach Hause fahren zum Beispiel.«
»Großartig. Ach, Jimmy, ich bin so aufgeregt!«
»Machen Sie lieber auch gleich noch Ihr Testament!«
»Wird ja immer besser! Wenn ich nur wüßte, um was es geht!«
»Sobald wir uns treffen, erfahren Sie es. Ich kann Ihnen nur soviel verraten: Wir werden Nummer sieben ganz schön die Hölle heiß machen.«
Bündel hängte ein und erzählte Loraine in kurzen Zügen von der Unterhaltung. Loraine lief nach oben und packte hastig ihre Koffer. Bündel steckte den Kopf in ihres Vaters Arbeitszimmer. »Ich bringe Loraine nach Hause.«
»Warum? Ich wußte gar nicht, daß sie schon fahren will.«
»Sie wird gebraucht«, erwiderte Bündel vage. »Haben eben angerufen. Wiedersehen!«
»Moment, Bündel! Wann bist du wieder zu Hause?«
»Keine Ahnung. Wenn ich da bin, bin ich da!«
Nach diesen unfeierlichen Abschiedsworten lief sie die Treppe hinauf, setzte sich einen Hut auf und zog ihren Pelzmantel an. Sie war startbereit.
Die Fahrt nach London verlief ohne Zwischenfälle, abgesehen von den üblichen, die Bündel durch ihre Fahrweise verursachte. Sie ließen den Hispano in einer Garage stehen und gingen direkt zum *Seven Dials Club*.
Alfred öffnete. Ohne viel Federlesens schob sich Bündel an ihm vorbei, gefolgt von Loraine.
»Schließen Sie die Tür, Alfred!« sagte sie. »Ich bin nur gekommen, um Ihnen einen Tip zu geben. Die Polizei ist Ihnen auf den Fersen!«
»Oh, Mylady!«
Alfred wurde kalkweiß.
»Ich wollte Sie warnen, weil Sie mir neulich nachts einen Gefallen getan haben«, fuhr sie hastig fort. »Gegen Mr. Mosgorovsky ist ein Haftbefehl ergangen. Am besten verschwinden Sie schleunigst. Wenn man Sie hier nicht findet, wird man sich nicht weiter für Sie interessieren. Hier haben Sie zehn Pfund, damit Sie untertauchen können.«
Drei Minuten später verließ ein zu Tode erschrockener Alfred Hunstan-

ton Street vierzehn. Er hatte nur einen Gedanken: nie wieder dorthin zurückzukehren.
»Na, das hat prima geklappt«, stellte Bündel zufrieden fest. »War es nötig, so - so dick aufzutragen?« fragte Loraine.
»Es ist sicherer. Ich weiß nicht, was Jimmy und Bill vorhaben, aber Alfred darf nicht hereinplatzen und alles verpatzen. Hallo, da sind sie ja schon! Sie haben nicht lange gebraucht. Vermutlich haben sie von der Ecke aus beobachtet, wie Alfred wegging. Machen Sie auf, Loraine!«
Loraine gehorchte.
Jimmy Thesiger kletterte vom Fahrersitz. »Bleib noch einen Moment hier, Bill«, sagte er. »Hupe, wenn du glaubst, daß jemand das Haus beobachtet!« Er rannte die Stufen zum Eingang hinauf und schlug die Tür hinter sich zu. Er sah rosig und freudig erregt aus. »Hallo, Bündel, da sind Sie ja! Fangen wir gleich an. Wo ist der Schlüssel zu dem Raum, in dem Sie das letztemal waren?«
»Er hing unten. Am besten holen wir alle Schlüssel rauf.«
»Richtig. Aber beeilen Sie sich! Wir haben wenig Zeit.«
Der Schlüssel war schnell gefunden, die mit grünem Filz bespannte Tür schwang auf, und die drei traten ein. Der Raum war genauso, wie Bündel ihn in Erinnerung hatte, sieben Stühle standen um einen Tisch. Schweigend betrachtete Jimmy ihn ein paar Minuten. Dann wanderte sein Blick zu den beiden Einbauschränken.
»In welchem Schrank hatten Sie sich versteckt, Bündel?«
»In dem da!«
Jimmy trat auf ihn zu und riß die Tür auf. Die gleiche Ansammlung verschiedenster Gläser stand in den Regalen. »Wir müssen das ganze Zeug rausschmeißen«, murmelte er. »Holen wir Bill rauf. Er braucht jetzt nicht mehr länger Wache zu schieben.« Er sah Loraine an.
Loraine rannte davon.
»Was haben Sie vor?« fragte Bündel ungeduldig.
Jimmy lag auf den Knien und versuchte, durch einen Spalt in der anderen Schranktür zu spähen.
»Warten Sie, bis Bill kommt, dann erfahren Sie die ganze Geschichte. Das ist sein Fall - und ein unglaublicher dazu. Nanu? Warum kommt Loraine die Treppe herauf, als sei der Teufel hinter ihr her?«
In der Tat rannte Loraine, so schnell sie konnte, die Treppe hinauf. Mit aschfahlem Gesicht und schreckgeweiteten Augen stürzte sie herein. »Bill … oh, Bündel … Bill!«
»Was ist mit Bill?«
Jimmy packte sie an den Schultern. »Mein Gott, Loraine, was ist denn passiert?«

Loraine keuchte immer noch vor Aufregung. »Bill … ich glaube, er ist tot - er sitzt im Auto, aber er bewegt sich nicht und sagt auch nichts. Ich bin überzeugt, er ist tot!«
Jimmy stieß einen Fluch aus und hastete die Treppe hinunter, Bündel folgte ihm. Ihr Herz pochte wie wild, und ein grauenvolles Gefühl der Verzweiflung stieg in ihr auf.
Bill - war tot? Nein, nein! Entsetzlich! Nur das nicht! Nur das nicht!
Sie erreichten den Wagen gleichzeitig. Loraine war hinter ihnen.
Bill saß noch genauso da, wie Jimmy ihn verlassen hatte! Aber seine Augen waren geschlossen. Er regte sich nicht, als Jimmy ihn am Arm zog.
»Das begreife ich nicht«, murmelte Jimmy. »Aber er ist nicht tot. Kopf hoch, Bündel! Wir müssen ihn ins Haus tragen. Beten wir, daß kein Polizist kommt. Wenn irgend jemand fragt, dann sagen wir, daß unserem Freund schlecht geworden ist und wir ihn ins Haus bringen, klar?«
Gemeinsam trugen sie Bill ohne große Schwierigkeiten und ohne Aufsehen zu erregen ins Haus.
»In das kleine Parterrezimmer an der Rückseite«, sagte Jimmy. »Da steht eine Couch.«
Sie legten Bill auf die Couch, Bündel kniete sich neben ihn und hielt seine schlaffe Hand. »Sein Puls schlägt«, sagte sie. »Was ist bloß mit ihm los?«
»Er war noch ganz in Ordnung, als ich vorhin ins Haus ging«, meinte Jimmy. »Ob ihm irgend jemand etwas gespritzt hat? Das geht ganz leicht - nur ein kleiner Stich! Der Mann könnte ihn harmlos gefragt haben, wie spät es ist.
Da gibt es jetzt nur eins: Ich hole einen Arzt. Bleiben Sie inzwischen hier und kümmern Sie sich um ihn!« Er lief zur Tür und blieb stehen. »Haben Sie keine Angst! Trotzdem lasse ich besser die Pistole da. Für alle Fälle. Ich bin so schnell wie möglich zurück.«
Er legte die Pistole auf den kleinen Tisch neben der Couch und verschwand. Sie hörten, wie die Haustür krachend ins Schloß fiel.
Im Haus schien es unheimlich still zu sein. Die beiden Mädchen blieben bewegungslos bei Bill sitzen. Bündel hielt noch immer die Finger an seinen Puls, der schnell und unregelmäßig schlug.
»Wenn wir doch etwas tun könnten«, wisperte sie Loraine zu. »Es ist entsetzlich.«
Loraine nickte. »Ja, mir kommt es wie eine Ewigkeit vor, seit Jimmy weg ist, aber es sind erst eineinhalb Minuten!«
»Ich höre Geräusche«, sagte Bündel. »Schritte und knarrende Dielen - über uns -, obwohl ich weiß, daß es nur Einbildung ist.«

»Ich möchte nur wissen, warum Jimmy seine Pistole dagelassen hat. Es kann doch nicht wirklich gefährlich werden.«
»Wenn sie Bill erwischen konnten ...«, sagte Bündel und schwieg.
Loraine schauderte. »Ich weiß - aber wir sind im Haus. Niemand kann herein, ohne daß wir es hören. Außerdem haben wir die Waffe.«
Bündel betrachtete Bill aufmerksam. »Wenn ich nur wüßte, was ich tun könnte! Heißer Kaffee? Das soll angeblich helfen.«
»Ich habe Riechsalz in meiner Handtasche«, sagte Loraine. »Und Brandy ... Wo ist sie denn? Ich muß sie oben liegengelassen haben.«
»Ich hole sie«, sagte Bündel. »Vielleicht hilft's.« Rasch lief sie die Treppe hinauf, durch den Spielsalon und in das Klubzimmer. Auf dem Tisch lag Loraines Handtasche.
Als Bündel ihre Hand ausstreckte, um sie an sich zu nehmen, hörte sie hinter sich ein Geräusch. An der Tür stand ein Mann mit einem Sandsack in der Hand. Bevor Bündel sich umdrehen konnte, schlug er zu. Mit einem leisen Stöhnen sank sie bewußtlos zu Boden.

31

Langsam kam sie wieder zu sich. Sie schien in einer dunklen, wirbelnden Schwärze zu schweben, im Mittelpunkt heftiger pochender Schmerzen. Laute drangen an ihr Ohr. Eine Stimme, die sie sehr gut kannte, wiederholte immer wieder dieselben Worte.
Das Wirbeln ließ nach.
Der Schmerz pochte tatsächlich in ihrem eigenen Kopf! Dann war sie wieder so weit sie selbst, daß sie sich für das zu interessieren begann, was die Stimme sagte.
»Liebling, Liebling, Bündel! Oh, Liebling! Sie ist tot! Ich weiß, sie ist tot! Oh, mein Liebling! Bündel, Liebling! Ich liebe dich! Liebling ...«
Bündel lag mit geschlossenen Augen bewegungslos da. Aber sie war jetzt hellwach. Bill hielt sie fest in seinen Armen.
»Liebling - meine liebste Bündel! Was soll ich nur tun? Mein einziger Liebling! Mein Gott, was soll ich machen? Ich habe sie getötet, ich habe sie umgebracht!«
Zögernd, sehr zögernd antwortete Bündel. »Das hast du nicht, du Idiot«, sagte sie.
Bill schnappte vor Erstaunen nach Luft. »Bündel - du lebst?«
»Natürlich!«
»Wie lange bist du schon - ich meine, wann bist du zu dir gekommen?«
»Vor fünf Minuten.«

»Warum hast du die Augen nicht aufgemacht - oder was gesagt?«
»Wollte ich nicht. Es war so schön!«
»Schön?«
»Ja. All die Sachen, die du gesagt hast. So schön wirst du sie nie wieder sagen. Du wirst dich verdammt zu gut im Griff haben.«
Bill war dunkelrot geworden. »Bündel - du bist nicht böse? Weißt du, ich liebe dich nämlich. Schon seit Jahren. Aber ich habe nie gewagt, es dir zu sagen.«
»Du dummer Junge, warum nicht?«
»Ich dachte, du würdest mich auslachen. Ich meine - du bist so clever und so ... du wirst irgendein großes Tier heiraten.«
»Wie zum Beispiel George Lomax?«
»Nicht so einen blöden Esel wie Codders. Irgendeinen tollen Hecht, der dich verdient - obwohl es so jemand wohl gar nicht gibt.«
»Du bist wirklich ein lieber Kerl, Bill!«
»Sag mal, Bündel, könntest du dich ernsthaft aufraffen meine, könntest du dich dazu überwinden ...?«
»Wozu überwinden?«
»Mich zu heiraten. Ich weiß, daß ich ein entsetzlicher Dickkopf bin - aber ich liebe dich, Bündel! Ich bin dein Sklave, dein Wachhund oder was immer du willst.«
»Du hast Ähnlichkeit mit einem Hund«, meinte Bündel. »Ich mag Hunde. Sie sind so freundlich und treu und warmherzig. Ich glaube, daß ich mich schon überwinden könnte, dich zu heiraten, Bill - wenn ich mich richtig anstrenge.«
Als Reaktion darauf lockerte Bill seinen Griff und schreckte zurück. Er sah sie erstaunt an. »Meinst du es im Ernst?«
»Wieso nicht? Ich glaube, ich muß noch mal in Ohnmacht fallen.«
»Liebling ...« Bill zog sie wieder an sich. Er zitterte heftig. »Meinst du es wirklich ernst - ganz ehrlich? Du weißt ja nicht, wie sehr ich dich liebe!«
»Oh, Bill!«
Es ist nicht notwendig, die Unterhaltung der nächsten zehn Minuten zu schildern. Sie bestand im wesentlichen aus Wiederholungen.
»Und du liebst mich auch?« fragte Bill ungläubig wohl zum zwanzigsten Mal, als er Bündel schließlich losließ.
»Ja! Ja! Ja! Jetzt laß uns vernünftig sein! In meinem Kopf tobt und klopft es, und du hast mich fast zu Tode gedrückt. Ich möchte gern wissen, was los ist. Wo sind wir, und was ist passiert?«
Zum erstenmal begann sie, ihre Umgebung in Augenschein zu nehmen. Sie waren in dem geheimen Versammlungsraum, stellte sie fest, und die

grünbespannte Tür war zu und vermutlich verschlossen. Sie waren Gefangene!

Bündels Blick kehrte zu Bill zurück. Völlig taub gegenüber ihren Fragen saß er da und sah sie hingebungsvoll an.

»Bill, Liebling«, sagte Bündel, »reiß dich zusammen! Wir müssen hier raus!«

»Wie … Was? Ach, ja. Stimmt. Nicht schwierig.«

»Das glaubst du nur, weil du verliebt bist. Mir geht es genauso. Als sei alles ganz leicht und einfach.«

»Ist es auch«, sagte Bill. »Jetzt, da ich weiß, daß du mich liebst …«

»Hör auf«, mahnte Bündel. »Wenn wir wieder damit anfangen, ist jede ernsthafte Unterhaltung unmöglich. Nimm dich zusammen und sei vernünftig! Sonst überlege ich es mir vielleicht anders!«

»Das werde ich nicht zulassen. Du glaubst doch nicht, daß ich so dumm wäre, dich wieder laufenzulassen?«

»Du würdest mich doch hoffentlich nicht gegen meinen Willen festhalten«, meinte sie würdevoll.

»Nein? Nimm dich in acht!«

»Du bist wirklich ein Schatz, Bill. Ich hatte Angst, du seist ein bißchen zu nachgiebig, aber ich sehe, daß von daher keine Gefahr droht. Nach der nächsten halben Stunde wirst du mich schon rumkommandieren. Oh, Liebling, wir fangen wieder an, uns albern zu benehmen. Hör zu, Bill, wir müssen hier raus !«

»Ich sage dir doch, das ist in Ordnung. Ich werde …«

Er brach ab, weil Bündel warnend seine Hand drückte. Sie beugte sich vor und lauschte angestrengt. Ja, sie hatte sich nicht geirrt. Aus dem Nebenzimmer klangen Schritte. Ein Schlüssel wurde ins Schloß gesteckt und umgedreht. Bündel hielt den Atem an. Kam Jimmy, um sie zu retten - oder war es jemand anders?

Die Tür öffnete sich, und der schwarzbärtige Mr. Mosgorovsky stand im Türrahmen.

Sofort stellte sich Bill vor Bündel. »Hören Sie«, sagte er. »Ich möchte ein Wort unter vier Augen mit Ihnen reden.«

Ein paar Sekunden lang antwortete der Russe nicht. Er stand einfach da, strich über seinen langen, seidigen schwarzen Bart und lächelte in sich hinein. »So ist das also«, sagte er schließlich. »Gut. Die Dame wird sicher gern mit mir kommen.«

»Ist in Ordnung, Bündel«, erklärte Bill. »Überlaß das nur mir! Geh mit! Niemand wird dir etwas tun. Ich weiß, was ich sage.«

Gehorsam stand sie auf. Der befehlende Ton in Bills Stimme war ihr neu. Er wirkte sehr selbstsicher und schien überzeugt zu sein, mit der

Situation fertig zu werden. Bündel überlegte, welchen Trumpf Bill wohl noch im Ärmel hatte - oder glaubte, im Ärmel zu haben.
Sie ging vor dem Russen aus dem Zimmer. Er folgte ihr und schloß die Tür ab.
»Hier entlang, bitte«, sagte er.
Er deutete auf die Treppe. Gehorsam stieg sie in den nächsten Stock hinauf. Dort wurde sie in ein kleines muffiges Zimmer geführt, von dem sie annahm, daß es Alfreds war.
»Bitte, warten Sie hier ganz ruhig«, sagte Mosgorovsky. »Es darf Sie niemand hören.« Dann ging er hinaus und sperrte sie ein.
Bündel setzte sich auf einen Stuhl. Ihr Kopf tat noch immer sehr weh. Sie konnte keinen klaren Gedanken fassen. Bill schien die Situation im Griff zu haben. Früher oder später würde jemand kommen und sie hier herausholen.
Die Minuten verstrichen. Bündels Uhr war stehengeblieben, aber sie schätzte, daß über eine Stunde vergangen war, seit der Russe sie alleingelassen hatte. Was war los? Was war geschehen? Endlich hörte sie Schritte auf der Treppe. Es war Mosgorovsky.
»Lady Eileen Brent!« sagte er förmlich. »Ihre Anwesenheit wird auf einer Sondersitzung der *Sieben Zifferblätter* gewünscht. Bitte, kommen Sie mit.«
Er ging voran, und Bündel folgte ihm. Dann öffnete er die Tür zum Geheimzimmer. Bündel trat an ihm vorbei und hielt vor Überraschung die Luft an.
Zum zweitenmal hatte sie die Szene vor sich, von der sie beim erstenmal durch ihr Guckloch nur Ausschnitte gesehen hatte. Die maskierten Gestalten saßen rings um den Tisch. Während sie noch ganz benommen dastand, schlüpfte Moskorovsky auf seinen Platz und band sich die Maske vors Gesicht.
Diesmal war auch der Stuhl am Kopfende des Tisches besetzt. Nummer sieben saß auf seinem Platz.
Bündels Herz schlug wie wild. Sie stand am Fußende des Tisches und starrte entgeistert auf das verrückte Stück Stoff mit dem Zifferblatt darauf, das seine Züge verdeckte.
Er saß unbeweglich da, und Bündel spürte die Macht, die von ihm ausstrahlte. Seine Unbeweglichkeit war nicht die Unbeweglichkeit eines Schwachen - und sie wünschte sich heftig, fast hysterisch, daß er beginnen würde zu sprechen, ein Zeichen geben, eine Geste machen würde und nicht einfach dasäße wie eine gewaltige Spinne in ihrem Netz, die erbarmungslos auf ihr Opfer wartet.
Sie schauderte. Da stand Mosgorovsky auf. Seine Stimme, sanft, ein-

schmeichelnd, klang seltsam fern. »Lady Eileen, Sie haben ungebeten an einem der Geheimtreffen der Gesellschaft teilgenommen. Deshalb ist es notwendig geworden, daß Sie sich mit unseren Zielen und Wünschen solidarisch erklären. Der Stuhl von Nummer zwei ist unbesetzt, wie Sie sehen. Wir bieten ihn Ihnen an.«

Bündel rang nach Luft. Die Versammlung glich einem phantastischen Alptraum. War es möglich, daß sie, Eilen Brent, gebeten wurde, sich einer Mörderbande anzuschließen? Hatte man Bill das gleiche Angebot gemacht, und hatte er empört abgelehnt?

»Ich kann nicht annehmen«, erklärte sie offen.

»Antworten Sie nicht vorschnell.«

Sie stellte sich vor, wie Mosgorovsky unter seiner Maske bedeutungsvoll in seinen Bart lächelte.

»Sie wissen noch nicht, Lady Eileen, was Sie ablehnen.«

»Ich kann es mir sehr gut denken.«

»Wirklich?«

Das war die Stimme von Nummer sieben. Sie weckte in Bündel vage Erinnerungen. Kannte sie diese Stimme nicht?

Sehr langsam hob Nummer sieben seine Hand und nestelte an der Maskenschnur. Bündel hielt den Atem an. Endlich sollte sie die Wahrheit erfahren! Die Maske fiel. Bündel starrte in Superintendent Battles ausdrucksloses hölzernes Gesicht.

32

»Ja«, sagte Battle, als Mosgorovsky aufsprang und auf Bündel zulief. »Holen Sie einen Stuhl! Das war ein ziemlicher Schock für sie.«

Bündel setzte sich. Vor Überraschung war sie wie gelähmt. In seiner für ihn typischen ruhigen, angenehmen Art fuhr Battle fort: »Sie haben mich hier nicht vermutet, Lady Eileen. Und auch sonst keiner der Anwesenden.

Mr. Mosgorovsky ist sozusagen mein Adjutant. Er wußte von Anfang an Bescheid. Aber die meisten anderen haben ihre Aufträge ohne zu fragen von ihm angenommen.«

Bündel sagte noch immer kein Wort. Sie war - ein bei ihr höchst ungewöhnlicher Zustand - einfach sprachlos.

Battle nickte ihr mitfühlend zu, er schien ihre Verwirrung zu verstehen. »Ich fürchte, Sie müssen sich von ein paar liebgewonnenen Vorstellungen trennen, Lady Eileen. Unsere Gesellschaft zum Beispiel – ich weiß, in Büchern kommt so etwas öfter vor – ist keine Geheimorganisation

von Kriminellen mit einem Superverbrecher an der Spitze, den keiner zu Gesicht bekommt. Möglich, daß es derartige Banden gibt. Ich kann nur sagen, daß mir nie eine untergekommen ist, und ich habe ganz schön viel Erfahrung.
Aber es gibt doch viel Romantik auf der Welt, Lady Eileen. Vor allem junge Leute lesen gern von geheimnisvollen Abenteuern, noch lieber erleben sie sie selbst. Ich werde Sie jetzt einer sehr vertrauenswürdigen Bande von Amateuren vorstellen, die für mich bemerkenswert gute Arbeit geleistet hat, Arbeit, die kein anderer hätte machen können. Wenn sie auch eine etwas melodramatische Verkleidung gewählt haben, wen stört's? Sie waren bereit, sich echten Gefahren auszusetzen - Gefahren der schlimmsten Sorte -, und zwar aus folgenden Gründen: aus Hang zum Abenteuer - was in der heutigen Zeit, da Sicherheit vor allem anderen kommt, ein Zeichen von gesunder Risikofreudigkeit ist - und aus dem ehrlichen Wunsch heraus, unserem Land zu dienen.
Und jetzt, Lady Eileen, darf ich Sie mit den Herrschaften bekanntmachen. Als erstes ist da Mr. Mosgorovsky, den Sie schon kennengelernt haben. Wie Sie wissen, leitet er den Klub hier und ist noch für ein paar andere Dinge verantwortlich.
Er ist unser bester antibolschewistischer Geheimagent in England. Nummer fünf ist Graf Andreas von der ungarischen Botschaft, ein sehr guter Freund des verstorbenen Gerald Wade. Nummer vier ist Mr. Hayward Phelps, ein amerikanischer Journalist, dessen Sympathien für England sehr groß und dessen Fähigkeiten im Aufspüren von Informationen bemerkenswert sind. Nummer drei ...«
Er hielt inne und lächelte. Bündel starrte verblüfft auf den verlegen grinsenden Bill Eversleigh.
»Nummer zwei«, fuhr Battle mit ernsterer Stimme fort, »ist nur durch seinen leeren Stuhl vertreten. Dort saß Mr. Ronny Devereux, ein tapferer junger Mann, der für sein Land gestorben ist. Nummer eins - nun, Nummer eins war Mr. Gerald Wade, ein anderer sehr tapferer junger Mann, der ebenfalls ums Leben kam. Seine Stelle wurde eingenommen - nicht ohne einige schwerwiegende Einwände meinerseits - von einer Dame, einer Dame, die ihre Tatkraft und ihr Können unter Beweis gestellt hat und uns in der Tat eine große Hilfe war. Sie verdient diesen Platz.«
Als letzte entfernte Nummer eins die Maske, und Bündel blickte ohne große Überraschung in Gräfin Radzkys schönes Gesicht.
»Ich hätte wissen müssen«, sagte Bündel ärgerlich, »daß Sie die fremde Abenteuerin zu perfekt spielten, um echt zu sein.«
»Aber du kennst den Witz an der Sache noch nicht«, mischte sich Bill ein. »Bündel, die Gräfin ist Babe St. Maur - erinnerst du dich, wie ich

dir von ihr erzählte? Was für eine fabelhafte Schauspielerin sie sei? Sie hat es bewiesen.«
»Das stimmt«, sagte Miss St. Maur in unverkennbar transatlantischem Nasalton. »Aber es besagt noch nicht sehr viel. Meine Eltern stammen nämlich aus der Gegend - da ist mir die Rolle leichtgefallen. Aber einmal - in *Wywern Abbey* - hätte ich mich mit meinem Gerede über Gärten fast verraten!« Sie schwieg. Dann sagte sie plötzlich: »Es war - ich habe nicht nur aus Spaß mitgemacht. Wissen Sie, ich war mit Ronny Deve reux so gut wie verlobt, und als er erschossen wurde - da … da wollte ich helfen, den Schuft zu finden, der ihn umgelegt hat. Das ist alles.«
»Ich bin völlig durcheinander«, gestand Bündel. »Nichts ist so, wie es zu sein scheint.«
»Die Dinge liegen sehr einfach, Lady Eileen«, schaltete Battle sich wieder ein. »Es begann damit, daß ein paar junge Leute etwas Aufregendes erleben wollten.
Es war Mr. Wade, der als erster zu mir kam. Er schlug die Gründung einer Organisation von Amateuren vor, die ein bißchen Geheimdienst spielen sollten. Ich warnte ihn vor der Gefährlichkeit - aber das zählte bei ihm nicht. Ich erklärte, daß jeder, der sich der Organisation anschlösse, die Risiken akzeptieren müsse. Es hielt keinen von Mr. Wades Freunden ab. So fing alles an …«
»Und das Ziel?« fragte Bündel.
»Wir jagten einen bestimmten Mann - wir mußten ihn unbedingt überführen.
Es war kein gewöhnlicher Verbrecher. Er arbeitete in Mr. Wades Umgebung und war gefährlich. Unseren Mann interessierten nur große Sachen von internationaler Bedeutung. Zweimal waren schon wertvolle geheime Informationen gestohlen worden, ganz offensichtlich von jemandem, der interne Kenntnisse besaß. Der Geheimdienst, die Polizei - sie taten ihr möglichstes und versagten. Da übernahmen die Amateure den Fall - und hatten Erfolg.«
»Erfolg?«
»Ja - aber es ging nicht ohne Verluste ab. Zwei Menschen opferten ihr Leben, er kam jedesmal davon. Aber die *Sieben Zifferblätter* ließen nicht locker. Und wie ich schon sagte, sie hatten Erfolg. Dank Mr. Eversleigh wurde der Mann schließlich auf frischer Tat ertappt.«
»Wer ist es denn?« fragte Bündel. »Kenne ich ihn?«
»Sie kennen ihn sogar sehr gut, Lady Eileen. Sein Name ist Jimmy Thesiger. Er wurde heute nachmittag verhaftet.«

33

Superintendent Battle begann zu erklären. »Ich selbst hatte lange Zeit keinen Verdacht«, sagte er ruhig. »Den ersten Hinweis erhielt ich, als ich Mr. Devereux' letzte Worte erfuhr. Natürlich dachten Sie, Lady Eileen, Mr. Devereux wolle Mr. Thesiger mitteilen, daß die *Seven Dials* ihn umgebracht hätten. Bei oberflächlicher Betrachtung schienen seine Worte das zu bedeuten. Aber ich wußte ja, es konnte unmöglich stimmen. Es waren vielmehr die *Seven Dials,* denen Mr. Devereux eine Nachricht zukommen lassen wollte - und zwar wegen Mr. Thesiger.
Die Sache schien unglaublich, da Mr. Devereux und Mr. Thesiger enge Freunde gewesen waren. Doch mir fiel noch etwas ein – daß nämlich die Diebstähle von jemandem begangen worden sein mußten, der sehr gut Bescheid wußte; der, wenn er nicht selbst im Auswärtigen Amt arbeitete, zumindest allen Klatsch hörte. Woher hatte Mr. Thesiger sein Geld? Das Vermögen, das sein Vater ihm hinterließ, war klein, trotzdem lebte er auf großem Fuß.
Ich wußte, daß Mr. Wade über eine gemachte Entdeckung sehr aufgeregt war und überzeugt, auf dem richtigen Weg zu sein. Er vertraute niemandem an, welche Spur er verfolgte, aber er erwähnte gegenüber Mr. Devereux, daß er kurz vor der Lösung sei. Das war, bevor beide an jenem Wochenende nach *Chimneys* fuhren. Wie Sie wissen, starb Mr. Wade dort - allem Anschein nach an einer Überdosis Schlaftabletten. Das schien schlüssig, aber Mr. Devereux akzeptierte diese Erklärung keinen Augenblick, sondern war überzeugt, daß Mr. Wade sehr geschickt beseitigt worden und der Täter unter den Leuten im Haus zu suchen sei. Soviel ich weiß, hätte er sich Mr. Thesiger fast anvertraut. Damals verdächtigte er ihn sicher noch nicht. Doch irgend etwas hielt ihn zurück.
Dann tat Devereux etwas sehr Merkwürdiges. Er stellte sieben Wecker auf den Kaminsims, den achten warf er aus dem Fenster. Die Wecker waren das Symbol, daß die *Sieben Zifferblätter* den Tod eines Mitglieds rächen würden. - Danach beobachtete er, ob irgend jemand sich verriet oder Bestürzung zeigte.«
»Dann hat Jimmy Thesiger Gerry Wade vergiftet?«
»Ja, er schmuggelte das Zeug in einen Whisky, den Mr. Wade kurz vor dem Schlafengehen unten trank. Deswegen fühlte er sich schon schläfrig, als er den Brief an seine Schwester schrieb.«
»Bauer, der Diener, hat also gar nichts damit zu tun?« fragte Bündel.
»Bauer war einer unserer Leute, Lady Eileen. Wir hielten es für wahrscheinlich, daß unser Mann sich für Herrn Eberhards Pläne interessieren

würde, deswegen brachten wir Bauer in *Chimneys* unter. Er sollte seine Augen offenhalten. Aber er konnte nicht viel tun. Wie ich schon sagte, es war nicht schwierig für Mr. Thesiger, die tödliche Dosis in den Whisky zu schütten. Später, als alles schlief, stellte Mr. Thesiger ein leeres Medizinfläschchen und ein Glas neben Mr. Wades Bett. Da war Mr. Wade schon bewußtlos. Vermutlich preßte Thesiger dessen Finger um die Flasche und das Glas, falls irgendwelche Fragen auftauchen sollten. Welche Wirkung die sieben auf dem Kaminsims aufgereihten Wecker auf Mr. Thesiger hatten, weiß ich nicht. Er ließ sich Mr. Devereux gegenüber nichts anmerken. Trotzdem glaube ich, daß er hin und wieder ein paar unangenehme Augenblicke hatte, wenn er an sie dachte. Und ich vermute, daß er danach Mr. Devereux scharf im Auge behielt.

Was als nächstes passierte, wissen wir nicht ganz genau. Nach Mr. Wades Tod sah man Mr. Devereux nicht mehr viel. Aber es ist ganz offensichtlich, daß er in der gleichen Richtung weiterarbeitete, die Mr. Wade schon eingeschlagen hatte. Er kam zum selben Ergebnis: daß Mr. Thesiger unser Mann sei. Ich nehme an, daß er auf die gleiche Art und Weise verraten wurde.«

»Wie meinen Sie das?«

»Durch Miss Loraine Wade. Mr. Wade war ihr sehr ergeben und wollte sie sogar heiraten - sie war ja nicht seine leibliche Schwester. Es besteht kein Zweifel, daß er ihr mehr erzählte als guttat. Doch Miss Loraine war mit Haut und Haaren Mr. Thesiger verfallen. Sie tat, was immer er verlangte. Sie gab jede Information an ihn weiter. Später fühlte sich Mr. Devereux in gleicher Weise zu ihr hingezogen und warnte sie vermutlich vor Mr. Thesiger. Deshalb mußte auch Mr. Devereux zum Schweigen gebracht werden - und er versuchte noch im Sterben, den *Seven Dials* mitzuteilen, daß sein Mörder Jimmy Thesiger sei.«

»Wie entsetzlich!« rief Bündel. »Wenn ich das geahnt hätte!«

»Nun, es erschien ja auch so unwahrscheinlich. Ich konnte es zunächst selbst nicht glauben. Aber dann passierte die Geschichte auf Lomax' Landsitz, *Wyvern Abbey*. Sie werden sich erinnern, wie schwierig es war - vor allem für Mr. Eversleigh. Sie und Mr. Thesiger waren ein Herz und eine Seele. Sie, Lady Eileen, hatten Mr. Eversleigh schon in Verlegenheit gebracht, als Sie darauf bestanden, den *Seven Dials Club* zu besuchen. Als er dann noch erfuhr, daß Sie heimlich hiergewesen und unsere Gespräche belauscht hatten, da war er völlig sprachlos.«

Der Superintendent machte eine Pause, und ein Lächeln stahl sich in seine Augen. »Das war ich übrigens auch, Lady Eileen. Ich hätte nie gedacht, daß so etwas möglich sei. Sie haben mich ganz schön überlistet. Nun, Mr. Eversleigh saß also in der Klemme. Er konnte Sie nicht in das Geheimnis der *Sieben Zifferblätter* einweihen, ohne daß auch Jimmy Thesiger davon erfuhr – und das konnte er nicht zulassen. Und Mr. Thesiger hatte einen glaubhaften Grund, sich nach *Wyvern Abbey* einladen zu lassen, was die Dinge für ihn vereinfachte.

Ich muß gestehen, daß die *Sieben Zifferblätter* Mr. Lomax schon einen Warnbrief geschickt hatten, damit er sich an mich um Hilfe wandte, denn dann konnte ich völlig unverdächtig zur Stelle sein. Ich machte kein Geheimnis aus meiner Anwesenheit, wie Sie sich erinnern, Lady Eileen!« Und wieder zwinkerte Battle.

»Also weiter: Zum Schein mußten Mr. Eversleigh und Mr. Thesiger die Nacht in zwei Wachen einteilen. In Wirklichkeit wachten Mr. Eversleigh und Miss St. Maur. Miss St. Maur stand gerade an der Terrassentür, als sie Mr. Thesiger kommen hörte, und mußte sich rasch hinter die Spanische Wand flüchten.

Und jetzt zeigt sich Mr. Thesigers Gerissenheit. Bis zu einem gewissen Punkt erzählte er eine vollkommen wahre Geschichte, und ich muß zugeben, daß ich von dem Kampf und allem Drum und Dran sehr beeindruckt war. Ich begann schon, mich zu fragen, ob er mit dem Diebstahl überhaupt etwas zu tun habe, ob wir nicht eine ganz falsche Fährte verfolgten. Es gab ein oder zwei Verdachtsmomente, die in eine völlig andere Richtung wiesen, und ich kann Ihnen sagen, daß ich mir keinen Reim darauf machen konnte, bis etwas auftauchte, das die Fronten klärte.

Ich fand im Kamin den verkohlten Handschuh mit Bißspuren daran - da wußte ich, daß ich doch recht gehabt hatte. Aber, das muß ich zugeben, er war wirklich clever.«

»Was ist nun tatsächlich passiert?« fragte Bündel. »Wer war denn der andere Mann?«

»Es gab keinen anderen Mann. Hören Sie zu! Ich werde Ihnen erzählen, wie ich die ganze Geschichte rekonstruierte. Eines möchte ich vorwegnehmen: Mr. Thesiger und Miss Wade arbeiteten zusammen. Sie hatten sich zu einer bestimmten Zeit verabredet. Miss Wade kommt also mit dem Wagen an, schlüpft durch die Hecke und schleicht zum Haus. Für den Fall, daß ihr jemand begegnet, hat sie eine fabelhafte Geschichte parat – die, die sie dann auch erzählte. Sie erreicht unbehelligt die Terrasse, kurz nachdem es zwei Uhr geschlagen hat. Aber sie wurde doch gesehen, als sie in den Park kam. Meine Männer beobachteten sie, aber sie hatten die Anweisung, niemand am Kommen zu hindern - nur am Verlassen des Parks. Denn ich wollte soviel wie möglich herausfinden. Miss Wade steht also auf der Terrasse, und in diesem Moment fällt ihr ein Päckchen vor die Füße. Sie hebt es auf. Ein Mann klettert am Efeu

herunter, und sie läuft davon. Was passiert als nächstes? Der Kampf und die Schüsse. Was wird da jeder tun? Zum Ort des Geschehens laufen. Und Miss Wade hätte unbemerkt mit den Plänen davonfahren können.
Aber die Dinge entwickeln sich anders. Miss Wade läuft mir direkt in die Arme. Und in diesem Moment wendet sich das Blatt. Miss Wade ist nicht mehr im Angriff, sondern in der Verteidigung. Sie erzählt ihre Geschichte. Sie ist vollkommen wahr und klingt vernünftig.
Jetzt zu Mr. Thesiger! Eines fiel mir sofort auf. Wegen der Schußwunde allein konnte er nicht die Besinnung verloren haben. Entweder war er gestürzt und hatte sich den Kopf angeschlagen - oder, nun, er war nicht ohnmächtig geworden. Später hörten wir Miss St. Maurs Darstellung. Sie stimmte mit der von Mr. Thesiger völlig überein - bis auf einen vielsagenden Punkt. Miss St. Maur erzählte, daß Mr. Thesiger, nachdem er das Licht ausgemacht hatte, zur Terrassentür ging und dort so still dastand, daß sie schon dachte, er habe das Zimmer verlassen. Nun ist es aber so, daß ein atmender Mensch in einem Zimmer kaum zu überhören ist, vor allem, wenn man gerade darauf besonders achtet. Nehmen wir an, daß Mr. Thesiger den Raum tatsächlich verließ. Doch warum? Er kletterte am Efeu hoch und in Mr. O'Rourkes Zimmer - Mr. O'Rourkes Whisky war natürlich am Abend präpariert worden. Er holt die Pläne, wirft sie Miss Wade zu, klettert den Efeu wieder hinunter und – inszeniert den Kampf.
Das ist ganz einfach, wenn man es sich genau überlegt. Er schmeißt die Möbel um, stolpert herum, schimpft mit normaler Stimme oder krächzt heiser. Und dann der Schlußpunkt: die beiden Pistolenschüsse. Mit seiner eigenen Automatik, die er am Tag zuvor ganz offen gekauft hatte, schießt er auf den imaginären Angreifer. Dann holt er mit seiner linken behandschuhten Hand eine kleine Mauser aus der Tasche und schießt sich selbst durch die Muskeln am rechten Oberarm. Er schleudert die Pistole aus dem Fenster, zieht sich mit den Zähnen den Handschuh aus und wirft ihn ins Feuer. Bei meiner Ankunft liegt er ohnmächtig auf dem Boden.«
Bündel holte tief Luft. »Das alles hatten Sie aber nicht schon damals erkannt, Superintendent?«
»Nein. Ich wurde ebenso zum Narren gehalten wie alle anderen. Erst lange danach hatte ich alle Steinchen zusammengesetzt. Der Handschuh war der Anfang. Dann bat ich Sir Oswald, die Pistole durchs Fenster auf den Rasen zu werfen. Sie fiel ein gutes Stück zu weit. Aber ein Rechtshänder wirft mit der linken nicht so weit wie mit der rechten. Trotzdem hatte ich auch damals nur einen Verdacht - einen sehr vagen Verdacht.
Dann fiel mir noch etwas auf. Ganz offensichtlich waren die Pläne

gezielt geworfen worden. Wenn Miss Wade tatsächlich nur zufällig unten gestanden hatte, für wen waren sie dann bestimmt? Für den Uneingeweihten erschien die Beantwortung der Frage natürlich einfach - für die Gräfin. Aber hier war ich Ihnen gegenüber im Vorteil, Lady Eileen. Ich wußte, daß die Gräfin in Ordnung war. Was folgte daraus? Daß die Pläne genau von der Person aufgehoben wurden, die sie aufheben sollte. Je mehr ich darüber nachdachte, desto bemerkenswerter erschien mir der Zufall, daß Miss Wade just zum richtigen Zeitpunkt aufgetaucht war.«

»Wie schwierig muß es für Sie gewesen sein, als ich mit meinen Verdächtigungen über die Gräfin zu Ihnen kam!«

»Das war es auch, Lady Eileen. Ich mußte mir etwas ausdenken, um Sie von dieser Fährte abzubringen. Und für Mr. Eversleigh war es ebenfalls schwierig, als die Gräfin erwachte und er keine Ahnung hatte, was sie sagen würde.«

»Jetzt verstehe ich Bills Besorgnis«, sagte Bündel. »Und warum er sie immer wieder bat, sich Zeit zu lassen und nicht zu sprechen, bis sie sich besser fühle.«

»Der arme Bill« warf Miss St. Maur ein. »Der gute Junge. Ich mußte ihn bezirzen, gegen seinen Willen, und er wurde mit jeder Minute wütender.«

»Nun«, fuhr Superintendent Battle fort, »so stand es also. Ich verdächtigte Mr. Thesiger - aber ich konnte einfach keinen hieb- und stichfesten Beweis erbringen. Andererseits war Mr. Thesiger selbst beunruhigt. Mehr oder weniger erkannte er, was für einen Gegner er in den *Seven Dials* hatte, aber er wollte vor allem herausbekommen, wer Nummer sieben war. Deshalb ließ er sich von Lady Coote einladen, weil er glaubte, Sir Oswald Coote sei es.«

»Ich habe Sir Oswald auch verdächtigt«, erklärte Bündel, »besonders, als er nachts aus dem Garten kam.«

»Ich hatte ihn nie im Verdacht«, meinte Battle. »Aber ich muß gestehen, daß mir der junge Mann, sein Sekretär, eine Zeitlang nicht ganz geheuer war.«

»Pongo?« fragte Bill. »Doch nicht der alte Pongo?«

»Ja, Mr. Eversleigh, der alte Pongo, wie Sie ihn nennen. Ein sehr tüchtiger junger Mann, dem alles zuzutrauen ist. Zum Teil verdächtigte ich ihn, weil er an jenem Abend die Wecker in Mr. Wades Zimmer gestellt hatte. Es wäre für ihn ein leichtes gewesen, die Flasche und das Glas neben das Bett zu plazieren. Außerdem ist er Linkshänder. Der Handschuh wies direkt auf ihn - wenn da nicht eine Sache gewesen wäre ...«

»Ja?«

»Die Bißspuren - nur ein Mann, dessen rechte Hand unbrauchbar war, mußte seine Zähne benutzen, um den Handschuh auszuziehen.«
»Dadurch war Pongo von jedem Verdacht gereinigt?«
»Dadurch war Pongo von jedem Verdacht gereinigt, wie Sie sagen. Ich bin sicher, daß Mr. Bateman äußerst überrascht wäre, wenn er wüßte, daß wir ihn verdächtigten.«
»Zweifelsohne«, meinte Bill. »So ein feierlicher Kauz, so ein blöder Trottel wie Pongo. Wie konnten Sie je ...«
»Nun, was das betrifft, so schien Mr. Thesiger ein hohlköpfiger junger Esel ohne Verstand zu sein. Einer von den beiden mußte es also sein. Nachdem ich mich für Mr. Thesiger entschieden hatte, war ich auf Mr. Batemans Meinung über ihn neugierig. Mr. Bateman hegte die schlimmsten Befürchtungen, was Mr. Thesiger betraf, und äußerte sich des öfteren in diesem Sinne gegenüber Sir Oswald.«
»Merkwürdig«, sagte Bill, »aber Pongo hat einfach immer recht. Das macht einen ganz verrückt.«
»Nun, wie ich schon sagte«, ergriff Superintendent Battle wieder das Wort. »Wir haben Mr. Thesiger ganz schön auf Trab gebracht, er war über *Seven Dials* ziemlich verwirrt, denn er wußte nicht, wo die Gefahr lag. Daß wir ihn am Schluß doch kriegten, haben wir nur Mr. Eversleigh zu verdanken. Er wußte, was ihn erwartete, und riskierte ohne Zögern sein Leben. Aber er hätte nie im Traum daran gedacht, daß Sie, Lady Eileen, mit hineingezogen würden.«
»Bei Gott nicht«, stöhnte Bill auf.
»Er wagte sich mit einer fabelhaft erfundenen Geschichte zu Mr. Thesiger«, fuhr Battle fort, »und tat, als seien gewisse Papiere von Mr. Devereux in seine Hände geraten und würden Mr. Thesiger belasten. Als ehrlicher Freund, log Mr. Eversleigh, sei er sofort zu ihm gelaufen, überzeugt, daß er, Thesiger, eine Erklärung habe. Wir rechneten damit, daß, wenn wir auf der richtigen Spur wären, Mr. Thesiger versuchen würde, Mr. Eversleigh auszuschalten. Und wie er das versuchen würde, konnten wir so ungefähr erraten.
Natürlich servierte Mr. Thesiger seinem Gast einen Whiskysoda. Während der paar Minuten, die Thesiger hinausging, goß Mr. Eversleigh den Drink in eine Vase auf dem Kaminsims. Trotzdem mußte er so tun, als ob das Mittel wirkte. Es würde ihn langsam betäuben, das wußte er, nicht plötzlich. Er begann mit seiner Geschichte, und Mr. Thesiger leugnete zunächst empört, aber als er sah - oder zu sehen glaubte -, daß das Mittel zu wirken begann, gab er alles zu und eröffnete Mr. Eversleigh, daß er das dritte Opfer sei.
Als Mr. Eversleigh fast ›bewußtlos‹ war, brachte Mr. Thesiger ihn zu

seinem Wagen hinunter und half ihm einsteigen. Die Katze war aus dem Sack. Ohne daß Mr. Eversleigh es gemerkt hatte, muß er Sie angerufen haben. Er schlug Ihnen eine clevere Ausrede vor: Sie sollten sagen, daß Sie Miss Loraine nach Hause brächten.
Sie hatten niemandem von seinem Anruf erzählt. Später, wenn man Ihre Leiche hier fände, würde Miss Wade schwören, daß Sie sie nach Hause gebracht hätten und dann nach London gefahren seien, um auf eigene Faust in dieses Haus einzudringen.
Mr. Eversleigh spielte weiter die Rolle des Bewußtlosen. Ich gestehe, daß sofort nach dem Weggang der beiden jungen Männer sich einer meiner Leute Zugang zu Mr. Thesigers Wohnung verschaffte. Er fand den präparierten Whisky, der genug Morphiumhydrochlorid enthielt, um zwei Männer ins Jenseits zu befördern. Außerdem verfolgten wir ihren Wagen. Mr. Thesiger fuhr zu einem renommierten Golfklub am Stadtrand, wo er sich ein paar Minuten zeigte und erzählte, daß er eine Runde spielen wolle. Das war natürlich für den Fall gedacht, daß er ein Alibi benötigte. Den Wagen mit dem bewußtlosen Mr. Eversleigh ließ er ein Stück weiter unten an der Straße stehen. Dann fuhr er in die Stadt zurück, zum *Seven Dials Club*. Als er Alfred das Haus verlassen sah, fuhr er am Portal vor, sprach ein paar Worte mit Mr. Eversleigh - falls Sie ihn beobachteten -, kam ins Haus und führte seine kleine Komödie auf.
Als er behauptete, cinen Arzt zu holen, ließ er in Wirklichkeit nur die Haustür ins Schloß fallen, schlich sich die Treppe hinauf und versteckte sich hinter der Tür dieses Zimmers, in das Miss Wade Sie unter irgendeinem Vorwand schicken würde. Natürlich war Mr. Eversleigh zu Tode erschrocken, als er Sie sah, aber er hielt es für das beste, seine Rolle weiterzuspielen. Er wußte, daß unsere Leute das Haus beobachteten, und nahm deshalb an, daß für Sie keine unmittelbare Gefahr bestünde. Er konnte notfalls ja auch jederzeit wieder lebendig werden. Als Mr. Thesiger seine Pistole auf den Tisch legte und offensichtlich das Haus verlassen wollte, schienen Sie völlig sicher. Wie es dann weiterging …« Battle brach ab und sah Bill an. »Vielleicht möchten Sie das erzählen, Sir.«
»Ich lag immer noch auf der verdammten Couch«, begann Bill, »und versuchte, möglichst elend auszusehen, obwohl ich immer nervöser wurde. Kurz darauf kam jemand die Treppe herunter, Loraine stand auf und ging zur Tür. Ich hörte Thesigers Stimme, konnte aber nicht verstehen, was er sagte. Dann antwortete Loraine: ›Es ist alles in Ordnung. Lief wie am Schnürchen.‹ Er flüsterte: ›Hilf mir, ihn hinaufzutragen. Es wird etwas mühsam sein, aber sie sollen beide oben liegen als nette kleine Überraschung für Nummer sieben.‹ Dann verstand ich nicht mehr so

recht, worüber sie sprachen, aber irgendwie schafften sie mich die Treppe hinauf. Es war wirklich nicht einfach für sie. Ich machte mich extra schwer. Sie trugen mich hier in diesen Raum, und dann hörte ich Loraine sagen: ›Bist du sicher, daß alles glattgeht? Sie wird nicht aufwachen?‹ Und Jimmy - der Lump - sagte: ›Keine Angst! Ich habe mit voller Wucht zugeschlagen.‹
Sie gingen weg und schlossen die Tür ab. Da öffnete ich die Augen und sah dich, Bündel. Mein Gott, ich werde mich nie wieder so elend fühlen. Ich dachte, du seist tot.«
»Ich nehme an, daß mein Hut mir das Leben gerettet hat«, sagte Bündel.
»Zum Teil«, meinte Superintendent Battle. »Zum Teil war auch Mr. Thesigers verletzter Arm schuld. Er merkte es selbst nicht - aber er war nur halb so kräftig wie sonst. Doch das entschuldigt uns alle nicht. Wir haben nicht genügend auf Sie aufgepaßt, Lady Eileen - das ist ein dunkler Punkt in dieser ganzen Geschichte.«
»Ich bin sehr zäh«, meinte Bündel, »und habe meistens Glück. Worüber ich nicht hinwegkomme, ist die Tatsache, daß Loraine mit drinhängt. Sie ist so ein nettes kleines Ding!«
»Ja!« rief Superintendent Battle. »Das war die Frau aus Pentonville auch, und die hat fünf Kinder umgebracht! Danach kann man nicht urteilen!
»Haben Sie sie auch gefaßt?«
Superintendent Battle nickte. »Man wird sie wohl nicht hängen – Geschworene sind weichherzig. Aber der junge Thesiger wird baumeln - und das ist gut so. Er ist der übelste und abgebrühteste Verbrecher, der mir je untergekommen ist.« Er machte eine Pause und fügte hinzu: »Wie wär's mit einer kleinen Feier, Lady Eileen, falls Ihr Kopf nicht zu sehr schmerzt? Ich kenne ein nettes kleines Lokal, gleich um die Ecke.«
Bündel stimmte begeistert zu: »Ich bin halb verhungert, Superintendent Battle. Und außerdem«, sie blickte in die Runde, »muß ich meine Kollegen kennenlernen!«
»Die *Sieben Zifferblätter«,* sagte Bill. »Hurra! Jetzt brauchen wir Champagner! Gibt's in dem Lokal Champagner, Superintendent?«
»Sie werden sich über nichts zu beklagen haben, Sir. Überlassen Sie es nur mir!«
»Superintendent Battle«, sagte Bündel, »Sie sind ein wunderbarer Mann. Schade, daß Sie schon verheiratet sind. Wie die Sache steht, werde ich mit Bill vorliebnehmen müssen.«

34

»Ich habe eine Neuigkeit für dich, Vater«, sagte Bündel. »Du wirst mich bald verlieren.«
»Unsinn«, meinte Lord Caterham. »Erzähl mir nicht, daß du die galoppierende Schwindsucht oder ein schwaches Herz hast oder so was, weil ich dir das nämlich nicht glaube.«
»Ich werde nicht sterben. Ich will heiraten.«
»Beinahe genauso schlimm. Vermutlich werde ich zur Hochzeit kommen und mich in Gala werfen müssen - lauter unbequemes enges Zeug -, um dich dem Bräutigam zu übergeben. Und Lomax denkt womöglich noch, daß es sich gehört, mir in der Sakristei einen Kuß zu geben.«
»Guter Gott, du glaubst doch nicht, daß ich George Lomax heirate?« rief Bündel.
»Na, als ich dich das letztemal sah, war davon die Rede«, erklärte ihr Vater. »Das war gestern vormittag, falls du dich erinnerst.«
»Ich heirate jemanden, der hundertmal netter ist als er«, sagte Bündel.
»Das hoffe ich auch! Aber man kann nie wissen. Meiner Meinung nach bist du keine besonders gute Menschenkennerin, Bündel. Du hast mir erzählt, daß der junge Thesiger ein charmanter Nichtsnutz sei, aber nach allem, was ich höre, ist er einer der gerissensten Verbrecher, die es gibt. Schade, daß ich ihn nie kennengelernt habe. Ich dachte daran, bald meine Memoiren zu schreiben - mit einem eigenen Kapitel über Mörder, denen ich in meinem Leben begegnet bin -, und durch ein rein technisches Versehen habe ich diesen jungen Mann nie getroffen.«
»Sei nicht albern«, sagte Bündel. »Du weißt, daß du gar nicht die Energie hast, Memoiren zu schreiben oder sonst was.«
»Eigentlich wollte ich sie nicht selbst schreiben«, erwiderte Lord Caterham. »Ich glaube, das tut man nie. Neulich traf ich ein sehr charmantes Mädchen, die sowas beruflich macht. Sie sammelt das Material und schreibt die ganze Geschichte.«
»Und was tust du dabei?«
»Ach, ich erzähle ihr jeden Tag eine halbe Stunde lang ein bißchen was. Nichts weiter.« Nach einer kleinen Pause fuhr Lord Caterham fort: »Sie ist ein sehr gut aussehendes Mädchen - so ruhig und sympathisch.«
»Ich habe das Gefühl, Vater«, sagte Bündel, »daß du, wenn ich nicht aufpasse, äußerst gefährlich lebst.«
»Jeder hat seine ganz persönlichen Gefahren, meine Liebe«, antwortete Lord Caterham. Er war schon im Gehen, als er den Kopf wandte und über die Schulter hinweg fragte:
»Wen heiratest du eigentlich?«

»Ich war schon neugierig, wann du mich das fragen würdest. Ich heirate Bill Eversleigh.«

Der alte Egoist dachte eine Minute darüber nach. Dann nickte er äußerst zufrieden. »Ausgezeichnet«, sagte er. »Er ist auch Anfänger, nicht wahr? Dann können wir bei den Golfturnieren im Herbst beim Vierer zusammenspielen.«